# 老舍经典

老舍 著

云南出版集团
云南人民出版社

图书在版编目（CIP）数据

老舍经典 / 老舍著 . -- 昆明：云南人民出版社，2019.1
ISBN 978-7-222-17994-3

Ⅰ.①老… Ⅱ.①老… Ⅲ.①中国文学 – 现代文学 – 作品综合集 Ⅳ.① I216.2

中国版本图书馆 CIP 数据核字（2019）第 009973 号

责任编辑：王绍来
封面设计：施凌云
责任校对：陈艳芳
责任印制：代隆参

## 老舍经典

老舍　著

| 出版 | 云南出版集团　云南人民出版社 |
|---|---|
| 发行 | 云南人民出版社 |
| 社址 | 昆明市环城西路 609 号 |
| 邮编 | 650034 |
| 网址 | www.ynpph.com.cn |
| E-mail | ynrms@sina.com |
| 开本 | 889mm×1194mm　1/32 |
| 印张 | 22 |
| 字数 | 704 千字 |
| 版次 | 2019 年 1 月第 1 版第 1 次印刷 |
| 印刷 | 北京德富泰印务有限公司 |
| 书号 | ISBN 978-7-222-17994-3 |
| 定价 | 39.80 元 |

如有图书质量及相关问题请与我社联系
审校部电话：0871-64164626　印制科电话：0871-64191534

# 前言

老舍（1899—1966），原名舒庆春，字舍予，满族正红旗人，我国现代著名作家、杰出的语言大师，被誉为"人民艺术家"。老舍是他最常用的笔名，另有鸿来、非我等笔名。

老舍出生在北京西城小羊圈胡同（现名小杨家胡同）一个满族贫民家庭。父亲是一名满族的护军，阵亡在八国联军攻打北京城的巷战中，所以，老舍从小就与母亲相依为命，在北京底层市民的生活环境中长大。9岁时，他受人资助进入私塾读书。1913年，老舍考入京师第三中学（现北京市第三中学），数月后因经济困难退学。同年考取公费的北京师范学校，于1918年毕业。1924年秋，老舍赴英国，任伦敦大学东方学院中文教员。在此期间，他利用业余时间阅读了大量西欧文学名著，并开始文学创作。1966年8月24日深夜，老舍自沉于北京西北的太平湖畔，终年67岁。

老舍一生共留下800万字的作品，多以老北京平民生活为题材，他擅长用纯熟的北京话做细致的描绘，展现出地道的北京味儿，代表作有《骆驼祥子》《茶馆》《四世同堂》《二马》《离婚》《龙须沟》等。这些作品语言朴实无华，幽默诙谐，为中国现代文学创造了一个丰满完整的市民世界和独特生动的市民形象体系。老舍是用文字绘画的丹青妙手，勾描人物，涂抹风景，无论笔墨或浓或淡，那力透纸背的功夫，令人捧腹的幽默，一看便知只能是老舍的。他不用字典里的现成词汇去掉书袋，也不会为诱惑读者故意雕饰文字；他不板面孔、不摆架子，也不云里雾里地说空话，而全凭思想牵着笔头，化技巧于无形，文章自然、率真地从心底流淌出来。

　　本书精选老舍经典剧作《茶馆》《龙须沟》和《骆驼祥子》《我这一辈子》《断魂枪》等小说名篇，以及《大明湖之春》《养花》等散文名篇，篇篇皆为经典中的经典。这些作品多取材于当时人们的日常生活，通过平凡的场景反映普遍的社会冲突，挖掘对人民生存、命运的思考。为了尊重原著，我们保留了原文中的古今异体字、传统的标点使用习惯等，力求确保作品的原汁原味，其中北京方言、难解字词，都做了注释，毫无阅读障碍。这些作品文笔细致入微，极尽渲染之笔触，让人从诙谐之中体味人生哲思。

# 目 录

茶　馆 // 1

龙须沟 // 74

骆驼祥子 // 147

我这一辈子 // 360

月牙儿 // 421

且说屋里 // 449

不成问题的问题 // 466

断魂枪 // 503

上　任 // 512

牺　牲 // 529

毛毛虫 // 554

善　人 // 559

热包子 // 565

大悲寺外 // 569

微　神 // 586

开市大吉 // 599

柳家大院 // 607

抱　孙 // 618

黑白李 // 628

眼　镜 // 643

铁牛和病鸭 // 651

也是三角 // 662

大明湖之春 // 675

五月的青岛 // 678

宗月大师 // 681

猫 // 685

青岛与山大 // 688

我的理想家庭 // 691

养　花 // 694

# 茶 馆

（三幕话剧）

## 人物

王利发——男。最初与我们见面，他才二十多岁。因父亲早死，他很年轻就作了裕泰茶馆的掌柜。精明、有些自私，而心眼不坏。

唐铁嘴——男。三十来岁。相面为生，吸鸦片。

松二爷——男。三十来岁。胆小而爱说话。

常四爷——男。三十来岁。松二爷的好友，都是裕泰的主顾。正直，体格好。

李　三——男。三十多岁。裕泰的跑堂的。勤恳，心眼好。

二德子——男。二十多岁。善扑营当差。

马五爷——男。三十多岁。吃洋教的小恶霸。

刘麻子——男。三十来岁。说媒拉纤，心狠意毒。

康　六——男。四十岁。京郊贫农。

黄胖子——男。四十多岁。流氓头子。

秦仲义——男。王掌柜的房东。在第一幕里二十多岁。阔少，后来成了维新的资本家。

老　人——男。八十二岁。无倚无靠。

乡　妇——女。三十多岁。穷得出卖小女儿。

小　妞——女。十岁。乡妇的女儿。

庞太监——男。四十岁。发财之后，想娶老婆。

小牛儿——男。十多岁。庞太监的书童。

宋恩子——男。二十多岁。老式特务。

吴祥子——男。二十多岁。宋恩子的同事。

康顺子——女。在第一幕中十五岁。康六的女儿。被卖给庞太监为妻。

王淑芬——女。四十来岁。王利发掌柜的妻。比丈夫更公平正直些。

巡　警——男。二十多岁。

报　童——男。十六岁。

康大力——男。十二岁。庞太监买来的义子，后与康顺子相依为命。

老　林——男。三十多岁。逃兵。

老　陈——男。三十岁。逃兵。老林的把弟。

崔久峰——男。四十多岁。作过国会议员，后来修道，住在裕泰附设的公寓里。

军　官——男。三十岁。

王大拴——男。四十岁左右，王掌柜的长子。为人正直。

周秀花——女。四十岁。大拴的妻。

王小花——女。十三岁。大拴的女儿。

丁　宝——女。十七岁。女招待。有胆有识。
小刘麻子——男。三十多岁。刘麻子之子，继承父业而发展之。
取电灯费的——男。四十多岁。
小唐铁嘴——男。三十多岁。唐铁嘴之子，继承父业，有作天
　　　　　　师的愿望。
明师傅——男。五十多岁。包办酒席的厨师傅。
邹福远——男。四十多岁。说评书的名手。
卫福喜——男。三十多岁。邹的师弟，先说评书，后改唱京戏。
方　六——男。四十多岁。打小鼓的，奸诈。
车当当——男。三十岁左右。买卖现洋为生。
庞四奶奶——女。四十岁。丑恶，要作皇后。庞太监的四侄媳妇。
春　梅——女。十九岁。庞四奶奶的丫环。
老　杨——男。三十多岁。卖杂货的。
小二德子——男。三十岁。二德子之子，打手。
于厚斋——男。四十多岁。小学教员，王小花的老师。
谢勇仁——男。三十多岁。与于厚斋同事。
小宋恩子——男。三十来岁。宋恩子之子，承袭父业，作特务。
小吴祥子——男。三十来岁。吴祥子之子，世袭特务。
小心眼——女。十九岁。女招待。
沈处长——男。四十岁。宪兵司令部某处处长。
茶客若干人，都是男的。
茶房一两个，都是男的。
难民数人，有男有女，有老有少。
大兵三、五人，都是男的。
公寓住客数人，都是男的。
押大令的兵七人，都是男的。

宪兵四人。男。
傻　杨——男。数来宝的。

# 第一幕

人　物　王利发、刘麻子、庞太监、唐铁嘴、康六、小牛儿、松二爷、黄胖子、宋恩子、常四爷、秦仲义、吴祥子、李三、老人、康顺子、二德子、乡妇、茶客甲、乙、丙、丁、马五爷、小妞、茶房一、二人。

时　间　一八九八年（戊戌）初秋，康梁等的维新运动失败了。早半天。

地　点　北京，裕泰大茶馆。

〔幕启：这种大茶馆现在已经不见了。在几十年前，每城都起码有一处。这里卖茶，也卖简单的点心与菜饭。玩鸟的人们，每天在蹓够了画眉、黄鸟等之后，要到这里歇歇腿，喝喝茶，并使鸟儿表演歌唱。商议事情的，说媒拉纤的，也到这里来。那年月，时常有打群架的，但是总会有朋友出头给双方调解；三五十口子打手，经调人东说西说，便都喝碗茶，吃碗烂肉面（大茶馆特殊的食品，价钱便宜，作起来快当），就可以化干戈为玉帛了。总之，这是当日非常重要的地方，有事无事都可以来坐半天。

〔在这里，可以听到最荒唐的新闻，如某处的大蜘蛛怎么成了精,受到雷击。奇怪的意见也在这里可以听到,像把海边上都修上大墙,就足以挡住洋兵上岸。这里还可以听到某京戏演员新近创造了什么腔儿,和煎熬鸦片烟的最好的方法。这里也可以看到某人新得到的奇珍——一个出土的玉扇坠儿,或三彩的鼻烟壶。这真是个重要的地方,简直可以算作文化交流的所在。

〔我们现在就要看见这样的一座茶馆。

〔一进门是柜台与炉灶——为省点事,我们的舞台上可以不要炉灶;后面有些锅勺的响声也就够了。屋子非常高大,摆着长桌与方桌,长凳与小凳,都是茶座儿。隔窗可见后院,高搭着凉棚,棚下也有茶座儿。屋里和凉棚下都有挂鸟笼的地方。各处都贴着"莫谈国事"的纸条。

〔有两位茶客,不知姓名,正眯着眼,摇着头,拍板低唱。有两三位茶客,也不知姓名,正入神地欣赏瓦罐里的蟋蟀。两位穿灰色大衫的——宋恩子与吴祥子,正低声地谈话,看样子他们是北衙门的办案的(侦缉)。

〔今天又有一起打群架的,据说是为了争一只家鸽,惹起非用武力解决不可的纠纷。假若真打起来,非出人命不可,因为被约的打手中包括着善扑营的哥儿们和库兵,身手都十分厉害。好在,不能真打起来,因为在双方还没把打手约齐,已有人出面调停了——现在双方在这里会面。三三两两的打手,都横眉立目,短打扮,随时进来,往后院去。

〔马五爷在不惹人注意的角落,独自坐着喝茶。

〔王利发高高地坐在柜台里。

〔唐铁嘴趿拉着鞋，身穿一件极长极脏的大布衫，耳上夹着几张小纸片，进来。

王利发　唐先生，你外边蹓蹓吧！
唐铁嘴　（惨笑）王掌柜，捧捧唐铁嘴吧！送给我碗茶喝，我就先给您相相面吧！手相奉送，不取分文！（不容分说，拉过王利发的手来）今年是光绪二十四年，戊戌。您贵庚是……
王利发　（夺回手去）算了吧，我送给你一碗茶喝，你就甭卖那套生意口啦！用不着相面，咱们既在江湖内，都是苦命人！（由柜台内走出，让唐铁嘴坐下）坐下！我告诉你，你要是不戒了大烟，就永远交不了好运！这是我的相法，比你的更灵验！

〔松二爷和常四爷都提着鸟笼进来，王利发向他们打招呼。他们先把鸟笼子挂好，找地方坐下。松二爷文绉绉的，提着小黄鸟笼；常四爷雄赳赳的，提着大而高的画眉笼。茶房李三赶紧过来，沏上盖碗茶。他们自带茶叶。茶沏好，松二爷、常四爷向邻近的茶座让了让。

松二爷
常四爷　您喝这个！（然后，往后院看了看）
松二爷　好像又有事儿？
常四爷　反正打不起来！要真打的话，早到城外头去啦；到茶馆来干吗？

〔二德子，一位打手，恰好进来，听见了常四爷的话。

二德子　（凑过去）你这是对谁甩闲话呢？

常四爷　（不肯示弱）你问我哪？花钱喝茶，难道还教谁管着吗？
松二爷　（打量了二德子一番）我说这位爷，您是营里当差的吧？来，坐下喝一碗，我们也都是外场人。
二德子　你管我当差不当差呢！
常四爷　要抖威风，跟洋人干去，洋人厉害！英法联军烧了圆明园，尊家吃着官饷，可没见您去冲锋打仗！
二德子　甭说打洋人不打，我先管教管教你！（要动手）
　　　　〔别的茶客依旧进行他们自己的事。王利发急忙跑过来。
王利发　哥儿们，都是街面上的朋友，有话好说。德爷，您后边坐！
　　　　〔二德子不听王利发的话，一下子把一个盖碗搂下桌去，摔碎。翻手要抓常四爷的脖颈。
常四爷　（闪过）你要怎么着？
二德子　怎么着？我碰不了洋人，还碰不了你吗？
马五爷　（并未立起）二德子，你威风啊！
二德子　（四下扫视，看到马五爷）喝，马五爷，您在这儿哪？我可眼拙，没看见您！（过去请安）
马五爷　有什么事好好地说，干吗动不动地就讲打？
二德子　嗻！您说的对！我到后头坐坐去。李三，这儿的茶钱我候啦！（往后面走去）
常四爷　（凑过来，要对马五爷发牢骚）这位爷，您圣明，您给评评理！
马五爷　（立起来）我还有事，再见！（走出去）
常四爷　（对王利发）邪！这倒是个怪人！
王利发　您不知道这是马五爷呀？怪不得您也得罪了他！

常四爷　我也得罪了他？我今天出门没挑好日子！
王利发　（低声地）刚才您说洋人怎样，他就是吃洋饭的。信洋教，说洋话，有事情可以一直地找宛平县的县太爷去，要不怎么连官面上都不惹他呢！
常四爷　（往原处走）哼，我就不佩服吃洋饭的！
王利发　（向宋恩子、吴祥子那边稍一歪头，低声地）说话请留点神！（大声地）李三，再给这儿沏一碗来！（拾起地上的碎磁片）
松二爷　盖碗多少钱？我赔！外场人不作老娘们事！
王利发　不忙，待会儿再算吧！（走开）

〔纤手刘麻子领着康六进来。刘麻子先向松二爷、常四爷打招呼。

刘麻子　您二位真早班儿！（掏出鼻烟壶，倒烟）您试试这个！刚装来的，地道英国造，又细又纯！
常四爷　唉！连鼻烟也得从外洋来！这得往外流多少银子啊！
刘麻子　咱们大清国有的是金山银山，永远花不完！您坐着，我办点小事！（领康六找了个座儿）

〔李三拿过一碗茶来。

刘麻子　说说吧，十两银子行不行？你说干脆的！我忙，没工夫专伺候你！
康　六　刘爷！十五岁的大姑娘，就值十两银子吗？
刘麻子　卖到窑子去，也许多拿一两八钱的，可是你又不肯！
康　六　那是我的亲女儿！我能够……
刘麻子　有女儿，你可养活不起，这怪谁呢？
康　六　那不是因为乡下种地的都没法子混了吗？一家大小要是一天能吃上一顿粥，我要还想卖女儿，我就不是人！

刘麻子　那是你们乡下的事，我管不着。我受你之托，教你不吃亏，又教你女儿有个吃饱饭的地方，这还不好吗？

康　六　到底给谁呢？

刘麻子　我一说，你必定从心眼里乐意！一位在宫里当差的！

康　六　宫里当差的谁要个乡下丫头呢？

刘麻子　那不是你女儿的命好吗？

康　六　谁呢？

刘麻子　庞总管！你也听说过庞总管吧？伺候着太后，红的不得了，连家里打醋的瓶子都是玛瑙作的！

康　六　刘大爷，把女儿给太监作老婆，我怎么对得起人呢？

刘麻子　卖女儿，无论怎么卖，也对不起女儿！你糊涂！你看，姑娘一过门，吃的是珍馐美味，穿的是绫罗绸缎，这不是造化吗？怎样，摇头不算点头算，来个干脆的！

康　六　自古以来，哪有……他就给十两银子？

刘麻子　找遍了你们全村儿，找得出十两银子找不出？在乡下，五斤白面就换个孩子，你不是不知道！

康　六　我，唉！我得跟姑娘商量一下！

刘麻子　告诉你，过了这个村可没有这个店，耽误了事别怨我！快去快来！

康　六　唉！我一会儿就回来！

刘麻子　我在这儿等着你！

康　六　（慢慢地走出去）

刘麻子　（凑到松二爷、常四爷这边来）乡下人真难办事，永远没有个痛痛快快！

松二爷　这号生意又不小吧？

刘麻子　也甜不到哪儿去，弄好了，赚个元宝！

常四爷　乡下是怎么了？会弄得这么卖儿卖女的！
刘麻子　谁知道！要不怎么说，就是一条狗也得托生在北京城里嘛！
常四爷　刘爷，您可真有个狠劲儿，给拉拢这路事！
刘麻子　我要不分心，他们还许找不到买主呢！（忙岔话）松二爷（掏出个小时表来），您看这个！
松二爷　（接表）好体面的小表！
刘麻子　您听听，嘎登嘎登地响！
松二爷　（听）这得多少钱？
刘麻子　您爱吗？就让给您！一句话，五两银子！您玩够了，不爱再要了，我还照数退钱！东西真地道，传家的玩艺！
常四爷　我这儿正咂摸这个味儿：咱们一个人身上有多少洋玩艺儿啊！老刘，就看你身上吧：洋鼻烟，洋表，洋缎大衫，洋布裤褂……
刘麻子　洋东西可是真漂亮呢！我要是穿一身土布，像个乡下脑壳，谁还理我呀！
常四爷　我老觉乎着咱们的大缎子，川绸，更体面！
刘麻子　松二爷，留下这个表吧，这年月，戴着这么好的洋表，会教人另眼看待！是不是这么说，您哪？
松二爷　（真爱表，但又嫌贵）我……
刘麻子　您先戴两天，改日再给钱！
〔黄胖子进来。
黄胖子　（严重的砂眼，看不清楚，进门就请安）哥儿们，都瞧我啦！我请安了！都是自己弟兄，别伤了和气呀！
王利发　这不是他们，他们在后院哪！

黄胖子　我看不大清楚啊！掌柜的，预备烂肉面，有我黄胖子，谁也打不起来！（往里走）

二德子　（出来迎接）两边已经见了面，您快来吧！

〔二德子同黄胖子入内。

〔茶房们一趟又一趟地往后面送茶水。老人进来，拿着些牙签、胡梳、耳挖勺之类的小东西，低着头慢慢地挨着茶座儿走；没人买他的东西。他要往后院去，被李三截住。

李　三　老大爷，您外边蹓蹓吧！后院里，人家正说和事呢，没人买您的东西！（顺手儿把剩茶递给老人一碗）

松二爷　（低声地）李三！（指后院）他们到底为了什么事，要这么拿刀动杖的？

李　三　（低声地）听说是为一只鸽子。张宅的鸽子飞到了李宅去，李宅不肯交还……唉，咱们还是少说话好，（问老人）老大爷您高寿啦？

老　人　（喝了茶）多谢！八十二了，没人管！这年月呀，人还不如一只鸽子呢！唉！（慢慢走出去）

〔秦仲义，穿得很讲究，满面春风，走进来。

王利发　哎哟！秦二爷，您怎么这样闲在，会想起下茶馆来了？也没带个底下人？

秦仲义　来看看，看看你这年轻小伙子会作生意不会！

王利发　唉，一边作一边学吧，指着这个吃饭嘛。谁叫我爸爸死的早，我不干不行啊！好在照顾主儿都是我父亲的老朋友，我有不周到的地方，都肯包涵，闭闭眼就过去了。在街面上混饭吃，人缘儿顶要紧。我按着我父亲遗留下的老办法，多说好话，多请安，讨人人的喜欢，就不会出大岔子！您坐下，我给您沏碗小叶茶去！

秦仲义　我不喝！也不坐着！

王利发　坐一坐！有您在我这儿坐坐，我脸上有光！

秦仲义　也好吧！（坐）可是，用不着奉承我！

王利发　李三，沏一碗高的来！二爷，府上都好？您的事情都顺心吧？

秦仲义　不怎么太好！

王利发　您怕什么呢？那么多的买卖，您的小手指头都比我的腰还粗！

唐铁嘴　（凑过来）这位爷好相貌，真是天庭饱满，地阁方圆，虽无宰相之权，而有陶朱之富！

秦仲义　躲开我！去！

王利发　先生，你喝够了茶，该外边活动活动去！（把唐铁嘴轻轻推开）

唐铁嘴　唉！（垂头走出去）

秦仲义　小王，这儿的房租是不是得往上提那么一提呢？当年你爸爸给我的那点租钱，还不够我喝茶用的呢！

王利发　二爷，您说的对，太对了！可是，这点小事用不着您分心，您派管事的来一趟，我跟他商量，该长多少租钱，我一定照办！是！嘛！

秦仲义　你这小子，比你爸爸还滑！哼，等着吧，早晚我把房子收回去！

王利发　您甭吓唬着我玩，我知道您多么照应我，心疼我，决不会叫我挑着大茶壶，到街上卖热茶去！

秦仲义　你等着瞧吧！

〔乡妇拉着个十来岁的小妞进来。小妞的头上插着一

13

　　　　　根草标。李三本想不许她们往前走,可是心中一难过,没管。她们俩慢慢地往里走。茶客们忽然都停止说笑,看着她们。

小　妞　（走到屋子中间,立住）妈,我饿!我饿!
　　　　　〔乡妇呆视着小妞,忽然腿一软,坐在地上,掩面低泣。
秦仲义　（对王利发）轰出去!
王利发　是!出去吧,这里坐不住!
乡　妇　哪位行行好?要这个孩子,二两银子!
常四爷　李三,要两个烂肉面,带她们到门外吃去!
李　三　是啦!（过去对乡妇）起来,门口等着去,我给你们端面来!
乡　妇　（立起,抹泪往外走,好像忘了孩子;走了两步,又转回身来,搂住小妞吻她）宝贝!宝贝!
王利发　快着点吧!
　　　　　〔乡妇、小妞走出去。李三随后端出两碗面去。
王利发　（过来）常四爷,您是积德行好,赏给她们面吃!可是,我告诉您:这路事儿太多了,太多了!谁也管不了!（对秦仲义）二爷,您看我说的对不对?
常四爷　（对松二爷）二爷,我看哪,大清国要完!
秦仲义　（老气横秋地）完不完,并不在乎有人给穷人们一碗面吃没有。小王,说真的,我真想收回这里的房子!
王利发　您别那么办哪,二爷!
秦仲义　我不但收回房子,而且把乡下的地,城里的买卖也都卖了!
王利发　那为什么呢?
秦仲义　把本钱拢在一块儿,开工厂!

王利发　开工厂？

秦仲义　嗯，顶大顶大的工厂！那才救得了穷人，那才能抵制外货，那才能救国！（对王利发说而眼看着常四爷）唉，我跟你说这些干什么，你不懂！

王利发　您就专为别人，把财产都出手，不顾自己了吗？

秦仲义　你不懂！只有那么办，国家才能富强！好啦，我该走啦。我亲眼看见了，你的生意不错，你甭再耍无赖，不长房钱！

王利发　您等等，我给您叫车去！

秦仲义　用不着，我愿意蹓跶蹓跶！

〔秦仲义往外走，王利发送。

〔小牛儿搀着庞太监走进来。小牛儿提着水烟袋。

庞太监　哟！秦二爷！

秦仲义　庞老爷！这两天您心里安顿了吧？

庞太监　那还用说吗？天下太平了：圣旨下来，谭嗣同问斩！告诉您，谁敢改祖宗的章程，谁就掉脑袋！

秦仲义　我早就知道！

〔茶客们忽然全静寂起来，几乎是闭住呼吸地听着。

庞太监　您聪明，二爷，要不然您怎么发财呢！

秦仲义　我那点财产，不值一提！

庞太监　太客气了吧？您看，全北京城谁不知道秦二爷！您比作官的还厉害呢！听说呀，好些财主都讲维新！

秦仲义　不能这么说，我那点威风在您的面前可就施展不出来了！哈哈哈！

庞太监　说得好，咱们就八仙过海，各显其能吧！哈哈哈！

秦仲义　改天过去给您请安，再见！（下）

庞太监　（自言自语）哼，凭这个小财主也敢跟我逗嘴皮子，年头真是改了！（问王利发）刘麻子在这儿哪？

王利发　总管，您里边歇着吧！

〔刘麻子早已看见庞太监，但不敢靠近，怕打搅了庞太监、秦仲义的谈话。

刘麻子　喝，我的老爷子！您吉祥！我等了您好大半天了！（搀庞太监往里面走）

〔宋恩子、吴祥子过来请安，庞太监对他们耳语。

〔众茶客静默了一阵之后，开始议论纷纷。

茶客甲　谭嗣同是谁？

茶客乙　好像听说过！反正犯了大罪，要不，怎么会问斩呀！

茶客丙　这两三个月了，有些作官的，念书的，乱折腾乱闹，咱们怎能知道他们捣的什么鬼呀！

茶客丁　得！不管怎么说，我的铁杆庄稼又保住了！姓谭的，还有那个康有为，不是说叫旗兵不关钱粮，去自谋生计吗？心眼多毒！

茶客丙　一份钱粮倒叫上头克扣去一大半，咱们也不好过！

茶客丁　那总比没有强啊！好死不如赖活着，叫我去自己谋生，非死不可！

王利发　诸位主顾，咱们还是莫谈国事吧！

〔大家安静下来，都又各谈各的事。

庞太监　（已坐下）怎么说？一个乡下丫头，要二百银子？

刘麻子　（侍立）乡下人，可长得俊呀！带进城来，好好地一打扮、调教，准保是又好看，又有规矩！我给您办事，比给我亲爸爸作事都更尽心，一丝一毫不能马虎！

〔唐铁嘴又回来了。

王利发　铁嘴,你怎么又回来了?

唐铁嘴　街上兵荒马乱的,不知道是怎么回事!

庞太监　还能不搜查搜查谭嗣同的余党吗?唐铁嘴,你放心,没人抓你!

唐铁嘴　喳,总管,您要能赏给我几个烟泡儿,我可就更有出息了!

　　　　〔有几个茶客好像预感到什么灾祸,一个个往外溜。

松二爷　咱们也该走啦吧!天不早啦!

常四爷　喳!走吧!

　　　　〔二灰衣人——宋恩子和吴祥子走过来。

宋恩子　等等!

常四爷　怎么啦?

宋恩子　刚才你说"大清国要完"?

常四爷　我,我爱大清国,怕它完了!

吴祥子　(对松二爷)你听见了?他是这么说的吗?

松二爷　哥儿们,我们天天在这儿喝茶。王掌柜知道:我们都是地道老好人!

吴祥子　问你听见了没有?

松二爷　那,有话好说,二位请坐!

宋恩子　你不说,连你也锁了走!他说"大清国要完",就是跟谭嗣同一党!

松二爷　我,我听见了,他是说……

宋恩子　(对常四爷)走!

常四爷　上哪儿?事情要交代明白了啊!

宋恩子　你还想拒捕吗?我这儿可带着"王法"呢!(掏出腰中带着的铁链子)

17

常四爷　告诉你们，我可是旗人！
吴祥子　旗人当汉奸，罪加一等！锁上他！
常四爷　甭锁，我跑不了！
宋恩子　量你也跑不了！（对松二爷）你也走一趟，到堂上实话实说，没你的事！

〔黄胖子同三五个人由后院过来。

黄胖子　得啦，一天云雾散，算我没白跑腿！
松二爷　黄爷！黄爷！
黄胖子　（揉揉眼）谁呀？
松二爷　我！松二！您过来，给说句好话！
黄胖子　（看清）哟，宋爷，吴爷，二位爷办案哪？请吧！
松二爷　黄爷，帮帮忙，给美言两句！
黄胖子　官厅儿管不了的事，我管！官厅儿能管的事呀，我不便多嘴！（问大家）是不是？
众　　　嗻！对！

〔宋恩子、吴祥子带着常四爷、松二爷往外走。

松二爷　（对王利发）看着点我们的鸟笼子！
王利发　您放心，我给送到家里去！

〔常四爷、松二爷、宋恩子、吴祥子同下。

黄胖子　（唐铁嘴告以庞太监在此）哟，老爷在这儿哪？听说要安份儿家，我先给您道喜！
庞太监　等吃喜酒吧！
黄胖子　您赏脸！您赏脸！（下）

〔乡妇端着空碗进来，往柜上放。小妞跟进来。

小　妞　妈！我还饿！
王利发　唉！出去吧！

乡　妇　走吧，乖！

小　妞　不卖妞妞啦？妈！不卖啦？妈！

乡　妇　乖！（哭着，携小妞下）

　　　　〔康六带着康顺子进来，立在柜台前。

康　六　姑娘！顺子！爸爸不是人，是畜生！可你叫我怎办呢？你不找个吃饭的地方，你饿死！我不弄到手几两银子，就得叫东家活活地打死！你呀，顺子，认命吧，积德吧！

康顺子　我，我……（说不出话来）

刘麻子　（跑过来）你们回来啦？点头啦？好！来见见总管！给总管磕头！

康顺子　我……（要晕倒）

康　六　（扶住女儿）顺子！顺子！

刘麻子　怎么啦？

康　六　又饿又气，昏过去了！顺子！顺子！

庞太监　我要活的，可不要死的！

　　　　〔静场。

茶客甲　（正与茶客乙下象棋）将！你完啦！

——幕　落

## 第二幕

人　物　王淑芬、报童、康顺子、李三、常四爷、康大力、王利发、松二爷、老林、难民数人、宋恩子、老陈、巡警、吴祥子、崔久峰、押大令的兵七人、公寓住客二三人、军官、唐铁嘴、刘麻子、大兵三五人。

时　间　与前幕相隔十余年，现在是袁世凯死后，帝国主义指使中国军阀进行割据，时时发动内战的时候。初夏，上午。

地　点　同前幕。

〔幕启：北京城内的大茶馆已先后相继关了门。"裕泰"是硕果仅存的一家了，可是为避免被淘汰，它已改变了样子与作风。现在，它的前部仍然卖茶，后部却改成了公寓。前部只卖茶和瓜子什么的；"烂肉面"等等已成为历史名词。厨房挪到后边去，专包公寓住客的伙食。茶座也大加改良：一律是小桌与藤椅，桌上铺着浅绿桌布。墙上的"醉八仙"大画，连财神龛，均已撤去，代以时装美人——外国香烟公司的广告画。"莫谈国事"的纸条可是保存了下来，而且字写的更大。王利发真像个"圣之时者也"，不但没使"裕泰"灭亡，而且使它有了新的发展。

〔因为修理门面,茶馆停了几天营业,预备明天开张。王淑芬正和李三忙着布置,把桌椅移了又移,摆了又摆,以期尽善尽美。

〔王淑芬梳时行的圆髻,而李三却还带着小辫儿。

〔二、三学生由后面来,与他们打招呼,出去。

王淑芬　（看李三的辫子碍事）三爷,咱们的茶馆改了良,你的小辫儿也该剪了吧?

李　三　改良!改良!越改越凉,冰凉!

王淑芬　也不能那么说!三爷你看,听说西直门的德泰,北新桥的广泰,鼓楼前的天泰,这些大茶馆全先后脚儿关了门!只有咱们裕泰还开着,为什么?不是因为拴子的爸爸懂得改良吗?

李　三　哼!皇上没啦,总算大改良吧?可是改来改去,袁世凯还是要作皇上。袁世凯死后,天下大乱,今儿个打炮,明儿个关城,改良?哼!我还留着我的小辫儿,万一把皇上改回来呢!

王淑芬　别顽固啦,三爷!人家给咱们改了民国,咱们还能不随着走吗?你看,咱们这么一收拾,不比以前干净、好看?专招待文明人,不更体面?可是,你要还带着小辫儿,看着多么不顺眼哪!

李　三　太太,你觉得不顺眼,我还不顺心呢!

王淑芬　哟,你不顺心?怎么?

李　三　你还不明白?前面茶馆,后面公寓,全仗着掌柜的跟我两个人,无论怎么说,也忙不过来呀!

王淑芬　前面的事归他,后面的事不是还有我帮助你吗?

21

李　三　就算有你帮助，打扫二十来间屋子，伺候二十多人的伙食，还要沏茶灌水，买东西送信，问问你自己，受得了受不了！

王淑芬　三爷，你说的对！可是呀，这兵荒马乱的年月，能有个事儿做也就得念佛！咱们都得忍着点！

李　三　我干不了！天天睡四、五个钟头的觉，谁也不是铁打的！

王淑芬　唉！三爷，这年月谁也舒服不了！你等着，大拴子暑假就高小毕业，二拴子也快长起来，他们一有用处，咱们可就清闲点啦。从老王掌柜在世的时候，你就帮助我们，老朋友，老伙计啦！

〔王利发老气横秋地从后面进来。

李　三　老伙计？二十多年了，他们可给我长过工钱？什么都改良，为什么工钱不跟着改良呢？

王利发　哟！你这是什么话呀？咱们的买卖要是越作越好，我能不给你长工钱吗？得了，明天咱们开张，取个吉利，先别吵嘴，就这么办吧！All right？①

李　三　就怎么办啦？不改我的良，我干不下去啦！

〔后面叫：李三！李三！

王利发　崔先生叫，你快去！咱们的事，有工夫再细研究！

李　三　哼！

王淑芬　我说，昨天就关了城门，今儿个还说不定关不关，三爷，这里的事交给掌柜的，你去买点菜吧！别的不说，咸菜总得买下点呀！

---

① "All right"在这里是"好吧"的意思。

〔后面又叫：李三！李三！

李　三　对，后边叫，前边催，把我劈成两半儿好不好！（怂怂地往后走）

王利发　拴子的妈，他岁数大了点，你可得……

王淑芬　他抱怨了大半天了！可是抱怨的对！当着他，我不便直说；对你，我可得说实话：咱们得添人！

王利发　添人得给工钱，咱们赚得出来吗？我要是会干别的，可是还开茶馆，我是孙子！

〔远处隐隐有炮声。

王利发　听听，又他妈的开炮了！你闹，闹！明天开得了张才怪！这是怎么说的！

王淑芬　明白人别说糊涂话，开炮是我闹的？

王利发　别再瞎扯，干活儿去！嘿！

王淑芬　早晚不是累死，就得叫炮轰死，我看透了！（慢慢地往后边走）

王利发　（温和了些）拴子的妈，甭害怕，开过多少回炮，一回也没打死咱们，北京城是宝地！

王淑芬　心哪，老跳到嗓子眼里，宝地！我给三爷拿菜钱去。（下）

〔一群男女难民在门外央告。

难　民　掌柜的，行行好，可怜可怜吧！

王利发　走吧，我这儿不打发，还没开张！

难　民　可怜可怜吧！我们都是逃难的！

王利发　别耽误工夫！我自己还顾不了自己呢！

〔巡警上。

巡　警　走！滚！快着！

〔难民散去。

王利发　怎样啊？六爷！又打得紧吗？

巡　警　紧！紧得厉害！仗打得不紧，怎能够有这么多难民呢！上面交派下来，你出八十斤大饼，十二点交齐！城里的兵带着干粮，才能出去打仗啊！

王利发　您圣明，我这儿现在光包后面的伙食，不再卖饭，也还没开张，别说八十斤大饼，一斤也交不出啊！

巡　警　你有你的理由，我有我的命令，你瞧着办吧！（要走）

王利发　您等等！我这儿千真万确还没开张，这您知道！开张以后，还得多麻烦您呢！得啦，您买包茶叶喝吧！（递钞票）您多给美言几句，我感恩不尽！

巡　警　（接票子）我给你说说看，行不行可不保准！

〔三、五个大兵，军装破烂，都背着枪，闯进门口。

巡　警　老总们，我这儿正查户口呢，这儿还没开张！

大　兵　屌！

巡　警　王掌柜，孝敬老总们点茶钱，请他们到别处喝去吧！

王利发　老总们，实在对不起，还没开张，要不然，诸位住在这儿，一定欢迎！（递钞票给巡警）

巡　警　（转递给兵们）得啦，老总们多原谅，他实在没法招待诸位！

大　兵　屌！谁要钞票？要现大洋！

王利发　老总们，让我哪儿找现洋去呢？

大　兵　屌！揍他个小舅子！

巡　警　快！再添点！

王利发　（掏）老总们，我要是还有一块，请把房子烧了！（递钞票）

大　兵　屌！（接钱下，顺手拿走两块新桌布）

24

巡　警　得，我给你挡住了一场大祸！他们不走呀，你就全完，连一个茶碗也剩不下！

王利发　我永远忘不了您这点好处！

巡　警　可是为这点功劳，你不得另有份意思吗？

王利发　对！您圣明，我胡涂！可是，您搜我吧，真一个铜子儿也没有啦！（掀起褂子，让他搜）您搜！您搜！

巡　警　我干不过你！明天见，明天还不定是风是雨呢！（下）

王利发　您慢走！（看巡警走去，跺脚）他妈的！打仗，打仗！今天打，明天打，老打，打他妈的什么呢？

〔唐铁嘴进来，还是那么瘦，那么脏，可是穿着绸子夹袍。

唐铁嘴　王掌柜！我来给你道喜！

王利发　（还生着气）哟！唐先生？我可不再白送茶喝！（打量，有了笑容）你混的不错呀！穿上绸子啦！

唐铁嘴　比从前好了一点！我感谢这个年月！

王利发　这个年月还值得感谢！听着有点不搭调！

唐铁嘴　年头越乱，我的生意越好！这年月，谁活着谁死都碰运气，怎能不多算算命、相相面呢？你说对不对？

王利发　Yes[①]，也有这么一说！

唐铁嘴　听说后面改了公寓，租给我一间屋子，好不好？

王利发　唐先生，你那点嗜好，在我这儿恐怕……

唐铁嘴　我已经不吃大烟了！

王利发　真的？你可真要发财了！

唐铁嘴　我改抽"白面儿"啦。（指墙上的香烟广告）你看，

---

① "Yes" 即 "对" 的意思。

　　　　　　哈德门烟是又长又松，（掏出烟来表演）一顿就空出一大块，正好放"白面儿"。大英帝国的烟，日本的"白面儿"，两大强国侍候着我一个人，这点福气还小吗？

王利发　　福气不小！不小！可是，我这儿已经住满了人，什么时候有了空房，我准给你留着！

唐铁嘴　　你呀，看不起我，怕我给不了房租！

王利发　　没有的事！都是久在街面上混的人，谁能看不起谁呢？这是知心话吧？

唐铁嘴　　你的嘴呀比我的还花哨！

王利发　　我可不光耍嘴皮子，我的心放得正！这十多年了，你白喝过我多少碗茶？你自己算算！你现在混的不错，你想着还我茶钱没有？

唐铁嘴　　赶明儿我一总还给你，那一共才有几个钱呢！（搭讪着往外走）

　　　　　〔街上卖报的喊叫："长辛店大战的新闻，买报瞧，瞧长辛店大战的新闻！"报童向内探头。

报　童　　掌柜的，长辛店大战的新闻，来一张瞧瞧？

王利发　　有不打仗的新闻没有？

报　童　　也许有，您自己找！

王利发　　走！不瞧！

报　童　　掌柜的，你不瞧也照样打仗！（对唐铁嘴）先生，您照顾照顾？

唐铁嘴　　我不像他，（指王利发）我最关心国事！（拿了一张报，没给钱即走）

　　　　　〔报童追唐铁嘴下。

王利发　　（自言自语）长辛店！长辛店！离这里不远啦！（喊）

三爷,三爷!你倒是抓早儿买点菜去呀,待一会儿准关城门,就什么也买不到啦!嘿!(听后面没人应声,含怒往后跑)

〔常四爷提着一串腌萝卜,两只鸡,走进来。

常四爷　王掌柜!

王利发　谁?哟,四爷!您干什么哪?

常四爷　我卖菜呢!自食其力,不含糊!今儿个城外头乱乱哄哄,买不到菜;东抓西抓,抓到这么两只鸡,几斤老腌萝卜。听说你明天开张,也许用的着,特意给你送来了!

王利发　我谢谢您!我这儿正没有辙呢!

常四爷　(四下里看)好啊!好啊!收拾得好啊!大茶馆全关了,就是你有心路,能随机应变地改良!

王利发　别夸奖我啦!我尽力而为,可就怕天下老这么乱七八糟!

常四爷　像我这样的人算是坐不起这样的茶馆喽!

〔松二爷走进来,穿的很寒酸,可是还提着鸟笼。

松二爷　王掌柜!听说明天开张,我来道喜!(看见常四爷)哎哟!四爷,可想死我喽!

常四爷　二哥!你好哇?

王利发　都坐下吧!

松二爷　王掌柜,你好?太太好?少爷好?生意好?

王利发　(一劲儿说)好!托福!(提起鸡与咸菜)四爷,多少钱?

常四爷　瞧着给,该给多少给多少!

王利发　对!我给你们弄壶茶来!(提物到后面去)

松二爷　四爷,你,你怎么样啊?

常四爷　卖青菜哪！铁杆庄稼没有啦，还不卖膀子力气吗？二爷，您怎么样啊？

松二爷　怎么样？我想大哭一场！看见我这身衣裳没有？我还像个人吗？

常四爷　二哥，您能写能算，难道找不到点事儿作？

松二爷　嗻，谁愿意瞪着眼挨饿呢！可是，谁要咱们旗人呢！想起来呀，大清国不一定好啊，可是到了民国，我挨了饿！

王利发　（端着一壶茶回来。给常四爷钱）不知道您花了多少，我就给这么点吧！

常四爷　（接钱，没看，揣在怀里）没关系！

王利发　二爷，（指鸟笼）还是黄鸟吧？哨的怎样？

松二爷　嗻，还是黄鸟！我饿着，也不能叫鸟儿饿着！（有了点精神）你看看，看看，（打开罩子）多么体面！一看见它呀，我就舍不得死啦！

王利发　松二爷，不准说死！有那么一天，您还会走一步好运！

常四爷　二哥，走！找个地方喝两盅儿去！一醉解千愁！王掌柜，我可就不让你啦，没有那么多的钱！

王利发　我也分不开身，就不陪了！

〔常四爷、松二爷正往外走，宋恩子和吴祥子进来。他们俩仍穿灰色大衫，但袖口瘦了，而且罩上青布马褂。

松二爷　（看清楚是他们，不由地上前请安）原来是你们二位爷！

〔王利发似乎受了松二爷的感染，也请安，弄得二人愣住了。

宋恩子　这是怎么啦？民国好几年了，怎么还请安？你们不会

28

鞠躬吗？
松二爷　我看见您二位的灰大褂呀，就想起了前清的事儿！不能不请安！
王利发　我也那样！我觉得请安比鞠躬更过瘾！
吴祥子　哈哈哈哈！松二爷，你们的铁杆庄稼不行了，我们的灰色大褂反倒成了铁杆庄稼，哈哈哈！（看见常四爷）这不是常四爷吗？
常四爷　是呀，您的眼力不错！戊戌年我就在这儿说了句"大清国要完"，叫您二位给抓了走，坐了一年多的牢！
宋恩子　您的记性可也不错！混的还好吧？
常四爷　托福！从牢里出来，不久就赶上庚子年；扶清灭洋，我当了义和团，跟洋人打了几仗！闹来闹去，大清国到底是亡了，该亡！我是旗人，可是我得说公道话！现在，每天起五更弄一挑子青菜，绕到十点来钟就卖光。凭力气挣饭吃，我的身上更有劲了！什么时候洋人敢再动兵，我姓常的还准备跟他们打打呢！我是旗人，旗人也是中国人哪！您二位怎么样？
吴祥子　瞎混呗！有皇上的时候，我们给皇上效力，有袁大总统的时候，我们给袁大总统效力；现而今，宋恩子，该怎么说啦？
宋恩子　谁给饭吃，咱们给谁效力！
常四爷　要是洋人给饭吃呢？
松二爷　四爷，咱们走吧！
吴祥子　告诉你，常四爷，要我们效力的都仗着洋人撑腰！没有洋枪洋炮，怎能够打起仗来呢？
松二爷　您说的对！嘛！四爷，走吧！

29

常四爷　再见吧,二位,盼着你们快快升官发财!(同松二爷下)
宋恩子　这小子!
王利发　(倒茶)常四爷老是那么又倔又硬,别计较他!(让茶)二位喝碗吧,刚沏好的。
宋恩子　后面住着的都是什么人?
王利发　多半是大学生,还有几位熟人。我有登记簿子,随时报告给"巡警阁子"。我拿来,二位看看?
吴祥子　我们不看簿子,看人!
王利发　您甭看,准保都是靠得住的人!
宋恩子　你为什么爱租学生们呢?学生不是什么老实家伙呀!
王利发　这年月,作官的今天上任,明天撤职,作买卖的今天开市,明天关门,都不可靠!只有学生有钱,能够按月交房租,没钱的就上不了大学啊!您看,是这么一笔账不是?
宋恩子　都叫你咂摸透了!你想的对!现在,连我们也欠饷啊!
吴祥子　是呀,所以非天天拿人不可,好得点津贴!
宋恩子　就仗着有错拿,没错放的,拿住人就有津贴!走吧,到后边看看去!
吴祥子　走!
王利发　二位,二位!您放心,准保没错儿!
宋恩子　不看,拿不到人,谁给我们津贴呢?
吴祥子　王掌柜不愿意咱们看,王掌柜必会给咱们想办法!咱们得给王掌柜留个面子!对吧?王掌柜!
王利发　我……
宋恩子　我出个不很高明的主意:干脆来个包月,每月一号,按阳历算,你把那点……

吴祥子　那点意思!
宋恩子　对,那点意思送到,你省事,我们也省事!
王利发　那点意思得多少呢?
吴祥子　多年的交情,你看着办!你聪明,还能把那点意思闹成不好意思吗?
李　三　(提着菜筐由后面出来)喝,二位爷!(请安)今儿个又得关城门吧!(没等回答,往外走)

〔二、三学生匆匆地回来。

学　生　三爷,先别出去,街上抓伕呢!(往后面走去)
李　三　(还往外走)抓去也好,在哪儿也是当苦力!

〔刘麻子丢了魂似的跑来,和李三碰了个满怀。

李　三　怎么回事呀?吓掉了魂儿啦!
刘麻子　(喘着)别,别,别出去!我差点叫他们抓了去!
王利发　三爷,等一等吧!
李　三　午饭怎么开呢?
王利发　跟大家说一声,中午咸菜饭,没别的办法!晚上吃那两只鸡!
李　三　好吧!(往回走)
刘麻子　我的妈呀,吓死我啦!
宋恩子　你活着,也不过多买卖几个大姑娘!
刘麻子　有人卖,有人买,我不过在中间帮帮忙,能怪我吗?(把桌上的三个茶杯的茶先后喝净)
吴祥子　我可是告诉你,我们哥儿们从前清起就专办革命党,不大爱管贩卖人口,拐带妇女什么的臭事。可是你要叫我们碰见,我们也不再睁一眼闭一眼!还有,像你这样的人,弄进去,准锁在尿桶上!

刘麻子　二位爷，别那么说呀！我不是也快挨饿了吗？您看，以前，我走八旗老爷们、宫里太监们的门子。这么一革命啊，可苦了我啦！现在，人家总长次长，团长师长，要娶姨太太讲究要唱落子的坤角，戏班里的女名角，一花就三千五千现大洋！我干瞧着，摸不着门！我那点芝麻粒大的生意算得了什么呢？

宋恩子　你呀，非锁在尿桶上，不会说好的！

刘麻子　得啦，今天我孝敬不了二位，改天我必有一份儿人心！

吴祥子　你今天就有买卖，要不然，兵荒马乱的，你不会出来！

刘麻子　没有！没有！

宋恩子　你嘴里半句实话也没有！不对我们说真话，没有你的好处！王掌柜，我们出去绕绕；下月一号，按阳历算，别忘了！

王利发　我忘了姓什么，也忘不了您二位这回事！

吴祥子　一言为定啦！（同宋恩子下）

王利发　刘爷，茶喝够了吧？该出去活动活动！

刘麻子　你忙你的，我在这儿等两个朋友。

王利发　咱们可把话说开了，从今以后，你不能再在这儿作你的生意，这儿现在改了良，文明啦！

〔康顺子提着个小包，带着康大力，往里边探头。

康大力　是这里吗？

康顺子　地方对呀，怎么改了样儿？（进来，细看，看见了刘麻子）大力，进来，是这儿！

康大力　找对啦？妈！

康顺子　没错儿！有他在这儿，不会错！

王利发　您找谁？

康顺子　（不语，直奔过刘麻子去）刘麻子，你还认识我吗？（要打，但是伸不出手去，一劲地颤抖）你，你，你个……（要骂，也感到困难）
刘麻子　你这个娘儿们，无缘无故地跟我捣什么乱呢？
康顺子　（挣扎）无缘无故？你，你看看我是谁？一个男子汉，干什么吃不了饭，偏干伤天害理的事！呸！呸！
王利发　这位大嫂，有话好好说！
康顺子　你是掌柜的？你忘了吗？十几年前，有个娶媳妇的太监？
王利发　您，您就是庞太监的那个……
康顺子　都是他（指刘麻子）作的好事，我今天跟他算算账！（又要打，仍未成功）
刘麻子　（躲）你敢！你敢！我好男不跟女斗！（随说随往后退）我，我找人来帮我说说理！（撒腿往后面跑）
王利发　（对康顺子）大嫂，你坐下，有话慢慢说！庞太监呢？
康顺子　（坐下喘气）死啦。叫他的侄子们给饿死的。一改民国呀，他还有钱，可没了势力，所以侄子们敢欺负他。他一死，他的侄子们把我们轰出来了，连一床被子都没给我们！
王利发　这，这是……？
康顺子　我的儿子！
王利发　您的……？
康顺子　也是买来的，给太监当儿子。
康大力　妈！你爸爸当初就在这儿卖了你的？
康顺子　对了，乖！就是这儿，一进这儿的门，我就晕过去了，我永远忘不了这个地方！

康大力　我可不记得我爸爸在哪里卖了我的!

康顺子　那时候,你不是才一岁吗?妈妈把你养大了的,你跟妈妈一条心,对不对?乖!

康大力　那个老东西,掐你、拧你、咬你,还用烟签子扎我!他们人多,咱们打不过他们!要不是你,妈,我准叫他们给打死了!

康顺子　对!他们人多,咱们又太老实!你看,看见刘麻子,我想咬他几口,可是,可是,连一个嘴巴也没打上,我伸不出手去!

康大力　妈,等我长大了,我帮助你打!我不知道亲妈妈是谁,你就是我的亲妈妈!

康顺子　好!好!咱们永远在一块儿,我去挣钱,你去念书!(稍愣了一会儿)掌柜的,当初我在这儿叫人买了去,咱们总算有缘,你能不能帮帮忙,给我找点事作?我饿死不要紧,可不能饿死这个无倚无靠的好孩子!

〔王淑芬出来,立在后边听着。

王利发　你会干什么呢?

康顺子　洗洗涮涮、缝缝补补、作家常饭,都会!我是乡下人,我能吃苦,只要不再作太监的老婆,什么苦处都是甜的!

王利发　要多少钱呢?

康顺子　有三顿饭吃,有个地方睡觉,够大力上学的,就行!

王利发　好吧,我慢慢给你打听着!你看,十多年前那回事,我到今天还没忘,想起来心里就不痛快!

康顺子　可是,现在我们母子上哪儿去呢?

王利发　回乡下找你的老父亲去!

康顺子　他？他是活是死，我不知道。就是活着，我也不能去找他！他对不起女儿，女儿也不必再叫他爸爸！

王利发　马上就找事，可不大容易！

王淑芬　（过来）她能洗能作，又不多要钱，我留下她了！

王利发　你？

王淑芬　难道我不是内掌柜的？难道我跟李三爷就该累死？

康顺子　掌柜的，试试我！看我不行，您说话，我走！

王淑芬　大嫂，跟我来！

康顺子　当初我是在这儿卖出去的，现在就拿这儿当作娘家吧！大力，来吧！

康大力　掌柜的，你要不打我呀，我会帮助妈妈干活儿！（同王淑芬、康顺子下）

王利发　好家伙，一添就是两张嘴！太监取消了，可把太监的家眷交到这里来了！

李　三　（掩护着刘麻子出来）快走吧！（回去）

王利发　就走吧，还等着真挨两个脆的吗？

刘麻子　我不是说过了吗，等两个朋友？

王利发　你呀，叫我说什么才好呢！

刘麻子　有什么法子呢！隔行如隔山，你老得开茶馆，我老得干我这一行！到什么时候，我也得干我这一行！

〔老林和老陈满面笑容地走进来。

刘麻子　（二人都比他年轻，他却称呼他们哥哥）林大哥，陈二哥！（看王利发不满意，赶紧说）王掌柜，这儿现在没有人，我借个光，下不为例！

王利发　她（指后边）可是还在这儿呢！

刘麻子　不要紧了，她不会打人！就是真打，他们二位也会帮

35

　　　　　　助我!

王利发　你呀!哼!(到后边去)

刘麻子　坐下吧,谈谈!

老　林　你说吧!老二!

老　陈　你说吧!哥!

刘麻子　谁说不一样啊!

老　陈　你说吧,你是大哥!

老　林　那个,你看,我们俩是把兄弟!

老　陈　对!把兄弟,两个人穿一条裤子的交情!

老　林　他有几块现大洋!

刘麻子　现大洋?

老　陈　林大哥也有几块现大洋!

刘麻子　一共多少块呢?说个数目!

老　林　那,还不能告诉你咧!

老　陈　事儿能办才说咧!

刘麻子　有现大洋,没有办不了的事!

老　林
　　　　真的?
老　陈

刘麻子　说假话是孙子!

老　林　那么,你说吧,老二!

老　陈　还是你说,哥!

老　林　你看,我们是两个人吧?

刘麻子　嗯!

老　陈　两个人穿一条裤子的交情吧?

刘麻子　嗯!

老　林　没人耻笑我们的交情吧?

刘麻子　交情嘛，没人耻笑！
老　陈　也没人耻笑三个人的交情吧？
刘麻子　三个人？都是谁？
老　林　还有个娘儿们！
刘麻子　嗯！嗯！嗯！我明白了！可是不好办，我没办过！你看，平常都说小两口儿，哪有小三口儿的呢！
老　林　不好办？
刘麻子　太不好办啦！
老　林　（问老陈）你看呢？
老　陈　还能白拉倒吗？
老　林　不能拉倒！当了十几年兵，连半个媳妇都娶不上！他妈的！
刘麻子　不能拉倒，咱们再想想！你们到底一共有多少块现大洋？
〔王利发和崔久峰由后面慢慢走来。刘麻子等停止谈话。
王利发　崔先生，昨天秦二爷派人来请您，您怎么不去呢？您这么有学问，上知天文，下知地理，又作过国会议员，可是住在我这里，天天念经；干吗不出去作点事呢？您这样的好人，应当出去作官！有您这样的清官，我们小民才能过太平日子！
崔久峰　惭愧！惭愧！作过国会议员，那真是造孽呀！革命有什么用呢，不过自误误人而已！唉！现在我只能修持，忏悔！
王利发　您看秦二爷，他又办工厂，又忙着开银号！
崔久峰　办了工厂、银号又怎么样呢？他说实业救国，他救了谁？

救了他自己,他越来越有钱了!可是他那点事业,哼,外国人伸出一个小指头,就把他推倒在地,再也起不来!

王利发　您别这么说呀!难道咱们就一点盼望也没有了吗?

崔久峰　难说!很难说!你看,今天王大帅打李大帅,明天赵大帅又打王大帅。是谁叫他们打的?

王利发　谁?哪个混蛋?

崔久峰　洋人!

王利发　洋人?我不能明白!

崔久峰　慢慢地你就明白了。有那么一天,你我都得作亡国奴!我干过革命,我的话不是随便说的!

王利发　那么,您就不想想主意,卖卖力气,别叫大家作亡国奴?

崔久峰　我年轻的时候,以天下为己任,的确那么想过!现在,我可看透了,中国非亡不可!

王利发　那也得死马当活马治呀!

崔久峰　死马当活马治?那是妄想!死马不能再活,活马可早晚得死!好啦,我到弘济寺去,秦二爷再派人来找我,你就说,我只会念经,不会干别的!(下)

〔宋恩子、吴祥子又回来了。

王利发　二位!有什么消息没有?

〔宋恩子、吴祥子不语,坐在靠近门口的地方,看着刘麻子等。

〔刘麻子不知如何是好,低下头去。

〔老陈、老林也不知如何是好,相视无言。

〔静默了有一分钟。

老　陈　哥,走吧?

老　林　走!

宋恩子　等等！（立起来，挡住路）
老　陈　怎么啦？
吴祥子　（也立起）你说怎么啦？
　　　　〔四人呆呆相视一会儿。
宋恩子　乖乖地跟我们走！
老　林　上哪儿？
吴祥子　逃兵，是吧？有些块现大洋，想在北京藏起来，是吧？有钱就藏起来，没钱就当土匪，是吧？
老　陈　你管得着吗？我一个人揍你这样的八个。（要打）
宋恩子　你？可惜你把枪卖了，是吧？没有枪的干不过有枪的，是吧？（拍了拍身上的枪）我一个人揍你这样的八个！
老　林　都是弟兄，何必呢？都是弟兄！
吴祥子　对啦！坐下谈谈吧！你们是要命呢？还是要现大洋？
老　陈　我们那点钱来的不容易！谁发饷，我们给谁打仗，我们打过多少次仗啊！
宋恩子　逃兵的罪过，你们可也不是不知道！
老　林　咱们讲讲吧，谁叫咱们是弟兄呢！
吴祥子　这像句自己人的话！谈谈吧！
王利发　（在门口）诸位，大令过来了！
老　陈
老　林　啊！（惊惶失措，要往里边跑）
宋恩子　别动！君子一言，把现大洋分给我们一半，保你们俩没事！咱们是自己人！
老　林
老　陈　就那么办！自己人！
　　　　〔"大令"进来：二捧刀——刀缠红布——背枪者前

39

导，手捧令箭的在中，四持黑红棍者在后。军官在最后押队。

吴祥子　（和宋恩子、老林、老陈一齐立正，从帽中取出证章，叫军官看）报告官长，我们正在这儿盘查一个逃兵。

军　官　就是他吗？（指刘麻子）

吴祥子　（指刘麻子）就是他！

军　官　绑！

刘麻子　（喊）老爷！我不是！不是！

军　官　绑！（同下）

吴祥子　（对宋恩子）到后面抓两个学生！

宋恩子　走！（同往后疾走）

——幕　落

# 第三幕

人　物　王大拴、明师傅、于厚斋、周秀花、邹福远、小宋恩子、王小花、卫福喜、小吴祥子、康顺子、方六、常四爷、丁宝、车当当、秦仲义、王利发、庞四奶奶、小心眼、茶客甲、乙、春梅、沈处长、小刘麻子、老杨、宪兵四人、取电灯费的、小二德子、小唐铁嘴、谢勇仁。

时　间　抗日战争胜利后，国民党特务和美国兵在北京横行的时候。秋，清晨。

地　点　同前幕。

〔幕启：现在，裕泰茶馆的样子可不像前幕那么体面了。藤椅已不见，代以小凳与条凳。自房屋至家具都显着暗淡无光。假若有什么突出惹眼的东西，那就是"莫谈国事"的纸条更多，字也更大了。在这些条子旁边还贴着"茶钱先付"的新纸条。

〔一清早，还没有下窗板。王利发的儿子王大拴，垂头丧气地独自收拾屋子。

〔王大拴的妻周秀花，领着小女儿王小花，由后面出来。她们一边走一边说话儿。

王小花　妈，晌午给我作点热汤面吧！好多天没吃过啦！

周秀花　我知道，乖！可谁知道买得着面买不着呢！就是粮食店里可巧有面，谁知道咱们有钱没有呢！唉！

王小花　就盼着两样都有吧！妈！

周秀花　你倒想得好，可哪能那么容易！去吧，小花，在路上留神吉普车！

王大拴　小花，等等！

王小花　干吗？爸！

王大拴　昨天晚上……

周秀花　我已经嘱咐过她了！她懂事！

王大拴　你大力叔叔的事万不可对别人说呀！说了，咱们全家都得死！明白吧？

王小花　我不说，打死我也不说！有人问我大力叔叔回来过没有，我就说：他走了好几年，一点消息也没有！

〔康顺子由后面走来。她的腰有点弯，但还硬朗。她一边走一边叫王小花。

康顺子　小花！小花！还没走哪？

王小花　康婆婆，干吗呀？

康顺子　小花，乖！婆婆再看你一眼！（抚弄王小花的头）多体面哪！吃的不足啊，要不然还得更好看呢！

周秀花　大婶，您是要走吧？

康顺子　是呀！我走，好让你们省点嚼谷呀！大力是我拉扯大的，他叫我走，我怎能不走呢？当初，我刚到这里的时候，他还没有小花这么高呢！

王小花　看大力叔叔现在多么壮实，多么大气！

康顺子　是呀，虽然他只在这儿坐了一袋烟的工夫呀，可是叫我年轻了好几岁！我本来什么也没有，一见着他呀，好像忽然间我什么都有啦！我走，跟着他走，受什么累，吃什么苦，也是香甜的！看他那两只大手，那两只大脚，简直是个顶天立地的男子汉！

王小花　婆婆，我也跟您去！

康顺子　小花，你乖乖地去上学，我会回来看你！

王大拴　小花，上学吧，别迟到！

王小花　婆婆，等我下了学您再走！

康顺子　哎！哎！去吧，乖！（王小花下）

王大拴　大婶，我爸爸叫您走吗？

康顺子　他还没打好了主意。我倒怕呀，大力回来的事儿万一叫人家知道了啊，我又忽然这么一走，也许要连累了你们！这年月不是天天抓人吗？我不能作对不起你们的事！

周秀花　大婶，您走您的，谁逃出去谁得活命！喝茶的不是常低声儿说：想要活命得上西山[①]吗？

王大拴　对！

康顺子　小花的妈，来吧，咱们再商量商量！我不能专顾自己，叫你们吃亏！老大，你也好好想想！（同周秀花下）

〔丁宝进来。

丁　宝　嗨，掌柜的，我来啦！

王大拴　你是谁？

丁　宝　小丁宝！小刘麻子叫我来的，他说这儿的老掌柜托他请个女招待。

王大拴　姑娘，你看看，这么个破茶馆，能用女招待吗？我们

---

[①] 北京西山一带当时是八路军的游击区。

老掌柜呀，穷得乱出主意！

〔王利发慢慢地走出来，他还硬朗，穿的可很不整齐。

王利发　老大，你怎么老在背后褒贬老人呢？谁穷得乱出主意呀？下板子去！什么时候了，还不开门！

〔王大拴去下窗板。

丁　宝　老掌柜，你硬朗啊？

王利发　嗯！要有炸酱面的话，我还能吃三大碗呢，可惜没有！十几了？姑娘！

丁　宝　十七！

王利发　才十七？

丁　宝　是呀！妈妈是寡妇，带着我过日子。胜利以后呀，政府硬说我爸爸给我们留下的一所小房子是逆产，给没收啦！妈妈气死了，我作了女招待！老掌柜，我到今天还不明白什么叫逆产，您知道吗？

王利发　姑娘，说话留点神！一句话说错了，什么都可以变成逆产！你看，这后边呀，是秦二爷的仓库，有人一瞪眼，说是逆产，就给没收啦！就是这么一回事！

〔王大拴回来。

丁　宝　老掌柜，您说对了！连我也是逆产，谁的胳臂粗，我就得侍候谁！他妈的，我才十七，就常想还不如死了呢！死了落个整尸首，干这一行，活着身上就烂了！

王大拴　爸，您真想要女招待吗？

王利发　我跟小刘麻子瞎聊来着！我一辈子老爱改良，看着生意这么不好，我着急！

王大拴　您着急，我也着急！可是，您就忘记老裕泰这个老字号了吗？六十多年的老字号，用女招待？

丁　宝　什么老字号啊！越老越不值钱！不信，我现在要是二十八岁，就是叫小小丁宝，小丁宝贝，也没人看我一眼！

〔茶客甲、乙上。

王利发　二位早班儿！带着叶子哪？老大拿开水去！（王大拴下）二位，对不起，茶钱先付！

茶客甲　没听说过！

王利发　我开过几十年茶馆，也没听说过！可是，您圣明：茶叶、煤球儿都一会儿一个价钱，也许您正喝着茶，茶叶又长了价钱！您看，先收茶钱不是省得麻烦吗？

茶客乙　我看哪，不喝更省事！（同茶客甲下）

王大拴　（提来开水）怎么？走啦！

王利发　这你就明白了！

丁　宝　我要是过去说一声："来了？小子！"他们准给一块现大洋！

王利发　你呀，老大，比石头还顽固！

王大拴　（放下壶）好吧，我出去蹓蹓，这里出不来气！（下）

王利发　你出不来气，我还憋得慌呢！

〔小刘麻子上，穿着洋服，夹着皮包。

小刘麻子　小丁宝，你来啦？

丁　宝　有你的话，谁敢不来呀！

小刘麻子　王掌柜，看我给你找来的小宝贝怎样？人材、岁数打扮、经验，样样出色！

王利发　就怕我用不起吧？

小刘麻子　没的事！她不要工钱！是吧，小丁宝？

王利发　不要工钱？

小刘麻子　老头儿,你都甭管,全听我的,我跟小丁宝有我们一套办法!是吧,小丁宝?

丁　宝　要是没你那一套办法,怎会缺德呢!

小刘麻子　缺德?你算说对了!当初,我爸爸就是由这儿绑出去的;不信,你问王掌柜。是吧,王掌柜?

王利发　我亲眼得见!

小刘麻子　你看,小丁宝,我不乱吹吧?绑出去,就在马路中间,磕喳一刀!是吧,老掌柜?

王利发　听得真真的!

小刘麻子　我不说假话吧?小丁宝!可是,我爸爸到底差点事,一辈子混的并不怎样。轮到我自己出头露面了,我必得干的特别出色。(打开皮包,拿出计划书)看,小丁宝,看看我的计划!

丁　宝　我没那么大的工夫!我看哪,我该回家,休息一天,明天来上工。

王利发　丁宝,我还没想好呢!

小刘麻子　王掌柜,我都替你想好啦!不信,你等着看,明天早上,小丁宝在门口儿歪着头那么一站,马上就进来二百多茶座儿!小丁宝,你听听我的计划,跟你有关系。

丁　宝　哼!但愿跟我没关系!

小刘麻子　你呀,小丁宝,不够积极!听着……

〔取电灯费的进来。

取电灯费的　掌柜的,电灯费!

王利发　电灯费?欠几个月的啦?

取电灯费的　三个月的!

王利发　再等三个月,凑半年,我也还是没办法!

| | |
|---|---|
| 取电灯费的 | 那像什么话呢？ |
| 小刘麻子 | 地道真话嘛！这儿属沈处长管。知道沈处长吧？市党部的委员，宪兵司令部的处长！您愿意收他的电费吗？说！ |
| 取电灯费的 | 什么话呢，当然不收！对不起，我走错了门儿！（下） |
| 小刘麻子 | 看，王掌柜，你不听我的行不行？你那套光绪年的办法太守旧了！ |
| 王利发 | 对！要不怎么说，人要活到老学到老呢！我还得多学！ |
| 小刘麻子 | 就是嘛！ |

〔小唐铁嘴进来，穿着绸子夹袍，新缎鞋。

| | |
|---|---|
| 小刘麻子 | 哎哟，他妈的是你，小唐铁嘴！ |
| 小唐铁嘴 | 哎哟，他妈的是你，小刘麻子！来，叫爷爷看看！（看前看后）你小子行，洋服穿的像那么一回事，由后边看哪，你比洋人还更像洋人！老王掌柜，我夜观天象，紫微星发亮，不久必有真龙天子出现，所以你看我跟小刘麻子，和这位…… |
| 小刘麻子 | 小丁宝，九城闻名！ |
| 小唐铁嘴 | ……和这位小丁宝，才都这么才貌双全，文武带打，我们是应运而生，活在这个时代，真是如鱼得水！老掌柜，把脸转正了，我看看！好，好，印堂发亮，还有一步好运！来吧，给我碗喝吧！ |
| 王利发 | 小唐铁嘴！ |
| 小唐铁嘴 | 别再叫唐铁嘴，我现在叫唐天师！ |
| 小刘麻子 | 谁封你作了天师？ |
| 小唐铁嘴 | 待两天你就知道了。 |
| 王利发 | 天师，可别忘了，你爸爸白喝了我一辈子的茶，这可 |

47

不能世袭!

小唐铁嘴　王掌柜,等我穿上八卦仙衣的时候,你会后悔刚才说了什么!你等着吧!

小刘麻子　小唐,待会儿我请你去喝咖啡,小丁宝作陪,你先听我说点正经事,好不好?

小唐铁嘴　王掌柜,你就不想想,天师今天白喝你点茶,将来会给你个县知事作作吗?好吧,小刘你说!

小刘麻子　我这儿刚跟小丁宝说,我有个伟大的计划!

小唐铁嘴　好!洗耳恭听!

小刘麻子　我要组织一个"拖拉撕"。这是个美国字,也许你不懂,翻成北京话就是"包圆儿"。

小唐铁嘴　我懂!就是说,所有的姑娘全由你包办。

小刘麻子　对!你的脑力不坏!小丁宝,听着,这跟你有密切关系!甚至于跟王掌柜也有关系!

王利发　我这儿听着呢!

小刘麻子　我要把舞女、明娼、暗娼、吉普女郎和女招待全组织起来,成立那么一个大"拖拉撕"。

小唐铁嘴　(闭着眼问)官方上疏通好了没有?

小刘麻子　当然!沈处长作董事长,我当总经理!

小唐铁嘴　我呢?

小刘麻子　你要是能琢磨出个好名字来,请你作顾问!

小唐铁嘴　车马费不要法币!

小刘麻子　每月送几块美钞!

小唐铁嘴　往下说!

小刘麻子　业务方面包括:买卖部、转运部、训练部、供应部,四大部。谁买姑娘,还是谁卖姑娘;由上海调运到天津,

|||||还是由汉口调运到重庆；训练吉普女郎，还是训练女招待；是供应美国军队，还是各级官员，都由公司统一承办，保证人人满意。你看怎样？
小唐铁嘴　太好！太好！在道理上，这合乎统制一切的原则。在实际上，这首先能满足美国兵的需要，对国家有利！
小刘麻子　好吧，你就给想个好名字吧！想个文雅的，像"柳叶眉，杏核眼，樱桃小口一点点"那种诗那么文雅的！
小唐铁嘴　嗯——"拖拉撕"，"拖拉撕"……不雅！拖进来，拉进来，不听话就撕成两半儿，倒好像是绑票儿撕票儿，不雅！
小刘麻子　对，是不大雅！可那是美国字，吃香啊！
小唐铁嘴　还是联合公司响亮、大方！
小刘麻子　有你这么一说！什么联合公司呢？
丁　宝　　缺德公司就挺好！
小刘麻子　小丁宝，谈正经事，不许乱说！你好好干，将来你有作女招待总教官的希望！
小唐铁嘴　看这个怎样——花花联合公司？姑娘是什么？鲜花嘛！要姑娘就得多花钱，花呀花呀，所以花花！"青是山，绿是水，花花世界"，又有典故，出自《武家坡》！好不好！
小刘麻子　小唐，我谢谢你，谢谢你！（热烈握手）我马上找沈处长去研究一下，他一赞成，你的顾问就算当上了！
　　　　　（收拾皮包，要走）
王利发　　我说，丁宝的事到底怎么办？
小刘麻子　没告诉你不用管吗？"拖拉撕"统办一切，我先在这里试验试验。

49

丁　宝　　你不是说喝咖啡去吗？
小刘麻子　问小唐去不去？
小唐铁嘴　你们先去吧，我还在这儿等个人。
小刘麻子　咱们走吧，小丁宝！
丁　宝　　明天见，老掌柜！再见，天师！（同小刘麻子下）
小唐铁嘴　王掌柜，拿报来看看！
王利发　　那，我得慢慢地找去。二年前的还许有几张！
小唐铁嘴　废话！

〔进来三位茶客：明师傅、邹福远和卫福喜。明师傅独坐，邹福远与卫福喜同坐。王利发都认识，向大家点头。

王利发　　哥儿们，对不起啊，茶钱先付！
明师傅　　没错儿，老哥哥！
王利发　　唉！"茶钱先付"，说着都烫嘴！（忙着沏茶）
邹福远　　怎样啊？王掌柜！晚上还添评书不添啊？
王利发　　试验过了，不行！光费电，不上座儿！
邹福远　　对！您看，前天我在会仙馆，开三侠四义五霸十雄十三杰九老十五小，大破凤凰山，百鸟朝凤，棍打凤腿，您猜上了多少座儿？
王利发　　多少？那点书现在除了您，没有人会说！
邹福远　　您说的在行！可是，才上了五个人，还有俩听蹭儿的！
卫福喜　　师哥，无论怎么说，你比我强！我又闲了一个多月啦！
邹福远　　可谁叫你跳了行，改唱戏了呢？
卫福喜　　我有嗓子，有扮相嘛！
邹福远　　可是上了台，你又不好好地唱！
卫福喜　　妈的唱一出戏，挣不上三个杂合面饼子的钱，我干吗卖力气呢？我疯啦？

邹福远　唉！福喜，咱们哪，全叫流行歌曲跟《纺棉花》给顶垮喽！我是这么看，咱们死，咱们活着，还在其次，顶伤心的是咱们这点玩艺儿，再过几年都得失传！咱们对不起祖师爷！常言道：邪不侵正。这年头就是邪年头，正经东西全得连根儿烂！

王利发　唉！（转至明师傅处）明师傅，可老没来啦！

明师傅　出不来喽！包监狱里的伙食呢！

王利发　您！就凭您，办一、二百桌满汉全席的手儿，去给他们蒸窝窝头？

明师傅　那有什么办法呢，现而今就是狱里人多呀！满汉全席？我连家伙都卖喽！

〔方六拿着几张画儿进来。

明师傅　六爷，这儿！六爷，那两桌家伙怎样啦？我等钱用！

方　六　明师傅，您挑一张画儿吧！

明师傅　啊？我要画儿干吗呢？

方　六　这可画的不错！六大山人、董弱梅画的！

明师傅　画的天好，当不了饭吃啊！

方　六　他把画儿交给我的时候，直掉眼泪！

明师傅　我把家伙交给你的时候，也直掉眼泪！

方　六　谁掉眼泪，谁吃炖肉，我都知道！要不怎么我累心呢！你当是干我们这一行，专凭打打小鼓就行哪？

明师傅　六爷，人总有颗人心哪，你还能坑老朋友吗？

方　六　一共不是才两桌家伙吗？小事儿，别再提啦，再提就好像不大懂交情了！

〔车当当敲着两块洋钱，进来。

车当当　　谁买两块？买两块吧？天师，照顾照顾？（小唐铁嘴不语）

王利发　　当当！别处转转吧，我连现洋什么模样都忘了！

车当当　　那，你老人家就细细看看吧！白看，不用买票！（往桌上扔钱）

〔庞四奶奶进来，带着春梅。庞四奶奶的手上戴满各种戒指，打扮得像个女妖精。卖杂货的老杨跟进来。

小唐铁嘴　娘娘！

方　六　　娘娘！

车当当

庞四奶奶　天师！

小唐铁嘴　侍候娘娘！（让庞四奶奶坐，给她倒茶）

庞四奶奶　（看车当当要出去）当当，你等等！

车当当　　嗻！

老　杨　　（打开货箱）娘娘，看看吧！

庞四奶奶　唱唱那套词儿，还倒怪有个意思！

老　杨　　是！美国针、美国线、美国牙膏、美国消炎片。还有口红、雪花膏、玻璃袜子细毛线。箱子小，货物全，就是不卖原子弹！

庞四奶奶　哈哈哈！（挑了两双袜子）春梅，拿着！当当，你跟老杨算账吧！

车当当　　娘娘，别那么办哪！

庞四奶奶　我给你拿的本钱，利滚利，你欠我多少啦？天师，查账！

小唐铁嘴　是！（掏小本）

车当当　　天师，你甭操心，我跟老杨算去！

老　杨　　娘娘，您行好吧！他能给我钱吗？

庞四奶奶　老杨，他坑不了你，都有我呢！
老　杨　是！（向众）还有哪位照顾照顾？（又要唱）美国针……
庞四奶奶　听够了！走！
老　杨　是！美国针、美国线，我要不走是混蛋！走，当当！
　　　　（同车当当下）
方　六　（过来）娘娘，我得到一堂景泰蓝的五供儿，东西老，地道，也便宜，坛上用顶体面，您看看吧？
庞四奶奶　请皇上看看吧！
方　六　是！皇上不是快登基了吗？我先给您道喜！我马上取去，送到坛上！娘娘多给美言几句，我必有份人心！
　　　　（往外走）
明师傅　六爷，我的事呢？！
方　六　你先给我看着那几张画！（下）
明师傅　你等等！坑我两桌家伙，我还有把切菜刀呢！（追下）
庞四奶奶　王掌柜，康妈妈在这儿哪？请她出来！
小唐铁嘴　我去！（跑到后门）康老太太，您来一下！
王利发　什么事？
小唐铁嘴　朝廷大事！
　　〔康顺子上。
康顺子　干什么呀？
庞四奶奶　（迎上去）婆母！我是您的四侄媳妇，来接您，快坐下吧！（拉康顺子坐下）
康顺子　四侄媳妇？
庞四奶奶　是呀，您离开庞家的时候，我还没过门哪。
康顺子　我跟庞家一刀两断啦，找我干吗？
庞四奶奶　您的四侄子海顺呀，是三皇道的大坛主，国民党的大党员，又是沈处长的把兄弟，快作皇上啦，您不喜欢吗？

康顺子　快作皇上？

庞四奶奶　啊！龙袍都作好啦，就快在西山登基！

康顺子　在西山？

小唐铁嘴　老太太，西山一带有八路军。庞四爷在那一带登基，消灭八路，南京能够不愿意吗？

庞四奶奶　四爷呀都好，近来可是有点贪酒好色。他已经弄了好几个小老婆！

小唐铁嘴　娘娘，三宫六院七十二嫔妃，可有书可查呀！

庞四奶奶　你不是娘娘，怎么知道娘娘的委屈！老太太，我是这么想：您要是跟我一条心，我叫您作老太后，咱们俩一齐管着皇上，我这个娘娘不就好作一点了吗？老太太，您跟我去，吃好的喝好的，兜儿里老带着那么几块当当响的洋钱，够多么好啊！

康顺子　我要是不跟你去呢？

庞四奶奶　啊？不去？（要翻脸）

小唐铁嘴　让老太太想想，想想！

康顺子　用不着想，我不会再跟庞家的人打交道！四媳妇，你作你的娘娘，我作我的苦老婆子，谁也别管谁！刚才你要瞪眼睛，你当我怕你吗？我在外边也混了这么多年，磨练出来点了，谁跟我瞪眼，我会伸手打！（立起，往后走）

小唐铁嘴　老太太！老太太！

康顺子　（立住，转身对小唐铁嘴）你呀，小伙子，挺起腰板来，去挣碗干净饭吃，不好吗？（下）

庞四奶奶　（移怒于王利发）王掌柜，过来！你去跟那个老婆子说说，说好了，我送给你一袋子白面！说不好，我砸了你的茶馆！天师，走！

小唐铁嘴　王掌柜，我晚上还来，听你的回话！

王利发　万一我下半天就死了呢？

庞四奶奶　呸！你还不该死吗？（与小唐铁嘴、春梅同下）

王利发　哼！

邹福远　师弟，你看这算哪一出？哈哈哈！

卫福喜　我会二百多出戏，就是不懂这一出！你知道那个娘儿们的出身吗？

邹福远　我还能不知道！东霸天的女儿，在娘家就生过……得，别细说，我看这群浑蛋都有点回光反照，长不了！

〔王大拴回来。

王利发　看着点，老大。我到后面商量点事！（下）

小二德子　（在外面大吼一声）闪开了！（进来）大拴哥，沏壶顶好的，我有钱！（掏出四块现洋，一块一块地放下）给算算，刚才花了一块，这儿还有四块，五毛打一个，我一共打了几个？

王大拴　十个。

小二德子　（用手指算）对！前天四个，昨天六个，可不是十个！大拴哥，你拿两块吧！没钱，我白喝你的茶；有钱，就给你！你拿吧！（吹一块，放在耳旁听听）这块好，就一块当两块吧，给你！

王大拴　（没接钱）小二德子，什么生意这么好啊？现大洋不容易看到啊！

小二德子　念书去了！

王大拴　把"一"字都念成扁担,你念什么书啊?

小二德子　(拿起桌上的壶来,对着壶嘴喝了一气,低声说)市党部派我去的,法政学院。没当过这么美的差事,太美,太过瘾!比在天桥好的多!打一个学生,五毛现洋!昨天揍了几个来着?

王大拴　六个。

小二德子　对!里边还有两个女学生!一拳一拳地下去,太美,太过瘾!大拴哥,你摸摸,摸摸!(伸臂)铁筋洋灰的!用这个揍男女学生,你想想,美不美?

王大拴　他们就那么老实,乖乖地叫你打?

小二德子　我专找老实的打呀!你当我是傻子哪?

王大拴　小二德子,听我说,打人不对!

小二德子　可也难说!你看教党义的那个教务长,上课先把手枪拍在桌上,我不过抢抢拳头,没动手枪啊!

王大拴　什么教务长啊,流氓!

小二德子　对!流氓!不对,那我也是流氓喽!大拴哥,你怎么绕着脖子骂我呢?大拴哥,你有骨头!不怕我这铁筋洋灰的胳臂!

王大拴　你就是把我打死,我不服你还是不服你,不是吗?

小二德子　喝,这么绕脖子的话,你怎么想出来的?大拴哥,你应当去教党义,你有文才!好啦,反正今天我不再打学生!

王大拴　干吗光是今天不打?永远不打才对!

小二德子　不是今天我另有差事吗?

王大拴　什么差事?

小二德子　今天打教员!

王大拴　干吗打教员？打学生就不对，还打教员？
小二德子　上边怎么交派，我怎么干！他们说，教员要罢课。罢课就是不老实，不老实就得揍！他们叫我上这儿等着，看见教员就揍！
邹福远　（嗅出危险）师弟，咱们走吧！
卫福喜　走！（同邹福远下）
小二德子　大拴哥，你拿着这块钱吧！
王大拴　打女学生的钱，我不要！
小二德子　（另拿一块）换换，这块是打男学生的，行了吧？（看王大拴还是摇头）这么办，你替我看着点，我出去买点好吃的，请请你，活着还不为吃点喝点老三点吗？（收起现洋，下）

〔康顺子提着小包出来。王利发与周秀花跟着。

康顺子　王掌柜，你要是改了主意，不让我走，我还可以不走！
王利发　我……
周秀花　庞四奶奶也未必敢砸茶馆！
王利发　你怎么知道？三皇道是好惹的？
康顺子　我顶不放心的还是大力的事！只要一走漏了消息，大家全完！那比砸茶馆更厉害！
王大拴　大婶，走！我送您去！爸爸，我送送她老人家，可以吧？
王利发　嗯——
周秀花　大婶在这儿受了多少年的苦，帮了咱们多少忙，还不应当送送？
王利发　我并没说不叫他送！送！送！
王大拴　大婶，等等，我拿件衣服去！（下）
周秀花　爸，您怎么啦？

57

王利发　别再问我什么，我心里乱！一辈子没这么乱过！媳妇，你先陪大婶走，我叫老大追你们！大婶，外边不行啊，就还回来！

周秀花　老太太，这儿永远是您的家！

王利发　可谁知道也许……

康顺子　我也不会忘了你们！老掌柜，你硬硬朗朗的吧！（同周秀花下）

王利发　（送了两步，立住）硬硬朗朗的干什么呢？

〔谢勇仁和于厚斋进来。

谢勇仁　（看看墙上，先把茶钱放在桌上）老人家，沏一壶来。（坐）

王利发　（先收钱）好吧。

于厚斋　勇仁，这恐怕是咱们末一次坐茶馆了吧？

谢勇仁　以后我倒许常来。我决定改行，去蹬三轮儿！

于厚斋　蹬三轮一定比当小学教员强！

谢勇仁　我偏偏教体育，我饿，学生们饿，还要运动，不是笑话吗？

〔王小花跑进来。

王利发　小花，怎这么早就下了学呢？

王小花　老师们罢课啦！（看见于厚斋、谢勇仁）于老师，谢老师！你们都没上学去，不教我们啦？还教我们吧！见不着老师，同学们都哭啦！我们开了个会，商量好，以后一定都守规矩，不招老师们生气！

于厚斋　小花！老师们也不愿意耽误了你们的功课。可是，吃不上饭，怎么教书呢？我们家里也有孩子，为教别人的孩子，叫自己的孩子挨饿，不是不公道吗？好孩子，别着急，喝完茶，我们开会去，也许能够想出点办法来！

谢勇仁　好好在家温书，别乱跑去，小花！

〔王大拴由后面出来，夹着个小包。

王小花　爸，这是我的两位老师！

王大拴　老师们，快走！他们埋伏下了打手！

王利发　谁？

王大拴　小二德子！他刚出去，就回来！

王利发　二位先生，茶钱退回，（递钱）请吧！快！

王大拴　随我来！

〔小二德子上。

小二德子　街上有游行的，他妈的什么也买不着！大拴哥，你上哪儿？这俩是谁？

王大拴　喝茶的！（同于厚斋、谢勇仁往外走）

小二德子　站住！（三人还走）怎么？不听话？先揍了再说！

王利发　小二德子！

小二德子　（拳已出去）尝尝这个！

谢勇仁　（上面一个嘴巴，下面一脚）尝尝这个！

小二德子　哎哟！（倒下）

王小花　该！该！

谢勇仁　起来，再打！

小二德子　（起来，捂着脸）喝！喝！（往后退）喝！

王大拴　快走！（扯二人下）

小二德子　（迁怒）老掌柜，你等着吧，你放走了他们，待会儿我跟你算账！打不了他们，还打不了你这个糟老头子吗？（下）

59

王小花　爷爷,爷爷!小二德子追老师们去了吧?那可怎么好!

王利发　他不敢!这路人我见多了,都是软的欺,硬的怕!

王小花　他要是回来打您呢?

王利发　我?爷爷会说好话呀。

王小花　爸爸干什么去了?

王利发　出去一会儿,你甭管!上后边温书去吧,乖!

王小花　老师们可别吃了亏呀,我真不放心!(下)

〔丁宝跑进来。

丁　宝　老掌柜,老掌柜!告诉你点事!

王利发　说吧,姑娘!

丁　宝　小刘麻子呀,没安着好心,他要霸占这个茶馆!

王利发　怎么霸占?这个破茶馆还值得他们霸占?

丁　宝　待会儿他们就来,我没工夫细说,你打个主意吧!

王利发　姑娘,我谢谢你!

丁　宝　我好心好意来告诉你,你可不能卖了我呀!

王利发　姑娘,我还没老胡涂了!放心吧!

丁　宝　好!待会儿见!(下)

〔周秀花回来。

周秀花　爸,他们走啦。

王利发　好!

周秀花　小花的爸说,叫您放心,他送到了地方就回来。

王利发　回来不回来都随他的便吧!

周秀花　爸,您怎么啦?干吗这么不高兴?

王利发　没事!没事!看小花去吧。她不是想吃热汤面吗?要是还有点面的话,给她作一碗吧,孩子怪可怜的,什么也吃不着!

周秀花　一点白面也没有！我看看去，给她作点杂合面疙疸汤吧！（下）

〔小唐铁嘴回来。

小唐铁嘴　王掌柜，说好了吗？

王利发　晚上，晚上一定给你回话！

小唐铁嘴　王掌柜，你说我爸爸白喝了一辈子的茶，我送你几句救命的话，算是替他还账吧。告诉你，三皇道现在比日本人在这儿的时候更厉害，砸你的茶馆比砸个砂锅还容易！你别太大意了！

王利发　我知道！你既买我的好，又好去对娘娘表表功！是吧？

〔小宋恩子和小吴祥子进来，都穿着新洋服。

小唐铁嘴　二位，今天可够忙的？

小宋恩子　忙得厉害！教员们大暴动！

王利发　二位，"罢课"改了名儿，叫"暴动"啦？

小唐铁嘴　怎么啦？

小吴祥子　他们还能反到天上去吗？到现在为止，已经抓了一百多，打了七十几个，叫他们反吧！

小宋恩子　太不知好歹！他们老老实实的，美国会送来大米、白面嘛！

小唐铁嘴　就是！二位，有大米、白面，可别忘了我！以后，给大家的坟地看风水，我一定尽义务！好！二位忙吧！（下）

小吴祥子　你刚才问，"罢课"改叫"暴动"啦？王掌柜！

王利发　岁数大了，不懂新事，问问！

小宋恩子　哼！你就跟他们是一路货！

王利发　我？您太高抬我啦！

小吴祥子　我们忙，没工夫跟你废话，说干脆的吧！
王利发　什么干脆的？
小宋恩子　教员们暴动，必有主使的人！
王利发　谁？
小吴祥子　昨天晚上谁上这儿来啦？
王利发　康大力！
小宋恩子　就是他！你把他交出来吧！
王利发　我要是知道他是哪路人，还能够随便说出来吗？我跟你们的爸爸打交道多少年，还不懂这点道理？
小吴祥子　甭跟我们拍老腔，说真的吧！
王利发　交人，还是拿钱，对吧？
小宋恩子　你真是我爸爸教出来的！对啦，要是不交人，就把你的金条拿出来！别的铺子都随开随倒，你可混了这么多年，必定有点底！

〔小二德子匆匆跑来。

小二德子　快走！街上的人不够用啦！快走！
小吴祥子　你小子管干吗的？
小二德子　我没闲着，看，脸都肿啦！
小宋恩子　掌柜的，我们马上回来，你打主意吧！
王利发　不怕我跑了吗？
小吴祥子　老梆子，你真逗气儿！你跑到阴间去，我们也会把你抓回来！（打了王利发一掌，同小宋恩子、小二德子下）
王利发　（向后叫）小花！小花的妈！
周秀花　（同王小花跑出来）我都听见了！怎么办？
王利发　快走！追上康妈妈！快！
王小花　我拿书包去！（下）

周秀花　拿上两件衣裳,小花!爸,剩您一个人怎么办?
王利发　这是我的茶馆,我活在这儿,死在这儿!
　　　　〔王小花挎着书包,夹着点东西跑回来。
周秀花　爸爸!
王小花　爷爷!
王利发　都别难过,走!(从怀中掏出所有的钱和一张旧像片)媳妇,拿着这点钱,小花,拿着这个,老裕泰三十年前的相片,交给你爸爸!走吧!
　　　　〔小刘麻子同丁宝回来。
小刘麻子　小花,教员罢课,你住姥姥家去呀?
王小花　对啦!
王利发　(假意地)媳妇,早点回来!
周秀花　爸,我们住两天就回来!(同王小花下)
小刘麻子　王掌柜,好消息!沈处长批准了我的计划!
王利发　大喜,大喜!
小刘麻子　您也大喜,处长也批准修理这个茶馆!我一说,处长说好!他呀老把"好"说成"蒿",特别有个洋味儿!
王利发　都是怎么一回事?
小刘麻子　从此你算省心了!这儿全属我管啦,你搬出去!我先跟你说好了,省得以后你麻烦我!
王利发　那不能!凑巧,我正想搬家呢。
丁　宝　小刘,老掌柜在这儿多少年啦,你就不照顾他一点吗?
小刘麻子　看吧!我办事永远厚道!王掌柜,我接处长去,叫他看看这个地方。你把这儿好好收拾一下!小丁宝,你把小心眼找来,迎接处长!带点香水,好好喷一气,这里臭哄哄的!走!(同丁宝下)

王利发　好！真好！太好！哈哈哈！
　　　　〔常四爷提着小筐进来，筐里有些纸钱和花生米。他虽年过七十，可是腰板还不太弯。
常四爷　什么事这么好哇，老朋友！
王利发　哎哟！常四哥！我正想找你这么一个人说说话儿呢！我沏一壶顶好的茶来，咱们喝喝！（去沏茶）
　　　　〔秦仲义进来。他老的不像样子了，衣服也破旧不堪。
秦仲义　王掌柜在吗？
常四爷　在！您是……
秦仲义　我姓秦。
常四爷　秦二爷。
王利发　（端茶来）谁？秦二爷？正想去告诉您一声，这儿要大改良！坐！坐！
常四爷　我这儿有点花生米，（抓）喝茶吃花生米，这可真是个乐子！
秦仲义　可是谁嚼得动呢？
王利发　看多么邪门，好容易有了花生米，可全嚼不动！多么可笑！怎样啊？秦二爷！（都坐下）
秦仲义　别人都不理我啦，我来跟你说说：我到天津去了一趟，看看我的工厂！
王利发　不是没收了吗？又物归原主啦？这可是喜事！
秦仲义　拆了！
常四爷　拆了？
王利发
秦仲义　拆了！我四十年的心血啊，拆了！别人不知道，王掌柜你知道：我从二十多岁起，就主张实业救国。到而

64

　　　　　今……抢去我的工厂，好，我的势力小，干不过他们！可倒好好地办哪，那是富国裕民的事业呀！结果，拆了，机器都当碎铜烂铁卖了！全世界，全世界找得到这样的政府找不到？我问你！
王利发　当初，我开的好好的公寓，您非盖仓库不可。看，仓库查封，货物全叫他们偷光！当初，我劝您别把财产都出手，您非都卖了开工厂不可！
常四爷　还记得吧？当初，我给那个卖小妞的小媳妇一碗面吃，您还说风凉话呢。
秦仲义　现在我明白了！王掌柜，求你一件事吧：（掏出一二机器小零件和一支钢笔管来）工厂拆平了，这是我由那儿捡来的小东西。这枝笔上刻着我的名字呢，它知道，我用它签过多少张支票，写过多少计划书。我把它们交给你，没事的时候，你可以跟喝茶的人们当个笑话谈谈，你说呀：当初有那么一个不知好歹的秦某人，爱办实业。办了几十年，临完他只由工厂的土堆里捡回来这么点小东西！你应当劝告大家，有钱哪，就该吃喝嫖赌，胡作非为，可千万别干好事！告诉他们哪，秦某人七十多岁了才明白这点大道理！他是天生来的笨蛋！
王利发　您自己拿着这枝笔吧，我马上就搬家啦！
常四爷　搬到哪儿去？
王利发　哪儿不一样呢！秦二爷，常四爷，我跟你们不一样：二爷财大业大心胸大，树大可就招风啊！四爷你，一辈子不服软，敢作敢当，专打抱不平。我呢，作了一辈子顺民，见谁都请安、鞠躬、作揖。我只盼着呀，

65

　　　　　孩子们有出息，冻不着，饿不着，没灾没病！可是，日本人在这儿，二拴子逃跑啦，老婆想儿子想死啦！好容易，日本人走啦，该缓一口气了吧？谁知道，（惨笑）哈哈，哈哈，哈哈！

常四爷　我也不比你强啊！自食其力，凭良心干了一辈子啊，我一事无成！七十多了，只落得卖花生米！个人算什么呢，我盼哪，盼哪，只盼国家像个样儿，不受外国人欺侮。可是……哈哈！

秦仲义　日本人在这儿，说什么合作，把我的工厂就合作过去了。咱们的政府回来了，工厂也不怎么又变成了逆产。仓库里（指后边）有多少货呀，全完！哈哈！

王利发　改良，我老没忘了改良，总不肯落在人家后头。卖茶不行啊，开公寓。公寓没啦，添评书！评书也不叫座儿呀，好，不怕丢人，想添女招待！人总得活着吧？我变尽了方法，不过是为活下去！是呀，该贿赂的，我就递包袱。我可没作过缺德的事，伤天害理的事，为什么就不叫我活着呢？我得罪了谁？谁？皇上，娘娘那些狗男女都活得有滋有味的，单不许我吃窝窝头，谁出的主意？

常四爷　盼哪，盼哪，只盼谁都讲理，谁也不欺侮谁！可是，眼看着老朋友们一个个的不是饿死，就是叫人家杀了，我呀就是有眼泪也流不出来喽！松二爷，我的朋友，饿死啦，连棺材还是我给他化缘化来的！他还有我这么个朋友，给他化了一口四块板的棺材；我自己呢？我爱咱们的国呀，可是谁爱我呢？看，（从筐中拿出些纸钱）遇见出殡的，我就捡几张纸钱。没有寿衣，没有棺材，我只好给自己预备下点纸钱吧，哈哈，哈哈！

秦仲义　四爷，让咱们祭奠祭奠自己，把纸钱撒起来，算咱们三个老头子的吧！

王利发　对！四爷，照老年间出殡的规矩，喊喊！

常四爷　（立起，喊）四角儿的跟夫，本家赏钱一百二十吊！（撒起几张纸钱）①

秦仲义
王利发　一百二十吊！

秦仲义　（一手拉住一个）我没的说了，再见吧！（下）

王利发　再见！

常四爷　再喝你一碗！（一饮而尽）再见！（下）

王利发　再见！

〔丁宝与小心眼进来。

丁　宝　他们来啦，老大爷！（往屋中喷香水）

王利发　好，他们来，我躲开！（捡起纸钱，往后边走）

小心眼　老大爷，干吗撒纸钱呢？

王利发　谁知道！（下）

〔小刘麻子进来。

小刘麻子　来啦！一边一个站好！

〔丁宝、小心眼分左右在门内立好。

〔门外有汽车停住声，先进来两个宪兵。沈处长进来，

---

① 三、四十年前，北京富人出殡，要用三十二人、四十八人或六十四人抬棺材，也叫抬杠。另有四位杠夫拿着拨旗，在四角跟随。杠夫换班须注意拨旗，以便进退有序；一班也叫一拨儿。起杠时和路祭时，领杠者须喊"加钱"——本家或姑奶奶赏给杠夫酒钱。加钱数目须夸大地喊出。在喊加钱时，有人撒起纸钱来。

67

穿军便服;高靴,带马刺;手执小鞭。后面跟着二宪兵。

沈处长　（检阅似的,看丁宝、小心眼,看完一个说一声）好（蒿）！

〔丁宝摆上一把椅子,请沈处长坐。

小刘麻子　报告处长,老裕泰开了六十多年,九城闻名,地点也好,借着这个老字号,作我们的一个据点,一定成功！我打算照旧卖茶,派（指）小丁宝和小心眼作招待。有我在这儿监视着三教九流,各色人等,一定能够得到大量的情报,捉拿共产党！

沈处长　好（蒿）！

〔丁宝由宪兵手里接过骆驼牌烟,上前献烟;小心眼接过打火机,点烟。

小刘麻子　后面原来是仓库,货物已由处长都处理了,现在空着。我打算修理一下,中间作小舞厅,两旁布置几间卧室,都带卫生设备。处长清闲的时候,可以来跳跳舞,玩玩牌,喝喝咖啡。天晚了,高兴住下,您就住下。这就算是处长个人的小俱乐部,由我管理,一定要比公馆里更洒脱一点,方便一点,热闹一点！

沈处长　好（蒿）！
丁　宝　处长,我可以请示一下？
沈处长　好（蒿）！
丁　宝　这儿的老掌柜怪可怜的。好不好给他作一身制服,叫他看看门,招呼贵宾们上下汽车？他在这儿几十年了,谁都认识他,简直可以算是老头儿商标！
沈处长　好（蒿）！传！

小刘麻子　是!（往后跑）王掌柜!老掌柜!我爸爸的老朋友，
　　　　老大爷!（入。过一会儿又跑回来）报告处长，他也
　　　　不是怎么上了吊，吊死啦!
沈处长　　好（蒿）!好（蒿）!

　　　　　　　　　　　　　　　　　　——幕落·全剧终

## 附录：

此剧幕与幕之间须留较长时间，以便人物换装，故拟由一人（也算剧中人）唱几句快板，使休息时间不显着过长，同时也可以略略介绍剧情。

### 第一幕 幕前

（我）大傻杨，打竹板儿，一来来到大茶馆儿。
大茶馆，老裕泰，生意兴隆真不赖。
茶座多，真热闹，也有老来也有少；
有的说，有的唱，穿章打扮一人一个样；
有提笼，有架鸟，蛐蛐蝈蝈也都养的好；
有的吃，有的喝，没有钱的只好白瞧着。
爱下棋，（您）来两盘儿，赌一卖（碟）干炸丸子外洒胡椒盐儿。
讲排场，讲规矩，咳嗽一声都像唱大戏。
有一样，听我说：莫谈国事您得老记着。
哼！国家事（可）不好了，黄龙旗子一天倒比一天威风小。
文武官，有一宝，见着洋人赶快跑。
外国货，堆成山，外带贩卖鸦片烟。

最苦是，乡村里，没吃没穿逼得卖儿女。
官儿阔，百姓穷，朝中出了一个谭嗣同，
讲维新，主意高，还有那康有为和梁启超。
这件事，闹得凶，气得太后咬牙切齿直哼哼。
她要杀，她要砍，讲维新的都是要造反。
这些事，别多说，说着说着就许掉脑壳。

〔幕徐启。大傻杨入茶馆。

打竹板，迈大步，走进茶馆找主顾。
哪位爷，愿意听，《辕门斩子》来了穆桂英。

〔王利发来干涉。

王掌柜，大发财，金银元宝一齐来。
您有钱，我有嘴，数来宝的是穷鬼。（下）

## 第二幕 幕 前

打竹板，我又来，数来宝的还是没发财。
现而今，到民国，剪了小辫还是没有辙。
王掌柜，动脑筋，事事改良讲维新。
（低声）动脑筋，白费力，胳臂拧不过大腿去。
闹军阀，乱打仗，白脸的进去黑脸的上，
赵打钱，孙打李，赵钱孙李乱打一炮谁都不讲理。
为打仗，要枪炮，一堆一堆给洋人老爷送钞票。
为卖炮，为卖枪，帮助军阀你占黄河他占扬子江。
老百姓，遭了殃，大兵一到粮食牲口一扫光。
王掌柜，会改良，茶馆好像大学堂，
后边住，大学生，说话文明真好听。

71

就怕呀，兵野蛮，进来几个茶馆就玩完。
先别说，丧气话，给他道喜是个好办法。
他开张，我道喜，编点新词我也了不起。（下）
（又上）老裕泰，大改良，万事亨通一天准比一天强。

〔王利发　今天不打发，明天才开张哪。
明天好，明天妙，金银财宝齐来到。

〔炮响。
您开张，他开炮，明天准唱《虮蜡庙》。

〔王利发　去你的吧！
〔傻杨下。

## 第三幕　幕　前

树木老，叶儿稀，人老毛腰把头低。
甭说我，混不了，王掌柜的也过不好。
（他）钱也光，人也老，身上剩了一件破棉袄。
自从那，日本兵，八年占据老北京。
人人苦，没法提，不死也掉一层皮。
好八路，得人心，一阵一阵杀退日本军。
盼星星，盼月亮，盼到胜利大家有希望。
（哼）国民党，进北京，横行霸道一点不让日本兵。
王掌柜，委屈多，跟我一样半死半活着。
老茶馆，破又烂，想尽法子也没法办。
天可怜，地可怜，就是官老爷有洋钱。（下）

〔王掌柜死后，傻杨再上，见小丁宝正在落泪。
小姑娘，别这样，黑到头儿天会亮。

小姑娘,别发愁,西山的泉水向东流。
苦水去,甜水来,谁也不再作奴才。

# 龙须沟
（三幕话剧）

## 人物表

王大妈——五十岁的寡妇，吃苦耐劳，可是胆子小，思想旧。她的大女儿已出嫁，二女儿正在议婚。母女以焊镜子的洋铁边儿和作针线活为业。简称大妈。

王二春——王大妈的二女儿，十九岁。她认识几个字，很想嫁到别处去，离开臭沟沿儿。简称二春。

丁四嫂——三十岁左右，心眼怪好，嘴可厉害，有点嘴强身子弱。她的手很伶俐，能作活挣钱。简称四嫂。

丁四爷——三十岁左右，四嫂的丈夫，三心二意的，可好可坏；蹬三轮车为业。他因厌恶门外的臭沟，工作不大起劲。简称丁四。

丁二嘎子——十二岁，丁四的儿子，不上学，天天去捡煤核儿，摸螺蛳什么的。简称二嘎。

丁小妞——二嘎的妹妹,九岁。不上学,随着哥哥乱跑。简称小妞。

程疯子——四十多岁。原是相当好的曲艺艺人,因受压迫,不能登台,搬到贫民窟来——可还穿着长衫。他有点神神气气的,不会以劳力换钱,可常帮忙别人。他会唱,尤以数来宝见长。简称疯子。

程娘子——程疯子的妻,三十多岁。会作活,也会到晓市上作小买卖;虽常骂丈夫,可是甘心养活着他。疯子每称她为"娘子",即成了她的外号。简称娘子。

赵老头——六十岁,没儿没女,为人正直好义,泥水匠。简称赵老。

刘巡长——四十来岁。能说会道,善于敷衍,心地很正。简称巡长。

冯狗子——二十五岁。给恶霸黑旋风作狗腿。简称狗子。

刘掌柜——小茶馆的掌柜,六十多岁。简称掌柜。

地痞一人。

警察二人。

青年一人。

群众数人。

## 第一幕

时　间　北京解放前，一个初夏的上午，昨夜下过雨。

地　点　龙须沟。这是北京天桥东边的一条有名的臭沟，沟里全是红红绿绿的稠泥浆，夹杂着垃圾、破布、死老鼠、死猫、死狗和偶尔发现的死孩子。附近硝皮作坊、染坊所排出的臭水，和久不清除的粪便，都聚在这里一齐发霉，不但沟水的颜色变成红红绿绿，而且气味也教人从老远闻见就要作呕，所以这一带才俗称为"臭沟沿"。沟的两岸，密密层层的住满了卖力气的、耍手艺的，各色穷苦劳动人民。他们终日终年乃至终生，都挣扎在那肮脏腥臭的空气里。他们的房屋随时有倒塌的危险，院中大多数没有厕所，更谈不到厨房；没有自来水，只能喝又苦又咸又发土腥味的井水；到处是成群的跳蚤，打成团的蚊子，和数不过来臭虫，黑压压成片的苍蝇，传染着疾病。

每逢下雨，不但街道整个的变成泥塘，而且臭沟的水就漾出槽来，带着粪便和大尾巴蛆，流进居民们比街道还低的院内、屋里，淹湿了一切的东西。遇到六月下连阴雨的时候，臭水甚至带着死猫、死狗、死孩子冲到土炕上面，大蛆在满屋里蠕动着，人就仿佛是其中的一个蛆虫，也凄惨地蠕动着。

布　景　龙须沟的一个典型小杂院。院子不大，只有四间东倒西歪的破土房。门窗都是东拼西凑的，一块是老破花格窗，一块是"洋式"窗子改的，另一块也许是日本式的旧拉门儿，上边有的糊着破碎不堪发了霉的旧报纸，有的干脆钉上破木板或碎席子，即或有一半块小小的破玻璃，也已被尘土、煤烟子和风沙等等给弄得不很透亮了。

　　北房是王家，门口摆着水缸和破木箱，一张长方桌放在从云彩缝里射出来的阳光下，上边晒着大包袱。王大妈正在生着焊活和作饭两用的小煤球炉子。东房，右边一间是丁家，屋顶上因为漏雨，盖着半领破苇席，用破砖压着，绳子拴着，檐下挂着一条旧车胎；门上挂着补了补钉的破红布门帘，门前除了一个火炉和几件破碎三轮车零件外，几乎是一无所有。左边一间是程家，门上挂着下半截已经脱落了的破竹帘子；窗户上糊着许多香烟画片；门前有一棵发育不全的小枣树，借着枣树搭起一个小小的喇叭花架子。架的下边，靠左上角有一座泥砌的柴灶。程娘子正在用捡来的柴棍儿烧火，蒸窝窝头，给疯子预备早饭。（这一带的劳动人民，大多数一天只吃两顿饭。）柴灶的后边是塌倒了的半截院墙墙角，从这里可以看见远处的房子，稀稀落落的电线杆子，和一片阴沉的天空。南边中间是这个小杂院的大门，又低又窄，出来进去总得低头。大门外是一条狭窄的小巷，对面有一所高大而破旧的房子，房角上高高的悬着一块金字招牌"当"。左边中间又是一段破墙，左下是赵老头儿所住的一间屋子，门关着，门前放着泥瓦匠所用的较大工具；一条长凳，一口倒放着的破缸，缸后堆着垃圾，碎砖头。娘子的香烟摊子，出卖的茶叶和零星物品，就暂借这些地方晒着。满院子横七竖八的绳子上，晒着各家的破衣破被。脚下全是湿泥，有的地方垫着炉灰，砖头或木板。房子的墙根墙角全发了霉，生了绿苔。天上的云并没有散开，乌云在移动着，太阳一阵露出来，一阵又藏起去。

〔幕启：门外陆续有卖青菜的、卖猪血的、卖驴肉的、卖豆腐的、剃头的、买破烂的和"打鼓儿"的声音，还有买菜还价的争吵声，附近有铁匠作坊的打铁声，织布声，作洋铁盆洋铁壶的敲打声。

程娘子坐在柴灶前的小板凳上添柴烧火。小妞子从大门前的墙根搬过一些砖头来，把院子铺出一条走道。丁四嫂正在用破盆在屋门口舀屋子里渗进去的雨水。二春抱着几件衣服走出来，仰着头正看刚露出来的太阳，把衣服搭在绳子上晒。大妈生好了煤球炉子，仰头看着天色，小心翼翼地抱起桌上的大包袱来，往屋里收。二春正走到房门口，顺手接进去。大妈从门口提一把水壶，往水缸走去，可是不放心二春抱进去的包袱，眼睛还盯在二春的身上。大妈用水瓢由水缸里取水，置壶炉上，坐下，开始作活。

四　嫂　（递给妞子一盆水）你要是眼睛不瞧着地，摔了盆，看我不好好揍你一顿！

小　妞　你怎么不管哥哥呢？他一清早就溜出去，什么事也不管！

四　嫂　他？你等着，等他回来，我不揍扁了他才怪！

小　妞　爸爸呢，干脆就不回来！

四　嫂　甭提他！他回来，我要不跟他拚命，我改姓！

疯　子　（在屋里，数来宝）叫四嫂，别去拚，一日夫妻百日恩！

娘　子　（把隔夜的窝头蒸上）你给我起来，屋里精湿的，躺什么劲儿！

疯　子　叫我起，我就起，尊声娘子别生气！

小　妞　疯大爷，快起呀，跟我玩！

四　嫂　你敢去玩！快快倒水去，弄完了我好作活！晌午的饭还没辙哪！

疯　子　（穿破夏布大衫，手持芭蕉扇，一劲地扇，似欲赶走臭味；出来，向大家点头）王大妈！娘子！列位大嫂！姑娘们！

小　妞　（仍不肯去倒水）大爷！唱！唱！我给你打家伙！

四　嫂　（过来）先干活儿！倒在沟里去！

〔妞子出去。

娘　子　你这么大的人，还不如小妞子呢！她都帮着大人作点事，看你！

疯　子　娘子差矣！（数来宝）想当初，在戏园，唱玩艺，挣洋钱，欢欢喜喜天天象过年！受欺负，丢了钱，臭鞋、臭袜、臭沟、臭水、臭人、臭地熏得我七窍冒黑烟！（弄水洗脸）

娘　子　你呀！我这辈子算倒了霉啦！

四　嫂　别那么说，他总比我的那口子强点，他不是这儿（指头部）有点毛病吗？我那口子没毛病，就是不好好地干！拉不着钱，他泡蘑菇；拉着钱，他能一下子都喝了酒！

疯　子　（一边擦脸，一边说）我这里，没毛病，臭沟熏得我不爱动。

〔外面有吆喝豆腐声。

疯　子　有一天，沟不臭，水又清，国泰民安享太平。（坐下吃窝头）

小　妞　（进来，模仿数来宝的竹板声）呱唧呱唧呱唧呱。

娘　子　（提起香烟篮子）王大妈，四嫂，多照应着点，我上市去啦。

大　妈　街上全是泥，你怎么摆摊子呢？

娘　子　我看看去！我不弄点钱来，吃什么呢？这个鬼地方，一阴天，我心里就堵上个大疙瘩！赶明儿六月连阴天，就得瞪着眼挨饿！（往外走，又立住）看，天又阴得很沉！

小　妞　妈，我跟娘子大妈去！

四　嫂　你给我乖乖地在这里，哪儿也不准去！（扫阶下的地）

小　妞　我偏去！我偏去！

娘　子　（在门口）妞子，你等着，我弄来钱，一定给你带点吃的来。乖！外边呀，精湿烂滑的，滑到沟里去可怎么办！

疯　子　叫娘子，劳您驾，也给我带个烧饼这么大。（用手比，有碗那么大）

娘　子　你呀，呸！烧饼，我连个芝麻也不会给你买来！（下）

小　妞　疯大爷，娘子一骂你，就必定给你买好吃的来！

四　嫂　唉，娘子可真有本事！

疯　子　谁说不是！我不是不想帮忙啊，就是帮不上！看她这么打里打外的，我实在难受！可是……唉！什么都甭说了！

赵　老　（出来）哎哟！给我点水喝呀！

疯　子　赵大爷醒啦！

二　春  
小　妞　（跑过去）怎么啦？怎么啦？

大　妈　只顾了穷忙，把他老人家忘了。二春，先坐点开水！

二　春　（往回跑）我找佘子去。（入屋中）

四　嫂　（开始坐在凳子上作活）赵大爷，你要点什么呀？

疯　子　丁四嫂，你很忙，伺候病人我在行！

二　春　（提佘子出来，将壶中水倒入佘子，置炉上，去看看缸）妈，水就剩了一点啦！

小　妞　我打水去！

四　嫂　你歇着吧！那么远，满是泥，你就行啦？

疯　子　我弄水去！不要说，我无能，沏茶灌水我还行！帮助人，真体面，甚么活儿我都干！

大　妈　（立起）大哥，是发疟子吧？

赵　老　（点头）唉！刚才冷得要命，现在又热起来啦！

疯　子　王大妈，给我桶。

大　妈　四嫂，教妞子帮帮吧！疯子笨手笨脚的，再滑到臭沟里去！

四　嫂　（迟顿了一下）妞子，去吧！可留点神，慢慢的走！

小　妞　疯大爷，咱们俩先抬一桶；来回二里多地哪！多了抬不动！（找到木棍）你拿桶。

81

二　　春　（把桶递给疯子）不脱了大褂呀？省得溅上泥点子！
疯　　子　（接桶）我里边，没小褂，光着脊梁不象话！
小　　姐　呱唧呱唧呱唧呱。（同疯子下）
大　　妈　大哥，找个大夫看看吧？
赵　　老　有钱，我也不能给大夫啊！唉！年年总有这么一场，还老在这个时候！正是下过雨，房倒屋塌，有活作的时候，偏发疟子！打过几班儿呀，人就软得象棉花！多么要命！给我点水喝呀，我渴！
大　　妈　二春，搧搧火！
赵　　老　善心的姑娘，行行好吧！
四　　嫂　赵大爷，到药王庙去烧股香，省得疟子鬼儿老跟着您！
二　　春　四嫂，蚊子叮了才发疟子呢。看咱们这儿，蚊子打成团。
大　　妈　姑娘人家，少说话；四嫂不比你知道的多！（又坐下）
二　　春　（倒了一黄砂碗开水，送到病人跟前）您喝吧，赵大爷！
赵　　老　好姑娘！好姑娘！这碗热水救了老命喽！（喝）
二　　春　（看赵老用手赶苍蝇，借来四嫂的芭蕉扇给他扇）赵大爷，我这可真明白了姐姐为什么一去不回头！
大　　妈　别提她，那个没良心的东西！把她养大成人，聘出去，她会不来看我一眼！二春，你别再跟她学，扔下妈妈没人管！
二　　春　妈，您也难怪姐姐。这儿是这么脏，把人熏也熏疯了！
大　　妈　这儿脏，可有活儿干呀，九城八条大街，可有哪儿能象这里挣钱这么方便？就拿咱们左右的邻居说，这么多人家里只有程疯子一个闲人。地方干净有什么用，没的吃也得饿死！
二　　春　这儿挣钱方便，丢钱也方便。一下雨，摆摊子的摆不上，卖力气的出不去，不是瞪着眼挨饿？臭水往屋里跑，把什么东西都淹了，哪样不是钱买的？

四　嫂　哼，昨儿个夜里，我蹲在炕上，打着伞，把这些背心顶在头上。自己的东西弄湿了还好说，弄湿了活计，赔得起吗！

二　春　因为脏，病就多。病了耽误作活，还得花钱吃药！

大　妈　别那么说。俗话说得好："不干不净，吃了没病！"我在这儿住了几十年，还没敢抱怨一回！

二　春　赵大爷，您说。您年年发疟子，您知道。

大　妈　你教大爷歇歇吧，他病病歪歪的！我明白你的小心眼里都憋着什么坏呢！

二　春　我憋着什么坏？您说！

大　妈　哼，没事儿就往你姐姐那儿跑。她还不唧唧咕咕，说什么龙须沟脏，龙须沟臭！她也不想想，这是她生身之地；刚离开这儿几个月，就不肯再回来，说一到这儿就要吐；真遭罪呀！甭你小眼睛眨巴眨巴地看着我！我不再上当，不再把女儿嫁给外边人！

二　春　那么我一辈子就老在这儿？连解手儿都得上外边去？

大　妈　这儿不分男女，只要肯动手，就有饭吃；这是真的，别的都是瞎扯！这儿是宝地！要不是宝地，怎么越来人越多？

二　春　没看见过这样的宝地！房子没有一间整的，一下雨就砸死人，宝地！

赵　老　姑娘，有水再给我点！

二　春　（接碗）有，那点水都是您的！

赵　老　那敢情好！

大　妈　您不吃点什么呀?

赵　老　不想吃,就是渴!

四　嫂　发疟子伤气,得吃呀,赵大爷!

二　春　(端来水)给您!

赵　老　劳驾!劳驾!

二　春　不劳驾!

赵　老　姑娘,我告诉你几句好话。

二　春　您说吧!

赵　老　龙须沟啊,不是坏地方!

大　妈　我说什么来着?赵大爷也这么说不是?

赵　老　地好,人也好。就有两个坏处。

二　春　哪两个?

四　嫂　(拿着活计凑过来)您说说!

赵　老　作官的坏,恶霸坏!

大　妈　大哥,咱们说话,街上听得见,您小心点!

〔天阴上来,阳光被云遮住。

赵　老　我知道!可是,我才不怕!六十岁了,也该死了,我怕什么?

大　妈　别那么说呀,好死不如赖活着!

赵　老　作官儿的坏……

〔刘巡长,腰带在手中拿着,象去上班的样子,由门外经过。

大　妈　(打断赵老的话)赵大爷,有人……(二春急跑到大门口去看)二春,过来!

二　春　(在门口)刘巡长!

四　嫂　(跑到门口)刘巡长,进来坐坐吧!

84

巡　长　四嫂子，我该上班儿了。

四　嫂　进来坐坐，有话跟您说！

巡　长　（走进来）有什么话呀？四嫂！

四　嫂　您给二嘎子……

大　妈　啊，刘巡长，怎么这么闲在呀？

巡　长　我正上班儿去四嫂子把我叫住了。（转身）赵大爷，您好吧？

大　妈　哪儿呀，又发上疟子啦！

巡　长　这是怎么说的！吃药了吗？

赵　老　我才不吃药！

巡　长　总得抓剂药吃！你要是老不好，大妈，四嫂都得给您端茶送水的……

二　春　不要紧，有我侍候他呢！

巡　长　那也耽误作活呀！这院儿里谁也不是有仨有俩的。就拿四嫂说，丁四成天际不照面……

四　嫂　可说的是呢！我请您进来，就为问问您给二嘎子找个地方学徒的事，怎么样了呢？

巡　长　我没忘了，可是，唉，这年月，物价一天翻八个跟头，差不多的规矩买卖全关了门，您叫我上哪儿给他找事去呢！

大　妈　唉，刘巡长的话也对！

四　嫂　刘巡长，二嘎子呀可是个肯下力、肯吃苦的孩子！您就多给分分心吧！

巡　长　得，四嫂，我必定在心！我说四嫂，教四爷可留点神，别喝了两盅，到处乱说去！（低声）前儿个半夜里查户口，又弄下去五个！硬说人家是……（回头四望，作"八"的手式）是这个！多半得……唉，都是中国人，何必呢？这玩艺，我可不能干！

赵　老　对！

四　嫂　听说那回放跑了俩，是您干的呀？

巡　长　我的四奶奶！您可千万别瞎聊啊，您要我的脑袋搬家是怎着？

四　嫂　您放心，没人说出去！

二　春　刘巡长，您不会把二嘎子荐到工厂去吗？我还想去呢！

四　嫂　对，那敢情好！

大　妈　二春，你又疯啦？女人家上工厂！

巡　长　正经工厂也都停了车啦！您别忙，我一定给想办法！

四　嫂　我谢谢您啦！您坐这儿歇歇吧！

巡　长　不啦，我呆不住！

四　嫂　歇一会儿，怕什么呢？（把疯子的板凳送过来，刘巡长只好坐下）

赵　老　我刚才说的对不对？作官的坏！作官的坏，老百姓就没法活下去！大小的买卖、工厂，全教他们接收的给弄趴下啦，就剩下他们自己肥头大耳朵地活着！

二　春　要不穷人怎么越来越多呢！

大　妈　二春，你少说话！

赵　老　别的甭说，就拿咱们这儿这条臭沟说吧，日本人在这儿的时候，咱们捐过钱，为挖沟，沟挖了没有？

二　春　没有！捐的钱也没影儿啦！

大　妈　二春，你过来！（二春走回去）说话小心点！

赵　老　日本人滚蛋了以后，上头说把沟堵死。好嘛，沟一堵死，下点雨，咱们这儿还不成了海？咱们就又捐了钱，

　　　　说别堵啊,得挖。可是,沟挖了没有?
四　嫂　他妈的,那些钱又教他们给吃了,丫头养的!
大　妈　四嫂,嘴里干净点,这儿有大姑娘!
二　春　他妈的!
大　妈　二春!
赵　老　程疯子常说什么"沟不臭,水又清,国泰民安享太平。"他说得对,他不疯!有了清官,才能有清水。我是泥水匠,我知道:城里头,大官儿在哪儿住,哪儿就修柏油大马路;谁作了官,谁就盖高楼大瓦房。咱们穷人哪,没人管!
巡　长　一点不错!
四　嫂　捐了钱还教人家白白的吃了去!
赵　老　有那群作官的,咱们永远得住在臭沟旁边。他妈的,你就说,全城到处有自来水,就是咱们这儿没有!
大　妈　就别抱怨啦,咱们有井水吃还不念佛?
四　嫂　苦水呀,王大妈!
大　妈　也不太苦,二性子!
二　春　妈,您怎这么会对付呢?
大　妈　你不将就,你想跟你姐姐一样,嫁出去永远不回头!你连一丁点孝心也没有!
赵　老　刘巡长,上两次的钱,可都是您经的手!我问你,那些钱可都上哪儿去了?
巡　长　您问我,我可问谁去呢?反正我一心无愧!(站起来,走到赵老面前)要是我从中赚过一个钱,天上现在有云彩,教我五雷轰顶!人家搂钱,我挨骂,您说我冤枉不冤枉!

赵　老　街坊四邻倒是都知道你的为人，都说你不错！

巡　长　别说了，赵大爷！要不是一家五口累赘着我呀！我早就远走高飞啦，不在这儿受这份窝囊气！

赵　老　我明白，话又说回来，咱们这儿除了官儿，就是恶霸。他们偷，他们抢，他们欺诈，谁也不敢惹他们。前些日子，张巡官一管，肚子上挨了三刀！这成什么天下！

巡　长　他们背后有撑腰的呀，杀了人都没事！

大　妈　别说了，我直打冷战！

赵　老　别遇到我手里！我会跟他们拚！

大　妈　新鞋不踩臭狗屎呀！您到茶馆酒肆去，可千万留点神，别乱说话！

赵　老　你看着，多暂他们欺负到我头上来，我教他们吃不了兜着走。

巡　长　我可真该走啦！今儿个还不定有什么蜡坐呢！（往外走）

四　嫂　（追过去）二嘎子的事，您可给在点心哪！刘巡长。

巡　长　就那么办，四嫂！（下）

四　嫂　我这儿道谢啦！

大　妈　要说人家刘巡长可真不错！

赵　老　这样的人就算难得！可是，也作不出什么事儿来！

四　嫂　他想办出点事来，一个人也办不成呀！

〔丁四无精打采地进来。

四　嫂　嗨！你还回来呀？！

丁　四　你当我爱回来呢！

四　嫂　不爱回来，就再出去！这儿不短你这块料！

〔丁四不语，打着呵欠直向屋子走去。

四　嫂　（把他拦住）拿钱来吧！

丁　四　一回来就要钱哪？

四　嫂　那怎么着？！家里还揭不开锅呢！

丁　四　揭不开锅？我在外边死活你管了吗？

四　嫂　我们娘几个死活谁管呢？甭废话，拿钱来。

丁　四　没钱！

四　嫂　钱哪儿去啦？

丁　四　交车份了。

四　嫂　甭来这一套！你当我不知道呢！不定又跑到哪儿喝酒去了。

丁　四　那你管不着。太爷我自个挣的自个花，你打算怎么着吧！你说！

四　嫂　我打算怎么着？这破家又不是我一个人的！好吧！咱谁也甭管！（说着把活计扔下）

丁　四　你他妈的不管，活该！

四　嫂　怎么着？你一出去一天，回来镚子儿没有，临完了，把钱都喝了猫儿尿！

丁　四　我告诉你，少管我的闲事！

四　嫂　什么？不管？家里揭不开锅，你可倒好……

丁　四　我不对，我不该回来，太爷我走！

〔四嫂扯住丁四，丁四抄起门栓来要打四嫂，二春跑过去把门栓抢过来。

赵　老　（大吼）丁四！

〔丁四被赵老的怒吼声震住，低头不语，往屋门口走。四嫂坐下哭，二春蹲下去劝。

赵　老　这是你们丁家的事，按理说我可不该插嘴，不过咱们爷儿们住街坊，也不是一年半年啦，总算是从小儿看你长大了的，我今儿个可得说几句讨人嫌的话……

丁　四　（颓唐地坐下）赵大爷，您说吧！
赵　老　四嫂，你先别这么哭，听我说。（四嫂止住哭声）你昨儿晚上干什么去啦？你不知道家里还有三口子张着嘴等着你哪？孩子们是你的，你就不惦记着吗？
丁　四　（眼泪汪汪地）不是，赵大爷！我不是不惦记孩子，昨儿个整天的下雨，没什么座儿，挣不着钱！晚上在小摊儿坐着，您猜怎么着，晌午六万一斤的大饼，晚上就十二万啦！好家伙，交完车份儿，就没了钱了。东西一天翻十八个跟头，您不是不知道！
赵　老　唉！这个物价呀，就要了咱们穷人的命！可是你有钱没钱也应该回家呀，总不照面儿不是一句话啊！就说为你自个儿想，半夜三更住在外边，够多悬哪！如今晚儿天天半夜里查户口，一个说不对劲儿，轻了把你拉去当壮丁，当炮灰，重了拿你当八路，弄去灌凉水轧杠子，磨成了灰还不知道是怎样死的呢！
丁　四　这我都知道。他妈的我们蹬三轮儿的受的这份气，就甭提了。就拿昨儿个说吧，好容易遇上个座儿，一看，可倒好，是个当兵的。没法子，拉吧，打永定门一直转游到德胜门脸儿，上边淋着，底下蹬着，汗珠子从脑瓜顶儿直流到脚底下。临完，下车一个子儿没给还不算，还差点给我个大脖拐！他妈的，坐完车不给钱，您说是什么人头儿！我刚交了车，一看掉点儿了，我就往家里跑。没几步，就滑了我俩大跟头，您不信瞅瞅这儿，还有伤呢！我一想，这溜儿更过不来啦，怕掉到沟里去，就在刘家小茶馆蹲了半夜。我没睡好，提心吊胆的，怕把我拉走当壮丁去！跟您说明，有这条臭沟，谁也甭打算好好的活着！

〔四邻的工作声——打铁、风箱、织布声更大了一点。

四　嫂　甭拉不出屎来怨茅房！东交民巷、紫禁城倒不臭不脏，也得有尊驾的份儿呀！你听听，街坊四邻全干活儿，就是你没有正经事儿。

丁　四　我没出去拉车？我天天光闲着来着？

四　嫂　五行八作，就没您这一行！龙须沟这儿的人都讲究有个正经行当！打铁，织布，硝皮子，都成一行；你算哪一行？

丁　四　哼，有这一行，没这一行，蹬上车我可以躲躲这条臭沟！我是属牛的，不属臭虫，专爱这块臭地！

赵　老　丁四，四嫂，都少说几句吧……

〔刘巡长上。

赵　老　怎么，刘巡长……

巡　长　我说今儿个又得坐蜡不是？

四　嫂　刘巡长，什么事呀？

巡　长　唉，没法子，又教我来收捐！

众　人　什么，又收捐？！

巡　长　是啊，您说这教我多为难？

丁　四　家家连窝头都混不上呢，还交得起他妈的捐！

巡　长　说得是啊！可是上边交派下来，您教我怎么办？

赵　老　我问你，今儿个又要收什么捐？

巡　长　反正有个"捐"字，您还是养病要紧，不必细问了。捐就是捐，您拿钱，我收了交上去，咱们心里就踏实啦。

赵 老　你说说，我听听！

巡 长　您老人家一定要知道，跟您说吧！这一回是催卫生捐。

赵 老　什么捐？

巡 长　卫生捐。

赵 老　（狂笑）卫生捐？卫生——捐！（再狂笑）丁四，哪儿是咱们的卫生啊！刘巡长，谁出这样的主意，我愈他的八辈祖宗！（丁四搀他入室）

巡 长　唉！我有什么办法呢？

大 妈　您可别见怪他老人家呀！刘巡长！要是不发烧，他不会这么乱骂人！

二 春　妈，你怎这么怕事呢？看看咱们这个地方，是有个干净的厕所，还是有条干净的道儿？谁都不管咱们，咱们凭什么交卫生捐呢？

大 妈　我的小姑奶奶，你少说话！巡长，您多担待，她小孩子，不懂事！

巡 长　王大妈，唉，我也是这儿的人！你们受什么罪，我受什么罪！别的就不用说了！（要走）

大 妈　不喝碗茶呀？真，您办的是官事，不容易！

巡 长　官事，对，官事！哈哈！

四 嫂　大估摸一家得出多少钱呢？

丁 四　（由赵老屋中出来）你必得问清楚，你有上捐的瘾！

四 嫂　你没有那个瘾，交不上捐你去坐监牢，德行！

丁 四　刘巡长，您对上头去说吧，给我修好了路，修好了沟，我上捐。不给我修啊，哼，我没法拉车，也就没钱上捐，要命有命，就是没钱！

巡 长　四爷，您是谁？我是谁？能跟上头说话？

大　　妈　丁四，你就别为难巡长了吧！当这份差事，不容易！

〔程疯子与小妞抬着水桶，进来。

疯　　子　借借光，水来了！刘巡长，您可好哇？

巡　　长　疯哥你好？

〔大妈把缸盖连菜刀，搬到自己坐的小板凳上，二春接过桶去，和大妈抬着往缸里倒，疯子也想过去帮忙。

丁　　四　喝，两个人才弄半桶水来？

小　　妞　疯大爷晃晃悠悠，要摔七百五十个跟头，水全洒出去啦！

二　　春　没有自来水，可要卫生捐！

巡　　长　我又不是自来水公司，我的姑娘！再见吧！（下）

丁　　四　（对程）看你的大褂，下边成了泥饼子啦！

疯　　子　黑泥点儿，白大褂儿，看着好像一张画儿。（坐下，抠大衫上的泥）

丁　　四　凭这个，咱们也得上卫生捐！

四　　嫂　上捐不上捐吧，你该出去奔奔，午饭还没辙哪！

丁　　四　小茶馆房檐底下，我蹲了半夜，难道就不得睡会儿吗？

四　　嫂　那，我问你今儿个吃什么呢？

丁　　四　你问我，我问谁去？

大　　妈　别着急，老天爷饿不死瞎家雀儿！要不然这么着吧，先打我这儿拿点杂合面去，对付过今儿个，教丁四歇歇，明儿蹬进钱来再还我。

丁　　四　王大妈，这合适吗？

大　　妈　这算得了什么！你再还给我呀！快睡觉去吧！（推丁四下）

〔丁四低头入室。二春早已跑进屋去，端出一小盆杂

93

合面来，往丁四屋里送，四娘跟进去。

二　春　四嫂，搁哪儿呀？

四　嫂　（感激地）哎哟，二妹妹，交给我吧！（下）

〔二嘎子跑进来，双手捧着个小玻璃缸。

二　嘎　妞子，小妞，快来！看！

小　妞　（跑过来）哟，两条小金鱼！给我！给我！

二　嘎　是给你的！你不是从过年的时候，就嚷嚷着要小金鱼吗？

小　妞　（捧起缸儿来）真好！哥，你真好！疯大爷，来看哪！两条！两条！

疯　子　（象小孩似的，蹲下看鱼。学北京卖金鱼的吆喝）卖大小——小金鱼儿咧！

〔四嫂上。

四　嫂　二嘎子，你一清早就跑出去，是怎回事？说！

二　嘎　我……

四　嫂　金鱼是哪儿来的？

二　嘎　卖鱼的徐六给我的。

四　嫂　他为什么那么爱你呢？不单给鱼，还给小缸！瞧你多有人缘哪！你给我说实话！我们穷，我们脏，我们可不偷！说实话，要不然我揍死你！

丁　四　（在屋内）二嘎子偷东西啦？我来揍他！

四　嫂　你甭管！我会揍他！二嘎子，把鱼给人家送回去！你要是不去，等你爸爸揍上你，可够你受的！去！

小　妞　（要哭）妈，我好容易有了这么两条小鱼！

二　春　四嫂，咱们这儿除了苍蝇，就是蚊子，小妞子好容易有了两条小鱼，让她养着吧！

四　嫂　我可也不能惯着孩子作贼呀!
疯　子　(解大衫)二嘎子,说实话,我替你挨打跟挨骂!
二　嘎　徐六教我给看着鱼挑子,我就拿了这个小缸,为妹妹拿的,她没有一个玩艺儿!
疯　子　(脱下大衫)拿我的大褂还徐六去!
四　嫂　那怎么能呢?两条小鱼儿也没有那么贵呀!
疯　子　只要小妞不落泪,管什么金鱼贵不贵!
二　春　(急忙过来)疯哥,穿上大褂!(把两张票子给二嘎)二嘎子,快跑,给徐六送去。
　　　　〔二嘎接钱飞跑而去。
四　嫂　你快回来!
　　　　〔天渐阴。
四　嫂　二妹妹,哪有这么办的呢!小妞子,还不过去谢谢王奶奶跟二姑姑哪?
小　妞　(捧着缸儿走过去)奶奶,二姑姑,道谢啦!
大　妈　好好养着哟,别教野猫吃了哟!
小　妞　(把缸儿交给疯子)疯大爷,你给我看着,我到金鱼池,弄点闸草来!红鱼,绿闸草,多么好看哪!
四　嫂　一个人不能去,看掉在沟里头!
　　　　〔四嫂刚追到大门口,妞子已跑远。狗子由另一个地痞领着走来,那个地痞指指门口,狗子大模大样走进来。另一个地痞下。
四　嫂　嗨,你找谁?
狗　子　你姓什么?
四　嫂　我姓丁。找谁?说话!别满院子胡蹓跶!
狗　子　姓程的住哪屋?

95

二　春　你找姓程的有什么事？

大　妈　少多嘴。（说着想往屋里推二春）

狗　子　小丫头片子，你少问！

二　春　问问怎么了？

大　妈　我的小姑奶奶，给我进去！

二　春　我凭什么进去呀？看他把我怎么样！（大妈已经把二春推进屋中，关门，两手紧把着门口）

狗　子　（一转身看见疯子）那是姓程的不是？

四　嫂　他是个疯子，你找他干什么？

大　妈　是啊，他是个疯子。

狗　子　（与大妈同时）他妈的老娘儿们少管闲事！（向疯子）小子，你过来！

二　春　你别欺负人！

大　妈　（向屋内的二春）我的姑奶奶，别给我惹事啦！

四　嫂　他疯疯癫癫的，你有话跟我说好啦。

狗　子　（向四嫂）你这娘们再多嘴，我可揍扁了你！

四　嫂　（搭讪着后退）看你还怪不错的呢！

疯　子　（为了给四嫂解除威胁，自动地走过来）我姓程，您哪，有什么话您朝着我说吧！

狗　子　小子，你听着，我现在要替黑旋风大太爷管教管教你。不管他妈的是你，是你的女人，还是你的街坊四邻，都应当记住：你们上晓市作生意，要有黑旋风大太爷的人拿你们的东西，就是赏你们脸。今天，我姓冯的，冯狗子，赏给你女人脸，拿两包烟卷，她就喊巡警，不知死的鬼！我不跟她打交道，她是个不禁揍的老娘们；我来管教管教你！

娘　子　（挎着被狗子踢坏了的烟摊子,气愤,忍泪,低着头回来。刚到门口,看见狗子正发威）冯狗子! 你可别赶尽杀绝呀! 你硬抢硬夺,踢了我的摊子不算,还赶上门来欺负人!

〔四嫂接过娘子的破摊子,娘子向狗子奔去。

狗　子　（放开疯子,慢慢一步一步紧逼娘子）踢了你的摊子是好的,惹急了咱爷儿们,教你出不去大门!

娘　子　（理直气壮地,但是被逼得往后退）你讲理不讲理? 你凭什么这么霸道? 走,咱们还是找巡警去!

狗　子　（示威）好男不跟女斗。（转向疯子）小子,我管教管教你!（狠狠地打疯子几个嘴巴,打的顺口流血）

〔疯子老实地挨打,在流泪;娘子怒火冲天,不顾一切地冲向狗子拚命,却被狗子一把抓住。

〔二春正由屋内冲出,要打狗子,大妈惊慌地来拉二春,四嫂想救娘子又不敢上前。

赵　老　（由屋里气得颤巍巍地出来）娘子,四奶奶,躲开! 我来斗斗他! 打人,还打个连苍蝇都不肯得罪的人,要造反吗?（拿起大妈的切菜刀）

狗　子　老梆子你管他妈的什么闲事,你身上也痒痒吗?

大　妈　（看赵老拿起她的切菜刀来）二嘎的妈! 娘子! 拦住赵大爷,他拿着刀哪!

赵　老　我宰了这个王八蛋!

娘　子　宰他! 宰他!

二　春　宰他! 宰他!

四　嫂　（拉着娘子,截住赵老）丁四,快出来,动刀啦!

大　妈　（对冯狗子）还不走吗? 他真拿着刀呢!

97

狗　　子　（见势不佳）搁着你的，放着我的，咱们走对了劲儿再瞧。（下）
二　　春　你敢他妈的再来！
丁　　四　（揉着眼出来）怎回事？怎回事？
四　　嫂　把刀抢过来！
丁　　四　（过去把刀夺过来）赵大爷，怎么动刀呢！
大　　妈　（急切地）赵大爷！赵大爷！您这是怎么嘹？怎么得罪黑旋风的人呢？巡官、巡长，还让他们扎死呢，咱们就惹得起他们啦？这可怎么好呕！
赵　　老　欺负到程疯子头上来，我受不了！我早就想斗斗他们，龙须沟不能老是他们的天下！
大　　妈　娘子，给疯子擦擦血，换件衣裳！赶紧走，躲躲去。冯狗子调了人来，还了得！丁四，陪着赵大爷也躲躲去，这场祸惹得不小！
娘　　子　我骂疯子，可以；别人欺负他，可不行！我等着冯狗子……
大　　妈　别说了，还是快走吧！
赵　　老　我不走！我拿刀等着他们！咱们老实，才会有恶霸！咱们敢动刀，恶霸就夹起尾巴跑！我不发烧了，这不是胡话。
大　　妈　看在我的脸上，你躲躲！我怕打架！他们人多，不好惹！打起来，准得有死有活！
赵　　老　我不走，他们不会来！我走，他们准来！
丁　　四　您的话说对了！我还睡我的去！（入室）
娘　　子　疯子，要死死在一块，我不走！
大　　妈　这可怎么好呕！怎么好呕！

二　春　妈，您怎这么胆小呢！
大　妈　你大胆儿！你不知道他们多么厉害！
疯　子　（悲声地）王大妈，丁四嫂，说来说去都是我不好！（颓丧地坐下）想当初，我在城里头作艺，不肯低三下四地伺候有势力的人，教人家打了一顿，不能再在城里登台。我到天桥来下地，不肯给胳臂钱，又教恶霸打个半死，把我扔在天坛根。我缓醒过来，就没离开这龙须沟！
娘　子　别紧自伤心啦！
二　春　让他说说，心里好痛快点呀！
疯　子　我是好人，二姑娘，好人要是没力气啊，就成了受气包儿！打人是不对的，老老实实地挨打也不对！可是，我只能老老实实地挨打……哼，我不想作事吗？老教娘子一个人去受累，成什么话呢！
娘　子　（感动）别说啦！别说啦！
疯　子　可是我没力气，作小工子活，不行；我只是个半疯子！（要犯疯病）对，我走！走！打不过他们，我会躲！
　　　　〔二嘎子跑进来，截住疯子。
二　嘎　妈，我把钱交给了徐六，他没说什么。妈，远处又打闪哪！又要下雨！
娘　子　（拉住疯子）别再给我添麻烦吧，疯子！
四　嫂　（看看天，天已阴）唉！老天爷，可怜可怜穷人，别再下雨吧！屋子里，院子里，全是湿的，全是脏水，教我往哪儿藏，哪儿躲呢！有雷，去劈那些恶霸；有雨，往田里下；别折磨我们这儿的穷人了吧！
　　　　〔隐隐有雷声。

疯　子　（呆立看天）上哪儿去呢？天下可哪有我的去处呢？
　　　　〔雷响。
娘　子　快往屋里抢东西吧！
　　　　〔大家都往屋里抢东西，乱成一团，暴雨下来。
　　　　〔巡长跑上。
巡　长　了不得啦！妞子掉在沟里啦！
众　人　妞子……（争着往外跑）
四　嫂　（狂喊）妞子！（跑下）

　　　　　　　　　　——狂风大雨中幕徐闭

# 第二幕

### 第一场

时　间　北京解放后。小妞子死后一周年。一黑早。
地　点　同前幕。
布　景　黎明之前，满院子还是昏黑的，只隐约的看得见各家门窗的影子。大门外，那座当铺已经变成了"工人合作社"。街灯恰好把它的匾照得很亮。天色逐渐发白以后，露出那小杂院来，比第一幕略觉整洁，部分的窗户修理过了，院里的垃圾减少了，丁四屋顶的破席也不见了。

　　〔幕启：赵老头起得最早。出了屋门，看了看东方的朝霞，笑了笑，开了街门，拿起笤帚，打扫院子。这时有远处驻军早操喊"一二三——四"声，军号练习声，鸡叫声，大车走的辘辘声等。
　　〔冯狗子把帽沿拉得很低，轻轻进来，立于门侧。
　　〔赵老头扫着扫着，一抬头。

赵　老　谁？
狗　子　（把帽沿往上一推，露出眼来）我！有话，咱们到坛根①去说。

赵　老　有话哪儿都能说，不必上坛根儿！

狗　子　（笑嘻嘻地）不是您哪，黑旋风的命令……

赵　老　黑旋风是什么玩艺儿？给谁下命令？

狗　子　给我的命令！您别误会。我奉他的命令，来找您谈谈。

赵　老　你知道，北京已经解放了！

狗　子　因为解放了，才找您谈谈。

赵　老　解放了，好人抬头，你们坏蛋不大得烟儿抽，是不是？是不是要谈这个？

狗　子　咱们说话别带脏字！我问你，你当了这一带的治安委员啦？

赵　老　那不含糊，大家抬举我，举我当了委员！

狗　子　听说你给派出所当军师，抓我们的人；前后已经抓去三十多个了！

赵　老　大家选举我当委员，我就得为大家出力。好人，我帮忙；坏人，我斗争。

狗　子　哼，你也要成为一霸？

赵　老　黑旋风是一霸，我是恶霸的对头！这不由今儿个起，你知道。

狗　子　哟，也许在解放前，你就跟共产党勾着呢？

〔天已大亮。

赵　老　那是我自己的事，你管不着！

狗　子　行，你算是走对了路子，抖起来啦！

赵　老　那可不是瞎撞出来的。我是工人——泥水匠；我的劲

---

① 坛根，指天坛墙根，是旧社会抢劫与打架的地方。

头儿是新政府给我的!

狗　子　好,就算你是好汉,黑旋风可也并不是好惹的!记住,瘦死的骆驼总比马大,别有眼不识泰山!

赵　老　你到底干吗来啦?快说,别麻烦!

狗　子　我?先礼后兵,我给你送棺材本来了。(掏出一包儿现洋)黑旋风送给你的,三十块白花花的现大洋。我管保你一辈子也没有过这么多钱。收下钱,老实点,别再跟我们为仇作对,明白吧?

赵　老　我不要钱呢?

狗　子　也随你的便!不吃软的,咱们就玩硬的!

赵　老　爽性把刀子掏出来吧!

狗　子　现在我还敢那么办?

赵　老　到底怎么办呢?

〔狗子沉默。

赵　老　说话!(怒)

狗　子　(渐软化)何苦呢!干吗不接着钱,大家来个井水不犯河水?

赵　老　没那个事!

狗　子　赵老头子,你行!(要走)

赵　老　等等!告诉你,以后布市上、晓市上,是大家伙儿好好作生意的地方,不准再有偷、抢、讹、诈。每一个摊子都留着神,彼此帮忙;你们一伸手,就有人揪住你们的腕子。先前,有侦缉队给你们保镖;现在,作买作卖的给你们摆下了天罗地网!

狗　子　姓赵的,你可别赶尽杀绝!招急了我,我真……

赵　老　你怎样?现在,天下是人民大家伙儿的,不是恶霸

103

的了!

狗　子　（郑重而迟缓地）黑旋风说了——

赵　老　他说什么?

狗　子　他说……（回头四下望了望,轻声带着威胁的意味）蒋介石不久还会回来呢!

赵　老　他?他那个恶霸头子?除非老百姓都死光了!

狗　子　你怎么看得那么准呢?

赵　老　他是教老百姓给打跑了的,我怎么看不准?告诉你吧,狗子,你还年轻,为什么不改邪归正,找点正经事作作?

狗　子　我?（迟疑、矛盾、故作倔强）

赵　老　（见狗子现在仍不觉悟,于是威严地）你!不用嘴强身子弱地瞎搭讪!我要给你个机会,教你学好。黑旋风应当枪毙!你不过是他的小狗腿子,只要肯学好,还有希望。你回去好好地想想,仔细地想想我的话。听我的话呢,我会帮助你,找条正路儿;不听我的话呢,你终久是玩完!去吧!

狗　子　那好吧!咱们再见!（又把帽沿拉低,走下）

〔赵老楞了一会儿,继续扫地。

〔疯子手捧小鱼缸儿,由屋里出来,娘子扯住了他。

娘　子　（低切地）又犯疯病不是?回来!这是图什么呢?你一闹哄,又招四哥、四嫂伤心!

疯　子　你甭管!你甭管!我不闹哄,不招他们伤心!我告诉赵大爷一声,小妞子是去年今天死的!

娘　子　那也不必!

疯　子　好娘子,你再睡会儿去。我要不跟赵大爷说说,心里堵得慌!

娘　　子　唉!这么大的人,整个跟小孩子一样!(入屋内)

疯　　子　赵大爷,看!(示缸)

赵　　老　(直起身来)啊,(急低声)小妞子,她去年今天……生龙活虎似的孩子,会,会……唉!

疯　　子　赵大爷,您这程子老斗争恶霸,可怎么不斗斗那个顶厉害的恶霸呢?

赵　　老　哪个顶厉害的恶霸?黑旋风?

疯　　子　不是!那个淹死小妞子的龙须沟!它比谁不厉害?您怎么不管!

赵　　老　我管!我一定管!你看着,多喒修沟,我去工作!我老头子不说谎。

疯　　子　可是,多喒才修呢?明天吗?您要告诉我个准日子,我就真佩服这个新政了!我这就去买两条小金鱼——妞子托我看着的那两条都死了,只剩了这个小缸——到她的小坟头前面,摆上小缸,缸儿里装着红的鱼,绿的闸草,哭她一场!我已经把哭她的话,都编好啦,不信,您听听!

赵　　老　够了!够了!用不着听!

疯　　子　您听听,听听!(悲痛、低缓地,用民间曲艺的悲调唱)乖小妞,好小妞,小妞住在龙须沟。龙须沟,臭又脏,小妞子象棵野海棠。野海棠,命儿短,你活你死没人管。北京城,得解放,大家扭秧歌大家唱。只有你,小朋友,在我的梦中不唱也不扭……(不能成声)

赵　　老　够了!够了!别再唱!乖妞子,太没福气了!疯子,别再难过!听我告诉你,咱们的政府是好政府,一定忘不了咱们，一定给咱们修沟！

疯　子　几儿呢？得快着呀！

赵　老　（有点起急）那不是我一个人能办的事呀，疯子！

疯　子　对！对！我不应当逼您！我是说，咱们这溜儿就是您有本事，有心眼啊！我一佩服您，就不免有点象挤兑您，是不是？

赵　老　我不计较你，疯哥！你进去，把小缸儿藏起来，省得教四嫂看见又得哭一场！

疯　子　我就进去！还有一点事跟您商量商量。您不是说，现在人人都得作事吗？先前，我教恶霸给打怕了，不敢出去；我又没有力气，干不来累活儿。现在人心大变了，我干点什么好呢？去卖糖儿、豆儿的，还不够我自己吃的呢。去当工友，我又不会伺候人，怎办？

赵　老　慢慢来，只要你肯卖力气，一定有机会！

疯　子　我肯出力，就是力气不大，不大！

赵　老　慢慢地我会给你出主意。这不是咱们这溜儿要安自来水了吗？总得有人看着龙头卖水呀，等我去打听打听，要是还没有人，问问你去成不成。

疯　子　那敢情太好了，我先谢谢您！连这件事我也得告诉小妞子一声儿！就么办啦。（回身要走）

赵　老　先别谢，成不成还在两可哪！

　　　　〔四嫂披着头发，拖着鞋从屋里出来。
　　　　〔疯子急把小缸藏在身后。

赵　老　四奶奶，起来啦？

四　嫂　（悲哀地）一夜压根儿没睡！我哪能睡得着呢？

赵　老　不能那么心重啊，四奶奶！丁四呢？

四　嫂　他又一夜没回来！昨儿个晚上，我劝他改行，又拌了几句嘴，他又看我想小妞子，嫌别扭，一赌气子拿起腿来走啦！

赵　老　他也是难受啊。本来吗，活生生的孩子，拉扯到那么大，太不容易啦！这条臭沟啊，就是要命鬼！（看见四嫂要哭）别哭！别哭！四奶奶！

四　嫂　（挣扎着控制自己）我不哭，您放心！疯哥，您也甭藏藏掖掖的啦！由我身上掉下来的肉，我能不心疼吗？可是，死的死了，活着的还得活着，有什么法儿呢！穷人哪，没别的，就是有个扎挣劲儿！

疯　子　四嫂，咱们都不哭，好不好？（说着，自己却要哭）我，我……（急转身跑进屋去）

四　嫂　（拭泪，转向赵老）赵大爷，小妞子是不会再活了，哭也哭不回来！您说丁四可怎么办呢？您得给我想个主意！

赵　老　他心眼儿并不坏！

四　嫂　我知道，要不然我怎么想跟您商量商量呢。当初哇，我讨厌他蹬车，因为蹬车不是正经行当，不体面，没个准进项。自从小妞子一死啊，今儿个他打连台不回来，明儿个喝醉了，干脆不好好干啦。赵大爷，您不是常说现下工人最体面吗？您劝劝他，教他找个正经事由儿干，哪怕是作小工子活淘沟修道呢，我也好有个抓弄呀。这家伙，照现在这样，他蹬上车，日崩西直门了，日崩南苑了，他满天飞，我上哪儿找他去？挣多了，楞说一个子儿没挣，我上哪儿找对证去？您劝劝他，给他找点活儿干，挣多挣少，遇事儿我倒有个准地方找他呀!
赵　老　四奶奶,这点事交给我啦!我会劝他。可是,你可别再跟他吵架,吵闹只能坏事,不能成事,对不对呢?
四　嫂　我听您的话!要是您善劝,我臭骂,也许更有劲儿!
赵　老　那可不对,你跟他动软的,拿感情拢住他,我再拿面子局他,这么办就行啦!
四　嫂　唉!真教我哭不得笑不得!(惨笑)得啦!我哭小妞子一场去!(提上鞋后跟儿)
赵　老　我跟你去!
疯　子　(跑出来)我跟你去,四嫂!我跟你去!(同往外走)

——第一场终

## 第二场

时　间　一九五〇年初夏。下午四时左右。
地　点　同前幕。

〔幕启:院中寂无一人,二春匆匆从外来,跑得气喘嘘嘘的。
二　春　喝!空城计!四嫂,二嘎子呢?
四　嫂　(在屋中)他上学去啦!
二　春　那怎么齐老师还到处找他呢?
四　嫂　(出来)是吗?这孩子没上学,又上哪儿玩去啦!
二　春　那我再到别处找他去!(说完又跑出大门)
大　妈　(出来)二春,你回来!
四　嫂　(忙到门口喊住二春)二妹妹!你回来,大妈这儿还有事呢！

二　春　（擦着汗走回来）回头二嘎子误了上学可怎么办呢？

四　嫂　你放心吧，他准去，哪天他也没误过，这孩子近来念书，可真有个劲儿！我看看他上哪儿去了！就手儿去取点活。（下）

〔二春走到自己屋门口，拿过脸盆，擦脸上、脖子上的汗。

大　妈　（板着面孔，由屋中出来）二春，我问你，你找他干吗？放着正经事不干，乱跑什么？这些日子，你简直东一头西一头地象掐了脑袋的苍蝇一样！

二　春　谁说我没干正经事儿？我干的哪件不正经啊？该作的活儿一点也没耽误啊！

大　妈　这么大的姑娘，满世界乱跑，我看不惯！

二　春　年头儿改啦，老太太！我们年轻的不出去，事儿都交给谁办？您说！

大　妈　甭拿这话堵揉我！反正我不能出去办！

二　春　这不结啦！（转为和蔼地）我告诉您吧！人家中心小学的女教员，齐砚庄啊，在学校里教完一天的书，还来白教识字班。这还不算，学生们不来，她还亲自到家里找去。您多喒看见过这样的好人？刚才送完了活儿，正遇上她挨家找学生，我可就说啦，您歇歇腿儿，我给您找学生去。都找到啦，就剩下二嘎子还没找着！

大　妈　管他呢，一个蹬车家的孩子，念不念又怎样，还能中状元？

二　春　妈，这是怎么说话呢？现而今，人人都一边儿高，拉车的儿子，才更应当念书，要不怎么叫穷人翻身呢？

大　妈　象你这个焊铁活的姑娘，将来说不定还许嫁个大官儿呢！
二　春　您心里光知道有官儿！老脑筋！我要结婚，就嫁个劳动英雄！
大　妈　一张纸画个鼻子，好大的脸！说话哪象个还没有人家儿的大姑娘呀！
二　春　没人家儿？别忙，我要结婚就快！
大　妈　越说越不象话了！越学越野调无腔！
　　　　〔娘子由外面匆匆走来。
二　春　娘子，看见二嘎子没有？
娘　子　怎能没看见？他给我看摊子呢！
二　春　给……这可倒好！我犄里旮旯都找到了，临完……不知道他得上学吗？
娘　子　他没告诉我呀！
二　春　这孩子！
大　妈　他荒里荒唐的，看摊儿行吗？
娘　子　现在，三岁的娃娃也行！该卖多少钱，卖多少钱，言无二价。小偷儿什么的，差不离快断了根！（低声）听说，官面上正加紧儿捉拿黑旋风。一拿住他，晓市就全天下太平了，他不是土匪头子吗？哼，等拿到他，跟那个冯狗子，我要去报报仇！能打就打，能骂就骂，至不济也要对准了他们的脸，啐几口，呸！呸！呸！偷我的东西，还打了我的爷们，狗杂种们！我说，我的那口子在家哪？
二　春　在家吗？一声没出啊。
娘　子　这几天，他又神神气气的，不知道又犯什么毛病！这个家伙，真教我不放心！

〔程疯子慢慢地由屋中出来。

二　春　疯哥，你在家哪？
疯　子　有道是，在家千日好，出外一时难！
娘　子　又是疯话！我问你，你这两天又怎么啦？
疯　子　没怎么！
娘　子　不能！你给我说！
疯　子　说就说，别瞪眼！我就怕吵架！我呀，有了任务！
二　春　疯哥，给你道喜！告诉我们，什么任务？
疯　子　民教馆的同志找了我来，教我给大家唱一段去！
二　春　那太棒了！多少年你受屈含冤的，现在民教馆都请你去，你不是仿佛死了半截又活了吗？
娘　子　对啦，疯子，你去！去！叫大家伙看看你！王大妈，二姑娘，有钱没有？借给我点！我得打扮打扮他，把他打扮得跟他当年一模一样的漂亮！
疯　子　我可是去不了！
二　春
娘　子　怎么？怎么？
疯　子　我十几年没唱了，万一唱砸了，可怎么办呢？
娘　子　你还没去呢，怎就知道会唱砸了？简直地给脸不要脸！
大　妈　照我看哪，给钱就去，不给钱就不去。
二　春　妈！您不说话，也没人把您当哑巴卖了！
疯　子　还有，唱什么好呢？《翠屏山》？不象话，《拴娃娃》？不文雅！
二　春　咱们现编！等晚上，咱们开个小组会议，大家出主意，大家编！数来宝就行！

111

疯　子　数来宝?

二　春　谁都爱听!你又唱得好!

疯　子　难办!难办!

〔四嫂夹着一包活计,跑进来。

四　嫂　娘子,二妹妹,黑旋风拿住了!拿住了!

娘　子　真的?在哪儿呢?

四　嫂　我看见他了,有人押着他,往派出所走呢!

娘　子　我啐他两口去!

二　春　走,我们斗争他去!把这些年他所作所为都抖漏出来,教他这个坏小子吃不了兜着走!

大　妈　二春,我不准你去!

二　春　他吃不了我,您放心!

娘　子　疯子,你也来!

疯　子　(摇头)我不去!

娘　子　那么,你没教他们打得顺嘴流血,脸肿了好几天吗?你怎么这么没骨头!

疯　子　我不去!我怕打架!我怕恶霸!

娘　子　你简直不是这年头儿的人!二妹妹,咱们走!

二　春　走!(同娘子匆匆跑去)

大　妈　二春!你离黑旋风远着点!这个丫头,真疯得不象话啦!

四　嫂　大妈,别再老八板儿啦。这年月呀,女人尊贵啦,跟男人一样可以走南闯北的。您看,自从转过年来,这溜儿女孩子们,跟男小孩一个样,都白种花儿,白打药针,也都上了学。唉,要是小妞子还活着……

疯　子　那够多么好呢!

四　嫂　她太……（低头疾走入室）

大　妈　唉！（也往屋中走）

疯　子　（独自徘徊）天下是变了，变了！你的人欺负我，打我，现在你也掉下去了！穷人、老实人、受委屈的人，都抬起头来；你们恶霸可头朝下！哼，你下狱，我上民教馆开会！变了，天下变了！必得去，必得去唱！一个人唱，叫大家喜欢，多么好呢！

〔狗子偷偷探头，见院中没人，轻轻地进来。

狗　子　（低声地）疯哥！疯哥！

疯　子　谁？啊，是你！又来打我？打吧！我不跑，也不躲！我可也不怕你！你打，我不还手，心里记着你；这就叫结仇！仇结大了，打人的会有吃亏的那一天！打吧！

四　嫂　（从屋中出来）谁？噢！是你！（向狗子）你还敢出来欺负人？好大的胆子！黑旋风掉下去了，你不能不知道吧？好！瞧你敢动他一下，我不把你碎在这儿！

狗　子　（很窘，笑嘻嘻地）谁说我是来打人的呀！

四　嫂　量你也不敢！那么是来抢？你抢抢试试！

狗　子　我已经受管制，两个多月没干"活儿"①了！

四　嫂　你那也叫"活儿"？别不要脸啦！

狗　子　我正在学好！不敢再胡闹！

四　嫂　你也知道怕呀！

狗　子　赵大爷给我出的主意：教我到派出所去坦白，要不然我永远是个黑人。坦白以后，学习几个月，出来哪怕

---

① 活儿，指偷窃。

　　　　　是蹬三轮去呢，我就能挣饭吃了。

四　嫂　你看不起蹬三轮的是不是？反正蹬三轮的不偷不抢，比你强得多！我的那口子就干那个！

狗　子　我说走嘴啦！您多担待！（赔礼）赵大爷说了，我要真心改邪归正，得先来对程大哥赔"不是"，我打过他。赵大爷说了，我有这点诚心呢，他就帮我的忙；不然，他不管我的事！

四　嫂　疯哥，别光叫他赔不是，你也照样儿给他一顿嘴巴！一还一报，顶合适！

狗　子　这位大嫂，疯哥不说话，您干吗直给我加盐儿呢！赵大爷大仁大义，赵大爷说新政府也大仁大义，所以我才敢来。得啦，您也高高手儿吧！

四　嫂　当初你怎么不大仁大义，伸手就揍人呢？

狗　子　当初，那不是我揍的他。

四　嫂　不是你？是他妈的畜生？

狗　子　那是我狗仗人势，借着黑旋风发威。谁也不是天生来就坏！我打过人，可没杀过人。

四　嫂　倒仿佛你是天生来的好人！要不是而今黑旋风玩完了，你也不会说这么甜甘的话！

疯　子　四嫂，叫他走吧！赵大爷不会出坏主意，再说我也不会打人！

四　嫂　那不太便宜了他？

疯　子　狗子，你去吧！

四　嫂　（拦住狗子）你是说了一声"对不起"，还是说了声"包涵"哪？这就算赔不是了啊？狗子不瞒您说，这还是头一次服软儿！

114

四　嫂　你还不服气?
狗　子　我服！我服！赵大爷告诉我了，从此我的手得去作活儿，不能再打人了！疯哥，咱们以后还要成为朋友呢，我这儿给您赔不是了！（一揖，搭讪着住外走）
疯　子　回来！你伸出手来，我看看！（看手）啊！你的也是人手，这我就放心了！去吧！
　　　　〔狗子下。
四　嫂　唉，疯哥，真有你的，你可真老实！
疯　子　打人的已经不敢再打，我怎么倒去学打人呢！（入室）
　　　　〔二嘎子飞跑进来。
二　嘎　妈！妈！来了！他们来了！
四　嫂　谁来了？没头脑儿的！
大　妈　（在屋中）二嘎，二春满世界找你，叫你上学，你怎么还不去呀？
二　嘎　我这就去，等我先说完了！妈，刚打这儿过去，扛着小红旗子，跟一节红一节白的长杆子，还有象照像匣子的那么个玩艺儿。
大　妈　（出来）到底是干什么的呀？这么大惊小怪的！
二　嘎　街上的人说，那是什么量队，给咱们量地。
四　嫂　量地干什么呢？
大　妈　不是跑马占地吧？
二　嘎　跑马占地是怎回事？
大　妈　一换朝代呀，王爷、大臣、皇上的亲军就强占些地亩，好收粮收租，盖营房；咱们这儿原本是蓝旗营房啊！
四　嫂　可是，大妈，咱们现在没有王爷，也没有大臣。
大　妈　甭管有没有，反正名儿不一样，骨子里头都差不了多少！

四　嫂　大妈，自从有新政府，咱们穷人还没吃过亏呀！

大　妈　你说得对！可那也许是先给咱们个甜头尝尝啊！我比你多吃过几年窝窝头，我知道。当初，日本人，哟，现在说日本人不要紧哪？

四　嫂　您说吧，有错儿我兜着！

大　妈　你就是"王大胆"嘛！他们在这儿，不是先给孩子们糖吃，然后才真刀真枪的一杀杀一大片？后来日本人走了，紧跟着就闹接收。一上来说的也怪受听，什么捉拿汉奸伍的；好，还没三天半，汉奸又作上官了；咱们穷人还是头朝下！

四　嫂　这回可不能那样吧？您看，恶霸都逮去了，咱们挣钱也容易啦，您难道不知道？

二　嘎　妈，甭听王奶奶的！王奶奶是个老顽固！

四　嫂　胡说，你知道什么？上学去！

二　嘎　可真去了，别说我逃学！（下）

大　妈　这孩子！（匆匆入室）

〔赵老高高兴兴地进来。

四　嫂　赵大爷，冯狗子来过了，给疯哥赔了不是。您看，他能改邪归正吗？

赵　老　真霸道的，咱们不轻易放过去；不太坏的，象冯狗子，咱们给他一条活路。我这对老眼睛不昏不花，看得出来。四奶奶，再告诉你个喜信！

四　嫂　什么喜信啊？

赵　老　测量队到了，给咱们看地势，好修沟！

四　嫂　修沟？修咱们的龙须沟？

赵　老　就是！修这条从来没人管的臭沟！

四　嫂　赵大爷，我，我磕个响头！（跪下，磕了个头）

疯　子　（开了屋门）什么？赵大爷！真修沟？您圣明，自从一解放，您就说准得修沟，您猜对了！

二　春　（由外边跑来）妈！妈！我没看见黑旋风，他们把他圈起去啦。我可是看见了测量队，要修沟啦！

大　妈　（开开屋门）我还是有点不信！

二　春　为什么呢？

大　妈　还没要钱哪，不言不语的就来修沟？没有那么便宜的事！

赵　老　（对疯子）疯哥，你信不信？

疯　子　不管王大妈怎样，我信！

赵　老　（问四嫂）你说呢？

四　嫂　我已经磕了头！

二　春　这太棒了！想想看，没了臭水，没了臭味，没了苍蝇，没了蚊子，噢，太棒了！赵大爷，恶霸没了，又这么一修沟，咱们这儿还不快变成东安市场？从此，谁敢再说政府半句坏话，我就掰下他的脑袋来！

赵　老　（问大妈）老太太，您说呢？大妈　我？（不好意思地笑了笑）大家伙儿怎说，我怎么说吧！

二　春　咱们站在这儿干什么？还不扭一回哪？（领头扭秧歌）呛，呛，起呛起！

众　人　（除了大妈）呛，呛，起呛起！（都扭）

疯　子　站住！我想起来啦！我一定到民教馆去唱，唱《修龙须沟》！

——第二场终

## 第三场

时　间　一九五〇年夏初,午饭前。
地　点　同前。
　　　　〔幕启:王大妈独坐檐下干活,时时向街门望一望,神情不安。赵大爷自外来。

赵　老　就剩您一个人啦?
大　妈　可不是,都出去了。您今天没有活儿呀?
赵　老　西边的新厕所昨儿交工,今天没事。(坐小凳上)我刚才又去看了一眼,不是吹,我们的活儿作得真叫地道。好嘛,政府出钱,咱们还不多卖点力气,加点工!
大　妈　就修那一处啊?
赵　老　至少是八所儿!人家都说,龙须沟有吃的地方,没拉的地方,这下子可好啦!连自来水都给咱们安!
大　妈　可是真的?我就纳闷儿,现而今的作官的为什么这么爱作事儿?把钱都给咱们修盖了茅房什么的,他们自己图什么呢?
赵　老　这是人民的政府啊,老太太!您看,我这个泥水匠,一天挣十二斤小米,比作官儿的还挣得多呢!
大　妈　这一年多了,我好歹也看出点来,共产党真是不错。
赵　老　这是您说的?您这才说了良心话!
大　妈　可是呀,他们也有不大老好的地方!
赵　老　那您就说说吧。好人好政府都不怕批评!
大　妈　昨儿个晚上呀,我跟二春拌了几句嘴;今儿个一清早,她就不见了。

赵　老　她还能上哪儿，左不是到她姐姐家去诉诉委屈。
大　妈　我也那么想，我已经托疯哥找她去啦。
赵　老　那就行啦。可是，这跟共产党有什么相干？
大　妈　共产党厉害呀！
赵　老　厉害？
大　妈　您瞧啊，以前，前门里头的新事总闹不到咱们龙须沟来。城里头闹什么自由婚，还是葱油婚哪，闹呗；咱们龙须沟，别看地方又脏又臭，还是明媒正娶，不乱七八糟！
赵　老　王大妈，我明白了，二春要自由结婚？
大　妈　真没想到啊！共产党给咱们修茅房，抓土匪，还要修沟，总算不错。可是，他们也教年轻的去自由。他们不单在城里头闹，还闹到龙须沟来，您说厉害不厉害！
赵　老　这才叫真革命，由根儿上来，兜着底儿来！
大　妈　您要是有个大姑娘，您肯教她去自由吗？那象话吗？
赵　老　我？王大妈，咱们虽然是老街坊了，我可是没告诉过您。我的老婆呀……
大　妈　您成过家？您的嘴可真严得够瞧的！这么些年，您都没说过！
赵　老　我在北城成的家，我的老婆是媒人给说的。结婚不到半年，她跟一个买卖人跑了。她爱吃喝玩乐，她长得不寒碜——那时候我也怪体面——我挣的不够她花的！她跑了之后，我没脸再在城里住，才搬到龙须沟来。老婆跑了，我自然不会有儿女。比方说，我要是有个女儿，要自己选个小人儿，我就会说：姑娘，长住了眼睛，别挑错了人哟！

〔程疯子挺高兴地进来。

大　妈　二春在大姑娘那儿哪？
疯　子　在那儿，一会就回来。
大　妈　这我就放心了！劳你的驾！你跟她怎么说的？
疯　子　我说，回去吧，二姑娘，什么事都好办。
大　妈　她说什么呢？
疯　子　她说：妈妈要是不依着我，我就永远不回去，打这儿偷偷地跑了！
大　妈　丫头片子，没皮没脸！你怎么说的？
疯　子　我说，别那么办哪！先回家，从家里跑还不是一样？
大　妈　这是你说的？你呀，活活的是个半疯子！
赵　老　大妈，想开一点吧。二春的事，您可以提意见，可千万别横拦着竖挡着！我吃过媒人的亏，所以我知道自由结婚好！
大　妈　唉，我简直地不知道怎么办好啦！

〔丁四脚底下象踩着棉花似的走进来。

大　妈　这是怎么啦！
丁　四　没事，我没喝醉！
赵　老　大妈，给他点水喝！回头别教四嫂知道，省得又闹气！
大　妈　我给他倒去。（去倒水）哼，还没到晌午，怎么就喝猫尿呢？
疯　子　（扶丁四坐下）坐坐！
大　妈　（端着水）先喝口吧！（把水交给疯子）
丁　四　没事！我没喝醉！
赵　老　喝多了点，可是没醉！
大　妈　就别说他了，他心里也好受不了！（向丁）再来一碗水呀!

丁　四　不要了,大妈!劳您驾!刚才一阵发晕,现在好啦!(把碗递给大妈)我是心里不痛快,其实并没喝多!
〔大妈又去干活;疯子也坐下。

赵　老　(向丁)我不明白,老四,四奶奶现在挣得比从前多了,你怎么倒不好好干了呢?你这个样,教我老头子都没脸见四奶奶,她托我劝你不是一回了!

丁　四　您向着这个政府,净拣好的说。

赵　老　有理讲倒人,我没偏没向!

丁　四　您听我说呀,二嘎子的妈,不错,是挣得多点了;可是我没有什么生意。您看,解放军不坐三轮儿,当差的也不是走,就是骑自行车,我拉不上座儿!

赵　老　可是你也不能只看一面呀。解放军不坐车?当初那些大兵倒坐车呢,下了车不给钱,还踹你两脚。先前你是牛马,现在你是人了。这不是我专拣好的说吧?

丁　四　不是。

赵　老　好!当初,巡警不敢管汽车,专欺负拉车的,现在还那样吗?

丁　四　不啦!

赵　老　好!前些日子,政府劝你们三轮车夫改业,我掰开揉碎地劝你,你只当了耳旁风。

丁　四　我三十多岁了,改什么行?再者我也舍不得离开北京城。

赵　老　只要你不惜力,改行就不难!舍不得北京,可又嫌这儿脏臭,动不动就泡磨菇,你算怎么回事呢?开垦,挖煤,人家走了的都快快活活地搞生产,政府并不骗人!

丁　四　骗人不骗人的,反正政府说话有时候也不算话!

赵　老　什么?

丁　四　您就说,前些日子,他们测量这儿,这么多天啦,他们修沟来了没有?

赵　老　修沟不是仁钱儿油俩钱儿醋的事,那得画图,预备材料,请工程师,一大堆事哪!丁四,我跟你打个赌,怎样?

丁　四　甭打赌。反正多嚓修沟,我就起劲儿干活儿。您老说,这个政府是人民的,我倒要看看,给人民办事不办!这条沟淹死了小妞,我跟它有仇!

赵　老　这可是你说的?不准说了不算!

丁　四　您看着呀!

赵　老　好,我等着你的!多嚓沟修了,你还不听我的话,看,我要不揍你一顿的。

丁　四　您揍我还不容易,我又不敢回手。

赵　老　你这个家伙,软不吃,硬不吃,没法儿办!

〔二嘎子提着一筐子煤核儿,飞跑进来。

二　嘎　爸爸,给你,半筐子煤核儿,够烧好大半天的!(说完,转身就跑)

丁　四　嗨!你又上哪儿闯丧去?

二　嘎　我上牟家井!

丁　四　干吗?

二　嘎　那里搭上了窝棚,来了一大群作工的。还听说,大街上不知道多少辆车,拉着砖、洋灰、沙子,还有里面能站起一个人的大洋灰筒子!我得钻到筒子里试试

去，看到底有多高！（跑去）

赵　老　修沟的到了！到了！

疯　子　二嘎子，等等，我也去！（跑去）

大　妈　（也立起来往前跑了两步）真修沟？真一个钱也不跟咱们要？

赵　老　这才信了我的话吧？老太太！

大　妈　没听说过的事！没听说过的事！

赵　老　丁四，你怎么说？

丁　四　我，我……

赵　老　（把丁四拉起来，面对面恳切地）丁四，你看，咱们的政府并不富裕——金子、银子不是都教蒋介石跟贪官给刮了去，拿跑了吗？——可是，还来给咱们修沟，修沟不是一两块钱的事啊！政府的这点心，这点心，太可感激了吧？

丁　四　我知道！

赵　老　东单、西四、鼓楼前，哪儿不该修？干吗先来修咱们这条臭沟？政府先不图市面儿好看，倒先来照顾咱们，因为这条沟教我年年发疟子，淹死小妞子；一下雨，娘子就摆不上摊子，你拉不出车去，臭水带着成群的大尾巴蛆，流到屋里来。政府知道这些，就为你，我，全龙须沟的人想办法，不教咱们再病，再死，再臭，再脏，再挨饿。你我是人民，政府爱人民，为人民来修沟！你信不信我的话呀？

丁　四　我信了！信了！我打这儿起，不再抱怨，我要好好地干活儿！

赵　老　比如说，政府招呼你去修沟，你去不去呢？这是你

　　　　的沟，也是你的仇人，你肯不肯自己动手，把它弄好了呢？
丁　四　别再问啦，赵大爷，对着青天，我起誓：一动工，我就去挖沟！

　　　　　　　　　　　　　　　　　　　　——幕落

# 第三幕

## 第一场

时　间　一九五〇年夏,某一夜的后半夜,天尚未明。
地　点　龙须沟地势较高处的一家小茶馆——三元茶馆。
布　景　三元茶馆是两间西房,互相通连,冬天在屋里卖茶,夏季在屋外用木棍支着旧席棚,棚下有土台,作为茶桌。旁边放着长方桌,上边有茶壶、茶碗和小酒坛子、酒菜,和少许的低级香烟,另外两三个玻璃缸里面装着一包包的茶叶、花生仁等。

〔幕启:前半夜的雨刚刚止住,还能听得见从破席棚滴下来的滴水声,间有一两声鸡鸣。
〔茶馆的刘掌柜,点着洋油灯在炉旁看看火,看看水壶,又向棚外张望,好像在等待什么人似的。
〔一位警察走向棚来,穿着被水浸透的雨衣,赤脚穿着胶皮鞋,泥已溅满裤腿上,手里拿着电筒。

警　察　刘大爷,您多辛苦啦!
掌　柜　哪儿的话您哪!

警　察　您这儿预备得怎么样啦?

掌　柜　都差不离儿啦,等会儿老街坊们来到,准保有热茶喝,有舒服地方坐。

警　察　这就好了!所长指示我,教我跟赵大爷说:请他先别挖沟,先招呼着老街坊们到这儿来,免得万一房子塌了,砸伤了人!

掌　柜　也就是搁在现而今哪,要是在解放以前,别说下雨,就是淹死、砸死也没人管哪!这可倒好,派出所还给找好了地方,教老街坊们躲躲儿,惟恐怕房子塌了砸死人!

警　察　(一边听掌柜的讲话,一边用电筒照那两间西房)可不,这回事啊,也幸亏是大家伙儿出来自动地帮忙,要光靠我们派出所这几个人跟工程队呀,干的也不能这么快!刘大爷,我走啦!回头赵大爷领着老街坊们来,您可多照应点儿!哟!老街坊们来了!

〔赵老领着一批群众先上。

警　察　赵大爷!都来了吗?

赵　老　来了一拨儿,跟着就都来!

警　察　这儿拜托您啦!我帮助挖沟去。(向群众)老街坊们!这儿歇歇儿吧!(下)

赵　老　女人、小孩到屋里去!屋里有火,先烤干了脚!

〔女人、小孩向屋内移动,男人们或立或坐。

赵　老　二春!二春!二春还没来吗?

二　春　(从外面应声)来嘞!赵大爷,我来嘞!(跑上,手中提着小包,身上披着破雨衣;放下小包;一边脱雨衣,一边说)好家伙,差点儿摔了两个好的。地上真他妈的滑!

赵　老　别说废话,先干活儿!

二　春　干什么?您说!

赵　老　先去烧水、沏茶,教大家伙儿热热呼呼的喝一口!然后再多烧水,找个盆,给孩子们烫烫脚,省得招凉生病!

二　春　是啦!(提起小包要往屋中走)

〔一青年背着王大妈上,她两手拿着许多东西。

大　妈　二春!二春!你在哪儿哪?你就不管你妈了呀?我要是摔死了,你横是连哭都不哭一声!

二　春　(向青年)你进来歇歇呀!

青　年　还得背人去呢!(跑下)

二　春　妈!屋里烤烤去!(接妈手中的东西)

大　妈　我不在这儿!(不肯松手东西)

二　春　不在这儿,您上哪儿?

大　妈　我回家!我忘了把烙铁拿来了!

赵　老　大妈,这是瞎胡闹!烙铁不会教水冲了走!您岁数大,得给大家作个好榜样,别再给我们添麻烦!

大　妈　唉!(坐下)我早就知道要出漏子!从前,动工破土,不得找黄道吉日吗?现在,好,说动土就动土,也不挑个好日子;龙须沟要是冲撞了龙王爷呀,怎能不发大水!

赵　老　二春!干你的去;就让老太太在这儿叨唠吧!

二　春　妈,好好的在这儿,别瞎叨唠!现在呀,哪天干活儿,哪天就是黄道吉日,用不着瞧皇历!(入屋中)

〔疯子挽着娘子上。

娘　子　你撒手我！你是搀我，还是揪我呢？

疯　子　好，我撒手！

娘　子　赵大爷，我干点什么？

赵　老　帮助二春去，她在屋里呢。疯哥，你把东西交给娘子，去作联络员，来回地跑着点。

疯　子　好，我能作这点事。真个的，这儿的水够使吗？自来水的钥匙可在咱身上呢！

掌　柜　够用，够用！

〔疯子下。

娘　子　（看见大妈）哟！老太太，您怎么在这儿坐着，不进去呢？

大　妈　我不进去！没事找事儿，非挖沟不可，看，挖出毛病来没有？

娘　子　您忘了，每回下大雨不都是这样吗？

赵　老　再说，沟修好以后，就永远不再出这样的毛病了！

二　春　（在屋门内）赵大爷，娘子，都不必再理她！妈，您老这么不讲理，我可马上就结婚，不伺候着您了！

大　妈　哼，不教我相看相看他，你不用想上轿子！

二　春　您不是相看过了吗？

大　妈　我？见鬼！我多嗸看见过他。

二　春　刚才背着您的是谁呀？（回到屋内）

大　妈　就是他？

赵　老  
　　　　哈哈哈！  
娘　子

娘　子　这门亲事算铁了！

大　妈　我，我，我斗不过你们！我还是回家！破家值万贯，我不能半夜里坐野茶馆玩!

娘　子　算了吧,老太太!这回水并不比从前那些回大,不过呀,政府跟警察呀,唯恐其砸死人,所以把咱们都领到这儿来!得啦,进去歇会儿吧!

二　春　(在屋中)快来呀,茶沏好啦!谁来碗热的!

娘　子　走吧,喝碗热茶去!(扯大妈往屋中走)

疯　子　(在远处喊叫)往这边来,都往这边来!赵大爷,又来了一批!

赵　老　(往外跑)这边!这边!

〔又来了一批人,男的较多。

赵　老　女的到屋里去!男的把东西放下,丢不了。咱们还得组织一下,多去点人,帮着舀水跟挖沟去吧!不能光教官面上的人受累,咱们在旁边瞧着呀!

众　甲　冲着人家这股热心劲儿,咱们应当回去帮忙!

赵　老　这话说得对!有我跟刘掌柜的在这儿,放心,人也丢不了,东西也丢不了。我说,四十岁以上的去舀水,四十以下的去挖沟,合适不合适?

众　乙　就这么办啦!

众　人　咱们走哇!(下)

〔丁四嫂独自跑上。

四　嫂　赵大爷,赵大爷,没看见二嘎子呀?

赵　老　没有!他那么大了,丢不了!

四　嫂　这孩子,永远不教大人放心!

赵　老　丁四呢?

四　嫂　他挖沟去了!

赵　老　好小子!他算有了进步!

129

四　嫂　有了进步？哼！您等着瞧！他在外面受了累回来，我的罪过可大啦！他横挑鼻子竖挑眼，倒好像他立下汗马功劳，得由我跪接跪送才对！

赵　老　就对付着点吧！你受点委屈，将就将就他。不管怎么说，他现在总是为人民服务哪，还真卖力气，也怪难为他的！

娘　子　（在屋门口叫）四嫂，进来，喝口水，赶赶寒气儿！

四　嫂　娘子，你给我照应着东西，我得找二嘎子去！好家伙，他可别再跟小妞子似的……（下）

〔疯子跑进来。

疯　子　丁四哥回来了！

〔丁四扛着铁锹，满身泥垢，疲惫地从外边来。

赵　老　四爷，回来啊？

丁　四　快累死了，还不回来？

疯　子　四哥，沟怎样啦？

丁　四　快挖通了！（坐）

娘　子　（端茶来）四哥，先喝口热的！（让别人）

大　妈　（出来）丁四，到底是怎么一回事呀？水下去没有？屋子塌了没有？咱们什么时候能回去？他们真把东西都搬到炕上去了吗？

二　春　（出来）妈！妈！您一问就问一大车事呀！四哥累了半夜了，您教他歇会儿！

大　妈　我不再出声，只当我没长着嘴，行不行？

丁　四　别吵喽！有人心的，给我弄点水，洗洗脚！

二　春　我去！我去！（入屋）

丁　四　（打哈欠）赵大爷！

赵　老　啊！怎样？

丁　四　自从一修沟，我就听您的话，跟着作工。政府对得起咱们，咱们也要对得起政府。话是这么讲不是？

赵　老　对！你有功！政府给咱们修沟，你年轻轻的还不出一膀子力气？

丁　四　可是，我苦干一天，晚上还教水泡着，泥人还有个土性儿，我受不了！我不干啦！我还去拉车，躲开这个臭地方！

二　春　（端水来）四哥，先烫烫脚！

丁　四　（放脚在盆内）我不干了！

二　春　不干什么呀？

疯　子　四哥！四哥！来，我给你洗脚，你去修沟，你跟政府一样的好，我愿意给你洗脚。赵大爷常说，为大家干活儿的都是好汉。四哥，你是好汉，我愿意伺候你，你也知道，我不是那种低三下四的人！

娘　子　四哥，疯子常犯糊涂，这回可作对了！教他给你洗！

丁　四　疯哥，那不行！不敢当！

〔四嫂跑进来。

四　嫂　那可不能！疯哥，起开，我给他洗！（蹲下给他洗）

丁　四　你干什么去啦？

四　嫂　我找二嘎子去啦。找了七开八得，也找不着他！

丁　四　对，再把儿子丢了，够多么好啊！我是得躲开这块倒霉的地方！这个地方不出好事！

四　嫂　你又来了不是？你是困了，累了，闹脾气。洗完了，我给你找个地方，睡会儿觉！二嘎子丢不了，他那么大了。

赵　老　丁四，你现在为大家伙儿挖沟，大家伙儿谁不伸大拇哥，说你好！

丁　四　是吗，脚都快泡烂了，还不说我好！

〔一警察背着二嘎子进来，二嘎子已睡着了。

四　嫂　（迎过去）二嘎子，你上哪儿去喽？

警　察　他是好心，跟着我跑了半夜。现在，他已经睁不开眼，我把他背回来啦。

二　嘎　（睁开眼，下来）妈！我可困得不行了！

〔四嫂携二嘎子入屋中。

警　察　赵大爷，辛苦啦！这儿都顺序？

赵　老　挺好！你先喝碗水吧，也累得够瞧的啦！

二　春　来，您喝碗！（递茶）

警　察　谢谢二姑娘，你也卖了力气！王大妈，您受委屈啦！

大　妈　我受屈不受屈的，到底这都是怎回事呢？

警　察　待会儿我再跟您说。疯哥，娘子，你们也辛苦啦！

娘　子　您才真受了累！疯子今天也不错，作联络员！

警　察　丁四哥，这一夜可够你受的！

赵　老　哼，老四正闹脾气！又是什么还拉车去，不管咱们的臭事儿喽！

丁　四　赵大爷，赵大爷，那是刚才，现在我又好啦！同志，就凭您亲自把二嘎子背回来，您教我干吗，我干吗！什么话呢，咱们都是外场人，不能一面理，耍老娘儿们脾气！

二　春　女人，我们女人并不象你，一会儿明白，一会儿糊涂！

警　察　得，得，先别拌嘴！丁四，你找个地方睡会儿去！

丁　四　这儿就好，打个盹儿就行！

二　春　可倒好，说不闹脾气，就比谁都顺溜！

〔刚才走出去的男人们回来一部分。

警　察　辛苦了，诸位！沟挖通了？

众　人　通啦！

警　察　屋里还有人吧？

二　春　有，孩子跟妇女。

警　察　别惊动小孩子，大人愿意听听的，可以请出来。

二　春　我去。（跑到屋门口叫大家）

警　察　老街坊们！

〔众妇人，四嫂在内，随二春出来。

警　察　老街坊们！都请坐！请赵大爷说说，因为夜里的事儿，有人知道，有人还不大清楚。（众有立有坐）赵大爷，说说吧！

赵　老　你也坐下吧！你也干了半夜啦！

警　察　行，站着好。

赵　老　老街坊们，修沟的计划是先修一道暗沟；把暗沟修好，再填上那条老的明沟。这个，诸位都知道。

众　人　知道。

赵　老　刚一修沟的时候，工程处就想得很周到，下边用板子顶住沟梆子，上边用柱子戗住了墙，省得下面的土一松，屋子跟墙就许垮架；咱们这溜儿的房子都不大结实。这个，大家也都知道。

众　人　知道。

赵　老　可是，连这么留神哪，还出了昨儿夜里的毛病！第一是：谁也没有想到这么早就能下瓢泼瓦灌的暴雨。第二是：正在新沟跟旧沟接口的地方，新挖出来的土一

133

时措手不及抬走,可就堵住了旧沟。这么一来,大家可受了惊,受了委屈,受了损失。区政府里,公安局里都觉得对不起咱们。刚才,连区长带别的首长,全都听到信儿就赶到了;区长亲自往外背人,抢救东西。派出所所长,现在还在给大家往外掏水呢。诸位有什么话,尽管说,待会儿好转告诉区长、所长。

〔众人无语。

警　察　有话就说吧,好话歹话都可以说,咱们是一家人!
二　春　要依我看哪……
大　妈　二春!这儿有的是人,你占什么先,姑娘人家的!
二　春　好,您要有话,您就说!
〔大妈不语。
赵　老　大妈说呀!现在的警察愿意听咱们的话。
大　妈　我没的说,要说呀,我只说这一句:下回再下雨呀,甭教我出来!半夜三更的实在可怕!
警　察　区长、所长是怕屋子塌了,砸死人哪!老太太!
众　甲　要不挖那道暗沟,不是没有这回事了吗?
二　春　你说的是糊涂话!
众　甲　这儿不是谁都可以说话吗?
二　春　可也不能说糊涂话!不修暗沟!怎么能填平了明沟!不弄没了明沟,咱们这里几儿个才能不脏不臭?你说!
娘　子　再说——
众　乙　喝!娘子军!
〔众人笑。
娘　子　再说:去年,前年,年年哪回下大雨,不淹起咱们来?

　　　　可是，淹死，砸死，有谁管过咱们？咱们凭良心说话，这回并不比往年那些回淹得苦，可是连区长都上头淋着，下头蹚着，来救咱们，咱们得谢谢他们！
四　嫂　我不管别的，只说说我的那口子，（指伏桌睡的丁四）要不是因为修咱们的沟，他能变成工人，给大家伙作点事吗？赶明儿个，沟修好了，有多么棒呢！
二　春　说得好！四嫂！
　　　　〔众人鼓掌。
警　察　赵大爷，您再说两句吧！
众　人　赵大爷多说说！
赵　老　好吧，我再说几句吧。政府不修王府井大街，不修西单牌楼，可先给咱们修沟，这实在是件了不起的事。修沟出了点毛病，政府又这么关心我们，我活六十多岁了，没有见过！再者，沟修好了以后，不是就永远不出毛病了吗？人心都在人心上，政府爱我们，我们也得爱政府。是不是呀？诸位？
众　人　赵大爷说得对！
疯　子　要没这回事，咱们还不知道政府这么好呢！
警　察　我补充一两句：这回事儿还算好，没有伤了人。大家的东西呢，来得及的我们都给搬到炕上去了。现在，雨住了，天也亮了，大家愿意回家看看去呢，就去；愿意先歇会儿再去呢，西边咱们包了两所小店儿，大家随便用。
赵　老　到家里看看，要是没法儿歇歇睡会儿，还可以到店里去。是这样不是？
警　察　对！西边的联升店跟天成店。二春姑娘，你招呼着姑娘老太太们到联升店去。赵大爷,您带着男同志们到天成店去。

二　春　妈、娘子、四嫂、诸位,咱们走哇!

娘　子　我去拿东西。(入屋中,几位妇人随着)

四　嫂　(同二嘎出来)这位爷(指丁四)还睡哪。顶好别惊动他,就让他睡下去吧。(给他披上一件衣服)

二　春　妈,走哇!

大　妈　一辈子没住过店,我不去!我回家!

二　春　屋里还有水哪!

大　妈　在家里蹚着水也是好的!

二　春　成心捣乱!妈!您可真够瞧的!

四　嫂　二嘎子,你送王奶奶去!到家要是不能住脚,就搀她老人家到店里来,听见了没有?给王奶奶拿着东西!

二　嘎　王奶奶,我要是走得快,您可别骂我!

大　妈　我几儿骂过人?小泥鬼儿!

警　察　王大妈,您走哇?慢着点,地上怪滑的!

大　妈　(回首)久住龙须沟,走道儿还会不知道怎么留神?

二　春　(对妇女们)咱们走吧?

众　人　走!同志,替我们给区长、所长道谢!(往外走)

赵　老　(对男人们)咱们也走吧?

众　甲　咱们给挖沟的弟兄们喊个好!

众　人　(连没走净的妇女一齐喊)好!好!

——第一场终

## 第二场

时　间　一九五〇年夏末。龙须沟的新沟落成,修了马路。
地　点　同第一幕小杂院。
布　景　杂院已经十分清洁,破墙修补好了,垃圾清除净尽了,花架子上爬满了红的紫的牵牛花。赵老的门前,水缸上,摆着鲜花。丁四的窗下也添了一口新缸。满院子被阳光照耀着。

〔幕启:王大妈正坐在自己门前一个小板凳上,给二春缝着花布短褂,地上摆着一个针线笸萝。四嫂从屋里出来,端详自己的打扮,特别是自己的新鞋新袜子。

大　妈　(看四嫂出来,向她发牢骚)四嫂哇!您看二春这个丫头,今儿个也不是又上哪儿疯去了!我这儿给她赶件小褂,连穿上试试的工夫都抓不着她!
四　嫂　她忙啊!今天咱们门口的暗沟完工,也不是要开什么大会,就是办喜事的意思。她说啦,您、我、娘子都得去;要不怎么我换上新鞋新袜子呢!您看,这双鞋还真抱脚儿,肥瘦儿都合适!
大　妈　我可不去开会!人家说什么,我老听不懂。
四　嫂　也没什么难懂的。反正说的都离不开修沟,修沟反正是好事,好事反正就得拍巴掌,拍巴掌反正不会有错儿,是不是?老太太!
大　妈　哼,你也跟二春差不多了,为修沟的事,一天到晚乐得并不上嘴儿!

四　嫂　是值得乐嘛！您看，以前大伙儿劝丁四找点正事作，谁也劝不动他。一修沟，好，沟把他劝动了！

大　妈　臭沟几儿个跟他说话来着？

四　嫂　比方说呀，这是个比方，沟仿佛老在那儿说：我臭，你敢把我怎样了？我淹死你的孩子，你敢把我怎样了？政府一修沟啊，丁四可仿佛也说了话：你臭，你淹死我的孩子？我填平了你个兔崽子！就是这么一回事。

〔娘子提着篮子回来。

四　嫂　娘子，怎么这么早就收了？

娘　子　不是要开大会吗？百年不遇的事，我歇半天工，好开会去。喝，四嫂子，您都打扮好了？我也得换上件干净大褂儿。这，好比说，就是给龙须沟作生日；新沟完了工，老沟玩了完！

大　妈　什么事儿呀，都是眼见为真；老沟还敞着盖儿，没填上哪！

娘　子　那还能不填上吗？留着它干什么呀？老太太，对街面儿上的事您太不积极啦！

大　妈　什么鸡极鸭极的，反正我沉得住气，不乱捧场，不多招事。

四　嫂　我知道您为什么老不高兴，就是为二姑娘的婚事。您心里有这点委屈别扭，就看什么也不顺眼，是吧？

大　妈　按说，我不应当因为自己的别扭，就拦住你们的高兴！是啊，你们应该高兴。你就说，连疯哥都有了事作，谁想得到啊！

娘　子　大妈，您别提疯子，他要把我气死！

大　妈　怎么?
四　嫂

娘　子　自从他得着这点美差,看自来水,夜里他不定叫醒我多少遍。一会儿,娘子,鸡还没打鸣儿哪?

大　妈　他可真鸡极呀!

娘　子　待一会儿,娘子,还没天亮哪?这家伙,看看自来水,倒仿佛作了军机大臣,唯恐怕误了上朝!

四　嫂　娘子,可也别说,他要不是一个心眼,说干就真干,为什么单派他看自来水呢?我看哪,他手不能提篮,肩不能担担,这个事儿交给他顶合适啦!

娘　子　是呀,无论怎么说吧,他总算有了点事作;好歹的大伙儿不再说他是废物点心,我的心里总痛快点儿!要是夜里他不闹,不就更好了吗?

四　嫂　哪能那么十全十美呢?这就不错!我的那口子不也是那样吗?在外边,人家不再喊他丁四,都称呼他丁师傅,或是丁头儿;你看,他乐得并不上嘴儿;回到家来,他的神气可足了去啦,吹胡子瞪眼睛的,瞧他那个劲儿!

娘　子　可也别说呀,他这路工人可有活儿干啦!净说咱们这一带,到永定门去的大沟,东晓市的大沟,就还够作好几个月的。共产党啊,是真行!听说,三海、后海、什刹海,连九城的护城河,都给挖啊!还垒上石头坝。以后还要挨着班儿地修马路呢。四哥还愁没事儿作?二嘎子更有出息啦,进工厂当小工子,还外带着念书,赶明儿要是好好的干,说不定长大了还当厂长呢!

四　嫂　唉!慢慢地熬着吧,横是离好日子不远啦!哟!二嘎

139

　　　　　子那件小褂儿还没上领子呢!（进屋取活计）
　　　　〔程疯子自外面唱着走来。
疯　子　我的水，甜又美，喝下去肚子不闹鬼。我的水，美又甜，一挑儿才卖您五十元。
娘　子　瞧这个疯劲儿！大妈！您坐着，我进去换衣裳去啦。（下）
疯　子　（进来，还唱）沏茶喝，甜又香，不象先前沏出茶来稠嘟嘟的象面汤。洗衣裳，跟洗脸，滑滑溜溜又省胰子又省硷。
四　嫂　（取了活计出来，缝着衣服）疯哥，你不看着水，干吗回来啦？
疯　子　大妈、四嫂，我回来研究那段数来宝，好到大会去唱！二嘎子替我看着水呢。他现在识文断字，比我办事还精明呢！
四　嫂　哼，你们这一对儿够多么漂亮啊！
疯　子　四嫂，别小看我们俩，坐在一块儿我们就讨论问题！
四　嫂　就凭你们俩？
疯　子　您听着呀！刚才，我说，二嘎子，你看，现在咱们这儿有新沟老沟两条沟，一前一后夹住了咱们的院子。新沟是暗沟，管子已经都安好，完了工啦；上面修成了一条平平正正的马路。二嘎子说：赶明儿个，旧沟又哐喳哐喳地一填，填平了，又修成一条马路。我就说，咱们房前房后，这么一来，就有两条马路，马路都修好，我问二嘎子，该怎么办了？四嫂，二嘎子真聪明；他说：该种树！他问我：疯大爷，种什么树？我说：柳树，垂杨树，多么美呀！二嘎子说：呔！

四　嫂　你看这孩子!
疯　子　他说,得种桃树,到时候可以吃大蜜桃啊!您瞧,二嘎子多么聪明!
娘　子　(在屋中)别说啦,快来编词儿吧!
疯　子　赶趟,等我说完最要紧的一段儿。四嫂,我跟二嘎子又研究出来:咱们这儿,还得来个公园。二嘎子提议:把金鱼池改作公园,周围种上树,还有游泳池,修上几座亭子,够多么好啊!
娘　子　(出来,换上新衫)别在这儿作梦啦!
四　嫂　也不都是梦。谁想到咱们门口会有了马路,会有了干干净净的厕所,会有了自来水?谁能说这儿就不该有个公园呢!
疯　子　四嫂言之有理!如此,大妈、四嫂、娘子,我就暂且失陪了!(以上均用京剧话白的腔调,走入屋中)
四　嫂　也难怪孩子们爱他,他可真婆婆妈妈的有个趣儿!
娘　子　就别夸他了,跟小孩子一样,越夸越发疯!
〔丁四夹着一身新蓝布裤褂,欢欢喜喜地进来。
丁　四　王大妈,娘子,看新衣裳呕!
〔她们都围上来。大妈以手揉布,看布质好坏;娘子看裤子的长短;四嫂看针线细不细。
丁　四　(看见了四嫂的新鞋新袜)哼,打下面看哪,还不认识你了呢!
四　嫂　别耍骨头!(提着褂子)穿上,看看长短。
丁　四　(穿)怎样?
娘　子　挺好!挺合身儿!
大　妈　就怕呀,一下水得抽一大块!

丁　四　大妈！您专会说吉祥话儿！

大　妈　不是呀！你们男人要是都会买东西，要我们女人干什么呢？

四　嫂　得啦，管它抽多少呢，反正今天先穿个新鲜劲儿！

大　妈　别怪我说，那可不是过日子的道理呀！你就该去买布，咱们大伙儿给他缝缝；那，一身能当两身穿！

丁　四　可是大妈，您可也有猜不到的事儿。刚才呀，卖衣裳的一张嘴，就要四万五，不打价儿。

娘　子　现在买什么都是言无二价。

丁　四　我把衣裳撂下，跟他聊天。喝，我撒开了一吹：我买这身儿为的是去开大会；我修的沟，我能不去参加落成典礼吗？我又一说：怎么大夏天的，上边晒得流油，下边踩着黑泥，旁边老沟冒着臭气，苍蝇、蚊子落在身上就叮，臭汗一直流到鞋底子上！我还没说完哪，您猜怎么着，他把衣裳塞在我手里，说：拿去，给我四万块钱！不赔五千，赶明儿你填老沟的时候，把我一块儿埋进去！大妈，您想得到这一招吗？

大　妈　哟，那可太便宜了，我也买一身去！

丁　四　大妈，您修过沟吗？

大　妈　对！我再去修沟就更象样儿了！不理你们了，简直地说不到一块儿！（回去作活）

　　　　〔二春襟前挂着红绸条——联络员。头上也扎着绸条，从外跑进来。

二　春　四哥，还不快去，你们集合啦！

丁　四　我换上裤子就走！（跑进屋去）

大　妈　二春快来试试衣裳！（提着花短褂给二春穿）

二　春　（试着衣裳）妈，今儿个可热闹了，市长、市委书记还来哪！妈，您去不去呀？

大　妈　不去，我看家！

二　春　还是这样不是？用不着您看家，待会儿有警察来照应着这条街，去，换上新衣裳去！教市长看看您！

娘　子　您就去吧，老太太！龙须沟不会天天有这样的热闹事。

四　嫂　您去！我保驾！

大　妈　好吧！我去！（入室）

四　嫂　戴上您那朵小红石榴花儿！

二　春　娘子，四嫂，得预备一下呀，待一会儿还有报馆的人来访问咱们，也许给咱们照像呢！娘子，人家要问你，对修沟有什么感想，你说什么？

娘　子　什么叫感想啊？

大　妈　（在屋门内）你就别赶碌她啦！越赶她越想不起来啦！

二　春　感想啊，大概就是有什么想头儿。

〔丁四从屋中跑出来。

丁　四　会场上见啦！（跑出去，高兴地唱着"解放区的天……"）

娘　子　这么说行不行？一修沟啊，连我的疯爷们都有了事作，我感激政府！

二　春　行！你呢，四嫂？

四　嫂　要问我，我就说：政府要老这么作事呀，龙须沟就快成了大花园啦！可有一样，成了花园，也得让咱们住着！

二　春　别看四嫂，还真能说两句儿呢！你放心，沟臭的时候是咱们住，香的时候也是咱们住！妈！妈！

大　妈　别催我！（出来）这样行了吧？（指衣服）

二　春　（端详妈妈）行啦！人家要问您，您说什么呀？
大　妈　我——
二　春　说什么呀？
大　妈　沟修好了，我可以接姑奶奶啦！
〔大家哈哈大笑。
二　春　您就是这一句呀？
大　妈　见了生人，说不出话来！（突然想起）二春，我可不照像，照一回丢一回魂儿！
二　春　妈，您可真会出故典！
娘　子　我替您，我不怕丢魂儿，把我照了去，也教各处的人见识见识，北京城有个程娘子！我又有了个主意，咱们大家伙儿应当凑点钱，立一块碑，刻上：以前这儿是臭沟，人民政府把它修成了大道！
二　春　这可是好意见，我得告诉赵大爷。咱们得凑钱立这块碑！
四　嫂　对！也教后代子孙知道知道。要凑钱，我捐一斤小米儿！
〔远处有腰鼓声。
二　春　腰鼓队出来了！咱们走吧！
〔二嘎子手执小红旗子飞跑而来。
二　嘎　报！赵队长爷爷到！摆队相迎！
〔赵老穿着新衣，胸前佩红绸条，昂然地进来。
二　春　瞧赵大爷哟！简直象总指挥！
赵　老　（笑）小丫头片子！
二　春　赵大爷，您可得预备好了哟，新闻记者一定会访问您！
赵　老　还用你嘱咐，前三天我就预备好喽！

二　春　好，我当记者：（摹拟）您对修沟有什么感想？
赵　老　简单地说，还是详细地说？
二　春　（摹拟）请简单地说吧！
赵　老　这叫五福临门！
二　春　哪五福呢？
赵　老　我们的门前修了暗沟，院后要填平老明沟，一福。前前后后都修上大马路，二福。我们有了自来水，三福。将来，这里成了手工业区，大家有活作，有饭吃，四福。赶明儿个金鱼池改为公园，作完了活儿有个散逛散逛的地方，五福！

二　春
四　嫂
娘　子　（与赵老同时）五福！
大　妈

　　〔附近邻居，都象院里人一样，换了新衣服，去开会。正经过大门口。一位警察跑进门来，招呼大家。群众有的等在大门外，也有走进院里来的。
　　〔远处军乐声，腰鼓声。
警　察　开会去喽！快到时候啦！
　　〔大妈返身要锁自己的房门，四嫂、娘子赶去拦大妈。正拉着她要往外走，疯子由屋中跑出，手里拿着竹板。
疯　子　诸位别忙，先等等儿，我这儿编出来个新词儿，先给你们唱唱试试！
众　人　赞成！唱，唱！
疯　子　听着啊——给诸位，道大喜，人民政府了不起！了不起，修臭沟，上手儿先给咱们穷人修。请诸位，想周全，东单、西四、鼓楼前；还有那，先农坛、五坛八庙、颐和园；要讲修，都得修，为什么先管龙须沟？都只为，这儿脏，这儿臭，政府看着心里真难受！好政府，爱穷人，教咱们干干净净大翻身。修了沟，又修路，好教咱们挺着腰板儿迈大步；迈大步，笑嘻嘻，劳动人民努力又心齐。齐努力，多作工，国泰民安享太平！

众　人　（跟疯子齐声喊）享太平！

〔外边，远处近处都是一片欢呼声："毛主席万岁！"

〔大家随着欢呼声音涌出小院，外边会场上的军乐声起，幕在《青年进行曲》声音中徐徐落下。

　　　　　　　　　　　　　　——全剧终

# 骆驼祥子

## 一

我们所要介绍的是祥子,不是骆驼,因为"骆驼"只是个外号;那么,我们就先说祥子,随手儿把骆驼与祥子那点关系说过去,也就算了。

北平的洋车夫有许多派:年轻力壮,腿脚灵便的,讲究赁漂亮的车,拉"整天儿",爱什么时候出车与收车都有自由;拉出车来,在固定的"车口"或宅门一放,专等坐快车的主儿;弄好了,也许一下子弄个一块两块的;碰巧了,也许白耗一天,连"车份儿"也没着落,但也不在乎。这一派哥儿们的希望大概有两个:或是拉包车;或是自己买上辆车,有了自己的车,再去拉包月或散座就没大关系了,反正车是自己的。

比这一派岁数稍大的,或因身体的关系而跑得稍差点劲的,或因家庭的关系而不敢白耗一天的,大概就多数的拉八成新的车;人与车都相当的漂亮,所以在要价儿的时候也还能保持住相当的尊严。这派的车夫,也许拉"整天",也许拉"半天"。在后者的情形下,因为还有相当的精气神,所以无论冬天夏天总是"拉晚儿"。夜间,当然比白天需要更多的留神与本事;钱自然也多挣一些。

年纪在四十以上，二十以下的，恐怕就不易在前两派里有个地位了。他们的车破，又不敢"拉晚儿"，所以只能早早的出车，希望能从清晨转到午后三四点钟，拉出"车份儿"和自己的嚼谷。他们的车破，跑得慢，所以得多走路，少要钱。到瓜市，果市，菜市，去拉货物，都是他们；钱少，可是无须快跑呢。

在这里，二十岁以下的——有的从十一二岁就干这行儿——很少能到二十岁以后改变成漂亮的车夫的，因为在幼年受了伤，很难健壮起来。他们也许拉一辈子洋车，而一辈子连拉车也没出过风头。那四十以上的人，有的是已拉了十年八年的车，筋肉的衰损使他们甘居人后，他们渐渐知道早晚是一个跟头会死在马路上。他们的拉车姿式，讲价时的随机应变，走路的抄近绕远，都足以使他们想起过去的光荣，而用鼻翅儿扇着那些后起之辈。可是这点光荣丝毫不能减少将来的黑暗，他们自己也因此在擦着汗的时节常常微叹。不过，以他们比较另一些四十上下岁的车夫，他们还似乎没有苦到了家。这一些是以前决没想到自己能与洋车发生关系，而到了生和死的界限已经不甚分明，才抄起车把来的。被撤差的巡警或校役，把本钱吃光的小贩，或是失业的工匠，到了卖无可卖，当无可当的时候，咬着牙，含着泪，上了这条到死亡之路。这些人，生命最鲜壮的时期已经卖掉，现在再把窝窝头变成的血汗滴在马路上。没有力气，没有经验，没有朋友，就是在同行的当中也得不到好气儿。他们拉最破的车，皮带不定一天泄多少次气；一边拉着人还得一边儿央求人家原谅，虽然十五个大铜子儿已经算是甜买卖。

此外，因环境与知识的特异，又使一部分车夫另成派别。生于西苑海淀的自然以走西山，燕京，清华，比较方便；同样，在安定门外的走清河，北苑；在永定门外的走南苑……这是跑长趟的，不愿拉零座；因为拉一趟便是一趟，不屑于三五个铜子的穷凑。可是他们还不如东交民巷的车夫的气儿长，这些专拉洋买卖的讲究一气儿由东交民巷拉到玉泉山，颐和园或西山。气长也还算小事，一般车夫万不能争这项生意的原因，大半还是因为这些吃洋饭的有点与众不同的知识，他们会说外国话。英国兵，法国兵，所说的万寿山，雍和宫，"八大胡同"，他们都晓得。他们自己有一套外国话，不传授给别人。他们的跑法也特别，四六步儿不快不慢，低着头，目不旁视的，贴着马路边儿走，带出与世无争，而自有专长的神气。因为拉着洋人，他们可以不穿号坎，而一律的是长袖小白褂，白的或黑的裤子，裤筒特别肥，脚腕上系着细带；脚上是宽双脸千层底青布鞋；干净，利落，神气。一见这样的服装，别的车夫不会再过来争座与赛车，他们似乎是属于另一行业的。

  有了这点简单的分析，我们再说祥子的地位，就像说——我们希望——一盘机器上的某种钉子那么准确了。祥子，在与"骆驼"这个外号发生关系以前，是个较比有自由的洋车夫，这就是说，他是属于年轻力壮，而且自己有车的那一类：自己的车，自己的生活，都在自己手里，高等车夫。

  这可绝不是件容易的事。一年，二年，至少有三四年；一滴汗，两滴汗，不知道多少万滴汗，才挣出那辆车。从风里雨里的咬牙，从饭里茶里的自苦，才赚出那辆车，那辆车是他的一切挣扎与困苦的总结果与报酬，像身经百战的武士的一颗徽章。在他赁人家的车的时候，他从早到晚，由东到西，由南到北，像被人家抽着转的陀螺；他没有自己。可是在这种旋转之中，他的眼并没有花，心并没有乱，他老想着远远的一辆车，可以使他自由，独立，像自己的手脚的那么一辆车。有了自己的车，他可以不再受拴车的人们的气，也无须敷衍别人，有自己的力气与洋车，睁开眼就可以有饭吃。

他不怕吃苦，也没有一般洋车夫的可以原谅而不便效法的恶习，他的聪明和努力都足以使他的志愿成为事实。假若他的环境好一些，或多受着点教育，他一定不会落在"胶皮团"里，而且无论是干什么，他总不会辜负了他的机会。不幸，他必须拉洋车；好，在这个营生里他也证明出他的能力与聪明。他仿佛就是在地狱里也能作个好鬼似的。生长在乡间，失去了父母与几亩薄田，十八岁的时候便跑到城里来。带着乡间小伙子的足壮与诚实，凡是以卖力气就能吃饭的事他几乎全作过了。可是，不久他就看出来，拉车是件更容易挣钱的事；作别的苦工，收入是有限的；拉车多着一些变化与机会，不知道在什么时候与地点就会遇到一些多于所希望的报酬。自然，他也晓得这样的机遇不完全出于偶然，而必须人与车都得漂亮精神，有货可卖才能遇到识货的人。想了一想，他相信自己有那个资格：他有力气，年纪正轻；所差的是他还没有跑过，与不敢一上手就拉漂亮的车。但这不是不能胜过的困难，有他的身体与力气作基础，他只要试验个十天半月的，就一定能跑得有个样子，然后去赁辆新车，说不定很快的就能拉上包车，然后省吃俭用的一年二年，即使是三四年，他必能自己打上一辆车，顶漂亮的车！看着自己的青年的肌肉，他以为这只是时间的问题，这是必能达到的一个志愿与目的，绝不是梦想！

他的身量与筋肉都发展到年岁前边去；二十来的岁，他已经很大很高，虽然肢体还没被年月铸成一定的格局，可是已经像个成人了——一个脸上身上都带出天真淘气的样子的大人。

看着那高等的车夫；他计划着怎样杀进他的腰去，好更显出他的铁扇面似的胸，与直硬的背；扭头看看自己的肩，多么宽，多么威严！杀好了腰，再穿上肥腿的白裤，裤脚用鸡肠子带儿系住，露出那对"出号"的大脚！是的，他无疑的可以成为最出色的车夫；傻子似的他自己笑了。

他没有什么模样，使他可爱的是脸上的精神。头不很大，圆眼，肉鼻子，两条眉很短很粗，头上永远剃得发亮。腮上没有多余的肉，脖子可是几乎与头一边儿粗；脸上永远红扑扑的，特别亮的是颧骨与右耳之间一块不小的疤——小时候在树下睡觉，被驴啃了一口。他不甚注意他的模样，他爱自己的脸正如同他爱自己的身体，都那么结实硬棒；他把脸仿佛算在四肢之内，只要硬棒就好。是的，到城里以后，他还能头朝下，倒着立半天。这样立着，他觉得，他就很像一棵树，上下没有一个地方不挺脱的。

他确乎有点像一棵树，坚壮，沉默，而又有生气。他有自己的打算，有些心眼，但不好向别人讲论。在洋车夫里，个人的委屈与困难是公众的话料，"车口儿"上，小茶馆中，大杂院里，每人报告着形容着或吵嚷着自己的事，而后这些事成为大家的财产，像民歌似的由一处传到一处。祥子是乡下人，口齿没有城里人那么灵便；设若口齿锋利是出于天才，他天生来的不愿多说话，所以也不愿学着城里人的贫嘴恶舌。他的事他知道，不喜欢和别人讨论。因为嘴常闲着，所以他有工夫去思想，他的眼仿佛是老看着自己的心。只要他的主意打定，他便随着心中所开开的那条路儿走；假若走不通的话，他能一两天不出一声，咬着牙，好似咬着自己的心！

他决定去拉车，就拉车去了。赁了辆破车，他先练练腿。

151

第一天没拉着什么钱。第二天的生意不错,可是躺了两天,他的脚脖子肿得像两条瓠子似的,再也抬不起来。他忍受着,不管是怎样的疼痛。他知道这是不可避免的事,这是拉车必须经过的一关。非过了这一关,他不能放胆的去跑。

脚好了之后,他敢跑了。这使他非常的痛快,因为别的没有什么可怕的了:地名他很熟习,即使有时候绕点远也没大关系,好在自己有的是力气。拉车的方法,以他干过的那些推,拉,扛,挑的经验来领会,也不算十分难。况且他有他的主意:多留神,少争胜,大概总不会出了毛病。至于讲价争座,他的嘴慢气盛,弄不过那些老油子们。知道这个短处,他干脆不大到"车口儿"上去;哪里没车,他放在哪里。在这僻静的地点,他可以从容的讲价,而且有时候不肯要价,只说声:"坐上吧,瞧着给!"他的样子是那么诚实,脸上是那么简单可爱,人们好像只好信任他,不敢想这个傻大个子是会敲人的。即使人们疑心,也只能怀疑他是新到城里来的乡下老儿,大概不认识路,所以讲不出价钱来。及至人们问到,"认识呀?"他就又像装傻,又像要俏的那么一笑,使人们不知怎样才好。

两三个星期的工夫,他把腿溜出来了。他晓得自己的跑法很好看。跑法是车夫的能力与资格的证据。那撇着脚,像一对蒲扇在地上扇乎的,无疑的是刚由乡间上来的新手。那头低得很深,双脚蹭地,跑和走的速度差不多,而颇有跑的表示的,是那些五十岁以上的老者们。那经验十足而没什么力气的却另有一种方法,胸向内含,度数很深,腿抬得很高;一走一探头;这样,他们就带出跑得很用力的样子,而在事实上一点也不比别人快;他们仗着"作派"去维持自己的尊严。祥子当然决不采取这几种姿态。他的腿长步大,腰里非常的稳,跑起来没有多少响声，步步都有些伸缩，车把不动，使座儿觉到安全，舒服。说站住，不论在跑得多么快的时候，大脚在地上轻蹭两蹭，就站住了；他的力气似乎能达到车的各部分。脊背微俯，双手松松拢住车把，他活动，利落，准确；看不出急促而跑得很快，快而没有危险。就是在拉包车的里面，这也得算很名贵的。

他换了新车。从一换车那天，他就打听明白了，像他赁的那辆——弓子软，铜活地道，雨布大帘，双灯，细脖大铜喇叭——值一百出头；若是漆工与铜活含忽一点呢，一百元便可以打住。大概的说吧，他只要有一百块钱，就能弄一辆车。猛然一想，一天要是能剩一角的话，一百元就是一千天，一千天！把一千天堆到一块，他几乎算不过来这该有多么远。但是，他下了决心，一千天，一万天也好，他得买车！第一步他应当，他想好了，去拉包车。遇上交际多，饭局多的主儿，平均一月有上十来个饭局，他就可以白落两三块的车饭钱。加上他每月再省出个块儿八角的，也许是三头五块的，一年就能剩起五六十块！这样，他的希望就近便多多了。他不吃烟，不喝酒，不赌钱，没有任何嗜好，没有家庭的累赘，只要他自己肯咬牙，事儿就没有个不成。他对自己起下了誓，一年半的工夫，他——祥子——非打成自己的车不可！是现打的，不要旧车见过新的。

他真拉上了包月。可是，事实并不完全帮助希望。不错，他确是咬了牙，但是到了一年半他并没还上那个誓愿。包车确是拉上了，而且谨慎小心的看着事情；不幸，世上的事并不是一面儿的。他自管小心他的，东家并不因此就不辞他；不定是三两个月，还是十天八天，吹了；他得另去找事。自然，他得一边儿找事，还得一边儿拉散座；骑马找马，他不能闲起来。在这种时节，他常常闹错儿。他还强打着精神，不专为混一天的嚼谷，而且要继续着积储买车的钱。可是强打精神永远不是件妥当的事：拉起车来，他不能专心一志的跑，好像老想着些什么，越想便越害怕，越气不平。假若老这么下去，几时才能买上车呢？为什么这样呢？难道自己还算个不要强的？在这么乱想的时候，他忘了素日的谨慎。皮轮子上了碎铜烂磁片，放了炮；只好收车。更严重一些的，有时候碰了行人，甚至有一次因急于挤过去而把车轴盖碰丢了。设若他是拉着包车，这些错儿绝不能发生；一搁下了事，他心中不痛快，便有点楞头磕脑的。碰坏了车，自然要赔钱；这更使他焦躁，火上加了油；为怕惹出更大的祸，他有时候懊睡一整天。及至睁开眼，一天的工夫已白白过去，他又后悔，自恨。还有呢，在这种时期，他越着急便越自苦，吃喝越没规则；他以为自己是铁作的，可是敢情他也会病。病了，他舍不得钱去买药，自己硬挺着；结果，病越来越重，不但得买药，而且得一气儿休息好几天。这些个困难，使他更咬牙努力，可是买车的钱数一点不因此而加快的凑足。

整整的三年，他凑足了一百块钱！

他不能再等了。原来的计划是买辆最完全最新式最可心的车，现在只好按着一百块钱说了。不能再等；万一出点什么事再丢失几块呢！恰巧有辆刚打好的车（定作而没钱取货的）跟他所期望的车差不甚多；本来值一百多，可是因为定钱放弃了，车铺愿意少要一点。祥子的脸通红，手哆嗦着，拍出九十六块钱来："我要这辆车！"铺主打算挤到个整数，说了不知多少话，把他的车拉出去又拉进来，支开棚子，又放下，按按喇叭，每一个动作都伴着一大串最好的形容词；最后还在钢轮条上踢了两脚，"听听声儿吧，铃铛似的！拉去吧，你就是把车拉碎了,要是钢条软了一根,你拿回来,把它摔在我脸上!一百块,少一分咱们吹!"祥子把钱又数了一遍"我要这辆车,九十六!"铺主知道是遇见了一个心眼的人,看看钱,看看祥子,叹了口气:"交个朋友,车算你的了;保六个月:除非你把大箱碰碎,我都白给修理;保单,拿着!"

祥子的手哆嗦得更厉害了,揣起保单,拉起车,几乎要哭出来。拉到个僻静地方,细细端详自己的车,在漆板上试着照照自己的脸!越看越可爱,就是那不尽合自己的理想的地方也都可以原谅了,因为已经是自己的车了。把车看得似乎暂时可以休息会儿了,他坐在了水簸箕的新脚垫儿上,看着车把上的发亮的黄铜喇叭。他忽然想起来,今年是二十二岁。因为父母死得早,他忘了生日是在哪一天。自从到城里来,他没过一次生日。好吧,今天买上了新车,就算是生日吧,人的也是车的,好记,而且车既是自己的心血,简直没什么不可以把人与车算在一块的地方。

怎样过这个"双寿"呢?祥子有主意:头一个买卖必须拉个穿得体面的人,绝对不能是个女的。最好是拉到前门,其次是东安市场。拉到了,他应当在最好的饭摊上吃顿饭,如热烧饼夹爆羊肉之类的东西。吃完,有好买卖呢就再拉一两个;没有呢,就收车;这是生日!

自从有了这辆车,他的生活过得越来越起劲了。拉包月也好,拉散座也好,他天天用不着为"车份儿"着急,拉多少钱全是自己的。心里舒服,对人就更和气,买卖也就更顺心。拉了半年,他的希望更大了:照这样下去,干上二年,至多二年,他就又可以买辆车,一辆,两辆……他也可以开车厂子了!

可是,希望多半落空,祥子的也非例外。

## 二

因为高兴，胆子也就大起来；自从买了车，祥子跑得更快了。自己的车，当然格外小心，可是他看看自己，再看看自己的车，就觉得有些不是味儿，假若不快跑的话。

他自己，自从到城里来，又长高了一寸多。他自己觉出来，仿佛还得往高里长呢。不错，他的皮肤与模样都更硬棒与固定了一些，而且上唇上已有了小小的胡子；可是他以为还应当再长高一些。当他走到个小屋门或街门而必须大低头才能进去的时候，他虽不说什么，可是心中暗自喜欢，因为他已经是这么高大，而觉得还正在发长，他似乎既是个成人，又是个孩子，非常有趣。

这么大的人，拉上那么美的车，他自己的车，弓子软得颤悠颤悠的，连车把都微微的动弹；车箱是那么亮，垫子是那么白，喇叭是那么响；跑得不快怎能对得起自己呢，怎能对得起那辆车呢？这一点不是虚荣心，而似乎是一种责任，非快跑，飞跑，不足以充分发挥自己的力量与车的优美。那辆车也真是可爱，拉过了半年来的，仿佛处处都有了知觉与感情，祥子的一扭腰，一蹲腿，或一直脊背，它都就马上应合着，给祥子以最顺心的帮助，他与它之间没有一点隔膜别扭的地方。赶到遇上地平人少的地方，祥子可以用一只手拢着把，微微轻响的皮轮像阵利飕的小风似的催着他跑，飞快而平稳。拉到了地点，祥子的衣裤都拧得出汗来，哗哗的，像刚从水盆里捞出来的。他感到疲乏，可是很痛快的，值得骄傲的，一种疲乏，如同骑着名马跑了几十里那样。

假若胆壮不就是大意，祥子在放胆跑的时候可并不大意。

不快跑若是对不起人,快跑而碰伤了车便对不起自己。车是他的命,他知道怎样的小心。小心与大胆放在一处,他便越来越能自信,他深信自己与车都是铁作的。

因此,他不但敢放胆的跑,对于什么时候出车也不大去考虑。他觉得用力拉车去挣口饭吃,是天下最有骨气的事;他愿意出去,没人可以拦住他。外面的谣言他不大往心里听,什么西苑又来了兵,什么长辛店又打上了仗,什么西直门外又在拉伕,什么齐化门已经关了半天,他都不大注意。自然,街上铺户已都上了门,而马路上站满了武装警察与保安队,他也不便故意去找不自在,也和别人一样急忙收了车。可是,谣言,他不信。他知道怎样谨慎,特别因为车是自己的,但是他究竟是乡下人,不像城里人那样听见风便是雨。再说,他的身体使他相信,即使不幸赶到"点儿"上,他必定有办法,不至于吃很大的亏;他不是容易欺侮的,那么大的个子,那么宽的肩膀!

战争的消息与谣言几乎每年随着春麦一块儿往起长,麦穗与刺刀可以算作北方人的希望与忧惧的象征。祥子的新车刚交半岁的时候,正是麦子需要春雨的时节。春雨不一定顺着人民的盼望而降落,可是战争不管有没有人盼望总会来到。谣言吧,真事儿吧,祥子似乎忘了他曾经作过庄稼活;他不大关心战争怎样的毁坏田地,也不大注意春雨的有无。他只关心他的车,他的车能产生烙饼与一切吃食,它是块万能的田地,很驯顺的随着他走,一块活地,宝地。因为缺雨,因为战争的消息,粮食都长了价钱;这个,祥子知道。可是他和城里人一样的只会抱怨粮食贵,而一点主意没有;粮食贵,贵吧,谁有法儿教它贱呢?这种态度使他只顾自己的生活,把一切祸患灾难都放在脑后。

设若城里的人对于一切都没有办法,他们可会造谣言——有时完全无中生有,有时把一分真事说成十分——以便显出他们并不愚傻与不作事。他们像些小鱼,闲着的时候把嘴放在水皮上,吐出几个完全没用的水泡儿也怪得意。在谣言里,最有意思是关于战争的。别种谣言往往始终是谣言,好像谈鬼说狐那样,不会说着说着就真见了鬼。关于战争的,正是因为根本没有正确消息,谣言反倒能立竿见影。在小节目上也许与真事有很大的出入,可是对于战争本身的有无,十之八九是正确的。"要打仗了!"这句话一经出口,早晚准会打仗;至于谁和谁打,与怎么打,那就一个人一个说法了。祥子并不是不知道这个。不过,干苦工的人们——拉车的也在内——虽然不会欢迎战争,可是碰到了它也不一定就准倒霉。每逢战争一来,最着慌的是阔人们。他们一听见风声不好,赶快就想逃命;钱使他们来得快,也跑得快。他们自己可是不会跑,因为腿脚被钱赘的太沉重。他们得雇许多人作他们的腿,箱子得有人抬,老幼男女得有车拉;在这个时候,专卖手脚的哥儿们的手与脚就一律贵起来:"前门,东车站!""哪儿?""东——车——站!""呕,干脆就给一块四毛钱!不用驳回,兵荒马乱的!"

就是在这个情形下,祥子把车拉出城去。谣言已经有十来天了,东西已都涨了价,可是战事似乎还在老远,一时半会儿不会打到北平来。祥子还照常拉车,并不因为谣言而偷点懒。有一天,拉到了西城,他看出点棱缝来。在护国寺街西口和新街口没有一个招呼"西苑哪?清华呀?"的。在新街口附近他转悠了一会儿。听说车已经都不敢出城,西直门外正在抓车,大车小车骡车洋车一齐抓。他想喝碗茶就往南放车;车口的冷静露出真的危险,他有相当的胆子,但是不便故意的走死路。

正在这个节骨眼儿,从南来了两辆车,车上坐着的好像是学生。拉车的一边走,一边儿喊:"有上清华的没有?嗨,清华!"

车口上的几辆车没有人答碴儿,大家有的看着那两辆车淡而不厌的微笑,有的叼着小烟袋坐着,连头也不抬。那两辆车还继续的喊:"都哑巴了?清华!"

"两块钱吧,我去!"一个年轻光头的矮子看别人不出声,开玩笑似的答应了这么一句。

"拉过来!再找一辆!"那两辆车停住了。

年轻光头的楞了一会儿,似乎不知怎样好了。别人还都不动。祥子看出来,出城一定有危险,要不然两块钱清华——平常只是二三毛钱的事儿——为什么会没人抢呢?他也不想去。可是那个光头的小伙子似乎打定了主意,要是有人陪他跑一趟的话,他就豁出去了;他一眼看中了祥子:"大个子,你怎样?"

"大个子"三个字把祥子招笑了,这是一种赞美。他心中打开了转儿:凭这样的赞美,似乎也应当捧那身矮胆大的光头一场;再说呢,两块钱是两块钱,这不是天天能遇到的事。危险?难道就那样巧?况且,前两天还有人说天坛住满了兵;他亲眼看见的,那里连个兵毛儿也没有。这么一想,他把车拉过去了。

拉到了西直门,城洞里几乎没有什么行人。祥子的心凉了一些。光头也看出不妙,可是还笑着说:"招呼吧,伙计!是福不是祸,今儿个就是今儿个啦!"祥子知道事情要坏,可是在街面上混了这几年了,不能说了不算,不能耍老娘们脾气!

出了西直门,真是连一辆车也没遇上;祥子低下头去,不敢再看马路的左右。他的心好像直顶他的肋条。到了高亮桥,他向四围打了一眼,并没有一个兵,他又放了点心。两块钱到底是两块钱,他盘算着,没点胆子哪能找到这么俏的事。他平

159

常很不喜欢说话，可是这阵儿他愿意跟光头的矮子说几句，街上清静得真可怕。"抄土道走吧？马路上——"

"那还用说，"矮子猜到他的意思，"自要一上了便道，咱们就算有点底儿了！"

还没拉到便道上，祥子和光头的矮子连车带人都被十来个兵捉了去！

虽然已到妙峰山开庙进香的时节，夜里的寒气可还不是一件单衫所能挡得住的。祥子的身上没有任何累赘，除了一件灰色单军服上身，和一条蓝布军裤，都被汗沤得奇臭——自从还没到他身上的时候已经如此。由这身破军衣，他想起自己原来穿着的白布小褂与那套阴丹士林蓝的夹裤褂；那是多么干净体面！是的，世界上还有许多比阴丹士林蓝更体面的东西，可是祥子知道自己混到那么干净利落已经是怎样的不容易。闻着现在身上的臭汗味，他把以前的挣扎与成功看得分外光荣，比原来的光荣放大了十倍。他越想着过去便越恨那些兵们。他的衣服鞋帽，洋车，甚至于系腰的布带，都被他们抢了去；只留给他青一块紫一块的一身伤，和满脚的疱！不过，衣服，算不了什么；身上的伤，不久就会好的。他的车，几年的血汗挣出来的那辆车，没了！自从一拉到营盘里就不见了！以前的一切辛苦困难都可一眨眼忘掉，可是他忘不了这辆车！

吃苦，他不怕；可是再弄上一辆车不是随便一说就行的事；至少还得几年的工夫！过去的成功全算白饶，他得重打鼓另开张打头儿来！祥子落了泪！他不但恨那些兵，而且恨世上的一切了。凭什么把人欺侮到这个地步呢？凭什么？"凭什么？"他喊了出来。

这一喊——虽然痛快了些——马上使他想起危险来。别的先不去管吧,逃命要紧!

他在哪里呢?他自己也不能正确的回答出。这些日子了,他随着兵们跑,汗从头上一直流到脚后跟。走,得扛着拉着或推着兵们的东西;站住,他得去挑水烧火喂牲口。他一天到晚只知道怎样把最后的力气放在手上脚上,心中成了块空白。到了夜晚,头一挨地他便像死了过去,而永远不再睁眼也并非一定是件坏事。

最初,他似乎记得兵们是往妙峰山一带退却。及至到了后山,他只顾得爬山了,而时时想到不定哪时他会一交跌到山涧里,把骨肉被野鹰们啄尽,不顾得别的。在山中绕了许多天,忽然有一天山路越来越少,当太阳在他背后的时候,他远远的看见了平地。晚饭的号声把出营的兵丁唤回,有几个扛着枪的牵来几匹骆驼。

骆驼!祥子的心一动,忽然的他会思想了,好像迷了路的人忽然找到一个熟识的标记,把一切都极快的想了起来。骆驼不会过山,他一定是来到了平地。在他的知识里,他晓得京西一带,像八里庄,黄村,北辛安,磨石口,五里屯,三家店,都有养骆驼的。难道绕来绕去,绕到磨石口来了吗?这是什么战略——假使这群只会跑路与抢劫的兵们也会有战略——他不晓得。可是他确知道,假如这真是磨石口的话,兵们必是绕不出山去,而想到山下来找个活路。磨石口是个好地方,往东北可以回到西山;往南可以奔长辛店,或丰台;一直出口子往西也是条出路。他为兵们这么盘算,心中也就为自己画出一条道儿来:这到了他逃走的时候了。万一兵们再退回乱山里去,他就是逃出兵的手掌,也还有饿死的危险。要逃,就得乘这个机会。

由这里一跑，他相信，一步就能跑回海甸！虽然中间隔着那么多地方，可是他都知道呀；一闭眼，他就有了个地图：这里是磨石口——老天爷，这必须是磨石口！——他往东北拐，过金顶山，礼王坟，就是八大处；从四平台往东奔杏子口，就到了南辛庄。为是有些遮隐，他顶好还顺着山走，从北辛庄，往北，过魏家村；往北，过南河滩；再往北，到红山头，杰王府；静宜园了！找到静宜园，闭着眼他也可以摸到海甸去！他的心要跳出来！这些日子，他的血似乎全流到四肢上去；这一刻，仿佛全归到心上来；心中发热，四肢反倒冷起来；热望使他浑身发颤！

一直到半夜，他还合不上眼。希望使他快活，恐惧使他惊惶，他想睡，但睡不着，四肢像散了似的在一些干草上放着。什么响动也没有，只有天上的星伴着自己的心跳。骆驼忽然哀叫了两声，离他不远。他喜欢这个声音，像夜间忽然听到鸡鸣那样使人悲哀，又觉得有些安慰。

远处有了炮声，很远，但清清楚楚的是炮声。他不敢动，可是马上营里乱起来。他闭住了气，机会到了！他准知道，兵们又得退却，而且一定是往山中去。这些日子的经验使他知道，这些兵的打仗方法和困在屋中的蜜蜂一样，只会到处乱撞。有了炮声，兵们一定得跑；那么，他自己也该精神着点了。他慢慢的，闭着气，在地上爬，目的是在找到那几匹骆驼。他明知道骆驼不会帮助他什么，但他和它们既同是俘虏，好像必须有些同情。军营里更乱了，他找到了骆驼——几块土岗似的在黑暗中趴伏着，除了粗大的呼吸，一点动静也没有，似乎天下都很太平。这个，教他壮起点胆子来。他伏在骆驼旁边，像兵丁藏在沙口袋后面那样。极快的他想出个道理来：炮声是由南边来的,即使不是真心作战,至少也是个"此路不通"的警告。那么,这些兵还得逃回山中去。真要是上山,他们不能带着骆驼。这样,骆驼的命运也就是他的命运。他们要是不放弃这几个牲口呢,他也跟着完事;他们忘记了骆驼,他就可以逃走。把耳朵贴在地上,他听着有没有脚步声儿来,心跳得极快。

不知等了多久,始终没人来拉骆驼。他大着胆子坐起来,从骆驼的双峰间望过去,什么也看不见,四外极黑。逃吧!不管是吉是凶,逃!

## 三

祥子已经跑出二三十步去,可又不肯跑了,他舍不得那几匹骆驼。他在世界上的财产,现在,只剩下了自己的一条命。就是地上的一根麻绳,他也乐意拾起来,即使没用,还能稍微安慰他一下,至少他手中有条麻绳,不完全是空的。逃命是要紧的,可是赤裸裸的一条命有什么用呢?他得带走这几匹牲口,虽然还没想起骆驼能有什么用处,可是总得算是几件东西,而且是块儿不小的东西。

他把骆驼拉了起来。对待骆驼的方法,他不大晓得,可是他不怕它们,因为来自乡间,他敢挨近牲口们。骆驼们很慢很慢的立起来,他顾不得细调查它们是不是都在一块儿拴着,觉到可以拉着走了,他便迈开了步,不管是拉起来一个,还是全"把儿"。

一迈步,他后悔了。骆驼——在口内负重惯了的——是走不快的。不但是得慢走,还须极小心的慢走,骆驼怕滑;一汪儿水,一片儿泥,都可以教它们劈了腿,或折扭了膝。骆驼的价值全在四条腿上；腿一完，全完！而祥子是想逃命呀！

可是，他不肯再放下它们。一切都交给天了，白得来的骆驼是不能放手的！

因拉惯了车，祥子很有些辨别方向的能力。虽然如此，他现在心中可有点乱。当他找到骆驼们的时候，他的心似乎全放在它们身上了；及至把它们拉起来，他弄不清哪儿是哪儿了，天是那么黑，心中是那么急，即使他会看看星，调一调方向，他也不敢从容的去这么办；星星们——在他眼中——好似比他还着急，你碰我，我碰你的在黑空中乱动。祥子不敢再看天上。他低着头，心里急而脚步不敢放快的往前走。他想起了这个：既是拉着骆驼，便须顺着大道走，不能再沿着山坡儿。由磨石口——假如这是磨石口——到黄村，是条直路。这既是走骆驼的大路，而且一点不绕远儿。"不绕远儿"在一个洋车夫心里有很大的价值。不过，这条路上没有遮掩！万一再遇上兵呢？即使遇不上大兵，他自己那身破军衣，脸上的泥，与那一脑袋的长头发，能使人相信他是个拉骆驼的吗？不像，绝不像个拉骆驼的！倒很像个逃兵！逃兵，被官中拿去还倒是小事；教村中的人们捉住，至少是活埋！想到这儿，他哆嗦起来，背后骆驼蹄子噗噗轻响猛然吓了他一跳。他要打算逃命，还是得放弃这几个累赘。可是到底不肯撒手骆驼鼻子上的那条绳子。走吧，走，走到哪里算哪里，遇见什么说什么；活了呢，赚几条牲口，死了呢，认命！

可是，他把军衣脱下来：一把，将领子扯掉；那对还肯负责任的铜钮也被揪下来，掷在黑暗中，连个响声也没发。然后，他把这件无领无钮的单衣斜搭在身上，把两条袖子在胸前结成个结子，像背包袱那样。这个，他以为可以减少些败兵的嫌疑；

裤子也挽高起来一块。他知道这还不十分像拉骆驼的,可是至少也不完全像个逃兵了。加上他脸上的泥,身上的汗,大概也够个"煤黑子"的谱儿了。他的思想很慢,可是想得很周到,而且想起来马上就去执行。夜黑天里,没人看见他;他本来无须乎立刻这样办;可是他等不得。他不知道时间,也许忽然就会天亮。既没顺着山路走,他白天没有可以隐藏起来的机会;要打算白天也照样赶路的话,他必须使人相信他是个"煤黑子"。想到了这个,也马上这么办了,他心中痛快了些,好似危险已过,而眼前就是北平了。他必须稳稳当当的快到城里,因为他身上没有一个钱,没有一点干粮,不能再多耗时间。想到这里,他想骑上骆驼,省些力气可以多挨一会儿饥饿。可是不敢去骑,即使很稳当,也得先教骆驼跪下,他才能上去;时间是值钱的,不能再麻烦。况且,他要是上了那么高,便更不容易看清脚底下,骆驼若是摔倒,他也得陪着。不,就这样走吧。

大概的他觉出是顺着大路走呢;方向,地点,都有些茫然。夜深了,多日的疲乏,与逃走的惊惧,使他身心全不舒服。及至走出来一些路,脚步是那么平匀,缓慢,他渐渐的仿佛困倦起来。夜还很黑,空中有些湿冷的雾气,心中更觉得渺茫。用力看看地,地上老像有一岗一岗的,及至放下脚去,却是平坦的。这种小心与受骗教他更不安静,几乎有些烦躁。爽性不去管地上了,眼往平里看,脚擦着地走。四外什么也看不见,就好像全世界的黑暗都在等着他似的,由黑暗中迈步,再走入黑暗中;身后跟着那不声不响的骆驼。

外面的黑暗渐渐习惯了,心中似乎停止了活动,他的眼不由的闭上了。不知道是往前走呢,还是已经站住了,心中只觉得一浪一浪的波动,似一片波动的黑海,黑暗与心接成一气,都渺茫，都起落，都恍惚。忽然心中一动，像想起一些什么，又似乎是听见了一些声响，说不清；可是又睁开了眼。他确是还往前走呢，忘了刚才是想起什么来，四外也并没有什么动静。心跳了一阵，渐渐又平静下来。他嘱咐自己不要再闭上眼，也不要再乱想；快快的到城里是第一件要紧的事。可是心中不想事，眼睛就很容易再闭上，他必须想念着点儿什么，必须醒着。他知道一旦倒下，他可以一气睡三天。想什么呢？他的头有些发晕，身上潮渌渌的难过，头发里发痒，两脚发酸，口中又干又涩。他想不起别的，只想可怜自己。可是，连自己的事也不大能详细的想了，他的头是那么虚空昏胀，仿佛刚想起自己，就又把自己忘记了，像将要灭的蜡烛，连自己也不能照明白了似的。再加上四围的黑暗，使他觉得像在一团黑气里浮荡，虽然知道自己还存在着，还往前迈步，可是没有别的东西来证明他准是在哪里走，就很像独自在荒海里浮着那样不敢相信自己。他永远没尝受过这种惊疑不定的难过，与绝对的寂闷。平日，他虽不大喜欢交朋友，可是一个人在日光下，有太阳照着他的四肢，有各样东西呈现在目前，他不至于害怕。现在他还不害怕，只是不能确定一切，使他受不了。设若骆驼们要是像骡马那样不老实，也许倒能教他打起精神去注意它们，而骆驼偏偏是这么驯顺，驯顺得使他不耐烦；在心神最恍惚的时候，他忽然怀疑骆驼是否还在他的背后，教他吓一跳；他似乎很相信这几个大牲口会轻轻的钻入黑暗的岔路中去，而他一点也不晓得，像拉着块冰那样能渐渐的化尽。

　　不知道在什么时候，他坐下了。若是他就是这么死去，就是死后有知，他也不会记得自己是怎么坐下的,和为什么坐下的。坐了五分钟，也许是一点钟，他不晓得。他也不知道他是先坐下而后睡着,还是先睡着了而后坐下的。大概他是先睡着而后坐下的,因为他的疲乏已经能使他立着睡去的。

他忽然醒了。不是那种自自然然的由睡而醒,而是猛的一吓,像由一个世界跳到另一个世界,都在一眨眼的工夫里。看见的还是黑暗,可是很清楚的听见一声鸡鸣,是那么清楚,好像有个坚硬的东西在他脑中划了一下。他完全清醒过来。骆驼呢?他顾不得想别的。绳子还在他手中,骆驼也还在他旁边。他心中安静了。懒得起来。身上酸懒,他不想起来;可也不敢再睡。他得想,细细的想,好主意。就是在这个时候,他想起他的车,而喊出"凭什么?"

"凭什么?"但是空喊是一点用处没有的。他去摸摸骆驼,他始终还不知自己拉来几匹。摸清楚了,一共三匹。他不觉得这是太多,还是太少;他把思想集中到这三匹身上,虽然还没想妥一定怎么办,可是他渺茫的想到,他的将来全仗着这三个牲口。

"为什么不去卖了它们,再买上一辆车呢?"他几乎要跳起来了!可是他没动,好像因为先前没想到这样最自然最省事的办法而觉得应当惭愧似的。喜悦胜过了惭愧,他打定了主意:刚才不是听到鸡鸣么?即使鸡有时候在夜间一两点钟就打鸣,反正离天亮也不甚远了。有鸡鸣就必有村庄,说不定也许是北辛安吧?那里有养骆驼的,他得赶快的走,能在天亮的时候赶到,把骆驼出了手,他可以一进城就买上一辆车。兵荒马乱的期间,车必定便宜一些;他只顾了想买车,好似卖骆驼是件毫无困难的事。

想到骆驼与洋车的关系,他的精神壮了起来,身上好似一向没有什么不舒服的地方。假若他想到拿这三匹骆驼能买到一百亩地，或是可以换几颗珍珠，他也不会这样高兴。他极快的立起来，扯起骆驼就走。他不晓得现在骆驼有什么行市，只听说过在老年间，没有火车的时候，一条骆驼要值一个大宝，因为骆驼力气大，而吃得比骡马还省。他不希望得三个大宝，只盼望换个百儿八十的，恰好够买一辆车的。

越走天越亮了；不错，亮处是在前面，他确是朝东走呢。即使他走错了路，方向可是不差；山在西，城在东，他晓得这个。四外由一致的漆黑，渐渐能分出深浅，虽然还辨不出颜色，可是田亩远树已都在普遍的灰暗中有了形状。星星渐稀，天上罩着一层似云又似雾的灰气，暗淡，可是比以前高起许多去。祥子仿佛敢抬起头来了。他也开始闻见路旁的草味，也听见几声鸟鸣；因为看见了渺茫的物形，他的耳目口鼻好似都恢复了应有的作用。他也能看到自己身上的一切，虽然是那么破烂狼狈，可是能以相信自己确是还活着呢；好像噩梦初醒时那样觉得生命是何等的可爱。看完了他自己，他回头看了看骆驼——和他一样的难看，也一样的可爱。正是牲口脱毛的时候，骆驼身上已经都露出那灰红的皮，只有东一缕西一块的挂着些零散的，没力量的，随时可以脱掉的长毛，像些兽中的庞大的乞丐。顶可怜的是那长而无毛的脖子，那么长，那么秃，弯弯的，愚笨的，伸出老远，像条失意的瘦龙。可是祥子不憎嫌它们，不管它们是怎样的不体面，到底是些活东西。他承认自己是世上最有运气的人，上天送给他三条足以换一辆洋车的活宝贝；这不是天天能遇到的事。他忍不住的笑了出来。

灰天上透出些红色，地与远树显着更黑了；红色渐渐的与灰色融调起来，有的地方成为灰紫的，有的地方特别的红，而大部分的天色是葡萄灰的。又待了一会儿，红中透出明亮的金黄来，各种颜色都露出些光；忽然，一切东西都非常的清楚了。跟着，东方的早霞变成一片深红，头上的天显出蓝色。红霞碎开，金光一道一道的射出，横的是霞，直的是光，在天的东南角织成一部极伟大光华的蛛网：绿的田，树，野草，都由暗绿变为发光的翡翠。老松的干上染上了金红，飞鸟的翅儿闪起金光，一切的东西都带出笑意。祥子对着那片红光要大喊几声，自从一被大兵拉去，他似乎没看见过太阳，心中老在咒骂，头老低着，忘了还有日月，忘了老天。现在，他自由的走着路，越走越光明，太阳给草叶的露珠一点儿金光，也照亮了祥子的眉发，照暖了他的心。他忘了一切困苦，一切危险，一切疼痛；不管身上是怎样褴褛污浊，太阳的光明与热力并没将他除外，他是生活在一个有光有热力的宇宙里；他高兴，他想欢呼！

　　看看身上的破衣，再看看身后的三匹脱毛的骆驼，他笑了笑。就凭四条这么不体面的人与牲口，他想，居然能逃出危险，能又朝着太阳走路，真透着奇怪！不必再想谁是谁非了，一切都是天意，他以为。他放了心，缓缓的走着，自要老天保佑他，什么也不必怕。走到什么地方了？不想问了，虽然田间已有男女来做工。走吧，就是一时卖不出骆驼去，似乎也没大关系了；先到城里再说，他渴想再看见城市，虽然那里没有父母亲戚，没有任何财产，可是那到底是他的家，全个的城都是他的家，一到那里他就有办法。远处有个村子，不小的一个村子，村外的柳树像一排高而绿的护兵，低头看着那些矮矮的房屋，屋上浮着些炊烟。远远的听到村犬的吠声，非常的好听。他一直奔了村子去，不想能遇到什么俏事，仿佛只是表示他什么也不怕，他是好人，当然不怕村里的良民；现在人人都是在光明和平的阳光下。假若可能的话，他想要一点水喝；就是要不到水也没关系；他既没死在山中，多渴一会儿算得了什么呢？

村犬向他叫，他没大注意；妇女和小孩儿们的注视他，使他不大自在了。他必定是个很奇怪的拉骆驼的，他想；要不然，大家为什么这样呆呆的看着他呢？他觉得非常的难堪：兵们不拿他当个人，现在来到村子里，大家又看他像个怪物！他不晓得怎样好了。他的身量，力气，一向使他自尊自傲，可是在过去的这些日子，无缘无故的他受尽了委屈与困苦。他从一家的屋脊上看过去，又看见了那光明的太阳，可是太阳似乎不像刚才那样可爱了！

村中的唯一的一条大道上，猪尿马尿与污水汇成好些个发臭的小湖，祥子唯恐把骆驼滑倒，很想休息一下。道儿北有个比较阔气的人家，后边是瓦房，大门可是只拦着个木栅，没有木门，没有门楼。祥子心中一动；瓦房——财主；木栅而没门楼——养骆驼的主儿！好吧，他就在这儿休息会儿吧，万一有个好机会把骆驼打发出去呢！

"色！色！色！"祥子叫骆驼们跪下；对于调动骆驼的口号，他只晓得"色，色"是表示跪下；他很得意的应用出来，特意叫村人们明白他并非是外行。骆驼们真跪下了，他自己也大大方方的坐在一株小柳树下。大家看他，他也看大家；他知道只有这样才足以减少村人的怀疑。

坐了一会儿，院中出来个老者，蓝布小褂敞着怀，脸上很亮，一看便知道是乡下的财主。祥子打定了主意：

"老者，水现成吧？喝碗！"

"啊！"老者的手在胸前搓着泥卷，打量了祥子一眼，细细看了看三匹骆驼。"有水！哪儿来的？"

"西边！"祥子不敢说地名，因为不准知道。

"西边有兵呀？"老者的眼盯住祥子的军裤。

"教大兵裹了去，刚逃出来。"

"啊！骆驼出西口没什么险啦吧？"

"兵都入了山，路上很平安。"

"嗯！"老者慢慢点着头。"你等等，我给你拿水去。"

祥子跟了进去。到了院中，他看见了四匹骆驼。

"老者，留下我的三匹，凑一把儿吧？"

"哼！一把儿？倒退三十年的话，我有过三把儿！年头儿变了，谁还喂得起骆驼？！"老头儿立住，呆呆的看着那四匹牲口。待了半天："前几天本想和街坊搭伙，把它们送到口外去放青。东也闹兵，西也闹兵，谁敢走啊！在家里拉夏吧，看着就焦心，看着就焦心，瞧这些苍蝇！赶明儿天大热起来，再加上蚊子，眼看着好好的牲口活活受罪，真！"老者连连地点头，似乎有无限的感慨与牢骚。

"老者，留下我的三匹，凑成一把儿到口外去放青。欢蹦乱跳的牲口，一夏天在这儿，准教苍蝇蚊子给拿个半死！"祥子几乎是央求了。

"可是，谁有钱买呢？这年头不是养骆驼的年头了！"

"留下吧，给多少是多少；我把它们出了手，好到城里去谋生！"

老者又细细看了祥子一番，觉得他绝不是个匪类。然后回头看了看门外的牲口，心中似乎是真喜欢那三匹骆驼——明知买到手中并没好处，可是爱书的人见书就想买，养马的见了马就舍不得，有过三把儿骆驼的也是如此。况且祥子说可以贱卖呢；懂行的人得到个便宜，就容易忘掉东西买到手中有没有好处。

"小伙子，我要是钱富裕的话，真想留下！"老者说了实话。

"干脆就留下吧,瞧着办得了!"祥子是那么诚恳,弄得老头子有点不好意思了。

"说真的,小伙子;倒退三十年,这值三个大宝;现在的年头,又搭上兵荒马乱,我——你还是到别处吆喝吆喝去吧!"

"给多少是多少!"祥子想不出别的话。他明白老者的话很实在,可是不愿意满世界去卖骆驼——卖不出去,也许还出了别的毛病。

"你看,你看,二三十块钱真不好说出口来,可是还真不容易往外拿呢;这个年头,没法子!"

祥子心中也凉了些,二三十块?离买车还差得远呢!可是,第一他愿脆快办完,第二他不相信能这么巧再遇上个买主儿。"老者,给多少是多少!"

"你是干什么的,小伙子;看得出,你不是干这一行的!"

祥子说了实话。

"呕,你是拿命换出来的这些牲口!"老者很同情祥子,而且放了心,这不是偷出来的;虽然和偷也差不远,可是究竟中间还隔着层大兵。兵灾之后,什么事儿都不能按着常理儿说。

"这么着吧,伙计,我给三十五块钱吧;我要说这不是个便宜,我是小狗子;我要是能再多拿一块,也是个小狗子!我六十多了;哼,还教我说什么好呢!"

祥子没了主意。对于钱,他向来是不肯放松一个的。可是,在军队里这些日子,忽然听到老者这番诚恳而带有感情的话,他不好意思再争论了。况且,可以拿到手的三十五块现洋似乎比希望中的一万块更可靠,虽然一条命只换来三十五块钱的确是少一些!就单说三条大活骆驼,也不能,绝不能,只值三十五块大洋!可是,有什么法儿呢!

"骆驼算你的了,老者!我就再求一件事,给我找件小褂,和一点吃的!"

"那行!"

祥子喝了一气凉水,然后拿着三十五块很亮的现洋,两个棒子面饼子,穿着将护到胸际的一件破白小褂,要一步迈到城里去!

## 四

祥子在海甸的一家小店里躺了三天,身上忽冷忽热,心中迷迷忽忽,牙床上起了一溜紫泡,只想喝水,不想吃什么。饿了三天,火气降下去,身上软得像皮糖似的。恐怕就是在这三天里,他与三匹骆驼的关系由梦话或胡话中被人家听了去。一清醒过来,他已经是"骆驼祥子"了。

自从一到城里来,他就是"祥子",仿佛根本没有个姓;如今,"骆驼"摆在"祥子"之上,就更没有人关心他到底姓什么了。有姓无姓,他自己也并不在乎。不过,三条牲口才换了那么几块钱,而自己倒落了个外号,他觉得有点不大上算。

刚能挣扎着立起来,他想出去看看。没想到自己的腿能会这样的不吃力,走到小店门口他一软就坐在了地上,昏昏沉沉的坐了好大半天,头上见了凉汗。又忍了一会儿,他睁开了眼,肚中响了一阵,觉出点饿来,极慢的立起来。找到了个馄饨挑儿。要了碗馄饨,他仍然坐在地上。呷了口汤,觉得恶心,在口中含了半天,勉强的咽下去;不想再喝。可是,待了一会儿,热汤像股线似的一直通到腹部,打了两个响嗝。他知道自己又有了命。

肚中有了点食,他顾得看看自己了。身上瘦了许多,那条破裤已经脏得不能再脏。他懒得动,可是要马上恢复他的干净利落,他不肯就这么神头鬼脸的进城去。不过,要干净利落就得花钱,剃剃头,换换衣服,买鞋袜,都要钱。手中的三十五元钱应当一个不动,连一个不动还离买车的数儿很远呢!可是,他可怜了自己。虽然被兵们拉去不多的日子,到现在一想,一切都像个噩梦。这个噩梦使他老了许多,好像他忽然的一气增多了好几岁。看着自己的大手大脚,明明是自己的,可是又像忽然由什么地方找到的。他非常的难过。他不敢想过去的那些委屈与危险,虽然不去想,可依然的存在,就好像连阴天的时候,不去看天也知道天是黑的。他觉得自己的身体是特别的可爱,不应当再太自苦了。他立起来,明知道身上还很软,可是刻不容缓的想去打扮打扮,仿佛只要剃剃头,换件衣服,他就能立刻强壮起来似的。

打扮好了,一共才花了两块二毛钱。近似搪布的一身本色粗布裤褂一元,青布鞋八毛,线披儿织成的袜子一毛五,还有顶二毛五的草帽。脱下来的破东西换了两包火柴。

拿着两包火柴,顺着大道他往西直门走。没走出多远,他就觉出软弱疲乏来了。可是他咬上了牙。他不能坐车,从哪方面看也不能坐车:一个乡下人拿十里八里还能当作道儿吗,况且自己是拉车的。这且不提,以自己的身量力气而被这小小的一点病拿住,笑话;除非一交栽倒,再也爬不起来,他满地滚也得滚进城去,决不服软!今天要是走不进城去,他想,祥子便算完了;他只相信自己的身体,不管有什么病!

晃晃悠悠的他放开了步。走出海甸不远,他眼前起了金星。扶着棵柳树,他定了半天神,天旋地转的闹慌了会儿,他始终没肯坐下。天地的旋转慢慢的平静起来，他的心好似由老远的又落到自己的心口中，擦擦头上的汗，他又迈开了步。已经剃了头，已经换上新衣新鞋，他以为这就十分对得起自己了；那么，腿得尽它的责任，走！一气他走到了关厢。看见了人马的忙乱，听见了复杂刺耳的声音，闻见了干臭的味道，踏上了细软污浊的灰土，祥子想趴下去吻一吻那个灰臭的地，可爱的地，生长洋钱的地！没有父母兄弟，没有本家亲戚，他的唯一的朋友是这座古城。这座城给了他一切，就是在这里饿着也比乡下可爱，这里有的看，有的听，到处是光色，到处是声音；自己只要卖力气，这里还有数不清的钱，吃不尽穿不完的万样好东西。在这里，要饭也能要到荤汤腊水的，乡下只有棒子面。才到高亮桥西边，他坐在河岸上，落了几点热泪！

太阳平西了，河上的老柳歪歪着，梢头挂着点金光。河里没有多少水，可是长着不少的绿藻，像一条油腻的长绿的带子，窄长，深绿，发出些微腥的潮味。河岸北的麦子已吐出了芒，矮小枯干，叶上落了一层灰土。河南的荷塘的绿叶细小无力的浮在水面上，叶子左右时时冒起些细碎的小水泡。东边的桥上，来往的人与车过来过去，在斜阳中特别显着匆忙，仿佛都感到暮色将近的一种不安。这些，在祥子的眼中耳中都非常的有趣与可爱。只有这样的小河仿佛才能算是河；这样的树，麦子，荷叶，桥梁，才能算是树，麦子，荷叶，与桥梁。因为它们都属于北平。

坐在那里，他不忙了。眼前的一切都是熟习的，可爱的，就是坐着死去，他仿佛也很乐意。歇了老大半天，他到桥头吃了碗老豆腐：醋，酱油，花椒油，韭菜末，被热的雪白的豆腐一烫，发出点顶香美的味儿，香得使祥子要闭住气；捧着碗，看着那深绿的韭菜末儿,他的手不住的哆嗦。吃了一口,豆腐把身里烫开一条路;他自己下手又加了两小勺辣椒油。一碗吃完,他的汗已湿透了裤腰。半闭着眼,把碗递出去:"再来一碗!"

站起来,他觉出他又像个人了。太阳还在西边的最低处,河水被晚霞照得有些微红,他痛快得要喊叫出来。摸了摸脸上那块平滑的疤,摸了摸袋中的钱,又看了一眼角楼上的阳光,他硬把病忘了,把一切都忘了,好似有点什么心愿,他决定走进城去。

城门洞里挤着各样的车,各样的人,谁也不敢快走,谁可都想快快过去,鞭声,喊声,骂声,喇叭声,铃声,笑声,都被门洞儿——像一架扩音机似的——嗡嗡的联成一片,仿佛人人都发着点声音,都嗡嗡的响。祥子的大脚东插一步,西跨一步,两手左右的拨落,像条瘦长的大鱼,随浪欢跃那样,挤进了城。一眼便看到新街口,道路是那么宽,那么直,他的眼发了光,和东边的屋顶上的反光一样亮。他点了点头。

他的铺盖还在西安门大街人和车厂呢,自然他想奔那里去。因为没有家小,他一向是住在车厂里,虽然并不永远拉厂子里的车。人和的老板刘四爷是已快七十岁的人了;人老,心可不老实。年轻的时候他当过库兵,设过赌场,买卖过人口,放过阎王账。干这些营生所应有的资格与本领——力气,心路,手段,交际,字号等等——刘四爷都有。在前清的时候,打过群架,抢过良家妇女,跪过铁索。跪上铁索,刘四并没皱一皱眉,没说一个饶命。官司教他硬挺了过来,这叫作"字号"。出了狱,恰巧入了民国,巡警的势力越来越大,刘四爷看出地面上的英雄已成了过去的事儿,即使黄天霸再世也不会有多少机会了。他开了个洋车厂子。土混混出身,他晓得怎样对付穷人,什么时候该紧一把儿,哪里该松一步儿,他有善于调动的天才。车夫们没有敢跟他耍骨头的。他一瞪眼,和他哈哈一笑,能把人弄得迷迷忽忽的,仿佛一脚登在天堂,一脚登在地狱,只好听他摆弄。到现在,他有六十多辆车,至坏的也是七八成新的,他不存破车。车租,他的比别家的大,可是到三节他比别家多放着两天的份儿。人和厂有地方住,拉他的车的光棍儿,都可以白住——可是得交上车份儿,交不上账而和他苦腻的,他扣下铺盖,把人当个破水壶似的扔出门外。大家若是有个急事、急病,只须告诉他一声,他不含忽,水里火里他都热心的帮忙,这叫作"字号"。

刘四爷是虎相。快七十了,腰板不弯,拿起腿还走个十里二十里的。两只大圆眼,大鼻头,方嘴,一对大虎牙,一张口就像个老虎。个子几乎与祥子一边儿高,头剃得很亮,没留胡子。他自居老虎,可惜没有儿子,只有个三十七八岁的虎女——知道刘四爷的就必也知道虎妞。她也长得虎头虎脑,因此吓住了男人,帮助父亲办事是把好手,可是没人敢娶她作太太。她什么都和男人一样,连骂人也有男人的爽快,有时候更多一些花样。刘四爷打外,虎妞打内,父女把人和车厂治理得铁筒一般。人和厂成了洋车界的权威,刘家父女的办法常常在车夫与车主的口上,如读书人的引经据典。

在买上自己的车以前,祥子拉过人和厂的车。他的积蓄就交给刘四爷给存着。把钱凑够了数,他要过来,买上了那辆新车。

"刘四爷,看看我的车!"祥子把新车拉到人和厂去。

老头子看了车一眼,点了点头:"不离!"

"我可还得在这儿住,多喒我拉上包月,才去住宅门!"祥子颇自傲的说。

"行！"刘四爷又点了点头。

于是，祥子找到了包月，就去住宅门；掉了事而又去拉散座，便住在人和厂。

不拉刘四爷的车，而能住在人和厂，据别的车夫看，是件少有的事。因此，甚至有人猜测，祥子必和刘老头子是亲戚；更有人说，刘老头子大概是看上了祥子，而想给虎妞弄个招门纳婿的"小人"。这种猜想里虽然怀着点妒羡，可是万一要真是这么回事呢，将来刘四爷一死，人和厂就一定归了祥子。这个，教他们只敢胡猜，而不敢在祥子面前说什么不受听的。其实呢，刘老头子的优待祥子是另有笔账儿。祥子是这样的一个人：在新的环境里还能保持着旧的习惯。假若他去当了兵，他决不会一穿上那套虎皮，马上就不傻装傻的去欺侮人。在车厂子里，他不闲着，把汗一落下去，他就找点事儿作。他去擦车，打气，晒雨布，抹油……用不着谁支使，他自己愿意干，干得高高兴兴，仿佛是一种极好的娱乐。厂子里靠常总住着二十来个车夫；收了车，大家不是坐着闲谈，便是蒙头大睡；祥子，只有祥子的手不闲着。初上来，大家以为他是向刘四爷献殷勤，狗事巴结人；过了几天，他们看出来他一点没有卖好讨俏的意思，他是那么真诚自然，也就无话可说了。刘老头子没有夸奖过他一句，没有格外多看过他一眼；老头子心里有数儿。他晓得祥子是把好手，即使不拉他的车，他也还愿意祥子在厂子里。有祥子在这儿，先不提别的院子与门口永远扫得干干净净。虎妞更喜欢这个傻大个儿，她说什么，祥子老用心听着，不和她争辩；别的车夫，因为受尽苦楚，说话总是横着来；她一点不怕他们，可是也不愿多搭理他们；她的话，所以，都留给祥子听。当祥子去拉包月的时候，刘家父女都仿佛失去一个朋友。赶到他一回来，连老头子骂人也似乎更痛快而慈善一些。

祥子拿着两包火柴，进了人和厂。天还没黑，刘家父女正在吃晚饭。看见他进来，虎妞把筷子放下了：

"祥子！你让狼叼了去，还是上非洲挖金矿去了？"

"哼！"祥子没说出什么来。

刘四爷的大圆眼在祥子身上绕了绕，什么也没说。

祥子戴着新草帽，坐在他们对面。

"你要是还没吃了的话，一块儿吧！"虎妞仿佛是招待个好朋友。

祥子没动，心中忽然感觉到一点说不出来的亲热。一向他拿人和厂当作家：拉包月，主人常换；拉散座，座儿一会儿一改；只有这里老让他住，老有人跟他说些闲话儿。现在刚逃出命来，又回到熟人这里来，还让他吃饭，他几乎要怀疑他们是否要欺弄他，可是也几乎落下泪来。

"刚吃了两碗老豆腐！"他表示出一点礼让。

"你干什么去了？"刘四爷的大圆眼还盯着祥子。"车呢！"

"车？"祥子啐了口唾沫。

"过来先吃碗饭！毒不死你！两碗老豆腐管什么事？！"虎妞一把将他扯过去，好像老嫂子疼爱小叔那样。

祥子没去端碗，先把钱掏了出来："四爷，先给我拿着，三十块。"把点零钱又放在衣袋里。

刘四爷用眉毛梢儿问了句，"哪儿来的？"

祥子一边吃，一边把被兵拉去的事说了一遍。

"哼，你这个傻小子！"刘四爷听完，摇了摇头。"拉进城来，卖给汤锅，也值十几多块一头；要是冬天驼毛齐全的时候，三匹得卖六十块！"

179

祥子早就有点后悔，一听这个，更难过了。可是，继而一想，把三只活活的牲口卖给汤锅去挨刀，有点缺德；他和骆驼都是逃出来的，就都该活着。什么也没说，他心中平静了下去。

虎姑娘把家伙撤下去，刘四爷仰着头似乎是想起点来什么。忽然一笑，露出两个越老越结实的虎牙："傻子，你说病在了海甸？为什么不由黄村大道一直回来？"

"还是绕西山回来的，怕走大道教人追上，万一村子里的人想过味儿来，还拿我当逃兵呢！"

刘四爷笑了笑，眼珠往心里转了两转。他怕祥子的话有鬼病，万一那三十块钱是抢了来的呢，他不便代人存着赃物。他自己年轻的时候，什么不法的事儿也干过；现在，他自居是改邪归正，不能不小心，而且知道怎样的小心。祥子的叙述只有这么个缝子，可是祥子一点没发毛咕的解释开，老头子放了心。

"怎么办呢？"老头子指着那些钱说。

"听你的！"

"再买辆车？"老头子又露出虎牙，似乎是说："自己买上车，还白住我的地方？！"

"不够！买就得买新的！"祥子没看刘四爷的牙，只顾得看自己的心。

"借给你？一分利，别人借是二分五！"

祥子摇了摇头。

"跟车铺打印子，还不如给我一分利呢！"

"我也不打印子，"祥子出着神说："我慢慢的省，够了数，现钱买现货！"

老头子看着祥子，好像是看着个什么奇怪的字似的，可恶，而没法儿生气。待了会儿，他把钱拿起来："三十？别打马虎眼！"

"没错!"祥子立起来:"睡觉去。送给你老人家一包洋火!"他放在桌子上一包火柴,又楞了楞:"不用对别人说,骆驼的事!"

## 五

刘老头子的确没替祥子宣传,可是骆驼的故事很快的由海甸传进城里来。以前,大家虽找不出祥子的毛病,但是以他那股子干偪的劲儿,他们多少以为他不大合群,别扭。自从"骆驼祥子"传开了以后,祥子虽然还是闷着头儿干,不大和气,大家对他却有点另眼看待了。有人说他拾了个金表,有人说他白弄了三百块大洋,那自信知道得最详确的才点着头说,他从西山拉回三十匹骆驼!说法虽然不同,结论是一样的——祥子发了邪财!对于发邪财的人,不管这家伙是怎样的"不得哥儿们",大家照例是要敬重的。卖力气挣钱既是那么不容易,人人盼望发点邪财;邪财既是那么千载难遇,所以有些彩气的必定是与众不同,福大命大。因此,祥子的沉默与不合群,一变变成了贵人语迟;他应当这样,而他们理该赶着他去拉拢。"得了,祥子!说说,说说你怎么发的财?"这样的话,祥子天天听到。他一声不响。直到逼急了,他的那块疤有点发红了,才说,"发财,妈的我的车哪儿去了?"

是呀,这是真的,他的车哪里去了?大家开始思索。但是替别人忧虑总不如替人家喜欢,大家于是忘记了祥子的车,而去想着他的好运气。过了些日子,大伙儿看祥子仍然拉车,并没改了行当,或买了房子置了地,也就对他冷淡了一些,而提到骆驼祥子的时候,也不再追问为什么他偏偏是"骆驼",仿佛他根本就应当叫作这个似的。

祥子自己可并没轻描淡写的随便忘了这件事。他恨不得马上就能再买上辆新车，越着急便越想着原来那辆。一天到晚他任劳任怨的去干，可是干着干着，他便想起那回事。一想起来，他心中就觉得发堵，不由的想到，要强又怎样呢，这个世界并不因为自己要强而公道一些，凭着什么把他的车白白抢去呢？即使马上再弄来一辆，焉知不再遇上那样的事呢？他觉得过去的事像个噩梦，使他几乎不敢再希望将来。有时候他看别人喝酒吃烟跑土窑子，几乎感到一点羡慕。要强既是没用，何不乐乐眼前呢？他们是对的。他，即使先不跑土窑子，也该喝两盅酒，自在自在。烟，酒，现在仿佛对他有种特别的诱力，他觉得这两样东西是花钱不多，而必定足以安慰他；使他依然能往前苦奔，而同时能忘了过去的苦痛。

可是，他还是不敢去动它们。他必须能多剩一个就去多剩一个，非这样不能早早买上自己的车。即使今天买上，明天就失了，他也得去买。这是他的志愿，希望，甚至是宗教。不拉着自己的车，他简直像是白活。他想不到作官，发财，置买产业；他的能力只能拉车，他的最可靠的希望是买车；非买上车不能对得起自己。他一天到晚思索这回事，计算他的钱；设若一旦忘了这件事，他便忘了自己，而觉得自己只是个会跑路的畜生，没有一点起色与人味。无论是多么好的车，只要是赁来的，他拉着总不起劲，好像背着块石头那么不自然。就是赁来的车，他也不偷懒，永远给人家收拾得干干净净，永远不去胡碰乱撞；可是这只是一些小心谨慎，不是一种快乐。是的，收拾自己的车，就如同数着自己的钱，才是真快乐。他还是得不吃烟不喝酒，爽性连包好茶叶也不便于喝。在茶馆里，像他那么体面的车夫，在飞跑过一气以后,讲究喝十个子儿一包的茶叶,加上两包白糖,为是补气散火。当他跑得顺"耳唇"往下滴汗,胸口觉得有点发辣,他真想也这么办;这绝对不是习气,作派,而是真需要这么两碗茶压一压。只是想到了,他还是喝那一个子儿一包的碎末。有时候他真想责骂自己,为什么这样自苦;可是,一个车夫而想月间剩下俩钱,不这么办怎成呢?他狠了心。买上车再说,买上车再说!有了车就足以抵得一切!

对花钱是这样一把死拿,对挣钱祥子更不放松一步。没有包月,他就拉整天,出车早,回来的晚,他非拉过一定的钱数不收车,不管时间,不管两腿;有时他硬连下去,拉一天一夜。从前,他不肯抢别人的买卖,特别是对于那些老弱残兵;以他的身体,以他的车,去和他们争座儿,还能有他们的份儿?现在,他不大管这个了,他只看见钱,多一个是一个,不管买卖的苦甜,不管是和谁抢生意;他只管拉上买卖,不管别的,像一只饿疯的野兽。拉上就跑,他心中舒服一些,觉得只有老不站住脚,才能有买上车的希望。一来二去的骆驼祥子的名誉远不及单是祥子的时候了。有许多次,他抢上买卖就跑,背后跟着一片骂声。他不回口,低着头飞跑,心里说:"我要不是为买车,决不能这么不要脸!"他好像是用这句话求大家的原谅,可是不肯对大家这么直说。在车口儿上,或茶馆里,他看大家瞪他;本想对大家解释一下,及至看到大家是那么冷淡,又搭上他平日不和他们一块喝酒,赌钱,下棋,或聊天,他的话只能圈在肚子里,无从往外说。难堪渐渐变为羞恼,他的火也上来了;他们瞪他,他也瞪他们。想起乍由山上逃回来的时候,大家对他是怎样的敬重,现在会这样的被人轻看,他更觉得难过了。独自抱着壶茶,假若是赶上在茶馆里,或独自数着刚挣到的铜子,设若是在车口上,他用尽力量把怒气纳下去。他不想打架,虽然不怕打架。大家呢,本不怕打架,可是和祥子动手是该当想想的事儿,他们谁也不是他的对手,而大家打一个又是不大光明的。勉强压住气,他想不出别的方法,只有忍耐一时,等到买上车就好办了。有了自己的车,每天先不用为车租着急,他自然可以大大方方的,不再因抢生意而得罪人。这样想好,他看大家一眼,仿佛是说:咱们走着瞧吧!

论他个人,他不该这样拼命。逃回城里之后,他并没等病好利落了就把车拉起来,虽然一点不服软,可是他时常觉出疲乏。疲乏,他可不敢休息,他总以为多跑出几身汗来就会减去酸懒的。对于饮食,他不敢缺着嘴,可也不敢多吃些好的。他看出来自己是瘦了好多,但是身量还是那么高大,筋骨还那么硬棒,他放了心。他老以为他的个子比别人高大,就一定比别人能多受些苦,似乎永没想到身量大,受累多,应当需要更多的滋养。虎姑娘已经嘱咐他几回了:"你这家伙要是这么干,吐了血可是你自己的事!"

他很明白这是好话,可是因为事不顺心,身体又欠保养,他有点肝火盛。稍微棱棱着点眼:"不这么奔,几儿能买上车呢?"

要是别人这么一棱棱眼睛,虎妞至少得骂半天街;对祥子,她真是一百一的客气,爱护。她只撇了撇嘴:

"买车也得悠停着来,当是你是铁作的哪!你应当好好的歇三天!"看祥子听不进去这个:"好吧,你有你的老主意,死了可别怨我!"

刘四爷也有点看不上祥子:祥子的拼命,早出晚归,当然是不利于他的车的。虽然说租整天的车是没有时间的限制,爱什么时候出车收车都可以，若是人人都像祥子这样死啃，一辆车至少也得早坏半年，多么结实的东西也架不住钉着坑儿使！再说呢，祥子只顾死奔，就不大匀得出工夫来帮忙给擦车什么的，又是一项损失。老头心中有点不痛快。他可是没说什么，拉整天不限定时间，是一般的规矩；帮忙收拾车辆是交情，并不是义务；凭他的人物字号，他不能自讨无趣的对祥子有什么表示。他只能从眼角唇边显出点不满的神气，而把嘴闭得紧紧的。有时候他颇想把祥子撵出去；看看女儿，他不敢这么办。他一点没有把祥子当作候补女婿的意思，不过，女儿既是喜爱这个楞小子，他就不便于多事。他只有这么一个姑娘，眼看是没有出嫁的希望了，他不能再把她这个朋友赶了走。说真的，虎妞是这么有用，他实在不愿她出嫁；这点私心他觉得有点怪对不住她的，因此他多少有点怕她。老头子一辈子天不怕地不怕，到了老年反倒怕起自己的女儿来，他自己在不大好意思之中想出点道理来：只要他怕个人，就是他并非完全是无法无天的人的证明。有了这个事实，或者他不至于到快死的时候遭了恶报。好，他自己承认了应当怕女儿，也就不肯赶出祥子去。这自然不是说，他可以随便由着女儿胡闹，以至于嫁给祥子。不是。他看出来女儿未必没那个意思，可是祥子并没敢往上巴结。

那么，他留点神就是了，犯不上先招女儿不痛快。

祥子并没注意老头子的神气，他顾不得留神这些闲盘儿。假若他有愿意离开人和厂的心意，那决不是为赌闲气，而是盼望着拉上包月。他已有点讨厌拉散座儿了，一来是因为抢买卖而被人家看不起，二来是因为每天的收入没有定数，今天多，明天少，不能预定到几时才把钱凑足，够上买车的数儿。他愿意心中有个准头，哪怕是剩的少，只要靠准每月能剩下个死数，他才觉得有希望，才能放心。他是愿意一个萝卜一个坑的人。

他拉上了包月。哼，和拉散座儿一样的不顺心！这回是在杨宅。杨先生是上海人，杨太太是天津人，杨二太太是苏州人。一位先生，两位太太，南腔北调的生了不知有多少孩子。头一天上工，祥子就差点发了昏。一清早，大太太坐车上市去买菜。回来，分头送少爷小姐们上学，有上初中的，有上小学的，有上幼稚园的；学校不同，年纪不同，长相不同，可是都一样的讨厌，特别是坐在车上，至老实的也比猴子多着两手儿。把孩子们都送走，杨先生上衙门。送到衙门，赶紧回来，拉二太太上东安市场或去看亲友。回来，接学生回家吃午饭。吃完，再送走。送学生回来，祥子以为可以吃饭了，大太太扯着天津腔，叫他去挑水。杨宅的甜水有人送，洗衣裳的苦水归车夫去挑。这个工作在条件之外，祥子为对付事情，没敢争论，一声没响的给挑满了缸。放下水桶，刚要去端饭碗，二太太叫他去给买东西。大太太与二太太一向是不和的，可是在家政上，二位的政见倒一致，其中的一项是不准仆人闲一会儿，另一项是不肯看仆人吃饭。祥子不晓得这个，只当是头一天恰巧赶上宅里这么忙，于是又没说什么，而自己掏腰包买了几个烧饼。他爱钱如命，可是为维持事情，不得不狠了心。

买东西回来，大太太叫他打扫院子。杨宅的先生，太太，二太太，当出门的时候都打扮得极漂亮，可是屋里院里整个的像个大垃圾堆。祥子看着院子直犯恶心，所以只顾了去打扫，而忘了车夫并不兼管打杂儿。院子打扫清爽，二太太叫他顺手儿也给屋中扫一扫。祥子也没驳回，使他惊异的倒是凭两位太太的体面漂亮，怎能屋里脏得下不去脚！把屋子也收拾利落了，二太太把个刚到一周岁的小泥鬼交给了他。他没了办法。卖力气的事儿他都在行，他可是没抱过孩子。他双手托着这位小少爷，不使劲吧，怕滑溜下去，用力吧，又怕给伤了筋骨，他出了汗。他想把这个宝贝去交给张妈———一个江北的大脚婆子。找到她，劈面就被她骂了一顿好的。杨宅用人，向来是三五天一换的，先生与太太们总以为仆人就是家奴，非把穷人的命要了，不足以对得起那点工钱。只有这个张妈，已经跟了他们五六年，唯一的原因是她敢破口就骂，不论先生，哪管太太，招恼了她就是一顿。以杨先生的海式咒骂的毒辣，以杨太太的天津口的雄壮，以二太太的苏州调的流利，他们素来是所向无敌的；及至遇到张妈的蛮悍，他们开始感到一种礼尚往来，英雄遇上了好汉的意味，所以颇能赏识她，把她收作了亲军。

祥子生在北方的乡间，最忌讳随便骂街。可是他不敢打张妈，因为好汉不和女斗；也不愿还口。他只瞪了她一眼。张妈不再出声了，仿佛看出点什么危险来。正在这个工夫，大太太喊祥子去接学生。他把泥娃娃赶紧给二太太送了回去。二太太以为他这是存心轻看她，冲口而出的把他骂了个花瓜。大太太的意思本来也是不乐意祥子替二太太抱孩子，听见二太太骂他，她也扯开一条油光水滑的嗓子骂，骂的也是他；祥子成了挨骂的藤牌。他急忙拉起车走出去，连生气似乎也忘了，因为他一向没见过这样的事，忽然遇到头上，他简直有点发晕。

一批批的把孩子们都接回来，院中比市场还要热闹，三个妇女的骂声，一群孩子的哭声，好像大栅栏在散戏时那样乱，而且乱得莫名其妙。好在他还得去接杨先生，所以急忙的又跑出去，大街上的人喊马叫似乎还比宅里的乱法好受一些。

一直转转到十二点，祥子才找到叹口气的工夫。他不止于觉着身上疲乏，脑子里也老嗡嗡的响；杨家的老少确是已经都睡了，可是他耳朵里还似乎有先生与太太们的叫骂，像三盘不同的留声机在他心中乱转，使他闹得慌。顾不得再想什么，他想睡觉。一进他那间小屋，他心中一凉，又不困了。一间门房，开了两个门，中间隔着一层木板。张妈住一边，他住一边。屋中没有灯，靠街的墙上有个二尺来宽的小窗户，恰好在一支街灯底下，给屋里一点亮。屋里又潮又臭，地上的土有个铜板厚，靠墙放着份铺板，没有别的东西。他摸了摸床板，知道他要是把头放下，就得把脚蹬在墙上；把脚放平，就得半坐起来。他不会睡元宝式的觉。想了半天，他把铺板往斜里拉好，这样两头对着屋角，他就可以把头放平，腿搭拉着点先将就一夜。

从门洞中把铺盖搬进来，马马虎虎地铺好，躺下了。腿悬空，不惯，他睡不着。强闭上眼，安慰自己：睡吧，明天还得早起呢！什么罪都受过，何必单忍不了这个！别看吃喝不好，活儿太累，也许时常打牌，请客，有饭局；咱们出来为的是什么，祥子？还不是为钱？只要多进钱，什么也得受着！这样一想，他心中舒服了许多，闻了闻屋中，也不像先前那么臭了，慢慢的入了梦；迷迷忽忽的觉得有臭虫，可也没顾得去拿。

过了两天，祥子的心已经凉到底。可是在第四天上，来了女客，张妈忙着摆牌桌。他的心好像冻实了的小湖上忽然来了一阵春风。太太们打起牌来，把孩子们就通通交给了仆人；张妈既是得伺候着烟茶手巾把，那群小猴自然全归祥子统辖。他讨厌这群猴子，可是偷偷往屋中瞭了一眼，大太太管着头儿钱，像是很认真的样子。他心里说：别看这个大娘们厉害，也许并不胡涂，知道乘这种时候给仆人们多弄三毛五毛的。他对猴子们特别的拿出耐心法儿，看在头儿钱的面上，他得把这群猴崽子当作少爷小姐看待。

牌局散了，太太叫他把客人送回家。两位女客急于要同时走，所以得另雇一辆车。祥子喊来一辆，大太太撩袍拖带的混身找钱，预备着代付客人的车资；客人谦让了两句，大太太仿佛要拼命似的喊：

"你这是怎么了，老妹子！到了我这儿啦，还没个车钱吗！老妹子！坐上啦！"她到这时候，才摸出来一毛钱。

祥子看得清清楚楚，递过那一毛钱的时候，太太的手有点哆嗦。

送完了客，帮着张妈把牌桌什么的收拾好，祥子看了太太一眼。太太叫张妈去拿点开水，等张妈出了屋门，她拿出一毛钱来："拿去，别拿眼紧扫搭着我！"

祥子的脸忽然紫了，挺了挺腰，好像头要顶住房梁，一把抓起那张毛票，摔在太太的胖脸上："给我四天的工钱！"

"怎吗札？"太太说完这个，又看了祥子一眼，不言语了，把四天的工钱给了他。拉着铺盖刚一出街门，他听见院里破口骂上了。

# 六

初秋的夜晚，星光叶影里阵阵的小风，祥子抬起头，看着高远的天河，叹了口气。这么凉爽的天，他的胸脯又是那么宽，可是他觉到空气仿佛不够，胸中非常憋闷。他想坐下痛哭一场。以自己的体格，以自己的忍性，以自己的要强，会让人当作猪狗，会维持不住一个事情，他不只怨恨杨家那一伙人，而渺茫的觉到一种无望，恐怕自己一辈子不会再有什么起色了。拉着铺盖卷，他越走越慢，好像自己已经不是拿起腿就能跑个十里八里的祥子了。

到了大街上，行人已少，可是街灯很亮，他更觉得空旷渺茫，不知道往哪里去好了。上哪儿？自然是回人和厂。心中又有些难过。作买卖的，卖力气的，不怕没有生意，倒怕有了照顾主儿而没作成买卖，像饭铺理发馆进来客人，看了一眼，又走出去那样。祥子明知道上工辞工是常有的事，此处不留爷，自有留爷处。可是，他是低声下气的维持事情，舍着脸为是买上车，而结果还是三天半的事儿，跟那些串惯宅门的老油子一个样，他觉着伤心。他几乎觉得没脸再进人和厂，而给大家当笑话说："瞧瞧，骆驼祥子敢情也是三天半就吹呀，哼！"

不上人和厂，又上哪里去呢？为免得再为这个事思索，他一直走向西安门大街去。人和厂的前脸是三间铺面房，当中的一间作为柜房，只许车夫们进来交账或交涉事情，并不准随便来回打穿堂儿，因为东间与西间是刘家父女的卧室。西间的旁边有一个车门，两扇绿漆大门，上面弯着一根粗铁条，悬着一盏极亮的，没有罩子的电灯，灯下横悬着铁片涂金的四个字——"人和车厂"。车夫们出车收车和随时来往都走这个门。门上的漆深绿，配着上面的金字，都被那支白亮亮的电灯照得发光；出来进去的又都是漂亮的车，黑漆的黄漆的都一样的油汪汪发光，配着雪白的垫套，连车夫们都感到一些骄傲，仿佛都自居为车夫中的贵族。由大门进去，拐过前脸的西间，才是个四四方方的大院子，中间有棵老槐。东西房全是敞脸的，是存车的所在；南房和南房后面小院里的几间小屋，全是车夫的宿舍。

大概有十一点多了，祥子看见了人和厂那盏极明而怪孤单的灯。柜房和东间没有灯光，西间可是还亮着。他知道虎姑娘还没睡。他想轻手蹑脚的进去，别教虎姑娘看见；正因为她平日很看得起他，所以不愿头一个就被她看见他的失败。他刚把车拉到她的窗下，虎妞由车门里出来了：

"哟，祥子？怎——"她刚要往下问，一看祥子垂头丧气的样子，车上拉着铺盖卷，把话咽了回去。

怕什么有什么，祥子心里的惭愧与气闷凝成一团，登时立住了脚，呆在了那里。说不出话来，他傻看着虎姑娘。她今天也异样，不知是电灯照的，还是擦了粉，脸上比平日白了许多；脸上白了些，就掩去好多她的凶气。嘴唇上的确是抹着点胭脂，使虎妞也带出些媚气；祥子看到这里，觉得非常的奇怪，心中更加慌乱，因为平日没拿她当过女人看待，骤然看到这红唇，心中忽然感到点不好意思。她上身穿着件浅绿的绸子小夹袄，下面一条青洋绉肥腿的单裤。绿袄在电灯下闪出些柔软而微带凄惨的丝光，因为短小，还露出一点点白裤腰来，使绿色更加明显素净。下面的肥黑裤被小风吹得微动，像一些什么阴森的气儿，想要摆脱开那贼亮的灯光，而与黑夜联成一气。祥子不敢再看了，茫然的低下头去，心中还存着个小小的带光的绿袄。虎姑娘一向，他晓得，不这样打扮。以刘家的财力说，她满可以天天穿着绸缎，可是终日与车夫们打交待，她总是布衣布裤，即使有些花色，在布上也不惹眼。祥子好似看见一个非常新异的东西，既熟识，又新异，所以心中有点发乱。

心中原本苦恼，又在极强的灯光下遇见这新异的活东西，他没有了主意。自己既不肯动，他倒希望虎姑娘快快进屋去，或是命令他干点什么，简直受不了这样的折磨，一种什么也不像而非常难过的折磨。

"嗨！"她往前凑了一步，声音不高的说："别愣着，去，把车放下，赶紧回来，有话跟你说。屋里见。"

平日帮她办惯了事，他只好服从。但是今天她和往日不同，他很想要思索一下；愣在那里去想，又怪僵得慌；他没主意，把车拉了进去。看看南屋，没有灯光，大概是都睡了；或者还有没收车的。把车放好，他折回到她的门前。忽然，他的心跳起来。

"进来呀，有话跟你说！"她探出头来，半笑半恼的说。

他慢慢走了进去。

桌上有几个还不甚熟的白梨，皮儿还发青。一把酒壶，三个白磁酒盅。一个头号大盘子，摆着半只酱鸡，和些熏肝酱肚之类的吃食。

"你瞧，"虎姑娘指给他一个椅子，看他坐下了，才说："你瞧，我今天吃犒劳，你也吃点！"说着，她给他斟上一杯酒；白干酒的辣味，混合上熏酱肉味，显着特别的浓厚沉重。"喝吧，吃了这个鸡；我已早吃过了，不必让！我刚才用骨牌打了一卦，准知道你回来，灵不灵？"

"我不喝酒！"祥子看着酒盅出神。

"不喝就滚出去；好心好意，不领情是怎着？你个傻骆驼！辣不死你！连我还能喝四两呢。不信，你看看！"她把酒盅端起来，灌了多半盅，一闭眼，哈了一声。举着盅儿："你喝！要不我揪耳朵灌你！"

祥子一肚子的怨气，无处发泄；遇到这种戏弄，真想和她瞪眼。可是他知道，虎姑娘一向对他不错，而且她对谁都是那么直爽，他不应当得罪她。既然不肯得罪她，再一想，就爽性和她诉诉委屈吧。自己素来不大爱说话，可是今天似乎有千言万语在心中憋闷着，非说说不痛快。这么一想，他觉得虎姑娘不是戏弄他，而是坦白的爱护他。他把酒盅接过来，喝干。一股辣气慢慢的,准确的,有力的,往下走,他伸长了脖子,挺直了胸,找了两个不十分便利的嗝儿。

虎妞笑起来。他好容易把这口酒调动下去,听到这个笑声,赶紧向东间那边看了看。

"没人,"她把笑声收了,脸上可还留着笑容。"老头子给姑妈作寿去了,得有两三天的耽误呢;姑妈在南苑住。"一边说,一边又给他倒满了盅。

听到这个,他心中转了个弯,觉出在哪儿似乎有些不对的地方。同时,他又舍不得出去;她的脸是离他那么近,她的衣裳是那么干净光滑,她的唇是那么红,都使他觉到一种新的刺激。她还是那么老丑,可是比往常添加了一些活力,好似她忽然变成另一个人,还是她,但多了一些什么。他不敢对这点新的什么去详细的思索,一时又不敢随便的接受,可也不忍得拒绝。他的脸红起来。好像为是壮壮自己的胆气,他又喝了口酒。刚才他想对她诉诉委屈,此刻又忘了。红着脸,他不由的多看了她几眼。越看,他心中越乱;她越来越显出他所不明白的那点什么,越来越有一点什么热辣辣的力量传递过来,渐渐的她变成一个抽象的什么东西。他警告着自己,须要小心;可是他又要大胆。他连喝了三盅酒,忘了什么叫作小心。迷迷忽忽的看着她,他不知为什么觉得非常痛快,大胆;极勇敢的要马上抓到一种新的经验与快乐。平日,他有点怕她;现在,她没有一点可怕的地方了。他自己反倒变成了有威严与力气的,似乎能把她当作个猫似的,拿到手中。

屋内灭了灯。天上很黑。不时有一两个星刺入了银河,或划进黑暗中,带着发红或发白的光尾,轻飘的或硬挺的,直坠或横扫着,有时也点动着,颤抖着,给天上一些光热的动荡,给黑暗一些闪烁的爆裂。有时一两个星,有时好几个星,同时飞落,使静寂的秋空微颤,使万星一时迷乱起来。有时一个单独的巨星横刺入天角,光尾极长,放射着星花;红,渐黄;在最后的挺进,忽然狂悦似的把天角照白了一条,好像刺开万重的黑暗,透进并逗留一些乳白的光。余光散尽,黑暗似晃动了几下,又包合起来,静静懒懒的群星又复了原位,在秋风上微笑。地上飞着些寻求情侣的秋萤,也作着星样的游戏。

第二天,祥子起得很早,拉起车就出去了。头与喉中都有点发痛,这是因为第一次喝酒,他倒没去注意。坐在一个小胡同口上,清晨的小风吹着他的头,他知道这点头疼不久就会过去。可是他心中另有一些事儿,使他憋闷得慌,而且一时没有方法去开脱。昨天夜里的事教他疑惑,羞愧,难过,并且觉着有点危险。

他不明白虎姑娘是怎么回事。她已早不是处女,祥子在几点钟前才知道。他一向很敬重她,而且没有听说过她有什么不规矩的地方;虽然她对大家很随便爽快,可是大家没在背地里讲论过她;即使车夫中有说她坏话的,也是说她厉害,没有别的。那么,为什么有昨夜那一场呢?

这个既显着胡涂,祥子也怀疑了昨晚的事儿。她知道他没在车厂里,怎能是一心一意的等着他?假若是随便哪个都可以的话……祥子把头低下去。他来自乡间,虽然一向没有想到娶亲的事,可是心中并非没有个算计;假若他有了自己的车,生活舒服了一些,而且愿意娶亲的话,他必定到乡下娶个年轻力壮,吃得苦,能洗能作的姑娘。像他那个岁数的小伙子们,即使有人管着,哪个不偷偷的跑"白房子"?祥子始终不肯随和,一来他自居为要强的人,不能把钱花在娘儿们身上;二来他亲眼得见那些花冤钱的傻子们——有的才十八九岁——在厕所里头顶着墙还撒不出尿来。最后，他必须规规矩矩，才能对得起将来的老婆，因为一旦要娶，就必娶个一清二白的姑娘，所以自己也得像那么回事儿。可是现在，现在……想起虎妞，设若当个朋友看，她确是不错；当个娘们看，她丑，老，厉害，不要脸！就是想起抢去他的车，而且几乎要了他的命的那些大兵，也没有像想起她这么可恨可厌！她把他由乡间带来的那点清凉劲儿毁尽了，他现在成了个偷娘们的人！

再说，这个事要是吵嚷开，被刘四知道了呢？刘四晓得不晓得他女儿是个破货呢？假若不知道，祥子岂不独自背上黑锅？假若早就知道而不愿意管束女儿，那么他们父女是什么东西呢？他和这样人搀合着，他自己又是什么东西呢？就是他们父女都愿意，他也不能要她；不管刘老头子是有六十辆车，还是六百辆，六千辆！他得马上离开人和厂，跟他们一刀两断。祥子有祥子的本事，凭着自己的本事买上车，娶上老婆，这才正大光明！想到这里，他抬起头来，觉得自己是个好汉子，没有可怕的，没有可虑的，只要自己好好的干，就必定成功。

让了两次座儿，都没能拉上。那点别扭劲儿又忽然回来了。不愿再思索，可是心中堵得慌。这回事似乎与其他的事全不同，即使有了解决的办法，也不易随便的忘掉。不但身上好像粘上了点什么，心中也仿佛多了一个黑点儿，永远不能再洗去。不管怎样的愤恨，怎样的讨厌她，她似乎老抓住了他的心，越不愿再想，她越忽然的从他心中跳出来，一个赤裸裸的她，把一切丑陋与美好一下子，整个的都交给了他，像买了一堆破烂那样，碎铜烂铁之中也有一二发光的有色的小物件，使人不忍得拒绝。他没和任何人这样亲密过，虽然是突乎其来，虽然是个骗诱，到底这样的关系不能随便的忘记，就是想把它放在一旁，它自自然然会在心中盘绕，像生了根似的。这对他不仅是个经验，而也是一种什么形容不出来的扰乱，使他不知如何是好。他对她，对自己，对现在与将来，都没办法，仿佛是碰在蛛网上的一个小虫，想挣扎已来不及了。

迷迷糊糊的他拉了几个买卖。就是在奔跑的时节，他的心中也没忘了这件事，并非清清楚楚的，有头有尾的想起来，而是时时想到一个什么意思，或一点什么滋味，或一些什么感情，都是渺茫，而又亲切。他很想独自去喝酒，喝得人事不知，他也许能痛快一些，不能再受这个折磨！可是他不敢去喝。他不能为这件事毁坏了自己。他又想起买车的事来。但是他不能专心的去想，老有一点什么拦阻着他的心思；还没想到车，这点东西已经偷偷的溜出来，占住他的心，像块黑云遮住了太阳，把光明打断。到了晚间，打算收车，他更难过了。他必须回车厂，可是真怕回去。假如遇上她呢，怎办？他拉着空车在街上绕，两三次已离车厂不远，又转回头来往别处走，很像初次逃学的孩子不敢进家门那样。

奇怪的是，他越想躲避她，同时也越想遇到她，天越黑，这个想头越来得厉害。一种明知不妥，而很愿试试的大胆与迷惑紧紧的捉住他的心，小的时候去用竿子捅马蜂窝就是这样，害怕，可是心中跳着要去试试，像有什么邪气催着自己似的。渺茫的他觉到一种比自己还更有力气的劲头儿，把他要揉成一个圆球，抛到一团烈火里去；他没法阻止住自己的前进。

他又绕回西安门来，这次他不想再迟疑，要直入公堂的找她去。她已不是任何人，她只是个女子。他的全身都热起来。刚走到门脸上，灯光下走来个四十多岁的男人，他似乎认识这个人的面貌态度,可是不敢去招呼。几乎是本能的,他说了声:"车吗?"那个人楞了一楞:"祥子?"

"是呀,"祥子笑了。"曹先生?"

曹先生笑着点了点头。"我说祥子,你要是没在宅门里的话,还上我那儿来吧?我现在用着的人太懒,他老不管擦车,虽然跑得也怪麻利的;你来不来?"

"还能不来,先生!"祥子似乎连怎样笑都忘了,用小毛巾不住的擦脸。"先生,我几儿上工呢?"

"那什么,"曹先生想了想,"后天吧。"

"是了,先生!"祥子也想了想:"先生,我送回你去吧?"

"不用;我不是到上海去了一程子吗,回来以后,我不在老地方住了。现今住在北长街;我晚上出来走走。后天见吧。"曹先生告诉了祥子门牌号数,又找补了一句:"还是用我自己的车。"

祥子痛快得要飞起来,这些日子的苦恼全忽然一齐铲净,像大雨冲过的白石路。曹先生是他的旧主人,虽然在一块没有多少日子,可是感情顶好;曹先生是非常和气的人,而且家中人口不多,只有一位太太,和一个小男孩。

他拉着车一直奔了人和厂去。虎姑娘屋中的灯还亮着呢。一见这个灯亮,祥子猛的木在那里。

立了好久,他决定进去见她;告诉她他又找到了包月;把这两天的车份儿交上;要出他的储蓄;从此一刀两断——这自然不便明说。她总会明白的。

他进去先把车放好,而后回来大着胆叫了声刘姑娘。

"进来!"

他推开门,她正在床上斜着呢,穿着平常的衣裤,赤着脚。

依旧斜着身,她说:"怎样?吃出甜头来了是怎着?"

祥子的脸红得像生小孩时送人的鸡蛋。楞了半天,他迟迟顿顿的说:"我又找好了事,后天上工。人家自己有车……"

她把话接了过来:"你这小子不懂好歹!"她坐起来,半笑半恼的指着他:"这儿有你的吃,有你的穿;非去出臭汗不过瘾是怎着?老头子管不了我,我不能守一辈女儿寡!就是老头子真犯牛脖子,我手里也有俩体己,咱俩也能弄上两三辆车,一天进个块儿八毛的,不比你成天满街跑臭腿去强?我哪点不好?除了我比你大一点,也大不了多少!我可是能护着你,疼你呢!"

"我愿意去拉车!"祥子找不到别的辩驳。

"地道窝窝头脑袋!你先坐下,咬不着你!"她说完,笑了笑,露出一对虎牙。

祥子青筋蹦跳的坐下。"我那点钱呢?"

"老头子手里呢;丢不了,甭害怕;你还别跟他要,你知道他的脾气?够买车的数儿,你再要,一个小子儿也短不了你的;现在要,他要不骂出你的魂来才怪!他对你不错!丢不了,短一个我赔你俩!你个乡下脑颏!别让我损你啦!"

祥子又没的说了,低着头掏了半天,把两天的车租掏出来,放在桌上:"两天的。"临时想起来:"今儿个就算交车,明儿个我歇一天。"他心中一点也不想歇息一天;不过,这样显着干脆;交了车,以后再也不住人和厂。

虎姑娘过来,把钱抓在手中,往他的衣袋里塞:"这两天连车带人都白送了!你这小子有点运气!别忘恩负义就得了!"说完,她一转身把门倒锁上。

## 七

祥子上了曹宅。

对虎姑娘,他觉得有点羞愧。可是事儿既出于她的引诱,况且他又不想贪图她的金钱,他以为从此和她一刀两断也就没有什么十分对不住人的地方了。他所不放心的倒是刘四爷拿着他的那点钱。马上去要,恐怕老头子多心。从此不再去见他们父女,也许虎姑娘一怒,对老头子说几句坏话,而把那点钱"炸了酱"。还继续着托老头子给存钱吧,一到人和厂就得碰上她,也怪难以为情。他想不出妥当的办法,越没办法也就越不放心。

他颇想向曹先生要个主意,可是怎么说呢?对虎姑娘的那一段是对谁也讲不得的。想到这儿,他真后悔了;这件事是,他开始明白过来,不能一刀两断的。这种事是永远洗不清的,像肉上的一块黑癍。无缘无故的丢了车,无缘无故的又来了这层缠绕,他觉得他这一辈子大概就这么完了,无论自己怎么要强,全算白饶。想来想去,他看出这么点来:大概到最后,他还得舍着脸要虎姑娘;不为要她,还不为要那几辆车么?"当王八的吃俩炒肉"!他不能忍受,可是到了时候还许非此不可!只好还往前干吧,干着好的,等着坏的;他不敢再像从前那样自信了。他的身量,力气,心胸,都算不了一回事;命是自己的,可是教别人管着;教些什么顶混账的东西管着。

按理说,他应当很痛快,因为曹宅是,在他所混过的宅门里,顶可爱的。曹宅的工钱并不比别处多,除了三节的赏钱也没有很多的零钱,可是曹先生与曹太太都非常的和气,拿谁也当个人对待。祥子愿意多挣钱,拼命的挣钱,但是他也愿意有个像间屋子的住处,和可以吃得饱的饭食。曹宅处处很干净,连下房也是如此；曹宅的饭食不苦，而且决不给下人臭东西吃。自己有间宽绰的屋子，又可以消消停停的吃三顿饭，再加上主人很客气，祥子，连祥子，也不肯专在钱上站着了。况且吃住都合适，工作又不累，把身体养得好好的也不是吃亏的事。自己掏钱吃饭，他决不会吃得这么样好，现在既有现成的菜饭，而且吃了不会由脊梁骨下去，他为什么不往饱里吃呢；饭也是钱买来的，这笔账他算得很清楚。吃得好，睡得好，自己可以干干净净像个人似的，是不容易找到的事。况且，虽然曹家不打牌，不常请客，没什么零钱，可是作点什么临时的工作也都能得个一毛两毛的。比如太太叫他给小孩儿去买丸药，她必多给他一毛钱，叫他坐车去，虽然明知道他比谁也跑的快。这点钱不算什么，可是使他觉得一种人情，一种体谅，使人心中痛快。祥子遇见过的主人也不算少了，十个倒有九个是能晚给一天工钱，就晚给一天，表示出顶好是白用人，而且仆人根本是猫狗，或者还不如猫狗。曹家的人是个例外，所以他喜欢在这儿。他去收拾院子，浇花，都不等他们吩咐他，而他们每见到他作这些事也必说些好听的话，更乘着这种时节，他们找出些破旧的东西，教他去换洋火，虽然那些东西还都可以用，而他也就自己留下。在这里，他觉出点人味儿。

在祥子眼里，刘四爷可以算作黄天霸。虽然厉害，可是讲面子，叫字号，决不一面儿黑。他心中的体面人物，除了黄天霸，就得算是那位孔圣人。他莫名其妙孔圣人到底是怎样的人物，不过据说是认识许多的字，还挺讲理。在他所混过的宅门里，有文的也有武的；武的里，连一个能赶上刘四爷的还没有；文的中，虽然有在大学堂教书的先生，也有在衙门里当好差事的，字当然认识不少了，可是没遇到一个讲理的。就是先生讲点理，太太小姐们也很难伺候。只有曹先生既认识字，又讲理，而且曹太太也规规矩矩的得人心。所以曹先生必是孔圣人；假若祥子想不起孔圣人是什么模样，那就必应当像曹先生，不管孔圣人愿意不愿意。

其实呢，曹先生并不怎么高明。他只是个有时候教点书，有时候也作些别的事的一个中等人物。他自居为"社会主义者"，同时也是个唯美主义者，很受了维廉·莫利司一点儿影响。在政治上，艺术上，他都并没有高深的见解；不过他有点好处：他所信仰的那一点点，都能在生活中的小事件上实行出来。他似乎看出来，自己并没有惊人的才力，能够作出些惊天动地的事业，所以就按着自己的理想来布置自己的工作与家庭；虽然无补于社会，可是至少也愿言行一致，不落个假冒为善。因此，在小的事情上他都很注意，仿佛是说只要把小小的家庭整理得美好，那么社会怎样满可以随便。这有时使他自愧，有时也使他自喜，似乎看得明明白白，他的家庭是沙漠中的一个小绿洲，只能供给来到此地的一些清水与食物，没有更大的意义。

祥子恰好来到了这个小绿洲；在沙漠中走了这么多日子，他以为这是个奇迹。他一向没遇到过像曹先生这样的人，所以他把这个人看成圣贤。这也许是他的经验少，也许是世界上连这样的人也不多见。拉着曹先生出去，曹先生的服装是那么淡雅，人是那么活泼大方，他自己是那么干净利落，魁梧雄壮，他就跑得分外高兴，好像只有他才配拉着曹先生似的。在家里呢，处处又是那么清洁，永远是那么安静，使他觉得舒服安定。当在乡间的时候，他常看到老人们在冬日或秋月下，叼着竹管烟袋一声不响的坐着，他虽年岁还小，不能学这些老人，可是他爱看他们这样静静的坐着，必是——他揣摩着——有点什么滋味。现在，他虽是在城里，可是曹宅的清静足以让他想起乡间来，他真愿抽上个烟袋，咂摸着一点什么滋味。

不幸，那个女的和那点钱教他不能安心；他的心像一个绿叶，被个虫儿用丝给缠起来，预备作茧。为这点事，他自己放不下心；对别人，甚至是对曹先生，时时发楞，所答非所问。这使他非常的难过。曹宅睡得很早，到晚间九点多钟就可以没事了，他独自坐在屋中或院里，翻来覆去的想，想的是这两件事。他甚至想起马上就去娶亲，这样必定能够断了虎妞的念头。可是凭着拉车怎能养家呢？他晓得大杂院中的苦哥儿们，男的拉车，女的缝穷，孩子们捡煤核，夏天在土堆上拾西瓜皮啃，冬天全去赶粥厂。祥子不能受这个。再说呢，假若他娶了亲，刘老头子手里那点钱就必定要不回来；虎妞岂肯轻饶了他呢！他不能舍了那点钱，那是用命换来的！

他自己的那辆车是去年秋初买的。一年多了，他现在什么也没有，只有要不出来的三十多块钱，和一些缠绕！他越想越不高兴。

中秋节后十多天了，天气慢慢凉上来。他算计着得添两件穿的。又是钱！买了衣裳就不能同时把钱还剩下，买车的希望，简直不敢再希望了！即使老拉包月，这一辈子又算怎回事呢？

一天晚间，曹先生由东城回来的晚一点。祥子为是小心，由天安门前全走马路。敞平的路，没有什么人，微微的凉风，静静的灯光，他跑上了劲来。许多日子心中的憋闷，暂时忘记了，听着自己的脚步，和车弓子的轻响，他忘记了一切。解开了钮扣，凉风飕飕的吹着胸，他觉着痛快，好像就这么跑下去，一直跑到不知什么地方，跑死也倒干脆。越跑越快，前面有一辆，他"开"一辆，一会儿就过了天安门。他的脚似乎是两个弹簧，几乎是微一着地便弹起来;后面的车轮转得已经看不出条来,皮轮仿佛已经离开了地,连人带车都像被阵急风吹起来了似的。曹先生被凉风一飕,大概是半睡着了,要不然他必会阻止祥子这样的飞跑。祥子是跑开了腿,心中渺茫的想到,出一身透汗,今天可以睡痛快觉了,不至于再思虑什么。

已离北长街不远,马路的北半,被红墙外的槐林遮得很黑。祥子刚想收步,脚已碰到一些高起来的东西。脚到,车轮也到了。祥子栽了出去。咯喳,车把断了。"怎么了?"曹先生随着自己的话跌出来。祥子没出一声,就地爬起。曹先生也轻快的坐起来。"怎么了?"

新卸的一堆补路的石块,可是没有放红灯。

"摔着没有?"祥子问。

"没有;我走回去吧,你拉着车。"曹先生还镇定,在石块上摸了摸有没有落下来的东西。

祥子摸着了已断的一截车把:"没折多少,先生还坐上,能拉!"说着,他一把将车从石头中扯出来。"坐上,先生!"

曹先生不想再坐,可是听出祥子的话带着哭音,他只好上去了。

到了北长街口的电灯下面,曹先生看见自己的右手擦去一块皮。"祥子你站住!"

祥子一回头,脸上满是血。

曹先生害了怕,想不起说什么好,"你快,快——"

祥子莫名其妙,以为是教他快跑呢,他一拿腰,一气跑到了家。

放下车,他看见曹先生手上有血,急忙往院里跑,想去和太太要药。

"别管我，先看你自己吧！"曹先生跑了进去。

祥子看了看自己，开始觉出疼痛，双膝，右肘全破了；脸蛋上，他以为流的是汗，原来是血。不顾得干什么，想什么，他坐在门洞的石阶上，呆呆的看着断了把的车。崭新黑漆的车，把头折了一段，秃碴碴的露着两块白木碴儿，非常的不调和，难看，像糊好的漂亮纸人还没有安上脚，光出溜的插着两根秫秸秆那样。祥子呆呆的看着这两块白木碴儿。

"祥子！"曹家的女仆高妈响亮的叫，"祥子！你在哪儿呢？"

他坐着没动，不错眼珠的盯着那破车把，那两块白木碴儿好似插到他的心里。

"你是怎个碴儿呀！一声不出，藏在这儿；你瞧，吓我一跳！先生叫你哪！"高妈的话永远是把事情与感情都搀和起来，显着既复杂又动人。她是三十二三岁的寡妇，干净，爽快，作事麻利又仔细。在别处，有人嫌她太张道，主意多，时常有些神眉鬼道儿的。曹家喜欢用干净瞭亮的人，而又不大注意那些小过节儿，所以她跟了他们已经二三年，就是曹家全家到别处去也老带着她。"先生叫你哪！"她又重了一句。及至祥子立起来，她看明他脸上的血："可吓死我了，我的妈！这是怎么了？你还不动换哪，得了破伤风还了得！快走！先生那儿有药！"

祥子在前边走，高妈在后边叨唠，一同进了书房。曹太太也在这里，正给先生裹手上药，见祥子进来，她也"哟"了一声。

"太太，他这下子可是摔得够瞧的。"高妈唯恐太太看不出来，忙着往脸盆里倒凉水，更忙着说话："我就早知道吗，他一跑起来就不顾命，早晚是得出点岔儿。果不其然！还不快洗洗哪？洗完好上点药，真！"

祥子托着右肘，不动。书房里是那么干净雅趣，立着他这么个满脸血的大汉，非常的不像样，大家似乎都觉出有点什么不对的地方，连高妈也没了话。

"先生！"祥子低着头，声音很低，可是很有力："先生另找人吧！这个月的工钱，你留着收拾车吧：车把断了，左边的灯碎了块玻璃；别处倒都好好的呢。"

"先洗洗，上点药，再说别的。"曹先生看着自己的手说，太太正给慢慢的往上缠纱布。

"先洗洗！"高妈也又想起话来。"先生并没说什么呀，你别先倒打一瓦！"

祥子还不动。"不用洗，一会儿就好！一个拉包月的，摔了人，碰了车，没脸再……"他的话不够帮助说完了他的意思，可是他的感情已经发泄净尽，只差着放声哭了。辞事，让工钱，在祥子看就差不多等于自杀。可是责任，脸面，在这时候似乎比命还重要，因为摔的不是别人，而是曹先生。假若他把那位杨太太摔了，摔了就摔了，活该！对杨太太，他可以拿出街面上的蛮横劲儿，因为她不拿人待他，他也不便客气；钱是一切，说不着什么脸面，哪叫规矩。曹先生根本不是那样的人，他得牺牲了钱，好保住脸面。他顾不得恨谁，只恨自己的命，他差不多想到：从曹家出去，他就永不再拉车；自己的命即使不值钱，可以拼上；人家的命呢？真要摔死一口子，怎办呢？以前他没想到过这个，因为这次是把曹先生摔伤，所以悟过这个理儿来。好吧，工钱可以不要，从此改行，不再干这背着人命的事。拉车是他理想的职业，搁下这个就等于放弃了希望。他觉得他的一生就得窝窝囊囊的混过去了，连成个好拉车的也不用再想，空长了那么大的身量！在外面拉散座的时候，他曾毫不客气的

"抄"买卖,被大家嘲骂,可是这样的不要脸正是因为自己要强,想买上车,他可以原谅自己。拉包月而惹了祸,自己有什么可说的呢?这要被人知道了,祥子摔人,碰坏了车;哪道拉包车的,什么玩艺!祥子没了出路!他不能等曹先生辞他,只好自己先滚吧!

"祥子,"曹先生的手已裹好,"你洗洗!先不用说什么辞工。不是你的错儿,放石头就应当放个红灯。算了吧,洗洗,上点药。"

"是呀,先生,"高妈又想起话来,"祥子是磨不开;本来吗,把先生摔得这个样!可是,先生既说不是你的错儿,你也甭再别扭啦!瞧他这样,身大力不亏的,还和小孩一样呢,倒是真着急!太太说一句,叫他放心吧!"高妈的话很像留声机片,是转着圆圈说的,把大家都说在里边,而没有起承转合的痕迹。

"快洗洗吧,我怕!"曹太太只说了这么一句。

祥子的心中很乱,末了听到太太说怕血,似乎找到了一件可以安慰她的事;把脸盆搬出来,在书房门口洗了几把。高妈拿着药瓶在门内等着他。

"胳臂和腿上呢?"高妈给他脸上涂抹了一气。

祥子摇了摇头,"不要紧!"

曹氏夫妇去休息。高妈拿着药瓶,跟出祥子来。到了他屋中,她把药瓶放下,立在屋门口里:"待会儿你自己抹抹吧。我说,为这点事不必那么吃心。当初,有我老头子活着的日子,我也是常辞工。一来是,我在外头受累,他不要强,教我生气。二来是,年轻气儿粗,一句话不投缘,散!卖力气挣钱,不是奴才;你有你的臭钱,我泥人也有个土性儿;老太太有个伺候不着!现在我可好多了,老头子一死,我没什么挂念的了,脾气也就好了点。这儿呢——我在这儿小三年子了;可不是,九月九上的工——零钱太少,可是他们对人还不错。咱们卖的是力气,为的是钱;净说好的当不了一回事。可是话又得这么说,把事情看长远了也有好处:三天两头的散工,一年倒歇上六个月,也不上算;莫若遇上个和气的主儿,架不住干日子多了,零钱就是少点,可是靠常儿混下去也能剩俩钱。今儿个的事,先生既没说什么,算了就算了,何必呢。也不是我攀个大,你还是小兄弟呢,容易挂火。一点也不必,火气壮当不了吃饭。像你这么老实巴焦的,安安顿顿的在这儿混些日子,总比满天打油飞去强。我一点也不是向着他们说话,我是为你,在一块儿都怪好的!"她喘了口气:"得,明儿见;甭犯牛劲,我是直心眼,有一句说一句!"

祥子的右肘很疼,半夜也没睡着。颠算了七开八得,他觉得高妈的话有理。什么也是假的,只有钱是真的。省钱买车;挂火当不了吃饭!想到这,来了一点平安的睡意。

## 八

曹先生把车收拾好,并没扣祥子的工钱。曹太太给他两丸"三黄宝蜡",他也没吃。他没再提辞工的事。虽然好几天总觉得不大好意思,可是高妈的话得到最后的胜利。过了些日子,生活又合了辙,他把这件事渐渐忘掉,一切的希望又重新发了芽。独坐在屋中的时候,他的眼发着亮光,去盘算怎样省钱,怎样买车;嘴里还不住的嘟囔,像有点心病似的。他的算法很不高明,可是心中和嘴上常常念着"六六三十六";这并与他的钱数没多少关系,不过是这么念道,心中好像是充实一些,真像有一本账似的。

他对高妈又相当的佩服，觉得这个女人比一般的男子还有心路与能力，她的话是抄着根儿来的。他不敢赶上她去闲谈，但在院中或门口遇上她，她若有工夫说几句，他就很愿意听她说。她每说一套，总够他思索半天的，所以每逢遇上她，他会傻傻忽忽的一笑，使她明白他是佩服她的话，她也就觉得点得意，即使没有工夫，也得扯上几句。

不过，对于钱的处置方法，他可不敢冒儿咕咚的就随着她的主意走。她的主意，他以为，实在不算坏；可是多少有点冒险。他很愿意听她说，好多学些招数，心里显着宽绰；在实行上，他还是那个老主意——不轻易撒手钱。

不错，高妈的确有办法：自从她守了寡，她就把月间所能剩下的一点钱放出去，一块也是一笔，两块也是一笔，放给作仆人的，当二三等巡警的，和作小买卖的，利钱至少是三分。这些人时常为一块钱急得红着眼转磨，就是有人借给他们一块而当两块算，他们也得伸手接着。除了这样，钱就不会教他们看见；他们所看见的钱上有毒，接过来便会抽干他们的血，但是他们还得接着。凡是能使他们缓一口气的，他们就有胆子拿起来；生命就是且缓一口气再讲，明天再说明天的。高妈，在她丈夫活着的时候，就曾经受着这个毒。她的丈夫喝醉来找她，非有一块钱不能打发；没有，他就在宅门外醉闹；她没办法，不管多大的利息也得马上借到这块钱。由这种经验，她学来这种方法，并不是想报复，而是拿它当作合理的，几乎是救急的慈善事。有急等用钱的，有愿意借出去的，周瑜打黄盖，愿打愿挨！

在宗旨上，她既以为这没有什么下不去的地方，那么在方法上她就得厉害一点，不能拿钱打水上飘；干什么说什么。这需要眼光，手段，小心，泼辣，好不至都放了鹰。她比银行经理并不少费心血，因为她需要更多的小心谨慎。资本有大小，主义是一样，因为这是资本主义的社会，像一个极细极大的筛子，一点一点的从上面往下筛钱，越往下钱越少；同时，也往下筛主义，可是上下一边儿多，因为主义不像钱那样怕筛眼小，它是无形体的，随便由什么极小的孔中也能溜下来。大家都说高妈厉害，她自己也这么承认；她的厉害是由困苦中折磨中锻炼出来的。一想起过去的苦处，连自己的丈夫都那样的无情无理，她就咬上了牙。她可以很和气，也可以很毒辣，她知道非如此不能在这个世界上活着。

她也劝祥子把钱放出去，完全出于善意；假若他愿意的话，她可以帮他的忙：

"告诉你，祥子，搁在兜儿里，一个子永远是一个子！放出去呢，钱就会下钱！没错儿，咱们的眼睛是干什么的？瞧准了再放手钱，不能放秃尾巴鹰。当巡警的到时候不给利，或是不归本，找他的巡官去！一句话，他的差事得搁下，敢打听明白他们放饷的日子，堵窝掏；不还钱，新新！将一比十，放给谁，咱都得有个老底；好，放出去，海里摸锅，那还行吗？你听我的，准保没错！"

祥子用不着说什么，他的神气已足表示他很佩服高妈的话。及至独自一盘算，他觉得钱在自己手里比什么也稳当。不错，这么着是死的，钱不会下钱；可是丢不了也是真的。把这两三个月剩下的几块钱——都是现洋——轻轻的拿出来，一块一块的翻弄，怕出响声；现洋是那么白亮，厚实，起眼，他更觉得万不可撒手，除非是拿去买车。各人有各人的办法，他不便全随着高妈。

原先在一家姓方的家里，主人全家大小，连仆人，都在邮局有个储金折子。方太太也劝过祥子："一块钱就可以立折子，你怎么不立一个呢？俗言说得好，常将有日思无日，莫到无时盼有时；年轻轻的，不乘着年轻力壮剩下几个，一年三百六十天不能天天是晴天大日头。这又不费事，又牢靠，又有利钱，哪时蹩住还可以提点儿用，还要怎么方便呢？去，去要个单子来，你不会写，我给你填上，一片好心！"

祥子知道她是好心，而且知道厨子王六和奶妈子秦妈都有折子，他真想试一试。可是有一天方大小姐叫他去给放进十块钱，他细细看了看那个小折子，上面有字，有小红印；通共，哼，也就有一小打手纸那么沉吧。把钱交进去，人家又在折子上画了几个字，打上了个小印。他觉得这不是骗局，也得是骗局；白花花的现洋放进去，凭人家三画五画就算完事，祥子不上这个当。他怀疑方家是跟邮局这个买卖——他总以为邮局是个到处有分号的买卖，大概字号还很老，至少也和瑞蚨祥，鸿记差不多——有关系，所以才这样热心给拉生意。即使事实不是这样，现钱在手里到底比在小折子上强，强的多！折子上的钱只是几个字！

对于银行银号，他只知道那是出"座儿"的地方，假若巡警不阻止在那儿搁车的话，准能拉上"买卖"。至于里面作些什么事，他猜不透。不错，这里必是有很多的钱；但是为什么单到这里来鼓逗钱，他不明白；他自己反正不容易与它们发生关系，那么也就不便操心去想了。城里有许多许多的事他不明白，听朋友们在茶馆里议论更使他发胡涂，因为一人一个说法，而且都说的不到家。他不愿再去听，也不愿去多想，他知道假若去打抢的话，顶好是抢银行；既然不想去作土匪，那么自己拿着自己的钱好了，不用管别的。他以为这是最老到的办法。

高妈知道他是红着心想买车，又给他出了主意：

"祥子，我知道你不肯放账，为是好早早买上自己的车，也是个主意！我要是个男的，要是也拉车，我就得拉自己的车；自拉自唱，万事不求人！能这么着，给我个知县我也不换！拉车是苦事，可是我要是男的，有把子力气，我楞拉车也不去当巡警；冬夏常青，老在街上站着，一月才挣那俩钱，没个外钱，没个自由；一留胡子还是就吹，简直的没一点起色。我是说，对了，你要是想快快买上车的话，我给你个好主意：起上一只会，十来个人，至多二十个人，一月每人两块钱，你使头一会；这不是马上就有四十来的块？你横是多少也有个积蓄，凑吧凑吧就弄辆车拉拉，干脆大局！车到了手，你干上一只黑签儿会，又不出利，又是体面事，准得对你的心路！你真要请会的话，我来一只，决不含忽！怎样？"

这真让祥子的心跳得快了些！真要凑上三四十块，再加上刘四爷手里那三十多，和自己现在有的那几块，岂不就是八十来的？虽然不够买十成新的车，八成新的总可以办到了！况且这么一来，他就可以去向刘四爷把钱要回，省得老这么搁着，不像回事儿。八成新就八成新吧，好歹的拉着，等有了富余再换。

可是，上哪里找这么二十位人去呢？即使能凑上，这是个面子事，自己等钱用么就请会，赶明儿人家也约自己来呢？起会，在这个穷年月，常有哗啦了的时候！好汉不求人；干脆，自己有命买得上车，买；不求人！

看祥子没动静，高妈真想俏皮他一顿，可是一想他的直诚劲儿，又不太好意思了："你真行！'小胡同赶猪——直来直去'；

也好！"

祥子没说什么，等高妈走了，对自己点了点头，似乎是承认自己的一把死拿值得佩服，心中怪高兴的。

已经是初冬天气，晚上胡同里叫卖糖炒栗子，落花生之外，加上了低悲的"夜壶呕"。夜壶挑子上带着瓦的闷葫芦罐儿，祥子买了个大号的。头一号买卖，卖夜壶的找不开钱，祥子心中一活便，看那个顶小的小绿夜壶非常有趣，绿汪汪的，也撅着小嘴，"不用找钱了，我来这么一个！"

放下闷葫芦罐，他把小绿夜壶送到里边去："少爷没睡哪？送你个好玩艺！"

大家都正看着小文——曹家的小男孩——洗澡呢，一见这个玩艺都憋不住的笑了。曹氏夫妇没说什么，大概觉得这个玩艺虽然蠢一些，可是祥子的善意是应当领受的，所以都向他笑着表示谢意。高妈的嘴可不会闲着：

"你看，真是的，祥子！这么大个子了，会出这么高明的主意；多么不顺眼！"

小文很喜欢这个玩艺，登时用手捧澡盆里的水往小壶里灌："这小茶壶，嘴大！"

大家笑得更加了劲。祥子整着身子——因为一得意就不知怎么好了——走出来。他很高兴，这是向来没有经验过的事，大家的笑脸全朝着他自己，仿佛他是个很重要的人似的。微笑着，又把那几块现洋搬运出来，轻轻的一块一块往闷葫芦罐里放，心里说："这比什么都牢靠！多嗒够了数，多嗒往墙上一碰；拍喳，现洋比瓦片还得多！

他决定不再求任何人。就是刘四爷那么可靠，究竟有时候显着别扭，钱是丢不了哇，在刘四爷手里，不过总有点不放心。

钱这个东西像戒指,总是在自己手上好。这个决定使他痛快,觉得好像自己的腰带又杀紧了一扣,使胸口能挺得更直更硬。

天是越来越冷了,祥子似乎没觉到。心中有了一定的主意,眼前便增多了光明;在光明中不会觉得寒冷。地上初见冰凌,连便道上的土都凝固起来,处处显出干燥,结实,黑土的颜色已微微发些黄,像已把潮气散尽。特别是在一清早,被大车轧起的土棱上镶着几条霜边,小风尖溜溜的把早霞吹散,露出极高极蓝极爽快的天;祥子愿意早早的拉车跑一趟,凉风飕进他的袖口,使他全身像洗冷水澡似的一哆嗦,一痛快,有时候起了狂风,把他打得出不来气,可是他低着头,咬着牙,向前钻,像一条浮着逆水的大鱼;风越大,他的抵抗也越大,似乎是和狂风决一死战。猛的一股风顶得他透不出气,闭住口,半天,打出一个嗝,仿佛是在水里扎了一个猛子。打出这个嗝,他继续往前奔走,往前冲进,没有任何东西能阻止住这个巨人;他全身的筋肉没有一处松懈,像被蚂蚁围攻的绿虫,全身摇动着抵御。这一身汗!等到放下车,直一直腰,吐出一口长气,抹去嘴角的黄沙,他觉得他是无敌的;看着那裹着灰沙的风从他面前扫过去,他点点头。风吹弯了路旁的树木,撕碎了店户的布幌,揭净了墙上的报单,遮昏了太阳,唱着,叫着,吼着,回荡着;忽然直驰,像惊狂了的大精灵,扯天扯地的疾走;忽然慌乱,四面八方的乱卷,像不知怎好而决定乱撞的恶魔;忽然横扫,乘其不备的袭击着地上的一切,扭折了树枝,吹掀了屋瓦,撞断了电线;可是,祥子在那里看着;他刚从风里出来,风并没能把他怎样了!胜利是祥子的!及至遇上顺风,他只须拿稳了车把,自己不用跑,风会替他推转了车轮,像个很好的朋友。

自然，他既不瞎，必定也看见了那些老弱的车夫。他们穿着一阵小风就打透的，一阵大风就吹碎了的，破衣；脚上不知绑了些什么。在车口上，他们哆嗦着，眼睛像贼似的溜着，不论从什么地方钻出个人来，他们都争着问，"车？！"拉上个买卖，他们暖和起来，汗湿透了那点薄而破的衣裳。一停住，他们的汗在背上结成了冰。遇上风，他们一步也不能抬，而生生的要曳着车走；风从上面砸下来，他们要把头低到胸口里去；风从下面来，他们的脚便找不着了地；风从前面来，手一扬就要放风筝；风从后边来，他们没法管束住车与自己。但是他们设尽了方法，用尽了力气，死曳活曳得把车拉到了地方，为几个铜子得破出一条命。一趟车拉下来，灰土被汗合成了泥，糊在脸上，只露着眼与嘴三个冻红了的圈。天是那么短，那么冷，街上没有多少人；这样苦奔一天，未必就能挣上一顿饱饭；可是年老的，家里还有老婆孩子；年小的，有父母弟妹！冬天，他们整个的是在地狱里，比鬼多了一口活气，而没有鬼那样清闲自在；鬼没有他们这么多的吃累！像条狗似的死在街头，是他们最大的平安自在；冻死鬼，据说，脸上有些笑容！

　　祥子怎能没看见这些呢。但是他没工夫为他们忧虑思索。他们的罪孽也就是他的，不过他正在年轻力壮，受得起辛苦，不怕冷，不怕风；晚间有个干净的住处，白天有件整齐的衣裳，所以他觉得自己与他们并不能相提并论，他现在虽是与他们一同受苦，可是受苦的程度到底不完全一样；现在他少受着罪，将来他还可以从这里逃出去；他想自己要是到了老年，决不至于还拉着辆破车去挨饿受冻。他相信现在的优越可以保障将来的胜利。正如在饭馆或宅门外遇到驶汽车的，他们不肯在一块儿闲谈；驶汽车的觉得有失身分，要是和洋车夫们有什么来往。

汽车夫对洋车夫的态度，正有点像祥子的对那些老弱残兵；同是在地狱里，可是层次不同。他们想不到大家须立在一块儿，而是各走各的路，个人的希望与努力蒙住了各个人的眼，每个人都觉得赤手空拳可以成家立业。在黑暗中各自去摸索个人的路。祥子不想别人，不管别人，他只想着自己的钱与将来的成功。

　　街上慢慢有些年下的气象了。在晴明无风的时候，天气虽是干冷，可是路旁增多了颜色：年画，纱灯，红素蜡烛，绢制的头花，大小蜜供，都陈列出来，使人心中显着快活，可又有点不安；因为无论谁对年节都想到快乐几天，可是大小也都有些困难。祥子的眼增加了亮光，看见路旁的年货，他想到曹家必定该送礼了；送一份总有他几毛酒钱。节赏固定的是两块钱，不多；可是来了贺年的，他去送一送，每一趟也得弄个两毛三毛的。凑到一块就是个数儿；不怕少，只要零碎的进手；他的闷葫芦罐是不会冤人的！晚间无事的时候，他钉坑儿看着这个只会吃钱而不愿吐出来的瓦朋友，低声的劝告："多多的吃，多多的吃，伙计！多嗜你吃够了，我也就行了！"

　　年节越来越近了，一晃儿已是腊八。欢喜或忧惧强迫着人去计划，布置；还是二十四小时一天，可是这些天与往常不同，它们不许任何人随便的度过，必定要作些什么，而且都得朝着年节去作，好像时间忽然有了知觉，有了感情，使人们随着它思索，随着它忙碌。祥子是立在高兴那一面的，街上的热闹，叫卖的声音，节赏与零钱的希冀，新年的休息，好饭食的想象……都使他像个小孩子似的欢喜，盼望。他想好，破出块儿八毛的，得给刘四爷买点礼物送去。礼轻人物重，他必须拿着点东西去，一来为是道歉，他这些日子没能去看老头儿，因为宅里很忙；二来可以就手要出那三十多块钱来。破费一块来钱而能要回那一笔款,是上算的事。这么想好,他轻轻地摇了摇那个扑满,想象着再加进三十多块去应当响得多么沉重好听。是的,只要一索回那笔款来,他就没有不放心的事了!

一天晚上,他正要再摇一摇那个聚宝盆,高妈喊了他一声:"祥子!门口有位小姐找你;我正从街上回来,她跟我直打听你。"等祥子出来,她低声找补了句:"她像个大黑塔!怪怕人的!"

祥子的脸忽然红得像包着一团火,他知道事情要坏!

## 九

祥子几乎没有力量迈出大门坎去。昏头打脑的,脚还在门坎内,借着街上的灯光,已看见了刘姑娘。她的脸上大概又擦了粉,被灯光照得显出点灰绿色,像黑枯了的树叶上挂着层霜。祥子不敢正眼看她。

虎妞脸上的神情很复杂:眼中带出些渴望看到他的光儿;嘴可是张着点,露出点儿冷笑;鼻子纵起些纹缕,折叠着些不屑与急切;眉棱棱着,在一脸的怪粉上显出妖媚而霸道。看见祥子出来,她的嘴唇撇了几撇,脸上的各种神情一时找不到个适当的归束。她咽了口唾沫,把复杂的神气与情感似乎镇压下去,拿出点由刘四爷得来的外场劲儿,半恼半笑,假装不甚在乎的样子打了句哈哈:

"你可倒好!肉包子打狗,一去不回头啊!"她的嗓门很高,和平日在车厂与车夫们吵嘴时一样。说出这两句来,她脸上的笑意一点也没有了,忽然的仿佛感到一种羞愧与下贱,她咬上了嘴唇。

"别嚷!"祥子似乎把全身的力量都放在唇上,爆裂出这两个字,音很小,可是极有力。

"哼!我才怕呢!"她恶意的笑了,可是不由她自己似的把声音稍放低了些。"怨不得你躲着我呢,敢情这儿有个小妖精似的小老妈儿;我早就知道你不是玩艺,别看傻大黑粗的,鞑子拔烟袋,不傻假充傻!"她的声音又高了起去。

"别嚷!"祥子唯恐怕高妈在门里偷着听话儿。"别嚷!这边来!"他一边说一边往马路上走。

"上哪边我也不怕呀,我就是这么大嗓儿!"嘴里反抗着,她可是跟了过来。

过了马路,来到东便道上,贴着公园的红墙,祥子——还没忘了在乡间的习惯——蹲下了。"你干吗来了?"

"我?哼,事儿可多了!"她左手插在腰间,肚子努出些来。低头看了他一眼,想了会儿,仿佛是发了些善心,可怜他了:"祥子!我找你有事,要紧的事!"

这声低柔的"祥子"把他的怒气打散了好些,他抬起头来,看着她,她还是没有什么可爱的地方,可是那声"祥子"在他心中还微微的响着,带着温柔亲切,似乎在哪儿曾经听见过,唤起些无可否认的,欲断难断的,情分。他还是低声的,但是温和了些:"什么事?"

"祥子!"她往近凑了凑:"我有啦!"

"有了什么?"他一时蒙住了。

"这个!"她指了指肚子。"你打主意吧!"

楞头磕脑的,他"啊"了一声,忽然全明白了。一万样他没想到过的事都奔了心中去,来得是这么多,这么急,这么乱,心中反猛的成了块空白,像电影片忽然断了那样。街上非常的清静,天上有些灰云遮住了月,地上时时有些小风,吹动着残枝枯叶，远处有几声尖锐的猫叫。祥子的心里由乱而空白，连这些声音也没听见；手托住腮下，呆呆的看着地，把地看得似乎要动；想不出什么，也不愿想什么；只觉得自己越来越小，可又不能完全缩入地中去，整个的生命似乎都立在这点难受上；别的，什么也没有！他这才觉出冷来，连嘴唇都微微的颤着。

"别紧自蹲着，说话呀！你起来！"她似乎也觉出冷来，愿意活动几步。

他僵不吃的立起来，随着她往北走，还是找不到话说，浑身都有些发木，像刚被冻醒了似的。

"你没主意呀？"她瞭了祥子一眼，眼中带出怜爱他的神气。

他没话可说。

"赶到二十七呀，老头子的生日，你得来一趟。"

"忙，年底下！"祥子在极乱的心中还没忘了自己的事。

"我知道你这小子吃硬不吃软，跟你说好的算白饶！"她的嗓门又高起去，街上的冷静使她的声音显着特别的清亮，使祥子特别的难堪。"你当我怕谁是怎着？你打算怎样？你要是不愿意听我的，我正没工夫跟你费唾沫玩！说翻了的话，我会堵着你的宅门骂三天三夜！你上哪儿我也找得着！我还是不论秧子！"

"别嚷行不行？"祥子躲开她一步。

"怕嚷啊，当初别贪便宜呀！你是了味啦，教我一个人背黑锅，你也不捋开死××皮看看我是谁！"

"你慢慢说，我听！"祥子本来觉得很冷，被这一顿骂骂得忽然发了热，热气要顶开冻僵巴的皮肤，浑身有些发痒痒，头皮上特别的刺闹得慌。

218

"这不结听！甭找不自在！"她撇开嘴，露出两个虎牙来。"不屈心，我真疼你，你也别不知好歹！跟我犯牛脖子，没你的好儿，告诉你！"

"不……"祥子想说"不用打一巴掌揉三揉"，可是没有想齐全；对北平的俏皮话儿，他知道不少，只是说不利落；别人说，他懂得，他自己说不上来。

"不什么？"

"说你的！"

"我给你个好主意，"虎姑娘立住了，面对面的对他说："你看，你要是托个媒人去说，老头子一定不答应。他是拴车的，你是拉车的，他不肯往下走亲戚。我不论，我喜欢你，喜欢就得了吗，管它娘的别的干什么！谁给我说媒也不行，一去提亲，老头子就当是算计着他那几十辆车呢；比你高着一等的人物都不行。这个事非我自己办不可，我就挑上了你，咱们是先斩后奏；反正我已经有了，咱们俩谁也跑不了啦！可是，咱们就这么直入公堂的去说，还是不行。老头子越老越胡涂，咱俩一露风声，他会去娶个小媳妇，把我硬撑出来。老头子棒之呢，别看快七十岁了，真要娶个媳妇，多了不敢说，我敢保还能弄出两三个小孩来，你爱信不信！"

"走着说，"祥子看站岗的巡警已经往这边走了两趟，觉得不是劲儿。

"就在这儿说，谁管得了！"她顺着祥子的眼光也看见了那个巡警："你又没拉着车，怕他干吗？他还能无因白故地把谁的××咬下来？那才透着邪行呢！咱们说咱们的！你看，我这么想：赶二十七老头子生日那天，你去给他磕三个头。等一转过年来，你再去拜个年，讨他个喜欢。我看他一喜欢，就弄点酒什么的，让他喝个痛快。看他喝到七八成了，就热儿打铁，你干脆认他作干爹。日后，我再慢慢的教他知道我身子不方便了。他必审问我，我给他个'徐庶入曹营——一语不发'。等他真急了的时候，我才说出个人来，就说是新近死了的那个乔二——咱们东边杠房的二掌柜的。他无亲无故的，已经埋在了东直门外义地里，老头子由哪儿究根儿去？老头子没了主意，咱们再慢慢的吹风儿，顶好把我给了你，本来是干儿子，再儿女婿，反正差不很多；顺水推舟，省得大家出丑。你说我想的好不好？"

祥子没言语。

觉得把话说到了一个段落，虎妞开始往北走，低着点头，既像欣赏着自己的那片话，又仿佛给祥子个机会思索思索。这时，风把灰云吹裂开一块，露出月光，二人已来到街的北头。御河的水久已冻好，静静的，灰亮的，坦平的，坚固的，托着那禁城的城墙。禁城内一点声响也没有，那玲珑的角楼，金碧的牌坊，丹朱的城门，景山上的亭阁，都静悄悄的好似听着一些很难再听到的声音。小风吹过，似一种悲叹，轻轻的在楼台殿阁之间穿过，像要道出一点历史的消息。虎妞往西走，祥子跟到了金鳌玉蝀。桥上几乎没有了行人，微明的月光冷寂的照着桥左右的两大幅冰场，远处亭阁暗淡的带着些黑影，静静的似冻在湖上，只有顶上的黄瓦闪着点儿微光。树木微动，月色更显得微茫；白塔却高耸到云间，傻白傻白的把一切都带得冷寂萧索，整个的三海在人工的雕琢中显出北地的荒寒。到了桥头上，两面冰上的冷气使祥子哆嗦了一下，他不愿再走。平日，他拉着车过桥，把精神全放在脚下，唯恐出了错，一点也顾不得向左右看。现在，他可以自由的看一眼了，可是他心中觉得这个景色有些可怕：那些灰冷的冰，微动的树影，惨白的高塔，都寂寞的似乎要忽然的狂喊一声，或狂走起来！就是脚下这座大白石桥，也显着异常的空寂，特别的白净，连灯光都有点凄凉。他不愿再走，不愿再看，更不愿再陪着她；他真想一下子跳下去，头朝下，砸破了冰，沉下去，像个死鱼似的冻在冰里。

"明儿个见了！"他忽然转身往回走。

"祥子！就那么办啦，二十七见！"她朝着祥子的宽直的脊背说。说完，她瞭了白塔一眼，叹了口气，向西走去。

祥子连头也没回，像有鬼跟着似的，几出溜便到了团城，走得太慌，几乎碰在了城墙上。一手扶住了墙，他不由的要哭出来。楞了会儿，桥上叫："祥子！祥子！这儿来！祥子！"虎妞的声音！

他极慢的向桥上挪了两步，虎妞仰着点身儿正往下走，嘴张着点儿："我说祥子，你这儿来；给你！"他还没挪动几步，她已经到了身前："给你，你存的三十多块钱；有几毛钱的零儿，我给你补足了一块。给你！不为别的，就为表表我的心，我惦念着你，疼你，护着你！别的都甭说，你别忘恩负义就得了！给你！好好拿着，丢了可别赖我！"

祥子把钱——一打儿钞票——接过来，楞了会儿，找不到话说。

"得，咱们二十七见！不见不散！"她笑了笑。"便宜是你的，你自己细细的算算得了！"她转身往回走。

他攥着那打儿票子，呆呆的看着她，一直到桥背把她的头遮下去。灰云又把月光掩住；灯更亮了，桥上分外的白，空，冷。他转身，放开步，往回走，疯了似的；走到了街门，心中还存着那个惨白冷落的桥影，仿佛只隔了一眨眼的工夫似的。

到屋中，他先数了数那几张票子；数了两三遍，手心的汗把票子攥得发粘，总数不利落。数完，放在了闷葫芦罐儿里。坐在床沿上，呆呆的看着这个瓦器，他打算什么也不去想；有钱便有办法，他很相信这个扑满会替他解决一切，不必再想什么。御河，景山，白塔，大桥，虎妞，肚子……都是梦；梦醒了，扑满里却多了三十几块钱，真的！

看够了，他把扑满藏好，打算睡大觉，天大的困难也能睡过去，明天再说！

躺下，他闭不上眼！那些事就像一窝蜂似的，你出来，我进去，每个肚子尖上都有个刺！

不愿意去想，也实在因为没法儿想，虎妞已把道儿都堵住，他没法脱逃。

最好是跺脚一走。祥子不能走。就是让他去看守北海的白塔去，他也乐意；就是不能下乡！上别的都市？他想不出比北平再好的地方。他不能走，他愿死在这儿。

既然不想走，别的就不用再费精神去思索了。虎妞说得出来，就行得出来；不依着她的道儿走，她真会老跟着他闹哄；只要他在北平，她就会找得着！跟她，得说真的，不必打算耍滑。把她招急了，她还会抬出刘四爷来，刘四爷要是买出一两个人——不用往多里说——在哪个僻静的地方也能要祥子的命！

把虎妞的话从头至尾想了一遍，他觉得像掉在个陷阱里，手脚而且全被夹子夹住，决没法儿跑。他不能一个个的去批评她的主意，所以就找不出她的缝子来,他只感到她撒的是绝户网，连个寸大的小鱼也逃不出去！既不能一一的细想，他便把这一切作成个整个的，像千斤闸那样的压迫，全压到他的头上来。在这个无可抵御的压迫下，他觉出一个车夫的终身的气运是包括在两个字里——倒霉！一个车夫，既是一个车夫，便什么也不要作，连娘儿们也不要去粘一粘；一粘就会出天大的错儿。刘四爷仗着几十辆车，虎妞会仗着个臭×，来欺侮他！他不用细想什么了；假若打算认命，好吧，去磕头认干爹，而后等着娶那个臭妖怪。不认命，就得破出命去！

想到这儿，他把虎妞和虎妞的话都放在一边去；不，这不是她的厉害，而是洋车夫的命当如此，就如同一条狗必定挨打受气，连小孩子也会无缘无故的打它两棍子。这样的一条命，要它干吗呢？豁上就豁上吧！

他不睡了，一脚踢开了被子，他坐了起来。他决定去打些酒，喝个大醉；什么叫事情，哪个叫规矩，×你们的姥姥！喝醉，睡！二十七？二十八也不去磕头，看谁怎样得了祥子！披上大棉袄，端起那个当茶碗用的小饭碗，他跑出去。

风更大了些，天上的灰云已经散开，月很小，散着寒光。祥子刚从热被窝里出来，不住的吸溜气儿。街上简直已没了行人，路旁还只有一两辆洋车，车夫的手捂在耳朵上，在车旁跺着脚取暖。祥子一气跑到南边的小铺，铺中为保存暖气，已经上了门，由个小窗洞收钱递货。祥子要了四两白干，三个大子儿的落花生。平端着酒碗，不敢跑，而像轿夫似的疾走，回到屋中。急忙钻入被窝里去，上下牙磕打了一阵，不愿再坐起来。酒在桌上发着辛辣的味儿，他不很爱闻，就是对那些花生似乎也没心程去动。这一阵寒气仿佛是一盆冷水把他浇醒，他的手懒得伸出来，他的心也不再那么热。

躺了半天，他的眼在被子边上又看了看桌上的酒碗。不，他不能为那点缠绕而毁坏了自己，不能从此破了酒戒。事情的确是不好办，但是总有个缝子使他钻过去。即使完全无可脱逃，他也不应当先自己往泥塘里滚；他得睁着眼，清清楚楚的看着，

223

到底怎样被别人把他推下去。

　　灭了灯,把头完全盖在被子里,他想就这么睡去。还是睡不着,掀开被看看,窗纸被院中的月光映得发青,像天要亮的样子。鼻尖觉到屋中的寒冷,寒气中带着些酒味。他猛的坐起来,摸住酒碗,吞了一大口!

十

　　个别的解决,祥子没那么聪明。全盘的清算,他没那个魄力。于是,一点儿办法没有,整天际圈着满肚子委屈。正和一切的生命同样,受了损害之后,无可如何的只想由自己去收拾残局。那斗落了大腿的蟋蟀,还想用那些小腿儿爬。祥子没有一定的主意,只想慢慢的一天天,一件件的挨过去,爬到哪儿算哪儿,根本不想往起跳了。

　　离二十七还有十多天,他完全注意到这一天上去,心里想的,口中念道的,梦中梦见的,全是二十七。仿佛一过了二十七,他就有了解决一切的办法,虽然明知道这是欺骗自己。有时候他也往远处想,譬如拿着手里的几十块钱到天津去;到了那里,碰巧还许改了行,不再拉车。虎妞还能追到他天津去?在他的心里,凡是坐火车去的地方必是很远,无论怎样她也追不了去。想得很好,可是他自己良心上知道这只是万不得已的办法,再分能在北平,还是在北平!这样一来,他就又想到二十七那一天,还是这样想近便省事,只要混过这一关,就许可以全局不动而把事儿闯过去;即使不能干脆的都摆脱清楚,到底过了一关是一关。

　　怎样混过这一关呢?他有两个主意:一个是不理她那回事,

干脆不去拜寿。另一个是按照她所嘱咐的去办。这两个主意虽然不同,可是结果一样:不去呢,她必不会善罢甘休;去呢,她也不会饶了他。他还记得初拉车的时候,摹仿着别人,见小巷就钻,为是抄点近儿,而误入了罗圈胡同;绕了个圈儿,又绕回到原街。现在他又入了这样的小胡同,仿佛是:无论走哪一头儿,结果是一样的。

在没办法之中,他试着往好里想,就干脆要了她,又有什么不可以呢?可是,无论从哪方面想,他都觉着憋气。想想她的模样,他只能摇头。不管模样吧,想想她的行为;哼!就凭自己这样要强,这样规矩,而娶那么个破货,他不能再见人,连死后都没脸见父母!谁准知道她肚子里的小孩是他的不是呢?不错,她会带过几辆车来;能保准吗?刘四爷并非是好惹的人!即使一切顺利,他也受不了,他能干得过虎妞?她只须伸出个小指,就能把他支使的头晕眼花,不认识了东西南北。他晓得她的厉害!要成家,根本不能要她,没有别的可说的!要了她,便没了他,而他又不是看不起自己的人!没办法!

没方法处置她,他转过来恨自己,很想脆脆的抽自己几个嘴巴子。可是,说真的,自己并没有什么过错。一切都是她布置好的,单等他来上套儿。毛病似乎是在他太老实,老实就必定吃亏,没有情理可讲!

更让他难过的是没地方去诉诉委屈。他没有父母兄弟,没有朋友。平日,他觉得自己是头顶着天,脚踩着地,无牵无挂的一条好汉。现在,他才明白过来,悔悟过来,人是不能独自活着的。特别是对那些同行的,现在都似乎有点可爱。假若他平日交下几个,他想,像他自己一样的大汉,再多有个虎妞,他也不怕;他们会给他出主意,会替他拔创卖力气。可是,他始终是一个人；临时想抓朋友是不大容易的！他感到一点向来没有过的恐惧。照这么下去，谁也会欺侮他；独自一个是顶不住天的！

这点恐惧使他开始怀疑自己。在冬天，遇上主人有饭局，或听戏，他照例是把电石灯的水筒儿揣在怀里；因为放在车上就会冻上。刚跑了一身的热汗，把那个冰凉的小水筒往胸前一贴，让他立刻哆嗦一下；不定有多大时候，那个水筒才会有点热和劲儿。可是在平日，他并不觉得这有什么说不过去；有时候揣上它，他还觉得这是一种优越，那些拉破车的根本就用不上电石灯。现在，他似乎看出来，一月只挣那么些钱，而把所有的苦处都得受过来，连个小水筒也不许冻上，而必得在胸前抱着，自己的胸脯多么宽，仿佛还没有个小筒儿值钱。原先，他以为拉车是他最理想的事，由拉车他可以成家立业。现在他暗暗摇头了。不怪虎妞欺侮他，他原来不过是个连小水筒也不如的人！

在虎妞找他的第三天上，曹先生同着朋友去看夜场电影，祥子在个小茶馆里等着，胸前揣着那像块冰似的小筒。天极冷，小茶馆里的门窗都关得严严的，充满了煤气，汗味，与贱臭的烟卷的干烟。饶这么样，窗上还冻着一层冰花。喝茶的几乎都是拉包月车的，有的把头靠在墙上，借着屋中的暖和气儿，闭上眼打盹。有的拿着碗白干酒，让让大家，而后慢慢的喝，喝完一口，上面咂着嘴，下面很响的放凉气。有的攥着卷儿大饼，一口咬下半截，把脖子撑得又粗又红。有的绷着脸，普遍的向大家抱怨，他怎么由一清早到如今，还没停过脚，身上已经湿了又干，干了又湿，不知有多少回！其余的人多数是彼此谈着闲话，听到这两句，马上都静了一会儿，而后像鸟儿炸了巢似的都想起一日间的委屈，都想讲给大家听。连那个吃着大饼的也把口中匀出能调动舌头的空隙,一边儿咽饼,一边儿说话,连头上的筋都跳了起来:"你当他妈的拉包月的就不蘑菇哪?!我打他妈的——嗝!——两点起到现在还水米没打牙!竟说前门到平则门——嗝!——我拉他妈的三个来回了!这个天,把屁眼都他妈的冻裂了,一劲的放气!"转圈看了大家一眼,点了点头,又咬了一截饼。

这,把大家的话又都转到天气上去,以天气为中心各自道出辛苦。祥子始终一语未发,可是很留心他们说了什么。大家的话,虽然口气,音调,事实,各有不同,但都是咒骂与不平。这些话,碰到他自己心上的委屈,就像一些雨点儿落在干透了的土上,全都吃了进去。他没法,也不会,把自己的话有头有尾的说给大家听;他只能由别人的话中吸收些生命的苦味,大家都苦恼,他也不是例外;认识了自己,也想同情大家。大家说到悲苦的地方,他皱上眉;说到可笑的地方,他也撇撇嘴。这样,他觉得他是和他们打成一气,大家都是苦朋友,虽然他一言不发,也没大关系。从前,他以为大家是贫嘴恶舌,凭他们一天到晚穷说,就发不了财。今天仿佛是头一次觉到,他们并不是穷说,而是替他说呢,说出他与一切车夫的苦处。

大家正说到热闹中间,门忽然开了,进来一阵冷气。大家几乎都怒目的往外看,看谁这么不得人心,把门推开。大家越着急,门外的人越慢,似乎故意的磨烦。茶馆的伙计半急半笑的喊:"快着点吧,我一个人的大叔!别把点热气儿都给放了!"

这话还没说完,门外的人进来了,也是个拉车的。看样子已有五十多岁,穿着件短不够短,长不够长,莲蓬篓儿似的棉袄,襟上肘上已都露了棉花。脸似乎有许多日子没洗过,看不出肉色,只有两个耳朵冻得通红,红得像要落下来的果子。惨白的头发在一顶破小帽下杂乱的鬍鬍着；眉上，短须上，都挂着些冰珠。一进来，摸住条板凳便坐下了，扎挣着说了句："沏一壶。"

这个茶馆一向是包月车夫的聚处，像这个老车夫，在平日，是决不会进来的。

大家看着他，都好像感到比刚才所说的更加深刻的一点什么意思，谁也不想再开口。在平日，总会有一两个不很懂事的少年，找几句俏皮话来拿这样的茶客取取笑，今天没有一个出声的。

茶还没有沏来，老车夫的头慢慢的往下低，低着低着，全身都出溜下去。

大家马上都立了起来："怎啦？怎啦？"说着，都想往前跑。

"别动！"茶馆掌柜的有经验，拦住了大家。他独自过去，把老车夫的脖领解开，就地扶起来，用把椅子戗在背后，用手勒着双肩："白糖水，快！"说完，他在老车夫的脖子那溜儿听了听，自言自语的："不是痰！"

大家谁也没动，可谁也没再坐下，都在那满屋子的烟中，眨巴着眼，向门儿这边看。大家好似都不约而同的心里说："这就是咱们的榜样！到头发惨白了的时候，谁也有一个跟头摔死的行市！"

糖水刚放在老车夫嘴边上，他哼哼了两声。还闭着眼，抬起右手——手黑得发亮，像漆过了似的——用手背抹了下儿嘴。

"喝点水！"掌柜的对着他耳朵说。

"啊？"老车夫睁开了眼，看见自己是坐在地上，腿蜷了蜷，想立起来。

"先喝点水，不用忙。"掌柜的说，松开了手。

大家几乎都跑了过来。

"哎！哎！"老车夫向四围看了一眼，双手捧定了茶碗，一口口的吸糖水。

慢慢的把糖水喝完，他又看了大家一眼："哎，劳诸位的驾！"说得非常的温柔亲切，绝不像是由那个胡子拉碴的口中说出来的。说完，他又想往起立，过去三四个人忙着往起搀他。他脸上有了点笑意，又那么温和的说："行，行，不碍！我是又冷又饿，一阵儿发晕！不要紧！"他脸上虽然是那么厚的泥，可是那点笑意教大家仿佛看到一个温善白净的脸。

大家似乎全动了心。那个拿着碗酒的中年人，已经把酒喝净，眼珠子通红，而且此刻带着些泪："来，来二两！"等酒来到，老车夫已坐在靠墙的一把椅子上。他有一点醉意，可是规规矩矩的把酒放在老车夫面前："我的请，您喝吧！我也四十望外了，不瞒您说，拉包月就是凑合事，一年是一年的事，腿知道！再过二三年，我也得跟您一样！你横是快六十了吧？"

"还小呢，五十五！"老车夫喝了口酒。"天冷，拉不上座儿。我呀，哎，肚子空；就有几个子儿我都喝了酒，好暖和点呀！走在这儿，我可实在撑不住了，想进来取个暖。屋里太热，我又没食，横是晕过去了。不要紧，不要紧！劳诸位哥儿们的驾！"

这时候，老者的干草似的灰发，脸上的泥，炭条似的手，和那个破帽头与棉袄，都像发着点纯洁的光，如同破庙里的神像似的，虽然破碎，依然尊严。大家看着他，仿佛唯恐他走了。祥子始终没言语，呆呆的立在那里。听到老车夫说肚子里空，他猛的跑出去，飞也似又跑回来，手里用块白菜叶儿托着十个羊肉馅的包子。一直送到老者的眼前，说了声：吃吧！然后，坐在原位，低下头去，仿佛非常疲倦。

"哎！"老者像是乐，又像是哭，向大家点着头。"到底是哥儿们哪！拉座儿，给他卖多大的力气，临完多要一个子儿都怪难的！"说着，他立了起来，要往外走。

"吃呀！"大家几乎是一齐的喊出来。

"我叫小马儿去，我的小孙子，在外面看着车呢！"

"我去，您坐下！"那个中年的车夫说，"在这儿丢不了车，您自管放心，对过儿就是巡警阁子。"他开开了点门缝："小马儿！小马儿！你爷爷叫你哪！把车放在这儿来！"

老者用手摸了好几回包子，始终没往起拿。小马儿刚一进门，他拿起来一个："小马儿，乖乖，给你！"

小马儿也就是十二三岁，脸上挺瘦，身上可是穿得很圆，鼻子冻得通红，挂着两条白鼻涕，耳朵上戴着一对破耳帽儿。立在老者的身旁，右手接过包子来，左手又自动的拿起来一个，一个上咬了一口。

"哎！慢慢的！"老者一手扶在孙子的头上，一手拿起个包子，慢慢的往口中送。"爷爷吃两个就够，都是你的！吃完了，咱们收车回家，不拉啦。明儿个要是不这么冷呀，咱们早着点出车。对不对，小马儿？"

小马儿对着包子点了点头，吸溜了一鼻子："爷爷吃三个吧，剩下都是我的。我回头把爷爷拉回家去！"

"不用！"老者得意的向大家一笑："回头咱们还是走着，坐在车上冷啊。"

老者吃完自己的份儿，把杯中的酒喝干，等着小马儿吃净了包子。掏出块破布来，擦了擦嘴，他又向大家点了点头："儿子当兵去了，一去不回头，媳妇——"

"别说那个！"小马儿的腮撑得像俩小桃，连吃带说的拦阻爷爷。

"说说不要紧！都不是外人！"然后向大家低声的："孩子心重，甭提多么要强啦！媳妇也走了。我们爷儿俩就吃这辆车；车破，可是我们自己的，就仗着天天不必为车份儿着急。挣多挣少，我们爷儿俩苦混，无法！无法！"

"爷爷，"小马儿把包子吃得差不离了，拉了拉老者的袖子，"咱们还得拉一趟，明儿个早上还没钱买煤呢！都是你，刚才二十子儿拉后门，依着我，就拉，你偏不去！明儿早上没有煤，看你怎样办！"

"有法子，爷爷会去赊五斤煤球。"

"还饶点劈柴？"

"对呀！好小子，吃吧；吃完，咱们该蹓跶着了！"说着，老者立起来，绕着圈儿向大家说："劳诸位哥儿们的驾啦！"伸手去拉小马儿，小马儿把未吃完的一个包子整个的塞在口中。

大家有的坐着没动，有的跟出来。祥子头一个跟出来，他要看看那辆车。

一辆极破的车，车板上的漆已经裂了口，车把上已经磨得露出木纹，一只唏里哗啦啷的破灯，车棚子的支棍儿用麻绳儿捆着。小马儿在耳朵帽里找出根洋火，在鞋底儿上划着，用两只小黑手捧着，点着了灯。老者往手心上吐了口唾沫，哎了一声，抄起车把来，"明儿见啦，哥儿们！"

祥子呆呆的立在门外，看着这一老一少和那辆破车。老者一边走还一边说话，语声时高时低；路上的灯光与黑影，时明时暗。祥子听着，看着，心中感到一种向来没有过的难受。在小马儿身上，他似乎看见了自己的过去；在老者身上，似乎看到了自己的将来！他向来没有轻易撒手过一个钱，现在他觉得很痛快，为这一老一少买了十个包子。直到已看不见了他们，他才又进到屋中。大家又说笑起来，他觉得发乱，会了茶钱，又走了出来，把车拉到电影园门外去等候曹先生。

天真冷。空中浮着些灰沙，风似乎是在上面疾走，星星看不甚真，只有那几个大的，在空中微颤。地上并没有风，可是四下里发着寒气，车辙上已有几条冻裂的长缝子，土色灰白，和冰一样凉，一样坚硬。祥子在电影园外立了一会儿，已经觉出冷来，可是不愿再回到茶馆去。他要静静的独自想一想。那一老一少似乎把他的最大希望给打破——老者的车是自己的呀！自从他头一天拉车，他就决定买上自己的车，现在还是为这个志愿整天的苦奔；有了自己的车，他以为，就有了一切。哼，看看那个老头子！

他不肯要虎妞，还不是因为自己有买车的愿望？买上车，省下钱，然后一清二白的娶个老婆；哼，看看小马儿！自己有了儿子，未必不就是那样。

这样一想，对虎妞的要胁，似乎不必反抗了；反正自己跳不出圈儿去，什么样的娘们不可以要呢？况且她还许带过几辆车来呢，干吗不享几天现成的福！看透了自己，便无须小看别人，虎妞就是虎妞吧，什么也甭说了！

电影散了，他急忙的把小水筒安好，点着了灯。连小棉袄也脱了，只剩了件小褂，他想飞跑一气，跑忘了一切，摔死也没多大关系！

十一

一想到那个老者与小马儿，祥子就把一切的希望都要放下，而想乐一天是一天吧，干吗成天际咬着牙跟自己过不去呢？！

穷人的命，他似乎看明白了，是枣核儿两头尖：幼小的时候能不饿死，万幸；到老了能不饿死，很难。只有中间的一段，年轻力壮，不怕饥饱劳碌，还能像个人儿似的。在这一段里，该快活快活的时候还不敢去干，地道的傻子；过了这村便没有这店！这么一想，他连虎妞的那回事儿都不想发愁了。

及至看到那个闷葫芦罐儿，他的心思又转过来。不，不能随便；只差几十块钱就能买上车了，不能前功尽弃；至少也不能把罐儿里那点积蓄瞎扔了，那么不容易省下来的！还是得往正路走，一定！可是，虎妞呢？还是没办法，还是得为那个可恨的二十七发愁。

愁到了无可如何，他抱着那个瓦罐儿自言自语的嘀咕：爱怎样怎样，反正这点钱是我的！谁也抢不了去！有这点钱，祥子什么也不怕！招急了我，我会跺脚一跑，有钱，腿就会活动！

街上越来越热闹了，祭灶的糖瓜摆满了街，走到哪里也可以听到"抚糖来，抚糖"的声音。祥子本来盼着过年，现在可是一点也不起劲，街上越乱，他的心越紧，那可怕的二十七就在眼前了！他的眼陷下去，连脸上那块疤都有些发暗。拉着车，街上是那么乱，地上是那么滑，他得分外的小心。心事和留神两气夹攻，他觉得精神不够用的了，想着这个便忘了那个，时常忽然一惊，身上痒刺刺的像小孩儿在夏天炸了痱子似的。

祭灶那天下午，溜溜的东风带来一天黑云。天气忽然暖了一些。到快掌灯的时候，风更小了些，天上落着稀疏的雪花，卖糖瓜的都着了急，天暖，再加上雪花，大家一劲儿往糖上撒白土子，还怕都粘在一处。雪花落了不多，变成了小雪粒，刷刷的轻响，落白了地。七点以后，铺户与人家开始祭灶，香光炮影之中夹着密密的小雪，热闹中带出点阴森的气象。街上的人都显出点惊急的样子，步行的，坐车的，都急于回家祭神，可是地上湿滑，又不敢放开步走。卖糖的小贩急于把应节的货物掏出去，上气不接下气的喊叫，听着怪震心的。

大概有九点钟了，祥子拉着曹先生由西城回家。过了西单牌楼那一段热闹街市，往东入了长安街，人马渐渐稀少起来。坦平的柏油马路上铺着一层薄雪，被街灯照得有点闪眼。偶尔过来辆汽车，灯光远射，小雪粒在灯光里带着点黄亮，像洒着万颗金砂。快到新华门那一带，路本来极宽，加上薄雪，更教人眼宽神爽，而且一切都仿佛更严肃了些。"长安牌楼"，新华门的门楼，南海的红墙，都戴上了素冠，配着朱柱红墙，静静的在灯光下展示着故都的尊严。此时此地，令人感到北平仿佛并没有居民，直是一片琼宫玉宇，只有些老松默默的接着雪花。祥子没工夫看这些美景，一看眼前的"玉路"，他只想一步便跑到家中；那直，白，冷静的大路似乎使他的心眼中一直的看到家门。可是他不能快跑，地上的雪虽不厚，但是拿脚，一会儿鞋底上就粘成一厚层；跺下去，一会儿又粘上了。霰粒非常的小，可是沉重有分量，既拿脚，又迷眼，他不能飞快的跑。雪粒打在身上也不容易化，他的衣肩上已积了薄薄的一层，虽然不算什么，可是湿渌渌的使他觉得别扭。这一带没有什么铺户，可是远处的炮声还继续不断，时时的在黑空中射起个双响或五鬼闹判儿。火花散落，空中越发显着黑，黑得几乎可怕。他听着炮声，看见空中的火花与黑暗，他想立刻到家。可是他不敢放开了腿，别扭！

更使他不痛快的是由西城起，他就觉得后面有辆自行车儿跟着他。到了西长安街，街上清静了些，更觉出后面的追随——车辆轧着薄雪，虽然声音不大，可是觉得出来。祥子，和别的车夫一样，最讨厌自行车。汽车可恶，但是它的声响大，老远的便可躲开。自行车是见缝子就钻，而且东摇西摆，看着就眼晕。外带着还是别出错儿，出了错儿总是洋车夫不对，巡警们心中的算盘是无论如何洋车夫总比骑车的好对付，所以先派洋车夫的不是。好几次，祥子很想抽冷子闸住车，摔后头这小子一交。但是他不敢，拉车的得到处忍气。每当要跺一跺鞋底儿的时候，他得喊声："闸住！"到了南海前门，街道是那么宽，那辆脚踏车还紧紧的跟在后面。祥子更上了火，他故意的把车停住了，撑了撑肩上的雪。他立住，那辆自行车从车旁蹭了过去。车上的人还回头看了看。祥子故意的磨烦，等自行车走出老远才抄起车把来，骂了句："讨厌！"

曹先生的"人道主义"使他不肯安那御风的棉车棚子，就是那帆布车棚也非到赶上大雨不准支上，为是教车夫省点力气。这点小雪，他以为没有支起车棚的必要，况且他还贪图着看看夜间的雪景呢。他也注意到这辆自行车，等祥子骂完，他低声的说，"要是他老跟着，到家门口别停住，上黄化门左先生那里去；别慌！"

祥子有点慌。他只知道骑自行车的讨厌，还不晓得其中还有可怕的——既然曹先生都不敢家去，这个家伙一定来历不小！他跑了几十步，便追上了那个人；故意的等着他与曹先生呢。自行车把祥子让过去，祥子看了车上的人一眼。一眼便看明白了，侦缉队上的。他常在茶馆里碰到队里的人，虽然没说过话儿，可是晓得他们的神气与打扮。这个的打扮，他看着眼熟：青大袄，呢帽，帽子戴得很低。

到了南长街口上，祥子乘着拐弯儿的机会，向后溜了一眼，那个人还跟着呢。他几乎忘了地上的雪，脚底下加了劲。直长而白亮的路，只有些冷冷的灯光，背后追着个侦探！祥子没有过这种经验，他冒了汗。到了公园后门，他回了回头，还跟着呢！到了家门口，他不敢站住，又有点舍不得走；曹先生一声也不响，他只好继续往北跑。一气跑到北口，自行车还跟着呢！他进了小胡同，还跟着！出了胡同，还跟着！上黄化门去，本不应当进小胡同，直到他走到胡同的北口才明白过来，他承认自己是有点迷头，也就更生气。

跑到景山背后，自行车往北向后门去了。祥子擦了把汗。雪小了些，可是雪粒中又有了几片雪花。祥子似乎喜爱雪花，大大方方的在空中飞舞，不像雪粒那么使人别气。他回头问了声："上哪儿，先生？"

"还到左宅。有人跟你打听我，你说不认识！"

"是啦！"祥子心中打开了鼓，可是不便细问。

到了左家，曹先生叫祥子把车拉进去，赶紧关上门。曹先生还很镇定，可是神色不大好看。嘱咐完了祥子，他走进去。祥子刚把车拉进门洞来，放好，曹先生又出来了，同着左先生；祥子认识，并且知道左先生是宅上的好朋友。

"祥子，"曹先生的嘴动得很快，"你坐汽车回去。告诉太太我在这儿呢。教她们也来，坐汽车来，另叫一辆，不必教你坐去的这辆等着。明白？好！告诉太太带着应用的东西，和书房里那几张画儿。听明白了？我这就给太太打电话，为是再告诉你一声，怕她一着急，把我的话忘了，你好提醒她一声。"

"我去好不好？"左先生问了声。

"不必！刚才那个人未必一定是侦探，不过我心里有那回事儿，不能不防备一下。你先叫辆汽车来好不好？"

左先生去打电话叫车，曹先生又嘱咐了祥子一遍："汽车来到,我这给了钱。教太太快收拾东西;别的都不要紧,就是千万带着小孩子的东西,和书房里那几张画,那几张画!等太太收拾好,教高妈打电要辆车,上这儿来。这都明白了?等她们走后,你把大门锁好,搬到书房去睡,那里有电话。你会打电?"

"不会往外打,会接。"其实祥子连接电话也不大喜欢,不过不愿教曹先生着急,只好这么答应下。

"那就行!"曹先生接着往下说,说得还是很快:"万一有个动静,你别去开门!我们都走了,剩下你一个,他们决不放手你!见事不好的话,你灭了灯,打后院跳到王家去。王家的人你认得?对!在王家藏会儿再走。我的东西,你自己的东西都不用管,跳墙就走,省得把你拿了去!你若丢了东西,将来我赔上。先给你这五块钱拿着。好,我去给太太打电话,回头你再对她说一遍。不必说拿人,刚才那个骑车的也许是侦探,也许不是;你也先别着慌!"

祥子心中很乱,好像有许多要问的话,可是因急于记住曹先生所嘱咐的,不敢再问。

汽车来了,祥子楞头磕脑的坐进去。雪不大不小的落着,车外边的东西看不大真,他直挺着腰板坐着,头几乎顶住车棚。他要思索一番,可是眼睛只顾看车前的红箭头,红得那么鲜灵可爱。驶车的面前的那把小刷子,自动的左右摆着,刷去玻璃上的哈气,也颇有趣。刚似乎把这看腻了,车已到了家门,心中怪不得劲的下了车。

刚要按街门的电铃,像从墙里钻出个人来似的,揪住他的腕子。祥子本能的想往出夺手,可是已经看清那个人,他不动了,正是刚才骑自行车的那个侦探。

"祥子，你不认识我了？"侦探笑着松了手。

祥子咽了口气，不知说什么好。

"你不记得当初你教我们拉到西山去？我就是那个孙排长。想起来了吗？"

"啊，孙排长！"祥子想不起来。他被大兵们拉到山上去的时候，顾不得看谁是排长，还是连长。

"你不记得我，我可记得你；你脸上那块疤是个好记号。我刚才跟了你半天，起初也有点不敢认你，左看右看，这块疤不能有错！"

"有事吗？"祥子又要去按电铃。

"自然是有事，并且是要紧的事！咱们进去说好不好！"孙排长——现在是侦探——伸手按了铃。

"我有事！"祥子的头上忽然冒了汗，心里发着狠儿说："躲他还不行呢，怎能往里请呢！"

"你不用着急，我来是为你好！"侦探露出点狡猾的笑意。赶到高妈把门开开，他一脚迈进去："劳驾劳驾！"没等祥子和高妈过一句话，扯着他便往里走，指着门房："你在这儿住？"进了屋，他四下里看了一眼："小屋还怪干净呢！你的事儿不坏！"

"有事吗？我忙！"祥子不能再听这些闲盘儿。

"没告诉你吗，有要紧的事！"孙侦探还笑着，可是语气非常的严厉。"干脆对你说吧，姓曹的是乱党，拿住就枪毙，他还是跑不了！咱们总算有一面之交，在兵营里你伺候过我；再说咱们又都是街面上的人，所以我担着好大的处分来给你送个信！你要是晚跑一步，回来是堵窝儿掏，谁也跑不了。咱们卖力气吃饭，跟他们打哪门子挂误官司？这话对不对？"

"对不起人呀!"祥子还想着曹先生所嘱托的话。

"对不起谁呀?"孙侦探的嘴角上带笑,而眼角棱棱着。"祸是他们自己闯的,你对不起谁呀?他们敢做敢当,咱们跟着受罪,才合不着!不用说别的,把你圈上三个月,你野鸟似的惯了,楞教你坐黑屋子,你受得了受不了?再说,他们下狱,有钱打点,受不了罪;你呀,我的好兄弟,手里没硬的,准拴在尿桶上!这还算小事,碰巧了他们花钱一运动,闹个几年徒刑;官面上交待不下去,要不把你垫了背才怪。咱们不招谁不惹谁的,临完上天桥吃黑枣,冤不冤?你是明白人,明白人不吃眼前亏。对得起人喽,又!告诉你吧,好兄弟,天下就没有对得起咱们苦哥儿们的事!"

祥子害了怕。想起被大兵拉去的苦处,他会想象到下狱的滋味。"那么我得走,不管他们?"

"你管他们,谁管你呢?!"

祥子没话答对。楞了会儿,连他的良心也点了头:"好,我走!"

"就这么走吗?"孙侦探冷笑了一下。

祥子又迷了头。

"祥子,我的好伙计!你太傻了!凭我作侦探的,肯把你放了走?"

"那——"祥子急得不知说什么好了。

"别装傻!"孙侦探的眼盯住祥子的:"大概你也有个积蓄,拿出来买条命!我一个月还没你挣的多,得吃得穿得养家,就仗着点外找儿,跟你说知心话!你想想,我能一撒巴掌把你放了不能?哥儿们的交情是交情,没交情我能来劝你吗?可是事情是事情,我不图点什么,难道教我一家子喝西北风?外场人用不着废话,你说真的吧!"

"得多少?"祥子坐在了床上。

"有多少拿多少,没准价儿!"

"我等着坐狱得了!"

"这可是你说的?可别后悔?"孙侦探的手伸入棉袍中,"看这个,祥子!我马上就可以拿你,你要拒捕的话,我开枪!我要马上把你带走,不要说钱呀,连你这身衣裳都一进狱门就得剥下来。你是明白人,自己合计合计得了!"

"有工夫挤我,干吗不挤挤曹先生?"祥子吭吃了半天才说出来。

"那是正犯,拿住呢有点赏,拿不住担'不是'。你,你呀,我的傻兄弟,把你放了像放个屁;把你杀了像抹个臭虫!拿钱呢,你走你的;不拿,好,天桥见!别磨烦,来干脆的,这么大的人!再说,这点钱也不能我一个人独吞了,伙计们都得沾补点儿,不定分上几个子儿呢。这么便宜买条命还不干,我可就没了法!你有多少钱?"

祥子立起来,脑筋跳起多高,攥上拳头。

"动手没你的,我先告诉你,外边还有一大帮人呢!快着,拿钱!我看面子,你别不知好歹!"孙侦探的眼神非常的难看了。

"我招谁惹谁了?!"祥子带着哭音,说完又坐在床沿上。

"你谁也没招;就是碰在点儿上了!人就是得胎里富,咱们都是底儿上的。什么也甭再说了!"孙侦探摇了摇头,似有无限的感慨。"得了,自当是我委屈了你,别再磨烦了!"

祥子又想了会儿,没办法。他的手哆嗦着,把闷葫芦罐儿从被子里掏了出来。

"我看看!"孙侦探笑了,一把将瓦罐接过来,往墙上一碰。

祥子看着那些钱洒在地上,心要裂开。

"就是这点?"

祥子没出声,只剩了哆嗦。

"算了吧!我不赶尽杀绝,朋友是朋友。你可也得知道,这些钱儿买一条命,便宜事儿!"

祥子还没出声,哆嗦着要往起裹被褥。

"那也别动!"

"这么冷的……"祥子的眼瞪得发了火。

"我告诉你别动,就别动!滚!"

祥子咽了口气,咬了咬嘴唇,推门走出来。

雪已下了寸多厚,祥子低着头走。处处洁白,只有他的身后留着些大黑脚印。

## 十二

祥子想找个地方坐下,把前前后后细想一遍,哪怕想完只能哭一场呢,也好知道哭的是什么;事情变化得太快了,他的脑子已追赶不上。没有地方给他坐,到处是雪。小茶馆们已都上了门,十点多了;就是开着,他也不肯进去,他愿意找个清静地方,他知道自己眼眶中转着的泪随时可以落下来。

既没地方坐一坐,只好慢慢的走吧;可是,上哪里去呢?这个银白的世界,没有他坐下的地方,也没有他的去处;白茫茫的一片,只有饿着肚子的小鸟,与走投无路的人,知道什么叫作哀叹。

上哪儿去呢?这就成个问题,先不用想到别的了!下小店?不行!凭他这一身衣服,就能半夜里丢失点什么,先不说店里的虱子有多么可怕。上大一点的店？去不起，他手里只有五块钱，而且是他的整部财产。上澡堂子？十二点上门，不能过夜。没地方去。

因为没地方去，才越觉得自己的窘迫。在城里混了这几年了，只落得一身衣服，和五块钱；连被褥都混没了！由这个，他想到了明天，明天怎办呢？拉车，还去拉车，哼，拉车的结果只是找不到个住处，只是剩下点钱被人家抢了去！作小买卖，只有五块钱的本钱，而连挑子扁担都得现买，况且哪个买卖准能挣出嚼谷呢？拉车可以平地弄个三毛四毛的，作小买卖既要本钱，而且没有准能赚出三餐的希望。等把本钱都吃进去，再去拉车，还不是脱了裤子放屁，白白赔上五块钱？这五块钱不能轻易放手一角一分，这是最后的指望！当仆人去，不在行：伺候人，不会；洗衣裳作饭，不会！什么也不行，什么也不会，自己只是个傻大黑粗的废物！

不知不觉的，他来到了中海。到桥上，左右空旷，一眼望去，全是雪花。他这才似乎知道了雪还没住，摸一摸头上，毛线织的帽子上已经很湿。桥上没人，连岗警也不知躲在哪里去了，有几盏电灯被雪花打的仿佛不住的眨眼。祥子看看四外的雪，心中茫然。

他在桥上立了许久，世界像是已经死去，没一点声音，没一点动静，灰白的雪花似乎得了机会，慌乱的，轻快的，一劲儿往下落，要人不知鬼不觉的把世界埋上。在这种静寂中，祥子听见自己的良心的微语。先不要管自己吧，还是得先回去看看曹家的人。只剩下曹太太与高妈，没一个男人！难道那最后的五块钱不是曹先生给的么？不敢再思索，他拔起腿就往回走，非常的快。

门外有些脚印，路上有两条新印的汽车道儿。难道曹太太已经走了吗？那个姓孙的为什么不拿她们呢？

不敢过去推门，恐怕又被人捉住。左右看，没人，他的心跳起来，试试看吧，反正也无家可归，被人逮住就逮住吧。轻轻推了推门，门开着呢。顺着墙根走了两步，看见了自己的屋中的灯亮儿，自己的屋子！他要哭出来。弯着腰走过去，到窗外听了听，屋内咳嗽的一声，高妈的声音！他拉开了门。

"谁？哟，你！可吓死我了！"高妈捂着心口，定了定神，坐在了床上。"祥子，怎么回事呀？"

祥子回答不出，只觉得已经有许多年没见着她了似的，心中堵着一团热气。

"这是怎么啦？"高妈也要哭的样子的问："你还没回来，先生打来电，叫我们上左宅，还说你马上就来。你来了，不是我给你开的门吗？我一瞧，你还同着个生人，我就一言没发呀，赶紧进去帮助太太收拾东西。你始终也没进去。黑灯下火的教我和太太瞎抓，少爷已经睡得香香的，生又从热被窝里往外抱。包好了包，又上书房去摘画儿，你是始终不照面儿，你是怎么啦？我问你！糙糙的收拾好了，我出来看你，好，你没影儿啦！太太气得——一半也是急得——直哆嗦。我只好打电叫车吧。可是我们不能就这么'空城计'，全走了哇。好，我跟太太横打了鼻梁，我说太太走吧，我看着。祥子回来呢，我马上赶到左宅去；不回来呢，我认了命！这是怎会说的！你是怎回事，说呀！"

祥子没的说。

"说话呀！楞着算得了事吗？到底是怎回事？"

"你走吧！"祥子好容易找到了一句话："走吧！"

243

"你看家?"高妈的气消了点。

"见了先生,你就说,侦探逮住了我,可又,可又,没逮住我!"

"这像什么话呀?"高妈气得几乎要笑。

"你听着!"祥子倒挂了气:"告诉先生快跑,侦探说了,准能拿住先生。左宅也不是平安的地方。快跑!你走了,我跳到王家去,睡一夜。我把这块的大门锁上。明天,我去找我的事。对不起曹先生!"

"越说我越胡涂!"高妈叹了口气。"得啦,我走,少爷还许冻着了呢,赶紧看看去!见了先生,我就说祥子说啦,教先生快跑。今个晚上祥子锁上大门,跳到王家去睡;明天他去找事。是这么着不是?"

祥子万分惭愧的点了点头。

高妈走后,祥子锁好大门,回到屋中。破闷葫芦罐还在地上扔着,他拾起瓦块片看了看,照旧扔在地上。床上的铺盖并没有动。奇怪,到底是怎回事呢?难道孙侦探并非真的侦探?不能!曹先生要是没看出点危险来,何至于弃家逃走?不明白!不明白!他不知不觉的坐在了床沿上。刚一坐下,好似惊了似的又立起来。不能在此久停!假若那个姓孙的再回来呢?!心中极快的转了转:对不住曹先生,不过高妈带回信去教他快跑,也总算过得去了。论良心,祥子并没立意欺人,而且自己受着委屈。自己的钱先丢了,没法再管曹先生的。自言自语的,他这样一边叨唠,一边儿往起收拾铺盖。

扛起铺盖,灭了灯,他奔了后院。把铺盖放下,手扒住墙头低声的叫:"老程!老程!"老程是王家的车夫。没有答应,祥子下了决心,先跳过去再说。把铺盖扔过去,落在雪上,没有什么声响。他的心跳了一阵。紧跟着又爬上墙头,跳了过去。在雪地上拾起铺盖,轻轻的去找老程。他知道老程的地方。大家好像都已睡了,全院中一点声儿也没有。祥子忽然感到作贼并不是件很难的事,他放了点胆子,脚踏实地的走,雪很瓷实,发着一点点响声。找到了老程的屋子,他咳嗽了一声。老程似乎是刚躺下:"谁?"

"我,祥子!你开开门!"祥子说得非常的自然,柔和,好像听见了老程的声音,就像听见个亲人的安慰似的。

老程开了灯,披着件破皮袄,开了门:"怎么啦?祥子!三更半夜的!"

祥子进去,把铺盖放在地上,就势儿坐在上面,又没了话。

老程有三十多岁,脸上与身上的肉都一疙瘩一块的,硬得出棱儿。平日,祥子与他并没有什么交情,不过是见面总点头说话儿。有时候,王太太与曹太太一同出去上街,他俩更有了在一处喝茶与休息的机会。祥子不十分佩服老程,老程跑得很快,可是慌里慌张,而且手老拿不稳车把似的。在为人上,老程虽然怪好的,可是有了这个缺点,祥子总不能完全钦佩他。

今天,祥子觉得老程完全可爱了。坐在那儿,说不出什么来,心中可是感激,亲热。刚才,立在中海的桥上;现在,与个熟人坐在屋里;变动的急剧,使他心中发空;同时也发着些热气。

老程又钻到被窝中去,指着破皮袄说:"祥子抽烟吧,兜儿里有,别野的。"别墅牌的烟自从一出世就被车夫们改为"别野"的。

祥子本不吸烟,这次好似不能拒绝,拿了支烟放在唇间吧唧着。

"怎么啦?"老程问:"辞了工?"

"没有，"祥子依旧坐在铺盖上，"出了乱子！曹先生一家子全跑啦，我也不敢独自看家！"

"什么乱子？"老程又坐起来。

"说不清呢，反正乱子不小，连高妈也走了！"

"四门大开，没人管？"

"我把大门给锁上了！"

"哼！"老程寻思了半天，"我告诉王先生一声儿去好不好？"说着，就要披衣裳。

"明天再说吧，事情简直说不清！"祥子怕王先生盘问他。

祥子说不清的那点事是这样：曹先生在个大学里教几点钟功课。学校里有个叫阮明的学生，一向跟曹先生不错，时常来找他谈谈。曹先生是个社会主义者，阮明的思想更激烈，所以二人很说得来。不过，年纪与地位使他们有点小冲突：曹先生以教师的立场看，自己应当尽心的教书，而学生应当好好的交待功课，不能因为私人的感情而在成绩上马马虎虎。在阮明看呢，在这种破乱的世界里，一个有志的青年应当作些革命的事业，功课好坏可以暂且不管。他和曹先生来往，一来是为彼此还谈得来，二来是希望因为感情而可以得到够升级的分数，不论自己的考试成绩坏到什么地步。乱世的志士往往有些无赖，历史上有不少这样可原谅的例子。

到考试的时候，曹先生没有给阮明及格的分数。阮明的成绩，即使曹先生给他及格，也很富余的够上了停学。可是他特别的恨曹先生。他以为曹先生太不懂面子；面子，在中国是与革命有同等价值的。因为急于作些什么，阮明轻看学问。因为轻看学问，慢慢他习惯于懒惰，想不用任何的劳力而获得大家的钦佩与爱护；无论怎说，自己的思想是前进的呀！曹先生没有给他及格的分数，分明是不了解一个有志的青年；那么，平日可就别彼此套近乎呀！既然平日交情不错，而到考试的时候使人难堪，他以为曹先生为人阴险。成绩是无可补救了，停学也无法反抗，他想在曹先生身上泄泄怒气。既然自己失了学，那么就拉个教员来陪绑。这样，既能有些事作，而且可以表现出自己的厉害。阮明不是什么好惹的！况且，若是能由这回事而打入一个新团体去，也总比没事可作强一些。

他把曹先生在讲堂上所讲的，和平日与他闲谈的，那些关于政治与社会问题的话编辑了一下，到党部去告发——曹先生在青年中宣传过激的思想。

曹先生也有个耳闻，可是他觉得很好笑。他知道自己的那点社会主义是怎样的不彻底，也晓得自己那点传统的美术爱好是怎样的妨碍着激烈的行动。可笑，居然落了个革命的导师的称号！可笑，所以也就不大在意，虽然学生和同事的都告诉他小心一些。镇定并不能——在乱世——保障安全。

寒假是肃清学校的好机会，侦探们开始忙着调查与逮捕。曹先生已有好几次觉得身后有人跟着。身后的人影使他由嬉笑改为严肃。他须想一想了：为造声誉，这是个好机会；下几天狱比放个炸弹省事，稳当，而有同样的价值。下狱是作要人的一个资格。可是，他不肯。他不肯将计就计的为自己造成虚假的名誉。凭着良心，他恨自己不能成个战士；凭着良心，他也不肯作冒牌的战士。他找了左先生去。

左先生有主意："到必要的时候，搬到我这儿来，他们还不至于搜查我来！"左先生认识人；人比法律更有力。"你上这儿来住几天，躲避躲避。总算我们怕了他们。然后再去疏通，也许还得花上俩钱。面子足，钱到手，你再回家也就没事了。"

孙侦探知道曹先生常上左宅去,也知道一追紧了的时候他必定到左宅去。他们不敢得罪左先生,而得吓唬就吓唬曹先生。多嗐把他赶到左宅去,他们才有拿钱的希望,而且很够面子。敲祥子,并不在侦探们的计划内,不过既然看见了祥子,带手儿的活,何必不先拾个十头八块的呢?

对了,祥子是遇到"点儿"上,活该。谁都有办法,哪里都有缝子,只有祥子跑不了,因为他是个拉车的。一个拉车的吞的是粗粮,冒出来的是血;他要卖最大的力气,得最低的报酬;要立在人间的最低处,等着一切人一切法一切困苦的击打。

把一支烟烧完,祥子还是想不出道理来,他像被厨子提在手中的鸡,只知道缓一口气就好,没有别的主意。他很愿意和老程谈一谈,可是没话可说,他的话不够表现他的心思的,他领略了一切苦处,他的口张不开,像个哑巴。买车,车丢了;省钱,钱丢了;自己一切的努力只为别人来欺侮!谁也不敢招惹,连条野狗都得躲着,临完还是被人欺侮得出不来气!

先不用想过去的事吧,明天怎样呢?曹宅是不能再回去,上哪里去呢?"我在这儿睡一夜,行吧?"他问了句,好像条野狗找到了个避风的角落,暂且先忍一会儿;不过就是这点事也得要看明白了,看看妨碍别人与否。

"你就在这儿吧,冰天雪地的上哪儿去?地上行吗?上来挤挤也行呀!"

祥子不肯上去挤,地上就很好。

老程睡去,祥子来回的翻腾,始终睡不着。地上的凉气一会儿便把褥子冰得像一张铁,他蜷着腿,腿肚子似乎还要转筋。门缝子进来的凉风,像一群小针似的往头上刺。他狠狠的闭着眼,蒙上了头,睡不着。听着老程的呼声,他心中急躁,恨不能立起来打老程一顿才痛快。越来越冷，冻得嗓子中发痒，又怕把老程咳嗽醒了。

睡不着，他真想偷偷的起来，到曹宅再看看。反正事情是吹了，院中又没有人，何不去拿几件东西呢？自己那么不容易省下的几个钱，被人抢去，为曹宅的事而被人抢去，为什么不可以去偷些东西呢。为曹宅的事丢了钱，再由曹宅给赔上，不是正合适么？这么一想，他的眼亮起来，登时忘记了冷；走哇！那么不容易得到的钱，丢了，再这么容易得回来，走！

已经坐起来，又急忙的躺下去，好像老程看着他呢！心中跳了起来。不，不能当贼，不能！刚才为自己脱干净，没去作到曹先生所嘱咐的，已经对不起人；怎能再去偷他呢？不能去！穷死，不偷！

怎知道别人不去偷呢？那个姓孙的拿走些东西又有谁知道呢？他又坐了起来。远处有个狗叫了几声。他又躺下去。还是不能去，别人去偷，偷吧，自己的良心无愧。自己穷到这样，不能再教心上多个黑点儿！

再说，高妈知道他到王家来，要是夜间丢了东西，是他也得是他，不是他也得是他！他不但不肯去偷了，而且怕别人进去了。真要是在这一夜里丢了东西，自己跳到黄河里也洗不清！他不冷了，手心上反倒见了点汗。怎办呢？跳回宅里去看着？不敢。自己的命是使钱换出来的，不能再自投罗网。不去，万一丢了东西呢？

想不出主意。他又坐起来，弓着腿坐着，头几乎挨着了膝。头很沉，眼也要闭上，可是不敢睡。夜是那么长，只没有祥子闭一闭眼的时间。

坐了不知多久，主意不知换了多少个。他忽然心中一亮，伸手去推老程:"老程!老程!醒醒!"

"干吗?"老程非常的不愿睁开眼:"撒尿,床底下有夜壶。"

"你醒醒!开开灯!"

"有贼是怎着?"老程迷迷忽忽的坐起来。

"你醒明白了?"

"嗯!"

"老程,你看看!这是我的铺盖,这是我的衣裳,这是曹先生给的五块钱;没有别的了?"

"没了;干吗?"老程打了个哈欠。

"你醒明白了?我的东西就是这些,我没拿曹家一草一木?"

"没有!咱哥儿们,久吃宅门的,手儿粘赘还行吗?干得着,干;干不着,不干;不能拿人家东西!就是这个事呀?"

"你看明白了?"

老程笑了:"没错儿!我说,你不冷呀?"

"行!"

## 十三

因有雪光,天仿佛亮得早了些。快到年底,不少人家买来鸡喂着,鸡的鸣声比往日多了几倍。处处鸡啼,大有些丰年瑞雪的景况。祥子可是一夜没睡好。到后半夜,他忍了几个盹儿,迷迷糊糊的,似睡不睡的,像浮在水上那样忽起忽落,心中不安。越睡越冷,听到了四外的鸡叫,他实在撑不住了。不愿惊动老程,他蜷着腿,用被子堵上嘴咳嗽,还不敢起来。忍着,等着,心中非常的焦躁。好容易等到天亮,街上有了大车的轮声与赶车人的呼叱,他坐了起来。坐着也是冷,他立起来,系好了钮扣,开开一点门缝向外看了看。雪并没有多么厚,大概在半夜里就不下了;天似乎已晴,可是灰渌渌的看不甚清,连雪上也有一层很淡的灰影似的。一眼,他看到昨夜自己留下的大脚印,虽然又被雪埋上,可是一坑坑的还看得很真。

一来为有点事作,二来为消灭痕迹,他一声没出,在屋角摸着把笤帚,去扫雪。雪沉,不甚好扫,一时又找不到大的竹帚,他把腰弯得很低,用力去刮搂;上层的扫去,贴地的还留下一些雪粒,好像已抓住了地皮。直了两回腰,他把整个的外院全扫完,把雪都堆在两株小柳树的底下。他身上见了点汗,暖和,也轻松了一些。跺了跺脚,他吐了口长气,很长很白。

进屋,把笤帚放在原处,他想往起收拾铺盖。老程醒了,打了个哈欠,口还没并好,就手就说了话:"不早啦吧?"说得音调非常的复杂。说完,擦了擦泪,顺手向皮袄袋里摸出支烟来。吸了两口烟,他完全醒明白了。"祥子,你先别走!等我去打点开水,咱们热热的来壶茶喝。这一夜横是够你受的!"

"我去吧?"祥子也递个和气。但是,刚一说出,他便想起昨夜的恐怖,心中忽然堵成了一团。

"不;我去!我还得请请你呢!"说着,老程极快的穿上衣裳,钮扣通体没扣,只将破皮袄上拢了根搭包,叼着烟卷跑出去:"喝!院子都扫完了?你真成!请请你!"

祥子稍微痛快了些。

待了会儿,老程回来了,端着两大碗甜浆粥,和不知多少马蹄烧饼与小焦油炸鬼。"没沏茶,先喝点粥吧,来,吃吧;不够,再去买;没钱,咱赊得出来;干苦活儿,就是别缺着嘴,来!"

天完全亮了,屋中冷清清的明亮,二人抱着碗喝起来,声响很大而甜美。谁也没说话，一气把烧饼油鬼吃净。

"怎样？"老程剔着牙上的一个芝麻。

"该走了！"祥子看着地上的铺盖卷。

"你说说，我到底还没明白是怎回子事！"老程递给祥子一支烟，祥子摇了摇头。

想了想，祥子不好意思不都告诉给老程了。结结巴巴的，他把昨夜晚的事说了一遍，虽然很费力，可是说得不算不完全。

老程撇了半天嘴，似乎想过点味儿来。"依我看哪，你还是找曹先生去。事情不能就这么搁下，钱也不能就这么丢了！你刚才不是说，曹先生嘱咐了你，教你看事不好就跑？那么，你一下车就教侦探给堵住，怪谁呢？不是你不忠心哪，是事儿来得太邪，你没法儿不先顾自己的命！教我看，这没有什么对不起人的地方。你去，找曹先生去，把前后的事一五一十都对他实说，我想，他必不能怪你，碰巧还许赔上你的钱！你走吧，把铺盖放在这儿，早早的找他去。天短，一出太阳就得八点，赶紧走你的！"

祥子活了心，还有点觉得对不起曹先生，可是老程说得也很近情理——侦探拿枪堵住自己，怎能还顾得曹家的事呢？

"走吧！"老程又催了句。"我看昨个晚上你是有点绕住了；遇上急事，谁也保不住迷头。我现在给你出的道儿准保不错，我比你岁数大点，总多经过些事儿。走吧，这不是出了太阳？"

朝阳的一点光。借着雪，已照明了全城。蓝的天，白的雪，天上有光，雪上有光，蓝白之间闪起一片金花，使人痛快得睁不开眼！祥子刚要走，有人敲门。老程出去看，在门洞儿里叫："祥子！找你的！"

左宅的王二，鼻子冻得滴着清水，在门洞儿里跺去脚上的雪。老程见祥子出来，让了句："都里边坐！"三个人一同来到屋中。

"那什么，"王二搓着手说，"我来看房，怎么进去呀，大门锁着呢。那什么，雪后寒，真冷！那什么，曹先生，曹太太，都一清早就走了；上天津，也许是上海，我说不清。左先生嘱咐我来看房。那什么，可真冷！"

祥子忽然的想哭一场！刚要依着老程的劝告，去找曹先生，曹先生会走了。楞了半天，他问了句："曹先生没说我什么？"

"那什么，没有。天还没亮，就都起来了，简直顾不得说话了。火车是，那什么，七点四十分就开！那什么，我怎么过那院去？"王二急于要过去。

"跳过去！"祥子看了老程一眼，仿佛是把王二交给了老程，他拾起自己的铺盖卷来。

"你上哪儿？"老程问。

"人和厂子，没有别的地方可去！"这一句话说尽了祥子心中的委屈，羞愧，与无可奈何。他没别的办法，只好去投降！一切的路都封上了，他只能在雪白的地上去找那黑塔似的虎妞。他顾体面，要强，忠实，义气；都没一点用处，因为有条"狗"命！

老程接了过来："你走你的吧。这不是当着王二，你一草一木也没动曹宅的！走吧。到这条街上来的时候，进来聊会子，也许我打听出来好事，还给你荐呢。你走后，我把王二送到那边去。有煤呀？"

"煤，劈柴，都在后院小屋里。"祥子扛起来铺盖。

街上的雪已不那么白了，马路上的被车轮轧下去，露出点冰的颜色来。土道上的，被马踏的已经黑一块白一块，怪可惜的。祥子没有想什么，只管扛着铺盖往前走。一气走到了人和车厂。他不敢站住,只要一站住,他知道就没有勇气进去。他一直的走进去,脸上热得发烫。他编好了一句话,要对虎妞说:"我来了,瞧着办吧!怎办都好,我没了法儿!"及至见了她,他把这句话在心中转了好几次,始终说不出来,他的嘴没有那么便利。

虎妞刚起来,头发髭髭着,眼泡儿浮肿着些,黑脸上起着一层小白的鸡皮疙瘩,像拔去毛的冻鸡。

"哟!你回来啦!"非常的亲热,她的眼中笑得发了些光。

"赁给我辆车!"祥子低着头看鞋头上未化净的一些雪。

"跟老头子说去,"她低声的说,说完向东间一努嘴。

刘四爷正在屋里喝茶呢,面前放着个大白炉子,火苗有半尺多高。见祥子进来,他半恼半笑的说:"你这小子活着哪?!忘了我啦!算算,你有多少天没来了?事情怎样?买上车没有?"

祥子摇了摇头,心中刺着似的疼。"还得给我辆车拉,四爷!"

"哼,事又吹了!好吧,自己去挑一辆!"刘四爷倒了碗茶,"来,先喝一碗。"

祥子端起碗来,立在火炉前面,大口的喝着。茶非常的烫,火非常的热,他觉得有点发困。把碗放下,刚要出来,刘四爷把他叫住了。

"等等走,你忙什么?告诉你:你来得正好。二十七是我的生日,我还要搭个棚呢,请请客。你帮几天忙好了,先不必去拉车。他们,"刘四爷向院中指了指,"都不可靠,我不愿意教他们吊儿哪当的瞎起哄。你帮帮好了。该干什么就干,甭等我说。先去扫扫雪,晌午我请你吃火锅。"

"是了，四爷！"祥子想开了，既然又回到这里，一切就都交给刘家父女吧；他们爱怎么调动他，都好，他认了命！

"我说是不是？"虎姑娘拿着时候进来了，"还是祥子，别人都差点劲儿。"

刘四爷笑了。祥子把头低得更往下了些。

"来，祥子！"虎妞往外叫他，"给你钱，先去买扫帚，要竹子的，好扫雪。得赶紧扫，今天搭棚的就来。"走到她的屋里，她一边给祥子数钱，一边低声的说："精神着点！讨老头子的喜欢！咱们的事有盼望！"

祥子没言语，也没生气。他好像是死了心，什么也不想，给它个混一天是一天。有吃就吃，有喝就喝，有活儿就作，手脚不闲着，几转就是一天，自己顶好学拉磨的驴，一问三不知，只会拉着磨走。

他可也觉出来，自己无论如何也不会很高兴。虽然不肯思索，不肯说话，不肯发脾气，但是心中老堵一块什么，在工作的时候暂时忘掉，只要有会儿闲工夫，他就觉出来这块东西——绵软，可是老那么大；没有什么一定的味道，可是噎得慌，像块海绵似的。心中堵着这块东西，他强打精神去作事，为是把自己累得动也不能动，好去闷睡。把夜里的事交给梦，白天的事交给手脚，他仿佛是个能干活的死人。他扫雪，他买东西，他去定煤气灯，他刷车，他搬桌椅，他吃刘四爷的犒劳饭，他睡觉，他什么也不知道，口里没话，心里没思想，只隐隐的觉到那块海绵似的东西！

地上的雪扫净，房上的雪渐渐化完，棚匠"喊高儿"上了房，支起棚架子。讲好的是可着院子的暖棚，三面挂檐，三面栏杆，三面玻璃窗户。棚里有玻璃隔扇，挂面屏，见木头就包红布。

正门旁门一律挂彩子，厨房搭在后院。刘四爷，因为庆九，要热热闹闹的办回事，所以第一要搭个体面的棚。天短，棚匠只扎好了棚身，上了栏杆和布，棚里的花活和门上的彩子，得到第二天早晨来挂。刘四爷为这个和棚匠大发脾气，气得脸上飞红。因为这个，他派祥子去催煤气灯，厨子，千万不要误事。其实这两件绝不会误下，可是老头子不放心。祥子为这个刚跑回来，刘四爷又教他去给借麻将牌，借三四副，到日子非痛痛快快的赌一下不可。借来牌，又被派走去借留声机，作寿总得有些响声儿。祥子的腿没停住一会儿，一直跑到夜里十一点。拉惯了车，空着手儿走比跑还累得慌；末一趟回来，他，连他，也有点抬不起脚来了。

"好小子！你成！我要有你这么个儿子，少教我活几岁也是好的！歇着去吧，明天还有事呢！"

虎妞在一旁，向祥子挤了挤眼。

第二天早上，棚匠来找补活。彩屏悬上，画的是"三国"里的战景，三战吕布，长坂坡，火烧连营等等，大花脸二花脸都骑马持着刀枪。刘老头子仰着头看了一遍，觉得很满意。紧跟着家伙铺来卸家伙：棚里放八个座儿，围裙椅垫凳套全是大红绣花的。一份寿堂，放在堂屋，香炉蜡扦都是景泰蓝的，桌前放了四块红毡子。刘老头子马上教祥子去请一堂苹果，虎妞背地里掖给他两块钱，教他去叫寿桃寿面，寿桃上要一份儿八仙人，作为是祥子送的。苹果买到，马上摆好；待了不大会儿，寿桃寿面也来到，放在苹果后面，大寿桃点着红嘴，插着八仙人，非常大气。

"祥子送的，看他多么有心眼！"虎妞堵着爸爸的耳根子吹嘘，刘四爷对祥子笑了笑。

寿堂正中还短着个大寿字，照例是由朋友们赠送，不必自己预备。现在还没有人送来，刘四爷性急，又要发脾气："谁家的红白事，我都跑到前面，到我的事情上了，给我个干摆台，×他妈妈的！"

"明天二十六，才落座儿，忙什么呀？"虎妞喊着劝慰。

"我愿意一下子全摆上；这么零零碎碎的看着揪心！我说祥子，水月灯今天就得安好，要是过四点还不来，我剐了他们！"

"祥子，你再去催！"虎妞故意倚重他，总在爸的面前喊祥子作事，祥子一声不出，把话听明白就走。

"也不是我说，老爷子，"她撇着点嘴说，"要是有儿子，不像我就得像祥子！可惜我错投了胎。那可也无法。其实有祥子这么个干儿子也不坏！看他，一天连个屁也不放，可把事都作了！"

刘四爷没搭碴儿，想了想："话匣子呢？唱唱！"

不知道由哪里借来的破留声机，每一个声音都像踩了猫尾巴那么叫得钻心！刘四爷倒不在乎，只要有点声响就好。

到下午，一切都齐备了，只等次日厨子来落座儿。刘四爷各处巡视了一番，处处花红柳绿，自己点了点头。当晚，他去请了天顺煤铺的先生给管账，先生姓冯，山西人，管账最仔细。冯先生马上过来看了看，叫祥子去买两份红账本，和一张顺红笺。把红笺裁开，他写了些寿字，贴在各处。刘四爷觉得冯先生真是心细，当时要再约两手，和冯先生打几圈麻将。冯先生晓得刘四爷的厉害，没敢接碴儿。

牌没打成，刘四爷挂了点气，找来几个车夫，"开宝，你们有胆子没有？"

大家都愿意来，可是没胆子和刘四爷来，谁不知道他从前开过宝局!

"你们这群玩艺,怎么活着来的!"四爷发了脾气。"我在你们这么大岁数的时候,兜里没一个小钱也敢干,输了再说;来!"

"来铜子儿的?"一个车夫试着步儿问。

"留着你那铜子吧,刘四不哄孩子玩!"老头子一口吞了一杯茶,摸了摸秃脑袋。"算了,请我来也不来了!我说,你们去告诉大伙儿:明天落座儿,晚半天就有亲友来,四点以前都收车,不能出来进去的拉着车乱挤!明天的车份儿不要了,四点收车。白教你们拉一天车,都心里给我多念道点吉祥话儿,别没良心!后天正日子,谁也不准拉车。早八点半,先给你们摆,六大碗,俩七寸,四个便碟,一个锅子;对得起你们!都穿上大褂,谁短撅撅的进来把谁踢出去!吃完,都给我滚,我好招待亲友。亲友们吃三个海碗,六个冷荤,六个炒菜,四大碗,一个锅子。我先交待明白了,别看着眼馋。亲友是亲友;我不要你们什么。有人心的给我出十大枚的礼,我不嫌少;一个子儿不拿,干给我磕三个头,我也接着。就是得规规矩矩,明白了没有?晚上愿意还吃我,六点以后回来,剩多剩少全是你们的;早回来可不行!听明白了没有?"

"明天有拉晚儿的,四爷,"一个中年的车夫问,"怎么四点就收车呢?"

"拉晚的十一点以后再回来!反正就别在棚里有人的时候乱挤!你们拉车,刘四并不和你们同行,明白?"

大家都没的可说了,可是找不到个台阶走出去,立在那里又怪发僵;刘四爷的话使人人心中窝住一点气愤不平。虽然放一天车份是个便宜,可是谁肯白吃一顿,至少还不得出上四十铜子的礼；况且刘四的话是那么难听，仿佛他办寿，他们就得老鼠似的都藏起去。再说，正日子二十七不准大家出车，正赶上年底有买卖的时候，刘四牺牲得起一天的收入，大家陪着"泡"一天可受不住呢！大家敢怒而不敢言的在那里立着，心中并没有给刘四爷念着吉祥话儿。

虎妞扯了祥子一下，祥子跟她走出来。

大家的怒气仿佛忽然找到了出路，都瞪着祥子的后影。这两天了，大家都觉得祥子是刘家的走狗，死命的巴结，任劳任怨的当碎催。祥子一点也不知道这个，帮助刘家作事，为是支走心中的烦恼；晚上没话和大家说，因为本来没话可说。他们不知道他的委屈，而以为他是巴结上了刘四爷，所以不屑于和他们交谈。虎妞的照应祥子，在大家心中特别的发着点酸味，想到目前的事，刘四爷不准他们在喜棚里来往，可是祥子一定可以吃一整天好的；同是拉车的，为什么有三六九等呢？看，刘姑娘又把祥子叫出去！大家的眼跟着祥子，腿也想动，都搭讪着走出来。刘姑娘正和祥子在煤气灯底下说话呢，大家彼此点了点头。

## 十四

刘家的事办得很热闹。刘四爷很满意有这么多人来给他磕头祝寿。更足以自傲的是许多老朋友也赶着来贺喜。由这些老友，他看出自己这场事不但办得热闹，而且"改良"。那些老友的穿戴已经落伍，而四爷的皮袍马褂都是新作的。以职业说，有好几位朋友在当年都比他阔，可是现在——经过这二三十年来的变迁——已越混越低，有的已很难吃上饱饭。看着他们，再看看自己的喜棚,寿堂,画着长坂坡的挂屏,与三个海碗的席面,他觉得自己确是高出他们一头,他"改了良"。连赌钱,他都预备下麻将牌,比押宝就透着文雅了许多。

可是,在这个热闹的局面中,他也感觉到一点凄凉难过。过惯了独身的生活,他原想在寿日来的人不过是铺户中的掌柜与先生们,和往日交下的外场光棍。没想到会也来了些女客。虽然虎妞能替他招待,可是他忽然感到自家的孤独,没有老伴儿,只有个女儿,而且长得像个男子。假若虎妞是个男子,当然早已成了家,有了小孩,即使自己是个老鳏夫,或者也就不这么孤苦伶仃的了。是的,自己什么也不缺,只缺个儿子。自己的寿数越大,有儿子的希望便越小,祝寿本是件喜事,可是又似乎应落泪。不管自己怎样改了良,没人继续自己的事业,一切还不是白饶?

上半天,他非常的喜欢,大家给他祝寿,他大模大样的承受,仿佛觉出自己是鳌里夺尊的一位老英雄。下半天,他的气儿塌下点去。看看女客们携来的小孩子们,他又羡慕,又忌妒,又不敢和孩子们亲近,不亲近又觉得自己别扭。他要闹脾气,又不肯登时发作,他知道自己是外场人,不能在亲友面前出丑。他愿意快快把这一天过去,不再受这个罪。

还有点美中不足的地方,早晨给车夫们摆饭的时节,祥子几乎和人打起来。

八点多就开了饭,车夫们都有点不愿意。虽然昨天放了一天的车份儿,可是今天谁也没空着手来吃饭,一角也罢,四十子儿也罢,大小都有份儿礼金。平日,大家是苦汉,刘四是厂主;今天,据大家看,他们是客人,不应当受这种待遇。况且,吃完就得走,还不许拉出车去,大年底下的!

祥子准知道自己不在吃完就滚之列,可是他愿意和大家一块儿吃。一来是早吃完好去干事,二来是显着和气。和大家一齐坐下,大家把对刘四的不满意都挪到他身上来。刚一落座,就有人说了:"哎,您是贵客呀,怎和我们坐在一处?"祥子傻笑了一下,没有听出来话里的意味。这几天了,他自己没开口说过闲话,所以他的脑子也似乎不大管事了。

大家对刘四不敢发作,只好多吃他一口吧;菜是不能添,酒可是不能有限制,喜酒!他们不约而同的想拿酒杀气。有的闷喝,有的猜开了拳;刘老头子不能拦着他们猜拳。祥子看大家喝,他不便太不随群,也就跟着喝了两盅。喝着喝着,大家的眼睛红起来,嘴不再受管辖。有的就说:"祥子,骆驼,你这差事美呀!足吃一天,伺候着老爷小姐!赶明儿你不必拉车了,顶好跟包去!"祥子听出点意思来,也还没往心中去;从他一进人和厂,他就决定不再充什么英雄好汉,一切都听天由命。谁爱说什么,就说什么。他纳住了气。有的又说了:"人家祥子是另走一路,咱们凭力气挣钱,人家祥子是内功!"大家全哈哈的笑起来。祥子觉出大家是"咬"他,但是那么大的委屈都受了,何必管这几句闲话呢,他还没出声。邻桌的人看出便宜来,有的伸着脖子叫:"祥子,赶明儿你当了厂主,别忘了哥儿们哪!"祥子还没言语,本桌上的人又说了:"说话呀,骆驼!"

祥子的脸红起来,低声说了句:"我怎能当厂主?!"

"哼,你怎么不能呢,眼看着就咚咚嚓啦!"

祥子没绕搭过来,"咚咚嚓"是什么意思,可是直觉的猜到那是指着他与虎妞的关系而言。他的脸慢慢由红而白,把以前所受过的一切委屈都一下子想起来,全堵在心上。几天的容

261

忍缄默似乎不能再维持,像憋足了的水,遇见个出口就要激冲出去。正当这个工夫,一个车夫又指着他的脸说:"祥子,我说你呢,你才真是'哑巴吃扁食——心里有数儿'呢。是不是,你自己说,祥子?祥子?"

祥子猛的立了起来,脸上煞白,对着那个人问:"出去说,你敢不敢?"

大家全楞住了。他们确是有心"咬"他,撇些闲盘儿,可是并没预备打架。

忽然一静,像林中的啼鸟忽然看见一只老鹰。祥子独自立在那里,比别人都高着许多,他觉出自己的孤立。但是气在心头,他仿佛也深信就是他们大家都动手,也不是他的对手。他钉了一句:"有敢出去的没有?"

大家忽然想过味儿来,几乎是一齐的:"得了,祥子,逗着你玩呢!"

刘四爷看见了:"坐下,祥子!"然后向大家,"别瞧谁老实就欺侮谁,招急了我把你们全踢出去!快吃!"

祥子离了席。大家用眼梢儿撩着刘老头子,都拿起饭来。不大一会儿,又喊喊喳喳的说起来,像危险已过的林鸟,又轻轻的啾啾。

祥子在门口蹲了半天,等着他们。假若他们之中有敢再说闲话的,揍!自己什么都没了,给它个不论秧子吧!

可是大家三五成群的出来,并没再找寻他。虽然没打成,他到底多少出了点气。继而一想,今天这一举,可是得罪了许多人。平日,自己本来就没有知己的朋友,所以才有苦无处去诉;怎能再得罪人呢?他有点后悔。刚吃下去的那点东西在胃中横着,有点发痛。他立起来,管它呢,人家那三天两头打架闹饥荒的不也活得怪有趣吗？老实规矩就一定有好处吗？这么一想，他心中给自己另画出一条路来，在这条路上的祥子，与以前他所希望的完全不同了。这是个见人就交朋友，而处处占便宜，喝别人的茶，吸别人的烟，借了钱不还，见汽车不躲，是个地方就撒尿，成天际和巡警们耍骨头，拉到"区"里去住两三天不算什么。是的，这样的车夫也活着，也快乐，至少是比祥子快乐。好吧，老实，规矩，要强，既然都没用，变成这样的无赖也不错。不但是不错，祥子想，而且是有些英雄好汉的气概，天不怕，地不怕，绝对不低着头吃哑巴亏。对了！应当这么办！坏嘎嘎是好人削成的。

反倒有点后悔，这一架没能打成。好在不忙，从今以后，对谁也不再低头。

刘四爷的眼里不揉沙子。把前前后后所闻所见的都搁在一处，他的心中已明白了八九成。这几天了，姑娘特别的听话，哼，因为祥子回来了！看她的眼，老跟着他。老头子把这点事存在心里，就更觉得凄凉难过。想想看吧，本来就没有儿子，不能火火炽炽的凑起个家庭来；姑娘再跟人一走！自己一辈子算是白费了心机！祥子的确不错，但是提到儿婿两当，还差得多呢；一个臭拉车的！自己奔波了一辈子，打过群架，跪过铁索，临完教个乡下脑袋连女儿带产业全搬了走？没那个便宜事！就是有，也甭想由刘四这儿得到！刘四自幼便是放屁崩坑儿的人！

下午三四点钟还来了些拜寿的，老头子已觉得索然无味，客人越称赞他硬朗有造化，他越觉得没什么意思。

到了掌灯以后，客人陆续的散去，只有十几位住得近的和交情深的还没走，凑起麻将来。看着院内的空棚，被水月灯照得发青，和撤去围裙的桌子，老头子觉得空寂无聊，仿佛看到自己死了的时候也不过就是这样，不过是把喜棚改作白棚而已，棺材前没有儿孙们穿孝跪灵，只有些不相干的人们打麻将守夜！他真想把现在未走的客人们赶出去；乘着自己有口活气，应当发发威！可是，到底不好意思拿朋友杀气。怒气便拐了弯儿，越看姑娘越不顺眼。祥子在棚里坐着呢，人模狗样的，脸上的疤被灯光照得像块玉石。老头子怎看这一对儿，怎别扭！

虎姑娘一向野调无腔惯了，今天头上脚下都打扮着，而且得装模作样的应酬客人，既为讨大家的称赞，也为在祥子面前露一手儿。上半天倒觉得这怪有个意思，赶到过午，因有点疲乏，就觉出讨厌，也颇想找谁叫骂一场。到了晚上，她连半点耐性也没有了，眉毛自己叫着劲，老直立着。

七点多钟了，刘四爷有点发困，可是不服老，还不肯去睡。大家请他加入打几圈儿牌，他不肯说精神来不及，而说打牌不痛快，押宝或牌九才合他的脾味。大家不愿中途改变，他只好在一旁坐着。为打起点精神，他还要再喝几盅，口口声声说自己没吃饱，而且抱怨厨子赚钱太多了，菜并不丰满。由这一点上说起，他把白天所觉到的满意之处，全盘推翻：棚，家伙座儿，厨子，和其他的一切都不值那么些钱，都捉了他的大头，都冤枉！

管账的冯先生，这时候，已把账杀好：进了二十五条寿幛，三堂寿桃寿面，一坛儿寿酒，两对寿烛，和二十来块钱的礼金。号数不少，可是多数的是给四十铜子或一毛大洋。

听到这个报告，刘四爷更火啦。早知道这样，就应该预备"炒菜面"！三个海碗的席吃着，就出一毛钱的人情？这简直是拿老头子当冤大脑袋！从此再也不办事，不能赔这份窝囊钱！不用说，大家连亲带友，全想白吃他一口；六十九岁的人了，反倒聪明一世，糊涂一时，教一群猴儿王八蛋给吃了！老头子越想越气，连白天所感到的满意也算成了自己的胡涂；心里这么想，嘴里就念道着，带着许多街面上已不通行的咒骂。

朋友们还没走净，虎妞为顾全大家的面子，想拦拦父亲的撒野。可是，一看大家都注意手中的牌，似乎并没理会老头子叨唠什么，她不便于开口，省得反把事儿弄明了。由他叨唠去吧，都给他个装聋，也就过去了。

哪知道，老头子说着说着绕到她身上来。她决定不吃这一套！他办寿，她跟着忙乱了好几天，反倒没落出好儿来，她不能容让！六十九，七十九也不行，也得讲理！她马上还了回去：

"你自己要花钱办事，碍着我什么啦？"

老头子遇到了反攻，精神猛然一振。"碍着你什么了？简直的就跟你！你当我的眼睛不管闲事哪？"

"你看见什么啦？我受了一天的累，临完拿我杀气呀，先等等！说吧，你看见了什么？"虎姑娘的疲乏也解了，嘴非常的灵便。

"你甭看着我办事，你眼儿热！看见？我早就全看见了，哼！"

"我干吗眼儿热呀？！"她摇晃着头说。"你到底看见了什么？"

"那不是？！"刘四往棚里一指——祥子正弯着腰扫地呢。

"他呀？"虎妞心里哆嗦了一下，没想到老头的眼睛会这么尖。"哼！他怎样？"

"不用揣着明白的，说胡涂的！"老头子立了起来。"要他没我，要我没他，干脆的告诉你得了。我是你爸爸！我应当管！"

虎妞没想到事情破的这么快，自己的计划才使了不到一半，而老头子已经点破了题！怎办呢？她的脸红起来，黑红，加上半残的粉，与青亮的灯光，好像一块煮老了的猪肝，颜色复杂而难看。她有点疲乏；被这一激，又发着肝火，想不出主意，心中很乱。她不能就这么窝回去，心中乱也得马上有办法。顶不妥当的主意也比没主意好，她向来不在任何人面前服软！好吧，爽性来干脆的吧，好坏都凭这一锤子了！

"今儿个都说清了也好，就打算是这么笔账儿吧，你怎样呢？我倒要听听！这可是你自己找病，别说我有心气你！"

打牌的人们似乎听见他们父女吵嘴，可是舍不得分心看别的，为抵抗他们的声音，大家把牌更摔得响了一些，而且嘴里叫唤着红的，碰……

祥子把事儿已听明白，照旧低着头扫地，他心中有了底；说翻了，揍！

"你简直的是气我吗！"老头子的眼已瞪得极圆。"把我气死，你好去倒贴儿？甭打算，我还得活些年呢！"

"甭摆闲盘，你怎办吧？"虎妞心里噗通，嘴里可很硬。

"我怎办？不是说过了，有他没我，有我没他！我不能都便宜了个臭拉车的！"

祥子把笤帚扔了，直起腰来，看准了刘四，问："说谁呢？"

刘四狂笑起来："哈哈，你这小子要造反吗？说你哪，说谁！你给我马上滚！看着你不错，赏你脸，你敢在太岁头上动土，我是干什么的，你也不打听打听！滚！永远别再教我瞧见你，上他妈的这儿找便宜来啦，啊？"

老头子的声音过大了，招出几个车夫来看热闹。打牌的人们以为刘四爷又和个车夫吵闹，依旧不肯抬头看看。

祥子没有个便利的嘴，想要说的话很多，可是一句也不到舌头上来。他呆呆的立在那里,直着脖子咽唾沫。

"给我滚!快滚!上这儿来找便宜?我往外掏坏的时候还没有你呢,哼!"老头子有点纯是唬吓祥子而唬吓了,他心中恨祥子并不像恨女儿那么厉害,就是生着气还觉得祥子的确是个老实人。

"好了,我走!"祥子没话可说,只好赶紧离开这里;无论如何,斗嘴他是斗不过他们的。

车夫们本来是看热闹,看见刘四爷骂祥子,大家还记着早晨那一场,觉得很痛快。及至听到老头子往外赶祥子,他们又向着他了——祥子受了那么多的累,过河拆桥,老头子翻脸不认人,他们替祥子不平。有的赶过来问:"怎么了,祥子?"祥子摇了摇头。

"祥子你等等走!"虎妞心中打了个闪似的,看清楚:自己的计划是没多大用处了,急不如快,得赶紧抓住祥子,别鸡也飞蛋也打了!"咱们俩的事,一条绳拴着两蚂蚱,谁也跑不了!你等等,等我说明白了!"她转过头来,冲着老头子:"干脆说了吧,我已经有了,祥子的!他上哪儿我也上哪儿!你是把我给他呢?还是把我们俩一齐赶出去?听你一句话!"

虎妞没想到事情来得这么快,把最后的一招这么早就拿出来。刘四爷更没想到事情会弄到了这步天地。但是,事已至此,他不能服软,特别是在大家面前。"你真有脸往外说,我这个老脸都替你发烧!"他打了自己个嘴巴。"呸!好不要脸!"

打牌的人们把手停住了,觉出点不大是味来,可是胡里胡涂,不知是怎回事,搭不上嘴;有的立起来,有的呆呆的看着自己的牌。

话都说出来,虎妞反倒痛快了:"我不要脸?别教我往外说你的事儿，你什么屎没拉过？我这才是头一回，还都是你的错儿：男大当娶，女大当聘，你六十九了，白活！这不是当着大众，"她向四下里一指，"咱们弄清楚了顶好，心明眼亮！就着这个喜棚，你再办一通儿事得了！"

"我？"刘四爷的脸由红而白，把当年的光棍劲儿全拿了出来："我放把火把棚烧了，也不能给你用！"

"好！"虎妞的嘴唇哆嗦上了，声音非常的难听，"我卷起铺盖一走，你给我多少钱？"

"钱是我的，我爱给谁才给！"老头子听女儿说要走，心中有些难过，但是为斗这口气，他狠了心。

"你的钱？我帮你这些年了；没我，你想想，你的钱要不都填给野娘们才怪，咱们凭良心吧！"她的眼又找到祥子，"你说吧！"

祥子直挺挺的立在那里，没有一句话可说。

## 十五

讲动武，祥子不能打个老人，也不能打个姑娘。他的力量没地方用。耍无赖，只能想想，耍不出。论虎妞这个人，他满可以跺脚一跑。为目前这一场，她既然和父亲闹翻，而且愿意跟他走；骨子里的事没人晓得，表面上她是为祥子而牺牲；当着大家面前，他没法不拿出点英雄气儿来。他没话可说，只能立在那里，等个水落石出；至少他得作到这个，才能像个男子汉。

刘家父女只剩了彼此瞪着，已无话可讲；祥子是闭口无言。车夫们，不管向着谁吧，似乎很难插嘴。打牌的人们不能不说话了，静默得已经很难堪。不过，大家只能浮面皮的敷衍几句，劝双方不必太挂火,慢慢的说,事情没有过不去的。他们只能说这些,不能解决什么,也不想解决什么。见两方面都不肯让步,那么,清官难断家务事,有机会便溜了吧。

没等大家都溜净,虎姑娘抓住了天顺煤厂的冯先生:"冯先生,你们铺子里不是有地方吗?先让祥子住两天。我们的事说办就快,不能长占住你们的地方。祥子你跟冯先生去,明天见,商量商量咱们的事。告诉你,我出回门子,还是非坐花轿不出这个门!冯先生,我可把他交给你了,明天跟你要人!"

冯先生直吸气,不愿负这个责任。祥子急于离开这里,说了句:"我跑不了!"

虎姑娘瞪了老头子一眼,回到自己屋中,谑嗻着嗓子哭起来,把屋门从里面锁上。

冯先生们把刘四爷也劝进去,老头子把外场劲儿又拿出来,请大家别走,还得喝几盅:"诸位放心,从此她是她,我是我,再也不吵嘴。走她的,只当我没有过这么个丫头。我外场一辈子,脸教她给丢净!倒退二十年,我把她们俩全活劈了!现在,随她去;打算跟我要一个小铜钱,万难!一个子儿不给!不给!看她怎么活着!教她尝尝,她就晓得了,到底是爸爸好,还是野汉子好!别走,再喝一盅!"

大家敷衍了几句,都急于躲避是非。

祥子上了天顺煤厂。

事情果然办得很快。虎妞在毛家湾一个大杂院里租到两间小北房;马上找了裱糊匠糊得四白落地;求冯先生给写了几个喜字,贴在屋中。屋子糊好,她去讲轿子:一乘满天星的轿子,十六个响器,不要金灯,不要执事。一切讲好,她自己赶了身红绸子的上轿衣;在年前赴得,省得不过破五就动针。喜日定的是大年初六,既是好日子,又不用忌门。她自己把这一切都办好,告诉祥子去从头至脚都得买新的:"一辈子就这么一回!"

祥子手中只有五块钱!

虎妞又瞪了眼:"怎么?我交给你那三十多块呢?"

祥子没法不说实话了,把曹宅的事都告诉了她。她眨巴着眼似信似疑的:"好吧,我没工夫跟你吵嘴,咱们各凭良心吧!给你这十五块吧!你要是到日子不打扮得像个新人,你可提防着!"

初六,虎妞坐上了花轿。没和父亲过一句话,没有弟兄的护送,没有亲友的祝贺;只有那些锣鼓在新年后的街上响得很热闹,花轿稳稳的走过西安门,西四牌楼,也惹起穿着新衣的人们——特别是铺户中的伙计——一些羡慕,一些感触。

祥子穿着由天桥买来的新衣,红着脸,戴着三角钱一顶的缎小帽。他仿佛忘了自己,而傻傻忽忽的看着一切,听着一切,连自己好似也不认识了。他由一个煤铺迁入裱糊得雪白的新房,不知道是怎回事:以前的事正如煤厂里,一堆堆都是黑的;现在茫然的进到新房,白得闪眼,贴着几个血红的喜字。他觉到一种嘲弄,一种白的,渺茫的,闷气。屋里,摆着虎妞原有的桌椅与床;火炉与菜案却是新的;屋角里插着把五色鸡毛的掸子。他认识那些桌椅,可是对火炉,菜案,与鸡毛掸子,又觉得生疏。新旧的器物合在一处,使他想起过去,又担心将来。一切任人摆布,他自己既像个旧的,又像是个新的,一个什么摆设,什么奇怪的东西;他不认识了自己。他想不起哭,他想不起笑,他的大手大脚在这小而暖的屋中活动着,像小木笼里一只大兔子,眼睛红红的看着外边,看着里边,空有能飞跑的腿,跑不出去!虎妞穿着红袄,脸上抹着白粉与胭脂,眼睛溜着他。他不敢正眼看她。她也是既旧又新的一个什么奇怪的东西，是姑娘，也是娘们；像女的，又像男的；像人，又像什么凶恶的走兽！这个走兽，穿着红袄，已经捉到他，还预备着细细的收拾他。谁都能收拾他，这个走兽特别的厉害，要一刻不离的守着他，向他瞪眼，向他发笑，而且能紧紧的抱住他，把他所有的力量吸尽。他没法脱逃。他摘了那顶缎小帽，呆呆的看着帽上的红结子，直到看得眼花——一转脸，墙上全是一颗颗的红点，飞旋着，跳动着，中间有一块更大的，红的，脸上发着丑笑的虎妞！

婚夕，祥子才明白：虎妞并没有怀了孕。像变戏法的，她解释给他听："要不这么冤你一下，你怎会死心踏地的点头呢！我在裤腰上塞了个枕头！哈哈，哈哈！"她笑得流出泪来："你个傻东西！甭提了，反正我对得起你；你是怎个人，我是怎个人？我楞和爸爸吵了，跟着你来，你还不谢天谢地？"

第二天，祥子很早就出去了。多数的铺户已经开了市，可是还有些家关着门。门上的春联依然红艳，黄的挂钱却有被风吹碎了的。街上很冷静，洋车可不少，车夫们也好似比往日精神了一些，差不离的都穿着双新鞋，车背后还有贴着块红纸儿的。祥子很羡慕这些车夫，觉得他们倒有点过年的样子，而自己是在个葫芦里憋闷了这好几天；他们都安分守己的混着，而他没有一点营生，在大街上闲晃。他不安于游手好闲，可是打算想明天的事，就得去和虎妞——他的老婆商议；他是在老婆——这么个老婆！——手里讨饭吃。空长了那么高的身量，空有那么大的力气，没用。他第一得先伺候老婆，那个红袄虎牙的东西；吸人精血的东西；他已不是人，而只是一块肉。他没了自己，只在她的牙中挣扎着，像被猫叼住的一个小鼠。他不想跟她去商议，他得走；想好了主意，给她个不辞而别。这没有什么对不起人的地方，她是会拿枕头和他变戏法的女怪！他窝心，他不但想把那身新衣扯碎，也想把自己从内到外放在清水里洗一回，他觉得浑身都粘着些不洁净的，使人恶心的什么东西，教他从心里厌烦。他愿永远不再见她的面！

上哪里去呢？他没有目的地。平日拉车，他的腿随着别人的嘴走，今天，他的腿自由了，心中茫然。顺着西四牌楼一直往南，他出了宣武门：道是那么直，他的心更不会拐弯。出了城门，还往南，他看见个澡堂子。他决定去洗个澡。

脱得光光的，看着自己的肢体，他觉得非常的羞愧。下到池子里去，热水把全身烫得有些发木，他闭上了眼，身上麻麻酥酥的仿佛往外放射着一些积存的污浊。他几乎不敢去摸自己，心中空空的，头上流下大汗珠来。一直到呼吸已有些急促，他才懒懒的爬上来，浑身通红，像个初生下来的婴儿。他似乎不敢就那么走出来，围上条大毛巾，他还觉得自己丑陋；虽然汗珠劈嗒啪嗒的往下落，他还觉得自己不干净——心中那点污秽仿佛永远也洗不掉：在刘四爷眼中，在一切知道他的人眼中，他永远是个偷娘们的人！

汗还没完全落下去，他急忙的穿上衣服，跑了出来。他怕大家看他的赤身！出了澡堂，被凉风一飕，他觉出身上的轻松。街上也比刚才热闹的多了。响晴的天空，给人人脸上一些光华。祥子的心还是揪揪着，不知上哪里去好。往南，往东，再往南，他奔了天桥去。新年后，九点多钟，铺户的徒弟们就已吃完早饭，来到此地。各色的货摊，各样卖艺的场子，都很早的摆好占好。祥子来到，此处已经围上一圈圈的人，里边打着锣鼓。他没心去看任何玩艺，他已经不会笑。

平日，这里的说相声的，耍狗熊的，变戏法的，数来宝的，唱秧歌的，说鼓书的，练把式的，都能供给他一些真的快乐，使他张开大嘴去笑。他舍不得北平，天桥得算一半儿原因。每逢望到天桥的席棚，与那一圈一圈儿的人，他便想起许多可笑可爱的事。现在他懒得往前挤，天桥的笑声里已经没了他的份儿。他躲开人群，向清静的地方走，又觉得舍不得！不，他不能离开这个热闹可爱的地方，不能离开天桥，不能离开北平。走？无路可走！他还是得回去跟她——跟她！——去商议。他不能走，也不能闲着，他得退一步想，正如一切人到了无可如何的时候都得退一步想。什么委屈都受过了，何必单在这一点上叫真儿呢？他没法矫正过去的一切，那么只好顺着路儿往下走吧。

他站定了，听着那杂乱的人声，锣鼓响；看着那来来往往的人，车马，忽然想起那两间小屋。耳中的声音似乎没有了，眼前的人物似乎不见了，只有那两间白，暖，贴着红喜字的小屋，方方正正地立在面前。虽然只住过一夜，但是非常的熟习亲密，就是那个穿红袄的娘们仿佛也并不是随便就可以舍弃的。立在天桥，他什么也没有，什么也不是；在那两间小屋里，他有了一切。回去，只有回去才能有办法。明天的一切都在那小屋里。羞愧，怕事，难过，都没用；打算活着，得找有办法的地方去。

他一气走回来，进了屋门，大概也就刚交十一点钟。虎妞已把午饭作好：馏的馒头，熬白菜加肉丸子，一碟虎皮冻，一碟酱萝卜。别的都已摆好，只有白菜还在火上煨着，发出些极美的香味。她已把红袄脱去，又穿上平日的棉裤棉袄，头上可是戴着一小朵绒作的红花，花上还有个小金纸的元宝。祥子看了她一眼，她不像个新妇。她的一举一动都像个多年的媳妇，麻利，老到，还带着点自得的劲儿。虽然不像个新妇，可是到底使他觉出一点新的什么来；她作饭，收拾屋子；屋子里那点香味,暖气,都是他所未曾经验过的。不管她怎样,他觉得自己是有了家。一个家总有它的可爱处。他不知怎样好了。

"上哪儿啦?你!"她一边去盛白菜,一边问。

"洗澡去了。"他把长袍脱下来。

"啊!以后出去,言语一声!别这么大咧咧的甩手一走!"

他没言语。

"会哼一声不会?不会,我教给你!"

他哼了一声,没法子!他知道娶来一位母夜叉,可是这个夜叉会作饭,会收拾屋子,会骂他也会帮助他,教他怎样也不是味儿!他吃开了馒头。饭食的确是比平日的可口,热火;可是吃着不香,嘴里嚼着,心里觉不出平日狼吞虎咽的那种痛快,他吃不出汗来。

吃完饭,他躺在了炕上,头枕着手心,眼看着棚顶。

"嗨!帮着刷家伙!我不是谁的使唤丫头!"她在外间屋里叫。

很懒的他立起来,看了她一眼,走过去帮忙。他平日非常的勤紧,现在他憋着口气来作事。在车厂子的时候,他常帮她的忙,现在越看她越讨厌,他永远没恨人像恨她这么厉害,他说不上是为了什么。有气,可是不肯发作,全圈在心里;既不能和她一刀两断,吵架是没意思的。在小屋里转转着,他感到整个的生命是一部委屈。

收拾完东西,她四下里扫了一眼,叹了口气。紧跟着笑了笑。

"怎样?"

"什么?"祥子蹲在炉旁,烤着手;手并不冷,因为没地方安放,只好烤一烤。这两间小屋的确像个家,可是他不知道往哪里放手放脚好。

"带我出去玩玩？上白云观？不，晚点了；街上蹓蹓去？"她要充分的享受新婚的快乐。虽然结婚不成个样子，可是这么无拘无束的也倒好，正好和丈夫多在一块儿，痛痛快快的玩几天。在娘家，她不缺吃，不缺穿，不缺零钱；只是没有个知心的男子。现在，她要捞回来这点缺欠，要大摇大摆的在街上，在庙会上，同着祥子去玩。

祥子不肯去。第一他觉得满世界带着老婆逛是件可羞的事，第二他以为这么来的一个老婆，只可以藏在家中；这不是什么体面的事，越少在大家眼前显摆越好。还有，一出去，哪能不遇上熟人，西半城的洋车夫们谁不晓得虎妞和祥子，他不能去招大家在他背后嘀嘀咕咕。

"商量商量好不好？"他还是蹲在那里。

"有什么可商量的？"她凑过来，立在炉子旁边。

他把手拿下去，放在膝上，呆呆的看着火苗。楞了好久，他说出一句来："我不能这么闲着！"

"受苦的命！"她笑了一声。"一天不拉车，身上就痒痒，是不是？你看老头子，人家玩了一辈子，到老了还开上车厂子。他也不拉车，也不卖力气，凭心路吃饭。你也得学着点，拉一辈子车又算老几？咱们先玩几天再说，事情也不单忙在这几天上，奔什么命？这两天我不打算跟你拌嘴，你可也别成心气我！"

"先商量商量！"祥子决定不让步。既不能跺脚一走，就得想办法作事，先必得站一头儿，不能打秋千似的来回晃悠。

"好吧，你说说！"她搬过个凳子来，坐在火炉旁。

"你有多少钱？"他问。

"是不是？我就知道你要问这个嘛！你不是娶媳妇呢，是娶那点钱，对不对？"

祥子像被一口风噎住，往下连咽了好几口气。刘老头子，和人和厂的车夫，都以为他是贪财，才勾搭上虎妞；现在，她自己这么说出来了！自己的车，自己的钱，无缘无故的丢掉，而今被压在老婆的几块钱底下；吃饭都得顺脊梁骨下去！他恨不能双手掐住她的脖子，掐！掐！掐！一直到她翻了白眼！把一切都掐死，而后自己抹了脖子。他们不是人，得死；他自己不是人，也死；大家不用想活着！

祥子立起来，想再出去走走；刚才就不应当回来。

看祥子的神色不对，她又软和了点儿："好吧，我告诉你。我手里一共有五百来块钱。连轿子，租房——三份儿，糊棚，作衣裳，买东西，带给你，归了包堆花了小一百，还剩四百来块。我告诉你，你不必着急。咱们给它个得乐且乐。你呢，成年际拉车出臭汗，也该漂漂亮亮的玩几天；我呢，当了这么些年老姑娘，也该痛快几天。等到快把钱花完，咱们还是求老头子去。我呢，那天要是不跟他闹翻了，决走不出来。现在我气都消了，爸爸到底是爸爸。他呢，只有我这么个女儿，你又是他喜爱的人，咱们服个软，给他陪个'不是'，大概也没有过不去的事。这多么现成！他有钱，咱们正当正派的承受过来，一点没有不合理的地方；强似你去给人家当牲口！过两天，你就先去一趟；他也许不见你。一次不见，再去第二次；面子都给他，他也就不能不回心转意了。然后我再去，好歹的给他几句好听的，说不定咱们就能都搬回去。咱们一搬回去，管保挺起胸脯，谁也不敢斜眼看咱们；咱们要是老在这儿忍着，就老是一对黑人儿，你说是不是？"

祥子没有想到过这个。自从虎妞到曹宅找他，他就以为娶过她来，用她的钱买上车，自己去拉。虽然用老婆的钱不大体面，但是他与她的关系既是种有口说不出的关系,也就无可如何了。他没想到虎妞还有这么一招。把长脸往下一拉呢,自然这的确是个主意,可是祥子不是那样的人。前前后后的一想,他似乎明白了点:自己有钱,可以教别人白白的抢去,有冤无处去诉。赶到别人给你钱呢,你就非接受不可;接受之后,你就完全不能再拿自己当个人,你空有心胸,空有力量,得去当人家的奴隶:作自己老婆的玩物,作老丈人的奴仆。一个人仿佛根本什么也不是,只是一只鸟,自己去打食,便会落到网里。吃人家的粮米,便得老老实实的在笼儿里,给人家啼唱,而随时可以被人卖掉!

他不肯去找刘四爷。跟虎妞,是肉在肉里的关系;跟刘四,没有什么关系。已经吃了她的亏,不能再去央告她的爸爸!"我不愿意闲着!"他只说了这么一句,为是省得费话与吵嘴。

"受累的命吗!"她敲着撩着的说。"不爱闲着,作个买卖去。"

"我不会!赚不着钱!我会拉车,我爱拉车!"祥子头上的筋都跳起来。

"告诉你吧,就是不许你拉车!我就不许你混身臭汗,臭烘烘的上我的炕!你有你的主意,我有我的主意,看吧,看谁别扭得过谁!你娶老婆,可是我花的钱,你没往外掏一个小钱。想想吧,咱俩是谁该听谁的?"

祥子又没了话。

## 十六

闲到元宵节,祥子没法再忍下去了。

虎妞很高兴。她张罗着煮元宵,包饺子,白天逛庙,晚上逛灯。她不许祥子有任何主张,可是老不缺着他的嘴,变法儿给他买些作些新鲜的东西吃。大杂院里有七八户人家,多数的都住着一间房;一间房里有的住着老少七八口。这些人有的拉车,有的作小买卖,有的当巡警,有的当仆人。各人有各人的事,谁也没个空闲,连小孩子们也都提着小筐,早晨去打粥,下午去拾煤核。只有那顶小的孩子才把屁股冻得通红的在院里玩耍或打架。炉灰尘土脏水就都倒在院中,没人顾得去打扫,院子当中间儿冻满了冰,大孩子拾煤核回来拿这当作冰场,嚷闹着打冰出溜玩。顶苦的是那些老人与妇女。老人们无衣无食,躺在冰凉的炕上,干等着年轻的挣来一点钱,好喝碗粥,年轻卖力气的也许挣得来钱,也许空手回来,回来还要发脾气,找着缝儿吵嘴。老人们空着肚子得拿眼泪当作水,咽到肚中去。那些妇人们,既得顾着老的,又得顾着小的,还得敷衍年轻挣钱的男人。她们怀着孕也得照常操作,只吃着窝窝头与白薯粥;不,不但要照常工作,还得去打粥,兜揽些活计——幸而老少都吃饱了躺下,她们得抱着个小煤油灯给人家洗,作,缝缝补补。屋子是那么小,墙是那么破,冷风从这面的墙缝钻进来,一直的从那面出去,把所有的一点暖气都带了走。她们的身上只挂着些破布,肚子盛着一碗或半碗粥,或者还有个六七个月的胎。她们得工作,得先尽着老的少的吃饱。她们混身都是病,不到三十岁已脱了头发,可是一时一刻不能闲着,从病中走到死亡;死了,棺材得去向"善人"们募化。那些姑娘们,十六七岁了,没有裤子,只能围着块什么破东西在屋中——天然的监狱——帮着母亲作事,赶活。要到茅房去,她们得看准了院中无人才敢贼也似的往外跑;一冬天,她们没有见过太阳与青天。那长得丑的,将来承袭她们妈妈的一切;那长得有个模样的,连自己也知道，早晚是被父母卖出，"享福去"！

就是在个这样的杂院里，虎妞觉得很得意。她是唯一的有吃有穿，不用着急，而且可以走走逛逛的人。她高扬着脸，出来进去，既觉出自己的优越，并且怕别人沾惹她，她不理那群苦人。来到这里作小买卖的，几乎都是卖那顶贱的东西，什么刮骨肉，冻白菜，生豆汁，驴马肉，都来这里找照顾主。自从虎妞搬来，什么卖羊头肉的，熏鱼的，硬面饽饽的，卤煮炸豆腐的，也在门前吆喊两声。她端着碗，扬着脸，往屋里端这些零食，小孩子们都把铁条似的手指伸在口里看着她，仿佛她是个什么公主似的。她是来享受，她不能，不肯，也不愿，看别人的苦处。

祥子第一看不上她的举动，他是穷小子出身，晓得什么叫困苦。他不愿吃那些零七八碎的东西，可惜那些钱。第二，更使他难堪的，是他琢磨出点意思来：她不许他去拉车，而每天好菜好饭的养着他，正好像养肥了牛好往外挤牛奶！他完全变成了她的玩艺儿。他看见过：街上的一条瘦老的母狗，当跑腿的时候，也选个肥壮的男狗。想起这个，他不但是厌恶这种生活，而且为自己担心。他晓得一个卖力气的汉子应当怎样保护身体，身体是一切。假若这么活下去，他会有一天成为一个干骨头架子，还是这么大，而膛儿里全是空的。他哆嗦起来。打算要命，他得马上去拉车，出去跑，跑一天，回来倒头就睡，人事不知；不吃她的好东西，也就不伺候着她玩。他决定这么办，不能再让步；她愿出钱买车呢，好；她不愿意，他会去赁车拉。一声没出，他想好就去赁车了。

十七那天，他开始去拉车，赁的是"整天儿"。拉过两个较长的买卖，他觉出点以前未曾有过的毛病，腿肚子发紧，胯骨轴儿发酸。他晓得自己的病源在哪里，可是为安慰自己，他以为这大概也许因为二十多天没拉车，把腿撅生了；跑过几趟来，把腿开，或者也就没事了。

又拉上个买卖，这回是帮儿车，四辆一同走。抄起车把来，大家都让一个四十多岁的高个子在前头走。高个子笑了笑，依了实，他知道那三辆车都比他自己"棒"。他可是卖了力气，虽然明知跑不过后面的三个小伙子，可是不肯倚老卖老。跑出一里多地，后面夸了他句："怎么着，要劲儿吗？还真不离！"他喘着答了句："跟你们哥儿们走车，慢了还行？！"他的确跑得不慢，连祥子也得掏七八成劲儿才跟得上他。他的跑法可不好看：高个子，他塌不下腰去，腰和背似乎是块整的木板，所以他的全身得整个的往前扑着；身子向前，手就显着靠后；不像跑，而像是拉着点东西往前钻。腰死板，他的胯骨便非活动不可；脚几乎是拉拉在地上，加紧的往前扭。扭得真不慢，可是看着就知道他极费力。到拐弯抹角的地方，他整着身子硬拐，大家都替他攥着把汗；他老像是只管身子往前钻，而不管车过得去过不去。

拉到了，他的汗劈嗒啪嗒的从鼻尖上，耳朵唇上，一劲儿往下滴嗒。放下车，他赶紧直了直腰，咧了咧嘴。接钱的时候，手都哆嗦得要拿不住东西似的。

在一块儿走过一趟车便算朋友，他们四个人把车放在了一处。祥子们擦擦汗，就照旧说笑了。那个高个子独自蹓了半天，干嗽了一大阵，吐出许多白沫子来，才似乎缓过点儿来，开始跟他们说话儿：

"完了！还有那个心哪；腰，腿，全不给劲喽！无论怎么提腰，腿抬不起来；干着急！"

"刚才那两步就不离,你当是慢哪!"一个二十多岁矮身量的小伙子接过来:"不屈心,我们三个都够棒的,谁没出汗?"

高个子有点得意,可又惭愧似的,叹了口气。

"就说你这个跑法,差不离的还真得教你给撅了,你信不信?"另一个小伙子说。"岁数了,不是说着玩的。"

高个子微笑着,摇了摇头:"也还不都在乎岁数,哥儿们!我告诉你一句真的,干咱们这行儿的,别成家,真的!"看大家都把耳朵递过来,他放小了点声儿:"一成家,黑天白日全不闲着,玩完!瞧瞧我的腰,整的,没有一点活软气!还是别跑紧了,一咬牙就咳嗽,心口窝辣蒿蒿的!甭说了,干咱们这行儿的就得它妈的打一辈子光棍儿!连它妈的小家雀儿都一对一对儿的,不许咱们成家!还有一说,成家以后,一年一个孩子,我现在有五个了!全张着嘴等着吃!车份大,粮食贵,买卖苦,有什么法儿呢!不如打一辈子光棍,犯了劲上白房子,长上杨梅大疮,认命!一个人,死了就死了!这玩艺一成家,连大带小,好几口儿,死了也不能闭眼!你说是不是?"他问祥子。

祥子点了点头,没说出话来。

这阵儿,来了个座儿,那个矮子先讲的价钱,可是他让了,叫着高个子:"老大哥,你拉去吧!这玩艺家里还有五个孩子呢!"

高个子笑了:"得,我再奔一趟!按说可没有这么办的!得了,回头好多带回几个饼子去!回头见了,哥儿们!"

看着高个子走远了,矮子自言自语的说:"混它妈的一辈子,连个媳妇都摸不着!人家它妈的宅门里,一人搂着四五个娘们!"

"先甭提人家,"另个小伙子把话接过去。"你瞧干这个营生的，还真得留神，高个子没说错。你就这么说吧，成家为干吗？能摆着当玩艺儿看？不能！好，这就是楼子！成天啃窝窝头，两气夹攻，多么棒的小伙子也得趴下！"

听到这儿，祥子把车拉了起来，搭讪着说了句："往南放放，这儿没买卖。"

"回见！"那两个年轻的一齐说。

祥子仿佛没有听见。一边走一边踢腿，胯骨轴的确还有点发酸！本想收车不拉了，可是简直没有回家的勇气。家里的不是个老婆，而是个吸人血的妖精！

天已慢慢长起来，他又转晃了两三趟，才刚到五点来钟。他交了车，在茶馆里又耗了会儿。喝了两壶茶，他觉出饿来，决定在外面吃饱再回家。吃了十二两肉饼，一碗红豆小米粥，一边打着响嗝一边慢慢往家走。准知道家里有个雷等着他呢，可是他很镇定；他下了决心：不跟她吵，不跟她闹，倒头就睡，明天照旧出来拉车，她爱怎样怎样！

一进屋门，虎妞在外间屋里坐着呢，看了他一眼，脸沉得要滴下水来。祥子打算合合稀泥，把长脸一拉，招呼她一声。可是他不惯作这种事，他低着头走进里屋去。她一声没响，小屋里静得像个深山古洞似的。院中街坊的咳嗽，说话，小孩子哭，都听得极真，又像是极远，正似在山上听到远处的声音。

俩人谁也不肯先说话，闭着嘴先后躺下了，像一对永不出声的大龟似的。睡醒一觉，虎妞说了话，语音带出半恼半笑的意思："你干什么去了？整走了一天！"

"拉车去了！"他似睡似醒的说，嗓子里仿佛堵着点什么。

"呕！不出臭汗去，心里痒痒，你个贱骨头！我给你炒下的菜，你不回来吃，绕世界胡塞去舒服？你别把我招翻了，我爸爸是光棍出身，我什么事都作得出来！明天你敢再出去，我就上吊给你看看，我说得出来，就行得出来！"

"我不能闲着！"

"你不会找老头子去？"

"不去！"

"真豪横！"

祥子真挂了火，他不能还不说出心中的话，不能再忍："拉车，买上自己的车，谁拦着我，我就走，永不回来了！"

"嗯——"她鼻中旋转着这个声儿，很长而曲折。在这个声音里，她表示出自傲与轻视祥子的意思来，可是心中也在那儿绕了个弯儿。她知道祥子是个——虽然很老实——硬汉。硬汉的话是向不说着玩的。好容易捉到他，不能随便的放手。他是理想的人：老实，勤俭，壮实；以她的模样年纪说，实在不易再得个这样的宝贝。能刚能柔才是本事，她得濩泚他一把儿："我也知道你是要强啊，可是你也得知道我是真疼你。你要是不肯找老头子去呢，这么办：我去找。反正就是他的女儿，丢个脸也没什么的。"

"老头要咱们，我也还得去拉车！"祥子愿把话说到了家。

虎妞半天没言语。她没想到祥子会这么聪明。他的话虽然是这么简单，可是显然的说出来他不再上她的套儿，他并不是个蠢驴。因此，她才越觉得有点意思，她颇得用点心思才能拢得住这个急了也会尥蹶的大人，或是大东西。她不能太逼紧了，找这么个大东西不是件很容易的事。她得松一把，紧一把，教他老逃不出她的手心儿去。"好吧，你爱拉车，我也无法。你得起誓，不能去拉包车，天天得回来；你瞧，我要是一天看不见你，我心里就发慌！答应我，你天天晚上准早早的回来！"

祥子想起白天高个子的话！睁着眼看着黑暗，看见了一群拉车的，作小买卖的，卖苦力气的，腰背塌不下去，拉拉着腿。他将来也是那个样。可是他不便于再别扭她，只要能拉车去，他已经算得到一次胜利。"我老拉散座！"他答应下来。

虽然她那么说，她可是并不很热心找刘四爷去。父女们在平日自然也常拌嘴，但是现在的情形不同了，不能那么三说两说就一天云雾散，因为她已经不算刘家的人。出了嫁的女人跟娘家父母总多少疏远一些。她不敢直入公堂的回去。万一老头子真翻脸不认人呢，她自管会闹，他要是死不放手财产，她一点法儿也没有。就是有人在一旁调解着，到了无可奈何的时候，也只能劝她回来，她有了自己的家。

祥子照常去拉车，她独自在屋中走来走去，几次三番的要穿好衣服找爸爸去，心想到而手懒得动。她为了难。为自己的舒服快乐，非回去不可；为自己的体面，以不去为是。假若老头子消了气呢，她只要把祥子拉到人和厂去，自然会教他有事作，不必再拉车，而且稳稳当当的能把爸爸的事业拿过来。她心中一亮。假若老头子硬到底呢？她丢了脸，不，不但丢了脸，而且就得认头作个车夫的老婆了；她，哼！和杂院里那群妇女没有任何分别了。她心中忽然漆黑。她几乎后悔嫁了祥子，不管他多么要强，爸爸不点头，他一辈子是个拉车的。想到这里，她甚至想独自回娘家，跟祥子一刀两断，不能为他而失去自己的一切。继而一想，跟着祥子的快活，又不是言语所能形容的。她坐在炕头上，呆呆的，渺茫的，追想婚后的快乐；全身像一朵大的红花似的，香暖地在阳光下开开。不，舍不得祥子。任凭他去拉车，他去要饭，也得永远跟着他。看，看院里那些妇女，她们要是能受，她也就能受。散了，她不想到刘家去了。

祥子，自从离开人和厂，不肯再走西安门大街。这两天拉车，他总是出门就奔东城，省得西城到处是人和厂的车，遇见怪不好意思的。这一天，可是，收车以后，他故意的由厂子门口过，不为别的，只想看一眼。虎妞的话还在他心中，仿佛他要试验试验有没有勇气回到厂中来，假若虎妞能跟老头子说好了的话；在回到厂子以前，先试试敢走这条街不敢。把帽子往下拉了拉，他老远的就溜着厂子那边，唯恐被熟人看见。远远的看见了车门的灯光，他心中不知怎的觉得非常的难过。想起自己初到这里来的光景，想起虎妞的诱惑，想起寿日晚间那一场。这些，都非常的清楚，像一些图画浮在眼前。在这些图画之间，还另外有一些，清楚而简短的夹在这几张中间：西山，骆驼，曹宅，侦探……都分明的，可怕的，联成一片。这些图画是那么清楚，他心中反倒觉得有些茫然，几乎像真是看着几张画儿，而忘了自己也在里边。及至想到自己与它们的关系，他的心乱起来，它们忽然上下左右的旋转，零乱而迷糊，他无从想起到底为什么自己应当受这些折磨委屈。这些场面所占的时间似乎是很长，又似乎是很短，他闹不清自己是该多大岁数了。他只觉得自己，比起初到人和厂的时候来，老了许多许多。那时候，他满心都是希望；现在，一肚子都是忧虑。不明白是为什么，可是这些图画决不会欺骗他。

眼前就是人和厂了，他在街的那边立住，呆呆的看着那盏极明亮的电灯。看着看着，猛然心里一动。那灯下的四个金字——人和车厂——变了样儿！他不识字，他可是记得头一个字是什么样子：像两根棍儿联在一处，既不是个叉子，又没作成个三角，那么个简单而奇怪的字。由声音找字，那大概就是"人"。这个"人"改了样儿，变成了"仁"——比"人"更奇怪的一个字。

他想不出什么道理来。再看东西间——他永远不能忘了的两间屋子——都没有灯亮。

立得他自己都不耐烦了,他才低着头往家走。一边走着一边寻思,莫非人和厂倒出去了?他得慢慢的去打听,先不便对老婆说什么。回到家中,虎妞正在屋里嗑瓜子儿解闷呢。

"又这么晚!"她的脸上没有一点好气儿。"告诉你吧,这么着下去我受不了!你一出去就是一天,我连窝儿不敢动,一院子穷鬼,怕丢了东西。一天到晚连句话都没地方说去,不行,我不是木头人。你想主意得了,这么着不行!"

祥子一声没出。

"你说话呀!成心逗人家的火是怎么着?你有嘴没有?有嘴没有?"她的话越说越快,越脆,像一挂小炮似的连连的响。

祥子还是没有话说。

"这么着得了,"她真急了,可是又有点无可奈何他的样子,脸上既非哭,又非笑,那么十分焦躁而无法尽量的发作。"咱们买两辆车赁出去,你在家里吃车份儿行不行?行不行?"

"两辆车一天进上三毛钱,不够吃的!赁出一辆,我自己拉一辆,凑合了!"祥子说得很慢,可是很自然;听说买车,他把什么都忘了。

"那还不是一样?你还是不着家儿!"

"这么着也行,"祥子的主意似乎都跟着车的问题而来,"把一辆赁出去,进个整天的份儿。那一辆,我自己拉半天,再赁出半天去。我要是拉白天,一早儿出去,三点钟就回来;要拉晚儿呢,三点才出去,夜里回来。挺好!"

她点了点头。"等我想想吧,要是没有再好的主意,就这么办啦。"

祥子心中很高兴。假若这个主意能实现,他算是又拉上了自己的车。虽然是老婆给买的,可是慢慢的攒钱,自己还能再买车。直到这个时候,他才觉出来虎妞也有点好处,他居然向她笑了笑,一个天真的,发自内心的笑,仿佛把以前的困苦全一笔勾销,而笑着换了个新的世界,像换一件衣服那么容易,痛快!

## 十七

祥子慢慢的把人和厂的事打听明白:刘四爷把一部分车卖出去,剩下的全倒给了西城有名的一家车主。祥子能猜想得出,老头子的岁数到了,没有女儿帮他的忙,他弄不转这个营业,所以干脆把它收了,自己拿着钱去享福。他到哪里去了呢?祥子可是没有打听出来。

对这个消息,他说不上是应当喜欢,还是不喜欢。由自己的志向与豪横说,刘四爷既决心弃舍了女儿,虎妞的计划算是全盘落了空;他可以老老实实的去拉车挣饭吃,不依赖着任何人。由刘四爷那点财产说呢,又实在有点可惜;谁知道刘老头子怎么把钱攮出去呢,他和虎妞连一个铜子也没沾润着。

可是,事已至此,他倒没十分为它思索,更说不到动心。他是这么想,反正自己的力气是自己的,自己肯卖力挣钱,吃饭是不成问题的。他一点没带着感情,简单的告诉了虎妞。

她可动了心。听到这个,她马上看清楚了自己的将来——完了!什么全完了!自己只好作一辈子车夫的老婆了!她永远逃不出这个大杂院去!她想到爸爸会再娶上一个老婆,而决没想到会这么抖手一走。假若老头子真娶上个小老婆,虎妞会去争财产，说不定还许联络好了继母，而自己得点好处……主意有的是，只要老头子老开着车厂子。决没想到老头子会这么坚决，这么毒辣，把财产都变成现钱，偷偷的藏起去！原先跟他闹翻，她以为不过是一种手段，必会不久便言归于好，她晓得人和厂非有她不行；谁能想到老头子会撒手了车厂子呢？！

春已有了消息，树枝上的鳞苞已显着红肥。但在这个大杂院里，春并不先到枝头上，这里没有一棵花木。在这里，春风先把院中那块冰吹得起了些小麻子坑儿，从秽土中吹出一些腥臊的气味，把鸡毛蒜皮与碎纸吹到墙角，打着小小的旋风。杂院里的人们，四时都有苦恼。那老人们现在才敢出来晒晒暖；年轻的姑娘们到现在才把鼻尖上的煤污减去一点，露出点红黄的皮肤来；那些妇女们才敢不甚惭愧的把孩子们赶到院中去玩玩；那些小孩子们才敢扯着张破纸当风筝，随意的在院中跑，而不至把小黑手儿冻得裂开几道口子。但是，粥厂停了锅，放赈的停了米，行善的停止了放钱；把苦人们仿佛都交给了春风与春光！正是春麦刚绿如小草，陈粮缺欠的时候，粮米照例的长了价钱。天又加长，连老人们也不能老早的就躺下，去用梦欺骗着饥肠。春到了人间，在这大杂院里只增多了困难。长老了的虱子——特别的厉害——有时爬到老人或小儿的棉花疙疸外，领略一点春光！

虎妞看着院中将化的冰，与那些破碎不堪的衣服，闻着那复杂而微有些热气的味道，听着老人们的哀叹与小儿哭叫，心中凉了半截。在冬天，人都躲在屋里，脏东西都冻在冰上；现在，人也出来，东西也显了原形，连碎砖砌的墙都往下落土，似乎预备着到了雨天便塌倒。满院花花绿绿，开着穷恶的花，比冬天要更丑陋着好几倍。哼，单单是在这时候，她觉到她将永远住在此地；她那点钱有花完的时候，而祥子不过是个拉车的！

教祥子看家，她上南苑去找姑妈，打听老头子的消息。姑妈说四爷确是到她家来过一趟，大概是正月十二那天吧，一来是给她道谢，二来为告诉她，他打算上天津，或上海，玩玩去。他说：混了一辈子而没出过京门，到底算不了英雄，乘着还有口气儿，去到各处见识见识。再说，他自己也没脸再在城里混，因为自己的女儿给他丢了人。姑妈的报告只是这一点，她的评断就更简单：老头子也许真出了外，也许光这么说说，而在什么僻静地方藏着呢；谁知道！

回到家，她一头扎在炕上，闷闷的哭起来，一点虚伪狡诈也没有的哭了一大阵，把眼泡都哭肿。

哭完，她抹着泪对祥子说："好，你豪横！都得随着你了！我这一宝押错了地方。嫁鸡随鸡，什么也甭说了。给你一百块钱，你买车拉吧！"

在这里，她留了个心眼：原本想买两辆车，一辆让祥子自拉，一辆赁出去。现在她改了主意，只买一辆，教祥子去拉；其余的钱还是在自己手中拿着。钱在自己的手中，势力才也在自己身上，她不肯都掏出来；万一祥子——在把钱都买了车之后——变了心呢？这不能不防备！再说呢，刘老头子这样一走，使她感到什么也不可靠，明天的事谁也不能准知道，顶好是得乐且乐，手里得有俩钱，爱吃口什么就吃口，她一向是吃惯了零嘴的。拿祥子挣来的——他是头等的车夫——过日子，再有自己的那点钱垫补着自己零花，且先顾眼前欢吧。钱有花完的那一天，人可是也不会永远活着！嫁个拉车的——虽然是不得已——已经是委屈了自己，不能再天天手背朝下跟他要钱，而自己袋中没一个铜子。这个决定使她又快乐了点，虽然明知将来是不得了，可是目前总不会立刻就头朝了下；仿佛是走到日落的时候，远处已然暗淡，眼前可是还有些亮儿，就趁着亮儿多走几步吧。

祥子没和她争辩，买一辆就好，只要是自己的车，一天好歹也能拉个六七毛钱，可以够嚼谷。不但没有争辩，他还觉得有些高兴。过去所受的辛苦，无非为是买上车。现在能再买上，那还有什么可说呢？自然，一辆车而供给两个人儿吃，是不会剩下钱的；这辆车有拉旧了的时候，而没有再制买新车的预备，危险！可是，买车既是那么不易，现在能买上也就该满意了，何必想到那么远呢！

杂院里的二强子正要卖车。二强子在去年夏天把女儿小福子——十九岁——卖给了一个军人。卖了二百块钱。小福子走后，二强子颇阔气了一阵，把当都赎出来，还另外作了几件新衣，全家都穿得怪齐整的。二强嫂是全院里最矮最丑的妇人，囔脑门，大腮帮，头上没有什么头发，牙老露在外边，脸上被雀斑占满，看着令人恶心。她也红着眼皮，一边哭着女儿，一边穿上新蓝大衫。二强子的脾气一向就暴，卖了女儿之后，常喝几盅酒；酒后眼泪在眼圈里，就特别的好找毛病。二强嫂虽然穿上新大衫，也吃口饱饭，可是乐不抵苦，挨揍的次数比以前差不多增加了一倍。二强子四十多了，打算不再去拉车。于是买了副筐子，弄了个杂货挑子，瓜果梨桃，花生烟卷，货很齐全。作了两个月的买卖，粗粗的一搂账，不但是赔，而且赔得很多。拉惯了车，他不会对付买卖；拉车是一冲一撞的事，成就成，不成就拉倒；作小买卖得苦对付，他不会。拉车的人晓得怎么赊东西，所以他磨不开脸不许熟人们欠账；欠下，可就不容易再要回来。这样，好照顾主儿拉不上，而与他交易的都贪着赊了不给，他没法不赔钱。赔了钱，他难过；难过就更多喝酒。

醉了，在外面时常和巡警们吵，在家里拿老婆孩子杀气。得罪了巡警，打了老婆，都因为酒。酒醒过来，他非常的后悔，苦痛。再一想，这点钱是用女儿换来的，白白的这样赔出去，而且还喝酒打人，他觉得自己不是人。在这种时候，他能懊睡一天，把苦恼交给了梦。

他决定放弃了买卖，还去拉车，不能把那点钱全白白的糟践了。他买上了车。在他醉了的时候，他一点情理不讲。在他清醒的时候，他顶爱体面。因为爱体面，他往往摆起穷架子，事事都有个谱儿。买了新车，身上也穿得很整齐，他觉得他是高等的车夫，他得喝好茶叶，拉体面的座儿。他能在车口上，亮着自己的车，和身上的白裤褂，和大家谈天，老不屑于张罗买卖。他一会儿啪啪的用新蓝布掸子抽抽车，一会儿跺跺自己的新白底双脸鞋，一会儿眼看着鼻尖，立在车旁微笑，等着别人来夸奖他的车，然后就引起话头，说上没完。他能这样白"泡"一两天。及至他拉上了个好座儿，他的腿不给他的车与衣服作劲，跑不动！这个，又使他非常的难过。一难过就想到女儿，只好去喝酒。这么样，他的钱全白垫出去，只剩下那辆车。

在立冬前后吧，他又喝醉。一进屋门，两个儿子——一个十三，一个十一岁——就想往外躲。这个招翻了他，给他们一人一脚。二强嫂说了句什么，他奔了她去，一脚踹在小肚子上，她躺在地上半天没出声。两个孩子急了，一个拿起煤铲，一个抄起擀面杖，和爸爸拼了命。三个打在一团，七手八脚的又踩了二强嫂几下。街坊们过来，好容易把二强子按倒在炕上，两个孩子抱着妈妈哭起来。二强嫂醒了过来，可是始终不能再下地。到腊月初三，她的呼吸停止了，穿着卖女儿时候作的蓝大衫。二强嫂的娘家不答应，非打官司不可。经朋友们死劝活劝，娘家的人们才让了步，二强子可也答应下好好的发送她，而且给她娘家人十五块钱。他把车押出去，押了六十块钱。转过年来，他想出手那辆车，他没有自己把它赎回来的希望。在喝醉的时候，他倒想卖个儿子，但是绝没人要。他也曾找过小福子的丈夫，人家根本不承认他这么个老丈人，别的话自然不必再说。

祥子晓得这辆车的历史，不很喜欢要它，车多了去啦，何必单买这一辆，这辆不吉祥的车，这辆以女儿换来，而因打死老婆才出手的车！虎妞不这么看，她想用八十出头买过来，便宜！车才拉过半年来的，连皮带的颜色还没怎么变，而且地道是西城的名厂德成家造的。买辆七成新的，还不得个五六十块吗？她舍不得这个便宜。她也知道过了年不久，处处钱紧，二强子不会卖上大价儿，而又急等着用钱。她亲自去看了车，亲自和二强子讲了价，过了钱；祥子只好等着拉车，没说什么，也不便说什么，钱既不是他自己的。把车买好，他细细看了看，的确骨力硬棒。可是他总觉得有点别扭。最使他不高兴的是黑漆的车身，而配着一身白铜活，在二强子打这辆车的时候，原为黑白相映，显着漂亮；祥子老觉得这有点丧气，像穿孝似的。他很想换一份套子，换上土黄或月白色儿的，或者足以减去一点素净劲儿。可是他没和虎妞商议，省得又招她一顿闲话。

拉出这辆车去，大家都特别注意，有人竟自管它叫作"小寡妇"。祥子心里不痛快。他变着法儿不去想它，可是车是一天到晚的跟着自己，他老毛毛咕咕的，似乎不知哪时就要出点岔儿。有时候忽然想起二强子，和二强子的遭遇，他仿佛不是拉着辆车，而是拉着口棺材似的。在这辆车上，他时时看见一些鬼影，仿佛是。

可是，自从拉上这辆车，并没有出什么错儿，虽然他心中嘀嘀咕咕的不安。天是越来越暖和了，脱了棉的，几乎用不着夹衣，就可以穿单裤单褂了；北平没有多少春天。天长得几乎使人不耐烦了，人人觉得困倦。祥子一清早就出去，转转到四五点钟，已经觉得卖够了力气。太阳可是还老高呢。他不愿再跑，可又不肯收车，犹疑不定的打着长而懒的哈欠。

天是这么长，祥子若是觉得疲倦无聊，虎妞在家中就更寂寞。冬天，她可以在炉旁取暖，听着外边的风声，虽然苦闷，可是总还有点"不出去也好"的自慰。现在，火炉搬到檐下，在屋里简直无事可作。院里又是那么脏臭，连棵青草也没有。到街上去，又不放心街坊们，就是去买趟东西也得直去直来，不敢多散逛一会儿。她好像圈在屋里的一个蜜蜂，白白的看着外边的阳光而飞不出去。跟院里的妇女们，她谈不到一块儿。她们所说的是家长里短，而她是野调无腔的惯了，不爱说，也不爱听这些个。她们的委屈是由生活上的苦痛而来，每一件小事都可以引下泪来；她的委屈是一些对生活的不满意，她无泪可落，而是想骂谁一顿，出出闷气。她与她们不能彼此了解，所以顶好各干各的，不必过话。

一直到了四月半，她才有了个伴儿。二强子的女儿小福子回来了。小福子的"人"是个军官。他到处都安一份很简单的家，花个一百二百的弄个年轻的姑娘，再买份儿大号的铺板与两张椅子，便能快乐的过些日子。等军队调遣到别处，他撒手一走，连人带铺板放在原处。花这么一百二百的，过一年半载，并不吃亏，单说缝缝洗洗衣服，作饭，等等的小事，要是雇个仆人，连吃带挣的月间不也得花个十块八块的吗？这么娶个姑娘呢，既是仆人，又能陪着睡觉，而且准保干净没病。高兴呢，给她裁件花布大衫，块儿多钱的事。不高兴呢，教她光眼子在家里蹲着,她也没什么办法。等到他开了差呢,他一点也不可惜那份铺板与一两把椅子,因为欠下的两个月房租得由她想法子给上,把铺板什么折卖了还许不够还这笔账的呢。

小福子就是把铺板卖了,还上房租,只穿着件花洋布大衫,戴着一对银耳环,回到家中来的。

二强子在卖了车以后,除了还上押款与利钱,还剩下二十来块。有时候他觉得是中年丧妻,非常的可怜;别人既不怜惜他,他就自己喝盅酒,喝口好东西,自怜自慰。在这种时候,他仿佛跟钱有仇似的,拼命的乱花。有时候他又以为更应当努力去拉车,好好的把两个男孩拉扯大了,将来也好有点指望。在这么想到儿子的时候,他就嘎七马八的买回一大堆食物,给他们俩吃。看他俩狼吞虎咽的吃那些东西,他眼中含着泪,自言自语的说:"没娘的孩子!苦命的孩子!爸爸去苦奔,奔的是孩子!我不屈心,我吃饱吃不饱不算一回事,得先让孩子吃足!吃吧!你们长大成人别忘了我就得了!"在这种时候,他的钱也不少花。慢慢的二十来块钱就全垫出去了。

没了钱,再赶上他喝了酒,犯了脾气,他一两天不管孩子们吃了什么。孩子们无法,只好得自己去想主意弄几个铜子,买点东西吃。他们会给办红白事的去打执事,会去跟着土车拾些碎铜烂纸,有时候能买上几个烧饼,有时候只能买一斤麦茬白薯,连皮带须子都吞了下去,有时候俩人才有一个大铜子,只好买了落花生或铁蚕豆,虽然不能挡饥,可是能多嚼一会儿。

小福子回来了,他们见着了亲人,一人抱着她一条腿,没有话可说,只流着泪向她笑。妈妈没有了,姐姐就是妈妈!

二强子对女儿回来,没有什么表示。她回来,就多添了个吃饭的。可是,看着两个儿子那样的欢喜,他也不能不承认家中应当有个女的,给大家作作饭,洗洗衣裳。他不便于说什么,走到哪儿算哪儿吧。

小福子长得不难看。虽然原先很瘦小,可是自从跟了那个军官以后,很长了些肉,个子也高了些。圆脸,眉眼长得很匀调,没有什么特别出色的地方,可是结结实实的并不难看。上唇很短,无论是要生气,还是要笑,就先张了唇,露出些很白而齐整的牙来。那个军官就是特别爱她这些牙。露出这些牙,她显出一些呆傻没主意的样子,同时也仿佛有点娇憨。这点神气使她——正如一切贫而不难看的姑娘——像花草似的,只要稍微有点香气或颜色,就被人挑到市上去卖掉。

虎妞,一向不答理院中的人们,可是把小福子看成了朋友。小福子第一是长得有点模样,第二是还有件花洋布的长袍,第三是虎妞以为她既嫁过了军官,总得算见过了世面,所以肯和她来往。妇女们不容易交朋友,可是要交往就很快;没有几天,她俩已成了密友。虎妞爱吃零食,每逢弄点瓜子儿之类的东西,总把小福子喊过来,一边说笑,一边吃着。在说笑之中,小福子愚傻的露出白牙,告诉好多虎妞所没听过的事。随着军官,她并没享福,可是军官高了兴,也带她吃回饭馆,看看戏,所以她很有些事情说,说出来教虎妞羡慕。她还有许多说不出口的事:在她,这是蹂躏;在虎妞,这是些享受。虎妞央告着她说,她不好意思讲,可是又不好意思拒绝。她看过春宫,虎妞就没看见过。诸如此类的事,虎妞听了一遍,还爱听第二遍。她把小福子看成个最可爱,最可羡慕,也值得嫉妒的人。听完那些,再看自己的模样,年岁,与丈夫,她觉得这一辈子太委屈。她没有过青春,而将来也没有什么希望,现在呢,祥子又是那么死砖头似的一块东西!越不满意祥子,她就越爱小福子,小福子虽然是那么穷,那么可怜,可是在她眼中是个享过福,见过阵式的,就是马上死了也不冤。在她看,小福子就足代表女人所应有的享受。

小福子的困苦,虎妞好像没有看见。小福子什么也没有带回来,她可是得——无论爸爸是怎样的不要强——顾着两个兄弟。她哪儿去弄钱给他俩预备饭呢?

二强子喝醉,有了主意:"你要真心疼你的兄弟,你就有法儿挣钱养活他们!都指着我呀,我成天际去给人家当牲口,我得先吃饱;我能空着肚子跑吗?教我一个跟头摔死,你看着可乐是怎着?你闲着也是闲着,有现成的,不卖等什么?"

看看醉猫似的爸爸,看看自己,看看两个饿得像老鼠似的弟弟,小福子只剩了哭。眼泪感动不了父亲,眼泪不能喂饱了弟弟,她得拿出更实在的来。为教弟弟们吃饱,她得卖了自己的肉。搂着小弟弟,她的泪落在他的头发上,他说:"姐姐,我饿!"姐姐!姐姐是块肉,得给弟弟吃!

虎妞不但不安慰小福子,反倒愿意帮她的忙:虎妞愿意拿出点资本,教她打扮齐整,挣来钱再还给她。虎妞愿意借给她地方,因为她自己的屋子太脏,而虎妞的多少有个样子,况且是两间,大家都有个转身的地方。祥子白天既不会回来,虎妞乐得帮忙朋友,而且可以多看些,多明白些,自己所缺乏的,想作也作不到的事。每次小福子用房间,虎妞提出个条件,须给她两毛钱。朋友是朋友,事情是事情,为小福子的事,她得把屋子收拾得好好的,既须劳作,也得多花些钱,难道置买笤帚簸箕什么的不得花钱么?两毛钱绝不算多,因为彼此是朋友,所以才能这样见情面。

小福子露出些牙来,泪落在肚子里。

祥子什么也不知道,可是他又睡不好觉了。虎妞"成全"了小福子,也要在祥子身上找到失去了的青春。

## 十八

到了六月,大杂院里在白天简直没什么人声。孩子们抓早儿提着破筐去拾所能拾到的东西;到了九点,毒花花的太阳已要将他们的瘦脊背晒裂,只好拿回来所拾得的东西,吃些大人所能给他们的食物。然后,大一点的要是能找到世界上最小的资本,便去连买带拾,凑些冰核去卖。若找不到这点资本,便结伴出城到护城河里去洗澡,顺手儿在车站上偷几块煤,或捉些蜻蜓与知了儿卖与那富贵人家的小儿。那小些的,不敢往远处跑,都到门外有树的地方,拾槐虫,挖"金钢"什么的去玩。孩子都出去,男人也都出去,妇女们都赤了背在屋中,谁也不肯出来;不是怕难看,而是因为院中的地已经晒得烫脚。

直到太阳快落,男人与孩子们才陆续的回来,这时候院中有了墙影与一些凉风,而屋里圈着一天的热气,像些火笼;大家都在院中坐着,等着妇女们作饭。此刻,院中非常的热闹,好像是个没有货物的集市。大家都受了一天的热,红着眼珠,没有好脾气;肚子又饿,更个个急叉白脸。一句话不对路,有的便要打孩子,有的便要打老婆;即使打不起来,也骂个痛快。这样闹哄,一直到大家都吃过饭。小孩有的躺在院中便睡去,有的到街上去撒欢。大人们吃饱之后,脾气和平了许多,爱说话的才三五成团,说起一天的辛苦。那吃不上饭的,当已无处去当,卖已无处去卖——即使有东西可当或卖——因为天色已黑上来。男的不管屋中怎样的热,一头扎在炕上,一声不出,也许大声的叫骂。女的含着泪向大家去通融,不定碰多少钉子,才借到一张二十枚的破纸票。攥着这张宝贝票子,她出去弄点杂合面来,勾一锅粥给大家吃。

虎妞与小福子不在这个生活秩序中。虎妞有了孕,这回是真的。祥子清早就出去,她总得到八九点钟才起来;怀孕不宜多运动是传统的错谬信仰,虎妞既相信这个,而且要借此表示出一些身分:大家都得早早的起来操作,唯有她可以安闲自在的爱躺到什么时候就躺到什么时候。到了晚上,她拿着个小板凳到街门外有风的地方去坐着,直到院中的人差不多都睡了才进来,她不屑于和大家闲谈。

小福子也起得晚,可是她另有理由。她怕院中那些男人们斜着眼看她,所以等他们都走净,才敢出屋门。白天,她不是找虎妞来,便是出去走走,因为她的广告便是她自己。晚上,为躲着院中人的注目,她又出去在街上转,约摸着大家都躺下,她才偷偷的溜进来。

在男人里,祥子与二强子是例外。祥子怕进这个大院,更怕往屋里走。院里众人的穷说,使他心里闹得慌,他愿意找个清静的地方独自坐着。屋里呢,他越来越觉得虎妞像个母老虎。小屋里是那么热,憋气,再添上那个老虎,他一进去就仿佛要出不来气。前些日子,他没法不早回来,为是省得虎妞吵嚷着跟他闹。近来,有小福子作伴儿,她不甚管束他了,他就晚回来一些。

二强子呢,近来几乎不大回家来了。他晓得女儿的营业,没脸进那个街门。但是他没法拦阻她,他知道自己没力量养活着儿女们。他只好不再回来,作为眼不见心不烦。有时候他恨女儿,假若小福子是个男的,管保不用这样出丑;既是个女胎,干吗投到他这里来!有时候他可怜女儿,女儿是卖身养着两个弟弟!恨吧疼吧,他没办法。赶到他喝了酒,而手里没了钱,他不恨了,也不可怜了,他回来跟她要钱。在这种时候,他看女儿是个会挣钱的东西,他是作爸爸的,跟她要钱是名正言顺。这时候他也想起体面来:大家不是轻看小福子吗,她的爸爸也没饶了她呀,他逼着她拿钱,而且骂骂咧咧,似乎是骂给大家听——二强子没有错儿,小福子天生的不要脸。

他吵,小福子连大气也不出。倒是虎妞一半骂一半劝,把他对付走,自然他手里得多少拿去点钱。这种钱只许他再去喝酒,因为他要是清醒着看见它们,他就会去跳河或上吊。

六月十五那天,天热得发了狂。太阳刚一出来,地上已像下了火。一些似云非云,似雾非雾的灰气低低的浮在空中,使人觉得憋气。一点风也没有。祥子在院中看了看那灰红的天,打算去拉晚儿——过下午四点再出去;假若挣不上钱的话,他可以一直拉到天亮:夜间无论怎样也比白天好受一些。

虎妞催着他出去,怕他在家里碍事,万一小福子拉来个客人呢。"你当在家里就好受哪?屋子里一到晌午连墙都是烫的!"

他一声没出,喝了瓢凉水,走了出去。

街上的柳树,像病了似的,叶子挂着层灰土在枝上打着卷;枝条一动也懒得动的,无精打采的低垂着。马路上一个水点也没有,干巴巴的发着些白光。便道上尘土飞起多高,与天上的灰气连接起来,结成一片毒恶的灰沙阵,烫着行人的脸。处处干燥,处处烫手,处处憋闷,整个的老城像烧透的砖窑,使人喘不出气。狗趴在地上吐出红舌头,骡马的鼻孔张得特别的大,小贩们不敢吆喝,柏油路化开;甚至于铺户门前的铜牌也好像要被晒化。街上异常的清静,只有铜铁铺里发出使人焦躁的一些单调的叮叮当当。拉车的人们，明知不活动便没有饭吃，也懒得去张罗买卖：有的把车放在有些阴凉的地方，支起车棚，坐在车上打盹；有的钻进小茶馆去喝茶；有的根本没拉出车来，而来到街上看看，看看有没有出车的可能。那些拉着买卖的，即使是最漂亮的小伙子，也居然甘于丢脸，不敢再跑，只低着头慢慢的走。每一个井台都成了他们的救星，不管刚拉了几步，见井就奔过去；赶不上新汲的水，便和驴马们同在水槽里灌一大气。还有的，因为中了暑，或是发痧，走着走着，一头栽在地上，永不起来。

连祥子都有些胆怯了！拉着空车走了几步，他觉出由脸到脚都被热气围着，连手背上都流了汗。可是，见了座儿，他还想拉，以为跑起来也许倒能有点风。他拉上了个买卖，把车拉起来，他才晓得天气的厉害已经到了不允许任何人工作的程度。一跑，便喘不过气来，而且嘴唇发焦，明知心里不渴，也见水就想喝。不跑呢，那毒花花的太阳把手和脊背都要晒裂。好歹的拉到了地方，他的裤褂全裹在了身上。拿起芭蕉扇搧搧，没用，风是热的。他已经不知喝了几气凉水，可是又跑到茶馆去。两壶热茶喝下去，他心里安静了些。茶由口中进去，汗马上由身上出来，好像身上已是空膛的，不会再藏储一点水分。他不敢再动了。

坐了好久，他心中腻烦了。既不敢出去，又没事可作，他觉得天气仿佛成心跟他过不去。不，他不能服软。他拉车不止一天了，夏天这也不是头一遭，他不能就这么白白的"泡"一天。想出去，可是腿真懒得动，身上非常的软，好像洗澡没洗痛快那样，汗虽出了不少，而心里还不畅快。又坐了会儿，他再也坐不住了，反正坐着也是出汗，不如爽性出去试试。

一出来，才晓得自己的错误。天上那层灰气已散，不甚憋闷了，可是阳光也更厉害了许多：没人敢抬头看太阳在哪里，只觉得到处都闪眼，空中，屋顶上，墙壁上，地上，都白亮亮的，白里透着点红；由上至下整个的像一面极大的火镜，每一条光都像火镜的焦点，晒得东西要发火。在这个白光里，每一个颜色都刺目，每一个声响都难听，每一种气味都混含着由地上蒸发出来的腥臭。街上仿佛已没了人，道路好像忽然加宽了许多，空旷而没有一点凉气，白花花的令人害怕。祥子不知怎么是好了，低着头，拉着车，极慢的往前走，没有主意，没有目的，昏昏沉沉的，身上挂着一层粘汗，发着馊臭的味儿。走了会儿，脚心和鞋袜粘在一块，好像踩着块湿泥，非常的难过。本来不想再喝水，可是见了井不由的又过去灌了一气，不为解渴，似乎专为享受井水那点凉气，由口腔到胃中，忽然凉了一下，身上的毛孔猛的一收缩，打个冷战，非常舒服。喝完，他连连的打嗝，水要往上漾！

走一会儿，坐一会儿，他始终懒得张罗买卖。一直到了正午，他还觉不出饿来。想去照例的吃点什么，看见食物就要恶心。胃里差不多装满了各样的水，有时候里面会轻轻的响，像骡马似的喝完水肚子里光光光的响动。

拿冬与夏相比，祥子总以为冬天更可怕。他没想到过夏天这么难受。在城里过了不止一夏了，他不记得这么热过。是天气比往年热呢，还是自己的身体虚呢？这么一想，他忽然的不那么昏昏沉沉的了，心中仿佛凉了一下。自己的身体，是的，自己的身体不行了！他害了怕，可是没办法。他没法赶走虎妞，他将要变成二强子，变成那回遇见的那个高个子，变成小马儿的祖父。祥子完了！

正在午后一点的时候，他又拉上个买卖。这是一天里最热的时候，又赶上这一夏里最热的一天，可是他决定去跑一趟。他不管太阳下是怎样的热了：假若拉完一趟而并不怎样呢，那就证明自己的身子并没坏；设若拉不下来这个买卖呢，那还有什么可说的，一个跟头栽死在那发着火的地上也好！

刚走了几步，他觉到一点凉风，就像在极热的屋里由门缝进来一点凉气似的。他不敢相信自己；看看路旁的柳枝，的确是微微的动了两下。街上突然加多了人，铺户中的人争着往外跑，都攥着把蒲扇遮着头，四下里找："有了凉风！有了凉风！凉风下来了！"大家几乎要跳起来嚷着。路旁的柳树忽然变成了天使似的，传达着上天的消息："柳条儿动了！老天爷，多赏点凉风吧！"

还是热，心里可镇定多了。凉风，即使是一点点，给了人们许多希望。几阵凉风过去，阳光不那么强了，一阵亮，一阵稍暗，仿佛有片飞沙在上面浮动似的。风忽然大起来，那半天没有动作的柳条像猛的得到什么可喜的事，飘洒的摇摆，枝条都像长出一截儿来。一阵风过去，天暗起来，灰尘全飞到半空。尘土落下一些，北面的天边见了墨似的乌云。祥子身上没了汗，向北边看了一眼，把车停住，上了雨布，他晓得夏天的雨是说来就来，不容工夫的。

刚上好了雨布，又是一阵风，黑云滚似的已遮黑半边天。地上的热气与凉风搀合起来，夹杂着腥臊的干土，似凉又热；南边的半个天响晴白日，北边的半个天乌云如墨，仿佛有什么大难来临，一切都惊慌失措。车夫急着上雨布，铺户忙着收幌子，小贩们慌手忙脚的收拾摊子，行路的加紧往前奔。又一阵风。风过去，街上的幌子，小摊，与行人，仿佛都被风卷了走，全不见了，只剩下柳枝随着风狂舞。

云还没铺满了天，地上已经很黑，极亮极热的晴午忽然变成黑夜了似的。风带着雨星，像在地上寻找什么似的，东一头西一头的乱撞。北边远处一个红闪，像把黑云掀开一块，露出一大片血似的。风小了，可是利飕有劲，使人颤抖。一阵这样的风过去，一切都不知怎好似的，连柳树都惊疑不定的等着点什么。又一个闪，正在头上，白亮亮的雨点紧跟着落下来，极硬的砸起许多尘土，土里微带着雨气。大雨点砸在祥子的背上几个，他哆嗦了两下。雨点停了，黑云铺匀了满天。又一阵风，比以前的更厉害，柳枝横着飞，尘土往四下里走，雨道往下落；风，土，雨，混在一处，联成一片，横着竖着都灰茫茫冷飕飕，一切的东西都被裹在里面，辨不清哪是树，哪是地，哪是云，四面八方全乱，全响，全迷糊。风过去了，只剩下直的雨道，扯天扯地的垂落，看不清一条条的，只是那么一片，一阵，地上射起了无数的箭头，房屋上落下万千条瀑布。几分钟，天地已分不开，空中的河往下落，地上的河横流，成了一个灰暗昏黄，有时又白亮亮的，一个水世界。

　　祥子的衣服早已湿透，全身没有一点干松地方；隔着草帽，他的头发已经全湿。地上的水过了脚面，已经很难迈步；上面的雨直砸着他的头与背，横扫着他的脸，裹着他的裆。他不能抬头，不能睁眼，不能呼吸，不能迈步。他像要立定在水中，不知道哪是路，不晓得前后左右都有什么，只觉得透骨凉的水往身上各处浇。他什么也不知道了，只心中茫茫的有点热气，耳旁有一片雨声。他要把车放下，但是不知放在哪里好。想跑，水裹住他的腿。他就那么半死半活的,低着头一步一步的往前曳。坐车的仿佛死在了车上，一声不出的任着车夫在水里挣命。

　　雨小了些，祥子微微直了直脊背，吐出一口气："先生，避避再走吧！"

"快走！你把我扔在这儿算怎回事？"坐车的跺着脚喊。

祥子真想硬把车放下，去找个地方避一避。可是，看看身上，已经全往下流水，他知道一站住就会哆嗦成一团。他咬上了牙，蹚着水不管高低深浅的跑起来。刚跑出不远，天黑了一阵，紧跟着一亮，雨又迷住他的眼。

拉到了，坐车的连一个铜板也没多给。祥子没说什么，他已顾不过命来。

雨住一会儿，又下一阵儿，比以前小了许多。祥子一气跑回了家。抱着火，烤了一阵，他哆嗦得像风雨中的树叶。虎妞给他冲了碗姜糖水，他傻子似的抱着碗一气喝完。喝完，他钻了被窝，什么也不知道了，似睡非睡的，耳中刷刷的一片雨声。

到四点多钟，黑云开始显出疲乏来，绵软无力的打着不甚红的闪。一会儿，西边的云裂开，黑的云峰镶上金黄的边，一些白气在云下奔走；闪都到南边去，曳着几声不甚响亮的雷。又待了一会儿，西边的云缝露出来阳光，把带着雨水的树叶照成一片金绿。东边天上挂着一双七色的虹，两头插在黑云里，桥背顶着一块青天。虹不久消散了，天上已没有一块黑云，洗过了的蓝空与洗过了的一切，像由黑暗里刚生出一个新的，清凉的，美丽的世界。连大杂院里的水坑上也来了几个各色的蜻蜓。

可是，除了孩子们赤着脚追逐那些蜻蜓，杂院里的人们并顾不得欣赏这雨后的晴天。小福子屋的后檐墙塌了一块，姐儿三个忙着把炕席揭起来，堵住窟窿。院墙塌了好几处，大家没工夫去管，只顾了收拾自己的屋里：有的台阶太矮，水已灌到屋中，大家七手八脚的拿着簸箕破碗往外淘水。有的倒了山墙，设法去填堵。有的屋顶漏得像个喷壶，把东西全淋湿，忙着往出搬运，放在炉旁去烤，或搁在窗台上去晒。在正下雨的时候，大家躲在那随时可以塌倒而把他们活埋了的屋中，把命交给了老天；雨后，他们算计着，收拾着，那些损失；虽然大雨过去，一斤粮食也许落一半个铜子，可是他们的损失不是这个所能偿补的。他们花着房钱，可是永远没人来修补房子；除非塌得无法再住人，才来一两个泥水匠，用些素泥碎砖稀松的堵砌上——预备着再塌。房钱交不上，全家便被撵出去，而且扣了东西。房子破，房子可以砸死人，没人管。他们那点钱，只能租这样的屋子；破，危险，都活该！

最大的损失是被雨水激病。他们连孩子带大人都一天到晚在街上找生意，而夏天的暴雨随时能浇在他们的头上。他们都是卖力气挣钱，老是一身热汗，而北方的暴雨是那么急，那么凉，有时夹着核桃大的冰雹；冰凉的雨点，打在那开张着的汗毛眼上，至少教他们躺在炕上，发一两天烧。孩子病了，没钱买药；一场雨，催高了田中的老玉米与高粱，可是也能浇死不少城里的贫苦儿女。大人们病了，就更了不得；雨后，诗人们吟咏着荷珠与双虹；穷人家，大人病了，便全家挨了饿。一场雨，也许多添几个妓女或小贼，多有些人下到监狱去；大人病了，儿女们作贼作娼也比饿着强！雨下给富人，也下给穷人；下给义人，也下给不义的人。其实，雨并不公道，因为下落在一个没有公道的世界上。

祥子病了。大杂院里的病人并不止于他一个。

## 十九

祥子昏昏沉沉的睡了两昼夜，虎妞着了慌。到娘娘庙，她求了个神方：一点香灰之外，还有两三味草药。给他灌下去，他的确睁开眼看了看，可是待了一会儿又睡着了，嘴里唧唧咕咕的不晓得说了些什么。虎妞这才想起去请大夫。扎了两针，服了剂药，他清醒过来，一睁眼便问："还下雨吗？"

第二剂药煎好，他不肯吃。既心疼钱，又恨自己这样的不济，居然会被一场雨给激病，他不肯喝那碗苦汁子。为证明他用不着吃药，他想马上穿起衣裳就下地。可是刚一坐起来，他的头像有块大石头赘着，脖子一软，眼前冒了金花，他又倒下了。什么也无须说了，他接过碗来，把药吞下去。

他躺了十天。越躺着越起急，有时候他趴在枕头上，有泪无声的哭。他知道自己不能去挣钱，那么一切花费就都得由虎妞往外垫；多喒把她的钱垫完，多喒便全仗着他的一辆车子；凭虎妞的爱花爱吃，他供给不起，况且她还有了孕呢！越起不来越爱胡思乱想，越想越愁得慌，病也就越不容易好。

刚顾过命来，他就问虎妞："车呢？"

"放心吧，赁给丁四拉着呢！"

"啊！"他不放心他的车，唯恐被丁四，或任何人，给拉坏。可是自己既不能下地，当然得赁出去，还能闲着吗？他心里计算：自己拉，每天好歹一背拉总有五六毛钱的进项。房钱，煤米柴炭，灯油茶水，还先别算添衣服，也就将够两个人用的，还得处处抠搜，不能像虎妞那么满不在乎。现在，每天只进一毛多钱的车租，得干赔上四五毛，还不算吃药。假若病老不好，该怎办呢？是的，不怪二强子喝酒，不怪那些苦朋友们胡作非为，拉车这条路是死路！不管你怎样卖力气，要强，你可就别成家，别生病，别出一点岔儿。哼！他想起来，自己的头一辆车，自己攒下的那点钱，又招谁惹谁了？不因生病，也不是为成家，就那么无情无理的丢了！好也不行，歹也不行，这条路上只有死亡,而且说不定哪时就来到,自己一点也不晓得。想到这里,由忧愁改为颓废,嗐,干它的去,起不来就躺着,反正是那么回事!他什么也不想了,静静的躺着。不久他又忍不下去了,想马上起来,还得去苦奔;道路是死的,人心是活的,在入棺材以前总是不断的希望着。可是,他立不起来。只好无聊的,乞怜的,要向虎妞说几句话:

"我说那辆车不吉祥,真不吉祥!"

"养你的病吧!老说车,车迷!"

他没再说什么。对了,自己是车迷!自从一拉车,便相信车是一切,敢情……

病刚轻了些,他下了地。对着镜子看了看,他不认得镜中的人了:满脸胡子拉碴,太阳与腮都瘪进去,眼是两个深坑,那块疤上有好多皱纹!屋里非常的热闷,他不敢到院中去,一来是腿软得像没了骨头,二来是怕被人家看见他。不但在这个院里,就是东西城各车口上,谁不知道祥子是头顶头的棒小伙子。祥子不能就是这个样的病鬼!他不肯出去。在屋里,又憋闷得慌。他恨不能一口吃壮起来,好出去拉车。可是,病是毁人的,它的来去全由着它自己。

歇了有一个月,他不管病完全好了没有,就拉上车。把帽子戴得极低,为是教人认不出来他,好可以缓着劲儿跑。"祥子"与"快"是分不开的,他不能大模大样的慢慢蹭,教人家看不起。

身子本来没好利落,又贪着多拉几号,好补上病中的亏空,拉了几天,病又回来了。这回添上了痢疾。他急得抽自己的嘴巴,没用,肚皮似乎已挨着了腰,还泻。好容易痢疾止住了,他的腿连蹲下再起来都费劲,不用说想去跑一阵了。他又歇了一个月!他晓得虎妞手中的钱大概快垫完了!

到八月十五,他决定出车:这回要是再病了,他起了誓,他就去跳河!

在他第一次病中,小福子时常过来看看。祥子的嘴一向干不过虎妞,而心中又是那么憋闷,所以有时候就和小福子说几句。这个,招翻了虎妞。祥子不在家,小福子是好朋友;祥子在家,小福子是,按照虎妞的想法,"来吊棒!好不要脸!"她力逼着小福子还上欠着她的钱,"从此以后,不准再进来!"

小福子失去了招待客人的地方,而自己的屋里又是那么破烂——炕席堵着后檐墙,她无可如何,只得到"转运公司"去报名。可是,"转运公司"并不需要她这样的货。人家是介绍"女学生"与"大家闺秀"的,门路高,用钱大,不要她这样的平凡人物。她没了办法。想去下窑子,既然没有本钱,不能混自家的买卖,当然得押给班儿里。但是,这样办就完全失去自由,谁照应着两个弟弟呢?死是最简单容易的事,活着已经是在地狱里。她不怕死,可也不想死,因为她要作些比死更勇敢更伟大的事。她要看着两个弟弟都能挣上钱,再死也就放心了。自己早晚是一死,但须死一个而救活了俩!想来想去,她只有一条路可走:贱卖。肯进她那间小屋的当然不肯出大价钱,好吧,谁来也好吧,给个钱就行。这样,倒省了衣裳与脂粉;来找她的并不敢希望她打扮得怎么够格局,他们是按钱数取乐的;她年纪很轻,已经是个便宜了。

虎妞的身子已不大方便,连上街买趟东西都怕有些失闪,而祥子一走就是一天,小福子又不肯过来,她寂寞得像个被拴在屋里的狗。越寂寞越恨,她以为小福子的减价出售是故意的气她。她才不能吃这个瘪子:坐在外间屋,敞开门,她等着。有人往小福子屋走,她便扯着嗓子说闲话,教他们难堪,也教小福子吃不住。小福子的客人少了,她高了兴。

小福子晓得这么下去,全院的人慢慢就会都响应虎妞,而把自己撵出去。她只是害怕,不敢生气,落到她这步天地的人晓得把事实放在气和泪的前边。她带着小弟弟过来,给虎妞下了一跪。什么也没说,可是神色也带出来:这一跪要还不行的话,她自己不怕死,谁可也别想活着!最伟大的牺牲是忍辱,最伟大的忍辱是预备反抗。

虎妞倒没了主意。怎想怎不是味儿,可是带着那么个大肚子,她不敢去打架。武的既拿不出来,只好给自己个台阶:她是逗着小福子玩呢,谁想弄假成真,小福子的心眼太死。这样解释开,她们又成了好友,她照旧给小福子维持一切。

自从中秋出车,祥子处处加了谨慎,两场病教他明白了自己并不是铁打的。多挣钱的雄心并没完全忘掉,可是屡次的打击使他认清楚了个人的力量是多么微弱;好汉到时候非咬牙不可,但咬上牙也会吐了血!痢疾虽然已好,他的肚子可时时的还疼一阵。有时候腿脚正好蹓开了,想试着步儿加点速度,肚子里绳绞似的一拧,他缓了步,甚至于忽然收住脚,低着头,缩着肚子,强忍一会儿。独自拉着座儿还好办,赶上拉帮儿车的时候,他猛孤仃的收住步,使大家莫名其妙,而他自己非常的难堪。自己才二十多岁,已经这么闹笑话,赶到三四十岁的时候,应当怎样呢?这么一想,他嗖的一下冒了汗!

为自己的身体,他很愿再去拉包车。到底是一工儿活有个缓气的时候;跑的时候要快,可是休息的工夫也长,总比拉散座儿轻闲。他可也准知道,虎妞绝对不会放手他,成了家便没了自由,而虎妞又是特别的厉害。他认了背运。

半年来的,由秋而冬,他就那么一半对付,一半挣扎,不敢大意,也不敢偷懒,心中憋憋闷闷的,低着头苦奔。低着头,他不敢再像原先那么楞葱似的,什么也不在乎了。至于挣钱,他还是比一般的车夫多挣着些。除非他的肚子正绞着疼,他总不肯空放走一个买卖,该拉就拉,他始终没染上恶习。什么故意的绷大价,什么中途倒车,什么死等好座儿,他都没学会。这样,他多受了累,可是天天准进钱。他不取巧,所以也就没有危险。

可是,钱进得太少,并不能剩下。左手进来,右手出去,一天一个干净。他连攒钱都想也不敢想了。他知道怎样省着,虎妞可会花呢。虎妞的"月子"是转过年二月初的。自从一入冬,她的怀已显了形,而且爱故意的往外腆着,好显出自己的重要。看着自己的肚子,她简直连炕也懒得下。作菜作饭全托付给了小福子,自然那些剩汤腊水的就得教小福子拿去给弟弟们吃。这个,就费了许多。饭菜而外,她还得吃零食,肚子越显形,她就觉得越须多吃好东西;不能亏着嘴。她不但随时的买零七八碎的,而且嘱咐祥子每天给她带回点儿来。祥子挣多少,她花多少,她的要求随着他的钱涨落。祥子不能说什么。他病着的时候,花了她的钱,那么一还一报,他当然也得给她花。祥子稍微紧一紧手,她马上会生病,"怀孕就是害九个多月的病,你懂得什么?"她说的也是真话。

到过新年的时候,她的主意就更多了。她自己动不了窝,便派小福子一趟八趟的去买东西。她恨自己出不去,又疼爱自己而不肯出去,不出去又憋闷的慌,所以只好多买些东西来看着还舒服些。她口口声声不是为她自己买而是心疼祥子:"你苦奔了一年,还不吃一口哪?自从病后,你就没十分足壮起来;到年底下还不吃,等饿得像个瘪臭虫哪?"祥子不便辩驳,也不会辩驳；及至把东西作好，她一吃便是两三大碗。吃完，又没有运动，她撑得慌，抱着肚子一定说是犯了胎气！

过了年，她无论如何也不准祥子在晚间出去，她不定哪时就生养，她害怕。这时候，她才想起自己的实在岁数来，虽然还不肯明说，可是再也不对他讲，"我只比你大'一点'了"。她这么闹哄，祥子迷了头。生命的延续不过是生儿养女，祥子心里不由的有点喜欢，即使一点也不需要一个小孩，可是那个将来到自己身上，最简单而最玄妙的"爸"字，使铁心的人也得要闭上眼想一想，无论怎么想，这个字总是动心的。祥子，笨手笨脚的，想不到自己有什么好处和可自傲的地方；一想到这个奇妙的字，他忽然觉出自己的尊贵，仿佛没有什么也没关系，只要有了小孩，生命便不会是个空的。同时，他想对虎妞尽自己所能地去供给，去伺候，她现在已不是"一"个人；即使她很讨厌，可是在这件事上她有一百成的功劳。不过，无论她有多大的功劳，她的闹腾劲儿可也真没法受。她一会儿一个主意，见神见鬼的乱哄，而祥子必须出去挣钱，需要休息，即使钱可以乱花，他总得安安顿顿的睡一夜，好到明天再去苦曳。她不准他晚上出去，也不准他好好的睡觉，他一点主意也没有，成天际晕晕忽忽的，不知怎样才好。有时候欣喜，有时候着急，有时候烦闷，有时候为欣喜而又要惭愧，有时候为着急而又要自慰，有时候为烦闷而又要欣喜，感情在他心中绕着圆圈，把个最简单的人闹得不知道了东西南北。有一回，他竟自把座儿拉过了地方，忘了人家雇到哪里！

灯节左右，虎妞决定教祥子去请收生婆，她已支持不住。收生婆来到，告诉她还不到时候，并且说了些要临盆时的征象。她忍了两天，就又闹腾起来。把收生婆又请来，还是不到时候。

她哭着喊着要去寻死,不能再受这个折磨。祥子一点办法没有,为表明自己尽心,只好依了她的要求,暂不去拉车。

一直闹到月底,连祥子也看出来,这是真到了时候,她已经不像人样了。收生婆又来到,给祥子一点暗示,恐怕要难产。虎妞的岁数,这又是头胎,平日缺乏运动,而胎又很大,因为孕期里贪吃油腻;这几项合起来,打算顺顺当当的生产是希望不到的。况且一向没经过医生检查过,胎的部位并没有矫正过;收生婆没有这份手术,可是会说:就怕是横生逆产呀!

在这杂院里,小孩的生与母亲的死已被大家习惯的并为一谈。可是虎妞比别人都更多着些危险,别个妇人都是一直到临盆那一天还操作活动,而且吃得不足,胎不会很大,所以倒能容易产生。她们的危险是在产后的失调,而虎妞却与她们正相反。她的优越正是她的祸患。

祥子,小福子,收生婆,连着守了她三天三夜。她把一切的神佛都喊到了,并且许下多少誓愿,都没有用。最后,她嗓子已哑,只低唤着"妈哟!妈哟!"收生婆没办法,大家都没办法,还是她自己出的主意,教祥子到德胜门外去请陈二奶奶——顶着一位虾蟆大仙。陈二奶奶非五块钱不来,虎妞拿出最后的七八块钱来:"好祥子,快快去吧!花钱不要紧!等我好了,我乖乖的跟你过日子!快去吧!"

陈二奶奶带着"童儿"——四十来岁的一位黄脸大汉——快到掌灯的时候才到。她有五十来岁,穿着蓝绸子袄,头上戴着红石榴花,和全份的镀金首饰。眼睛直勾勾的,进门先净了手,而后上了香;她自己先磕了头,然后坐在香案后面,呆呆的看着香苗。忽然连身子都一摇动,打了个极大的冷战,垂下头,闭上眼,半天没动静。屋中连落个针都可以听到,虎妞也咬上牙不敢出声。慢慢的,陈二奶奶抬起头来,点着头看了看大家;"童儿"扯了扯祥子,教他赶紧磕头。祥子不知道自己信神不信,只觉得磕头总不会出错儿。迷迷忽忽的,他不晓得磕了几个头。立起来,他看着那对直勾勾的"神"眼,和那烧透了的红亮香苗,闻着香烟的味道,心中渺茫的希望着这个阵式里会有些好处,呆呆的,他手心上出着凉汗。

虾蟆大仙说话老声老气的,而且有些结巴:"不,不,不要紧!画道催,催,催生符!"

"童儿"急忙递过黄绵纸,大仙在香苗上抓了几抓,而后沾着唾沫在纸上画。

画完符,她又结结巴巴的说了几句:大概的意思是虎妞前世里欠这孩子的债,所以得受些折磨。祥子晕头打脑的没甚听明白,可是有些害怕。

陈二奶奶打了个长大的哈欠,闭目楞了会儿,仿佛是大梦初醒的样子睁开了眼。"童儿"赶紧报告大仙的言语。她似乎很喜欢:"今天大仙高兴,爱说话!"然后她指导着祥子怎样教虎妞喝下那道神符,并且给她一丸药,和神符一同服下去。

陈二奶奶热心的等着看看神符的效验,所以祥子得给她预备点饭。祥子把这个托付给小福子去办。小福子给买来热芝麻酱烧饼和酱肘子;陈二奶奶还嫌没有盅酒吃。

虎妞服下去神符,陈二奶奶与"童儿"吃过了东西,虎妞还是翻滚的闹。直闹了一点多钟,她的眼珠已慢慢往上翻。陈二奶奶还有主意,不慌不忙的教祥子跪一股高香。祥子对陈二奶奶的信心已经剩不多了。但是既花了五块钱,爽性就把她的方法都试验试验吧;既不肯打她一顿,那么就依着她的主意办好了,万一有些灵验呢!

直挺挺的跪在高香前面，他不晓得求的是什么神，可是他心中想要虔诚。看着香火的跳动，他假装在火苗上看见了一些什么形影，心中便祷告着。香越烧越矮，火苗当中露出些黑道来，他把头低下去，手扶在地上，迷迷胡胡的有些发困，他已两三天没得好好的睡了。脖子忽然一软，他唬了一跳，再看，香已烧得剩了不多。他没管到了该立起来的时候没有，拄着地就慢慢立起来，腿已有些发木。

陈二奶奶和"童儿"已经偷偷的溜了。

祥子没顾得恨她，而急忙过去看虎妞，他知道事情到了极不好办的时候。虎妞只剩了大口的咽气，已经不会出声。收生婆告诉他，想法子到医院去吧，她的方法已经用尽。

祥子心中仿佛忽然的裂了，张着大嘴哭起来。小福子也落着泪，可是处在帮忙的地位，她到底心里还清楚一点。"祥哥！先别哭！我去上医院问问吧？"

没管祥子听见了没有，她抹着泪跑出去。

她去了有一点钟。跑回来，她已喘得说不上来话。扶着桌子，她干嗽了半天才说出来：医生来一趟是十块钱，只是看看，并不管接生。接生是二十块。要是难产的话，得到医院去，那就得几十块了。"祥哥！你看怎办呢？！"

祥子没办法，只好等着该死的就死吧！

愚蠢与残忍是这里的一些现象；所以愚蠢，所以残忍，却另有原因。

虎妞在夜里十二点，带着个死孩子，断了气。

## 二十

祥子的车卖了!

钱就和流水似的,他的手已拦不住;死人总得抬出去,连开张殃榜也得花钱。

祥子像傻了一般,看着大家忙乱,他只管往外掏钱。他的眼红得可怕,眼角堆着一团黄白的眵目糊;耳朵发聋,楞楞磕磕的随着大家乱转,可不知道自己作的是什么。

跟着虎妞的棺材往城外走,他这才清楚了一些,可是心里还顾不得思索任何事情。没有人送殡,除了祥子,就是小福子的两个弟弟,一人手中拿着薄薄的一打儿纸钱,沿路撒给那拦路鬼。

楞楞磕磕的,祥子看着杠夫把棺材埋好,他没有哭。他的脑中像烧着一把烈火,把泪已烧干,想哭也哭不出。呆呆的看着,他几乎不知那是干什么呢。直到"头儿"过来交待,他才想起回家。

屋里已被小福子给收拾好。回来,他一头倒在炕上,已经累得不能再动。眼睛干巴巴的闭不上,他呆呆的看着那有些雨漏痕迹的顶棚。既不能睡去,他坐了起来。看了屋中一眼,他不敢再看。心中不知怎样好。他出去买了包"黄狮子"烟来。坐在炕沿上,点着了一支烟;并不爱吸。呆呆的看着烟头上那点蓝烟,忽然泪一串串的流下来,不但想起虎妞,也想起一切。到城里来了几年,这是他努力的结果,就是这样,就是这样!他连哭都哭不出声来!车,车,车是自己的饭碗。买,丢了;再买,卖出去;三起三落,像个鬼影,永远抓不牢,而空受那些辛苦与委屈。没了,什么都没了,连个老婆也没了!虎妞虽然厉害,但是没了她怎能成个家呢?看着屋中的东西,都是她的,她本人可是埋在了城外！越想越恨，泪被怒火截住，他狠狠的吸那支烟，越不爱吸越偏要吸。把烟吸完，手捧着头，口中与心中都发辣，要狂喊一阵，把心中的血都喷出来才痛快。

不知道什么工夫，小福子进来了，立在外间屋的菜案前，呆呆的看着他。

他猛一抬头，看见了她，泪极快的又流下来。此时，就是他看见只狗，他也会流泪；满心的委屈，遇见个活的东西才想发泄；他想跟她说说，想得到一些同情。可是，话太多，他的嘴反倒张不开了。

"祥哥！"她往前凑了凑，"我把东西都收拾好了。"

他点了点头，顾不及谢谢她；悲哀中的礼貌是虚伪。

"你打算怎办呢？"

"啊？"他好像没听明白，但紧跟着他明白过来，摇了摇头——他顾不得想办法。

她又往前走了两步，脸上忽然红起来，露出几个白牙，可是话没能说出。她的生活使她不能不忘掉羞耻，可是遇到正经事，她还是个有真心的女人：女子的心在羞耻上运用着一大半。"我想……"她只说出这么点来。她心中的话很多；脸一红，它们全忽然的跑散，再也想不起来。

人间的真话本来不多，一个女子的脸红胜过一大片话；连祥子也明白了她的意思。在他的眼里，她是个最美的女子，美在骨头里，就是她满身都长了疮，把皮肉都烂掉，在他心中她依然很美。她美，她年轻，她要强，她勤俭。假若祥子想再娶，她是个理想的人。他并不想马上就续娶，他顾不得想任何的事。可是她既然愿意，而且是因为生活的压迫不能不马上提出来，他似乎没有法子拒绝。她本人是那么好，而且帮了他这么多的忙，他只能点头,他真想过去抱住她,痛痛快快地哭一场,把委屈都哭净,而后与她努力同心的再往下苦奔。在她身上,他看见了一个男人从女子所能得的与所应得的安慰。他的口不大爱说话,见了她,他愿意随便的说;有她听着,他的话才不至于白说;她的一点头,或一笑,都是最美满的回答,使他觉得真是成了"家"。

正在这个时候,小福子的二弟弟进来了:"姐姐!爸爸来了!"

她皱了皱眉。她刚推开门,二强子已走到院中。

"你上祥子屋里干什么去了?"二强子的眼睛瞪圆,两脚拌着蒜,东一晃西一晃的扑过来:"你卖还卖不够,还得白教祥子玩?你个不要脸的东西!"

祥子,听到自己的名字,赶了出来,立在小福子的身后。

"我说祥子,"二强子歪歪拧拧的想挺起胸脯,可是连立也立不稳:"我说祥子,你还算人吗?你占谁的便宜也罢,单占她的便宜?什么玩艺?"

祥子不肯欺负个醉鬼,可是心中的积郁使他没法管束住自己的怒气。他赶上一步去。四只红眼睛对了光,好像要在空气中激触,发出火花。祥子一把扯住二强子的肩,就像提拉着个孩子似的,掷出老远。

良心的谴责,借着点酒,变成狂暴:二强子的醉本来多少有些假装。经这一摔,他醒过来一半。他想反攻,可是明知不是祥子的对手。就这么老老实实的出去,又十分的不是味儿。他坐在地上,不肯往起立,又不便老这么坐着。心中十分的乱,嘴里只好随便地说了:"我管教儿女,与你什么相干?揍我?你姥姥!你也得配!"

祥子不愿还口，只静静的等着他反攻。

小福子含着泪，不知怎样好。劝父亲是没用的，看着祥子打他也于心不安。她将全身都摸索到了，凑出十几个铜子儿来，交给了弟弟。弟弟平日绝不敢挨近爸爸的身，今天看爸爸是被揍在地上，胆子大了些。"给你，走吧！"

二强子棱棱着眼把钱接过去，一边往起立，一边叨唠："放着你们这群丫头养的！招翻了太爷，妈的弄刀全宰了你们！"快走到街门了，他喊了声"祥子！搁着这个碴儿，咱们外头见！"

二强子走后，祥子和小福子一同进到屋中。

"我没法子！"她自言自语的说了这么句，这一句总结了她一切的困难，并且含着无限的希望——假如祥子愿意娶她，她便有了办法。

祥子，经过这一场，在她的身上看出许多黑影来。他还喜欢她，可是负不起养着她两个弟弟和一个醉爸爸的责任！他不敢想虎妞一死，他便有了自由；虎妞也有虎妞的好处，至少是在经济上帮了他许多。他不敢想小福子要是死吃他一口，可是她这一家人都不会挣饭吃也千真万确。爱与不爱，穷人得在金钱上决定，"情种"只生在大富之家。

他开始收拾东西。

"你要搬走吧？"小福子连嘴唇全白了。

"搬走！"他狠了心，在没有公道的世界里，穷人仗着狠心维持个人的自由，那很小很小的一点自由。

看了他一眼，她低着头走出去。她不恨，也不恼，只是绝望。

虎妞的首饰与好一点的衣服，都带到棺材里去。剩下的只是一些破旧的衣裳，几件木器，和些盆碗锅勺什么的。祥子由那些衣服中拣出几件较好的来，放在一边；其余的连衣报带器具全卖。他叫来个"打鼓儿的",一口价卖了十几块钱。他急于搬走,急于打发了这些东西,所以没心思去多找几个人来慢慢的绷着价儿。"打鼓儿的"把东西收拾了走,屋中只剩下他的一份铺盖和那几件挑出来的衣服,在没有席的炕上放着。屋中全空,他觉得痛快了些,仿佛摆脱开了许多缠绕,而他从此可以远走高飞了似的。可是,不大一会儿,他又想起那些东西。桌子已被搬走,桌腿儿可还留下一些痕迹———一堆堆的细土,贴着墙根形成几个小四方块。看着这些印迹,他想起东西,想起人,梦似的都不见了。不管东西好坏,不管人好坏,没了它们,心便没有地方安放。他坐在了炕沿上,又掏出支"黄狮子"来。

　　随着烟卷,他带出一张破毛票儿来。有意无意他把钱全掏了出来;这两天了,他始终没顾到算一算账。掏出一堆来,洋钱,毛票,铜子票,铜子,什么也有。堆儿不小,数了数,还不到二十块。凑上卖东西的十几块,他的财产全部只是三十多块钱。

　　把钱放在炕砖上,他瞪着它们,不知是哭好,还是笑好。屋里没有人,没有东西,只剩下他自己与这一堆破旧霉污的钱。这是干什么呢?

　　长叹了一声,无可奈何的把钱揣在怀里,然后他把铺盖和那几件衣服抱起来,去找小福子。

　　"这几件衣裳,你留着穿吧!把铺盖存在这一会儿,我先去找好车厂子,再来取。"不敢看小福子,他低着头一气说完这些。

　　她什么也没说,只答应了两声。

　　祥子找好车厂,回来取铺盖,看见她的眼已哭肿。他不会说什么,可是设尽方法想出这么两句:"等着吧!等我混好了,我来!一定来!"

　　她点了点头,没说什么。

祥子只休息了一天，便照旧去拉车。他不像先前那样火着心拉买卖了，可也不故意的偷懒，就那么淡而不厌的一天天的混。这样混过了一个来月，他心中觉得很平静。他的脸腾满起来一些，可是不像原先那么红扑扑的了；脸色发黄，不显着足壮，也并不透出瘦弱。眼睛很明，可没有什么表情，老是那么亮亮的似乎挺有精神，又似乎什么也没看见。他的神气很像风暴后的树，静静的立在阳光里，一点不敢再动。原先他就不喜欢说话，现在更不爱开口了。天已很暖，柳枝上已挂满嫩叶，他有时候向阳放着车，低着头自言自语的嘴微动着，有时候仰面承受着阳光，打个小盹；除了必须开口，他简直的不大和人家过话。

　　烟卷可是已吸上了瘾。一坐在车上，他的大手便向胸垫下面摸去。点着了支烟，他极缓慢的吸吐，眼随着烟圈儿向上看，呆呆的看着，然后点点头，仿佛看出点意思来似的。

　　拉起车来，他还比一般的车夫跑得麻利，可是他不再拼命的跑。在拐弯抹角和上下坡儿的时候，他特别的小心。几乎是过度的小心。有人要跟他赛车，不论是怎样的逗弄激发，他低着头一声也不出，依旧不快不慢的跑着。他似乎看透了拉车是怎回事，不再想从这里得到任何的光荣与称赞。

　　在厂子里，他可是交了朋友；虽然不大爱说话，但是不出声的雁也喜欢群飞。再不交朋友，他的寂寞恐怕就不是他所能忍受的了。他的烟卷盒儿，只要一掏出来，便绕着圈儿递给大家。有时候人家看他的盒里只剩下一支，不好意思伸手，他才简截的说："再买！"赶上大家赌钱，他不像从前那样躲在一边，也过来看看，并且有时候押上一注，输赢都不在乎的，似乎只为向大家表示他很合群，很明白大家奔忙了几天之后应当快乐一下。他们喝酒，他也陪着；不多喝，可是自己出钱买些酒菜让大家吃。以前他所看不上眼的事,现在他都觉得有些意思——自己的路既走不通,便没法不承认别人作得对。朋友之中若有了红白事,原先他不懂得行人情,现在他也出上四十铜子的份子,或随个"公议儿"。不但是出了钱,他还亲自去吊祭或庆贺,因为他明白了这些事并非是只为糟蹋钱,而是有些必须尽到的人情。在这里人们是真哭或真笑,并不是瞎起哄。

那三十多块钱,他可不敢动。弄了块白布,他自己笨手八脚的拿个大针把钱缝在里面,永远放在贴着肉的地方。不想花,也不想再买车,只是带在身旁,作为一种预备——谁知道将来有什么灾患呢!病,意外的祸害,都能随时的来到自己身上,总得有个预备。人并不是铁打的,他明白过来。

快到立秋,他又拉上了包月。这回,比以前所混过的宅门里的事都轻闲;要不是这样,他就不会应下这个事来。他现在懂得选择事情了,有合适的包月才干;不然,拉散座也无所不可,不像原先那样火着心往宅门里去了。他晓得了自己的身体是应该保重的,一个车夫而想拼命——像他原先那样——只有丧了命而得不到任何好处。经验使人知道怎样应当油滑一些,因为命只有一条啊!

这回他上工的地方是在雍和宫附近。主人姓夏,五十多岁,知书明礼;家里有太太和十二个儿女。最近娶了个姨太太,不敢让家中知道,所以特意的挑个僻静地方另组织了个小家庭。在雍和宫附近的这个小家庭,只有夏先生和新娶的姨太太;此外还有一个女仆,一个车夫——就是祥子。

祥子很喜欢这个事。先说院子吧,院中一共才有六间房,夏先生住三间,厨房占一间,其余的两间作为下房。院子很小,靠着南墙根有棵半大的小枣树,树尖上挂着十几个半红的枣儿。

祥子扫院子的时候，几乎两三笤帚就由这头扫到那头，非常的省事。没有花草可浇灌，他很想整理一下那棵枣树，可是他晓得枣树是多么任性，歪歪拧拧的不受调理，所以也就不便动手。

别的工作也不多。夏先生早晨到衙门去办公，下午五点才回来，祥子只须一送一接；回到家，夏先生就不再出去，好像避难似的。夏太太倒常出去，可是总在四点左右就回来，好让祥子去接夏先生——接回他来，祥子一天的工作就算交待了。再说，夏太太所去的地方不过是东安市场与中山公园什么的，拉到之后，还有很大的休息时间。这点事儿，祥子闹着玩似的就都作了。

夏先生的手很紧，一个小钱也不肯轻易撒手；出来进去，他目不旁视，仿佛街上没有人，也没有东西。太太可手松，三天两头地出去买东西；若是吃的，不好吃便给了仆人；若是用品，等到要再去买新的时候，便先把旧的给了仆人，好跟夏先生交涉要钱。夏先生一生的使命似乎就是鞠躬尽瘁的把所有的精力与金钱全敬献给姨太太；此外，他没有任何生活与享受。他的钱必须借着姨太太的手才会出去，他自己不会花，更说不到给人——据说，他的原配夫人与十二个儿女住在保定，有时候连着四五个月得不到他的一个小钱。

祥子讨厌这位夏先生：成天际弯弯着腰，缩缩着脖，贼似的出入，眼看着脚尖，永远不出声，不花钱，不笑，连坐在车上都像个瘦猴；可是偶尔说一两句话，他会说得极不得人心，仿佛谁都是混账，只有他自己是知书明礼的君子人。祥子不喜欢这样的人。可是他把"事"看成了"事"，只要月间进钱，管别的干什么呢？！况且太太还很开通，吃的用的都常得到一些；算了吧，直当是拉着个不通人情的猴子吧。

对于那个太太，祥子只把她当作个会给点零钱的女人，并不十分喜爱她。她比小福子美多了，而且香粉香水的沤着，绫罗绸缎的包着，更不是小福子所能比上的。不过，她虽然长得美，打扮得漂亮，可是他不知为何一看见她便想起虎妞来；她的身上老有些地方像虎妞，不是那些衣服，也不是她的模样，而是一点什么态度或神味，祥子找不到适当的字来形容。只觉得她与虎妞是，用他所能想出的字，一道货。她很年轻，至多也就是二十二三岁，可是她的气派很老到，绝不像个新出嫁的女子，正像虎妞那样永远没有过少女的腼腆与温柔。她烫着头，穿着高跟鞋，衣服裁得正好能帮忙她扭得有棱有角的。连祥子也看得出，她虽然打扮得这样入时，可是她没有一般的太太们所有的气度。但是她又不像是由妓女出身。祥子摸不清她是怎回事。他只觉得她有些可怕，像虎妞那样可怕。不过，虎妞没有她这么年轻，没有她这么美好；所以祥子就更怕她，仿佛她身上带着他所尝受过的一切女性的厉害与毒恶。他简直不敢正眼看她。

在这儿过了些日子，他越发的怕她了。拉着夏先生出去，祥子没见过他花什么钱；可是，夏先生也有时候去买东西——到大药房去买药。祥子不晓得他买的是什么药；不过，每逢买了药来，他们夫妇就似乎特别的喜欢，连大气不出的夏先生也显着特别的精神。精神了两三天，夏先生又不大出气了，而且腰弯得更深了些，很像由街上买来的活鱼，乍放在水中欢炽一会儿，不久便又老实了。一看到夏先生坐在车上像个死鬼似的，祥子便知道又到了上药房的时候。他不喜欢夏先生，可是每逢到药房去，他不由得替这个老瘦猴难过。赶到夏先生拿着药包回到家中，祥子便想起虎妞，心中说不清的怎么难受。他不愿意怀恨着死鬼,可是看看自己,看看夏先生,他没法不怨恨她了;无论怎说,他的身体是不像从前那么结实了,虎妞应负着大部分的责任。

他很想辞工不干了。可是,为这点不靠边的事而辞工,又仿佛不像话;吸着"黄狮子",他自言自语的说,"管别人的闲事干吗?!"

## 二十一

菊花下市的时候,夏太太因为买了四盆花,而被女仆杨妈摔了一盆,就和杨妈吵闹起来。杨妈来自乡间,根本以为花草算不了什么重要的东西;不过,既是打了人家的物件,不管怎么不重要,总是自己粗心大意,所以就一声没敢出。及至夏太太闹上没完,村的野的一劲儿叫骂,杨妈的火儿再也按不住,可就还了口。乡下人急了,不会拿着尺寸说话,她抖着底儿把最粗野的骂出来。夏太太跳着脚儿骂了一阵,教杨妈马上卷铺盖滚蛋。

祥子始终没过来劝解,他的嘴不会劝架,更不会劝解两个妇人的架。及至他听到杨妈骂夏太太是暗门子,千人骑万人摸的臭×,他知道杨妈的事必定吹了。同时也看出来,杨妈要是吹了,他自己也得跟着吹;夏太太大概不会留着个知道她的历史的仆人。杨妈走后,他等着被辞;算计着,大概新女仆来到就是他该卷铺盖的时候了。他可是没为这个发愁,经验使他冷静的上工辞工,犯不着用什么感情。

可是,杨妈走后,夏太太对祥子反倒非常的客气。没了女仆,她得自己去下厨房做饭。她给祥子钱,教他出去买菜。买回来,她嘱咐他把什么该剥了皮,把什么该洗一洗。他剥皮洗菜,她就切肉煮饭,一边作事,一边找着话跟他说。她穿着件粉红的卫生衣,下面衬着条青裤子,脚上趿拉着双白缎子绣花的拖鞋。祥子低着头笨手笨脚的工作,不敢看她,可是又想看她,她的香水味儿时时强烈地流入他的鼻中,似乎是告诉他非看看她不可,像香花那样引逗蜂蝶。

祥子晓得妇女的厉害,也晓得妇女的好处;一个虎妞已足使任何人怕女子,又舍不得女子。何况,夏太太又远非虎妞所能比得上的呢。祥子不由得看了她两眼,假若她和虎妞一样的可怕,她可是有比虎妞强着许多倍使人爱慕的地方。

这要搁在二年前,祥子决不敢看她这么两眼。现在,他不大管这个了:一来是经过妇女引诱过的,没法再管束自己。二来是他已经渐渐入了"车夫"的辙:一般车夫所认为对的,他现在也看着对;自己的努力与克己既然失败,大家的行为一定是有道理的,他非作个"车夫"不可,不管自己愿意不愿意;与众不同是行不开的。那么,拾个便宜是一般的苦人认为正当的,祥子干吗见便宜不检着呢?他看了这个娘们两眼,是的,她只是个娘们!假如她愿意呢,祥子没法拒绝。他不敢相信她就能这么下贱,可是万一呢?她不动,祥子当然不动;她要是先露出点意思,他没主意。她已经露出点意思来了吧?要不然,干吗散了杨妈而不马上去雇人,单教祥子帮忙做饭呢?干吗下厨房还擦那么多香水呢?祥子不敢决定什么,不敢希望什么,可是心里又微微的要决定点什么,要有点什么希望。他好像是作着个不实在的好梦,知道是梦,又愿意继续往下作。生命有种热力逼着他承认自己没出息,而在这没出息的事里藏着最大的快乐——也许是最大的苦恼,谁管它!

一点希冀，鼓起些勇气；一些勇气激起很大的热力；他心中烧起火来。这里没有一点下贱，他与她都不下贱，欲火是平等的！

一点恐惧，唤醒了理智；一点理智浇灭了心火；他几乎想马上逃走。这里只有苦恼，上这条路的必闹出笑话！

忽然希冀，忽然惧怕，他心中像发了疟疾。这比遇上虎妞的时候更加难过；那时候，他什么也不知道，像个初次出来的小蜂落在蛛网上；现在，他知道应当怎样的小心，也知道怎样的大胆，他莫明其妙的要往下溜，又清清楚楚的怕掉下去！

他不轻看这位姨太太，这位暗娼，这位美人，她是一切，又什么也不是。假若他也有些可以自解的地方，他想，倒是那个老瘦猴似的夏先生可恶，应当得些恶报。有他那样的丈夫，她作什么也没过错。有他那样的主人，他——祥子——作什么也没关系。他胆子大起来。

可是，她并没理会他看了她没有。作得了饭，她独自在厨房里吃；吃完，她喊了声祥子："你吃吧。吃完可得把家伙刷出来。下半天你接先生去的时候，就手儿买来晚上的菜，省得再出去了。明天是星期，先生在家，我出去找老妈子去。你有熟人没有，给荐一个？老妈子真难找！好吧，先吃去吧，别凉了！"

她说得非常的大方，自然。那件粉红的卫生衣忽然——在祥子眼中——仿佛素净了许多。他反倒有些失望，由失望而感到惭愧，自己看明白自己已不是要强的人，不仅是不要强的人，而且是坏人！胡胡涂涂的扒搂了两碗饭，他觉得非常的无聊。洗了家伙，到自己屋中坐下，一气不知道吸了多少根"黄狮子"！

到下午去接夏先生的时候，他不知为什么非常的恨这个老瘦猴。他真想拉得欢欢的，一撒手，把这老家伙摔个半死。他这才明白过来，先前在一个宅门里拉车，老爷的三姨太太和大少爷不甚清楚，经老爷发觉了以后，大少爷怎么几乎把老爷给毒死；他先前以为大少爷太年轻不懂事，现在他才明白过来那个老爷怎么该死。可是，他并不想杀人，他只觉得夏先生讨厌，可恶，而没有法子惩治他。他故意地上下颠动车把，摇这个老猴子几下。老猴子并没说什么，祥子反倒有点不得劲儿。他永远没作过这样的事，偶尔有理由的作出来也不能原谅自己。后悔使他对一切都冷淡了些，干吗故意找不自在呢？无论怎说，自己是个车夫，给人家好好作事就结了，想别的有什么用？

他心中平静了，把这场无结果的事忘掉；偶尔又想起来，他反觉有点可笑。

第二天，夏太太出去找女仆。出去一会儿就带回来个试工的。祥子死了心，可是心中怎想怎不是味儿。

星期一午饭后，夏太太把试工的老妈子打发了，嫌她太不干净。然后，她叫祥子去买一斤栗子来。

买了斤熟栗子回来，祥子在屋门外叫了声。

"拿进来吧，"她在屋中说。

祥子进去，她正对着镜子擦粉呢，还穿着那件粉红的卫生衣，可是换了一条淡绿的下衣。由镜子中看到祥子进来，她很快的转过身来，向他一笑。祥子忽然在这个笑容中看见虎妞，一个年轻而美艳的虎妞。他木在了那里。他的胆气，希望，恐惧，小心，都没有了，只剩下可以大可以小的一口热气，撑着他的全体。这口气使他进就进，退便退，他已没有主张。

次日晚上，他拉着自己的铺盖，回到厂子去。

平日最怕最可耻的一件事，现在他打着哈哈似的泄露给大家——他撒不出尿来了！

大家争着告诉他去买什么药，或去找哪个医生。谁也不觉得这可耻，都同情的给他出主意，并且红着点脸而得意的述说自己这种的经验。好几位年轻的曾经用钱买来过这种病，好几位中年的曾经白拾过这个症候，好几位拉过包月的都有一些分量不同而性质一样的经验，好几位拉过包月的没有亲自经验过这个，而另有些关于主人们的故事，颇值得述说。祥子这点病使他们都打开了心，和他说些知己的话。他自己忘掉羞耻，可也不以这为荣，就那么心平气和的忍受着这点病，和受了点凉或中了些暑并没有多大分别。到疼痛的时候，他稍微有点后悔；舒服一会儿，又想起那点甜美。无论怎样呢，他不着急；生活的经验教他看轻了生命，着急有什么用呢。

这么点药，那么个偏方，揍出他十几块钱去；病并没有除了根。马马虎虎的，他以为是好了便停止住吃药。赶到阴天或换节气的时候，他的骨节儿犯疼，再临时服些药，或硬挺过去，全不拿它当作一回事。命既苦到底儿，身体算什么呢？把这个想开了，连个苍蝇还会在粪坑上取乐呢，何况这么大的一个活人。

病过去之后，他几乎变成另一个人。身量还是那么高，可是那股正气没有了，肩头故意的往前松着些，搭拉着嘴，唇间叼着支烟卷。有时候也把半截烟放在耳朵上夹着，不为那个地方方便，而专为耍个飘儿。他还是不大爱说话，可是要张口的时候也勉强的要点俏皮，即使说得不圆满利落，好歹是那么股子劲儿。心里松懈，身态与神气便吊儿郎当。

不过，比起一般的车夫来，他还不能算是很坏。当他独自坐定的时候，想起以前的自己，他还想要强，不甘心就这么溜下去。虽然要强并没有用处，可是毁掉自己也不见得高明。在这种时候，他又想起买车。自己的三十多块钱，为治病已花去十多块，花得冤枉！但是有二十来块打底儿，他到底比别人的完全扎空枪更有希望。这么一想，他很想把未吸完的半盒"黄狮子"扔掉，从此烟酒不动，咬上牙攒钱。由攒钱想到买车，由买车便想到小福子。他觉得有点对不起她，自从由大杂院出来，始终没去看看她，而自己不但没往好了混，反倒弄了一身脏病！

及至见了朋友们，他照旧吸着烟，有机会也喝点酒，把小福子忘得一干二净。和朋友们在一块，他并不挑着头儿去干什么，不过别人要作点什么，他不能不陪着。一天的辛苦与一肚子的委屈，只有和他们说说玩玩，才能暂时忘掉。眼前的舒服驱逐走了高尚的志愿，他愿意快乐一会儿，而后混天地黑的睡个大觉；谁不喜欢这样呢，生活既是那么无聊，痛苦，无望！生活的毒疮只能借着烟酒妇人的毒药麻木一会儿，以毒攻毒，毒气有朝一日必会归了心，谁不知道这个呢，可又谁能有更好的主意代替这个呢？！

越不肯努力便越自怜。以前他什么也不怕，现在他会找安闲自在：刮风下雨，他都不出车；身上有点酸痛，也一歇就是两三天。自怜便自私，他那点钱不肯借给别人一块，专为留着风天雨天自己垫着用。烟酒可以让人，钱不能借出去，自己比一切人都娇贵可怜。越闲越懒，无事可作又闷得慌，所以时时需要些娱乐，或吃口好东西。及至想到不该这样浪费光阴与金钱，他的心里永远有句现成的话，由多少经验给他铸成的一句话："当初咱倒要强过呢，有一丁点好处没有？"这句后没人能够驳倒，没人能把它解释开；那么，谁能拦着祥子不往低处去呢？！

懒，能使人脾气大。祥子现在知道怎样对人瞪眼。对车座儿，对巡警，对任何人，他决定不再老老实实的敷衍。当他勤苦卖力的时候，他没得到过公道。现在，他知道自己的汗是怎样的宝贵，能少出一滴便少出一滴；有人要占他的便宜，休想。随便的把车放下，他懒得再动，不管那是该放车的地方不是。巡警过来干涉，他动嘴不动身子，能延宕一会儿便多停一会儿。赶到看见非把车挪开不可了，他的嘴更不能闲着，他会骂。巡警要是不肯挨骂，那么，打一场也没什么，好在祥子知道自己的力气大，先把巡警揍了，再去坐狱也不吃亏。在打架的时候，他又觉出自己的力气与本事，把力气都砸在别人的肉上，他见了光明，太阳好像特别的亮起来。攒着自己的力气好预备打架，他以前连想也没想到过，现在居然成为事实了，而且是件可以使他心中痛快一会儿的事；想起来，多么好笑呢！

不要说是个赤手空拳的巡警，就是那满街横行的汽车，他也不怕。汽车迎头来了，卷起地上所有的灰土，祥子不躲，不论汽车的喇叭怎样的响，不管坐车的怎样着急。汽车也没了法，只好放慢了速度。它慢了，祥子也躲开了，少吃许多尘土。汽车要是由后边来，他也用这一招。他算清楚了，反正汽车不敢伤人，那么为什么老早的躲开，好教它把尘土都带起来呢？巡警是专为给汽车开道的，唯恐它跑得不快与带起来的尘土不多，祥子不是巡警，就不许汽车横行。在巡警眼中，祥子是头等的"刺儿头"，可是他们也不敢惹"刺儿头"。苦人的懒是努力而落了空的自然结果，苦人的耍刺儿含着一些公理。

对于车座儿，他绝对不客气。讲到哪里拉到哪里，一步也不多走。讲到胡同口"上"，而教他拉到胡同口"里"，没那个事！座儿瞪眼，祥子的眼瞪得更大。他晓得那些穿洋服的先生们是多么怕脏了衣裳，也知道穿洋服的先生们——多数的——是多么强横而吝啬。好，他早预备好了；说翻了，过去就是一把，抓住他五六十块钱一身的洋服的袖子，至少给他们印个大黑手印！赠给他们这么个手印儿，还得照样的给钱，他们晓得那只大手有多么大的力气，那一把已将他们的小细胳臂攥得生疼。

他跑得还不慢，可是不能白白的特别加快。座儿一催，他的大脚便蹬了地："快呀，加多少钱？"没有客气，他卖的是血汗。他不再希望随他们的善心多赏几个了，一分钱一分货，得先讲清楚了再拿出力气来。

对于车，他不再那么爱惜了。买车的心既已冷淡，对别人家的车就漠不关心。车只是辆车，拉着它呢，可以挣出嚼谷与车份便算完结了一切；不拉着它呢，便不用交车份，那么只要手里有够吃一天的钱，就无须往外拉它。人与车的关系不过如此。自然，他还不肯故意的损伤了人家的车，可是也不便分外用心的给保护着。有时候无心中的被别个车夫给碰伤了一块，他决不急里蹦跳的和人家吵闹，而极冷静的拉回厂子去，该赔五毛的，他拿出两毛来，完事。厂主不答应呢，那好办，最后的解决总出不去起打；假如厂主愿意打呢，祥子陪着！

经验是生活的肥料，有什么样的经验便变成什么样的人，在沙漠里养不出牡丹来。祥子完全入了辙，他不比别的车夫好，也不比他们坏，就是那么个车夫样的车夫。这么着，他自己觉得倒比以前舒服，别人也看他顺眼；老鸦是一边黑的，他不希望独自成为白毛儿的。

冬天又来到，从沙漠吹来的黄风一夜的工夫能冻死许多人。听着风声，祥子把头往被子里埋，不敢再起来。直到风停止住那狼嗥鬼叫的响声，他才无可奈何的起来，打不定主意是出去好呢，还是歇一天。他懒得去拿那冰凉的车把，怕那噎得使人恶心的风。狂风怕日落，直到四点多钟，风才完全静止，昏黄的天上透出些夕照的微红。他强打精神，把车拉出来。揣着手，用胸部顶着车把的头,无精打采的慢慢的晃,嘴中叼着半根烟卷。一会儿,天便黑了,他想快拉上俩买卖,好早些收车。懒得去点灯,直到沿路的巡警催了他四五次,才把它们点上。

在鼓楼前,他在灯下抢着个座儿,往东城拉。连大棉袍也没脱,就那么稀里胡芦的小跑着。他知道这不像样儿,可是,不像样就不像样吧;像样儿谁又多给几个子儿呢?这不是拉车,是混;头上见了汗,他还不肯脱长衣裳,能凑合就凑合。进了小胡同,一条狗大概看穿长衣拉车的不甚顺眼,跟着他咬。他停住了车,倒攥着布掸子,拼命的追着狗打。一直把狗赶没了影,他还又等了会儿,看它敢回来不敢。狗没敢回来,祥子痛快了些:"妈妈的!当我怕你呢!"

"你这算哪道拉车的呀?听我问你!"车上的人没有好气儿地问。

祥子的心一动,这个语声听着耳熟。胡同里很黑,车灯虽亮,可是光都在下边,他看不清车上的是谁。车上的人戴着大风帽,连嘴带鼻子都围在大围脖之内,只露着两个眼。祥子正在猜想。车上的人又说了话:

"你不是祥子吗?"

祥子明白了,车上的是刘四爷!他轰的一下,全身热辣辣的,不知怎样才好。

"我的女儿呢?"

"死了!"祥子呆呆的在那里立着,不晓得是自己,还是另一个人说了这两个字。

"什么?死了?"

"死了!"

"落在他妈的你手里,还有个不死?!"

祥子忽然找到了自己:"你下来!下来!你太老了,禁不住我揍;下来!"

刘四爷的手颤着走下来。"埋在了哪儿?我问你!"

"管不着!"祥子拉起车来就走。

他走出老远,回头看了看,老头子———一个大黑影似的——还在那儿站着呢。

## 二十二

祥子忘了是往哪里走呢。他昂着头,双手紧紧握住车把,眼放着光,迈着大步往前走;只顾得走,不管方向与目的地。他心中痛快,身上轻松,仿佛把自从娶了虎妞之后所有的倒霉一股拢总都喷在刘四爷身上。忘了冷,忘了张罗买卖,他只想往前走,仿佛走到什么地方他必能找回原来的自己,那个无牵无挂,纯洁,要强,处处努力的祥子。想起胡同中立着的那块黑影,那个老人,似乎什么也不必再说了,战胜了刘四便是战胜了一切。虽然没打这个老家伙一拳,没踹他一脚,可是老头子失去唯一的亲人,而祥子反倒逍遥自在;谁说这不是报应呢!老头子气不死,也得离死差不远!刘老头子有一切,祥子什么也没有;而今,祥子还可以高高兴兴的拉车,而老头子连女儿的坟也找不到!好吧,随你老头子有成堆的洋钱,与天大的脾气,你治不服这个一天现混两个饱的穷光蛋!

越想他越高兴,他真想高声的唱几句什么,教世人都听到这凯歌——祥子又活了,祥子胜利了!晚间的冷气削着他的脸,他不觉得冷,反倒痛快。街灯发着寒光,祥子心中觉得舒畅的发热,处处是光,照亮了自己的将来。半天没吸烟了,不想再吸,从此烟酒不动，祥子要重打鼓另开张，照旧去努力自强，今天战胜了刘四，永远战胜刘四；刘四的诅咒适足以教祥子更成功，更有希望。一口恶气吐出，祥子从此永远吸着新鲜的空气。看看自己的手脚，祥子不还是很年轻么？祥子将要永远年轻，教虎妞死，刘四死，而祥子活着，快活的，要强的，活着——恶人都会遭报，都会死，那抢他车的大兵，不给仆人饭吃的杨太太，欺骗他压迫他的虎妞，轻看他的刘四，诈他钱的孙侦探，愚弄他的陈二奶奶，诱惑他的夏太太……都会死，只有忠诚的祥子活着，永远活着！

"可是，祥子你得从此好好的干哪！"他嘱咐着自己。"干吗不好好的干呢？我有志气，有力量，年纪轻！"他替自己答辩："心中一痛快，谁能拦得住祥子成家立业呢？把前些日子的事搁在谁身上，谁能高兴，谁能不往下溜？那全过去了，明天你们会看见一个新的祥子，比以前的还要好，好的多！"

嘴里咕哝着，脚底下便更加了劲，好像是为自己的话作见证——不是瞎说，我确是有个身子骨儿。虽然闹过病，犯过见不起人的症候，有什么关系呢。心一变，马上身子也强起来，不成问题！出了一身的汗，口中觉得渴，想喝口水，他这才觉出已到了后门。顾不得到茶馆去，他把车放在城门西的"停车处"，叫过提着大瓦壶，拿着黄砂碗的卖茶的小孩来，喝了两碗刷锅水似的茶；非常的难喝，可是他告诉自己，以后就得老喝这个，不能再都把钱花在好茶好饭上。这么决定好，爽性再吃点东西——不好往下咽的东西——就作为勤苦耐劳的新生活的开始。他买了十个煎包儿，里边全是白菜帮子，外边又"皮"又牙碜。不管怎样难吃，也都把它们吞下去。吃完，用手背抹了抹嘴。上哪儿去呢？

可以投奔的，可依靠的，人，在他心中，只有两个。打算努力自强，他得去找这两个——小福子与曹先生。曹先生是"圣人"，必能原谅他，帮助他，给他出个好主意。顺着曹先生的主意去做事，而后再有小福子的帮助；他打外，她打内，必能成功，必能成功，这是无可疑的！

谁知道曹先生回来没有呢？不要紧，明天到北长街去打听；那里打听不着，他会上左宅去问。只要找着曹先生，什么便都好办了。好吧，今天先去拉一晚上，明天去找曹先生；找到了他，再去看小福子，告诉她这个好消息：祥子并没混好，可是决定往好里混，咱们一同齐心努力的往前奔吧！

这样计划好，他的眼亮得像个老鹰的眼，发着光向四外扫射，看见个座儿，他飞也似跑过去，还没讲好价钱便脱了大棉袄。跑起来，腿确是不似先前了，可是一股热气支撑着全身，他拼了命！祥子到底是祥子，祥子拼命跑，还是没有别人的份儿。见一辆，他开一辆，好像发了狂。汗痛快的往外流。跑完一趟，他觉得身上轻了许多，腿又有了那种弹力，还想再跑，像名马没有跑足，立定之后还踢腾着蹄儿那样。他一直跑到夜里一点才收车。回到厂中，除了车份，他还落下九毛多钱。

一觉，他睡到了天亮；翻了个身，再睁开眼，太阳已上来老高。疲乏后的安息是最甜美的享受，起来伸了个懒腰，骨节都轻脆的响，胃中像完全空了，极想吃点什么。

吃了点东西，他笑着告诉厂主："歇一天，有事。"心中计算好：歇一天，把事情都办好，明天开始新的生活。

一直的他奔了北长街去，试试看，万一曹先生已经回来了呢。一边走，一边心里祷告着：曹先生可千万回来了，别教我扑个空！头一样儿不顺当，样样儿就都不顺当！祥子改了，难道老天爷还不保佑么?

到了曹宅门外,他的手哆嗦着去按铃。等着人来开门,他的心要跳出来。对这个熟识的门,他并没顾得想过去的一切,只希望门一开,看见个熟识的脸。他等着,他怀疑院里也许没有人,要不然为什么这样的安静呢,安静得几乎可怕。忽然门里有点响动,他反倒吓了一跳。门开了,门的响声里夹着一声最可宝贵,最亲热可爱的"哟!"高妈!

"祥子?可真少见哪!你怎么瘦了?"高妈可是胖了一些。

"先生在家?"祥子顾不得说别的。

"在家呢。你可倒好,就知道有先生,仿佛咱们就谁也不认识谁!连个好儿也不问!你真成,永远是'客(怯)木匠——一锯(句)'!进来吧!你混得倒好哇?"她一边往里走,一边问。

"哼!不好!"祥子笑了笑。

"那什么,先生,"高妈在书房外面叫,"祥子来了!"

曹先生正在屋里赶着阳光移动水仙呢:"进来!"

"唉,你进去吧,回头咱们再说话儿;我去告诉太太一声;我们全时常念道你!傻人有个傻人缘,你倒别瞧!"高妈叨唠着走进去。

祥子进了书房:"先生,我来了!"想要问句好,没说出来。

"啊,祥子!"曹先生在书房里立着,穿着短衣,脸上怪善净的微笑。"坐下!那——"他想了会儿:"我们早就回来了,听老程说,你在——对,人和厂。高妈还去找了你一趟,没找到。坐下!你怎样?事情好不好?"

祥子的泪要落下来。他不会和别人谈心,因为他的话都是血作的,窝在心的深处。镇静了半天,他想要把那片血变成的简单的字,流泻出来。一切都在记忆中,一想便全想起来,他得慢慢的把它们排列好，整理好。他是要说出一部活的历史，虽然不晓得其中的意义，可是那一串委屈是真切的，清楚的。

曹先生看出他正在思索，轻轻的坐下，等着他说。

祥子低着头楞了好大半天，忽然抬头看看曹先生，仿佛若是找不到个人听他说，就不说也好似的。

"说吧！"曹先生点了点头。

祥子开始说过去的事，从怎么由乡间到城里说起。本来不想说这些没用的事，可是不说这些，心中不能痛快，事情也显着不齐全。他的记忆是血汗与苦痛砌成的，不能随便说着玩，一说起来也不愿掐头去尾。每一滴汗，每一滴血，都是由生命中流出去的，所以每一件事都有值得说的价值。

进城来，他怎样作苦工，然后怎样改行去拉车。怎样攒钱买上车，怎样丢了……一直说到他现在的情形。连他自己也觉着奇怪，为什么他能说得这么长，而且说得这么畅快。事情，一件挨着一件，全想由心中跳出来。事情自己似乎会找到相当的字眼，一句挨着一句，每一句都是实在的，可爱的，可悲的。他的心不能禁止那些事往外走，他的话也就没法停住。没有一点迟疑，混乱，他好像要一口气把整个的心都拿出来。越说越痛快，忘了自己，因为自己已包在那些话中，每句话中都有他，那要强的，委屈的，辛苦的，堕落的，他。说完，他头上见了汗，心中空了，空得舒服，像晕倒过去而出了凉汗那么空虚舒服。

"现在教我给你出主意？"曹先生问。

祥子点了点头；话已说完，他似乎不愿再张口了。

"还得拉车？"

祥子又点了点头。他不会干别的。

"既是还得去拉车，"曹先生慢慢的说，"那就出不去两条路。一条呢是凑钱买上车,一条呢是暂且赁车拉着,是不是?你手中既没有积蓄,借钱买车,得出利息,还不是一样?莫如就先赁车拉着。还是拉包月好,事情整重,吃住又都靠盘儿。我看你就还上我这儿来好啦;我的车卖给了左先生,你要来的话,得赁一辆来;好不好?"

"那敢情好!"祥子立了起来。"先生不记着那回事了?"

"哪回事?"

"那回,先生和太太都跑到左宅去!"

"呕!"曹先生笑起来。"谁记得那个!那回,我有点太慌。和太太到上海住了几个月,其实满可以不必,左先生早给说好了,那个阮明现在也作了官,对我还不错。那,大概你不知道这点儿;算了吧,我一点也没记着它。还说咱们的吧:你刚才说的那个小福子,她怎么办呢?"

"我没主意!"

"我给你想想看:你要是娶了她,在外面租间房,还是不上算;房租,煤灯炭火都是钱,不够。她跟着你去作工,哪能又那么凑巧,你拉车,她作女仆,不易找到!这倒不好办!"曹先生摇了摇头。"你可别多心,她到底可靠不可靠呢?"

祥子的脸红起来,哽吃了半天才说出来:"她没法子才作那个事,我敢下脑袋,她很好!她……"他心中乱开了:许多不同的感情凝成了一团,又忽然要裂开,都要往外跑;他没了话。

"要是这么着呀,"曹先生迟疑不决的说,"除非我这儿可以将就你们。你一个人占一间房,你们俩也占一间房;住的地方可以不发生问题。不知道她会洗洗作作的不会,假若她能作些事呢,就让她帮助高妈;太太不久就要生小孩,高妈一个人也太忙点。她呢,白吃我的饭,我可就也不给她工钱,你看怎样?"

"那敢情好!"祥子天真的笑了。

"不过,这我可不能完全作主,得跟太太商议商议!"

"没错!太太要不放心,我把她带来,教太太看看!"

"那也好,"曹先生也笑了,没想到祥子还能有这么个心眼。"这么着吧,我先和太太提一声,改天你把她带来;太太点了头,咱们就算成功!"

"那么先生,我走吧?"祥子急于去找小福子,报告这个连希望都没敢希望过的好消息。

祥子出了曹宅,大概有十一点左右吧,正是冬季一天里最可爱的时候。这一天特别的晴美,蓝天上没有一点云,日光从干凉的空气中射下,使人感到一些爽快的暖气。鸡鸣犬吠,和小贩们的吆喝声,都能传达到很远,隔着街能听到些响亮清脆的声儿,像从天上落下的鹤唳。洋车都打开了布棚,车上的铜活闪着黄光。便道上骆驼缓慢稳当的走着,街心中汽车电车疾驰,地上来往着人马,天上飞着白鸽,整个的老城处处动中有静,乱得痛快,静得痛快,一片声音,万种生活,都覆在晴爽的蓝天下面,到处静静的立着树木。

祥子的心要跳出来,一直飞到空中去,与白鸽们一同去盘旋!什么都有了:事情,工钱,小福子,在几句话里美满的解决了一切,想也没想到呀!看这个天,多么晴爽干燥,正像北方人那样爽直痛快。人遇到喜事,连天气也好了,他似乎没见过这样可爱的冬晴。为更实际的表示自己的快乐,他买了个冻结实了的柿子,一口下去,满嘴都是冰凌!扎牙根的凉,从口中慢慢凉到胸部,使他全身一颤。几口把它吃完,舌头有些麻木,心中舒服。他扯开大步,去找小福子。心中已看见了那个杂院,那间小屋，与他心爱的人；只差着一对翅膀把他一下送到那里。只要见了她，以前的一切可以一笔勾销，从此另辟一个天地。此刻的急切又超过了去见曹先生的时候，曹先生与他的关系是朋友，主仆，彼此以好换好。她不仅是朋友，她将把她的一生交给他，两个地狱中的人将要抹去泪珠而含着笑携手前进。曹先生的话能感动他，小福子不用说话就能感动他。他对曹先生说了真实的话，他将要对小福子说些更知心的话，跟谁也不能说的话都可以对她说。她，现在，就是他的命，没有她便什么也算不了一回事。他不能仅为自己的吃喝努力，他必须把她从那间小屋救拔出来，而后与他一同住在一间干净暖和的屋里，像一对小鸟似的那么快活，体面，亲热！她可以不管二强子，也可以不管两个弟弟，她必须来帮助祥子。二强子本来可以自己挣饭吃，那两个弟弟也可以对付着去俩人拉一辆车，或作些别的事了；祥子，没她可不行。他的身体，精神，事情，没有一处不需要她的。她也正需要他这么个男人。

越想他越急切，越高兴；天下的女人多了，没有一个像小福子这么好，这么合适的！他已娶过，偷过；已接触过美的和丑的，年老的和年轻的；但是她们都不能挂在他的心上，她们只是妇女，不是伴侣。不错，她不是他心目中所有的那个一清二白的姑娘，可是正因为这个，她才更可怜，更能帮助他。那傻子似的乡下姑娘也许非常的清白，可是绝不会有小福子的本事与心路。况且，他自己呢？心中也有许多黑点呀！那么，他与她正好是一对儿，谁也不高，谁也不低，像一对都有破纹，而都能盛水的罐子，正好摆在一处。

无论怎想，这是件最合适的事。想过这些，他开始想些实际的：先和曹先生支一月的工钱，给她买件棉袍，齐理齐理鞋脚，然后再带她去见曹太太。穿上新的,素净的长棉袍,头上脚下都干干净净的,就凭她的模样,年岁,气派,一定能拿得出手去,一定能讨曹太太的喜欢。没错儿!

走到了地方,他满身是汗。见了那个破大门,好像见了多年未曾回来过的老家:破门,破墙,门楼上的几棵干黄的草,都非常可爱。他进了大门,一直奔了小福子的屋子去。顾不得敲门,顾不得叫一声,他一把拉开了门。一拉开门,他本能的退了回来。炕上坐着个中年的妇人,因屋中没有火,她围着条极破的被子。祥子愣在门外,屋里出了声:"怎么啦!报丧哪?怎么不言语一声愣往人家屋里走啊?!你找谁?"

祥子不想说话。他身上的汗全忽然落下去,手扶着那扇破门,他又不敢把希望全都扔弃了:"我找小福子!"

"不知道!赶明儿你找人的时候,先问一声再拉门!什么小福子大福子的!"

坐在大门口,他愣了好大半天,心中空了,忘了他是干什么呢。慢慢的他想起一点来,这一点只有小福子那么大小,小福子在他心中走过来,又走过去,像走马灯上的纸人,老那么来回的走,没有一点作用,他似乎忘了他与她的关系。慢慢的,小福子的形影缩小了些,他的心多了一些活动。这才知道了难过。

在不准知道事情的吉凶的时候,人总先往好里想。祥子猜想着,也许小福子搬了家,并没有什么更大的变动。自己不好,为什么不常来看看她呢?惭愧令人动作,好补补自己的过错。最好是先去打听吧。他又进了大院,找住个老邻居探问了一下。没得到什么正确的消息。还不敢失望,连饭也不顾得吃,他想去找二强子;找到那两个弟弟也行。这三个男人总在街面上,不至于难找。

见人就问，车口上，茶馆中，杂院里，尽着他的腿的力量走了一天，问了一天，没有消息。

晚上，他回到车厂，身上已必疲乏，但是还不肯忘了这件事。一天的失望，他不敢再盼望什么了。苦人是容易死的，苦人死了是容易被忘掉的。莫非小福子已经不在了么？退一步想，即使她没死，二强子又把她卖掉，卖到极远的地方去，是可能的；这比死更坏！

烟酒又成了他的朋友。不吸烟怎能思索呢？不喝醉怎能停止住思索呢？

## 二十三

祥子在街上丧胆游魂的走，遇见了小马儿的祖父。老头子已不拉车。身上的衣裳比以前更薄更破，扛着根柳木棍子，前头挂着个大瓦壶，后面悬着个破元宝筐子，筐子里有些烧饼油鬼和一大块砖头。他还认识祥子。

说起话来，祥子才知道小马儿已死了半年多，老人把那辆破车卖掉，天天就弄壶茶和些烧饼果子在车口儿上卖。老人还是那么和气可爱，可是腰弯了许多，眼睛迎风流泪，老红着眼皮像刚哭完似的。

祥子喝了他一碗茶，把心中的委屈也对他略略说了几句。

"你想独自混好？"老人评断着祥子的话："谁不是那么想呢？可是谁又混好了呢？当初，我的身子骨儿好，心眼好，一直混到如今了，我落到现在的样儿！身子好？铁打的人也逃不出去咱们这个天罗地网。心眼好？有什么用呢！善有善报，恶有恶报,并没有这么八宗事!我当年轻的时候,真叫作热心肠儿,拿别人的事当自己的作。有用没有?没有!我还救过人命呢,跳河的,上吊的,我都救过,有报应没有?没有!告诉你,我不定哪天就冻死,我算是明白了,干苦活儿的打算独自一个人混好,比登天还难。一个人能有什么蹦儿?看见过蚂蚱吧?独自一个儿也蹦得怪远的,可是教个小孩子逮住,用线儿拴上,连飞也飞不起来。赶到成了群,打成阵,哼,一阵就把整顷的庄稼吃净,谁也没法儿治它们!你说是不是?我的心眼倒好呢,连个小孙子都守不住。他病了,我没钱给他买好药,眼看着他死在我的怀里!甭说了,什么也甭说了!——茶来!谁喝碗热的?"

祥子真明白了:刘四,杨太太,孙侦探——并不能因为他的咒骂就得了恶报;他自己,也不能因为要强就得了好处。自己,专仗着自己,真像老人所说的,就是被小孩子用线拴上的蚂蚱,有翅膀又怎样呢?

他根本不想上曹宅去了。一上曹宅,他就得要强,要强有什么用呢?就这么大咧咧的瞎混吧:没饭吃呢,就把车拉出去;够吃一天的呢,就歇一天,明天再说明天的。这不但是个办法,而且是唯一的办法。攒钱,买车,都给别人预备着来抢,何苦呢?何不得乐且乐呢?

再说,设若找到了小福子,他也还应当去努力,不为自己,还不为她吗?既然找不到她,正像这老人死了孙子,为谁混呢?他把小福子的事也告诉了老人,他把老人当作了真的朋友。

"谁喝碗热的?"老人先吃喝了声,而后替祥子来想:"大概据我这么猜呀,出不去两条道儿:不是教二强子卖给人家当小啊,就是押在了白房子。哼,多半是下了白房子!怎么说呢?

小福子既是，像你刚才告诉我的，嫁过人，就不容易再有人要；人家买姨太太的要整货。那么，大概有八成，她是下了白房子。我快六十岁了，见过的事多了去啦：拉车的壮实小伙子要是有个一两天不到街口上来，你去找吧，不是拉上包月，准在白房子趴着呢；咱们拉车人的姑娘媳妇要是忽然不见了，总有七八成也是上那儿去了。咱们卖汗，咱们的女人卖肉，我明白，我知道！你去上那里找找看吧，不盼着她真在那里，不过，——茶来！谁喝碗热的？！"

祥子一气跑到西直门外。

一出了关厢，马上觉出空旷，树木削瘦的立在路旁，枝上连只鸟也没有。灰色的树木，灰色的土地，灰色的房屋，都静静的立在灰黄色的天下；从这一片灰色望过去，看见那荒寒的西山。铁道北，一片树林，林外几间矮屋，祥子算计着，这大概就是白房子了。看看树林，没有一点动静；再往北看，可以望到万牲园外的一些水地，高低不平的只剩下几棵残蒲败苇。小屋子外没有一个人，没动静。远近都这么安静，他怀疑这是否那个出名的白房子了。他大着胆往屋子那边走，屋门上都挂着草帘子，新挂上的，都黄黄的有些光泽。他听人讲究过，这里的妇人，在夏天，都赤着背，在屋外坐着，招呼着行人。那来照顾她们的，还老远的要唱着窑调，显出自己并不是外行。为什么现在这么安静呢？难道冬天此地都不作买卖了么？

他正在这么猜疑，靠边的那一间的草帘子动了一下，露出个女人头来。祥子吓了一跳，那个人头，猛一看，非常像虎妞的。他心里说："来找小福子，要是找到了虎妞，才真算见鬼！"

"进来吧，傻乖乖！"那个人头说了话，语音可不像虎妞的；嗓子哑着，很像他常在天桥听见的那个卖野药的老头子，哑而显着急切。

屋子里什么也没有，只有那个妇人和一铺小炕，炕上没有席，可是炕里烧着点火，臭气烘烘的非常的难闻。炕上放着条旧被子，被子边儿和炕上的砖一样，都油亮油亮的。妇人有四十来岁，蓬着头，还没洗脸。她下边穿着条夹裤，上面穿着件青布小棉袄，没系钮扣。祥子大低头才对付着走进去，一进门就被她搂住了。小棉袄本没扣着，胸前露出一对极长极大的奶来。

祥子坐在了炕沿上，因为立着便不能伸直了脖子。他心中很喜欢遇上了她，常听人说，白房子有个"白面口袋"，这必定是她。"白面口袋"这个外号来自她那两个大奶。祥子开门见山的问她看见个小福子没有，她不晓得。祥子把小福子的模样形容了一番，她想起来了：

"有，有这么个人！年纪不大，好露出几个白牙，对，我们都管她叫小嫩肉。"

"她在哪屋里呢？"祥子的眼忽然睁得带着杀气。

"她？早完了！""白面口袋"向外一指，"吊死在树林里了！"

"怎么？"

"小嫩肉到这儿以后，人缘很好。她可是有点受不了，身子挺单薄。有一天，掌灯的时候，我还记得真真的，因为我同着两三个娘们正在门口坐着呢。唉，就是这么个时候，来了个逛的，一直奔了她屋里去；她不爱同我们坐在门口，刚一来的时候还为这个挨过打，后来她有了名，大伙儿也就让她独自个儿在屋里，好在来逛她的决不去找别人。待了有一顿饭的工夫吧，客人走了，一直就奔了那个树林去。我们什么也没看出来，也没人到屋里去看她。赶到老叉杆跟她去收账的时候,才看见屋里躺着个男人,赤身露体,睡得才香呢。他原来是喝醉了。小嫩肉把客人的衣裳剥下来,自己穿上,逃了。她真有心眼。要不是天黑了,要命她也逃不出去。天黑,她又女扮男装,把大伙儿都给蒙了。马上老叉杆派人四处去找,哼,一进树林,她就在那儿挂着呢。摘下来,她已断了气,可是舌头并没吐出多少,脸上也不难看,到死的时候她还讨人喜欢呢!这么几个月了,树林里到晚上一点事儿也没有,她不出来唬吓人,多么仁义!……"

  祥子没等她说完,就晃悠悠的走出来。走到一块坟地,四四方方的种着些松树,树当中有十几个坟头。阳光本来很微弱,松林中就更暗淡。他坐在地上,地上有些干草与松花。什么声音也没有,只有树上的几个山喜鹊扯着长声悲叫。这绝不会是小福子的坟,他知道,可是他的泪一串一串的往下落。什么也没有了,连小福子也入了土!他是要强的,小福子是要强的,他只剩下些没有作用的泪,她已作了吊死鬼!一领席,埋在乱死岗子,这就是努力一世的下场头!

  回到车厂,他懊睡了两天。决不想上曹宅去了,连个信儿也不必送,曹先生救不了祥子的命。睡了两天,他把车拉出去,心中完全是块空白,不再想什么,不再希望什么,只为肚子才出来受罪,肚子饱了就去睡,还用想什么呢,还用希望什么呢?看着一条瘦得出了棱的狗在白薯挑子旁边等着吃点皮和须子,他明白了他自己就跟这条狗一样,一天的动作只为捡些白薯皮和须子吃。将就着活下去是一切,什么也无须乎想了。

  人把自己从野兽中提拔出,可是到现在人还把自己的同类驱逐到野兽里去。祥子还在那文化之城,可是变成了走兽。一点也不是他自己的过错。他停止住思想,所以就是杀了人,他也不负什么责任。他不再有希望,就那么迷迷忽忽的往下坠,坠入那无底的深坑。他吃,他喝,他嫖,他赌,他懒,他狡猾,因为他没了心,他的心被人家摘了去。他只剩下那个高大的肉架子,等着溃烂,预备着到乱死岗子去。

冬天过去了,春天的阳光是自然给一切人的衣服,他把棉衣卷巴卷巴全卖了。他要吃口好的,喝口好的,不必存着冬衣,更根本不预备着再看见冬天;今天快活一天吧,明天就死!管什么冬天不冬天呢!不幸,到了冬天,自己还活着,那就再说吧。原先,他一思索,便想到一辈子的事;现在,他只顾眼前,经验告诉了他,明天只是今天的继续,明天承继着今天的委屈。卖了棉衣,他觉得非常的痛快,拿着现钱作什么不好呢,何必留着等那个一阵风便噎死人的冬天呢?

慢慢的,不但是衣服,什么他也想卖,凡是暂时不用的东西都马上出手。他喜欢看自己的东西变成钱,被自己花了;自己花用了,就落不到别人手中,这最保险。把东西卖掉,到用的时候再去买;假若没钱买呢,就干脆不用。脸不洗,牙不刷,原来都没大关系,不但省钱,而且省事。体面给谁看呢?穿着破衣,而把烙饼卷酱肉吃在肚中,这是真的!肚子里有好东西,就是死了也有些油水,不至于像个饿死的老鼠。

祥子,多么体面的祥子,变成个又瘦又脏的低等车夫。脸,身体,衣服,他都不洗,头发有时候一个多月不剃一回。他的车也不讲究了,什么新车旧车的,只要车份儿小就好。拉上买卖,稍微有点甜头,他就中途倒出去。坐车的不答应,他会瞪眼,打起架来,到警区去住两天才不算一回事!独自拉着车,他走得很慢,他心疼自己的汗。及至走上帮儿车,要是高兴的话,他还肯跑一气，专为把别人落在后边。在这种时候，他也很会掏坏，什么横切别的车，什么故意拐硬弯，什么别扭着后面的车，什么抽冷子搡前面的车一把，他都会。原先他以为拉车是拉着条人命，一不小心便有摔死人的危险。现在，他故意的耍坏；摔死谁也没大关系，人都该死！

他又恢复了他的静默寡言。一声不出的，他吃，他喝，他掏坏。言语是人类彼此交换意见与传达感情的，他没了意见，没了希望，说话干吗呢？除了讲价儿，他一天到晚老闭着口；口似乎专为吃饭喝茶与吸烟预备的。连喝醉了他都不出声，他会坐在僻静的地方去哭。几乎每次喝醉他必到小福子吊死的树林里去落泪；哭完，他就在白房子里住下。酒醒过来，钱净了手，身上中了病。他并不后悔；假若他也有后悔的时候，他是后悔当初他干吗那么要强，那么谨慎，那么老实。该后悔的全过去了，现在没有了可悔的事。

现在，怎能占点便宜，他就怎办。多吸人家一支烟卷，买东西使出个假铜子去，喝豆汁多吃几块咸菜，拉车少卖点力气而多争一两个铜子，都使他觉到满意。他占了便宜，别人就吃了亏，对，这是一种报复！慢慢的再把这个扩大一点，他也学会跟朋友们借钱，借了还是不想还；逼急了他可以撒无赖。初一上来，大家一点也不怀疑他，都知道他是好体面讲信用的人，所以他一张嘴，就把钱借到。他利用着这点人格的残余到处去借，借着如白捡，借到手便顺手儿花去。人家要债，他会作出极可怜的样子去央求宽限；这样还不成，他会去再借二毛钱，而还上一毛五的债，剩下五分先喝了酒再说。一来二去，他连一个铜子也借不出了，他开始去骗钱花。凡是以前他所混过的宅门，他都去拜访，主人也好，仆人也好，见面他会编一套谎，骗几个钱；没有钱，他央求赏给点破衣服，衣服到手马上也变了钱，钱马上变了烟酒。他低着头思索，想坏主意，想好一个主意就能进比拉一天车还多的钱；省了力气，而且进钱，他觉得非常的上算。他甚至于去找曹宅的高妈。远远的等着高妈出来买东西，看见她出来，他几乎是一步便赶过去，极动人的叫她一声高大嫂。

"哟！吓死我了！我当是谁呢？祥子啊！你怎这么样了？"高妈把眼都睁得圆了，像看见一个怪物。

"甭提了！"祥子低下头去。

"你不是跟先生都说好了吗？怎么一去不回头了？我还和老程打听你呢，他说没看见你，你到底上哪儿啦？先生和太太都直不放心！"

"病了一大场，差点死了！你和先生说说，帮我一步，等我好利落了再来上工！"祥子把早已编好的话，简单的，动人的，说出。

"先生没在家，你进来见见太太好不好？"

"甭啦！我这个样儿！你给说说吧！"

高妈给他拿出两块钱来："太太给你的，嘱咐你快吃点药！"

"是了！谢谢太太！"祥子接过钱来，心里盘算着上哪儿开发了它。高妈刚一转脸，他奔了天桥，足玩了一天。

慢慢的把宅门都串净，他又串了个第二回，这次可就已经不很灵验了。他看出来，这条路子不能靠长，得另想主意，得想比拉车容易挣钱的主意。在先前，他唯一的指望便是拉车；现在，他讨厌拉车。自然他一时不能完全和车断绝关系，可是只要有法子能暂时对付三餐，他便不肯去摸车把。他的身子懒，而耳朵很尖，有个消息，他就跑到前面去。什么公民团咧，什么请愿团咧，凡是有人出钱的事，他全干。三毛也好，两毛也好，他乐意去打一天旗子，随着人群乱走。他觉得这无论怎样也比拉车强，挣钱不多，可是不用卖力气呢。打着面小旗，他低着头，嘴里叼着烟卷，似笑非笑的随着大家走，一声也不出。到非喊叫几声不可的时候，他会张开大嘴，而完全没声，他爱惜自己的嗓子。对什么事他也不想用力，因为以前卖过力气而并没有分毫的好处。在这种打旗呐喊的时候，设若遇见点什么危险，他头一个先跑开，而且跑得很快。他的命可以毁在自己手里，再也不为任何人牺牲什么。为个人努力的也知道怎样毁灭个人，这是个人主义的两端。

## 二十四

又到了朝顶进香的时节，天气暴热起来。

卖纸扇的好像都由什么地方忽然一齐钻出来，跨着箱子，箱上的串铃哗啷哗啷的引人注意。道旁，青杏已论堆儿叫卖，樱桃照眼的发红，玫瑰枣儿盆上落着成群的金蜂，玻璃粉在大磁盆内放着层乳光，扒糕与凉粉的挑子收拾得非常的利落，摆着各样颜色的作料，人们也换上浅淡而花哨的单衣，街上突然增加了许多颜色，像多少道长虹散落在人间。清道夫们加紧的工作，不住的往道路上泼洒清水，可是轻尘依旧往起飞扬，令人烦躁。轻尘中却又有那长长的柳枝，与轻巧好动的燕子，使人又不得不觉到爽快。一种使人不知怎样好的天气，大家打着懒长的哈欠，疲倦而又痛快。

秧歌，狮子，开路，五虎棍，和其他各样的会，都陆续的往山上去。敲着锣鼓，挑着箱笼，打着杏黄旗，一当儿跟着一当儿，给全城一些异常的激动，给人们一些渺茫而又亲切的感触，给空气中留下些声响与埃尘。赴会的，看会的，都感到一些热情，虔诚，与兴奋。乱世的热闹来自迷信，愚人的安慰只有自欺。这些色彩，这些声音，满天的晴云，一街的尘土，教人们有了精神，有了事作：上山的上山，逛庙的逛庙，看花的看花……至不济的还可以在街旁看看热闹，念两声佛。

　　天这么一热，似乎把故都的春梦唤醒，到处可以游玩，人人想起点事作，温度催着花草果木与人间享乐一齐往上增长。南北海里的绿柳新蒲，招引来吹着口琴的少年，男男女女把小船放到柳荫下，或荡在嫩荷间，口里吹着情歌，眉眼也会接吻。公园里的牡丹芍药，邀来骚人雅士，缓步徘徊，摇着名贵的纸扇；走乏了，便在红墙前，绿松下，饮几杯足以引起闲愁的清茶，偷眼看着来往的大家闺秀与南北名花。就是那向来冷静的地方，也被和风晴日送来游人，正如送来蝴蝶。崇效寺的牡丹，陶然亭的绿苇，天然博物院的桑林与水稻，都引来人声伞影；甚至于天坛，孔庙与雍和宫，也在严肃中微微有些热闹。好远行的与学生们，到西山去，到温泉去，到颐和园去，去旅行，去乱跑，去采集，去在山石上乱画些字迹。寒苦的人们也有地方去，护国寺，隆福寺，白塔寺，土地庙，花儿市，都比往日热闹：各种的草花都鲜艳的摆在路旁，一两个铜板就可以把"美"带到家中去。豆汁摊上，咸菜鲜丽得像朵大花，尖端上摆着焦红的辣椒。鸡子儿正便宜，炸蛋角焦黄稀嫩的惹人咽着唾液。天桥就更火炽，新席造起的茶棚，一座挨着一座，洁白的桌布，与妖艳的歌女，遥对着天坛墙头上的老松。锣鼓的声音延长到七八小时，天气的爽燥使锣鼓特别的轻脆，击乱了人心。妓女们容易打扮了，一件花洋布单衣便可以漂亮地摆出去，而且显明地露出身上的曲线。好清静的人们也有了去处，积水滩前，万寿寺外，东郊的窑坑，西郊的白石桥，都可以垂钓，小鱼时时碰得嫩苇微微的动。钓完鱼，野茶馆里的猪头肉，卤煮豆腐，白干酒与盐水豆儿，也能使人醉饱；然后提着钓竿与小鱼，沿着柳岸，踏着夕阳，从容地进入那古老的城门。

到处好玩，到处热闹，到处有声有色。夏初的一阵暴热像一道神符，使这老城处处带着魔力。它不管死亡，不管祸患，不管困苦，到时候它就施展出它的力量，把百万的人心都催眠过去，作梦似的唱着它的赞美诗。它污浊，它美丽，它衰老，它活泼，它杂乱，它安闲，它可爱，它是伟大的夏初的北平。

正是在这个时节，人们才盼着有些足以解闷的新闻，足以念两三遍而不厌烦的新闻，足以读完报而可以亲身去看到的新闻，天是这么长而晴爽啊！

这样的新闻来了！电车刚由厂里开出来，卖报的小儿已扯开尖嗓四下里追着人喊："枪毙阮明的新闻，九点钟游街的新闻！"一个铜板，一个铜板，又一个铜板，都被小黑手接了去。电车上，铺户中，行人的手里，一张一张的全说的是阮明：阮明的像片，阮明的历史，阮明的访问记，大字小字，插图说明，整页的都是阮明。阮明在电车上，在行人的眼里，在交谈者的口中，老城里似乎已没有了别人，只有阮明；阮明今天游街，今日被枪毙！有价值的新闻，理想的新闻，不但口中说着阮明，待一会儿还可看见他。妇女们赶着打扮；老人们早早的就出去，唯恐腿脚慢，落在后边；连上学的小孩们也想逃半天学，去见识见识。到八点半钟，街上已满了人，兴奋，希冀，拥挤，喧嚣，等着看这活的新闻。车夫们忘了张罗买卖，铺子里乱了规矩，小贩们懒得吆喝，都期待着囚车与阮明。历史中曾有过黄巢，张献忠，太平天国的民族，会挨杀，也爱看杀人。枪毙似乎太简单,他们爱听凌迟,砍头,剥皮,活埋,听着像吃了冰激凌似的,痛快得微微的哆嗦。可是这一回,枪毙之外,还饶着一段游街,他们几乎要感谢那出这样主意的人,使他们会看到一个半死的人捆在车上,热闹他们的眼睛;即使自己不是监斩官,可也差不多了。这些人的心中没有好歹,不懂得善恶,辨不清是非,他们死攥着一些礼教,愿被称为文明人;他们却爱看千刀万剐他们的同类,像小儿割宰一只小狗那么残忍与痛快。一朝权到手,他们之中的任何人也会去屠城,把妇人的乳与脚割下堆成小山,这是他们的快举。他们没得到这个威权,就不妨先多看些杀猪宰羊与杀人,过一点瘾。连这个要是也摸不着看,他们会对个孩子也骂千刀杀,万刀杀,解解心中的恶气。

响晴的蓝天,东边高高的一轮红日,几阵小东风,路旁的柳条微微摆动。东便道上有一大块阴影,挤满了人:老幼男女,丑俊胖瘦,有的打扮得漂亮近时,有的只穿着小褂,都谈笑着,盼望着,时时向南或向北探探头。一人探头,大家便跟着,心中一齐跳得快了些。这样,越来越往前拥,人群渐渐挤到马路边上,成了一座肉壁,只有高低不齐的人头乱动。巡警成队的出来维持秩序,他们拦阻,他们叱呼,他们有时也抓出个泥块似的孩子砸巴两拳,招得大家哈哈的欢笑。等着,耐心的等着,腿已立酸,还不肯空空回去;前头的不肯走,后面新来的便往前拥,起了争执,手脚不动,专凭嘴战,彼此诟骂,大家喊好。孩子不耐烦了,被大人打了耳光;扒手们得了手,失了东西的破口大骂。喧嚣,叫闹,吵成一片,谁也不肯动,人越增多,越不肯动,表示一致的喜欢看那半死的囚徒。

忽然,大家安静了,远远的来了一队武装的警察。"来了!"有人喊了声。紧跟着人声嘈乱起来,整群的人像机器似的一齐向前拥了一寸，又一寸，来了！来了！眼睛全发了光，嘴里都说着些什么，一片人声，整街的汗臭，礼教之邦的人民热烈的爱看杀人呀。

阮明是个小矮个儿，倒捆着手，在车上坐着，像个害病的小猴子；低着头，背后插着二尺多长的白招子。人声就像海潮般的前浪催着后浪，大家都撇着点嘴批评，都有些失望：就是这么个小猴子呀！就这么稀松没劲呀！低着头，脸煞白，就这么一声不响呀！有的人想起主意，要逗他一逗："哥儿们，给他喊个好儿呀！"紧跟着，四面八方全喊了"好！"像给戏台上的坤伶喝彩似的，轻蔑的，恶意的，讨人嫌的，喊着。阮明还是不出声，连头也没抬一抬。有的人真急了，真看不上这样软的囚犯，挤到马路边上呸呸的啐了他几口。阮明还是不动，没有任何的表现。大家越看越没劲，也越舍不得走开；万一他忽然说出句："再过二十年又是一条好汉"呢？万一他要向酒店索要两壶白干，一碟酱肉呢？谁也不肯动，看他到底怎样。车过去了，还得跟着，他现在没什么表现，焉知道他到单牌楼不缓过气来而高唱几句《四郎探母》呢？跟着！有的一直跟到天桥；虽然他始终没作出使人佩服与满意的事，可是人们眼瞧着他吃了枪弹，到底可以算不虚此行。

在这么热闹的时节，祥子独自低着头在德胜门城根慢慢的走。走到积水滩，他四下看了看。没有人，他慢慢的，轻手蹑脚的往湖边上去。走到湖边，找了棵老树，背倚着树干，站了一会儿。听着四外并没有人声，他轻轻的坐下。苇叶微动，或一只小鸟忽然叫了一声，使他急忙立起来，头上见了汗。他听，他看，四下里并没有动静，他又慢慢的坐下。这么好几次，他开始看惯了苇叶的微动，听惯了鸟鸣，决定不再惊慌。呆呆的看着湖外的水沟里,一些小鱼,眼睛亮得像些小珠,忽聚忽散,忽来忽去;有时候头顶着一片嫩萍,有时候口中吐出一些泡沫。靠沟边,一些已长出腿的蝌蚪,直着身儿,摆动那黑而大的头。水忽然流得快一些,把小鱼与蝌蚪都冲走,尾巴歪歪着顺流而下,可是随着水也又来了一群,挣扎着想要停住。一个水蝎极快的跑过去。水流渐渐的稳定,小鱼又结成了队,张开小口去啃一个浮着的绿叶,或一段小草。稍大些的鱼藏在深处,偶尔一露背儿,忙着转身下去,给水面留下个旋涡与一些碎纹。翠鸟像箭似的由水面上擦过去,小鱼大鱼都不见了,水上只剩下浮萍。祥子呆呆的看着这些,似乎看见,又似乎没看见,无心中的拾起块小石,投在水里,溅起些水花,击散了许多浮萍,他猛的一惊,吓得又要立起来。

坐了许久,他偷偷的用那只大的黑手向腰间摸了摸。点点头,手停在那里;待了会,手中拿出一落儿钞票,数了数,又极慎重的藏回原处。

他的心完全为那点钱而活动着:怎样花费了它,怎样不教别人知道,怎样既能享受而又安全。他已不是为自己思索,他已成为钱的附属物,一切要听它的支配。

这点钱的来头已经决定了它的去路。这样的钱不能光明正大地花出去。这点钱,与拿着它们的人,都不敢见阳光。人们都在街上看阮明,祥子藏在那清静的城根,设法要到更清静更黑暗的地方去。他不敢再在街市上走,因为他卖了阮明。就是独自对着静静的流水,背靠着无人迹的城根,他也不敢抬头,仿佛有个鬼影老追随着他。在天桥倒在血迹中的阮明,在祥子心中活着,在他腰间的一些钞票中活着。他并不后悔,只是怕,怕那个无处无时不紧跟着他的鬼。

阮明作了官以后，颇享受了一些他以前看作应该打倒的事。钱会把人引进恶劣的社会中去，把高尚的理想撇开，而甘心走入地狱中去。他穿上华美的洋服，去嫖，去赌，甚至于吸上口鸦片。当良心发现的时候，他以为这是万恶的社会陷害他，而不完全是自己的过错；他承认他的行为不对，可是归罪于社会的引诱力太大，他没法抵抗。一来二去，他的钱不够用了，他又想起那些激烈的思想，但是不为执行这些思想而振作；他想利用思想换点钱来。把思想变成金钱，正如同在读书的时候想拿对教员的交往白白的得到及格的分数。懒人的思想不能和人格并立，一切可以换作金钱的都早晚必被卖出去。他受了津贴。急于宣传革命的机关，不能极谨慎的选择战士，愿意投来的都是同志。但是，受津贴的人多少得有些成绩，不管用什么手段作出的成绩；机关里要的是报告。阮明不能只拿钱不作些事。他参加了组织洋车夫的工作。祥子呢，已是作摇旗呐喊的老行家；因此，阮明认识了祥子。

　　阮明为钱，出卖思想；祥子为钱，接受思想。阮明知道，遇必要的时候，可以牺牲了祥子。祥子并没作过这样的打算，可是到时候就这么作了——出卖了阮明。为金钱而工作的，怕遇到更多的金钱；忠诚不立在金钱上。阮明相信自己的思想，以思想的激烈原谅自己一切的恶劣行为。祥子听着阮明所说的，十分有理，可是看阮明的享受也十分可羡慕——"我要有更多的钱，我也会快乐几天！跟姓阮的一样！"金钱减低了阮明的人格，金钱闪花了祥子的眼睛。他把阮明卖了六十块钱。阮明要的是群众的力量，祥子要的是更多的——像阮明那样的——享受。阮明的血洒在津贴上，祥子把钞票塞在了腰间。

　　一直坐到太阳平西，湖上的蒲苇与柳树都挂上些金红的光闪,祥子才立起来,顺着城根往西走。骗钱,他已作惯;出卖人命。这是头一遭。何况他听阮明所说的还十分有理呢!城根的空旷,与城墙的高峻,教他越走越怕。偶尔看见垃圾堆上有几个老鸦,他都想绕着走开,恐怕惊起它们,给他几声不祥的啼叫。走到了西城根,他加紧了脚步,一条偷吃了东西的狗似的,他溜出了西直门。晚上能有人陪伴着他,使他麻醉,使他不怕,是理想前去处;白房子是这样的理想地方。

入了秋,祥子的病已不允许他再拉车,祥子的信用已丧失得赁不出车来。他作了小店的照顾主儿。夜间,有两个铜板,便可以在店中躺下。白天,他去作些只能使他喝碗粥的劳作。他不能在街上去乞讨,那么大的个子,没有人肯对他发善心。他不会在身上作些彩,去到庙会上乞钱,因为没受过传授,不晓得怎么把他身上的疮化装成动人的不幸。作贼,他也没那套本事,贼人也有团体与门路啊。只有他自己会给自己挣饭吃,没有任何别的依赖与援助。他为自己努力,也为自己完成了死亡。他等着吸那最后的一口气,他是个还有口气的死鬼,个人主义是他的灵魂。这个灵魂将随着他的身体一齐烂化在泥土中。

北平自从被封为故都,它的排场,手艺,吃食,言语,巡警……已慢慢的向四外流动,去找那与天子有同样威严的人和财力的地方去助威。那洋化的青岛也有了北平的涮羊肉;那热闹的天津在半夜里也可以听到低悲的"硬面——饽饽";在上海,在汉口,在南京,也都有了说京话的巡警与差役,吃着芝麻酱烧饼;香片茶会由南而北,在北平经过双熏再往南方去;连抬杠的杠夫也有时坐上火车到天津或南京去抬那高官贵人的棺材。

北平本身可是渐渐的失去原有的排场,点心铺中过了九月九还可以买到花糕,卖元宵的也许在秋天就下了市,那二三百年的老铺户也忽然想起作周年纪念，借此好散出大减价的传单……经济的压迫使排场去另找去路，体面当不了饭吃。

不过，红白事情在大体上还保存着旧有的仪式与气派，婚丧嫁娶仿佛到底值得注意，而多少要些排场。婚丧事的执事，响器，喜轿与官罩，到底还不是任何都市所能赶上的。出殡用的松鹤松狮，纸扎的人物轿马，娶亲用的全份执事，与二十四个响器，依旧在街市上显出官派大样，使人想到那太平年代的繁华与气度。

祥子的生活多半仗着这种残存的仪式与规矩。有结婚的，他替人家打着旗伞；有出殡的，他替人家举着花圈挽联；他不喜，也不哭，他只为那十几个铜子，陪着人家游街。穿上杠房或喜轿铺所预备的绿衣或蓝袍，戴上那不合适的黑帽，他暂时能把一身的破布遮住，稍微体面一些。遇上那大户人家办事，教一千人等都剃头穿靴子，他便有了机会使头上脚下都干净利落一回。脏病使他迈不开步，正好举着面旗，或两条挽联，在马路边上缓缓的蹭。

可是，连作这点事，他也不算个好手。他的黄金时代已经过去了，既没从洋车上成家立业，什么事都随着他的希望变成了"那么回事"。他那么大的个子，偏争着去打一面飞虎旗，或一对短窄的挽联；那较重的红伞与肃静牌等等，他都不肯去动。和个老人，小孩，甚于至妇女，他也会去争竞。他不肯吃一点亏。

打着那么个小东西，他低着头，弯着背，口中叼着个由路上拾来的烟卷头儿，有气无力的慢慢的蹭。大家立定，他也许还走；大家海走，他也许多站一会儿；他似乎听不见那施号发令的锣声。他更永远不看前后的距离停匀不停匀，左右的队列整齐不整齐，他走他的，低着头像作着个梦，又像思索着点高深的道理。那穿红衣的锣夫，与拿着绸旗的催押执事，几乎把所有的村话都向他骂去："孙子！我说你呢，骆驼！你他妈的看齐！"他似乎还没有听见。打锣的过去给了他一锣锤，他翻了翻眼，朦胧的向四外看一下。没管打锣的说了什么，他留神地在地上找，看有没有值得拾起来的烟头儿。

体面的，要强的，好梦想的，利己的，个人的，健壮的，伟大的，祥子，不知陪着人家送了多少回殡；不知道何时何地会埋起他自己来，埋起这堕落的，自私的，不幸的，社会病胎里的产儿，个人主义的末路鬼！

# 我这一辈子

## 一

我幼年读过书,虽然不多,可是足够读七侠五义与三国志演义什么的。我记得好几段聊斋,到如今还能说得很齐全动听,不但听的人都夸奖我的记性好,连我自己也觉得应该高兴。可是,我并念不懂聊斋的原文,那太深了;我所记得的几段,都是由小报上的"评讲聊斋"念来的——把原文变成白话,又添上些逗哏打趣,实在有个意思!

我的字写得也不坏。拿我的字和老年间衙门里的公文比一比,论个儿的匀适,墨色的光润,与行列的齐整,我实在相信我可以作个很好的"笔帖式"。自然我不敢高攀,说我有写奏折的本领,可是眼前的通常公文是准保能写到好处的。

凭我认字与写的本事,我本该去当差。当差虽不见得一定能增光耀祖,但是至少也比作别的事更体面些。况且呢,差事不管大小,多少总有个升腾。我看见不止一位了,官职很大,可是那笔字还不如我的好呢,连句整话都说不出来。这样的人既能作高官,我怎么不能呢?

可是,当我十五岁的时候,家里教我去学徒。五行八作,行行出状元,学手艺原不是什么低搭的事;不过比较当差稍差点劲儿罢了。学手艺，一辈子逃不出手艺人去，即使能大发财源，也高不过大官儿不是？可是我并没和家里闹别扭，就去学徒了；十五岁的人，自然没有多少主意。况且家里老人还说，学满了艺，能挣上钱，就给我说亲事。在当时，我想象着结婚必是件有趣的事。那么，吃上二三年的苦，而后大人似的去耍手艺挣钱，家里再有个小媳妇，大概也很下得去了。

我学的是裱糊匠。在那太平年月，裱匠是不愁没饭吃的。那时候，死一个人不象现在这么省事。这可并不是说，老年间的人要翻来覆去的死好几回，不干脆的一下子断了气。我是说，那时候死人，丧家要拚命的花钱，一点不惜力气与金钱的讲排场。就拿与冥衣铺有关系的事来说吧，就得花上老些个钱。人一断气，马上就得去糊"倒头车"——现在，连这个名词儿也许有好多人不晓得了。紧跟着便是"接三"，必定有些烧活：车轿骡马，墩箱灵人，引魂幡，灵花等等。要是害月子病死的，还必须另糊一头牛，和一个鸡罩。赶到"一七"念经，又得糊楼库，金山银山，尺头元宝，四季衣服，四季花草，古玩陈设，各样木器。及至出殡，纸亭纸架之外，还有许多烧活，至不济也得弄一对"童儿"举着。"五七"烧伞，六十天糊船桥。一个死人到六十天后才和我们裱糊匠脱离关系。一年之中，死那么十来个有钱的人，我们便有了吃喝。

裱糊匠并不专伺候死人，我们也伺候神仙。早年间的神仙不象如今晚儿的这样寒碜，就拿关老爷说吧，早年间每到六月二十四，人们必给他糊黄幡宝盖，马童马匹，和七星大旗什么的。现在，几乎没有人再惦记着关公了！遇上闹"天花"，我们又得为娘娘们忙一阵。九位娘娘得糊九顶轿子，红马黄马各一匹，九份凤冠霞帔，还得预备痘哥哥痘姐姐们的袍带靴帽，和各样执事。如今，医院都施种牛痘，娘娘们无事可作，裱糊匠也就陪着她们闲起来了。此外还有许许多多的"还愿"的事，都要糊点什么东西，可是也都随着破除迷信没人再提了。年头真是变了啊！

除了伺候神与鬼外，我们这行自然也为活人作些事。这叫作"白活"，就是给人家糊顶棚。早年间没有洋房，每遇到搬家，娶媳妇，或别项喜事，总要把房间糊得四白落地，好显出焕然一新的气象。那大富之家，连春秋两季糊窗子也雇用我们。人是一天穷似一天了，搬家不一定糊棚顶，而那些有钱的呢，房子改为洋式的，棚顶抹灰，一劳永逸；窗子改成玻璃的，也用不着再糊上纸或纱。什么都是洋式好，耍手艺的可就没了饭吃。我们自己也不是不努力呀，洋车时行，我们就照样糊洋车；汽车时行，我们就糊汽车，我们知道改良。可是有几家死了人来糊一辆洋车或汽车呢？年头一旦大改良起来，我们的小改良全算白饶，水大漫不过鸭子去，有什么法儿呢！

## 二

上面交代过了：我若是始终仗着那份儿手艺吃饭，恐怕就早已饿死了。不过，这点本事虽不能永远有用，可是三年的学艺并非没有很大的好处，这点好处教我一辈子享用不尽。我可以撂下家伙，干别的营生去；这点好处可是老跟着我。就是我死后，有人谈到我的为人如何，他们也必须要记得我少年曾学过三年徒。

学徒的意思是一半学手艺，一半学规矩。在初到铺子去的时候，不论是谁也得害怕，铺中的规矩就是委屈。当徒弟的得晚睡早起，得听一切的指挥与使遣，得低三下四的伺候人，饥寒劳苦都得高高兴兴的受着，有眼泪往肚子里咽。象我学艺的所在，铺子也就是掌柜的家；受了师傅的，还得受师母的，夹板儿气！能挺过这么三年，顶倔强的人也得软了，顶软和的人也得硬了；我简直的可以这么说，一个学徒的脾性不是天生带来的，而是被板子打出来的；象打铁一样，要打什么东西便成什么东西。

在当时正挨打受气的那一会儿，我真想去寻死，那种气简直不是人所受得住的！但是，现在想起来，这种规矩与调教实在值金子。受过这种排练，天下便没有什么受不了的事啦。随便提一样吧，比方说教我去当兵，好哇，我可以作个满好的兵。军队的操演有时有会儿，而学徒们是除了睡觉没有任何休息时间的。我抓着工夫去出恭，一边蹲着一边就能打个盹儿，因为遇上赶夜活的时候，我一天一夜只能睡上三四点钟的觉。我能一口吞下去一顿饭，刚端起饭碗，不是师傅喊，就是师娘叫，要不然便是有照顾主儿来定活，我得恭而敬之的招待，并且细心听着师傅怎样论活讨价钱。不把饭整吞下去怎办呢？这种排练教我遇到什么苦处都能硬挺，外带着还是挺和气。读书的人，据我这粗人看，永远不会懂得这个。现在的洋学堂里开运动会，学生跑上两个圈就仿佛有了汗马功劳一般，喝！又是搀着，又是抱着，往大腿上拍火酒，还闹脾气，还坐汽车！这样的公子哥儿哪懂得什么叫作规矩，哪叫排练呢？话往回来说，我所受的苦处给我打下了作事任劳任怨的底子，我永远不肯闲着，作起活来永不晓得闹脾气，耍别扭，我能和大兵们一样受苦，而大兵们不能象我这么和气。

再拿件实事来证明这个吧：在我学成出师以后，我和别的耍手艺的一样,为表明自己是凭本事挣钱的人,第一我先买了根烟袋,只要一闲着便捻上一袋吧唧着,仿佛很有身分,慢慢的,我又学了喝酒,时常弄两盅猫尿咂着嘴儿抿几口。嗜好就怕开了头,会了一样就不难学第二样,反正都是个玩艺吧咧。这可也就出了毛病。我爱烟爱酒,原本不算什么稀奇的事,大家伙儿都差不多是这样。可是,我一来二去的学会了吃大烟。那个年月,鸦片烟不犯私,非常的便宜;我先是吸着玩,后来可就上了瘾。不久,我便觉出手紧来了,作事也不似先前那么上劲了。我并没等谁劝告我,不但戒了大烟,而且把旱烟袋也撅了,从此烟酒不动!我入了"理门"。入理门,烟酒都不准动;一旦破戒,必走背运。所以我不但戒了嗜好,而且入了理门;背运在那儿等着我,我怎肯再犯戒呢?这点心胸与硬气,如今想起来,还是由学徒得来的。多大的苦处我都能忍受。初一戒烟戒酒,看着别人吸,别人饮,多么难过呢!心里真象有一千条小虫爬挠那么痒痒触触的难过。但是我不能破戒,怕走背运。其实背运不背运的,都是日后的事,眼前的罪过可是不好受呀!硬挺,只有硬挺才能成功,怕走背运还在其次。我居然挺过来了,因为我学过徒,受过排练呀!

提到我的手艺来,我也觉得学徒三年的光阴并没白费了。凡是一门手艺,都得随时改良,方法是死的,运用可是活的。三十年前的瓦匠,讲究会磨砖对缝,作细工儿活;现在,他得会用洋灰和包镶人造石什么的。三十年前的木匠,讲究会雕花刻木,现在得会造洋式木器。我们这行也如此,不过比别的行业更活动。我们这行讲究看见什么就能糊什么。比方说,人家落了丧事,教我们糊一桌全席,我们就能糊出鸡鸭鱼肉来。赶上人家死了未出阁的姑娘,教我们糊一全份嫁妆,不管是四十八抬,还是三十二抬,我们便能由粉罐油瓶一直糊到衣橱穿衣镜。眼睛一看,手就能模仿下来,这是我们的本事。我们的本事不大,可是得有点聪明,一个心窟窿的人绝不会成个好裱糊匠。

这样,我们作活,一边工作也一边游戏,仿佛是。我们的成败全仗着怎么把各色的纸调动的合适,这是耍心路的事儿。以我自己说,我有点小聪明。在学徒时候所挨的打,很少是为学不上活来,而多半是因为我有聪明而好调皮不听话。我的聪明也许一点也显露不出来,假若我是去学打铁,或是拉大锯——老那么打,老那么拉,一点变动没有。幸而我学了裱糊匠,把基本的技能学会了以后,我便开始自出花样,怎么灵巧逼真我怎么作。有时候我白费了许多工夫与材料,而作不出我所想到的东西,可是这更教我加紧的去揣摸,去调动,非把它作成不可。这个,真是个好习惯。有聪明,而且知道用聪明,我必须感谢这三年的学徒,在这三年养成了我会用自己的聪明的习惯。诚然,我一辈子没作过大事,但是无论什么事,只要是平常人能作的,我一瞧就能明白个五六成。我会砌墙,栽树,修理钟表,看皮货的真假,合婚择日,知道五行八作的行话上诀窍……这些,我都没学过,只凭我的眼去看,我的手去试验;我有勤苦耐劳与多看多学的习惯;这个习惯是在冥衣铺学徒三年养成的。到如今我才明白过来——我已是快饿死的人了!——假若我多读上几年书,只抱着书本死啃,象那些秀才与学堂毕业的人们那样,我也许一辈子就糊糊涂涂的下去,而什么也不晓得呢!裱糊的手艺没有给我带来官职和财产,可是它让我活的很有趣;穷,但是有趣,有点人味儿。

刚二十多岁,我就成为亲友中的重要人物了。不因为我有钱与身分，而是因为我办事细心，不辞劳苦。自从出了师，我每天在街口的茶馆里等着同行的来约请帮忙。我成了街面上的人，年轻，利落，懂得场面。有人来约，我便去作活；没人来约，我也闲不住：亲友家许许多多的事都托咐我给办，我甚至于刚结过婚便给别人家作媒了。

给别人帮忙就等于消遣。我需要一些消遣。为什么呢？前面我已说过：我们这行有两种活，烧活和白活。作烧活是有趣而干净的，白活可就不然了。糊顶棚自然得先把旧纸撕下来，这可真够受的，没作过的人万也想不到顶棚上会能有那么多尘土，而且是日积月累攒下来的，比什么土都干，细，钻鼻子，撕完三间屋子的棚，我们就都成了土鬼。及至扎好了秫秸，糊新纸的时候，新银花纸的面子是又臭又挂鼻子。尘土与纸面子就能教人得痨病——现在叫作肺病。我不喜欢这种活儿。可是，在街上等工作，有人来约就不能拒绝，有什么活得干什么活。应下这种活儿，我差不多老在下边裁纸递纸抹浆糊，为的是可以不必上"交手"，而且可以低着头干活儿，少吃点土。就是这样，我也得弄一身灰，我的鼻子也得象烟筒。作完这么几天活，我愿意作点别的，变换变换。那么，有亲友托我办点什么，我是很乐意帮忙的。

再说呢，作烧活吧，作白活吧，这种工作老与人们的喜事或丧事有关系。熟人们找我定活，也往往就手儿托我去讲别项的事，如婚丧事的搭棚，讲执事，雇厨子，定车马等等。我在这些事儿中渐渐找出乐趣，晓得如何能捏住巧处，给亲友们既办得漂亮，又省些钱，不能窝窝囊囊的被人捉了"大头"。我在办这些事儿的时候，得到许多经验，明白了许多人情，久而久之，我成了个很精明的人，虽然还不到三十岁。

## 三

由前面所说过的去推测，谁也能看出来，我不能老靠着裱糊的手艺挣饭吃。象逛庙会忽然遇上雨似的，年头一变，大家就得往四散里跑。在我这一辈子里，我仿佛是走着下坡路，收不住脚。心里越盼着天下太平，身子越往下出溜。这次的变动，不使人缓气，一变好象就要变到底。这简直不是变动，而是一阵狂风，把人糊糊涂涂的刮得不知上哪里去了。在我小时候发财的行当与事情，许多许多都忽然走到绝处，永远不再见面，仿佛掉在了大海里头似的。裱糊这一行虽然到如今还阴死巴活的始终没完全断了气，可是大概也不会再有抬头的一日了。我老早的就看出这个来。在那太平的年月，假若我愿意的话，我满可以开个小铺，收两个徒弟，安安顿顿的混两顿饭吃。幸而我没那么办。一年得不到一笔大活，只仗着糊一辆车或两间屋子的顶棚什么的，怎能吃饭呢？睁开眼看看，这十几年了，可有过一笔体面的活？我得改行，我算是猜对了。

不过，这还不是我忽然改了行的唯一的原因。年头儿的改变不是个人所能抵抗的，胳臂扭不过大腿去，跟年头儿叫死劲简直是自己找别扭。可是，个人独有的事往往来得更厉害，它能马上教人疯了。去投河觅井都不算新奇，不用说把自己的行业放下，而去干些别的了。个人的事虽然很小，可是一加在个人身上便受不住；一个米粒很小，教蚂蚁去搬运便很费力气。个人的事也是如此。人活着是仗了一口气，多噇有点事儿，把这口气憋住，人就要抽风。人是多么小的玩艺儿呢！

我的精明与和气给我带来背运。乍一听这句话仿佛是不合情理，可是千真万确，一点儿不假，假若这要不落在我自己身上，我也许不大相信天下会有这宗事。它竟自找到了我;在当时,我差不多真成了个疯子。隔了这么二三十年,现在想起那回事儿来,我满可以微微一笑,仿佛想起一个故事来似的。现在我明白了个人的好处不必一定就有利于自己。一个人好,大家都好,这点好处才有用,正是如鱼得水。一个人好,而大家并不都好,个人的好处也许就是让他倒霉的祸根。精明和气有什么用呢!现在,我悟过这点理儿来,想起那件事不过点点头,笑一笑罢了。在当时,我可真有点咽不下去那口气。那时候我还很年轻啊。

哪个年轻的人不爱漂亮呢?在我年轻的时候,给人家行人情或办点事,我的打扮与气派谁也不敢说我是个手艺人。在早年间,皮货很贵,而且不准乱穿。如今晚的人,今天得了马票或奖券,明天就可以穿上狐皮大衣,不管是个十五岁的孩子还是二十岁还没刮过脸的小伙子。早年间可不行,年纪身分决定个人的服装打扮。那年月,在马褂或坎肩上安上一条灰鼠领子就仿佛是很漂亮阔气。我老安着这么条领子,马褂与坎肩都是青大缎的——那时候的缎子也不怎么那样结实,一件马褂至少也可以穿上十来年。在给人家糊棚顶的时候,我是个土鬼;回到家中一梳洗打扮,我立刻变成个漂亮小伙子。我不喜欢那个土鬼,所以更爱这个漂亮的青年。我的辫子又黑又长,脑门剃得锃光青亮,穿上带灰鼠领子的缎子坎肩,我的确象个"人儿"!

一个漂亮小伙子所最怕的恐怕就是娶个丑八怪似的老婆吧。我早已有意无意的向老人们透了个口话:不娶倒没什么,要娶就得来个够样儿的。那时候,自然还不时行自由婚,可是已有男女两造对相对看的办法。要结婚的话,我得自己去相看,不能马马虎虎就凭媒人的花言巧语。

二十岁那年,我结了婚,我的妻比我小一岁。把她放在哪里,她也得算个俏式利落的小媳妇；在定婚以前，我亲眼相看的呀。她美不美，我不敢说，我说她俏式利落，因为这四个字就是我择妻的标准；她要是不够这四个字的格儿，当初我决不会点头。在这四个字里很可以见出我自己是怎样的人来。那时候，我年轻，漂亮，作事麻利，所以我一定不能要个笨牛似的老婆。

这个婚姻不能说不是天配良缘。我俩都年轻，都利落，都个子不高；在亲友面前，我们象一对轻巧的陀螺似的，四面八方的转动，招得那年岁大些的人们眼中要笑出一朵花来。我俩竞争着去在大家面前显出个人的机警与口才，到处争强好胜，只为教人夸奖一声我们是一对最有出息的小夫妇。别人的夸奖增高了我俩彼此间的敬爱，颇有点英雄惜英雄，好汉爱好汉的劲儿。

我很快乐，说实话：我的老人没挣下什么财产，可是有一所儿房。我住着不用花租金的房子，院中有不少的树木，檐前挂着一对黄鸟。我呢，有手艺，有人缘，有个可心的年轻女人。不快乐不是自找别扭吗？

对于我的妻，我简直找不出什么毛病来。不错，有时候我觉得她有点太野；可是哪个利落的小媳妇不爽快呢？她爱说话，因为她会说；她不大躲避男人，因为这正是作媳妇所应享的利益，特别是刚出嫁而有些本事的小媳妇，她自然愿意把作姑娘时的腼腆收起一些，而大大方方的自居为"媳妇"。这点实在不能算作毛病。况且，她见了长辈又是那么亲热体贴，殷勤的伺候，那么她对年轻一点的人随便一些也正是理之当然；她是爽快大方，所以对于年老的正象对于年少的，都愿表示出亲热周到来。我没因为她爽快而责备她过。

她有了孕，作了母亲，她更好看了，也更大方了——我简直的不忍再用那个"野"字！世界上还有比怀孕的少妇更可怜，年轻的母亲更可爱的吗？看她坐在门坎上，露着点胸，给小娃娃奶吃，我只能更爱她，而想不起责备她太不规矩。

到了二十四岁，我已有一儿一女。对于生儿养女，作丈夫的有什么功劳呢！赶上高兴，男子把娃娃抱起来，耍巴一回；其余的苦处全是女人的。我不是个糊涂人，不必等谁告诉我才能明白这个。真的，生小孩，养育小孩，男人有时候想去帮忙也归无用；不过，一个懂得点人事的人，自然该使作妻的痛快一些，自由一些；欺侮孕妇或一个年轻的母亲，据我看，才真是混蛋呢！对于我的妻，自从有了小孩之后，我更放任了些；我认为这是当然的合理的。

再一说呢，夫妇是树，儿女是花；有了花的树才能显出根儿深。一切猜忌，不放心，都应该减少，或者完全消灭；小孩子会把母亲拴得结结实实的。所以，即使我觉得她有点野——真不愿用这个臭字——我也不能不放心了，她是个母亲呀。

## 四

直到如今，我还是不能明白那到底是怎么一回事。

我所不能明白的事也就是当时教我差点儿疯了的事，我的妻跟人家跑了。

我再说一遍，到如今我还不能明白那到底是怎回事。我不是个固执的人，因为我久在街面上，懂得人情，知道怎样找出自己的长处与短处。但是，对于这件事，我把自己的短处都找遍了，也找不出应当受这种耻辱与惩罚的地方来。所以，我只能说我的聪明与和气给我带来祸患，因为我实在找不出别的道理来。

我有位师哥,这位师哥也就是我的仇人。街口上,人们都管他叫作黑子,我也就还这么叫他吧;不便道出他的真名实姓来,虽然他是我的仇人。"黑子",由于他的脸不白;不但不白,而且黑得特别,所以才有这个外号。他的脸真象个早年间人们揉的铁球,黑,可是非常的亮;黑,可是光润;黑,可是油光水滑的可爱。当他喝下两盅酒,或发热的时候,脸上红起来,就好象落太阳时的一些黑云,黑里透出一些红光。至于他的五官,简直没有什么好看的地方,我比他漂亮多了。他的身量很高,可也不见得怎么魁梧,高大而懒懒松松的。他所以不至教人讨厌他,总而言之,都仗着那一张发亮的黑脸。

我跟他是很好的朋友。他既是我的师哥,又那么傻大黑粗的,即使我不喜爱他,我也不能无缘无故的怀疑他。我的那点聪明不是给我预备着去猜疑人的;反之,我知道我的眼睛里不容砂子,所以我因信任自己而信任别人。我以为我的朋友都不至于偷偷的对我掏坏招数。一旦我认定谁是个可交的人,我便真拿他当个朋友看待。对于我这个师哥,即使他有可猜疑的地方,我也得敬重他,招待他,因为无论怎样,他到底是我的师哥呀。同是一门儿学出来的手艺,又同在一个街口上混饭吃,有活没活,一天至少也得见几面;对这么熟的人,我怎能不拿他当作个好朋友呢?有活,我们一同去作活;没活,他总是到我家来吃饭喝茶,有时候也摸几把索儿胡玩—— 那时候"麻将"还不十分时兴。我和蔼,他也不客气;遇到什么就吃什么,遇到什么就喝什么,我一向不特别为他预备什么,他也永远不挑剔。他吃的很多,可是不懂得挑食。看他端着大碗,跟着我们吃热汤儿面什么的,真是个痛快的事。他吃得四脖子汗流,嘴里西啦胡噜的响,脸上越来越红,慢慢的成了个半红的大煤球似的;谁能说这样的人能存着什么坏心眼儿呢!

一来二去,我由大家的眼神看出来天下并不很太平。可是,我并没有怎么往心里搁这回事。假若我是个糊涂人,只有一个心眼,大概对这种事不会不听见风就是雨,马上闹个天昏地暗,也许立刻把事情弄个水落石出,也许是望风捕影而弄一鼻子灰。我的心眼多,决不肯这么糊涂瞎闹,我得平心静气的想一想。

先想我自己,想不出我有什么不对的地方来,即使我有许多毛病,反正至少我比师哥漂亮,聪明,更象个人儿。

再看师哥吧,他的长象,行为,财力,都不能教他为非作歹,他不是那种一见面就教女人动心的人。

最后,我详详细细的为我的年轻的妻子想一想:她跟了我已经四五年,我俩在一处不算不快乐。即使她的快乐是假装的,而愿意去跟个她真喜爱的人——这在早年间几乎是不能有的——大概黑子也绝不会是这个人吧?他跟我都是手艺人,他的身分一点不比我高。同样,他不比我阔,不比我漂亮,不比我年轻;那么,她贪图的是什么呢?想不出。就满打说她是受了他的引诱而迷了心,可是他用什么引诱她呢,是那张黑脸,那点本事,那身衣裳,腰里那几吊钱?笑话!哼,我要是有意的话吗,我倒满可以去引诱引诱女人;虽然钱不多,至少我有个样子。黑子有什么呢?再说,就是说她一时迷了心窍,分别不出好歹来,难道她就肯舍得那两个小孩吗?

我不能信大家的话,不能立时疏远了黑子,也不能傻子似的去盘问她。我全想过了,一点缝子没有,我只能慢慢的等着大家明白过来他们是多虑。即使他们不是凭空造谣,我也得慢慢的察看,不能无缘无故的把自己,把朋友,把妻子,都卷在黑土里边。有点聪明的人作事不能鲁莽。

可是,不久,黑子和我的妻子都不见了。直到如今,我没再见过他俩。为什么她肯这么办呢?我非见着她,由她自己吐出实话,我不会明白。我自己的思想永远不够对付这件事的。

我真盼望能再见她一面,专为明白明白这件事。到如今我还是在个葫芦里。

当时我怎样难过,用不着我自己细说。谁也能想到,一个年轻漂亮的人,守着两个没了妈的小孩,在家里是怎样的难过;一个聪明规矩的人,最亲爱的妻子跟师哥跑了,在街面上是怎么难堪。同情我的人,有话说不出,不认识我的人,听到这件事,总不会责备我的师哥,而一直的管我叫"王八"。在咱们这讲孝悌忠信的社会里,人们很喜欢有个王八,好教大家有放手指头的准头。我的口闭上,我的牙咬住,我心中只有他们俩的影儿和一片血。不用教我见着他们,见着就是一刀,别的无须乎再说了。

在当时,我只想拚上这条命,才觉得有点人味儿。现在,事情过去这么多年了。我可以细细的想这件事在我这一辈子里的作用了。

我的嘴并没闲着,到处我打听黑子的消息。没用,他俩真像石沉大海一般,打听不着确实的消息,慢慢的我的怒气消散了一些;说也奇怪,怒气一消,我反倒可怜我的妻子。黑子不过是个手艺人,而这种手艺只能在京津一带大城里找到饭吃,乡间是不需要讲究的烧活的。那么,假若他俩是逃到远处去,他拿什么养活她呢?哼,假若他肯偷好朋友的妻子,难道他就不会把她卖掉吗?这个恐惧时常在我心中绕来绕去。我真希望她忽然逃回来,告诉我她怎样上了当,受了苦处;假若她真跪在我的面前，我想我不会不收下她的，一个心爱的女人，永远是心爱的，不管她作了什么错事。她没有回来，没有消息，我恨她一会儿，又可怜她一会儿，胡思乱想，我有时候整夜的不能睡。

过了一年多，我的这种乱想又轻淡了许多。是的，我这一辈子也不能忘了她，可是我不再为她思索什么了。我承认了这是一段千真万确的事实，不必为它多费心思了。

我到底怎样了呢？这倒是我所要说的，因为这件我永远猜不透的事在我这一辈子里实在是件极大的事。这件事好像是在梦中丢失了我最亲爱的人，一睁眼，她真的跑得无影无踪了。这个梦没法儿明白，可是它的真确劲儿是谁也受不了的。作过这么个梦的人，就是没有成疯子，也得大大的改变；他是丢失了半个命呀！

## 五

最初，我连屋门也不肯出，我怕见那个又明又暖的太阳。

顶难堪的是头一次上街：抬着头大大方方的走吧，准有人说我天生来的不知羞耻。低着头走，便是自己招认了脊背发软。怎么着也不对。我可是问心无愧，没作过一点对不起人的事。

我破了戒，又吸烟喝酒了。什么背运不背运的，有什么再比丢了老婆更倒霉的呢？我不求人家可怜我，也犯不上成心对谁耍刺儿，我独自吸烟喝酒，把委屈放在心里好了。再没比不测的祸患更能扫除了迷信的；以前，我对什么神仙都不敢得罪；现在，我什么也不信，连活佛也不信了。迷信，我咂摸出来，是盼望得点意外的好处；赶到遇上意外的难处，你就什么也不盼望，自然也不迷信了。我把财神和灶王的龛——我亲手糊的——都烧了。亲友中很有些人说我成了二毛子的。什么二毛子三毛子的，我再不给谁磕头。人若是不可靠，神仙就更没准儿了。

我并没变成忧郁的人。这种事本来是可以把人愁死的，可是我没往死牛犄角里钻。我原是个活泼的人，好吧，我要打算活下去，就得别丢了我的活泼劲儿。不错，意外的大祸往往能忽然把一个人的习惯与脾气改变了；可是我决定要保持住我的活泼。我吸烟，喝酒，不再信神佛，不过都是些使我活泼的方法。不管我是真乐还是假乐，我乐！在我学艺的时候，我就会这一招，经过这次的变动，我更必须这样了。现在，我已快饿死了，我还是笑着，连我自己也说不清这是真的还是假的笑，反正我笑，多嗒死了多嗒我并上嘴。从那件事发生了以后，直到如今，我始终还是个有用的人，热心的人，可是我心中有了个空儿。这个空儿是那件不幸的事给我留下的，像墙上中了枪弹，老有个小窟窿似的。我有用，我热心，我爱给人家帮忙，但是不幸而事情没办到好处，或者想不到的扎手，我不着急，也不动气，因为我心中有个空儿。这个空儿会教我在极热心的时候冷静，极欢喜的时候有点悲哀，我的笑常常和泪碰在一处，而分不清哪个是哪个。

这些，都是我心里头的变动，我自己要是不说——自然连我自己也说不大完全——大概别人无从猜到。在我的生活上，也有了变动，这是人人能看到的。我改了行，不再当裱糊匠，我没脸再上街口去等生意，同行的人，认识我的，也必认识黑子；他们只须多看我几眼，我就没法再咽下饭去。在那报纸还不大时行的年月，人们的眼睛是比新闻还要厉害的。现在，离婚都可以上衙门去明说明讲，早年间男女的事儿可不能这么随便。我把同行中的朋友全放下了，连我的师傅师母都懒得去看，我仿佛是要由这个世界一脚跳到另一个世界去。这样，我觉得我才能独自把那桩事关在心里头。年头的改变教裱糊匠们的活路越来越狭，但是要不是那回事，我也不会改行改得这么快，这么干脆。放弃了手艺，没什么可惜；可是这么放弃了手艺，我也不会感谢"那"回事儿！不管怎说吧，我改了行，这是个显然的变动。

　　决定扔下手艺可不就是我准知道应该干什么去。我得去乱碰，象一支空船浮在水面上，浪头是它的指南针。在前面我已经说过，我认识字，还能抄抄写写，很够当个小差事的。再说呢，当差是个体面的事，我这丢了老婆的人若能当上差，不用说那必能把我的名誉恢复了一些。现在想起来，这个想法真有点可笑；在当时我可是诚心的相信这是最高明的办法。"八"字还没有一撇儿，我觉得很高兴，仿佛我已经很有把握，既得到差事，又能恢复了名誉。我的头又抬得很高了。

　　哼！手艺是三年可以学成的；差事，也许要三十年才能得上吧！一个钉子跟着一个钉子，都预备着给我碰呢！我说我识字，哼！敢情有好些个能整本背书的人还挨饿呢。我说我会写字，敢情会写字的绝不算出奇呢。我把自己看得太高了。可是，我又亲眼看见，那作着很大的官儿的，一天到晚山珍海味的吃着，连自己的姓都不大认得。那么，是不是我的学问又太大了，而超过了作官所需要的呢？我这个聪明人也没法儿不显着糊涂了。

　　慢慢的，我明白过来。原来差事不是给本事预备着的，想做官第一得有人。这简直没了我的事，不管我有多么大的本事。我自己是个手艺人，所认识的也是手艺人；我爸爸呢，又是个白丁,虽然是很有本事与品行的白丁。我上哪里去找差事当呢?

事情要是逼着一个人走上哪条道儿,他就非去不可,就象火车一样,轨道已摆好,照着走就是了,一出花样准得翻车!我也是如此。决定扔下了手艺,而得不到个差事,我又不能老这么闲着。好啦,我的面前已摆好了铁轨,只准上前,不许退后。

我当了巡警。

巡警和洋车是大城里头给苦人们安好的两条火车道。大字不识而什么手艺也没有的,只好去拉车。拉车不用什么本钱,肯出汗就能吃窝窝头。识几个字而好体面的,有手艺而挣不上饭的,只好去当巡警;别的先不提,挑巡警用不着多大的人情,而且一挑上先有身制服穿着,六块钱拿着;好歹是个差事。除了这条道,我简直无路可走。我既没混到必须拉车去的地步,又没有作高官的舅舅或姐丈,巡警正好不高不低,只要我肯,就能穿上一身铜钮子的制服。当兵比当巡警有起色,即使熬不上军官,至少能有抢劫些东西的机会。可是,我不能去当兵,我家中还有俩没娘的小孩呀。当兵要野,当巡警要文明;换句话说,当兵有发邪财的机会,当巡警是穷而文明一辈子;穷得要命,文明得稀松!

以后这五六十年的经验,我敢说这么一句:真会办事的人,到时候才说话,爱张罗办事的人——象我自己——没话也找话说。我的嘴老不肯闲着,对什么事我都有一片说词,对什么人我都想很恰当的给起个外号。我受了报应:第一件事,我丢了老婆,把我的嘴封起来一二年!第二件是我当了巡警。在我还没当上这个差事的时候,我管巡警们叫作"马路行走","避风阁大学士"和"臭脚巡"。这些无非都是说巡警们的差事只是站马路,无事忙,跑臭脚。哼!我自己当上"臭脚巡"了!

生命简直就是自己和自己开玩笑，一点不假！我自己打了自己的嘴巴，可并不因为我作了什么缺德的事；至多也不过爱多说几句玩笑话罢了。在这里，我认识了生命的严肃，连句玩笑话都说不得！好在，我心中有个空儿；我怎么叫别人"臭脚巡"，也照样叫自己。这在早年间叫作"抹稀泥"，现在的新名词应叫着什么，我还没能打听出来。

　　我没法不去当巡警，可是真觉得有点委屈。是呀，我没有什么出众的本事，但是论街面上的事，我敢说我比谁知道的也不少。巡警不是管街面上的事情吗？那么，请看看那些警官儿吧：有的连本地的话都说不上来，二加二是四还是五都得想半天。哼！他是官，我可是"招募警"；他的一双皮鞋够开我半年的饷！他什么经验与本事也没有，可是他作官。这样的官儿多了去啦！上哪儿讲理去呢？记得有位教官，头一天教我们操法的时候，忘了叫"立正"，而叫了"闸住"。用不着打听，这位大爷一定是拉洋车出身。有人情就行，今天你拉车，明天你姑父作了什么官儿，你就可以弄个教官当当；叫"闸住"也没关系，谁敢笑教官一声呢！这样的自然是不多，可是有这么一位教官，也就可以教人想到巡警的操法是怎么稀松二五眼了。内堂的功课自然绝不是这样教官所能担任的，因为至少得认识些个字才能"虎"得下来。我们的内堂的教官大概可以分为两种：一种是老人儿们，多数都有口鸦片烟瘾；他们要是能讲明白一样东西，就凭他们那点人情，大概早就作上大官儿了；唯其什么也讲不明白，所以才来作教官。另一种是年轻的小伙子们，讲的都是洋事，什么东洋巡警怎么样，什么法国违警律如何，仿佛我们都是洋鬼子。这种讲法有个好处，就是他们信口开河瞎扯，我们一边打盹一边听着，谁也不准知道东洋和法国是什么样儿,可不就随他的便说吧。我满可以编一套美国的事讲给大家听,可惜我不是教官罢了。这群年轻的小人们真懂外国事儿不懂,无从知道;反正我准知道他们一点中国事儿也不晓得。这两种教官的年纪上学问上都不同,可是他们有个相同的地方,就是他们都高不成低不就,所以对对付付的只能作教官。他们的人情真不小,可是本事太差,所以来教一群为六块洋钱而一声不敢出的巡警就最合适。

教官如此,别的警官也差不多是这样。想想:谁要是能去作一任知县或税局局长,谁肯来作警官呢?前面我已交代过了,当巡警是高不成低不就,不得已而为之。警官也是这样。这群人由上至下全是"狗熊耍扁担,混碗儿饭吃"。不过呢,巡警一天到晚在街面上,不论怎样抹稀泥,多少得能说会道,见机而作,把大事化小,小事化无;既不多给官面上惹麻烦,又让大家都过得去;真的吧假的吧,这总得算点本事。而作警官的呢,就连这点本事似乎也不必有。阎王好作,小鬼难当,诚然!

## 六

我再多说几句,或者就没人再说我太狂傲无知了。我说我觉得委屈,真是实话;请看吧:一月挣六块钱,这跟当仆人的一样,而没有仆人们那些"外找儿";死挣六块钱,就凭这么个大人——腰板挺直,样子漂亮,年轻力壮,能说会道,还得识文断字!这一大堆资格,一共值六块钱!

六块钱饷粮,扣去三块半钱的伙食,还得扣去什么人情公议儿,净剩也就是两块上下钱吧。衣服自然是可以穿官发的,可是到休息的时候,谁肯还穿着制服回家呢;那么,不作不作也得有件大褂什么的。要是把钱作了大褂,一个月就算白混。再说,谁没有家呢?父母——呕,先别提父母吧!就说一夫一妻吧:至少得赁一间房,得有老婆的吃,喝,穿。就凭那两块大洋!谁也不许生病,不许生小孩,不许吸烟,不许吃点零碎东西;连这么着,月月还不够嚼谷!

我就不明白为什么肯有人把姑娘嫁给当巡警的,虽然我常给同事的做媒。当我一到女家提说的时候,人家总对我一撇嘴,虽不明说,但是意思很明显,"哼!当巡警的!"可是我不怕这一撇嘴,因为十回倒有九回是撇完嘴而点了头。难道是世界上的姑娘太多了吗?我不知道。

由哪面儿看,巡警都活该是鼓着腮梆子充胖子而教人哭不得笑不得的。穿起制服来,干净利落,又体面又威风,车马行人,打架吵嘴,都由他管着。他这是差事;可是他一月除了吃饭,净剩两块来钱。他自己也知道中气不足,可是不能不硬挺着腰板,到时候他得娶妻生子,还是仗着那两块来钱。提婚的时候,头一句是说:"小人呀当差!"当差的底下还有什么呢?没人愿意细问,一问就糟到底。

是的,巡警们都知道自己怎样的委屈,可是风里雨里他得去巡街下夜,一点懒儿不敢偷;一偷懒就有被开除的危险;他委屈,可不敢抱怨,他劳苦,可不敢偷闲,他知道自己在这里混不出来什么,而不敢冒险搁下差事。这点差事扔了可惜,作着又没劲;这些人也就人儿似的先混过一天是一天,在没劲中要露出劲儿来,象打太极拳似的。

世上为什么应当有这种差事,和为什么有这样多肯作这种差事的人?我想不出来。假若下辈子我再托生为人,而且忘了喝迷魂汤,还记得这一辈子的事,我必定要扯着脖子去喊:这玩艺儿整个的是丢人，是欺骗，是杀人不流血！现在，我老了，快饿死了，连喊这么几句也顾不及了，我还得先为下顿的窝窝头着忙呀！

自然在我初当差的时候，我并没有一下子就把这些都看清楚了，谁也没有那么聪明。反之，一上手当差我倒觉出点高兴来：穿上整齐的制服，靴帽，的确我是漂亮精神，而且心里说：好吧歹吧，这是个差事；凭我的聪明与本事，不久我必有个升腾。我很留神看巡长巡官们制服上的铜星与金道，而想象着我将来也能那样。我一点也没想到那铜星与金道并不按着聪明与本事颁给人们呀。

新鲜劲儿刚一过去，我已经讨厌那身制服了。它不教任何人尊敬，而只能告诉人："臭脚巡"来了！拿制服的本身说，它也很讨厌：夏天它就象牛皮似的，把人闷得满身臭汗；冬天呢，它一点也不象牛皮了，而倒象是纸糊的；它不许谁在里边多穿一点衣服，只好任着狂风由胸口钻进来，由脊背钻出去，整打个穿堂！再看那双皮鞋，冬冷夏热，永远不教脚舒服一会儿；穿单袜的时候，它好象是两大篓子似的，脚指脚踵都在里边乱抓弄，而始终找不到鞋在哪里；到穿棉袜的时候，它们忽然变得很紧，不许棉袜与脚一齐伸进去。有多少人因包办制服皮鞋而发了财，我不知道，我只知道我的脚永远烂着，夏天闹湿气，冬天闹冻疮。自然，烂脚也得照常的去巡街站岗，要不然就别挣那六块洋钱！多么热，或多么冷，别人都可以找地方去躲一躲，连洋车夫都可以自由的歇半天，巡警得去巡街，得去站岗，热死冻死都活该，那六块现大洋买着你的命呢！

记得在哪儿看见过这么一句：食不饱，力不足。不管这句在原地方讲的是什么吧，反正拿来形容巡警是没有多大错儿的。

最可怜,又可笑的是我们既吃不饱,还得挺着劲儿,站在街上得象个样子!要饭的花子有时不饿也弯着腰,假充饿了三天三夜;反之,巡警却不饱也得鼓起肚皮,假装刚吃完三大碗鸡丝面似的。花子装饿倒有点道理,我可就是想不出巡警假装酒足饭饱有什么理由来,我只觉得这真可笑。

人们都不满意巡警的对付事,抹稀泥。哼!抹稀泥自有它的理由。不过,在细说这个道理之前,我愿先说件极可怕的事。有了这件可怕的事,我再反回头来细说那些理由,仿佛就更顺当,更生动。好!就这样办啦。

七

应当有月亮,可是教黑云给遮住了,处处都很黑。我正在个僻静的地方巡夜。我的鞋上钉着铁掌,那时候每个巡警又须带着一把东洋刀,四下里鸦雀无声,听着我自己的铁掌与佩刀的声响,我感到寂寞无聊,而且几乎有点害怕。眼前忽然跑过一只猫,或忽然听见一声鸟叫,都教我觉得不是味儿,勉强着挺起胸来,可是心中总空空虚虚的,仿佛将有些什么不幸的事情在前面等着我。不完全是害怕,又不完全气粗胆壮,就那么怪不得劲的,手心上出了点凉汗。平日,我很有点胆量,什么看守死尸,什么独自看管一所脏房,都算不了一回事。不知为什么这一晚上我这样胆虚,心里越要耻笑自己,便越觉得不定哪里藏着点危险。我不便放快了脚步,可是心中急切的希望快回去,回到那有灯光与朋友的地方去。

忽然,我听见一排枪!我立定了,胆子反倒壮起来一点;真正的危险似乎倒可以治好了胆虚,惊疑不定才是恐惧的根源,我听着，象夜行的马竖起耳朵那样。又一排枪，又一排枪！没声了，我等着，听着，静寂得难堪。象看见闪电而等着雷声那样，我的心跳得很快。拍，拍，拍，拍，四面八方都响起来了！

我的胆气又渐渐的往下低落了。一排枪，我壮起气来；枪声太多了，真遇到危险了；我是个人，人怕死；我忽然的跑起来，跑了几步，猛的又立住，听一听，枪声越来越密，看不见什么，四下漆黑，只有枪声，不知为什么，不知在哪里，黑暗里只有我一个人，听着远处的枪响。往哪里跑？到底是什么事？应当想一想，又顾不得想；胆大也没用，没有主意就不会有胆量。还是跑吧，糊涂的乱动，总比呆立哆嗦着强。我跑，狂跑，手紧紧的握住佩刀。象受了惊的猫狗，不必想也知道往家里跑。我已忘了我是巡警，我得先回家看看我那没娘的孩子去，要是死就死在一处！

要跑到家，我得穿过好几条大街。刚到了头一条大街，我就晓得不容易再跑了。街上黑黑忽忽的人影，跑得很快，随跑随着放枪。兵！我知道那是些辫子兵。而我才刚剪了发不多日子。我很后悔我没象别人那样把头发盘起来，而是连根儿烂真正剪去了辫子。假若我能马上放下辫子来，虽然这些兵们平素很讨厌巡警，可是因为我有辫子或者不至于把枪口冲着我来。在他们眼中，没有辫子便是二毛子，该杀。我没有了这么条宝贝！我不敢再动，只能蒙在黑影里，看事行事。兵们在路上跑，一队跟着一队，枪声不停。我不晓得他们是干什么呢？待了一会儿，兵们好象是都过去了，我往外探了探头，见外面没有什么动静，我就象一只夜鸟儿似的飞过了马路，到了街的另一边。在这极快的穿过马路的一会儿里，我的眼梢撩着一点红光。十字街头起了火。我还藏在黑影里，不久，火光远远的照亮了一片;再探头往外看,我已可以影影抄抄的看到十字街口,所有四面把角的铺户已全烧起来,火影中那些兵们来回的奔跑,放着枪。我明白了,这是兵变。不久,火光更多了,一处接着一处,由光亮的距离我可以断定:凡是附近的十字口与丁字街全烧了起来。

说句该挨嘴巴的话,火是真好看!远处,漆黑的天上,忽然一白,紧跟着又黑了。忽然又一白,猛的冒起一个红团,有一块天象烧红的铁板,红得可怕。在红光里看见了多少股黑烟,和火舌们高低不齐的往上冒,一会儿烟遮住了火苗;一会儿火苗冲破了黑烟。黑烟滚着,转着,千变万化的往上升,凝成一片,罩住下面的火光,象浓雾掩住了夕阳。待一会儿,火光明亮了一些,烟也改成灰白色儿,纯净,旺炽,火苗不多,而光亮结成一片,照明了半个天。那近处的,烟与火中带着种种的响声,烟往高处起,火往四下里奔;烟象些丑恶的黑龙,象些乱长乱钻的红铁笋。烟裹着火,火裹着烟,卷起多高,忽然离散,黑烟里落下无数的火花,或者三五个极大的火团。火花火团落下,烟象痛快轻松了一些,翻滚着向上冒。火团下降,在半空中遇到下面的火柱,又狂喜的往上跳跃,炸出无数火花。火团远落,遇到可以燃烧的东西,整个的再点起一把新火,新烟掩住旧火,一时变为黑暗;新火冲出了黑烟,与旧火联成一气,处处是火舌,火柱,飞舞,吐动,摇摆,颠狂。忽然哗啦一声,一架房倒下去,火星,焦炭,尘土,白烟,一齐飞扬,火苗压在下面,一齐在底下往横里吐射,象千百条探头吐舌的火蛇。静寂,静寂,火蛇慢慢的,忍耐的,往上翻。绕到上边来,与高处的火接到一处,通明,纯亮,忽忽的响着,要把人的心全照亮了似的。

我看着,不,不但看着,我还闻着呢!在种种不同的味道里,我哑摸着：这是那个金匾黑字的绸缎庄，那是那个山西人开的油酒店。由这些味道，我认识了那些不同的火团，轻而高飞的一定是茶叶铺的，迟笨黑暗的一定是布店的。这些买卖都不是我的，可是我都认得，闻着它们火葬的气味，看着它们火团的起落，我说不上来心中怎样难过。

我看着，闻着，难过，我忘了自己的危险，我仿佛是个不懂事的小孩，只顾了看热闹，而忘了别的一切。我的牙打得很响，不是为自己害怕，而是对这奇惨的美丽动了心。

回家是没希望了。我不知道街上一共有多少兵，可是由各处的火光猜度起来，大概是热闹的街口都有他们。他们的目的是抢劫，可是顺着手儿已经烧了这么多铺户，焉知不就棍打腿的杀些人玩玩呢？我这剪了发的巡警在他们眼中还不和个臭虫一样，只须一搂枪机就完了，并不费多少事。

想到这个，我打算回到"区"里去，"区"离我不算远，只须再过一条街就行了。可是，连这个也太晚了。当枪声初起的时候，连贫带富，家家关了门；街上除了那些横行的兵们，简直成了个死城。及至火一起来，铺户里的人们开始在火影里奔走，胆大一些的立在街旁，看着自己的或别人的店铺燃烧，没人敢去救火，可也舍不得走开，只那么一声不出的看着火苗乱窜。胆小一些的呢，争着往胡同里藏躲，三五成群的藏在巷内，不时向街上探探头，没人出声，大家都哆嗦着。火越烧越旺了，枪声慢慢的稀少下来，胡同里的住户仿佛已猜到是怎么一回事，最先是有人开门向外望望，然后有人试着步往街上走。街上，只有火光人影，没有巡警，被兵们抢过的当铺与首饰店全大敞着门！……这样的街市教人们害怕，同时也教人们胆大起来；一条没有巡警的街正象是没有老师的学房，多么老实的孩子也要闹哄哄哄。一家开门,家家开门,街上人多起来;铺户已有被抢过的了,跟着抢吧!平日,谁能想到那些良善守法的人民会去抢劫呢?哼!机会一到,人们立刻显露了原形。说声抢,壮实的小伙子们首先进了当铺,金店,钟表行。男人们回去一趟,第二趟出来已挽夹上女人和孩子们。被兵们抢过的铺子自然不必费事,进去随便拿就是了;可是紧跟着那些尚未被抢过的铺户的门也拦不住谁了。粮食店,茶叶铺,百货店,什么东西也是好的,门板一律砸开。

我一辈子只看见了这么一回大热闹:男女老幼喊着叫着,狂跑着,拥挤着,争吵着,砸门的砸门,喊叫的喊叫,嗑喳!门板倒下去,一窝蜂似的跑进去,乱挤乱抓,压倒在地的狂号,身体利落的往柜台上蹿,全红着眼,全拚着命,全奋勇前进,挤成一团,倒成一片,散走全街。背着,抱着,扛着,曳着,象一片战胜的蚂蚁,昂首疾走,去而复归,呼妻唤子,前呼后应。

苦人当然出来了,哼!那中等人家也不甘落后呀!

贵重的东西先搬完了,煤米柴炭是第二拨。有的整坛的搬着香油,有的独自扛着两口袋面,瓶子罐子碎了一街,米面洒满了便道,抢啊!抢啊!抢啊!谁都恨自己只长了一双手,谁都嫌自己的腿脚太慢!有的人会推着一坛子白糖,连人带坛在地上滚,象屎壳郎推着个大粪球。

强中自有强中手,人是到处会用脑子的!有人拿出切菜刀来了,立在巷口等着:"放下!"刀晃了晃。口袋或衣服,放下了;安然的,不费力的,拿回家去。"放下!"不灵验,刀下去了,把面口袋砍破,下了一阵小雷,二人滚在一团。过路的急走,稍带着说了句:"打什么,有的是东西!"两位明白过来,立起来向街头跑去。抢啊,抢啊!有的是东西!

我挤在了一群买卖人的中间,藏在黑影里。我并没说什么,他们似乎很明白我的困难,大家一声不出,而紧紧的把我包围住。不要说我还是个巡警,连他们买卖人也不敢抬起头来。他们无法去保护他们的财产与货物,谁敢出头抵抗谁就是不要命,兵们有枪,人民也有切菜刀呀!是的,他们低着头,好象倒怪羞惭似的。他们唯恐和抢劫的人们——也就是他们平日的照顾主儿——对了脸,羞恼成怒,在这没有王法的时候,杀几个买卖人总不算一回事呢!所以,他们也保护着我。想想看吧,这一带的居民大概不会不认识我吧!我三天两头的到这里来巡逻。平日,他们在墙根撒尿,我都要讨他们的厌,上前干涉;他们怎能不恨恶我呢!现在大家正在兴高采烈的白拿东西,要是遇见我,他们一人给我一砖头,我也就活不成了。即使他们不认识我,反正我是穿着制服,佩着东洋刀呀!在这个局面下,冒而咕咚的出来个巡警,够多么不合适呢!我满可以上前去道歉,说我不该这么冒失,他们能白白的饶了我吗?

街上忽然清静了一些,便道上的人纷纷往胡同里跑,马路当中走着七零八散的兵,都走得很慢;我摘下帽子,从一个学徒的肩上往外看了一眼,看见一位兵士,手里提着一串东西,象一串儿螃蟹似的。我能想到那是一串金银的镯子。他身上还有多少东西,不晓得,不过一定有许多硬货,因为他走得很慢。多么自然,多么可羡慕呢!自自然然的,提着一串镯子,在马路中心缓缓的走,有烧亮的铺户作着巨大的火把,给他们照亮了全城!

兵过去了,人们又由胡同里钻出来。东西已抢得差不多了,大家开始搬铺户的门板,有的去摘门上的匾额。我在报纸上常看见"彻底"这两个字,咱们的良民们打抢的时候才真正彻底呢!

这时候,铺户的人们才有出头喊叫的:"救火呀!救火呀!别等着烧净了呀!"喊得教人一听见就要落泪!我身旁的人们开始活动。我怎么办呢?他们要是都去救火,剩下我这一个巡警,往哪儿跑呢?我拉住了一个屠户!他脱给了我那件满是猪油的大衫。把帽子夹在夹肢窝底下。一手握着佩刀,一手揪着大襟,我擦着墙根,逃回"区"里去。

## 八

我没去抢,人家所抢的又不是我的东西,这回事简直可以说和我不相干。可是,我看见了,也就明白了。明白了什么?我不会干脆的,恰当的,用一半句话说出来;我明白了点什么意思,这点意思教我几乎改变了点脾气。丢老婆是一件永远忘不了的事,现在它有了伴儿,我也永远忘不了这次的兵变。丢老婆是我自己的事,只须记在我的心里,用不着把家事国事天下事全拉扯上。这次的变乱是多少万人的事,只要我想一想,我便想到大家,想到全城,简直的我可以用这回事去断定许多的大事,就好象报纸上那样谈论这个问题那个问题似的。对了,我找到了一句漂亮的了。这件事教我看出一点意思,由这点意思我哑摸着许多问题。不管别人听得懂这句与否,我可真觉得它不坏。

我说过了:自从我的妻潜逃之后,我心中有了个空儿。经过这回兵变,那个空儿更大了一些,松松通通的能容下许多玩艺儿。还接着说兵变的事吧!把它说完全了,你也就可以明白我心中的空儿为什么大起来了。

当我回到宿舍的时候,大家还全没睡呢。不睡是当然的,可是，大家一点也不显着着急或恐慌，吸烟的吸烟，喝茶的喝茶，就好象有红白事熬夜那样。我的狼狈的样子，不但没引起大家的同情，倒招得他们直笑。我本排着一肚子话要向大家说，一看这个样子也就不必再言语了。我想去睡，可是被排长给拦住了："别睡！待一会儿，天一亮，咱们全得出去弹压地面！"这该轮到我发笑了；街上烧抢到那个样子，并不见一个巡警，等到天亮再去弹压地面，岂不是天大的笑话！命令是命令，我只好等到天亮吧！

还没到天亮，我已经打听出来：原来高级警官们都预先知道兵变的事儿，可是不便于告诉下级警官和巡警们。这就是说，兵变是警察们管不了的事，要变就变吧；下级警官和巡警们呢，夜间糊糊涂涂的照常去巡逻站岗，是生是死随他们去！这个主意够多么活动而毒辣呢！再看巡警们呢，全和我自己一样，听见枪声就往回跑，谁也不傻。这样巡警正好对得起这样警官，自上而下全是瞎打混的当"差事"，一点不假！

虽然很要困，我可是急于想到街上去看看，夜间那一些情景还都在我的心里，我愿白天再去看一眼，好比较比较，教我心中这张画儿有头有尾。天亮得似乎很慢，也许是我心中太急。天到底慢慢的亮起来，我们排上队。我又要笑，有的人居然把盘起来的辫子梳好了放下来，巡长们也作为没看见。有的人在快要排队的时候，还细细刷了刷制服，用布擦亮了皮鞋！街上有那么大的损失，还有人顾得擦亮了鞋呢。我怎能不笑呢！

到了街上，我无论如何也笑不出了！从前，我没真明白过什么叫作"惨"，这回才真晓得了。天上还有几颗懒得下去的大星，云色在灰白中稍微带出些蓝，清凉，暗淡。到处是焦糊的气味，空中游动着一些白烟。铺户全敞着门，没有一个整窗子，大人和小徒弟都在门口,或坐或立,谁也不出声,也不动手收拾什么,象一群没有主儿的傻羊。火已经停止住延烧,可是已被烧残的地方还静静的冒着白烟,吐着细小而明亮的火苗。微风一吹,那烧焦的房柱忽然又亮起来,顺着风摆开一些小火旗。最初起火的几家已成了几个巨大的焦土堆,山墙没有倒,空空的围抱着几座冒烟的坟头。最后燃烧的地方还都立着,墙与前脸全没塌倒,可是门窗一律烧掉,成了些黑洞。有一只猫还在这样的一家门口坐着,被烟熏的连连打嚔,可是还不肯离开那里。

　　平日最热闹体面的街口变成了一片焦木头破瓦,成群的焦柱静静的立着,东西南北都是这样,懒懒的,无聊的,欲罢不能的冒着些烟。地狱什么样?我不知道。大概这就差不多吧!我一低头,便想起往日街头上的景象,那些体面的铺户是多么华丽可爱。一抬头,眼前只剩了焦糊的那么一片。心中记得的景象与眼前看见的忽然碰到一处,碰出一些泪来。这就叫作"惨"吧?火场外有许多买卖人与学徒们呆呆的立着,手揣在袖里,对着残火发愣。遇见我们,他们只淡淡的看那么一眼,没有任何别的表示,仿佛他们已绝了望,用不着再动什么感情。

　　过了这一带火场,铺户全敞着门窗,没有一点动静,便道上马路上全是破碎的东西,比那火场更加凄惨。火场的样子教人一看便知道那是遭了火灾,这一片破碎静寂的铺户与东西使人莫名其妙,不晓得为什么繁华的街市会忽然变成绝大的垃圾堆。我就被派在这里站岗。我的责任是什么呢?不知道。我规规矩矩的立在那里,连动也不敢动,这破烂的街市仿佛有一股凉气,把我吸住。一些妇女和小孩子还在铺子外边拾取一些破东西,铺子的人不作声,我也不便去管;我觉得站在那里简直是多此一举。

太阳出来，街上显着更破了，象阳光下的叫化子那么丑陋。地上的每一个小物件都露出颜色与形状来，花哨的奇怪，杂乱得使人憋气。没有一个卖菜的，赶早市的，卖早点心的，没有一辆洋车，一匹马，整个的街上就是那么破破烂烂，冷冷清清，连刚出来的太阳都仿佛垂头丧气不大起劲，空空洞洞的悬在天上。一个邮差从我身旁走过去，低着头，身后扯着一条长影。我哆嗦了一下。

待了一会儿，段上的巡官下来了。他身后跟着一名巡警，两人都非常的精神在马路当中当当的走，好象得了什么喜事似的。巡官告诉我：注意街上的秩序，大令已经下来了！我行了礼，莫名其妙他说的是什么？那名巡警似乎看出来我的傻气，低声找补了一句：赶开那些拾东西的，大令下来了！我没心思去执行，可是不敢公然违抗命令，我走到铺户外边，向那些妇人孩子们摆了摆手，我说不出话来！

一边这样维持秩序，我一边往猪肉铺走，为是说一声，那件大褂等我给洗好了再送来。屠户在小肉铺门口坐着呢，我没想到这样的小铺也会遭抢，可是竟自成个空铺子了。我说了句什么，屠户连头也没抬。我往铺子里望了望：大小肉墩子，肉钩子，钱筒子，油盘，凡是能拿走的吧，都被人家拿走了，只剩下了柜台和架肉案子的土台！

我又回到岗位，我的头痛得要裂。要是老教我看着这条街，我知道不久就会疯了。

大令真到了。十二名兵，一个长官，捧着就地正法的令牌，枪全上着刺刀。呕！原来还是辫子兵啊！他们抢完烧完，再出来就地正法别人；什么玩艺呢？我还得给令牌行礼呀！

行完礼，我急快往四下里看，看看还有没有捡拾零碎东西的人，好警告他们一声。连屠户的木墩都搬了走的人民，本来值不得同情；可是被辫子兵们杀掉，似乎又太冤枉。

说时迟，那时快，一个十四五岁的男孩子没有走脱。枪刺围住了他，他手中还攥住一块木板与一只旧鞋。拉倒了，大刀亮出来，孩子喊了声"妈！"血溅出去多远，身子还抽动，头已悬在电线杆子上！

我连吐口唾沫的力量都没有了，天地都在我眼前翻转。杀人，看见过，我不怕。我是不平！我是不平！请记住这句，这就是前面所说过的，"我看出一点意思"的那点意思。想想看，把整串的金银镯子提回营去，而后出来杀个拾了双破鞋的孩子，还说就地正"法"呢！天下要有这个"法"，我×"法"的亲娘祖奶奶！请原谅我的嘴这么野，但是这种事恐怕也不大文明吧？

事后，我听人家说，这次的兵变是有什么政治作用，所以打抢的兵在事后还出来弹压地面。连头带尾，一切都是预先想好了的。什么政治作用？咱不懂！咱只想再骂街。可是，就凭咱这么个"臭脚巡"，骂街又有什么用呢！

## 九

简直我不愿再提这回事了，不过为圆上场面，我总得把问题提出来；提出来放在这里，比我聪明的人有的是，让他们自己去细咂摸吧！

怎么会"政治作用"里有兵变？

若是有意教兵来抢，当初干吗要巡警？

巡警到底是干吗的？是只管在街上小便的，而不管抢铺子的吗？

安善良民要是会打抢，巡警干吗去专拿小偷？

人们到底愿意要巡警不愿意？不愿意吧！为什么刚要打架就喊巡警，而且月月往外拿"警捐"？愿意吧！为什么又喜欢巡警不管事：要抢的好去抢，被抢的也一声不言语？

好吧，我只提出这么几个"样子"来吧！问题还多得很呢！我既不能去解决，也就不便再瞎叨叨了。这几个"样子"就真够教我糊涂的了，怎想怎不对，怎摸不清哪里是哪里，一会儿它有头有尾，一会儿又没头没尾，我这点聪明不够想这么大的事的。

我只能说这么一句老话，这个人民，连官儿，兵丁，巡警，带安善的良民，都"不够本"！所以，我心中的空儿就更大了呀！在这群"不够本"的人们里活着，就是个对付劲儿，别讲究什么"真"事儿，我算是看明白了。

还有个好字眼儿，别忘下："汤儿事"。谁要是跟我一样，想不出什么好办法来，顶好用这个话，又现成，又恰当，而且可以不至把自己绕糊涂了。"汤儿事"，完了；如若还嫌稍微秃一点呢，再补上"真他妈的"，就挺合适。

十

不须再发什么议论，大概谁也能看清楚咱们国的人是怎回事了。由这个再谈到警察，稀松二五眼正是理之当然，一点也不出奇。就拿抓赌来说吧：早年间的赌局都是由顶有字号的人物作后台老板；不但官面上不能够抄拿，就是出了人命也没有什么了不得的；赌局里打死人是常有的事。赶到有了巡警之后，赌局还照旧开着，敢去抄吗？这谁也能明白，不必我说。可是，不抄吧，又太不象话；怎么办呢？有主意，检着那老实的办几案，拿几个老头儿老太太，抄去几打儿纸牌，罚上十头八块的。巡警呢，算交上了差事；社会上呢，大小也有个风声，行了。拿这一件事比方十件事，警察自从一开头就是抹稀泥。它养着一群混饭吃的人，作些个混饭吃的事。社会上既不需要真正的巡警，巡警也犯不上为六块钱卖命。这很清楚。

　　这次兵变过后，我们的困难增多了老些。年轻的小伙子们，抢着了不少的东西，总算发了邪财。有的穿着两件马褂，有的十个手指头戴着十个戒指，都扬扬得意的在街上扭，斜眼看着巡警，鼻子里哽哽的哼白气。我只好低下头去，本来吗，那么大的阵式，我们巡警都一声没出，事后还能怨人家小看我们吗？赌局到处都是，白抢来的钱，输光了也不折本儿呀！我们不敢去抄，想抄也抄不过来，太多了。我们在墙儿外听见人家里面喊"人九"，"对子"，只作为没听见，轻轻的走过去。反正人们在院儿里头耍，不到街上来就行。哼！人们连这点面子也不给咱们留呀！那穿两件马褂的小伙子们偏要显出一点也不怕巡警——他们的祖父，爸爸，就没怕过巡警，也没见过巡警，他们为什么这辈子应当受巡警的气呢？——单要来到街上赌一场。有骰子就能开宝，蹲在地上就玩起活来。有一对石球就能踢，两人也行，五个人也行，"一毛钱一脚，踢不踢？好啦！'倒回来！'"拍，球碰了球，一毛。耍儿真不小呢，一点钟里也过手好几块。这都在我们鼻子底下，我们管不管呢？管吧！一个人，只佩着连豆腐也切不齐的刀，而赌家老是一帮年轻的小伙子。明人不吃眼前亏，巡警得绕着道儿走过去，不管的为是。可是，不幸，遇见了稽察，"你难道瞎了眼，看不见他们聚赌？"

回去，至轻是记一过。这份儿委屈上哪儿诉去呢？

这样的事还多得很呢！以我自己说，我要不是佩着那么把破刀，而是拿着把手枪，跟谁我也敢碰碰，六块钱的饷银自然合不着卖命，可是泥人也有个土性，架不住碰在气头儿上。可是，我摸不着手枪，枪在土匪和大兵手里呢。

明明看见了大兵坐了车不给钱，而且用皮带抽洋车夫，我不敢不笑着把他劝了走。他有枪，他敢放，打死个巡警算得了什么呢！有一年，在三等窑子里，大兵们打死了我们三位弟兄，我们连凶首也没要出来。三位弟兄白白的死了，没有一个抵偿的，连一个挨几十军棍的也没有！他们的枪随便放，我们赤手空拳，我们这是文明事儿呀！

总而言之吧，在这么个以蛮横不讲理为荣，以破坏秩序为增光耀祖的社会里，巡警简直是多余。明白了这个，再加上我们前面所说过的食不饱力不足那一套，大概谁也能明白个八九成了。我们不抹稀泥，怎么办呢？我——我是个巡警——并不求谁原谅，我只是愿意这么说出来，心明眼亮，好教大家心里有个谱儿。

爽性我把最泄气的也说了吧：

当过了一二年差事，我在弟兄们中间已经是个了不得的人物。遇见官事，长官们总教我去挡头一阵。弟兄们并不因此而忌妒我，因为对大家的私事我也不走在后边。这样，每逢出个排长的缺，大家总对我咕唧："这回一定是你补缺了！"仿佛他们非常希望要我这么个排长似的。虽然排长并没落在我身上，可是我的才干是大家知道的。

我的办事诀窍，就是从前面那一大堆话中抽出来的。比方说吧，有人来报被窃，巡长和我就去察看。糙糙的把门窗户院看一过儿,顺口搭音就把我们在哪儿有岗位,夜里有几趟巡逻,都说得详详细细,有滋有味,仿佛我们比谁都精细,都卖力气。然后,找门窗不甚严密的地方,话软而意思硬的开始反攻:"这扇门可不大保险,得安把洋锁吧?告诉你,安锁要往下安,门坎那溜儿就很好,不容易教贼摸到。屋里养着条小狗也是办法,狗圈在屋里,不管是多么小,有动静就会汪汪,比院里放着三条大狗还有用。先生你看,我们多留点神,你自己也得注点意,两下一凑合,准保丢不了东西了。好吧,我们回去,多派几名下夜的就是了;先生歇着吧!"这一套,把我们的责任卸了,他就赶紧得安锁养小狗;遇见和气的主儿呢,还许给我们泡壶茶喝。这就是我的本事。怎么不负责任,而且不教人看出抹稀泥来,我就怎办。话要说得好听,甜嘴蜜舌的把责任全推到一边去,准保不招灾不惹祸。弟兄们都会这一套,可是他们的嘴与神气差着点劲儿。一句话有多少种说法,把神气弄对了地方,话就能说出去又拉回来,像有弹簧似的。这点,我比他们强,而且他们还是学不了去,这是天生来的才分!

赶到我独自下夜,遇见贼,你猜我怎么办?我呀!把佩刀攥在手里,省得有响声;他爬他的墙,我走我的路,各不相扰。好吗,真要教他记恨上我,藏在黑影儿里给我一砖,我受得了吗?那谁,傻王九,不是瞎了一只眼吗?他还不是为拿贼呢!有一天,他和董志和在街口上强迫给人们剪发,一人手里一把剪刀,见着带小辫的,拉过来就是一剪子。哼!教人家记上了。等傻王九走单了的时候,人家照准了他的眼就是一把石灰:"让你剪我的发,×你妈妈的!"他的眼就那么瞎了一只。你说,这差事要不象我那么去当,还活着不活着呢?凡是巡警们以为该干涉的,人们都以为是"狗拿耗子多管闲事",有什么法子呢?

我不能象傻王九似的，平白无故的丢去一只眼睛，我还留着眼睛看这个世界呢！轻手蹑脚的躲开贼，我的心里并没闲着，我想我那俩没娘的孩子，我算计这一个月的嚼谷。也许有人一五一十的算计，而用洋钱作单位吧？我呀，得一个铜子一个铜子的算。多几个铜子，我心里就宽绰；少几个，我就得发愁。还拿贼，谁不穷呢？穷到无路可走，谁也会去偷，肚子才不管什么叫作体面呢！

## 十一

这次兵变过后，又有一次大的变动：大清国改为中华民国了。改朝换代是不容易遇上的，我可是并没觉得这有什么意思。说真的，这百年不遇的事情，还不如兵变热闹呢。据说，一改民国，凡事就由人民主管了；可是我没看见。我还是巡警，饷银没有增加，天天出来进去还是那一套。原先我受别人的气，现在我还是受气；原先大官儿们的车夫仆人欺负我们，现在新官儿手底下的人也并不和气。"汤儿事"还是"汤儿事"，倒不因为改朝换代有什么改变。可也别说，街上剪发的人比从前多了一些，总得算作一点进步吧。牌九押宝慢慢的也少起来，贫富人家都玩"麻将"了，我们还是照样的不敢去抄赌，可是赌具不能不算改了良，文明了一些。

民国的民倒不怎样，民国的官和兵可了不得！象雨后的蘑菇似的，不知道哪儿来的这么些官和兵。官和兵本不当放在一块儿说，可是他们的确有些相象的地方。昨天还一脚黄土泥，今天作了官或当了兵，立刻就瞪眼；越糊涂，眼越瞪得大，好象是糊涂灯，糊涂得透亮儿。这群糊涂玩艺儿听不懂哪叫好话，哪叫歹话,无论你说什么;他们总是横着来。他们糊涂得教人替他们难过,可是他们很得意。有时候他们教我都这么想了:我这辈大概作不了文官或是武官啦!因为我糊涂的不够程度!

几乎是个官儿就可以要几名巡警来给看门护院,我们成了一种保镖的,挣着公家的钱,可为私人作事。我便被派到宅门里去。从道理上说,为官员看守私宅简直不能算作差事;从实利上讲,巡警们可都愿意这么被派出来。我一被派出来,就拔升为"三等警";"招募警"还没有被派出来的资格呢!我到这时候才算入了"等"。再说呢,宅门的事情清闲,除了站门,守夜,没有别的事可作;至少一年可以省出一双皮鞋来。事情少,而且外带着没有危险;宅里的老爷与太太若打起架来,用不着我们去劝,自然也就不会把我们打在底下而受点误伤。巡夜呢,不过是绕着宅子走两圈,准保遇不上贼;墙高狗厉害,小贼不能来,大贼不便于来——大贼找退职的官儿去偷,既有油水,又不至于引起官面严拿;他们不惹有势力的现任官。在这里,不但用不着去抄赌,我们反倒保护着老爷太太们打麻将。遇到宅里请客玩牌,我们就更清闲自在:宅门外放着一片车马,宅里到处亮如白昼,仆人来往如梭,两三桌麻将,四五盏烟灯,彻夜的闹哄,绝不会闹贼,我们就睡大觉,等天亮散局的时候,我们再出来站门行礼,给老爷们助威。要赶上宅里有红白事,我们就更合适:喜事唱戏,我们跟着白听戏,准保都是有名的角色,在戏园子里绝听不到这么齐全。丧事呢,虽然没戏可听,可是死人不能一半天就抬出去,至少也得停三四十天,念好几棚经;好了,我们就跟着吃吧;他们死人,咱们就吃犒劳。怕就怕死小孩,既不能开吊,又得听着大家呕呕的真哭。其次是怕小姐偷偷跑了,或姨太太有了什么大错而被休出去,我们捞不着吃喝看戏，还得替老爷太太们怪不得劲儿的！

教我特别高兴的，是当这路差事，出入也随便了许多，我可以常常回家看看孩子们。在"区"里或"段"上，请会儿浮假都好不容易，因为无论是在"内勤"或"外勤"，工作是刻板儿排好了的，不易调换更动。在宅门里，我站完门便没了我的事，只须对弟兄们说一声就可以走半天。这点好处常常教我害怕，怕再调回"区"里去；我的孩子们没有娘，还不多教他们看看父亲吗？

就是我不出去，也还有好处。我的身上既永远不疲乏，心里又没多少事儿，闲着干什么呢？我呀，宅上有的是报纸，闲着就打头到底的念。大报小报，新闻社论，明白吧不明白吧，我全念，老念。这个，帮助我不少，我多知道了许多的事，多识了许多的字。有许多字到如今我还念不出来，可是看惯了，我会猜出它们的意思来，就好象街面上常见着的人，虽然叫不上姓名来，可是彼此怪面善。除了报纸，我还满世界去借闲书看。不过，比较起来，还是念报纸的益处大，事情多，字眼儿杂，看着开心。唯其事多字多，所以才费劲；念到我不能明白的地方，我只好再拿起闲书来了。闲书老是那一套，看了上回，猜也会猜到下回是什么事；正因为它这样，所以才不必费力，看着玩玩就算了。报纸开心，闲书散心，这是我的一点经验。

在门儿里可也有坏处：吃饭就第一成了问题。在"区"里或"段"上，我们的伙食钱是由饷银里坐地儿扣，好歹不拘，天天到时候就有饭吃。派到宅门里来呢，一共三五个人，绝不能找厨子包办伙食，没有厨子肯包这么小的买卖的。宅里的厨房呢，又不许我们用；人家老爷们要巡警，因为知道可以白使唤几个穿制服的人，并不大管这群人有肚子没有。我们怎办呢？

自己起灶，作不到，买一堆盆碗锅勺，知道哪时就又被调了走呢？再说，人家门头上要巡警原为体面好看，好，我们若是给人家弄得盆朝天碗朝地，刀勺乱响，成何体统呢？没法子，只好买着吃。

这可够别扭的。手里若是有钱，不用说，买着吃是顶自由了，爱吃什么就叫什么，弄两盅酒儿伍的，叫俩可口的菜，岂不是个乐子？请别忘了，我可是一月才共总进六块钱！吃的苦还不算什么，一顿一顿想主意可真教人难过，想着想着我就要落泪。我要省钱，还得变个样儿，不能老啃干馍馍辣饼子，象填鸭子似的。省钱与可口简直永远不能碰到一块，想想钱，我认命吧，还是弄几个干烧饼，和一块老腌萝卜，对付一下吧；想到身子，似乎又不该如此。想，越想越难过，越不能决定；一直饿到太阳平西还没吃上午饭呢！我家里还有孩子呢！我少吃一口，他们就可以多吃一口，谁不心疼孩子呢？吃着包饭，我无法少交钱；现在我可以自由的吃饭了，为什么不多给孩子们省出一点来呢？好吧，我有八个烧饼才够，就硬吃六个，多喝两碗开水，来个"水饱"！我怎能不落泪呢！

看看人家宅门里吧，老爷挣钱没数儿！是呀，只要一打听就能打听出来他拿多少薪俸，可是人家绝不指着那点固定的进项，就这么说吧，一月挣八百块的，若是干挣八百块，他怎能那么阔气呢？这里必定有文章。这个文章是这样的，你要是一月挣六块钱，你就死挣那个数儿，你兜儿里忽然多出一块钱来，都会有人斜眼看你，给你造些谣言。你要是能挣五百块，就绝不会死挣这个数儿，而且你的钱越多，人们越佩服你。这个文章似乎一点也不合理，可是它就是这么作出来的，你爱信不信！

报纸与宣讲所里常常提倡自由；事情要是等着提倡，当然是原来没有。我原没有自由；人家提倡了会子，自由还没来到我身上，可是我在宅门里看见它了。民国到底是有好处的，自己有自由没有吧，反正看见了也就得算开了眼。

你瞧，在大清国的时候，凡事都有个准谱儿；该穿蓝布大褂的就得穿蓝布大褂，有钱也不行。这个，大概就应叫作zhuanzhi吧！一到民国来，宅门里可有了自由，只要有钱，你爱穿什么，吃什么，戴什么，都可以，没人敢管你。所以，为争自由，得拚命的去搂钱；搂钱也自由，因为民国没有御史。你要是没在大宅门待过，大概你还不信我的话呢，你去看看好了。现在的一个小官都比老年间的头品大员多享着点福：讲吃的，现在交通方便，山珍海味随便的吃，只要有钱。吃腻了这些还可以拿西餐洋酒换换口味；哪一朝的皇上大概也没吃过洋饭吧？讲穿的，讲戴的；讲看的听的，使的用的，都是如此；坐在屋里你可以享受全世界最好的东西。如今享福的人才真叫作享福，自然如今搂钱也比从前自由的多。别的我不敢说，我准知道宅门里的姨太太擦五十块钱一小盒的香粉，是由什么巴黎来的；巴黎在哪儿？我不知道，反正那里来的粉是很贵。我的邻居李四，把个胖小子卖了，才得到四十块钱，足见这香粉贵到什么地步了，一定是又细又香呀，一定！

好了，我不再说这个了；紧自贫嘴恶舌，倒好象我不赞成自由似的，那我哪敢呢！

我再从另一方面说几句，虽然还是话里套话，可是多少有点变化，好教人听着不俗气厌烦。刚才我说人家宅门里怎样自由，怎样阔气，谁可也别误会了人家作老爷的就整天的大把往外扔洋钱，老爷们才不这么傻呢！是呀，姨太太擦比一个小孩还贵的香粉，但是姨太太是姨太太，姨太太有姨太太的造化与本事。

人家作老爷的给姨太太买那么贵的粉，正因为人家有地方可以抠出来。你就这么说吧，好比你作了老爷，我就能按着宅门的规矩告诉你许多诀窍：你的电灯，自来水，煤，电话，手纸，车马，天棚，家具，信封信纸，花草，都不用花钱；最后，你还可以白使唤几名巡警。这是规矩，你要不明白这个，你简直不配作老爷。告诉你一句到底的话吧，作老爷的要空着手儿来，满膛满馅的去，就好象刚惊蛰后的臭虫，来的时候是两张皮，一会儿就变成肚大腰圆，满兜儿血。这个比喻稍粗一点，意思可是不错。自由的搂钱，zhuanzhi 的省钱，两下里一合，你的姨太太就可以擦巴黎的香粉了。这句话也许说得太深奥了一些，随便吧！你爱懂不懂。

　　这可就该说到我自己了。按说，宅门里白使唤了咱们一年半载，到节了年了的，总该有个人心，给咱们哪怕是顿犒劳饭呢，也大小是个意思。哼！休想！人家作老爷的钱都留着给姨太太花呢，巡警算哪道货？等咱被调走的时候，求老爷给"区"里替我说句好话，咱都得感激不尽。

　　你看，命令下来，我被调到别处。我把铺盖卷打好，然后恭而敬之的去见宅上的老爷。看吧，人家那股子劲儿大了去啦！带理不理的，倒仿佛我偷了他点东西似的。我托咐了几句：求老爷顺便和"区"里说一声，我的差事当得不错。人家微微的一抬眼皮，连个屁都懒得放。我只好退出来了，人家连个拉铺盖的车钱也不给；我得自己把它扛了走。这就是他妈的差事，这就是他妈的人情！

## 十二

机关和宅门里的要人越来越多了。我们另成立了警卫队,一共有五百人,专作那义务保镖的事。为是显出我们真能保卫老爷们,我们每人有一杆洋枪,和几排子弹。对于洋枪——这些洋枪——我一点也不感觉兴趣:它又沉,又老,又破,我摸不清这是由哪里找来的一些专为压人肩膀,而一点别的用处没有的玩艺儿。我的子弹老在腰间围着,永远不准往枪里搁;到了什么大难临头,老爷们都逃走了的时候,我们才安上刺刀。

这可并非是说,我可以完全不管那枝破家伙;它虽然是那么破,我可得给它支使着。枪身里外,连刺刀,都得天天擦;即使永远擦不亮,我的手可不能闲着。心到神知!再说,有了枪,身上也就多了些玩艺儿,皮带,刺刀鞘,子弹袋子,全得弄得利落抹腻,不能象猪八戒挎腰刀那么懒懒松松的,还得打裹腿呢!

多出这么些事来,肩膀上添了七八斤的分量,我多挣了一块钱;现在我是一个月挣七块大洋了,感谢天地!

七块钱,扛枪,打裹腿,站门,我干了三年多。由这个宅门串到那个宅门,由这个衙门调到那个衙门;老爷们出来,我行礼;老爷进去,我行礼。这就是我的差事。这种差事才毁人呢:你说没事作吧,又有事;说有事作吧,又没事。还不如上街站岗去呢。在街上,至少得管点事,用用心思。在宅门或衙门,简直永远不用费什么一点脑子。赶到在闲散的衙门或汤儿事的宅子里,连站门的时候都满可以随便,挂着枪立着也行,抱着枪打盹也行。这样的差事教人不起一点儿劲,它生生的把人耗疲了。一个当仆人的可以有个盼望,哪儿的事情甜就想往哪去，我们当这份儿差事，明知一点好来头没有，可是就那么一天天的穷耗，耗得连自己都看不起了自己。按说，这么空闲无事，就应当吃得白白胖胖，也总算个体面呀。哼！我们并蹲不出膘儿来。我们一天老绕着那七块钱打算盘，穷得揪心。心要是揪上，还怎么会发胖呢？以我自己说吧，我的孩子已到上学的年岁了，我能不教他去吗？上学就得花钱，古今一理，不算出奇，可是我上哪里找这份钱去呢？作官的可以白占许多许多便宜，当巡警的连孩子白念书的地方也没有。上私塾吧，学费节礼，书籍笔墨，都是钱。上学校吧，制服，手工材料，种种本子，比上私塾还费的多。再说，孩子们在家里，饿了可以掰一块窝窝头吃；一上学，就得给点心钱，即使咱们肯教他揣着块窝窝头去，他自己肯吗？小孩的脸是更容易红起来的。

我简直没办法。这么大个活人，就会干瞪着眼睛看自己的儿女在家里荒荒着！我这辈无望了，难道我的儿女应当更不济吗？看着人家宅门的小姐少爷去上学，喝！车接车送，到门口还有老妈子丫环来接书包，抱进去，手里拿着橘子苹果，和新鲜的玩具。人家的孩子这样，咱的孩子那样；孩子不都是将来的国民吗？我真想辞差不干了。我楞当仆人去，弄俩零钱，好教我的孩子上学。

可是人就是别入了辙，入到哪条辙上便一辈子拔不出腿来。当了几年的差事——虽然是这样的差事——我事事入了辙，这里有朋友，有说有笑，有经验，它不教我起劲，可是我也仿佛不大能狠心的离开它。再说，一个人的虚荣心每每比金钱还有力量，当惯了差，总以为去当仆人是往下走一步，虽然可以多挣些钱。这可笑，很可笑，可是人就是这么个玩艺儿。我一跟朋友们说这个，大家都摇头。有的说，大家混的都很好的，干吗去改行?有的说,这山望着那山高,咱们这些苦人干什么也发不了财,先忍着吧!有的说,人家中学毕业生还有当"招募警"的呢,咱们有这个差事当,就算不错;何必呢?连巡官都对我说了:好歹混着吧,这是差事;凭你的本事,日后总有升腾!大家这么一说,我的心更活了,仿佛我要是固执起来,倒不大对得住朋友似的。好吧,还往下混吧。小孩念书的事呢?没有下文!

不久,我可有了个好机会。有位冯大人哪,官职大得很,一要就要十二名警卫;四名看门,四名送信跑道,四名作跟随。这四名跟随得会骑马。那时候,汽车还没出世,大官们都讲究坐大马车。在前清的时候,大官坐轿或坐车,不是前有顶马,后有跟班吗?这位冯大人愿意恢复这点官威,马车后得有四名带枪的警卫。敢情会骑马的人不好找,找遍了全警卫队,才找到了三个;三条腿不大象话,连巡官都急得直抓脑袋。我看出便宜来了:骑马,自然得有粮钱哪!为我的小孩念书起见,我得冒下子险,假如从马粮钱里能弄出块儿八毛的来,孩子至少也可以去私塾了。按说,这个心眼不甚好,可是我这是卖着命,我并不会骑马呀!我告诉了巡官,我愿意去。他问我会骑马不会?我没说我会,也没说我不会;他呢,反正找不到别人,也就没究根儿。

有胆子,天下便没难事。当我头一次和马见面的时候,我就合计好了:摔死呢,孩子们入孤儿院,不见得比在家里坏;摔不死呢,好,孩子们可以念书去了。这么一来,我就先不怕马了。我不怕它,它就得怕我,天下的事不都是如此吗?再说呢,我的腿脚利落,心里又灵,跟那三位会骑马的瞎扯巴了一会儿,我已经把骑马的招数知道了不少。找了匹老实的,我试了试，我手心里攥着把汗，可是硬说我有了把握。头几天，我的罪过真不小，浑身象散了一般，屁股上见了血。我咬了牙。等到伤好了，我的胆子更大起来，而且觉出来骑马的快乐。跑，跑，车多快，我多快，我算是治服了一种动物！我把马治服了，可是没把粮草钱拿过来，我白冒了险。冯大人家中有十几匹马呢，另有看马的专人，没有我什么事。我几乎气病了。可是，不久我又高兴了：冯大人的官职是这么大，这么多，他简直没有回家吃饭的工夫。我们跟着他出去，一跑就是一天。他当然喽，到处都有饭吃，我们呢？我们四个人商议了一下，决定跟他交涉，他在哪里吃饭，也得有我们的。冯大人这个人心眼还不错，他很爱马，爱面子，爱手下的人。我们一对他说，他马上答应了。这个，可是个便宜。不用往多里说。我们要是一个月准能在外边白吃半个月的饭，我们不就省下半个月的饭钱吗？我高了兴！

冯大人，我说，很爱面子。当我们去见他交涉饭食的时候，他细细看了看我们。看了半天，他摇了摇头，自言自语的说："这可不行！"我以为他是说我们四个人不行呢，敢情不是。他登时要笔墨，写了个条子："拿这个见总队长去，教他三天内都办好！"把条子拿下来，我们看了看，原来是教队长给我们换制服：我们平常的制服是斜纹布的，冯大人现在教换呢子的；袖口，裤缝，和帽箍，一律要安金绦子。靴子也换，要过膝的马靴。枪要换上马枪，还另外给一人一把手枪。看完这个条子，连我们自己都觉得不合适：长官们才能穿呢衣，镶金绦，我们四个是巡警，怎能平白无故的穿上这一套呢？自然，我们不能去教冯大人收回条子去，可是我们也怪不好意思去见总队长。总队长要是不敢违抗冯大人，他满可以对我们四个人发发脾气呀！

你猜怎么着？总队长看了条子，连大气没出，照话而行，都给办了。你就说冯大人有多么大的势力吧！喝！我们四个人可抖起来了，真正细黑呢制服，镶着黄登登的金缘，过膝的黑皮长靴，靴后带着白亮亮的马刺，马枪背在背后，手枪挎在身旁，枪匣外搭拉着长杏黄穗子。简直可以这么说吧，全城的巡警的威风都教我们四个人给夺过来了。我们在街上走，站岗的巡警全都给我们行礼，以为我们是大官儿呢！

当我作裱糊匠的时候，稍微讲究一点的烧活，总得糊上匹菊花青的大马。现在我穿上这么抖的制服，我到马棚去挑了匹菊花青的马，这匹马非常的闹手，见了人是连啃带踢；我挑了它，因为我原先糊过这样的马，现在我得骑上匹活的；菊花青，多么好看呢！这匹马闹手，可是跑起来真作脸，头一低，嘴角吐着点白沫，长鬃象风吹着一垄春麦，小耳朵立着象俩小瓢儿；我只须一认镫，它就要飞起来。这一辈子，我没有过什么真正得意的事；骑上这匹菊花青大马，我必得说，我觉到了骄傲与得意！

按说，这回的差事总算过得去了，凭那一身衣裳与那匹马还不值得高高兴兴的混吗？哼！新制服还没穿过三个月，冯大人吹了台，警卫队也被解散；我又回去当三等警了。

## 十三

警卫队解散了。为什么？我不知道。我被调到总局里去当差，并且得了一面铜片的奖章，仿佛是说我在宅门里立下了什么功劳似的。在总局里，我有时候管户口册子，有时候管铺捐的账簿，有时候值班守大门，有时候看管军装库。这么二三年的工夫，我又把局子里的事情全明白了个大概。加上我以前在街面上，衙门口和宅门里的那些经验，我可以算作个百事通了，里里外外的事，没有我不晓得的。要提起警务，我是地；道内行。可是一直到这个时候，当了十年的差，我才升到头等警，每月挣大洋九元。

　　大家伙或者以为巡警都是站街的，年轻轻的好管闲事。其实，我们还有一大群人在区里局里藏着呢。假若有一天举行总检阅，你就可以看见些稀奇古怪的巡警：罗锅腰的，近视眼的，掉了牙的，瘸着腿的，无奇不有。这些怪物才真是巡警中的盐，他们都有资格有经验，识文断字，一切公文案件，一切办事的诀窍，都在他们手里呢。要是没有他们，街上的巡警就非乱了营不可。这些人，可是永远不会升腾起来；老给大家办事，一点起色也没有，平生连出头露面的体面一次都没过。他们任劳任怨的办事，一直到他们老得动不了窝，老是头等警，挣九块大洋。多喀你在街上看见：穿着洗得很干净的灰色大褂，脚底下可还穿着巡警的皮鞋，用脚后跟慢慢的走，仿佛支使不动那双鞋似的，那就准是这路巡警。他们有时候也到大"酒缸"上，喝一个"碗酒"，就着十几个花生豆儿，挺有规矩，一边往下咽那点辣水，一边叹着气。头发已经有些白的了，嘴巴儿可还刮得很光，猛看很象个太监。他们很规则，和蔼，会作事，他们连休息的时候还得穿着那双不得人心的鞋！

　　跟这群人在一处办事，我长了不少的知识。可是，我也有点害怕：莫非我也就这样下去了吗？他们够多么可爱，又多么可怜呢！看着他们，我心中时常忽然凉那么一下，教我半天说不上话来。不错，我比他们都年岁小，也不见得比他们不精明，可是我有希望没有呢？年岁小？我也三十六了！

这几年在局子里可也有一样好处，我没受什么惊险。这几年，正是年年春秋准打仗的时期，旁人受的罪我先不说，单说巡警们就真够瞧的。一打仗，兵们就成了阎王爷，而巡警头朝了下！要粮，要车，要马，要人，要钱，全交派给巡警，慢一点送上去都不行。一说要烙饼一万斤，得，巡警就得挨着家去到切面铺和烙烧饼的地方给要大饼；饼烙得，还得押着清道夫给送到营里去；说不定还挨几个嘴巴回来！

要单是这么伺候着兵老爷们，也还好；不，兵老爷们还横反呢。凡是有巡警的地方，他们非捣乱不可，巡警们管吧不好，不管吧也不好，活受气。世上有糊涂人，我晓得；但是兵们的糊涂令我不解。他们只为逗一时的字号，完全不讲情理；不讲情理也罢，反正得自己别吃亏呀；不，他们连自己吃亏不吃亏都看不出来，你说天下哪里再找这么糊涂的人呢。就说我的表弟吧，他已当过十多年的兵，后来几年还老是排长，按说总该明白点事儿了。哼！那年打仗，他押着十几名俘虏往营里送。喝！他得意非常的在前面领着，仿佛是个皇上似的。他手下的弟兄都看出来，为什么不先解除了俘虏的武装呢？他可就是不这么办，拍着胸膛说一点错儿没有。走到半路上，后面响了枪，他登时就死在了街上。他是我的表弟，我还能盼着他死吗？可是这股子糊涂劲儿，教我也没法抱怨开枪打他的人。有这样一个例子，你也就能明白一点兵们是怎样的难对付了。你要是告诉他，汽车别往墙上开，好啦，他就非去碰碰不可，把他自己碰死倒可以，他就是不能听你的话。

在总局里几年，没别的好处，我算是躲开了战时的危险与受气。自然罗！一打仗，煤米柴炭都涨价儿，巡警们也随着大家一同受罪，不过我可以安坐在公事房里，不必出去对付大兵们，我就得知足。

可是,在局里我又怕一辈子就窝在那里,永没有出头之日,有人情,可以升腾起来;没人情而能在外边拿贼办案,也是个路子,我既没人情,又不到街面上去,打哪儿升高一步呢?我越想越发愁。

## 十四

到我四十岁那年,大运亨通,我补了巡长!我顾不得想已经当了多少年的差,卖了多少力气,和巡长才挣多少钱;都顾不得想了。我只觉得我的运气来了!

小孩子拾个破东西,就能高兴的玩耍半天,所以小孩子能够快乐。大人们也得这样,或者才能对付着活下去。细细一想,事情就全糟。我升了巡长,说真的,巡长比巡警才多挣几块钱呢?挣钱不多,责任可有多么大呢!往上说,对上司们事事得说出个谱儿来;往下说,对弟兄们得及精明又热诚;对内说,差事得交得过去;对外说,得能不软不硬的办了事。这,比作知县难多了。县长就是一个地方的皇上,巡长没那个身分,他得认真办事,又得敷衍事,真真假假,虚虚实实,哪一点没想到就出蘑菇。出了蘑菇还是真糟,往上升腾不易呀,往下降可不难呢。当过了巡长再降下来,派到哪里去也不吃香:弟兄们咬吃,喝!你这作过巡长的,……这个那个的扯一堆。长官呢,看你是刺儿头,故意的给你小鞋穿,你怎么忍也忍不下去。怎办呢?哼!由巡长而降为巡警,顶好干脆卷铺盖家去,这碗饭不必再吃了。可是,以我说吧,四十岁才升上巡长,真要是卷了铺盖,我干吗去呢?

真要是这么一想，我登时就得白了头发。幸而我当时没这么想，只顾了高兴，把坏事儿全放在了一旁。我当时倒这么想：四十作上巡长，五十——哪怕是五十呢！——再作上巡官，也就算不白当了差。咱们非学校出身，又没有大人情，能作到巡官还算小吗？这么一想，我简直的拚了命，精神百倍的看着我的事，好象看着颗夜明珠似的！

作了二年的巡长，我的头上真见了白头发。我并没细想过一切，可是天天揪着心，唯恐哪件事办错了，担了处分。白天，我老喜笑颜开的打着精神办公；夜间，我睡不实在，忽然想起一件事，我就受了一惊似的，翻来覆去的思索；未必能想出办法来，我的困意可也就不再回来了。

公事而外，我为我的儿女发愁：儿子已经二十了，姑娘十八。福海——我的儿子——上过几天私塾，几天贫儿学校，几天公立小学。字吗，凑在一块儿他大概能念下来第二册国文；坏招儿，他可学会了不少，私塾的，贫儿学校的，公立小学的，他都学来了，到处准能考一百分，假若学校里考坏招数的话。本来吗，自幼失了娘，我又终年在外边瞎混，他可不是爱怎么反就怎么反啵。我不恨铁不成钢去责备他，也不抱怨任何人，我只恨我的时运低，发不了财，不能好好的教育他。我不算对不起他们，我一辈子没给他们弄个后娘，给他们气受。至于我的时运不济，只能当巡警，那并非是我的错儿，人还能大过天去吗？

福海的个子可不小，所以很能吃呀！一顿胡搂三大碗芝麻酱拌面，有时候还说不很饱呢！就凭他这个吃法，他再有我这么两份儿爸爸也不中用！我供给不起他上中学，他那点"秀气"也没法考上。我得给他找事作。哼！他会作什么呢？从老早，

411

我心里就这么嘀咕：我的儿子楞可去拉洋车，也不去当巡警；我这辈子当够了巡警，不必世袭这份差事了！在福海十二三岁的时候，我教他去学手艺，他哭着喊着的一百个不去。不去就不去吧，等他长两岁再说；对个没娘的孩子不就得格外心疼吗？到了十五岁，我给他找好了地方去学徒，他不说不去，可是我一转脸，他就会跑回家来。几次我送他走，几次他偷跑回来。于是只好等他再大一点吧，等他心眼转变过来也许就行了。哼！从十五到二十，他就楞荒荒过来，能吃能喝，就是不爱干活儿。赶到教我给逼急了："你到底愿意干什么呢？你说！"他低着脑袋，说他愿意挑巡警！他觉得穿上制服，在街上走，既能挣钱，又能就手儿散心，不象学徒那样永远圈在屋里。我没说什么，心里可刺着痛。我给打了个招呼，他挑上了巡警。我心里痛不痛的，反正他有事作，总比死吃我一口强啊。父是英雄儿好汉，爸爸巡警儿子还是巡警，而且他这个巡警还必定跟不上我。我到四十岁才熬上巡长，他到四十岁，哼！不教人家开革出来就是好事！没盼望！我没续娶过，因为我咬得住牙。他呢，赶明儿个难道不给他成家吗？拿什么养着呢？

是的，儿子当了差，我心中反倒堵上个大疙疸！再看女儿呀，也十八九了，紧自搁在家里算怎回事呢？当然，早早撮出去的为是，越早越好。给谁呢？巡警，巡警，还得是巡警？一个人当巡警，子孙万代全得当巡警，仿佛掉在了巡警阵里似的。可是，不给巡警还真不行呢：论模样，她没什么模样；论教育，她自幼没娘，只认识几个大字；论赔送，我至多能给她作两件洋布大衫；论本事，她只能受苦，没别的好处。巡警的女儿天生来的得嫁给巡警，八字造定，谁也改不了！

唉！给了就给了啵！撮出她去，我无论怎说也可以心净一会儿。并非是我心狠哪,想想看,把她撂到二十多岁,还许就剩在家里呢。我对谁都想对得起,可是谁又对得起我来着!我并不想唠里唠叨的发牢骚,不过我愿把事情都撂平了,谁是谁非,让大家看。

当她出嫁的那一天,我真想坐在那里痛哭一场。我可是没有哭;这也不是一半天的事了,我的眼泪只会在眼里转两转,简直的不会往下流!

## 十五

儿子有了事作,姑娘出了阁,我心里说:这我可能远走高飞了!假若外边有个机会,我楞把巡长搁下,也出去见识见识。什么发财不发财的,我不能就窝囊这么一辈子。

机会还真来了。记得那位冯大人呀,他放了外任官。我不是爱看报吗?得到这个消息,就找他去了,求他带我出去。他还记得我,而且愿意这么办。他教我去再约上三个好手,一共四个人随他上任。我留了个心眼,请他自己向局里要四名,作为是拨遣。我是这么想:假若日后事情不见佳呢,既省得朋友们抱怨我,而且还可以回来交差,有个退身步。他看我的办法不错,就指名向局里调了四个人。

这一喜可非同小喜。就凭我这点经验知识,管保说,到哪儿我也可以作个很好的警察局局长,一点不是瞎吹!一条狗还有得意的那一天呢,何况是个人?我也该抖两天了,四十多岁还没露过一回脸呢!

果然,命令下来,我是卫队长;我乐得要跳起来。

哼!也不是咱的命不好,还是冯大人的运不济;还没到任呢,又撤了差。猫咬尿泡,瞎欢喜一场!幸而我们四个人是调用,不是辞差;冯大人又把我们送回局里去了。我的心里既为这件事难过,又为回局里能否还当巡长发愁,我脸上瘦了一圈。

幸而还好,我被派到防疫处作守卫,一共有六位弟兄,由我带领。这是个不错的差事,事情不多,而由防疫处开我们的饭钱。我不确实的知道,大概这是冯大人给我说了句好话。

在这里,饭钱既不必由自己出,我开始攒钱,为是给福海娶亲——只剩了这么一档子该办的事了,爽性早些办了吧!

在我四十五岁上,我娶了儿媳妇——她的娘家父亲与哥哥都是巡警。可倒好,我这一家子,老少里外,全是巡警,凑吧凑吧,就可以成立个警察分所!

人的行动有时候莫名其妙。娶了儿媳妇以后,也不知怎么我以为应当留下胡子,才够作公公的样子。我没细想自己是干什么的,直入公堂的就留下胡子了。小黑胡子在我嘴上,我捻上一袋关东烟,觉得挺够味儿。本来吗,姑娘聘出去了,儿子成了家,我自己的事又挺顺当,怎能觉得不是味儿呢?

哼!我的胡子惹下了祸。总局局长忽然换了人,新局长到任就检阅全城的巡警。这位老爷是军人出身,只懂得立正看齐,不懂得别的。在前面我已经说过,局里区里都有许多老人们,长相不体面,可是办事多年,最有经验。我就是和局里这群老手儿排在一处的,因为防疫处的守卫不属于任何警区,所以检阅的时候便随着局里的人立在一块儿。

当我们站好了队,等着检阅的时候,我和那群老人们还有说有笑,自自然然的。我们心里都觉得,重要的事情都归我们办,提哪一项事情我们都知道,我们没升腾起来已经算很委屈了,谁还能把我们踢出去吗?上了几岁年纪,诚然,可是我们并没少作事儿呀！即使说老朽不中用了，反正我们都至少当过十五六年的差，我们年轻力壮的时候是把精神血汗耗费在公家的差事上，冲着这点，难道还不留个情面吗？谁能够看狗老了就一脚踢出去呢？我们心中都这么想，所以满没把这回事放在心里，以为新局长从远处瞭我们一眼也就算了。

局长到了，大个子胸前挂满了徽章，又是喊，又是蹦，活象个机器人。我心里打开了鼓。他不按着次序看，一眼看到我们这一排，他猛虎扑食似的就跑过来了。岔开脚，手握在背后，他向我们点了点头。然后忽然他一个箭步跳到我们跟前，抓起一个老书记生的腰带，象摔跤似的往前一拉，几乎把老书记生拉倒；抓着腰带，他前后摇晃了老书记生几把，然后猛一撒手，老书记生摔了个屁股墩。局长对准了他就是两口唾沫，"你也当巡警！连腰带都系不紧？来！拉出去毙了！"

我们都知道，凭他是谁，也不能枪毙人。可是我们的脸都白了，不是怕，是气的。那个老书记生坐在地上，哆嗦成了一团。

局长又看了看我们，然后用手指划了条长线，"你们全滚出去，别再教我看见你们！你们这群东西也配当巡警！"说完这个，仿佛还不解气，又跑到前面，扯着脖子喊："是有胡子的全脱了制服，马上走！"

有胡子的不止我一个，还都是巡长巡官，要不然我也不敢留下这几根惹祸的毛。

二十年来的服务，我就是这么被刷下来了。其实呢，我虽四十多岁，我可是一点也不显着老苍，谁教我留下了胡子呢！这就是说，当你年轻力壮的时候，你把命卖上，一月就是那六七块钱。你的儿子，因为你当巡警，不能读书受教育；你的女儿，因为你当巡警，也嫁个穷汉去吃窝窝头。你自己呢，一长胡子，就算完事，一个铜子的恤金养老金也没有，服务二十年后，你教人家一脚踢出来，象踢开一块碍事的砖头似的。五十以前，你没挣下什么，有三顿饭吃就算不错；五十以后，你该想主意了，是投河呢，还是上吊呢？这就是当巡警的下场头。

二十年来的差事，没作过什么错事，但我就这样卷了铺盖。

弟兄们有含着泪把我送出来的，我还是笑着；世界上不平的事可多了，我还留着我的泪呢！

## 十六

穷人的命——并不象那些施舍稀粥的慈善家所想的——不是几碗粥所能救活了的；有粥吃，不过多受几天罪罢了，早晚还是死。我的履历就跟这样的粥差不多，它只能帮助我找上个小事，教我多受几天罪；我还得去当巡警。除了说我当巡警，我还真没法介绍自己呢！它就象颗不体面的痣或瘤子，永远跟着我。我懒得说当过巡警，懒得再去当巡警，可是不说不当，还真连碗饭也吃不上，多么可恶呢！

歇了没有好久，我由冯大人的介绍，到一座煤矿上去作卫生处主任，后来又升为矿村的警察分所所长；这总算运气不坏。在这里我很施展了些我的才干与学问：对村里的工人，我以二十年服务的经验，管理得真叫不错。他们聚赌，斗殴，罢工，闹事，醉酒，就凭我的一张嘴，就事论事，干脆了当，我能把他们说得心服口服。对弟兄们呢，我得亲自去训练。他们之中有的是由别处调来的，有的是由我约来帮忙的，都当过巡警；这可就不容易训练，因为他们懂得一些警察的事儿，而想看我一手儿。我不怕，我当过各样的巡警，里里外外我全晓得；凭着这点经验，我算是没被他们给撅了。对内对外，我全有办法，这一点也不瞎吹。

假若我能在这里混上几年，我敢保说至少我可以积攒下个棺材本儿，因为我的饷银差不多等于一个巡官的，而到年底还可以拿一笔奖金。可是，我刚作到半年，把一切都布置得有个大概了，哼！我被人家顶下来了。我的罪过是年老与过于认真办事。弟兄们满可以拿些私钱，假若我肯睁着一只闭着一只眼的话。我的两眼都睁着，种下了毒。对外也是如此，我明白警察的一切，所以我要本着良心把此地的警务办得完完全全，真象个样儿。还是那句话，人民要不是真正的人民，办警察是多此一举，越办得好越招人怨恨。自然，容我办上几年，大家也许能看出它的好处来。可是，人家不等办好，已经把我踢开了。

在这个社会中办事，现在才明白过来，就得象发给巡警们皮鞋似的。大点，活该！小点，挤脚？活该！什么事都能办通了，你打算合大家的适，他们要不把鞋打在你脸上才怪。这次的失败，因为我忘了那三个宝贝字——"汤儿事"，因此我又卷了铺盖。

这回，一闲就是半年多。从我学徒时候起，我无事也忙，永不懂得偷闲。现在，虽然是奔五十的人了，我的精神气力并不比那个年轻小伙子差多少。生让我闲着，我怎么受呢？由早晨起来到日落，我没有正经事作，没有希望，跟太阳一样，就那么由东而西的转过去；不过，太阳能照亮了世界，我呢，心中老是黑糊糊的。闲得起急，闲得要躁，闲得讨厌自己，可就是摸不着点儿事作。想起过去的劳力与经验，并不能自慰，因为劳力与经验没给我积攒下养老的钱，而我眼看着就是挨饿。我不愿人家养着我，我有自己的精神与本事，愿意自食其力的去挣饭吃。我的耳目好象作贼的那么尖，只要有个消息，便赶上前去，可是老空着手回来，把头低得无可再低，真想一跤摔死，倒也爽快！还没到死的时候，社会象要把我活埋了！晴天大日头的，我觉得身子慢慢往土里陷；什么缺德的事也没作过，可是受这么大的罪。一天到晚我叼着那根烟袋，里边并没有烟，只是那么叼着，算个"意思"而已。我活着也不过是那么个"意思"，好象专为给大家当笑话看呢！好容易，我弄到个事：到河南去当盐务缉私队的队兵。队兵就队兵吧，有饭吃就行呀！借了钱，打点行李，我把胡子剃得光光的上了"任"。

半年的工夫，我把债还清，而且升为排长。别人花俩，我花一个，好还债。别人走一步，我走两步，所以升了排长。委屈并挡不住我的努力，我怕失业。一次失业，就多老上三年，不饿死，也憋闷死了。至于努力挡得住失业挡不住，那就难说了。

我想——哼！我又想了！——我既能当上排长，就能当上队长，不又是个希望吗？这回我留了神，看人家怎作，我也怎作。人家要私钱，我也要，我别再为良心而坏了事；良心在这年月并不值钱。假若我在队上混个队长，连公带私，有几年的工夫，我不是又可以剩下个棺材本儿吗？我简直的没了大志向，只求腿脚能动便去劳动；多咱动不了窝，好，能有个棺材把我装上，不至于教野狗们把我嚼了。我一眼看着天，一眼看着地。我对得起天，再求我能静静的躺在地下。并非我倚老卖老，我才五十来岁；不过，过去的努力既是那么白干一场，我怎能不把眼睛放低一些，只看着我将来的坟头呢！我心里是这么想，我的志愿既这么小，难道老天爷还不睁开点眼吗？

来家信，说我得了孙子。我要说我不喜欢，那简直不近人情。可是，我也必得说出来：喜欢完了，我心里凉了那么一下，不由的自言自语的嘀咕："哼！又来个小巡警吧！"一个作祖父的，按说，哪有给孙子说丧气话的，可是谁要是看过我前边所说的一大片，大概谁也会原谅我吧？有钱人家的儿女是希望，没钱人家的儿女是累赘；自己的肚中空虚，还能顾得子孙万代，和什么"忠厚传家久，诗书继世长"吗？

我的小烟袋锅儿里又有了烟叶，叼着烟袋，我咂摸着将来的事儿。有了孙子，我的责任还不止于剩个棺材本儿了；儿子还是三等警，怎能养家呢？我不管他们夫妇，还不管孙子吗？这教我心中忽然非常的乱，自己一年比一年的老，而家中的嘴越来越多，哪个嘴不得用窝窝头填上呢！我深深的打了几个嗝儿，胸中仿佛横着一口气。算了吧，我还是少思索吧，没头儿，说不尽！个人的寿数是有限的，困难可是世袭的呢！子子孙孙，万年永实用，窝窝头！

风雨要是都按着天气预测那么来，就无所谓 kuangfengbaoyu 了。困难若是都按着咱们心中所思虑的一步一步慢慢的来，也就没有把人急疯了这一说了。我正盘算着孙子的事儿，我的儿子死了！

他还并没死在家里呀！我还得去运灵。

福海，自从成家以后，很知道要强。虽然他的本事有限，可是他懂得了怎样尽自己的力量去作事。我到盐务缉私队上来的时候，他很愿意和我一同来，相信在外边可以多一些发展的机会。我拦住了他，因为怕事情不稳，一下子再教父子同时失业，如何得了。可是，我前脚离开了家，他紧随着也上了威海卫。他在那里多挣两块钱。独自在外，多挣两块就和不多挣一样，可是穷人想要强，就往往只看见了钱，而不多合计合计。到那里，他就病了；舍不得吃药。及至他躺下了，药可也就没了用。

把灵运回来，我手中连一个钱也没有了。儿媳妇成了年轻的寡妇,带着个吃奶的小孩,我怎么办呢?我没法再出外去作事,在家乡我又连个三等巡警也当不上,我才五十岁,已走到了绝路。我羡慕福海,早早的死了,一闭眼三不知;假若他活到我这个岁数,至好也不过和我一样,多一半还许不如我呢!儿媳妇哭,哭得死去活来,我没有泪,哭不出来,我只能满屋里打转,偶尔的冷笑一声。

以前的力气都白卖了。现在我还得拿出全套的本事,去给小孩子找点粥吃。我去看守空房;我去帮着人家卖菜;我去作泥水匠的小工子活;我去给人家搬家……除了拉洋车,我什么都作过。无论作什么,我还都卖着最大的力气,留着十分的小心。五十多了,我出的是二十岁的小伙子的力气,肚子里可是只有点稀粥与窝窝头,身上到冬天没有一件厚实的棉袄,我不求人白给点什么,还讲仗着力气与本事挣饭吃,豪横了一辈子,到死我还不能输这口气。时常我挨一天的饿,时常我没有煤上火,时常我找不到一撮儿烟叶,可是我决不说什么;我给公家卖过力气了,我对得住一切的人,我心里没毛病,还说什么呢?我等着饿死,死后必定没有棺材,儿媳妇和孙子也得跟着饿死,那只好就这样吧!谁教我是巡警呢!我的眼前时常发黑,我仿佛已摸到了死,哼!我还笑,笑我这一辈的聪明本事,笑这出奇不公平的世界,希望等我笑到末一声,这世界就换个样儿吧!

# 月牙儿

## 一

是的,我又看见月牙儿了,带着点寒气的一钩儿浅金。多少次了,我看见跟现在这个月牙儿一样的月牙儿;多少次了。它带着种种不同的感情,种种不同的景物,当我坐定了看它,它一次一次的在我记忆中的碧云上斜挂着。它唤醒了我的记忆,象一阵晚风吹破一朵欲睡的花。

## 二

那第一次,带着寒气的月牙儿确是带着寒气。它第一次在我的云中是酸苦,它那一点点微弱的浅金光儿照着我的泪。那时候我也不过是七岁吧,一个穿着短红棉袄的小姑娘。戴着妈妈给我缝的一顶小帽儿,蓝布的,上面印着小小的花,我记得。我倚着那间小屋的门垛,看着月牙儿。屋里是药味,烟味,妈妈的眼泪,爸爸的病;我独自在台阶上看着月牙,没人招呼我,没人顾得给我作晚饭。我晓得屋里的惨凄,因为大家说爸爸的病……可是我更感觉自己的悲惨,我冷,饿,没人理我。一直的我立到月牙儿落下去。什么也没有了,我不能不哭。可是我的哭声被妈妈的压下去；爸，不出声了，面上蒙了块白布。我要掀开白布，再看看爸，可是我不敢。屋里只是那么点点地方，都被爸占了去。妈妈穿上白衣，我的红袄上也罩了个没缝襟边的白袍，我记得，因为不断地撕扯襟边上的白丝儿。大家都很忙，嚷嚷的声儿很高，哭得很恸，可是事情并不多，也似乎值不得嚷：爸爸就装入那么一个四块薄板的棺材里，到处都是缝子。然后，五六个人把他抬了走。妈和我在后边哭。我记得爸，记得爸的木匣。那个木匣结束了爸的一切：每逢我想起爸来，我就想到非打开那个木匣不能见着他。但是，那木匣是深深地埋在地里，我明知在城外哪个地方埋着它，可又象落在地上的一个雨点，似乎永难找到。

三

妈和我还穿着白袍，我又看见了月牙儿。那是个冷天，妈妈带我出城去看爸的坟。妈拿着很薄很薄的一罗儿纸。妈那天对我特别的好，我走不动便背我一程，到城门上还给我买了一些炒栗子。什么都是凉的，只有这些栗子是热的；我舍不得吃，用它们热我的手。走了多远，我记不清了，总该是很远很远吧。在爸出殡的那天，我似乎没觉得这么远，或者是因为那天人多；这次只是我们娘儿俩，妈不说话，我也懒得出声，什么都是静寂的；那些黄土路静寂得没有头儿。天是短的，我记得那个坟：小小的一堆儿土，远处有一些高土岗儿，太阳在黄土岗儿上头斜着。妈妈似乎顾不得我了，把我放在一旁，抱着坟头儿去哭。我坐在坟头的旁边，弄着手里那几个栗子。妈哭了一阵，把那点纸焚化了，一些纸灰在我眼前卷成一两个旋儿，而后懒懒地落在地上；风很小，可是很够冷的。妈妈又哭起来。我也想爸，可是我不想哭他；我倒是为妈妈哭得可怜而也落了泪。过去拉住妈妈的手："妈不哭！不哭！"妈妈哭得更恸了。她把我搂在怀里。眼看太阳就落下去，四外没有一个人，只有我们娘儿俩。妈似乎也有点怕了，含着泪，扯起我就走，走出老远，她回头看了看，我也转过身去：爸的坟已经辨不清了；土岗的这边都是坟头，一小堆一小堆，一直摆到土岗底下。妈妈叹了口气。我们紧走慢走，还没有走到城门，我看见了月牙儿。四外漆黑，没有声音，只有月牙儿放出一道儿冷光。我乏了，妈妈抱起我来。怎样进的城，我就不知道了，只记得迷迷糊糊的天上有个月牙儿。

四

刚八岁，我已经学会了去当东西。我知道，若是当不来钱，我们娘儿俩就不要吃晚饭；因为妈妈但分有点主意，也不肯叫我去。我准知道她每逢交给我个小包，锅里必是连一点粥底儿也看不见。我们的锅有时干净得象个体面的寡妇。这一天，我拿的是一面镜子。只有这件东西似乎是不必要的，虽然妈妈天天得用它。这是个春天，我们的棉衣都刚脱下来就入了当铺。我拿着这面镜子，我知道怎样小心，小心而且要走得快，当铺是老早就上门的。我怕当铺的那个大红门，那个大高长柜台。一看见那个门，我就心跳。可是我必须进去，似乎是爬进去，那个高门坎儿是那么高。我得用尽了力量，递上我的东西，还得喊："当当！"得了钱和当票，我知道怎样小心的拿着，快快回家，晓得妈妈不放心。可是这一次，当铺不要这面镜子，告诉我再添一号来。我懂得什么叫"一号"。把镜子搂在胸前，我拚命的往家跑。妈妈哭了；她找不到第二件东西。我在那间小屋住惯了，总以为东西不少；及至帮着妈妈一找可当的衣物，我的小心里才明白过来，我们的东西很少，很少。妈妈不叫我去了。可是"妈妈咱们吃什么呢？"妈妈哭着递给我她头上的银簪——只有这一件东西是银的。我知道，她拔下过来几回，都没肯交给我去当。这是妈妈出门子时，姥姥家给的一件首饰。现在，她把这末一件银器给了我，叫我把镜子放下。我尽了我的力量赶回当铺，那可怕的大门已经严严地关好了。我坐在那门墩上，握着那根银簪。不敢高声地哭，我看着天，啊，又是月牙儿照着我的眼泪！哭了好久，妈妈在黑影中来了，她拉住了我的手，呕，多么热的手，我忘了一切的苦处，连饿也忘了，只要有妈妈这只热手拉着我就好。我抽抽搭搭地说："妈！咱们回家睡觉吧。明儿早上再来！"妈一声没出。又走了一会儿："妈！你看这个月牙；爸死的那天，它就是这么歪歪着。为什么她老这么斜着呢？"妈还是一声没出，她的手有点颤。

## 五

妈妈整天地给人家洗衣裳。我老想帮助妈妈，可是插不上手。我只好等着妈妈，非到她完了事，我不去睡。有时月牙儿已经上来，她还哼哧哼哧地洗。那些臭袜子，硬牛皮似的，都是铺子里的伙计们送来的。妈妈洗完这些"牛皮"就吃不下饭去。我坐在她旁边，看着月牙，蝙蝠专会在那条光儿底下穿过来穿过去，象银线上穿着个大菱角，极快的又掉到暗处去。我越可怜妈妈，便越爱这个月牙，因为看着它，使我心中痛快一点。它在夏天更可爱，它老有那么点凉气，象一条冰似的。我爱它给地上的那点小影子,一会儿就没了;迷迷糊糊的不甚清楚,及至影子没了,地上就特别的黑,星也特别的亮,花也特别的香——我们的邻居有许多花木,那棵高高的洋槐总把花儿落到我们这边来,象一层雪似的。

## 六

妈妈的手起了层鳞,叫她给搓搓背顶解痒痒了。可是我不敢常劳动她,她的手是洗粗了的。她瘦,被臭袜子熏的常不吃饭。我知道妈妈要想主意了,我知道。她常把衣裳推到一边,楞着。她和自己说话。她想什么主意呢?我可是猜不着。

## 七

妈妈嘱咐我不叫我别扭,要乖乖地叫"爸":她又给我找到一个爸。这是另一个爸,我知道,因为坟里已经埋好一个爸了。妈嘱咐我的时候,眼睛看着别处。她含着泪说:"不能叫你饿死!"呕,是因为不饿死我,妈才另给我找了个爸!我不明白多少事,我有点怕,又有点希望——果然不再挨饿的话。多么凑巧呢,离开我们那间小屋的时候,天上又挂着月牙。这次的月牙比哪一回都清楚,都可怕;我是要离开这住惯了的小屋了。妈坐了一乘红轿,前面还有几个鼓手,吹打得一点也不好听。轿在前边走,我和一个男人在后边跟着,他拉着我的手。那可怕的月牙放着一点光,仿佛在凉风里颤动。街上没有什么人,只有些野狗追着鼓手们咬;轿子走得很快。上哪去呢?是不是把妈抬到城外去,抬到坟地去?那个男人扯着我走,我喘不过气来，要哭都哭不出来。那男人的手心出了汗，凉得象个鱼似的，我要喊"妈"，可是不敢。一会儿，月牙象个要闭上的一道大眼缝，轿子进了个小巷。

八

我在三四年里似乎没再看见月牙。新爸对我们很好，他有两间屋子，他和妈住在里间，我在外间睡铺板。我起初还想跟妈妈睡，可是几天之后，我反倒爱"我的"小屋了。屋里有白白的墙，还有条长桌，一把椅子。这似乎都是我的。我的被子也比从前的厚实暖和了。妈妈也渐渐胖了点，脸上有了红色，手上的那层鳞也慢慢掉净。我好久没去当当了。新爸叫我去上学。有时候他还跟我玩一会儿。我不知道为什么不爱叫他"爸"，虽然我知道他很可爱。他似乎也知道这个，他常常对我那么一笑；笑的时候他有很好看的眼睛。可是妈妈偷告诉我叫爸，我也不愿十分的别扭。我心中明白，妈和我现在是有吃有喝的，都因为有这个爸，我明白。是的，在这三四年里我想不起曾经看见过月牙儿；也许是看见过而不大记得了。爸死时那个月牙，妈轿子前面那个月牙，我永远忘不了。那一点点光，那一点寒气，老在我心中，比什么都亮，都清凉，象块玉似的，有时候想起来仿佛能用手摸到似的。

九

我很爱上学。我老觉得学校里有不少的花，其实并没有；只是一想起学校就想到花罢了，正象一想起爸的坟就想起城外的月牙儿——在野外的小风里歪歪着。妈妈是很爱花的，虽然买不起，可是有人送给她一朵，她就顶喜欢地戴在头上。我有机会便给她折一两朵来；戴上朵鲜花，妈的后影还很年轻似的。妈喜欢，我也喜欢。在学校里我也很喜欢。也许因为这个，我想起学校便想起花来?

十

当我要在小学毕业那年，妈又叫我去当当了。我不知道为什么新爸忽然走了。他上了哪儿，妈似乎也不晓得。妈妈还叫我上学，她想爸不久就会回来的。他许多日子没回来，连封信也没有。我想妈又该洗臭袜子了，这使我极难受。可是妈妈并没这么打算。她还打扮着，还爱戴花；奇怪！她不落泪，反倒好笑；为什么呢？我不明白！好几次，我下学来，看她在门口儿立着。又隔了不久，我在路上走，有人"嗨"我了："嗨！给你妈捎个信儿去！""嗨！你卖不卖呀？小嫩的！"我的脸红得冒出火来，把头低得无可再低。我明白，只是没办法。我不能问妈妈，不能。她对我很好，而且有时候极郑重地说我："念书！念书！"妈是不识字的，为什么这样催我念书呢？我疑心；又常由疑心而想到妈是为我才作那样的事。妈是没有更好的办法。疑心的时候，我恨不能骂妈妈一顿。再一想，我要抱住她，央告她不要再作那个事。我恨自己不能帮助妈妈。所以我也想到：我在小学毕业后又有什么用呢？我和同学们打听过了，有的告诉我，去年毕业的有好几个作姨太太的。有的告诉我，谁当了暗门子。我不大懂这些事，可是由她们的说法，我猜到这不是好事。她们似乎什么都知道，也爱偷偷地谈论她们明知是不正当的事——这些事叫她们的脸红红的而显出得意。我更疑心妈妈了，是不是等我毕业好去作……这么一想，有时候我不敢回家，我怕见妈妈。妈妈有时候给我点心钱，我不肯花，饿着肚子去上体操，常常要晕过去。看着别人吃点心，多么香甜呢！可是我得省着钱，万一妈妈叫我去……我可以跑，假如我手中有钱。我最阔的时候，手中有一毛多钱！在这些时候，即使在白天，我也有时望一望天上，找我的月牙儿呢。我心中的苦处假若可以用个形状比喻起来，必是个月牙儿形的。它无倚无靠的在灰蓝的天上挂着，光儿微弱，不大会儿便被黑暗包住。

## 十一

叫我最难过的是我慢慢地学会了恨妈妈。可是每当我恨她的时候，我不知不觉地便想起她背着我上坟的光景。想到了这个，我不能恨她了。我又非恨她不可。我的心象——还是象那个月牙儿，只能亮那么一会儿，而黑暗是无限的。妈妈的屋里常有男人来了，她不再躲避着我。他们的眼象狗似地看着我，舌头吐着，垂着涎。我在他们的眼中是更解馋的，我看出来。在很短的期间，我忽然明白了许多的事。我知道我得保护自己，我觉出我身上好象有什么可贵的地方，我闻得出我已有一种什么味道，使我自己害羞，多感。我身上有了些力量，可以保护自己，也可以毁了自己。我有时很硬气，有时候很软。我不知怎样好。我愿爱妈妈，这时候我有好些必要问妈妈的事，需要妈妈的安慰；可是正在这个时候，我得躲着她，我得恨她；要不然我自己便不存在了。当我睡不着的时节，我很冷静地思索，妈妈是可原谅的。她得顾我们俩的嘴。可是这个又使我要拒绝再吃她给我的饭菜。我的心就这么忽冷忽热,象冬天的风,休息一会儿,刮得更要猛;我静候着我的怒气冲来,没法儿止住。

## 十二

事情不容我想好方法就变得更坏了。妈妈问我,"怎样?"假若我真爱她呢,妈妈说,我应该帮助她。不然呢,她不能再管我了。这不象妈妈能说得出的话,但是她确是这么说了。她说得很清楚:"我已经快老了,再过二年,想白叫人要也没人要了!"这是对的,妈妈近来擦许多的粉,脸上还露出摺子来。她要再走一步,去专伺候一个男人。她的精神来不及伺候许多男人了。为她自己想,这时候能有人要她——是个馒头铺掌柜的愿要她——她该马上就走。可是我已经是个大姑娘了,不象小时候那样容易跟在妈妈轿后走过去了。我得打主意安置自己。假若我愿意"帮助"妈妈呢,她可以不再走这一步,而由我代替她挣钱。代她挣钱,我真愿意;可是那个挣钱方法叫我哆嗦。我知道什么呢,叫我像个半老的妇人那样去挣钱?!妈妈的心是狠的,可是钱更狠。妈妈不逼着我走哪条路,她叫我自己挑选——帮助她,或是我们娘儿俩各走各的。妈妈的眼没有泪,早就干了。我怎么办呢?

## 十三

我对校长说了。校长是个四十多岁的妇人,胖胖的,不很精明,可是心热。我是真没了主意,要不然我怎会开口述说妈妈的……我并没和校长亲近过。当我对她说的时候,每个字都象烧红了的煤球烫着我的喉,我哑了,半天才能吐出一个字。校长愿意帮助我。她不能给我钱,只能供给我两顿饭和住处——就住在学校和个老女仆作伴儿。她叫我帮助文书写写字,可是不必马上就这么办,因为我的字还需要练习。两顿饭,一个住处,解决了天大的问题。我可以不连累妈妈了。妈妈这回连轿也没坐,只坐了辆洋车,摸着黑走了。我的铺盖,她给了我。临走的时候,妈妈挣扎着不哭,可是心底下的泪到底翻上来了。她知道我不能再找她去,她的亲女儿。我呢,我连哭都忘了怎么哭了,我只咧着嘴抽达,泪蒙住了我的脸。我是她的女儿、朋友、安慰。但是我帮助不了她,除非我得作那种我决不肯作的事。在事后一想,我们娘儿俩就象两个没人管的狗,为我们的嘴,我们得受着一切的苦处,好象我们身上没有别的,只有一张嘴。为这张嘴,我们得把其余一切的东西都卖了。我不恨妈妈了,我明白了。不是妈妈的毛病,也不是不该长那张嘴,是粮食的毛病,凭什么没有我们的吃食呢?这个别离,把过去一切的苦楚都压过去了。那最明白我的眼泪怎流的月牙这回会没出来,这回只有黑暗,连点萤火的光也没有。妈妈就在暗中象个活鬼似的走了,连个影子也没有。即使她马上死了,恐怕也不会和爸埋在一处了,我连她将来的坟在哪里都不会知道。我只有这么个妈妈,朋友。我的世界里剩下我自己。

十四

妈妈永不能相见了,爱死在我心里,象被霜打了的春花。我用心地练字,为是能帮助校长抄抄写写些不要紧的东西。我必须有用,我是吃着别人的饭。我不象那些女同学,她们一天到晚注意别人,别人吃了什么,穿了什么,说了什么;我老注意我自己,我的影子是我的朋友。"我"老在我的心上,因为没人爱我。我爱我自己,可怜我自己,鼓励我自己,责备我自己;我知道我自己,仿佛我是另一个人似的。我身上有一点变化都使我害怕,使我欢喜,使我莫名其妙。我在我自己手中拿着,象捧着一朵娇嫩的花。我只能顾目前,没有将来,也不敢深想。嚼着人家的饭,我知道那是晌午或晚上了,要不然我简直想不起时间来;没有希望,就没有时间。我好象钉在个没有日月的地方。想起妈妈,我晓得我曾经活了十几年。对将来,我不象同学们那样盼望放假,过节,过年;假期,节,年,跟我有什么关系呢?可是我的身体是往大了长呢,我觉得出。觉出我又长大了一些,我更渺茫,我不放心我自己。我越往大了长,我越觉得自己好看,这是一点安慰;美使我抬高了自己的身分。可是我根本没身分,安慰是先甜后苦的,苦到末了又使我自傲。穷,可是好看呢!这又使我怕:妈妈也是不难看的。

十五

我又老没看月牙了,不敢去看,虽然想看。我已毕了业,还在学校里住着。晚上,学校里只有两个老仆人,一男一女。他们不知怎样对待我好,我既不是学生,也不是先生,又不是仆人,可有点象仆人。晚上,我一个人在院中走,常被月牙给赶进屋来,我没有胆子去看它。可是在屋里,我会想象它是什么样,特别是在有点小风的时候。微风仿佛会给那点微光吹到我的心上来,使我想起过去,更加重了眼前的悲哀。我的心就好象在月光下的蝙蝠,虽然是在光的下面,可是自己是黑的;

黑的东西,即使会飞,也还是黑的,我没有希望。我可是不哭,我只常皱着眉。

## 十六

我有了点进款:给学生织些东西,她们给我点工钱。校长允许我这么办。可是进不了许多,因为她们也会织。不过她们自己急于要用,而赶不来,或是给家中人打双手套或袜子,才来照顾我。虽然是这样,我的心似乎活了一点,我甚至想到:假若妈妈不走那一步,我是可以养活她的。一数我那点钱,我就知道这是梦想,可是这么想使我舒服一点。我很想看看妈妈。假若她看见我,她必能跟我来,我们能有方法活着,我想——可是不十分相信。我想妈妈,她常到我的梦中来。有一天,我跟着学生们去到城外旅行,回来的时候已经是下午四点多了。为是快点回来,我们抄了个小道。我看见了妈妈!在个小胡同里有一家卖馒头的,门口放着个元宝筐,筐上插着个顶大的白木头馒头。顺着墙坐着妈妈,身儿一仰一弯地拉风箱呢。从老远我就看见了那个大木馒头与妈妈,我认识她的后影。我要过去抱住她。可是我不敢,我怕学生们笑话我,她们不许我有这样的妈妈。越走越近了,我的头低下去,从泪中看了她一眼,她没看见我。我们一群人擦着她的身子走过去,她好象是什么也没看见,专心地拉她的风箱。走出老远,我回头看了看,她还在那儿拉呢。我看不清她的脸,只看到她的头发在额上披散着点。我记住这个小胡同的名儿。

## 十七

　　象有个小虫在心中咬我似的,我想去看妈妈,非看见她我心中不能安静。正在这个时候,学校换了校长。胖校长告诉我得打主意,她在这儿一天便有我一天的饭食与住处,可是她不能保险新校长也这么办。我数了数我的钱,一共是两块七毛零几个铜子。这几个钱不会叫我在最近的几天中挨饿,可是我上哪儿呢?我不敢坐在那儿呆呆地发愁,我得想主意。找妈妈去是第一个念头。可是她能收留我吗?假若她不能收留我,而我找了她去,即使不能引起她与那个卖馒头的吵闹,她也必定很难过。我得为她想,她是我的妈妈,又不是我的妈妈,我们母女之间隔着一层用穷作成的障碍。想来想去,我不肯找她去了。我应当自己担着自己的苦处。可是怎么担着自己的苦处呢?我想不起。我觉得世界很小,没有安置我与我的小铺盖卷的地方。我还不如一条狗,狗有个地方便可以躺下睡;街上不准我躺着。是的,我是人,人可以不如狗。假若我扯着脸不走,焉知新校长不往外撵我呢?我不能等着人家往外推。这是个春天。我只看见花儿开了,叶儿绿了,而觉不到一点暖气。红的花只是红的花,绿的叶只是绿的叶,我看见些不同的颜色,只是一点颜色;这些颜色没有任何意义,春在我的心中是个凉的死的东西。我不肯哭,可是泪自己往下流。

## 十八

　　我出去找事了。不找妈妈,不依赖任何人,我要自己挣饭吃。走了整整两天,抱着希望出去,带着尘土与眼泪回来。没有事情给我作。我这才真明白了妈妈,真原谅了妈妈。妈妈还洗过臭袜子,我连这个都作不上。妈妈所走的路是唯一的。学校里教给我的本事与道德都是笑话,都是吃饱了没事时的玩艺。同学们不准我有那样的妈妈,她们笑话暗门子;是的,她们得这样看,她们有饭吃。我差不多要决定了:只要有人给我饭吃,什么我也肯干;妈妈是可佩服的。我才不去死,虽然想到过;不,我要活着。我年轻,我好看,我要活着。羞耻不是我造出来的。

## 十九

这么一想,我好象已经找到了事似的。我敢在院中走了,一个春天的月牙在天上挂着。我看出它的美来。天是暗蓝的,没有一点云。那个月牙清亮而温柔,把一些软光儿轻轻送到柳枝上。院中有点小风,带着南边的花香,把柳条的影子吹到墙角有光的地方来,又吹到无光的地方去;光不强,影儿不重,风微微地吹,都是温柔,什么都有点睡意,可又要轻软地活动着。月牙下边,柳梢上面,有一对星儿好象微笑的仙女的眼,逗着那歪歪的月牙和那轻摆的柳枝。墙那边有棵什么树,开满了白花,月的微光把这团雪照成一半儿白亮,一半儿略带点灰影,显出难以想到的纯净。这个月牙是希望的开始,我心里说。

## 二十

我又找了胖校长去,她没在家。一个青年把我让进去。他很体面,也很和气。我平素很怕男人,但是这个青年不叫我怕他。他叫我说什么,我便不好意思不说;他那么一笑,我心里就软了。我把找校长的意思对他说了,他很热心,答应帮助我。当天晚上,他给我送了两块钱来,我不肯收,他说这是他婶母——胖校长——给我的。他并且说他的婶母已经给我找好了地方住,第二天就可以搬过去。我要怀疑,可是不敢。他的笑脸好象笑到我的心里去。我觉得我要疑心便对不起人,他是那么温和可爱。

## 二十一

他的笑唇在我的脸上,从他的头发上我看着那也在微笑的月牙。春风象醉了,吹破了春云,露出月牙与一两对儿春星。河岸上的柳枝轻摆,春蛙唱着恋歌,嫩蒲的香味散在春晚的暖气里。我听着水流,象给嫩蒲一些生力,我想象着蒲梗轻快地往高里长。小蒲公英在潮暖的地上生长。什么都在溶化着春的力量,然后放出一些香味来。我忘了自己,我没了自己,象化在了那点春风与月的微光中。月儿忽然被云掩住,我想起来自己。我失去那个月牙儿,也失去了自己,我和妈妈一样了!

## 二十二

我后悔,我自慰,我要哭,我喜欢,我不知道怎样好。我要跑开,永不再见他;我又想他,我寂寞。两间小屋,只有我一个人,他每天晚上来。他永远俊美,老那么温和。他供给我吃喝,还给我作了几件新衣。穿上新衣,我自己看出我的美。可是我也恨这些衣服,又舍不得脱去。我不敢思想,也懒得思想,我迷迷糊糊的,腮上老有那么两块红。我懒得打扮,又不能不打扮,太闲在了,总得找点事作。打扮的时候,我怜爱自己;

打扮完了，我恨自己。我的泪很容易下来，可是我设法不哭，眼终日老那么湿润润的，可爱。我有时候疯了似的吻他，然后把他推开，甚至于破口骂他；他老笑。

## 二十三

我早知道，我没希望；一点云便能把月牙遮住，我的将来是黑暗。果然，没有多久，春便变成了夏，我的春梦作到了头儿。有一天，也就是刚晌午吧，来了一个少妇。她很美，可是美得不玲珑，象个磁人儿似的。她进到屋中就哭了。不用问，我已明白了。看她那个样儿，她不想跟我吵闹，我更没预备着跟她冲突。她是个老实人。她哭，可是拉住我的手："他骗了咱们俩！"她说。我以为她也只是个"爱人"。不，她是他的妻。她不跟我闹，只口口声声的说："你放了他吧！"我不知怎么才好，我可怜这个少妇。我答应了她。她笑了。看她这个样儿，我以为她是缺个心眼，她似乎什么也不懂，只知道要她的丈夫。

## 二十四

我在街上走了半天。很容易答应那个少妇呀，可是我怎么办呢？他给我的那些东西，我不愿意要；既然要离开他，便一刀两断。可是，放下那点东西，我还有什么呢？我上哪儿呢？我怎么能当天就有饭吃呢？好吧，我得要那些东西，无法。我偷偷的搬了走。我不后悔，只觉得空虚，象一片云那样的无倚无靠。搬到一间小屋里，我睡了一天。

## 二十五

我知道怎样俭省，自幼就晓得钱是好的。凑合着手里还有那点钱，我想马上去找个事。这样，我虽然不希望什么，或者也不会有危险了。事情可是并不因我长了一两岁而容易找到。我很坚决，这并无济于事，只觉得应当如此罢了。妇女挣钱怎这么不容易呢！妈妈是对的，妇人只有一条路走，就是妈妈所走的路。我不肯马上就往那么走，可是知道它在不很远的地方等着我呢。我越挣扎，心中越害怕。我的希望是初月的光，一会儿就要消失。一两个星期过去了，希望越来越小。最后，我去和一排年轻的姑娘们在小饭馆受选阅。很小的一个饭馆，很大的一个老板；我们这群都不难看，都是高小毕业的少女们，等皇赏似的，等着那个破塔似的老板挑选。他选了我。我不感谢他，可是当时确有点痛快。那群女孩子们似乎很羡慕我，有的竟自含着泪走去，有的骂声"妈的！"女人够多么不值钱呢！

## 二十六

我成了小饭馆的第二号女招待。摆菜、端菜、算账、报菜名，我都不在行。我有点害怕。可是"第一号"告诉我不用着急，她也都不会。她说，小顺管一切的事；我们当招待的只要给客人倒茶，递手巾把，和拿账条；别的不用管。奇怪！"第一号"的袖口卷起来很高，袖口的白里子上连一个污点也没有。腕上放着一块白丝手绢，绣着"妹妹我爱你"。她一天到晚往脸上拍粉，嘴唇抹得血瓢似的。给客人点烟的时候，她的膝往人家腿上倚；还给客人斟酒，有时候她自己也喝了一口。对于客人，有的她伺候得非常的周到；有的她连理也不理，她会把眼皮一搭拉，假装没看见。她不招待的，我只好去。我怕男人。我那点经验叫我明白了些，什么爱不爱的，反正男人可怕。特别是在饭馆吃饭的男人们，他们假装义气，打架似的让座让账；他们拚命的猜拳，喝酒；他们野兽似的吞吃，他们不必要而故意的挑剔毛病，骂人。我低头递茶递手巾，我的脸发烧。客人们故意的和我说东说西，招我笑；我没心思说笑。晚上九点多钟完了事，我非常的疲乏了。到了我的小屋，连衣裳没脱，我一直地睡到天亮。醒来，我心中高兴了一些，我现在是自食其力，用我的劳力自己挣饭吃。我很早的就去上工。

## 二十七

"第一号"九点多才来，我已经去了两点多钟。她看不起我，可也并非完全恶意地教训我："不用那么早来，谁八点来吃饭？告诉你，丧气鬼，把脸别搭拉得那么长；你是女跑堂的，没让你在这儿送殡玩。低着头，没人多给酒钱；你干什么来了？不为挣子儿吗？你的领子太矮，咱这行全得弄高领子，绸子手绢，人家认这个！"我知道她是好意，我也知道设若我不肯笑，她也得吃亏，少分酒钱；小账是大家平分的。我也并非看不起她，从一方面看，我实在佩服她，她是为挣钱。妇女挣钱就得这么着，没第二条路。但是，我不肯学她。我仿佛看得很清楚：有朝一日，我得比她还开通，才能挣上饭吃。可是那得到了山穷水尽的时候；"万不得已"老在那儿等我们女人，我只能叫它多等几天。这叫我咬牙切齿，叫我心中冒火，可是妇女的命运不在自己手里。又干了三天，那个大掌柜的下了警告：再试我两天，我要是愿意往长了干呢，得照"第一号"那么办。"第一号"一半嘲弄，一半劝告的说："已经有人打听你，干吗藏着乖的卖傻的呢？咱们谁不知道谁是怎着？女招待嫁银行经理的，有的是；你当是咱们低贱呢？闯开脸儿干呀，咱们也他妈的坐几天汽车！"这个，逼上我的气来，我问她："你什么时候坐汽车？"她把红嘴唇撇得要掉下去："不用你耍嘴皮子，干什么说什么；天生下来的香屁股，还不会干这个呢！"我干不了，拿了一块另五分钱，我回了家。

## 二十八

最后的黑影又向我迈了一步。为躲它，就更走近了它。我不后悔丢了那个事，可我也真怕那个黑影。把自己卖给一个人，我会。自从那回事儿，我很明白了些男女之间的关系。女人把自己放松一些，男人闻着味儿就来了。他所要的是肉，他发散了兽力，你便暂时有吃有穿；然后他也许打你骂你，或者停止了你的供给。女人就这么卖了自己，有时候还很得意，我曾经觉到得意。在得意的时候说的净是一些天上的话；过了会儿，你觉得身上的疼痛与丧气。不过，卖给一个男人，还可以说些天上的话；卖给大家，连这些也没法说了，妈妈就没说过这样的话。怕的程度不同，我没法接受"第一号"的劝告；"一个"男人到底使我少怕一点。可是，我并不想卖我自己。我并不需要男人，我还不到二十岁。我当初以为跟男人在一块儿必定有趣，谁知道到了一块他就要求那个我所害怕的事。是的，那时候我象把自己交给了春风，任凭人家摆布；过后一想，他是利用我的无知，畅快他自己。他的甜言蜜语使我走入梦里；醒过来，不过是一个梦，一些空虚；我得到的是两顿饭，几件衣服。我不想再这样挣饭吃，饭是实在的，实在地去挣好了。可是，若真挣不上饭吃，女人得承认自己是女人，得卖肉！一个多月，我找不到事作。

## 二十九

我遇见几个同学，有的升入了中学，有的在家里作姑娘。我不愿理她们，可是一说起话儿来，我觉得我比她们精明。原先，在学校的时候，我比她们傻；现在，"她们"显着呆傻了。她们似乎还都作梦呢。她们都打扮得很好，像铺子里的货物。她们的眼溜着年轻的男人，心里好像作着爱情的诗。我笑她们。是的，我必定得原谅她们，她们有饭吃，吃饱了当然只好想爱情，男女彼此织成了网，互相捕捉；有钱的，网大一些，捉住几个，然后从容地选择一个。我没有钱，我连个结网的屋角都找不到。我得直接地捉人，或是被捉，我比她们明白一些，实际一些。

## 三十

有一天，我碰见那个小媳妇，象磁人似的那个。她拉住了我，倒好象我是她的亲人似的。她有点颠三倒四的样儿。"你是好人！你是好人！我后悔了，"她很诚恳地说，"我后悔了！我叫你放了他，哼，还不如在你手里呢！他又弄了别人，更好了，一去不回头了！"由探问中，我知道她和他也是由恋爱而结的婚，她似乎还很爱他。他又跑了。我可怜这个小妇人，她也是还作着梦，还相信恋爱神圣。我问她现在的情形，她说她得找到他，她得从一而终。要是找不到他呢？我问。她咬上了嘴唇，她有公婆，娘家还有父母，她没有自由，她甚至于羡慕我，我没人管着。还有人羡慕我，我真要笑了！我有自由，笑话！她有饭吃，我有自由；她没自由，我没饭吃，我俩都是女人。

## 三十一

自从遇上那个小磁人，我不想把自己专卖给一个男人了，我决定玩玩了；换句话说，我要"浪漫"地挣饭吃了。我不再为谁负着什么道德责任，我饿。浪漫足以治饿，正如同吃饱了才浪漫，这是个圆圈，从哪儿走都可以。那些女同学与小磁人都跟我差不多，她们比我多着一点梦想，我比她们更直爽，肚子饿是最大的真理。是的，我开始卖了。把我所有的一点东西都折卖了，作了一身新行头，我的确不难看。我上了市。

## 三十二

我想我要玩玩，浪漫。啊，我错了。我还是不大明白世故。男人并不象我想的那么容易勾引。我要勾引文明一些的人，要至多只赔上一两个吻。哈哈，人家不上那个当，人家要初次见面便得到便宜。还有呢，人家只请我看电影，或逛逛大街，吃杯冰激凌；我还是饿着肚子回家。所谓文明人，懂得问我在哪儿毕业，家里作什么事。那个态度使我看明白，他若是要你，你得给他相当的好处；你若是没有好处可贡献呢，人家只用一角钱的冰激凌换你一个吻。要卖，得痛痛快快地。我明白了这个。小磁人们不明白这个。我和妈妈明白，我很想妈了。

## 三十三

据说有些女人是可以浪漫地挣饭吃，我缺乏资本；也就不必再这样想了。我有了买卖。可是我的房东不许我再住下去，他是讲体面的人。我连瞧他也没瞧，就搬了家，又搬回我妈妈和新爸爸曾经住过的那两间房。这里的人不讲体面，可也更真诚可爱。搬了家以后，我的买卖很不错。连文明人也来了。文明人知道了我是卖，他们是买，就肯来了；这样，他们不吃亏，也不丢身分。初干的时候，我很害怕，因为我还不到二十岁。及至作过了几天，我也就不怕了。多嗜他们象了一摊泥，他们才觉得上了算，他们满意，还替我作义务的宣传。干过了几个月，我明白的事情更多了，差不多每一见面，我就能断定他是怎样的人。有的很有钱，这样的人一开口总是问我的身价，表示他买得起我。他也很嫉妒，总想包了我；逛暗娼他也想独占，因为他有钱。对这样的人，我不大招待。他闹脾气，我不怕，我告诉他，我可以找上他的门去，报告给他的太太。在小学里念了几年书，到底是没白念，他唬不住我。"教育"是有用的，我相信了。有的人呢，来的时候，手里就攥着一块钱，唯恐上了当。对这种人，我跟他细讲条件，他就乖乖地回家去拿钱，很有意思。最可恨的是那些油子，不但不肯花钱，反倒要占点便宜走，什么半盒烟卷呀，什么一小瓶雪花膏呀，他们随手拿去。这种人还是得罪不的，他们在地面上很熟，得罪了他们，他们会叫巡警跟我捣乱。我不得罪他们，我喂着他们；乃至我认识了警官，才一个个的收拾他们。世界就是狼吞虎咽的世界，谁坏谁就占便宜。顶可怜的是那象学生样儿的，袋里装着一块钱，和几十铜子，叮当地直响，鼻子上出着汗。我可怜他们，可是也照常卖给他们。我有什么办法呢！还有老头子呢，都是些规矩人，或者家中已然儿孙成群。对他们，我不知道怎样好；但是我知道他们有钱，想在死前买些快乐，我只好供给他们所需要的。这些经验叫我认识了"钱"与"人"。钱比人更厉害一些，人若是兽，钱就是兽的胆子。

## 三十四

　　我发现了我身上有了病。这叫我非常的苦痛，我觉得已经不必活下去了。我休息了，我到街上去走；无目的，乱走。我想去看看妈，她必能给我一些安慰，我想象着自己已是快死的人了。我绕到那个小巷，希望见着妈妈；我想起她在门外拉风箱的样子。馒头铺已经关了门。打听，没人知道搬到哪里去。这使我更坚决了，我非找到妈妈不可。在街上丧胆游魂地走了几天，没有一点用。我疑心她是死了，或是和馒头铺的掌柜的搬到别处去，也许在千里以外。这么一想，我哭起来。我穿好了衣裳，擦上了脂粉，在床上躺着，等死。我相信我会不久就死去的。可是我没死。门外又敲门了，找我的。好吧，我伺候他，我把病尽力地传给他。我不觉得这对不起人，这根本不是我的过错。我又痛快了些，我吸烟，我喝酒，我好象已是三四十岁的人了。我的眼圈发青，手心发热，我不再管；有钱才能活着，先吃饱再说别的吧。我吃得并不错，谁肯吃坏的呢！我必须给自己一点好吃食，一些好衣裳，这样才稍微对得起自己一点。

## 三十五

一天早晨，大概有十点来钟吧，我正披着件长袍在屋中坐着，我听见院中有点脚步声。我十点来钟起来，有时候到十二点才想穿好衣裳，我近来非常的懒，能披着件衣服呆坐一两个钟头。我想不起什么，也不愿想什么，就那么独自呆坐。那点脚步声，向我的门外来了，很轻很慢。不久，我看见一对眼睛，从门上那块小玻璃向里面看呢。看了一会儿，躲开了；我懒得动，还在那儿坐着。待了一会儿，那对眼睛又来了。我再也坐不住，我轻轻的开了门。"妈！"

## 三十六

我们母女怎么进了屋，我说不上来。哭了多久，也不大记得。妈妈已老得不象样儿了。她的掌柜的回了老家，没告诉她，偷偷地走了，没给她留下一个钱。她把那点东西变卖了，辞退了房，搬到一个大杂院里去。她已找了我半个多月。最后，她想到上这儿来，并没希望找到我，只是碰碰看，可是竟自找到了我。她不敢认我了，要不是我叫她，她也许就又走了。哭完了，我发狂似的笑起来：她找到了女儿，女儿已是个暗娼！她养着我的时候，她得那样；现在轮到我养着她了，我得那样！女人的职业是世袭的，是专门的！

## 三十七

我希望妈妈给我点安慰。我知道安慰不过是点空话，可是我还希望来自妈妈的口中。妈妈都往往会骗人,我们把妈妈的诓骗叫作安慰。我的妈妈连这个都忘了。她是饿怕了,我不怪她。她开始检点我的东西,问我的进项与花费,似乎一点也不以这种生意为奇怪。我告诉她,我有了病,希望她劝我休息几天。没有;她只说出去给我买药。"我们老干这个吗?"我问她。她没言语。可是从另一方面看,她确是想保护我,心疼我。她给我作饭,问我身上怎样,还常常偷看我,象妈妈看睡着了的小孩那样。只是有一层她不肯说,就是叫我不用再干这行了。我心中很明白——虽然有一点不满意她——除了干这个,还想不到第二个事情作。我们母女得吃得穿——这个决定了一切。什么母女不母女,什么体面不体面,钱是无情的。

## 三十八

妈妈想照应我,可是她得听着看着人家蹂躏我。我想好好对待她,可是我觉得她有时候讨厌。她什么都要管管,特别是对于钱。她的眼已失去年轻时的光泽,不过看见了钱还能发点光。对于客人,她就自居为仆人,可是当客人给少了钱的时候,她张嘴就骂。这有时候使我很为难。不错,既干这个还不是为钱吗?可是干这个的也似乎不必骂人。我有时候也会慢待人,可是我有我的办法,使客人急不得恼不得。妈妈的方法太笨了,很容易得罪人。看在钱的面上,我们不应当得罪人。我的方法或者出于我还年轻,还幼稚;妈妈便不顾一切的单单站在钱上了,她应当如此,她比我大着好些岁。恐怕再过几年我也就这样了,人老心也跟着老,渐渐老得和钱一样的硬。是的,妈妈不客气。她有时候劈手就抢客人的皮夹,有时候留下人家的帽子或值钱一点的手套与手杖。我很怕闹出事来,可是妈妈说的好:"能多弄一个是一个,咱们是拿十年当作一年活着的,等七老八十还有人要咱们吗?"有时候,客人喝醉了,她便把他架出去,找个僻静地方叫他坐下,连他的鞋都拿回来。说也奇怪,这种人倒没有来找账的,想是已人事不知,说不定也许病一大场。或者事过之后,想过滋味,也就不便再来闹了,我们不怕丢人,他们怕。

## 三十九

妈妈是说对了:我们是拿十年当一年活着。干了二三年,我觉出自己是变了。我的皮肤粗糙了,我的嘴唇老是焦的,我的眼睛里老灰渌渌的带着血丝。我起来的很晚,还觉得精神不够。我觉出这个来,客人们更不是瞎子,熟客渐渐少起来。对于生客,我更努力的伺候,可是也更厌恶他们,有时候我管不住自己的脾气。我暴躁,我胡说,我已经不是我自己了。我的嘴不由的老胡说,似乎是惯了。这样,那些文明人已不多照顾我,因为我丢了那点"小鸟依人"——他们唯一的诗句——的身段与气味。我得和野鸡学了。我打扮得简直不象个人,这才招得动那不文明的人。我的嘴擦得象个红血瓢,我用力咬他们,他们觉得痛快。有时候我似乎已看见我的死,接进一块钱,我仿佛死了一点。钱是延长生命的,我的挣法适得其反。我看着自己死,等着自己死。这么一想,便把别的思想全止住了。不必想了,一天一天地活下去就是了,我的妈妈是我的影子,我至好不过将来变成她那样,卖了一辈子肉,剩下的只是一些白头发与抽皱的黑皮。这就是生命。

## 四十

　　我勉强地笑，勉强地疯狂，我的痛苦不是落几个泪所能减除的。我这样的生命是没什么可惜的，可是它到底是个生命，我不愿撒手。况且我所作的并不是我自己的过错。死假如可怕，那只因为活着是可爱的。我决不是怕死的痛苦，我的痛苦久已胜过了死。我爱活着，而不应当这样活着。我想象着一种理想的生活，象作着梦似的；这个梦一会儿就过去了，实际的生活使我更觉得难过。这个世界不是个梦，是真的地狱。妈妈看出我的难过来，她劝我嫁人。嫁人，我有了饭吃，她可以弄一笔养老金。我是她的希望。我嫁谁呢？

## 四十一

　　因为接触的男子很多了，我根本已忘了什么是爱。我爱的是我自己，及至我已爱不了自己，我爱别人干什么呢？但是打算出嫁，我得假装说我爱，说我愿意跟他一辈子。我对好几个人都这样说了，还起了誓；没人接受。在钱的管领下，人都很精明。嫖不如偷，对，偷省钱。我要是不要钱，管保人人说爱我。

## 四十二

　　正在这个期间，巡警把我抓了去。我们城里的新官儿非常地讲道德，要扫清了暗门子。正式的妓女倒还照旧作生意，因为她们纳捐；纳捐的便是名正言顺的，道德的。抓了去，他们把我放在了感化院，有人教给我作工。洗、做、烹调、编织，我都会；要是这些本事能挣饭吃，我早就不干那个苦事了。我跟他们这样讲，他们不信，他们说我没出息，没道德。他们教给我工作，还告诉我必须爱我的工作。假如我爱工作，将来必定能自食其力，或是嫁个人。他们很乐观。我可没这个信心。他们最好的成绩，是已经有十几多个女的，经过他们感化而嫁了人。到这儿来领女人的，只须花两块钱的手续费和找一个妥实的铺保就够了。这是个便宜。从男人方面看；据我想，这是个笑话。我干脆就不受这个感化。当一个大官儿来检阅我们的时候，我唾了他一脸唾沫。他们还不肯放了我，我是带危险性的东西。可是他们也不肯再感化我。我换了地方，到了狱中。

## 四十三

狱里是个好地方，它使人坚信人类的没有起色；在我作梦的时候都见不到这样丑恶的玩艺。自从我一进来，我就不再想出去，在我的经验中，世界比这儿并强不了许多。我不愿死，假若从这儿出去而能有个较好的地方；事实上既不这样，死在哪儿不一样呢。在这里，在这里，我又看见了我的好朋友，月牙儿！多久没见着它了！妈妈干什么呢？我想起来一切。

# 且说屋里

一个二十世纪的中国人所能享受与占有的，包善卿已经都享受和占有过，现在还享受与占有着。他有钱，有洋楼，有汽车，有儿女，有姨太太，有古玩，有可作摆设用的书籍，有名望，有身分，有一串可以印在名片上与讣闻上的官衔，有各色的朋友，有电灯、电话、电铃、电扇，有寿数，有胖胖的身体和各种补药。

设若他稍微能把心放松一些，他满可以胖胖的躺在床上，姨太太与儿女们把他伺候得舒舒服服的。即使就这么死去，他的财产也够教儿孙们快乐一两辈子的，他的讣闻上也会有许多名人的题字与诗文，他的棺材也会受得住几十年水土的侵蚀，而且会有六十四名杠夫抬着他游街的。

可是包善卿不愿休息。他有他的"政治生活"。他的"政治生活"不包括着什么主义、主张、政策、计划与宗旨。他只有一个决定，就是他不应当闲着。他要是闲散无事，就是别人正在活动与拿权，他不能受这个。他认为自己所不能参预的事都是有碍于他的，他应尽力地去破坏。反之，凡是足以使他活动的，他都觉得不该放过机会。象一只渔船，他用尽方法利用风势，调动他的帆，以便早些达到鱼多的所在。他不管那些风是否有害于别人,他只为自己的帆看风,不管别的。

看准了风,够上了风,便是他的"政治生活"。够上风以后,他可以用极少的劳力而获得一个中国"政治家"所应得的利益。所以他不愿休息,也不肯休息;平白无故地把看风与用风这点眼力与天才牺牲了,太对不起自己。越到老年,他越觉出自己的眼力准确,越觉出别人的幼稚;按兵不动是冤枉的事。况且他才刚交六十;他知道,只要有口气,凭他的经验与智慧,就是坐在那儿呼吸呼吸,也应当有政治的作用。

他恨那些他所不熟识的后起的要人与新事情,越老他越觉得自己的熟人们可爱,就是为朋友们打算,他也应当随手抓到机会扩张自己的势力。对于新的事情他不大懂,于是越发感到自己的老办法高明可喜。洋人也好,中国人也好,不论是谁,自要给他事作,他就应当去拥护。同样,凡不给他权势的便是敌人。他清清楚楚地承认自己的宽宏大度,也清清楚楚地承认自己的嫉妒与褊狭;这是一个政治家应有的态度。他十分自傲有这个自知之明,这也就是他的厉害的地方;"得罪我与亲近我,你随便吧!"他的胖脸上的微笑表示着这个。

刚办过了六十整寿,他的像片又登在全国的报纸上,下面注着:"新任建设委员会会长包善卿。"看看自己的像,他点了点头:"还得我来!"他想起过去那些政治生活。过去的那些经验使他压得住这个新头衔,这个新头衔既能增多他的经验,又能增高了身分,而后能产生再高的头衔。想到将来的光荣与势力,他微微感到满意于现在。有一二年他的像片没这么普遍地一致地登在各报纸上了;看到这回的,他不能不感到满意;这个六十岁的照像证明出别的政客的庸碌无能,证明了自己的势力的不可轻视与必难消灭。新人新事的确出来不少,可是包善卿是青松翠柏，越老越绿。世事原无第二个办法，包善卿的办法是唯一的，过去如此，现在如此，将来还如此！他的方法是官僚的圣经，他一点不反对"官僚"这两个字；"只有不得其门而入的才叫我官僚，"他在四十岁的时候就这么说过。

看着自己的像片，他觉得不十分象自己。不错，他的胖脸，大眼睛，短须，粗脖子，与圆木筒似的身子，都在那里，可是缺乏着一些生气。这些不足以就代表包善卿。他以几十年的经验知道自己的表情与身段是怎样的玲珑可喜，象名伶那样晓得自己哪一个姿态最能叫好；他不就是这么个短粗胖子。至少他以为也应该把两个姿态照下来，两个最重要的，已经成为习惯而仍自觉地利用着，且时时加以修正的姿态。一个是在面部：每逢他遇到新朋友，或是接见属员，他的大眼会象看见个奇怪的东西似的，极明极大极傻地瞪那么一会儿，腮上的肉往下坠；然后腮上的肉慢慢往上收缩，大眼睛里一层一层的增厚笑意，最后成为个很妩媚的微笑。微笑过后，他才开口说话，舌头稍微团着些，使语声圆柔而稍带着点娇憨，显出天真可爱。这个，哪怕是个冰人儿，也会被他马上给感动过来。

第二个是在脚部。他的脚很厚，可是很小。当他对地位高的人趋进或辞退，他会极巧妙地利用他的小脚：细逗着步儿，弯着点腿，或前或后，非常的灵动。下部的灵动很足给他一身胖肉以不少的危险，可是他会设法支持住身体，同时显出他很灵利，和他的恭敬谦卑。

找到这两点，他似乎才能找到自己。政治生活是种艺术，这两点是他的艺术的表现。他愿以这种姿态与世人相见，最好是在报纸上印出来。可是报纸上只登出个迟重肥胖的人来，似乎是美中不足。

好在，没大关系。有许多事，重大的事，是报纸所不知道的。他想到末一次的应用"脚法"：建设委员会的会长本来十之六七是给王荸老的，可是包善卿在山木那里表现了一番。王荸老所不敢答应山木的，包善卿亲手送过去："你发表我的会长，我发表你的高等顾问！"他向山木告辞时，两脚轻快地细碎地往后退着，腰儿弯着些，提出这个"互惠"条件。果然，王荸老连个委员也没弄到手，可怜的荸老！不论荸老怎样固执不通，究竟是老朋友。得设法给他找个地位！包善卿作事处处想对得住人，他不由地微笑了笑。

王荸老未免太固执！太固执！山木是个势力，不应当得罪。况且有山木作顾问，事情可以容易办得多。他闭上眼想了半天，想个比喻。想不出来。最后想起一个：姨太太要东西的时候，不是等坐在老爷的腿儿上再说吗？但这不是个好比喻。包善卿坐在山木的腿上？笑话！不过呢，有山木在这儿，这次的政治生活要比以前哪一次都稳当、舒服、省事。东洋人喜欢拿权，作事；和他们合作，必须认清了这一点；认清这一点就是给自己的事业保了险。奇怪，王荸老作了一辈子官，连这点还看不透！王荸老什么没作过？教育、盐务、税务、铁道……都作过，都作过，难道还不明白作什么也不过是把上边交下来的，再往下交。把下边呈上来的再呈上去，只须自己签个字？为什么这次非拒绝山木不可呢？奇怪！也许是另有妙计？不能吧？打听打听看；老朋友，但是细心是没过错的。

"大概王荸老总不至于想塌我的台吧？老朋友！"他问自己。他的事永远不愿告诉别人，所以常常自问自答。"不能，王荸老不能！"他想，会长就职礼已平安地举行过；报纸上也没露骨地说什么；委员们虽然有请病假的，可是看我平安无事地就了职，大概一半天内也就会销假的。山木很喜欢，那天还请大家吃了饭，虽然饭菜不大讲究，可是也就很难为了一个东洋人！过去的都很顺当；以后的有山木作主，大概不会出什么乱子的。是的，想法子安置好王莘老吧；一半因为是老朋友，一半因为省得单为这个悬心。至于会里用人，大致也有了个谱儿，几处较硬的介绍已经敷衍过去，以后再有的，能敷衍就敷衍，不能敷衍的好在可以往山木身上推。是的，这回事儿真算我的老运不错！

想法子给山木换辆汽车，这是真的，东洋人喜欢小便宜。自己的车也该换了，不，先给山木换，自己何必忙在这一时！何不一齐呢，真！我是会长，他是顾问，不必，不必和王莘老学，总是让山木一步好！

决定了这个，他这回的政治生活显然是一帆风顺，不必再思索什么了。假如还有值得想一下的，倒是明天三姨太太的生日办不办呢？办呢，她岁数还小，怕教没吃上委员会的家伙们有所借口，说些不三不四的。不办呢，又怕临时来些位客人，不大合适。"政治生活"有个讨厌的地方，就是处处得用"思想"，不是平常人所能干的。在很小的地方，正如在很大的地方，漏了一笔就能有危险。就以娶姨太太说，过政治生活没法子不娶，同时姨太太又能给人以许多麻烦。自然，他想自己在娶姨太太这件事上还算很顺利，一来是自己的福气大，二来是自己有思想，想起在哈尔滨作事时候娶的洋姨太太——后来用五百元打发了的那个——他微笑了笑。再不想要洋的，看着那么白，原来皮肤很粗。啵！他不喜欢看外国电影片，多一半是因为这个。连中国电影也算上，那些明星没有一个真正漂亮的。娶姨太太还是到苏杭一带找个中等人家的雏儿，林黛玉似的又娇又嫩。三姨太太就是这样,比女儿还小着一岁,可比女儿美得多。似乎应当给她办生日,怪可怜的。况且乘机会请山木吃顿饭也显着不是故意地请客。是的,请山木首席,一共请三四桌人,对大家不提办生日,又不至太冷淡了姨太太,这是思想!

福气使自己腾达,思想使自己压得住富贵,自己的政治生活和家庭生活是个有力的证明。太太念佛吃斋,老老实实。大儿有很好的差事,长女上着大学。二太太有三个小少爷,三太太去年冬天生了个小娃娃。理想的家庭,没闹过一桩满城风雨的笑话,好容易!最不放心的是大儿大女,在外边读书,什么坏事学不来!可是,大儿已有了差事,不久就结婚;女儿呢,只盼顺顺当当毕了业,找个合适的小人嫁出去;别闹笑话!过政治生活的原不怕闹笑话,可是自己是老一辈的人,不能不给后辈们立个好榜样,这是政治道德。作政治没法不讲道德,政治舞台是多么危险的地方,没有道德便没有胆量去冒险。自己六十岁了,还敢出肩重任,道德不充实可能有这个勇气?自己的道德修养,不用说,一定比自己所能看到的还要高着许多,一定。

他不愿再看报纸上那个像片,那不过是个短粗而无生气的胖子,而真正的自己是有思想、道德、有才具、有经验、有运气的政治家!认清了这个,他心里非常平静,像无波的秋水映着一轮明月。他想和姨太太们凑几圈牌,为是活动活动自己的心力,太平静了。

"老爷,方委员,"陈升轻轻的把张很大的名片放在小桌上。

"请,"包善卿喜欢方文玉,方文玉作上委员完全仗着他的力量。方文玉来的时间也正好,正好二男二女——两个姨太太——凑几圈儿。

方文玉进来，包善卿并没往起立，他知道方文玉不会恼他，而且会把这样的不客气认成为亲热的表示。可是他的眼睛张大，而后渐渐地一层层透出笑意，他知道这足以补足没往起立的缺欠，而不费力地牢笼住方文玉的心。搬弄着这些小小的过节，他觉得出自己的优越，有方文玉在这儿比着，他不能不承认自己的经验与资格。

"文玉！坐，坐！懒得很，这两天够我老头子……哈哈！"他必须这样告诉文玉，表示他并没在家里闲坐着，他最不喜欢忙乱，而最爱说他忙；会长要是忙，委员当然知道应当怎样勤苦点了。

"知道善老忙，现在，我——"方文玉不敢坐下，作出进退两难的样子，唯恐怕来的时间不对而讨人嫌。

"坐！来得正好！"看着方文玉的表演，他越发喜欢这个人，方文玉是有出息的。

方文玉有四十多岁，高身量，白净子脸，带着点烟气。他没别的嗜好，除了吃口大烟。在包善卿眼中，他是个有为的人，精明、有派头、有思想，可惜命不大强，总跳腾不起去。这回很卖了些力气才给他弄到了个委员，很希望他能借着这一步而走几年好运。

"文玉，你来得正好，我正想凑几圈，带着硬的呢？"包善卿团着舌尖，显出很天真淘气。

"伺候善老，输钱向来是不给的！"方文玉张开口，可是不敢高声笑，露出几个带烟釉的长牙来。及至包善卿哈哈笑了，他才接着出了声。

"本来也是，"包善卿笑完，很郑重地说，"一个委员拿五百六，没车马费，没办公费，苦事！不过，文玉你得会利用，眼睛别闲着；等山木拟定出工作大纲来，每个县城都得安人；留点神，多给介绍几个人。这些人都有县长的希望。可不能只靠着封介绍信！这或者能教你手里松动一点，不然的话，你得赔钱；五百六太损点，五百六！"他的大眼睛看着自己的小胖脚尖，不住地点头。待了一会儿："好吧，今天先记你的账好了。有底没有？"

"有！小刘刚弄来一批地道的，请我先尝尝，烟倒是不坏，可是价儿也够瞧的。"方文玉摇了摇头，用烧黄的手指夹起支"炮台"来。

"我这也有点，也不坏，跟二太太要好了；她有时候吃一口。我不准她多吃！咱们到里院去吧？"包善卿想立起来。

他还没站利落，电话铃响了。他不爱接电话。许多电玩艺儿，他喜欢安置，而不愿去使用。能利用电力是种权威，命令仆人们用电话叫菜或买别的东西，使他觉得他的命令能够传达很远，可是他不愿自己去叫与接电话。他知道自己不是破命去坐飞机的那种政治家。

"劳驾吧，"他立好，小胖脚尖往里一逗，很和蔼地对方文玉说。

方文玉的长腿似乎一下子就迈到了电机旁，拿起耳机，回头向包善卿笑着："喂，要哪里？包宅，啊，什么？呕，墨老！是我，是的！跟善老说话？啊，您也晓得善老不爱接电，嘻嘻，好，我代达！……好，都听明白了，明天见，明天见！"看了耳机一下，挂上。

"墨山？"包善卿的下巴往里收，眼睛往前努，作足探问的姿势。

"墨山，"方文玉点了点头，有些不大愿意报告的样子。"教

456

我跟善老说两件事,头一件,明天他来给三太太贺寿,预备打几圈。"

"记性是真好,真好!"包善卿喜欢人家记得小姨太太的生日。"第二件?"

"那什么,那什么,他听说,听说,未必正确,大概学生又要出来闹事!"

"闹什么?有什么可闹的?"包善卿声音很低,可是很清楚,几乎是一字一字地说。

"墨老说,他们要打倒建设委员会呢!"

"胡闹!"包善卿坐下,脚尖在地上轻轻地点动。

"那什么,善老,"方文玉就着烟头又点着了一支新的,"这倒要防备一下。委员会一切都顺利;不为别的,单为求个吉利,也不应当让他们出来,满街打着白旗,怪丧气的。好不好通知公安局,先给您这儿派一队人来,而后让他们每学校去一队,禁止出入?"

"我想想看,想想看,"包善卿的脚尖点动得更快了,舌尖慢慢地舐着厚唇,眨巴着眼。过了好大一会儿,他笑了:"还是先请教山木,你看怎样?"

"好!好!"方文玉把烟灰弹在地毯上,而后用左手捏了鼻子两下,似乎是极深沉地搜索妙策:"不过,无论怎说,还是先教公安局给您派一队人来,有个准备,总得有个准备。要便衣队,都带家伙,把住胡同的两头。"他的带烟气的脸上露出青筋,离离光光的眼睛放出一些浮光。"把住两头,遇必要时只好对不起了,拍拍一排枪。拍拍一排枪,没办法!"

"没办法!"包善卿也挂了气,可是还不象方文玉那么浮躁。"不过总是先问问山木好,他要用武力解决呢,咱们便问心无愧。他主张和平呢,咱们便无须乎先表示强硬。我已经想好,明天请山木吃饭,正好商量商量这个。"

"善老,"方文玉有点抱歉的神气,"请原谅我年轻气浮,明天万一太晚了呢?即使和山木可以明天会商,您这儿总是先来一队人好吧?"

"也好,先调一队人来,"包善卿低声地像对自己说。又待了一会儿,他像不愿意而又不得不说的,看了方文玉一眼;仿佛看准方文玉是可与谈心的人,他张开了口。"文玉,事情不这么简单。我不能马上找山木去。为什么?你看,东洋人处处细心。我一见了他,他必先问我,谁是主动人?你想啊,一群年幼无知的学生懂得什么,背后必有人鼓动。你大概要说共产党?"他看见方文玉的嘴动了下。"不是!不是!"极肯定而有点得意地他摇了摇头。"中国就没有共产党,我活了六十岁,还没有看见一个共产党。学生背后必有主动人,弄点糖儿豆儿的买动了他们,主动人好上台,代替你我,你——我——"他的声音提高了些,胖脸上红起来。"咱们得先探听明白这个人或这些人是谁,然后才不至被山木问住。你看,好比山木这么一问,谁是主动人?我答不出;好,山木满可以撅着小黑胡子说:谁要顶你,你都不晓得?这个,我受不了。怎么处置咱们的敌人,可以听山木的;咱们可得自己找出敌人是谁。是这样不是?是不是?"

方文玉的长脑袋在细脖儿上绕了好几个圈,心中"很"佩服,脸上"极"佩服,包善老。"我再活四十多也没您这个心路,善老!"

善老没答碴,眼皮一搭拉,接受对他的谀美。"是的,擒贼先擒王,把主动人拿住。学生自然就老实了。这就是方才说过的了:和平呢还是武力呢,咱们得听山木的,因为主动人的势力必定小不了。"他又想了想:"假如咱们始终不晓得他是谁，山木满可以这么说，你既不知道为首的人，那就只好拿这回事当作学潮办吧。这可就糟了，学潮，一点学潮，咱们还办不了，还得和山木要主意？这岂不把乱子拉到咱们身上来？你说的不错，拍拍一排枪，准保打回去，一点不错；可是拍拍一排枪犯不上由咱们放呀。山木要是负责的话，管他呢，拍拍一排开花炮也可以！是不是，文玉，我说的是不是？"

"是极！"方文玉用块很脏的绸子手绢擦了擦青眼圈儿。"不过，善老，就是由咱们放枪也无所不可。即使学生背后有主动人，也该惩罚他们——不好好读书，瞎闹哄什么呢！东洋朋友、中国朋友、商界，都拥护我们。除了学生，除了学生！不能不给小孩子们个厉害！我们出了多少力，费了多少心血，才有今日，临完他们喊打倒，善老？"看着善老连连点头，他那点吃烟人所应有的肝火消散了点。"这么办吧，善老，我先通知公安局派一队人来，然后咱们再分头打电打听打听谁是为首的人。"他的眼忽然一亮，"善老，好不好召集全体委员开个会呢！"

"想想看，"包善卿决定不肯被方文玉给催迷了头，在他的经验里，没有办法往往是最好的办法，而延宕足以杀死时间与风波。"先不用给公安局打电；他们应当赶上咱们来，这是他们当一笔好差事的机会，咱们不能迎着他们去。至于开会，不必：一来是委员们都没在这儿，二来委员不都是由你我荐举的，开了会倒麻烦，倒麻烦。咱们顶好是先打听为首之人；把他打听到，"包善卿两只肥手向外一推，"一股拢总全交给山木。省心，省事，不得罪人！"

方文玉刚要张嘴，电话铃又响了。

这回。没等文玉表示出来愿代接电的意思,包善卿的小胖脚紧动慢动地把自己连跑带转地挪过去,象个着了忙的鸭子。摘下耳机,他张开了大嘴喘了一气。"哪里?呕,冯秘书,近来好?啊,啊,啊!局长呢?呕,我忘了,是的,局长回家给老太太作寿去了,我的记性太坏了!那……嗯……请等一等,我想想看,再给你打电,好,谢谢,再见!"挂上耳机。他仿佛接不上气来了。一大堆棉花似的瘫在大椅子上。闭了会儿眼,他低声地说:"记性太坏了,那天给常局长送过去了寿幛,今天就会忘了,要不得!要不得!"

"冯秘书怎么说?"方文玉很关切地问。

"哼,学生已经出来了,冯子才跟我要主意!"包善卿勉强着笑了笑。"我刚才说什么来着?咱们还没教他们派人来呢,他们已经和我要主意;要是咱们先张了嘴,公安局还不搬到我这儿来办公?跟我要主意,他们是干什么的?"

"可是学生已经出来了!"方文玉也想不出办法,可是因为有嗜好,所以胆子更小一点。"您想怎样回复冯子才呢?"

"他当然会给常局长打电报要主意;我不挣那份钱,管不着那段事。"包善卿看着桌上的案头日历。

"您这儿没人保护可不行呀!"方文玉又善意地警告。

"那,我有主意,"包善卿知道学生已经出来,不能不为自己的安全设法了。"文玉,你给张七打个电话,教他马上送五十打手来,都带家伙,每人一天八毛,到委员会领钱,他们比巡警可靠!"

方文玉放了点心,马上给张七打了电话。包善卿也似乎无可顾虑了,躺在沙发上闭了眼。方文玉看着善老,不愿再思索什么,可是总惦记着冯秘书。善老真稳,怎么不给冯回电呢?

包善卿早把冯子才忘了，他早知道冯子才若是看事不妙必会偷偷地跑掉，用不着替他担忧，他心中正一一地数点家里的人，自要包家的人都平安，别的都没大关系。他忽然睁开眼，坐起来，按电铃。一边按一边叫："陈升！陈升！"

陈升轻快地跑进来。

"陈升，大小姐回来没有？"他探着脖，想看桌上的日历："今天不是礼拜天吗？"

"是礼拜，大小姐没回家，"陈升一边回答，一边倒茶。

"给学校打电，叫她回来，快！"包善卿十分着急地说。"等等再倒茶，先打电！"对于儿女，他最爱的是大小姐，最不放心的也是大小姐。她是大太太生的，又是个姑娘，所以他对于她特别地慈爱，慈爱之中还有些尊重的意思，姨太太们生的小孩自然更得宠爱，可是止于宠爱；在大姑娘身上，只有在她身上，他仿佛找到了替包家维持家庭中的纯洁与道德的负责人。她是"女儿"，非得纯美得象一朵水仙花不可。这朵水仙花供给全家人一些清香，使全家人觉得他们有个鲜花似的千金小姐，而不至于太放肆与胡闹了。大小姐要是男女混杂地也到街上去打旗瞎喊，包家的鲜花就算落在泥中了，因为一旦和男学生们接触，女孩子是无法保持住纯洁的。

"老爷，学校电话断了！"陈升似乎还不肯放手耳机，回头说完这句，又把耳机放在耳旁。

"打发小王去接！紧自攥着耳机干什么呀！"包善卿的眼瞪得极大，短胡子都立起来。陈升跑出去，门外汽车嘟嘟起来。紧跟着，他又跑回："老爷，张七带着人来了。"

"叫他进来！"包善卿的手微微颤起来，"张七"两个字似乎与祸乱与厮杀有同一的意思，祸乱来在自己的门前，他开始害了怕；虽然他明知道张七是来保护他的。

张七没敢往屋中走，立在门口外："包大人，对不起您，我才带来三十五个人；今天大家都忙，因为闹学生，各处用人；我把这三十五个放在您这儿，马上再去找，误不了事，掌灯以前，必能凑齐五十名。"

"好吧，张七，"包善卿开开屋门，看了张七一眼："他们都带着家伙哪？好！赶快去再找几名来！钱由委员会领；你的，我另有份儿赏！"

"您就别再赏啦，常花您的！那么，我走了，您没别的吩咐了？"张七要往外走。

"等等，张七，汽车接大小姐去了，等汽车回来你再走；先去看看那些人们，东口西口和门口分开了站！别都扎在一堆儿！"

张七出去检阅，包善卿回头看了看方文玉，"文玉，你看怎样！不要紧吧？"关上屋门，他背着手慢慢地来回走。

"没准儿了！"方文玉也立起来，脸上更灰暗了些。"毛病是在公安局。局长没在这儿，冯子才大概——"

"大概早跑啦！"包善卿接过去。"空城计，非乱不可，非乱不可，这玩艺，这玩艺，咱们始终不知为首的是谁，有什么办法呢？"

电话！方文玉没等请示，抓下耳机来。"谁？小王？……等等！"偏着点头："善老，车夫小王在街上借的电话。学生都出去了，大小姐大概也随着走了；街上很乱，打上了！"

"叫小王赶紧回来！"

"你赶紧回来！"方文玉凶狠地挂上耳机，心中很乱，想烧口烟吃。

"陈升！"包善卿向窗外喊："叫张七来！"

这回，张七进了屋中，很规矩地立着。

"张七，五十块钱的赏，去把大小姐给找来！你知道她的学校？"

"知道！可是，包大人，成千成万的学生，叫我上哪儿去找她呢？我一个人，再添上俩，找到小姐也没法硬拉出来呀！"

"你去就是了，见机而作！找了来，我另给你十块！"方文玉看着善老，交派张七。

"好吧，我去碰碰！"张七不大乐观地走出去。

"小王回来了，老爷，"陈升进来报告。

"那什么，陈升，把帽子给我。"包善卿楞了会儿，转向方文玉："文玉，你别走，我出去看看，一个女孩子人家，不能——"

"善老！"方文玉抓住了善老的手，手很凉。"您怎能出去呢！让我去好了。认识我的少一点，您的像片——"

二人同时把眼转到桌上的报纸上。

"文玉你也不能出去！"包善卿腿一软，坐下了。"找山木想办法行不行？这不能算件小事吧？我的女儿！他要是派两名他的亲兵，准能找回来！"

"万一他不管，可不大得劲儿！"方文玉低声地说。

"听！"包善卿直起身来。

包宅离大街不十分远，平常能听得见汽车的喇叭声。现在，象夏日大雨由远而近地那样来了一片继续不断的，混乱而低切的吵嚷，分不出是什么声音，只是那么流动的，越来越近的一片，一种可怕的怒潮，向前涌进。

方文玉的脸由灰白而惨绿，猛然张开口，咽了一口气。"善老，咱们得逃吧？"

包善卿的嘴动了动,没说出什么来,脸完全紫了。怒气与惧怕往两下处扯他的心,使他说不出话来。"学生!学生!一群毛孩子!"他心里说:"你们懂得什么!懂得什么!包善卿的政治生活非生生让你们吵散不可!包善卿有什么对不起人的地方!混账,一群混账!"

张七拉开屋门,没顾得摘帽子:"大人,他们到了!我去找大小姐,恰好和他们走碰了头!"

"西口把严没有?"包善卿好容易说出话来。

"他们不上这儿来,上教场去集合。"

"自要进来,开枪,我告诉你!"包善卿听到学生们不进胡同,强硬了些。

"听!"张七把屋门推开。

"打倒卖国贼!"千百条嗓子同时喊出。

包善卿的大眼向四下里找了找,好似"卖国贼"三个字象个风筝似的从空中落了下来。他没找到什么,可是从空中又降下一声:"打倒卖国贼!"他看了看方文玉,看了看张七,勉强地要笑笑,没笑出来。"七,""张"字没能说利落:"大小姐呢?我教你去找大小姐!"

"这一队正是大小姐学校里的,后面还有一大群男学生。"

"看见她了?"

"第一个打旗的就是大小姐!"

"打倒卖国贼!"又从空中传来一声。

在这一声里,包善卿仿佛清清楚楚地听见了自己女儿的声音。

"好,好!"他的手与嘴唇一劲儿颤。"无父无君,男盗女娼的一群东西!我会跟你算账,甭忙,大小姐!别人家的孩子我管不了,你跑不出我的手心去!爸爸是卖国贼,好!"

"善老!善老!"方文玉的烟瘾已经上来,强挣扎着劝慰:"不必生这么大的气,大小姐年轻,一时糊涂,不能算是真心反抗您,绝对不能!"

"你不知道!"包善卿颤得更厉害了。"她要是想要钱,要衣裳,要车,都可以呀,跟我明说好了;何必满街去喊呢!疯了?卖国贼,爸爸是卖国贼,好听?混账,不要脸!"

电话!没人去接。方文玉已经瘾得不爱动,包善卿气得起不来。

张七等铃响了半天,搭讪着过去摘下耳机。"……等等。大人,公安局冯秘书。"

"挂上,没办法!"包善卿躺在沙发上。

"陈升!陈升!"方文玉低声地叫。

陈升就在院里呢,赶快进来。

方文玉向里院那边指了指,然后撅起嘴唇,象叫猫似的轻轻响了几下。陈升和张七一同退出去。

# 不成问题的问题

任何人来到这里——树华农场——他必定会感觉到世界上并没有什么战争,和战争所带来的轰炸、屠杀,与死亡。专凭风景来说,这里真值得被称为乱世的桃源。前面是刚由一个小小的峡口转过来的江,江水在冬天与春天总是使人愿意跳进去的那么澄清碧绿。背后是一带小山。山上没有什么,除了一丛丛的绿竹矮树,在竹、树的空处往往露出赭色的块块儿,象是画家给点染上的。

小山的半腰里,那青青的一片,在青色当中露出一两块白墙和二三屋脊的,便是树华农场。江上的小渡口,离农场大约有半里地,小船上的渡客,即使是往相反的方向去的,也往往回转头来,望一望这美丽的地方。他们若上了那斜着的坡道,就必定向农场这里指指点点,因为树上半黄的橘柑,或已经红了的苹果,总是使人注意而想夸赞几声的。到春暖花开的时候,或遇到什么大家休假的日子,城里的士女有时候也把逛一逛树华农场作为一种高雅的举动,而这农场的美丽恐怕还多少地存在一些小文与短诗之中咧。

创办一座农场必定不是为看着玩的:那么,我们就不能专来谀赞风景而忽略更实际一些的事儿了。由实际上说，树华农场的用水是没有问题的，因为江就在它的脚底下。出品的运出也没有问题。它离重庆市不过三十多里路，江中可以走船，江边上也有小路。它的设备是相当可观的：有鸭鹅池、有兔笼、有花畦、有菜圃、有牛羊圈、有果园。鸭蛋、鲜花、青菜、水果、牛羊乳……都正是像重庆那样的都市所必需的东西。况且，它的创办正在抗战的那一年：重庆的人口，在抗战后，一天比一天多；所以需要的东西，象青菜与其他树华农场所产生的东西，自然的也一天比一天多。赚钱是没有问题的。

从渡口上的坡道往左走不远，就有一些还未完全风化的红石，石旁生着几丛细竹。到了竹丛，便到了农场的窄而明洁的石板路。离竹丛不远，相对的长着两株青松，松树上挂着两面粗粗刨平的木牌，白漆漆着"树华农场"。石板路边，靠江的这一面，都是花；使人能从花的各种颜色上，慢慢地把眼光移到碧绿的江水上面去。靠山的一面是许多直立的扇形的葡萄架，架子的后面是各种果树。走完了石板路，有一座不甚高，而相当宽的藤萝架，这便是农场的大门，横匾上刻着"树华"两个隶字。进了门，在绿草上，或碎石堆花的路上，往往能看见几片柔软而轻的鸭鹅毛，因为鸭鹅的池塘便在左手方。这里的鸭是纯白而肥硕的，真正的北平填鸭。对着鸭池是平平的一个坝子，满种着花草与菜蔬。在坝子的末端，被竹树掩覆着，是办公厅。这是相当坚固而十分雅致的一所两层的楼房，花果的香味永远充满了全楼的每一角落。牛羊圈和工人的草舍又在楼房的后边，时时有羊羔悲哀地啼唤。

这一些设备，教农场至少要用二十来名工人。可是，以它的生产能力，和出品销路的良好来说，除了一切开销，它还应当赚钱。无论是内行人还是外行人,只要看过这座农场,大概就不会想象到这是赔钱的事业。

然而,树华农场赔钱。

创办的时候,当然要往"里"垫钱。但是,鸡鸭、青菜、鲜花、牛羊乳,都是不需要很长的时间就可以在利润方面有些数目字的。按照行家的算盘上看,假若第二年还不十分顺利的话,至迟在第三年的开始就可以绝对地看赚了。

可是,树华农场的赔损是在创办后的第三年。在第三年首次股东会议的时候,场长与股东们都对着账簿发了半天的楞。

赔点钱,场长是绝不在乎的,他不过是大股东之一,而被大家推举出来作场长的。他还有许多比这座农场大的多的事业。可是,即使他对这小小的事业赔赚都不在乎,即使他一走到院中,看看那些鲜美的花草,就把赔钱的事忘得一干二净,他现在——在股东会上——究竟有点不大好过。他自信是把能手,他到处会赚钱,他是大家所崇拜的实业家。农场赔钱?这伤了他的自尊心。他赔点钱,股东他们赔点钱,都没有关系;只是,下不来台!这比什么都要紧!

股东们呢,多数的是可以与场长立在一块儿呼兄唤弟的。他们的名望、资本、能力,也许都不及场长,可是在赔个万儿八千块钱上来说,场长要是沉得住气,他们也不便多出声儿。很少数的股东的确是想投了资,赚点钱,可是他们不便先开口质问,因为他们股子少,地位也就低,假若粗着脖子红着筋地发言,也许得罪了场长和大股东们——这,恐怕比赔点钱的损失还更大呢。

事实上,假若大家肯打开窗子说亮话,他们就可以异口同声地,确凿无疑地,马上指出赔钱的原因来。原因很简单,他们错用了人。场长，虽然是场长，是不能、不肯、不会、不屑于到农场来监督指导一切的。股东们也不会十趟八趟跑来看看的——他们只愿在开会的时候来作一次远足，既可以欣赏欣赏乡郊的景色，又可以和老友们喝两盅酒，附带地还可以露一露股东的身份。除了几个小股东，多数人接到开会的通知，就仿佛在箱子里寻找迎节当令该换的衣服的时候，偶然的发现了想不起怎么随手放在那里的一卷钞票——"呕，这儿还有点玩艺儿呢！"

农场实际负责任的人是丁务源，丁主任。

丁务源，丁主任，管理这座农场已有半年。农场赔钱就在这半年。

连场长带股东们都知道，假若他们脱口而出地说实话，他们就必定在口里说出"赔钱的原因在——"的时节，手指就确切无疑地伸出，指着丁务源！丁务源就在一旁坐着呢。

但是，谁的嘴也没动，手指自然也就无从伸出。

他们，连场长带股东，谁没吃过农场的北平大填鸭，意大利种的肥母鸡，琥珀心的松花，和大得使儿童们跳起来的大鸡蛋鸭蛋？谁的瓶里没有插过农场的大枝的桂花、腊梅、红白梅花，和大朵的起楼子的芍药，牡丹与茶花？谁的盘子里没有盛过使男女客人们赞叹的山东大白菜，绿得像翡翠般的油菜与嫩豌豆？

这些东西都是谁送给他们的？丁务源！

再说，谁家落了红白事，不是人家丁主任第一个跑来帮忙？谁家出了不大痛快的事故，不是人家丁主任象自天而降的喜神一般，把大事化小，小事化无？

是的，丁主任就在这里坐着呢。可是谁肯伸出指头去戳点他呢？

什么责任问题，补救方法，股东会都没有谈论。等到丁主任预备的酒席吃残，大家只能拍拍他的肩膀，说声"美满闭会"了。

丁务源是哪里的人？没有人知道。他是一切人——中外无别——的乡亲。他的言语也正配得上他的籍贯，他会把他所到过的地方的最简单的话，例如四川的"啥子"与"要得"，上海的"唔啥"，北平的"妈啦巴子"……都美好的联结到一处，变成一种独创的"国语"；有时候也还加上一半个"孤得"，或"夜司"，增加一点异国情味。

四十来岁，中等身量，脸上有点发胖，而肉都是亮的，丁务源不是个俊秀的人，而令人喜爱。他脸上那点发亮的肌肉，已经教人一见就痛快，再加上一对光满神足，顾盼多姿的眼睛，与随时变化而无往不宜的表情，就不只讨人爱，而且令人信任他了。最足以表现他的天才而使人赞叹不已的是他的衣服。他的长袍，不管是绸的还是布的，不管是单的还是棉的，永远是半新半旧的，使人一看就感到舒服；永远是比他的身材稍微宽大一些，于是他垂着手也好，揣着手也好，掉背着手更好，老有一些从容不迫的气度。他的小褂的领子与袖口，永远是洁白如雪；这样，即使大褂上有一小块油渍，或大襟上微微有点折绉，可是他的雪白的内衣的领与袖会使人相信他是最爱清洁的人。他老穿礼服呢厚白底子的鞋，而且裤脚儿上扎着绸子带儿；快走，那白白的鞋底与颤动的腿带，会显出轻灵飘洒；慢走，又显出雍容大雅。长袍，布底鞋，绸子裤脚带儿合在一处，未免太老派了，所以他在领子下面插上了一支派克笔和一支白亮的铅笔，来调和一下。

他老在说话，而并没说什么。"是呀"，"要得么"，"好"，这些小字眼被他轻妙地插在别人的话语中间，就好象他说了许多话似的。到必要时,他把这些小字眼也收藏起来,而只转转眼珠,或轻轻一咬嘴唇,或给人家从衣服上弹去一点点灰。这些小动作表现了关切、同情、用心,比说话的效果更大得多。遇见大事,他总是斩钉截铁地下这样的结论——没有问题,绝对的!说完这一声,他便把问题放下,而闲扯些别的,使对方把忧虑与关切马上忘掉。等到对方满意地告别了,他会倒头就睡,睡三四个钟头;醒来,他把那件绝对没有问题的事忘得一干二净。直等到那个人又来了,他才想起原来曾经有过那么一回事,而又把对方热诚地送走。事情,照例又推在一边。及至那个人快恼了他的时候,他会用农场的出品使朋友仍然和他和好。天下事都绝对没有问题,因为他根本不去办。

他吃得好,穿得舒服,睡得香甜,永远不会发愁。他绝对没有任何理想,所以想发愁也无从发起。他看不出彼此敷衍有什么不对的地方。他只知道敷衍能解决一切,至少能使他无忧无虑,脸上胖而且亮。凡足以使事情敷衍过去的手段,都是绝妙的手段。当他刚一得到农场主任的职务的时候,他便被姑姑老姨舅爷,与舅爷的舅爷包围起来,他马上变成了这群人的救主。没办法,只好一一敷衍。于是一部分有经验的职员与工人马上被他"欢送"出去,而舅爷与舅爷的舅爷都成了护法的天使。占据了地上的乐园。

没被辞退的职员与园丁,本都想辞职。可是,丁主任不给他们开口的机会。他们由书面上通知他,他连看也不看。于是,大家想不辞而别。但是,赶到真要走出农场时,大家的意见已经不甚一致。新主任到职以后,什么也没过问,而在两天之中把大家的姓名记得飞熟,并且知道了他们的籍贯。

"老张!"丁主任最富情感的眼,象有两条紫外光似的射到老张的心里,"你是广元人呀?乡亲!硬是要得!"丁主任解除了老张的武装。

"老谢!"丁主任的有肉而滚热的手拍着老谢的肩膀,"呕,恩施?好地方!乡亲!要得么!"于是,老谢也缴了械。

多数的旧人们就这样受了感动,而把"不辞而别"的决定视为一时的冲动,不大合理。那几位比较坚决的,看朋友们多数鸣金收兵,也就不便再说什么,虽然心里还有点不大得劲儿。及至丁主任的胖手也拍在他们的肩头上,他们反觉得只有给他效劳,庶几乎可以赎出自己的行动幼稚、冒昧的罪过来。"丁主任是个朋友!"这句话即使不便明说,也时常在大家心中飞来飞去,象出笼的小鸟,恋恋不忍去似的。

大家对丁主任的信任心是与时俱增的。不管大事小事,只要向丁主任开口,人家丁主任是不会眨眨眼或楞一楞再答应的。他们的请托的话还没有说完,丁主任已说了五个"要得"。丁主任受人之托,事实上,是轻而易举的。比方说,他要进城——他时常进城——有人托他带几块肥皂。在托他的人想,丁主任是精明人,必能以极便宜的价钱买到极好的东西。而丁主任呢,到了城里,顺脚走进那最大的铺子,随手拿几块最贵的肥皂。拿回来,一说价钱,使朋友大吃一惊。"货物道地,"丁主任要交代清楚,"你晓得!多出钱,到大铺子去买,吃不了亏!你不要,我还留着用呢!你怎样?"怎能不要呢,朋友只好把东西接过去,连声道谢。

大家可是依旧信任他。当他们暗中思索的时候,他们要问:托人家带东西,带来了没有?带来了。那么人家没有失信。东西贵,可是好呢。进言无二价的大铺子买东西,谁不会呢,何必托他?不过,既然托他,他——堂堂的丁主任——岂是挤在小摊子上争钱讲价的人？这只能怪自己，不能怪丁主任。

慢慢地，场里的人们又有耳闻：人家丁主任给场长与股东们办事也是如此。不管办个"三天"，还是"满月"，丁主任必定闻风而至，他来到，事情就得由他办。烟，能买"炮台"就买"炮台"，能买到"三五"就是"三五"。酒，即使找不到"茅台"与"贵妃"，起码也是绵竹大麯。饭菜，呕，先不用说饭菜吧，就是糖果也必得是冠生园的，主人们没法挑眼。不错，丁主任的手法确是太大；可是，他给主人们作了脸哪。主人说不出话来，而且没法不佩服丁主任见过世面。有时候，主妇们因为丁主任太好铺张而想表示不满，可是丁主任送来的礼物，与对她们的殷勤，使她们也无从开口。她们既不出声，男人们就感到事情都办得合理，而把丁主任看成了不起的人物。这样，丁主任既在场长与股东们眼中有了身分，农场里的人们就不敢再批评什么；即使吃了他的亏，似乎也是应当的。

及至丁主任作到两个月的主任，大家不但不想辞职，而且很怕被辞了。他们宁可舍着脸去逢迎谄媚他，也不肯失掉了地位。丁主任带来的人，因为不会作活，也就根本什么也不干。原有的工人与职员虽然不敢照样公然怠工，可是也不便再象原先那样实对实地每日作八小时工。他们自动把八小时改为七小时，慢慢地又改为六时，五小时。赶到主任进城的时候，他们干脆就整天休息。休息多了，又感到闷得慌，于是麻将与牌九就应运而起；牛羊们饿得乱叫，也压不下大家的欢笑与牌声。有一回，大家正赌得高兴，猛一抬头，丁主任不知道什么时候人不知鬼不觉地站在老张的后边！大家都楞了！

"接着来，没关系！"丁主任的表情与语调顿时教大家的眼都有点发湿。"干活是干活，玩是玩！老张，那张八万打得好，要得！"

大家的精神，就象都刚胡了满贯似的，为之一振。有的人被感动得手指直颤。

大家让主任加入。主任无论如何不肯破坏原局。直等到四圈完了，他才强被大家拉住，改组。"赌场上可不分大小，赢了拿走，输了认命，别说我是主任，谁是园丁！"主任挽起雪白的袖口，微笑着说。大家没有异议。"还玩这么大的，可是加十块钱的望子，自摸双？"大家又无异议。新局开始。主任的牌打得好。不但好，而且牌品高，打起牌来，他一声不出，连"要得"也不说了。他自己胡牌，轻轻地好象抱歉似的把牌推倒。别人胡牌，他微笑着，几乎是毕恭毕敬地送过筹码去。十次，他总有八次赢钱，可是越赢越受大家敬爱；大家仿佛宁愿把钱输给主任，也不愿随便赢别人几个。把钱输给丁主任似乎是一种光荣。

不过，从实际上看，光荣却不象钱那样有用。钱既输光，就得另想生财之道。由正常的工作而获得的收入，谁都晓得，是有固定的数目。指着每月的工资去与丁主任一决胜负是作不通的。虽然没有创设什么设计委员会，大家可是都在打主意，打农场的主意。主意容易打，执行的勇气却很不易提起来。可是，感谢丁主任，他暗示给大家，农场的东西是可以自由处置的。没看见吗，农场的出品，丁主任都随便自己享受，都随便拿去送人。丁主任是如此，丁主任带来的"亲兵"也是如此，那么，别人又何必分外的客气呢？

于是，树华农场的肥鹅大鸭与油鸡忽然都罢了工，不再下蛋，这也许近乎污蔑这一群有良心的动物们，但是农场的账簿上千真万确看不见那笔蛋的收入了。外间自然还看得见树华的有名的鸭蛋——为孵小鸭用的——可是价钱高了三倍。找好鸭种的人们都交头接耳地嘀咕："树华的填鸭鸭蛋得托人情才弄得到手呢。"在这句话里，老张、老谢、老李都成了被恳托的要人。

在蛋荒之后，紧接着便是按照科学方法建造的鸡鸭房都失了科学的效用。树华农场大闹黄鼠狼，每晚上都丢失一两只大鸡或肥鸭。有时候，黄鼠狼在白天就出来为非作歹，而在他们最猖獗的时间，连牛犊和羊羔都被劫去；多么大的黄鼠狼呀！

鲜花、青菜、水果的产量并未减少，因为工友们知道完全不工作是自取灭亡。在他们赌输了，睡足了之后，他们自动地努力工作，不是为公，而是为了自己。不过，产量虽未怎么减少，农场的收入却比以前差的多了。果子、青菜，据说都闹虫病。果子呢，须要剔选一番，而后付运，以免损害了农场的美誉。不知道为什么那些落选的果子仿佛更大更美丽一些，而先被运走。没人能说出道理来，可是大家都喜欢这么作。菜蔬呢，以那最出名的大白菜说吧，等到上船的时节，三斤重的就变成了一斤或一斤多点；那外面的大肥叶子——据说是受过虫伤的——都被剥下来，洗净，另捆成一把一把的运走，当作"猪菜"卖。这种猪菜在市场上有很高的价格。

这些事，丁主任似乎知道，可没有任何表示，当夜里闹黄鼠狼子的时候，即使他正醒着，听得明明白白，他也不会失去身分地出来看看。及至次晨有人来报告，他会顺口答音地声明："我也听见了，我睡觉最警醒不过！"假若他高兴，他会继续说上许多关于黄鼬和他夜间怎样警觉的故事，当被黄鼬拉去而变成红烧的或清燉的鸡鸭，摆在他的面前,他就绝对不再提黄鼬,而只谈些烹饪上的问题与经验，一边说着，一边把最肥的一块鸭夹起来送给别人："这么肥的鸭子，非挂炉烧烤不够味；清燉不相宜，不过，汤还看得！"他极大方地尝了两口汤。工人们若献给他钱——比如卖猪菜的钱——他绝对不肯收。"咱们这里没有等级，全是朋友；可是主任到底是主任，不能吃猪菜的钱！晚上打几圈儿好啦！要得吗？"他自己亲热地回答上，"要得！"把个"得"字说得极长。几圈麻将打过后，大家的猪菜钱至少有十分之八，名正言顺地入了主任的腰包。当一五一十的收钱的时候，他还要谦逊地声明："咱们的牌都差不多，谁也说不上高明。我的把弟孙宏英，一月只打一次就够吃半年的。人家那才叫会打牌！不信，你给他个司长，他都不作，一个月打一次小牌就够了！"

秦妙斋从十五岁起就自称为宁夏第一才子。到二十多岁，看"才子"这个词儿不大时行了，乃改称为全国第一艺术家。据他自己说，他会雕刻、会作画、会弹古琴与钢琴、会作诗、小说，与戏剧：全能的艺术家。可是，谁也没有见过他雕刻，画图，弹琴，和作文章。

在平时，他自居为艺术家，别人也就顺口答音地称他为艺术家，倒也没什么。到了抗战时期，正是所谓国乱显忠臣的时候，艺术家也罢，科学家也罢，都要拿出他的真正本领来报效国家，而秦妙斋先生什么也拿不出来。这也不算什么。假若他肯虚心地去学习，说不定他也许有一点天才，能学会画两笔，或作些简单而通俗的文字，去宣传抗战，或者，干脆放弃了天才的梦，而脚踏实地地去作中小学的教师，或到机关中服务，也还不失为尽其在我。可是他不肯去学习，不肯去吃苦，而只想飘飘摇摇地作个空头艺术家。

他在抗战后，也曾加入艺术家们的抗战团体。可是不久便冷淡下来，不再去开会。因为在他想，自己既是第一艺术家，理当在各团体中取得领导的地位。可是，那些团体并没有对他表示敬意。他们好象对他和对一切好虚名的人都这么说：谁肯出力作抗战工作，谁便是好朋友；反之，谁要是借此出风头，获得一点虚名与虚荣，谁就乘早儿退出去。秦妙斋退了出来。但是，他不甘寂寞。他觉得这样的败退，并不是因为自己的浅薄虚伪，而是因为他的本领出众，不见容于那些妒忌他的人们。他想要独树一帜，自己创办一个什么团体，去过一过领导的瘾。这，又没能成功，没有人肯听他号召。在这之后，他颇费了一番思索，给自己想出两个字来：清高。当他和别人闲谈，或独自呻吟的时候，他会很得意地用这两个字去抹杀一切，而抬高自己："而今的一般自命为艺术家的，都为了什么？什么也不为，除了钱！真正懂得什么叫作清高的是谁？"他的鼻尖对准了自己的胸口，轻轻地点点头。"就连那作教授的也算不上清高，教授难道不拿薪水么？……"可是"你怎么活着呢？你的钱从什么地方来呢？"有那心直口快的这么问他。"我，我，"他有点不好意思，而不能回答："我爸爸给我！"

是的，秦妙斋的父亲是财主。不过，他不肯痛快地供给儿子钱化。这使秦妙斋时常感到痛苦。假若不是被人家问急了，他不肯轻易的提出"爸爸"来。就是偶尔地提到，他几乎要把那个最有力量的形容字——不清高——也加在他的爸爸头上去！

按照着秦老者的心意，妙斋应当娶个知晓三从四德的老婆，而后一扑纳心地在家里看守着财产。假若妙斋能这样办，哪怕就是吸两口鸦片烟呢，也能使老人家的脸上纵起不少的笑纹来。可是，有钱的老子与天才的儿子仿佛天然是对头。妙斋不听调遣。他要作诗，画画，而且——最使老人伤心的——他不愿意在家里蹲着。老人没有旁的办法，只好尽量地勒着钱。尽管妙斋的平信，快信，电报，一齐来催钱，老人还是毫不动感情地到月头才给儿子汇来"点心费"。这点钱，到妙斋手里还不够还债的呢。我们的诗人，是感受着严重的压迫。挣钱去吧，既不感觉趣味，又没有任何本领；不挣钱吧，那位不清高的爸爸又是这样的吝啬！金钱上既受着压迫，他满想在艺术界活动起来，给精神上一点安慰。而艺术界的人们对他又是那么冷淡！他非常的灰心。有时候，他颇想摹仿屈原，把天才与身体一齐投在江里去。投江是件比较难于作到的事。于是，他转而一想，打算作个青年的陶渊明。"顶好是退隐！顶好！"他自己念道着。"世人皆浊我独清！只有退隐，没别的话好讲！"

高高的个子，长长的脸，头发象粗硬的马鬃似的，长长的，乱七八糟的，披在脖子上。虽然身量很高，可好象里面没有多少骨头，走起路来，就象个大龙虾似的那么东一扭西一躬的。眼睛没有神，而且爱在最需要注意的时候闭上一会儿，仿佛是随时都在作梦。

作着梦似的秦妙斋无意中走到了树华农场。不知道是为欣赏美景，还是走累了，他对着一株小松叹了口气，而后闭了会儿眼。

也就是上午一点钟吧，天上有几缕秋云，阳光从云隙发出一些不甚明的光，云下，存着些没有完全被微风吹散的雾。江水大体上还是黄的，只有江岔子里的已经静静地显出绿色。葡萄的叶子就快落净，茶花已顶出一些红瓣儿来。秦妙斋在鸭塘的附近找了块石头，懒洋洋地坐下。看了看四下里的山、江、花、草，他感到一阵难过。忽然地很想家，又似乎要作一两句诗，仿佛还有点触目伤情……这时候，他的感情极复杂，复杂到了既象万感俱来，又象茫然不知所谓的程度。坐了许久，他忽然在复杂混乱的心情中找到可以用话语说出来的一件事来。"我应当住在这里！"他低声对自己说。这句话虽然是那么简短，可是里边带着无限的感慨。离家，得罪了父亲，功未成，名未就……只落得独自在异乡隐退，想住在这静静的地方！他呆呆地看着池里的大白鸭，那洁白的羽毛，金黄的脚掌，扁而象涂了一层蜡的嘴，都使他心中更混乱，更空洞，更难过。这些白鸭是活的东西，不错；可是他们干吗活着呢？正如同天生下我秦妙斋来，有天才，有志愿，有理想，但是都有什么用呢？想到这里，他猛然的，几乎是身不由己的，立了起来。他恨这个世界，恨这个不叫他成名的世界！连那些大白鸭都可恨！他无意中地、顺手地捋下一把树叶，揉碎，扔在地上。他发誓，要好好地，痛快淋漓地写几篇文字，把那些有名的画家、音乐家、文学家都骂得一个小钱也不值！那群不清高的东西！

他向办公楼那面走，心中好象在说："我要骂他们！就在这里，这里，写成骂他们的文章！"

丁主任刚刚梳洗完，脸上带着夜间又赢了钱的一点喜气。他要到院中吸点新鲜空气。安闲地，手揣在袖口里，象采菊东篱下的诗人似的，他慢慢往外走。

在门口，他几乎被秦妙斋撞了个满怀。秦妙斋，大龙虾似的，往旁边一闪；照常往里走。他恨这个世界，碰了人就和碰了一块石头或一株树一样，只有不快，用不着什么客气与道歉。

丁主任，老练，安详，微笑地看着这位冒失的青年龙虾。"找谁呀？"他轻轻问了声。

秦妙斋稍一楞，没有答理他。

丁主任好象自言自语地说，"大概是个画家。"

秦妙斋的耳朵仿佛是专为听这样的话的，猛地立住，向后转，几乎是喊叫地，"你说什么？"

丁主任不知道自己的话是说对了，还是说错了，可是不便收回或改口。迟顿了一下，还是笑着："我说，你大概是个画家。"

"画家？画家？"龙虾一边问，一边往前凑，作着梦的眼睛居然瞪圆了。

丁先生不晓得怎样回答才好，只啊啊了两声。

妙斋的眼角上汪起一些热泪，口中的热涎喷到丁主任的脸上："画家，我是——画家，你怎么知道？"说到这里，他仿佛已筋疲力尽，象快要晕倒的样子，摇晃着，摸索着，找到一只小凳，坐下，闭上了眼睛。

丁主任还笑着，可是笑得莫名其妙，往前凑了两步。还没走到妙斋的身边，妙斋的眼睛睁开了。"告诉你，我还不仅是画家，而且是全能的艺术家！我都会！"说着，他立起来，把右手扶在丁主任的肩上。"你是我的知己！你只要常常叫我艺术家，我就有了生命！生我者父母，知我者——你是谁？"

"我？"丁主任笑着回答。"小小园丁！"

"园丁？"

"我管着这座农场！"丁主任停住了笑。"你姓什么！"毫不客气地问。

"秦妙斋，艺术家秦妙斋。你记住，艺术家和秦妙斋老得一块儿喊出来；一分开，艺术家和我就都不存在了！"

"呕！"丁主任的笑意又回到脸上，进了大厅，眼睛往四面一扫——壁上挂着些时人的字画。这些字画都不甚高明，也不十分丑恶。在丁主任眼中，它们都怪有个意思，至少是挂在这里总比四壁皆空强一些。不过,他也有个偏心眼,他顶爱那张长方的,石印的抗战门神爷,因为色彩鲜明,"真"有个意思。他的眼光停在那片色彩上。

随着丁主任的眼,妙斋也看见了那些字画,他把眼光停在了那张抗战画上。当那些色彩分明地印在了他的心上的时候,他觉到一阵恶心,象忽然要发痧似的,浑身的毛孔都象针儿刺着,出了点冷汗。定一定神,他扯着丁先生,扑向那张使他恶心的画儿去。发颤的手指,象一根挺身作战的小枪似的,指着那堆色彩:"这叫画?这叫画?用抗战来欺骗艺术,该杀!该杀!"不由分说,他把画儿扯了下来,极快地撕碎,扔在地上,用脚狠狠地揉搓,好象把全国的抗战艺术家都踩在了泥土上似的。他痛快地吐了口气。

来不及拦阻妙斋的动作,丁主任只说了一串口气不同的"唉"!

妙斋犹有余怒,手指向四壁普遍的一扫:"这全要不得!通通要不得!"

丁主任急忙挡住了他,怕他再去撕毁。妙斋却高傲地一笑:"都扯了也没有关系,我会给你画!我给你画那碧绿的江、赭色的山、红的茶花、雪白的大鸭!世界上有那么多美丽的东西,为什么单单去画去写去唱血腥的抗战?混蛋!我要先写几篇文章,臭骂,臭骂那群污辱艺术的东西们。然后,我要组织一个真正艺术家的团体,一同主张——主张——清高派,暂且用这个名儿吧,清高派的艺术!我想你必赞同?"

"我?"丁主任不知怎样回答。

"你当然同意!我们就推你作会长!我们就在这里作画、治乐、写文章!"

"就在这里？"丁主任脸上有点不大得劲，用手摸了摸。

"就在这里！今天我就不走啦！"妙斋的嘴犄角直往外溅水星儿，"想想看，把这间大厅租给我，我爸爸有钱，你要多少我给多少。然后，我们艺术家们给你设计，把这座农场变成最美的艺术之家，艺术乐园！多么好！多么好！"

丁主任似乎得到一点灵感。口中随便用"要得""不错"敷衍着，心中可打开了算盘。在那次股东会上，虽然股东们对他没有什么决定的表示，可是他自己看得清清楚楚，大家对他多少有点不满意。他应当把事情调整一下，教大家看看，他不是没有办法的人。是呀，这里的大厅闲着没有用，楼上也还有三间空房，为什么不租出去，进点租钱呢？况且这笔租金用不着上账；即使教股东们知道了，大家还能为这点小事来质问吗？对！他决定先试一试这位艺术家。"秦先生，这座大厅咱们大家合用，楼上还有三间空房，你要就得都要，一年一万块钱，一次交清。"

妙斋闭了眼，"好啦，一言为定！我给爸爸打电报要钱。"

"什么时候搬进来？"丁主任有点后悔。交易这么容易成功，想必是要少了钱。但是，再一想，三间房，而且在乡下，一万元应当不算少。管它呢，先进一万再说别的！"什么时候搬进来？"

"现在就算搬进来了！"

"啊？"丁主任有点悔意了。"难道你不去拿行李什么的？"

"没有行李，我只有一身的艺术！"妙斋得意地哈哈地笑起来。

"租金呢？"

"那，你尽管放心：我马上打电报去！"

秦妙斋就这样的侵入了树华农场。不到两天，楼上已住满他的朋友。这些朋友，有男有女，有老有少，都时来时去，而绝对不客气。他们要床，便见床就搬了走；要桌子，就一声不响地把大厅的茶几或方桌拿了去。对于鸡鸭菜果，他们的手比丁主任还更狠，永远是理直气壮地拿起就吃。要摘花他们便整棵的连根儿拔出来。农场的工友甚至于须在夜间放哨，才能抢回一点东西来！

可是，丁主任和工友们都并不讨厌这群人。首要的因为这群人中老有女的，而这些女的又是那么大方随便，大家至少可以和他们开句小玩笑。她们仿佛给农场带来了一种新的生命。其次，讲到打牌，人家秦妙斋有艺术家的态度，输了也好，赢了也好，赌钱也好，赌花生米也好，一坐下起码二十四圈。丁主任原是不屑于玩花生米的，可是妙斋的热情感动了他，他不好意思冷淡地谢绝。

丁主任的心中老挂念着那一万元的租金。他时常调动着心思与语言，在最适当的机会暗示出催钱的意思。可是妙斋不接受暗示。虽然如此，丁主任可是不忍把妙斋和他的朋友撵了出去。一来是，他打听出来，妙斋的父亲的的确确是位财主；那么，假若财主一旦死去，妙斋岂不就是财产的继承人？"要把眼光放远一些！"丁主任常常这样警戒自己。二来是，妙斋与他的友人们，在实在没有事可干的时候，总是坐在大厅里高谈艺术。而他们的谈论艺术似乎专为骂人。他们把国内有名的画家、音乐家、文艺作家，特别是那些尽力于抗战宣传的，提名道姓地一个一个挨次咒骂。这，使丁主任闻所未闻。慢慢地，他也居然记住了一些艺术家的姓名。遇到机会，他能说上来他们的一些故事，仿佛他同艺术家们都是老朋友似的。这，使与他来往的商人或闲人感到惊异，他自己也得到一些愉快。还有，当妙斋们把别人咒腻了，他们会得意地提出一些社会上的要人来，"是的，我们要和他取得联络，来建设起我们自己的团体来！那，我可以写信给他；我要告诉明白了他，我们都是真正清高的艺术家！"……提到这些要人，他们大家口中的唾液都好象甜蜜起来，眼里发着光。"会长！"他们在谈论要人之后，必定这样叫丁主任："会长，你看怎样？"丁主任自己感到身量又高了一寸似的！他不由地怜爱了这群人，因为他们既可以去与要人取得联络，而且还把他自己视为要人之一！他不便发表什么意见，可是常常和妙斋肩并肩地在院中散步。他好象完全了解妙斋的怀才不遇，妙斋微叹，他也同情地点着头。二人成了莫逆之交！

丁主任爱钱，秦妙斋爱名，虽然所爱的不同，可是在内心上二人有极相近的地方，就是不惜用卑鄙的手段取得所爱的东西。因此，丁主任往往对妙斋发表些难以入耳的最下贱的意见，妙斋也好好地静听，并不以为可耻。

眨眨眼，到了阳历年。

除夕，大家正在打牌，宪兵从楼上抓走两位妙斋的朋友。

丁主任口里直说"没关系"，心中可是有点慌。他久走江湖，晓得什么是利，哪是害。宪兵从农场抓走了人，起码是件不体面的事，先不提更大的干系。

秦妙斋丝毫没感到什么。那两位被捕的人是谁？他只知道他们的姓名，别的一概不清楚。他向来不细问与他来往的人是干什么的。只要人家捧他，叫他艺术家，他便与人家交往。因此，他有许多来往的人，而没有真正的朋友。他们被捕去，他绝对没有想到去打听打听消息，更不用说去营救了。有人被捕去，和农场丢失两只鸭子一样无足轻重。本来嘛，神圣的抗战，死了那么多的人，流了那么多的血，他都无动于衷，何况是捕去两个人呢？当丁主任顺口搭音地盘问他的时候，他只极冷淡地说："谁知道！枪毙了也没法子呀！"

丁主任，连丁主任，也感到一点不自在了。口中不说，心里盘算着怎样把妙斋赶了出去。"好嘛，给我这儿招来宪兵，要不得！"他自己念道着。同时，他在表情上，举动上，不由地对妙斋冷淡多了。他有点看不起妙斋。他对一切不负责任，可是他心中还有"朋友"这个观念。他看妙斋是个冷血动物。

妙斋没有感觉出这点冷淡来。他只看自己，不管别人的表情如何，举动怎样。他的脑子只管计划自己的事，不管替别人思索任何一点什么。

慢慢地，丁主任打听出来：那两位被捕的人是有汉奸的嫌疑。他们的确和妙斋没有什么交情，但是他们口口声声叫他艺术家，于是他就招待他们，甚至于允许他们住在农场里。平日虽然不负责任，可是一出了乱子，丁主任觉出自己的责任与身份来。他依然不肯当面告诉妙斋："我是主任，有人来往，应当先告诉我一声。"但是，他对妙斋越来越冷淡。他想把妙斋"冰"了走。

到了一月中旬，局势又变了。有一天，忽然来了一位有势力、与场长最相好的股东。丁主任知道事情要不妙。从股东一进门，他便留了神，把自己的一言一笑都安排得象蜗牛的触角似的，去试探，警惕。一点不错，股东暗示给他，农场赔钱，还有汉奸随便出入，丁主任理当辞职。丁主任没有否认这些事实，可也没有承认。他说着笑着，态度极其自然。他始终不露辞职的口气。

股东告辞，丁主任马上找了秦妙斋去。秦妙斋是——他想——财主的大少爷，他须起码教少爷明白，他现在是替少爷背了罪名。再说，少爷自称为文学家，笔底下一定很好，心路也多，必定能替他给全体股东写封极得体的信。是的，就用全体职工的名义，写给股东们，一致挽留丁主任。不错，秦妙斋是个冷血动物；但是，"我走，他也就住不下去了！他还能不卖气力吗？"丁主任这样盘算好，每个字都裹了蜜似的，在门外呼唤："秦老弟！艺术家！"

秦妙斋的耳朵竖了起来，龙虾的腰挺直，他准备参加战争。世界上对他冷淡得太久了，他要挥出拳头打个热闹，不管是为谁，和为什么！"宁自一把火把农场烧得干干净净，我们也不能退出！"他喷了丁主任一脸唾沫星儿，倒好象农场是他一手创办起来似的。

丁主任的脸也增加了血色。他后悔前几天那样冷淡了秦妙斋，现在只好一口一个"艺术家"地来赎罪。谈过一阵，两个人亲密得很有些象双生的兄弟。最后，妙斋要立刻发动他的朋友："我们马上放哨，一直放到江边。他们假若真敢派来新主任，我就会教他怎么来，怎么滚回去！"同时，他召集了全体职工，在大厅前开会。他登在一块石头上，声色俱厉地演说了四十分钟。

妙斋在演说后，成了树华农场的灵魂。不但丁主任感激，就是职员与工友也都称赞他："人家姓秦的实在够朋友！"

大家并不是不知道，秦先生并不见得有什么高明的确切的办法。不过，闹风潮是赌气的事，而妙斋恰好会把大家感情激动起来，大家就没法不承认他的优越与热烈了。大家甚至于把他看得比丁主任还重要，因为丁主任虽然是手握实权，而且相当地有办法，可是他到底是多一半为了自己；人家秦先生呢，根本与农场无关,纯粹是路见不平,拔刀相助。这样,秦先生白住房、偷鸡蛋,与其他一切小小的罪过,都变成了理所当然的事。他,在大家的眼中,现在完全是个侠肠义胆的可爱可敬的人。

丁主任有十来天不在农场里。他在城里,从股东的太太与小姐那里下手,要挽回他的颓势。至于农场,他以为有妙斋在那里,就必会把大家团结得很坚固,一定不会有内奸,捣他的乱。他把妙斋看成了一座精神堡垒!等到他由城中回来,他并没对大家公开地说什么,而只时常和妙斋有说有笑地并肩而行。大家看着他们,心中都得到了安慰,甚至于有的人喊出:"我们胜利了!"

农场糟到了极度。那喊叫"我们胜利了"的,当然更肆无忌惮,几乎走路都要模仿螃蟹;那稍微悲观一些的,总觉得事情并不能这么容易得到胜利,于是抱着干一天算一天的态度,而拚命往手中搂东西,好象是说:"滚蛋的时候,就是多拿走一把小镰刀也是好的!"

旧历年是丁主任的一"关"。表面上,他还很镇定,可是喝了酒便爱发牢骚。"没关系!"他总是先说这一句,给自己壮起胆气来。慢慢地,血液循环的速度增加了,他身上会忽然出点汗。想起来了:张太太——张股东的二夫人——那里的年礼送少了!他楞一会儿,然后,自言自语地说:"人事,都是人事;把关系拉好,什么问题也没有!"酒力把他的脑子催得一闪一闪的,忽然想起张三,忽然想起李四,"都是人事问题!"

新年过了,并没有任何动静。丁主任的心象一块石头落了地。新年没有过好,必须补充一下;于是一直到灯节,农场中的酒气牌声始终没有断过。

灯节后的那么一天，已是早晨八点，天还没甚亮。浓厚的黑雾不但把山林都藏起去，而且把低处的东西也笼罩起来，连房屋的窗子都象挂起黑的帘幕。在这大雾之中，有些小小的雨点，有时候飘飘摇摇地象不知落在哪里好，有时候直滴下来，把雾色加上一些黑暗。农场中的花木全静静地低着头，在雾中立着一团团的黑影。农场里没有人起来，梦与雾好象打成了一片。

大雾之后容易有晴天。在十点钟左右，雾色变成红黄，一轮红血的太阳时时在雾薄的时候露出来，花木叶子上的水点都忽然变成小小的金色的珠子。农场开始有人起床。秦妙斋第一个起来，在院中绕了一个圈子。正走在大藤萝架下，他看见石板路上来了三个人。最前面的是一位女的，矮身量，穿着不知有多少衣服，象个油篓似的慢慢往前走，走得很吃力。她的后面是个中年的挑伕，挑着一大一小两只旧皮箱，和一个相当大的、风格与那位女人相似的铺盖卷，挑伕的头上冒着热汗。最后，是一位高身量的汉子，光着头，发很长，穿着一身不体面的西服，没有大衣，他的肩有些向前探着，背微微有点弯。他的手里拿着个旧洋磁的洗脸盆。

秦妙斋以为是他自己的朋友呢，他立在藤萝架旁，等着和他们打招呼。他们走近了，不相识。他还没动，要细细看看那个女的，对女的他特别感觉兴趣。那个大汉，好象走得不耐烦了，想赶到前边来，可是石板路很窄，而挑伕的担子又微微的横着，他不容易赶过来。他想踏着草地绕过来，可是脚已迈出，又收了回去，好象很怕踏损了一两根青草似的。到了藤架前，女的立定了，无聊地，含怨地，轻叹了一声。挑伕也立住。大汉先往四下一望，而后挤了过来。这时候，太阳下面的雾正薄得象一片飞烟，把他的眉眼都照得发光。他的眉眼很秀气，可是象受过多少什么无情的折磨似的,他的俊秀只是一点残余。他的脸上有几条来早了十年的皱纹。他要把脸盆递给女人,她没有接取的意思。她仅"啊"了一声,把手缩回去。大概她还要夸赞这农场几句,可是,随着那声"啊",她的喜悦也就收敛回去。阳光又暗了一些,他们的脸上也黯淡了许多。

那个女的不甚好看。可是,眼睛很奇怪,奇怪得使人没法不注意她。她的眼老象有甚么心事——象失恋,损伤了儿女或破产那类的大事——那样的定着,对着一件东西定视,好久才移开,又去定视另一件东西。眼光移开,她可是仿佛并没看到什么。当她注意一个人的时候,那个人总以为她是一见倾心,不忍转目。可是,当她移开眼光的时节,他又觉得她根本没有看见他。她使人不安、惶惑,可是也感到有趣。小圆脸,眉眼还端正,可是都平平无奇。只有在她注视你的时候,你才觉得她并不难看,而且很有点热情。及至她又去对别的人,或别的东西楞起来,你就又有点可怜她,觉得她不是受过什么重大的刺激,就是天生的有点白痴。

现在,她扭着点脸,看着秦妙斋。妙斋有点兴奋,拿出他自认为最美的姿态,倚在藤架的柱子上,也看着她。

"哪个叨?"挑伕不耐烦了:"走不走吗?"

"明霞,走!"那个男人毫无表情地说。

"干什么的?"妙斋的口气很不客气地问他,眼睛还看着明霞。

"我是这里的主任。"那个男的一边说,一边往里走。

"啊?主任?"妙斋挡住他们的去路。"我们的主任姓丁。"

"我姓尤,"那个男的随手一拨,把妙斋拨开,还往前走,"场长派来的新主任。"

秦妙斋愕住了，闭了一会儿眼，睁开眼，他象条被打败了的狗似的，从小道跑进去。他先跑到大厅。"丁，老丁！"他急切地喊。"老丁！"

丁主任披着棉袍，手里拿着条冒热气的毛巾，一边擦脸，一边从楼上走下来。

"他们派来了新主任！"

"啊？"丁主任停止了擦脸，"新主任？"

"集合！集合！教他怎么来的怎么滚回去！"妙斋回身想往外跑。

丁主任扔了毛巾，双手撩着棉袍，几步就把妙斋赶上，拉住。"等等！你上楼去，我自有办法！"

妙斋还要往外走，丁主任连推带搡，把他推上楼去。而后，把钮子扣好，稳重庄严地走出来。拉开门，正碰上尤主任。满脸堆笑地，他向尤先生拱手："欢迎！欢迎！欢迎新主任！这是——"他的手向明霞高拱。没有等尤主任回答，他亲热地说："主任太太吧？"紧跟着，他对挑伕下了命令："拿到里边来吗！"把夫妻让进来，看东西放好，他并没有问多少钱雇来的，而把大小三张钱票交给挑伕——正好比雇定的价钱多了五角。

尤主任想开门见山地问农场的详情，但是丁务源忙着喊开水，洗脸水；吩咐工友打扫屋子；丝毫不给尤主任说话的机会。把这些忙完，他又把明霞大嫂长大嫂短地叫得震心，一个劲儿和她扯东道西。尤主任几次要开口，都被明霞给截了回去；乘着丁务源出去那会儿，她责备丈夫："那些事，干吗忙着问，日子长着呢，难道你今天就办公？"

第一天一清早，尤主任就穿着工人装，和工头把农场每一个角落都检查到，把一切都记在小本儿上。回来，他催丁主任办交代。丁主任答应三天之内把一切办理清楚。明霞又帮了丁务源的忙,把三天改成六天。

一点合理的错误,使人抱恨终身。尤主任——他叫大兴——是在英国学园艺的。毕业后便在母校里作讲师。他聪明,强健,肯吃苦。作起"试验"来,他的大手就象绣花的姑娘的那么轻巧、准确、敏捷。作起用力的工作来,他又象一头牛那样强壮,耐劳。他喜欢在英国,因为他不善应酬,办事认真,准知道回到祖国必被他所痛恨的虚伪与无聊给毁了。但是,抗战的喊声震动了全世界;他回了国。他知道农业的重要,和中国农业的急应改善。他想在一座农场里,或一间实验室中,把他的血汗献给国家。

回到国内,他想结婚。结婚,在他心中,是一件必然的,合理的事。结了婚,他可以安心地工作,身体好,心里也清静。他把恋爱视成一种精力的浪费。结婚就是结婚,结婚可以省去许多麻烦,别的事都是多余,用不着去操心。于是,有人把明霞介绍给他,他便和她结了婚。这很合理,但是也是个错误。

明霞的家里有钱。尤大兴只要明霞,并没有看见钱。她不甚好看,大兴要的是一个能帮助他的妻子,美不美没有什么关系。明霞失过恋,曾经想自杀;但这是她的过去的事,与大兴毫不相干。她没有什么本领,但在大兴想,女人多数是没有本领的;结婚后,他曾以身作则地去吃苦耐劳,教育她,领导她;只要她不瞎胡闹,就一切不成问题。他娶了她。

明霞呢,在结婚之前,颇感到些欣悦。不是因为她得到了理想爱人——大兴并没请她吃过饭,或给她买过鲜花——而是因为大兴足以替她雪耻。她以前所爱的人抛弃了她,象随便把一团废纸扔在垃圾堆上似的。但是,她现在有了爱人;她又可以仰着脸走路了。

在结婚后,她的那点欣悦和婚礼时戴的头纱差不多,永远收藏起去了。她并不喜欢大兴。大兴对工作的努力,对金钱的冷淡,对三姑六姨的不客气,都使她感到苦痛。但是,当有机会夫妇一道走的时候,她还是紧紧地拉着他,象将被溺死的人紧紧抓住一把水草似的。无论如何,他是一面雪耻的旗帜,她不能再把这面旗随便扔在地上!

大兴的努力、正直、热诚,使自己到处碰壁。他所接触到的人,会慢慢很巧妙地把他所最珍视的"科学家"三个字变成一种嘲笑。他们要喝酒去,或是要办一件不正当的事,就老躲开"科学家"。等到"科学家"天天成为大家开玩笑的用语,大兴便不能不带着太太另找吃饭的地方去!明霞越来越看不起丈夫。起初,她还对他发脾气,哭闹一阵。后来,她知道哭闹是毫无作用的,因为大兴似乎没有感情;她闹她的气,他作他的事。当她自己把泪擦干了,他只看她一眼,而后问一声:"该作饭了吧?"她至少需要一个热吻,或几句热情的安慰;他至多只拍拍她的脸蛋。他决不问闹气的原因与解决的办法,而只谈他的工作。工作与学问是他的生命,这个生命不许爱情来分润一点利益。有时候,他也在她发气的时候,偷偷弹去自己的一颗泪,但是她看得出,这只是怨恨她不帮助他工作,而不是因为爱她,或同情她。只有在她病了的时候,他才真象个有爱心的丈夫,他能象作试验时那么细心来看护她。他甚至于坐在床边,拉着她的手,给她说故事。但是,他的故事永远是关于科学的。她不爱听,也就不感激他。及至医生说,她的病已不要紧了,他便马上去工作。医生是科学家,医生的话绝对不能有错误。他丝毫没想到病人在没有完全好了的时候还需要安慰与温存。

她不能了解大兴,又不能离婚,她只能时时地定睛发呆。

现在,她又随着大兴来到树华农场。她已经厌恶了这种搬行李,拿着洗脸盆的流浪生活。她作过小姐,她愿有自己的固定的,款式的家庭。她不能不随着他来。但是既来之则安之,她不愿过十天半月又走出去。她不能辨别谁好谁坏,谁是谁非,但是她决定要干涉丈夫的事,不教他再多得罪人。她这次须起码把丈夫的正直刚硬冲淡一些,使大家看在她的面上原谅了尤大兴。她开首便帮忙了丁务源,还想敷衍一切活的东西,就连院中的大鹅,她也想多去喂一喂。

尤主任第一个得罪了秦妙斋。秦妙斋没有权利住在这里,请出!秦妙斋本没有任何理由充足的话好说,但是他要反驳。说着说着,他找到了理由:"你为什么不称呼我为艺术家呢?"凭这个污辱,他不能搬走!"咱们等着瞧吧,看谁先搬出去!"

尤主任只知道守法讲理是当然的事。虽然回国以后,已经受过多少不近情理的打击,可是还没遇见这么荒唐的事。他动了气,想请警察把妙斋捉出去。这时候,明霞又帮了妙斋的忙,替他说了许多"不要太忙,他总会顺顺当当地搬出去"……。

妙斋和丁务源开了一个秘密会议。妙斋主战,丁务源主和,但是在妙斋说了许多强硬的话之后,丁务源也同意了主战。他称赞妙斋的勇敢,呼他为侠义的艺术家。妙斋感激得几乎晕了过去。

事实上,丁务源绝对不想和尤主任打交手战。在和妙斋谈过话之后,他决定使妙斋和尤大兴作战,而他自己充好人。同时,关于他自己的事,他必定先和明霞商议一下,或者请她去办交涉。他避免与尤主任作正面冲突。见着大兴,他永远摆出使人信任的笑脸,他知道出去另找事作不算难,但是找与农场里这样的舒服而收入又高的事就不大容易。他决定用"忍"字对付一切。假若妙斋与工人们把尤主任打了，他便可以利用机会复职。即使一时不能复职，他也会运动明霞和股东太太们，教他作个副主任。他这个副主任早晚会把正主任顶出去，他自信有这个把握，只要他能忍耐。把妙斋与明霞埋伏在农场，他进了城。

尤主任急切地等着丁务源办交代，交代了之后，他好通盘地计划一切。但是，丁务源进了城。他非常着急。拿人一天的钱，他就要作一天的事，他最恨敷衍与慢慢地拖。在他急得要发脾气的时候，明霞的眼又定住了。半天，她才说话："丁先生不会骗你，他一两天就回来，何必这么着急呢？"

大兴并不因妻的劝告而消了气，但是也不因生气而忘了作事。他会把怒气压在心里，而手脚还去忙碌。他首先贴出布告：大家都要六时半起床，七时上工。下午一点上工，五时下工。晚间九时半熄灯上门，门不再开。在大厅里，他贴好：办公重地，闲人免进。而后，他把写字台都搬了来，职员们都在这里办事——都在他眼皮底下办事。办公室里不准吸烟，解渴只有白开水。

命令下过后，他以身作则地，在壁钟正敲七点的时节，已穿好工人装，在办公厅门口等着大家。丁务源的"亲兵"都来得相当的早，因为他们知道自己毫无本事，而他们的靠山能否复职又无把握，所以他们得暂时低下头去。他们用按时间作事来遮掩他们的不会作事。有的工人迟到，受了秦妙斋的挑拨，他们故意和新主任捣乱。

尤主任忍耐地等着。等大家都来齐，他并没发脾气，也没说闲话。开门见山地，他分配了工作，他记不清大家的姓名，但是他的眼睛会看，谁是有经验的工人，谁是混饭吃的。对混饭吃的，他打算一律撤换，但在没有撤换之前，他也给他们活儿作——"今天,你不能白吃农场的饭,"他心里说。

"你们三位,"他指定三个工人,"去把葡萄枝子全剪了。不打枝子,下一季没法结葡萄。限两天打完。"

"怎么打?"一个工人故意为难。

"我会告诉你们!我领着你们去作!"然后,他给有经验的工人全分配了工作,"你们三位给果木们涂灰水,该剥皮的剥皮,该刻伤的刻伤,回来我细告诉你们。限三天作完。你们二位去给菜蔬上肥。你们三位去给该分根的花草分根……"然后,轮到那些混饭吃的:"你们二位挑沙子,你们俩挑水,你们二位去收拾牛羊圈……"

混饭吃的都撅了嘴。这些事,他们能作,可是多么费力气,多么肮脏呢!他们往四下里找,找不到他们的救主丁务源的胖而发光的脸。他们祷告:"快回来呀!我们已经成了苦力!"

那些有经验的工人,知道新主任所吩咐的事都是应当作的。虽然他所提出的办法,有和他们的经验不甚相同的地方,可是人家一定是内行。及至尤主任同他们一齐下手工作,他们看出来,人家不但是内行,而且极高明。凡是动手的,尤主任的大手是那么准确,敏捷。凡是要说出道理的地方,尤主任三言五语说得那么简单,有理。从本事上看,从良心上说,他们无从,也不应当,反对他。假若他们还愿学一些新本事,新知识的话,他们应该拜尤主任为师。但是,他们的良心已被丁务源给蚀尽。他们的手还记得白板的光滑,他们的口还咂摸着大麯酒的香味;他们恨恶镰刀与大剪,恨恶院中与山上的新鲜而寒冷的空气。

现在,他们可是不能不工作,因为尤主任老在他们的身旁。他由葡萄架跑到果园,由花畦跑到菜园,好象工作是最可爱的事。他不叱喝人,也不着急,但是他的话并不客气,老是一针见血地使他们在反感之中又有点佩服。他们不能偷闲,尤主任的眼与脚是同样快的:他们刚要放下活儿,他就忽然来到,问他们怠工的理由。他们答不出。要开水吗?开水早送到了。热腾腾的一大桶。要吸口烟吗?有一定的时间。他们毫无办法。

他们只好低着头工作,心中憋着一股怨气。他们白天不能偷闲,晚间还想照老法,去检几个鸡蛋什么的。可是主任把混饭的人们安排好,轮流值夜班。"一摸鸡鸭的裆儿,我就晓得正要下蛋,或是不久就快下蛋了。一天该收多少蛋,我心中大概有个数目,你们值夜,夜间丢失了蛋,你们负责!"尤主任这样交派下去。好了,连这条小路也被封锁了!

过了几天,农场里一切差不多都上了轨道。工人们到底容易感化。他们一方面恨尤主任,一方面又敬佩他。及至大家的生活有了条理,他们不由地减少了恨恶,而增加了敬佩。他们晓得他们应当这样工作,这样生活。渐渐地,他们由工作和学习上得到些愉快,一种与牌酒场中不同的,健康的愉快。

尤主任答应下,三个月后,一律可以加薪,假若大家老按着现在这样去努力。他也声明:大家能努力,他就可以多作些研究工作,这种工作是有益于民族国家的。大家听到民族国家的字样,不期然而然都受了感动。他们也愿意多学习一点技术,尤主任答应下给他们每星期开两次晚班,由他主讲园艺的问题。他也开始给大家筹备一间游艺室,使大家得到些正当的娱乐。大家的心中,象院中的花草似的,渐渐发出一点有生气的香味。

不过,向上的路是极难走的。理智上的崇高的决定,往往被一点点浮浅的低卑的感情所破坏。情感是极容易发酒疯的东西。有一天,尤大兴把秦妙斋锁在了大门外边。九点半锁门,尤主任绝不宽限。妙斋把场内的鸡鹅牛羊全吵醒了,门还是没有开。他从藤架的木柱上，象猴子似的爬了进来，碰破了腿，一瘸一点的，他摸到了大厅，也上了锁。他一直喊到半夜，才把明霞喊动了心，把他放进来。

由尤主任的解说，大家已经晓得妙斋没有住在这里的权利，而严守纪律又是合理的生活的基础。大家知道这个，可是在感情上，他们觉得妙斋是老友，而尤主任是新来的，管着他们的人。他们一想到妙斋，就想起前些日子的自由舒适，他们不由地动了气，觉得尤主任不近人情。他们一一地来慰问妙斋，妙斋便乘机煽动，把尤大兴形容得不象人。"打算自自在在地活着，非把那个猪狗不如的东西打出去不可！"他咬着牙对他们讲。"不过，我不便多讲，怕你们没有胆子！你们等着瞧吧，等我的腿好了，我独自管教他一顿，教你们看看！"

他们的怒气被激起来，大家都不约而同地留神去找尤大兴的破绽，好借口打他。

尤主任在大家的神色上，看出来情势不对，可是他的心里自知无病，绝对不怕他们。他甚至于想到，大家满可以毫无理由地打击他，驱逐他，可是他决不退缩，妥协。科学的方法与法律的生活，是建设新中国的必经的途径。假若他为这两件事而被打，好吧，他愿作了殉道者。

一天，老刘值夜。尤主任在就寝以前，去到院中查看，他看见老刘私自藏起两个鸡蛋。他不能睁着一只眼，闭着一只眼地敷衍。他过去询问。

老刘笑了："这两个是给尤太太的！"

"尤太太？"大兴仿佛不晓得明霞就是尤太太。他楞住了。及至想清楚了，他象飞也似的跑回屋中。

明霞正要就寝。平平的黄圆脸上没有任何表情，坐在床沿上,定睛看着对面的壁上——那里什么也没有。

"明霞!"大兴喘着气叫,"明霞,你偷鸡蛋?"

她极慢地把眼光从壁上收回,先看看自己拖鞋尖的绣花,而后才看丈夫。

"你偷鸡蛋?"

"啊!"她的声音很微弱,可是一种微弱的反抗。

"为什么?"大兴的脸上发烧。

"你呀,到处得罪人,我不能跟你一样!我为你才偷鸡蛋!"她的脸上微微发出点光。

"为我?"

"为你!"她的小圆脸更亮了些,象是很得意。"你对他们太严,一草一木都不许私自动。他们要打你呢!为了你,我和他们一样地去拿东西,好教他们恨你而不恨我。他们不恨我,我才能为你说好话,不是吗?自己想想看!我已经攒了三十个大鸡蛋了!"她得意地从床下拉出一个小筐来。

尤大兴立不住了。脸上忽然由红而白。摸到一个凳子,坐下,手在膝上微颤。他坐了半夜,没出一声。

第二天一清早,院里外贴上标语,都是妙斋编写的。"打倒无耻的尤大兴!""拥护丁主任复职!""驱逐偷鸡蛋的坏蛋!""打倒法西斯的走狗!""消灭不尊重艺术的魔鬼!"……

大家罢了工,要求尤大兴当众承认偷蛋的罪过,而后辞职,否则以武力对待。

大兴并没有丝毫惧意,他准备和大家谈判。明霞扯住了他。乘机会,她溜出去,把屋门倒锁上。

"你干吗?"大兴在屋里喊,"开开!"

她一声没出,跑下楼去。

丁务源由城里回来了,已把副主任弄到手。"喝!"他走到石板路上,看见剪了枝的葡萄,与涂了白灰的果树,"把葡萄剪得这么苦。连根刨出来好不好!树也擦了粉,硬是要得!"

进了大门,他看到了标语。他的脚踵上象忽然安了弹簧,一步催着一步地往院中走,轻巧,迅速;心中也跳得轻快,好受;口里将一个标语按照着二黄戏的格式哼唧着。这是他所希望的,居然实现了!"没想到能这么快!妙斋有两下子!得好好的请他喝两杯!"他口中唱着标语,心中还这么念道。

刚一进院子,他便被包围了。他的"亲兵"都喜欢得几乎要落泪。其余的人也都象看见了久别的手足,拉他的,扯他的,拍他肩膀的,乱成一团;大家的手都要摸一摸他,他的衣服好象是活菩萨的袍子似的,挨一挨便是功德。他们的口一齐张开,想把冤屈一下子都倾泻出来。他只听见一片声音,而辨不出任何字来。他的头向每一个人点一点,眼中的慈祥的光儿射在每一个人的身上,他的胖而热的手指挨一挨这个,碰一碰那个。他感激大家,又爱护大家,他的态度既极大方,又极亲热。他的脸上发着光,而眼中微微发湿。"要得!""好!""呕!""他妈拉个巴子!"他随着大家脸上的表情,变换这些字眼儿。最后,他向大家一举手,大家忽然安静了。"朋友们,我得先休息一会儿,小一会儿;然后咱们再详谈。不要着急生气,咱们都有办法,绝对不成问题!"

"请丁主任先歇歇!让开路!别再说!让丁主任休息去!"大家纷纷喊叫。有的还恋恋不舍地跟着他,有的立定看着他的背影,连连点头赞叹。

丁务源进了大厅,想先去看妙斋。可是,明霞在门旁等着他呢。

"丁先生!"她轻轻地,而是急切地,叫,"丁先生!"

"尤太太!这些日子好吗?要得!"

"丁先生!"她的小手揉着条很小的,花红柳绿的手帕。"怎么办呢?怎么办呢?"

"放心!尤太太!没事!没事!来!请坐!"他指定了一张椅子。

明霞象作错了事的小女孩似的,乖乖地坐下,小手还用力揉那条手帕。

"先别说话,等我想一想!"丁务源背着手,在屋中沉稳而有风度地走了几步。"事情相当的严重,可是咱们自有办法,"他又走了几步,摸着脸蛋,深思细想。

明霞沉不住气了,立起来,迫着他问:"他们真要打大兴吗?"

"真的!"丁副主任斩钉截铁地回答。

"那怎么办呢?怎么办呢?"明霞把手帕团成一个小团,用它擦了擦鼻洼与嘴角。

"有办法!"丁务源大大方方地坐下。"你坐下,听我告诉你,尤太太!咱们不提谁好谁歹,谁是谁非,咱们先解决这件事,是不是?"

明霞又乖乖地坐下,连声说"对!对!"

"尤太太看这么办好不好?"

"你的主意总是好的!"

"这么办:交代不必再办,从今天起请尤主任把事情还全交给我办,他不必再分心。"

"好!他一向太爱管事!"

"就是呀!教他给场长写信,就说他有点病,请我代理。"

"他没有病，又不爱说谎！"

"在外边混事，没有不扯谎的！为他自己的好处，他这回非说谎不可！"

"呕！好吧！"

"要得！请我代理两个月，再教他辞职，有头有脸地走出去，面子上好看！"

明霞立起来："他得辞职吗？"

"他非走不可！"

"那，"

"尤太太，听我说！"丁务源也立起来。"两个月，你们照常支薪，还住在这里，他可以从容地去找事。两个月之中，六十天工夫，还找不到事吗？"

"又得搬走？"明霞对自己说，泪慢慢地流下来。楞了半天，她忽然吸了一吸鼻子，用尽力量地说："好！就是这么办啦！"她跑上楼去。

开开门一看，她的腿软了，坐在了地板上。尤大兴已把行李打好，拿着洗面盆，在床沿上坐着呢。

沉默了好久，他一手把明霞搀起来，"对不起你，霞！咱们走吧！"

院中没有一个人，大家都忙着杀鸡宰鸭，欢宴丁主任，没工夫再注意别的。自己挑着行李，尤大兴低着头向外走。他不敢看那些花草树木——那会教他落泪。明霞不知穿了多少衣服，一手提着那一小筐鸡蛋，一手揉着眼泪，慢慢地在后面走。

树华农场恢复了旧态，每个人都感到满意。丁主任在空闲的时候，到院中一小块一小块地往下撕那些各种颜色的标语，好把尤大兴完全忘掉。

不久，丁主任把妙斋交给保长带走，而以一万五千元把空房租给别人，房租先付，一次付清。

到了夏天，葡萄与各种果树全比上年多结了三倍的果实，仿佛只有它们还记得尤大兴的培植与爱护似的。

果子结得越多，农场也不知怎么越赔钱。

# 断魂枪

沙子龙的镖局已改成客栈。

东方的大梦没法子不醒了。炮声压下去马来与印度野林中的虎啸。半醒的人们,揉着眼,祷告着祖先与神灵;不大会儿,失去了国土、自由与主权。门外立着不同面色的人,枪口还热着。他们的长矛毒弩,花蛇斑彩的厚盾,都有什么用呢;连祖先与祖先所信的神明全不灵了啊!龙旗的中国也不再神秘,有了火车呀,穿坟过墓破坏着风水。枣红色多穗的镖旗,绿鲨皮鞘的钢刀,响着串铃的口马[1],江湖上的智慧与黑话,义气与声名,连沙子龙,他的武艺、事业,都梦似的变成昨夜的。今天是火车、快枪,通商与恐怖。听说,有人还要杀下皇帝的头呢!

这是走镖已没有饭吃,而国术还没被革命党与教育家提倡起来的时候。

谁不晓得沙子龙是短瘦、利落、硬棒,两眼明得象霜夜的大星?可是,现在他身上放了肉。镖局改了客栈,他自己在后小院占着三间北房,大枪立在墙角,院子里有几只楼鸽。只是

---

[1] 口马,指张家口外的马匹。

在夜间，他把小院的门关好，熟习熟习他的"五虎断魂枪"。这条枪与这套枪，二十年的工夫，在西北一带，给他创出来："神枪沙子龙"五个字，没遇见过敌手。现在，这条枪与这套枪不会再替他增光显胜了；只是摸摸这凉、滑、硬而发颤的杆子，使他心中少难过一些而已。只有在夜间独自拿起枪来，才能相信自己还是"神枪沙"。在白天，他不大谈武艺与往事；他的世界已被狂风吹了走。

在他手下创练起来的少年们还时常来找他。他们大多数是没落子的，都有点武艺，可是没地方去用。有的在庙会上去卖艺：踢两趟腿，练套家伙，翻几个跟头，附带着卖点大力丸，混个三吊两吊的。有的实在闲不起了，去弄筐果子，或挑些毛豆角，赶早儿在街上论斤吆喝出去。那时候，米贱肉贱，肯卖膀子力气本来可以混个肚儿圆；他们可是不成：肚量既大，而且得吃口管事儿的①；干饽饽辣饼子②咽不下去。况且他们还时常去走会：五虎棍，开路，太狮少狮……虽然算不了什么——比起走镖来——可是到底有个机会活动活动，露露脸。是的，走会捧场是买脸的事，他们打扮的得象个样儿，至少得有条青洋绉裤子，新漂白细市布的小褂，和一双鱼鳞洒鞋——顶好是青缎子抓地虎靴子。他们是神枪沙子龙的徒弟——虽然沙子龙并不承认——得到处露脸，走会得赔上俩钱，说不定还得打场架。没钱，上沙老师那里去求。沙老师不含糊，多少不拘，不让他们空着手儿走。可是，为打架或献技去讨教一个招数，或是请给说个"对子"——什么空手夺刀，或虎头钩进枪——沙老师有时说句笑话，马虎过去："教什么？拿开水浇吧！"有时直

---

① 管事儿的，有营养，吃了不至于不久又饿的。
② 辣饼子，剩下的隔夜干粮。

接把他们赶出去。他们不大明白沙老师是怎么了,心中也有点不乐意。

可是,他们到处为沙老师吹腾,一来是愿意使人知道他们的武艺有真传授,受过高人的指教;二来是为激动沙老师:万一有人不服气而找上老师来,老师难道还不露一两手真的么?所以:沙老师一拳就砸倒了个牛!沙老师一脚把人踢到房上去,并没使多大的劲!他们谁也没见过这种事,但是说着说着,他们相信这是真的了,有年月,有地方,千真万确,敢起誓!

王三胜——沙子龙的大伙计——在土地庙拉开了场子,摆好了家伙。抹了一鼻子茶叶末色的鼻烟,他抡了几下竹节钢鞭,把场子打大一些。放下鞭,没向四围作揖,叉着腰念了两句:"脚踢天下好汉,拳打五路英雄!"向四围扫了一眼:"乡亲们,王三胜不是卖艺的;玩艺儿会几套,西北路上走过镖,会过绿林中的朋友。现在闲着没事,拉个场子陪诸位玩玩。有爱练的尽管下来,王三胜以武会友,有赏脸的,我陪着。神枪沙子龙是我的师傅;玩艺地道!诸位,有愿下来的没有?"他看着,准知道没人敢下来,他的话硬,可是那条钢鞭更硬,十八斤重。

王三胜,大个子,一脸横肉,努着对大黑眼珠,看着四围。大家不出声。他脱了小褂,紧了紧深月白色的"腰里硬",把肚子杀进去。给手心一口唾沫,抄起大刀来:

"诸位,王三胜先练趟瞧瞧。不白练,练完了,带着的扔几个;没钱,给喊个好,助助威。这儿没生意口。好,上眼[1]!"

大刀靠了身,眼珠努出多高,脸上绷紧,胸脯子鼓出,象

---

[1] 上眼,请观众注意看。

两块老桦木根子。一跺脚,刀横起,大红缨子在肩前摆动。削砍劈拨,蹲越闪转,手起风生,忽忽直响。忽然刀在右手心上旋转,身弯下去,四围鸦雀无声,只有缨铃轻叫。刀顺过来,猛的一个"跺泥",身子直挺,比众人高着一头,黑塔似的。收了势:"诸位!"一手持刀,一手叉腰,看着四围。稀稀的扔下几个铜钱,他点点头。"诸位!"他等着,等着,地上依旧是那几个亮而削薄的铜钱,外层的人偷偷散去。他咽了口气:"没人懂!"他低声的说,可是大家全听见了。

"有功夫!"西北角上一个黄胡子老头儿答了话。

"啊?"王三胜好似没听明白。

"我说:你——有——功——夫!"老头子的语气很不得人心。

放下大刀,王三胜随着大家的头往西北看。谁也没看重这个老人:小干巴个儿,披着件粗蓝布大衫,脸上窝窝瘪瘪,眼陷进去很深,嘴上几根细黄胡,肩上扛着条小黄草辫子,有筷子那么细,而绝对不象筷子那么直顺。王三胜可是看出这老家伙有功夫,脑门亮,眼睛亮——眼眶虽深,眼珠可黑得象两口小井,深深的闪着黑光。王三胜不怕:他看得出别人有功夫没有,可更相信自己的本事,他是沙子龙手下的大将。

"下来玩玩,大叔!"王三胜说得很得体。

点点头,老头儿往里走。这一走,四外全笑了。他的胳臂不大动;左脚往前迈,右脚随着拉上来,一步步的往前拉扯,身子整着①,象是患过瘫痪病。蹭到场中,把大衫扔在地上,一点没理会四围怎样笑他。

---

① 身子整着,两臂不动,身体僵硬地走路。

"神枪沙子龙的徒弟,你说?好,让你使枪吧;我呢?"老头子非常的干脆,很象久想动手。

人们全回来了,邻场耍狗熊的无论怎么敲锣也不中用了。

"三截棍进枪吧?"王三胜要看老头子一手,三截棍不是随便就拿得起来的家伙。

老头子又点点头,拾起家伙来。

王三胜努着眼,抖着枪,脸上十分难看。

老头子的黑眼珠更深更小了,象两个香火头,随着面前的枪尖儿转,王三胜忽然觉得不舒服,那俩黑眼珠似乎要把枪尖吸进去!四外已围得风雨不透,大家都觉出老头子确是有威。为躲那对眼睛,王三胜耍了个枪花。老头子的黄胡子一动:"请!"王三胜一扣枪,向前躬步,枪尖奔了老头子的喉头去,枪缨打了一个红旋。老人的身子忽然活展了,将身微偏,让过枪尖,前把一挂,后把撩王三胜的手。拍,拍,两响,王三胜的枪撒了手。场外叫了好。王三胜连脸带胸口全紫了,抄起枪来;一个花子,连枪带人滚了过来,枪尖奔了老人的中部。老头子的眼亮得发着黑光;腿轻轻一屈,下把掩裆,上把打着刚要抽回的枪杆;拍,枪又落在地上。

场外又是一片彩声。王三胜流了汗,不再去拾枪,努着眼,木在那里。老头子扔下家伙,拾起大衫,还是拉拉着腿,可是走得很快了。大衫搭在臂上,他过来拍了王三胜一下:"还得练哪,伙计!"

"别走!"王三胜擦着汗:"你不离,姓王的服了!可有一样,你敢会会沙老师?"

"就是为会他才来的!"老头子的干巴脸上皱起点来,似乎是笑呢。"走;收了吧;晚饭我请!"

507

王三胜把兵器拢在一处，寄放在变戏法二麻子那里，陪着老头子往庙外走。后面跟着不少人，他把他们骂散了。

"你老贵姓？"他问。

"姓孙哪，"老头子的话与人一样，都那么干巴。"爱练；久想会会沙子龙"

沙子龙不把你打扁了！王三胜心里说。他脚底下加了劲，可是没把孙老头落下。他看出来，老头子的腿是老走着查拳门中的连跳步；交起手来，必定很快。但是，无论他怎么快，沙子龙是没对手的。准知道孙老头要吃亏，他心中痛快了些，放慢了些脚步。

"孙大叔贵处？"

"河间的，小地方。"孙老者也和气了些："月棍年刀一辈子枪，不容易见功夫！说真的，你那两手就不坏！"

王三胜头上的汗又回来了，没言语。

到了客栈，他心中直跳，唯恐沙老师不在家，他急于报仇。他知道老师不爱管这种事，师弟们已碰过不少回钉子，可是他相信这回必定行，他是大伙计，不比那些毛孩子；再说，人家在庙会上点名叫阵，沙老师还能丢这个脸么？

"三胜，"沙子龙正在床上看着本《封神榜》，"有事吗？"

三胜的脸又紫了，嘴唇动着，说不出话来。

沙子龙坐起来，"怎么了，三胜？"

"栽了跟头！"

只打了个不甚长的哈欠，沙老师没别的表示。

王三胜心中不平，但是不敢发作；他得激动老师："姓孙的一个老头儿，门外等着老师呢；把我的枪，枪，打掉了两次！"他知道"枪"字在老师心中有多大分量。没等盼咐，他慌忙跑出去。

客人进来,沙子龙在外间屋等着呢。彼此拱手坐下,他叫三胜去泡茶。三胜希望两个老人立刻交了手,可是不能不沏茶去。孙老者没话讲,用深藏着的眼睛打量沙子龙。沙很客气:

"要是三胜得罪了你,不用理他,年纪还轻。"

孙老者有些失望,可也看出沙子龙的精明。他不知怎样好了,不能拿一个人的精明断定他的武艺。"我来领教领教枪法!"他不由地说出来。

沙子龙没接碴儿。王三胜提着茶壶走进来——急于看二人动手,他没管水开了没有,就沏在壶中。

"三胜,"沙子龙拿起个茶碗来,"去找小顺们去,天汇见,陪孙老者吃饭。"

"什么!"王三胜的眼珠几乎掉出来。看了看沙老师的脸,他敢怒而不敢言地说了声"是啦!"走出去,撅着大嘴。

"教徒弟不易!"孙老者说。

"我没收过徒弟。走吧,这个水不开!茶馆去喝,喝饿了就吃。"沙子龙从桌子上拿起缎子褡裢,一头装着鼻烟壶,一头装着点钱,挂在腰带上。

"不,我还不饿!"孙老者很坚决,两个"不"字把小辫从肩上抡到后边去。

"说会子话儿。"

"我来为领教领教枪法。"

"功夫早搁下了,"沙子龙指着身上,"已经放了肉!"

"这么办也行,"孙老者深深的看了沙老师一眼:"不比武,教给我那趟五虎断魂枪。"

"五虎断魂枪?"沙子龙笑了:"早忘干净了!早忘干净了!告诉你,在我这儿住几天,咱们各处逛逛,临走,多少送

509

点盘缠。"

"我不逛,也用不着钱,我来学艺!"孙老者立起来,"我练趟给你看看,看够得上学艺不够!"一屈腰已到了院中,把楼鸽都吓飞起去。拉开架子,他打了趟查拳:腿快,手飘洒,一个飞脚起去,小辫儿飘在空中,象从天上落下来一个风筝;快之中,每个架子都摆得稳、准、利落;来回六趟,把院子满都打到,走得圆,接得紧,身子在一处,而精神贯串到四面八方。抱拳收势,身儿缩紧,好似满院乱飞的燕子忽然归了巢。

"好!好!"沙子龙在台阶上点着头喊。

"教给我那趟枪!"孙老者抱了抱拳。

沙子龙下了台阶,也抱着拳:"孙老者,说真的吧;那条枪和那套枪都跟我入棺材,一齐入棺材!"

"不传?"

"不传!"

孙老者的胡子嘴动了半天,没说出什么来。到屋里抄起蓝布大衫,拉拉着腿:"打搅了,再会!"

"吃过饭走!"沙子龙说。

孙老者没言语。

沙子龙把客人送到小门,然后回到屋中,对着墙角立着的大枪点了点头。

他独自上了天汇,怕是王三胜们在那里等着。他们都没有去。

王三胜和小顺们都不敢再到土地庙去卖艺,大家谁也不再为沙子龙吹胜;反之,他们说沙子龙栽了跟头,不敢和个老头儿动手;那个老头子一脚能踢死个牛。不要说王三胜输给他,沙子龙也不是他的对手。不过呢,王三胜到底和老头子见了个高低，而沙子龙连句硬话也没敢说。"神枪沙子龙"慢慢似乎被人们忘了。

夜静人稀，沙子龙关好了小门，一气把六十四枪刺下来；而后，拄着枪，望着天上的群星，想起当年在野店荒林的威风。叹一口气，用手指慢慢摸着凉滑的枪身，又微微一笑，"不传！不传！"

# 上 任

尤老二去上任。

看见办公的地方，他放慢了脚步。那个地方不大，他晓得。城里的大小公所和赌局烟馆，差不多他都进去过。他记得这个地方——开开门就能看见千佛山。现在他自然没心情去想千佛山；他的责任不轻呢！他可是没透出慌张来；走南闯北的多年了，他沉得住气，走得更慢了。胖胖的，四十多岁，重眉毛，黄净子脸。灰哔叽夹袍，肥袖口；青缎双脸鞋。稳稳地走，没看千佛山；倒想着：似乎应当坐车来。不必，几个伙计都是自家人，谁还不知道谁；大可以不必讲排场。况且自己的责任不轻，干吗招摇呢。这并不完全是怕；青缎，灰哔叽袍，恰合身分；慢慢地走，也显着稳。没有穿军衣的必要。腰里可藏着把硬的。自己笑了笑。

办公处没有什么牌匾。和尤老二一样，里边有硬家伙。只是两间小屋。门开着呢，四位伙计在凳子上坐着，都低着头吸烟，没有看千佛山的。靠墙的八仙桌上有几个茶杯，地上放着把新洋铁壶，壶的四围趴着好几个香烟头儿，有一个还冒着烟。尤老二看见他们立起来，又想起车来，到底这样上任显着"秃"一点。可是，老朋友们都立得很规矩。虽然大家是笑着，可是在亲热中含着敬意。他们没因为他没坐车而看不起他。说起来呢，稽察长和稽察是作暗活的，越不惹人注意越好。他们自然晓得这个。他舒服了些。

尤老二在八仙桌前面立了会儿，向大家笑了笑，走进里屋去。里屋只有一条长桌，两把椅子，墙上钉着月份牌，月份牌的上面有一条臭虫血。办公室太空了些，尤老二想；可又想不出添置什么。赵伙计送进一杯茶来，飘着根茶叶棍儿。尤老二和赵伙计全没的说，尤老二擦了下脑门。啊，想起来了：得有个洗脸盆，他可是没告诉赵伙计去买。他得细细地想一下：办公费都在他自己手里呢，是应该公开地用，还是自己一把死拿？自己的薪水是一百二，办公费八十。卖命的事，把八十全拿着不算多。可是伙计们难道不是卖命？况且是老朋友们？多少年不是一处吃，一处喝呢？不能独吞。赵伙计走出去，老赵当头目的时候，可曾独吞过钱？尤老二的脸红起来。刘伙计在外屋瞷了他一眼。老刘，五十多了，倒当起伙计来，三年前手里还有过五十支快枪！不能独吞。可是，难道白当头目？八十块大家分？再说，他们当头目是在山上。尤老二虽然跟他们不断的打联络，可是没正式上过山。这就有个分别了。他们，说句不好听的，是黑面上的；他是官。作官有作官的规矩。他们是弃暗投明，那么，就得官事官办。八十元办公费应当他自己拿着。可是，洗脸盆是要买的；还得来两条毛巾。

除了洗脸盆该买，还似乎得作点别的。比如说，稽察长看看报纸，或是对伙计们训话。应当有份报纸，看不看的，摆着也够样儿。训话，他不是外行。他当过排长，作过税卡委员；是的，他得训话；不然，简直不象上任的样儿。况且，伙计们都是住过山的，有时候也当过兵；不给他们几句漂亮的，怎能叫他们佩服。老赵出去了。老刘直咳嗽。必定得训话,叫他们得规矩着点。尤老二咳嗽了一声,立起来,想擦把脸;还是没有洗脸盆与毛巾。他又坐下。训话,说什么呢?不是约他们帮忙的时候已经说明白了吗,对老赵老刘老王老褚不都说的是那一套么?"多年的朋友,捧我尤老二一场。我尤老二有饭吃,大家伙儿就饿不着;自己弟兄!"这说过不止一遍了,能再说么?至于大家的工作,谁还不明白——反正还不是用黑面上的人拿黑面上的人?这只能心照,不便实对实地点破。自己的饭碗要紧,脑袋也要紧。要真打算立功的话,拿几个黑道上的朋友开刀,说不定老刘们就会把盒子炮往里放。睁一眼闭一眼是必要的,不能赶尽杀绝;大家日后还得见面。这些话能明说么?怎么训话呢?看老刘那对眼睛,似乎死了也闭不上,帮忙是义气,真把山上的规矩一笔钩个净,作不到。不错,司令派尤老二是为拿反动分子。可是反动分子都是朋友呢。谁还不知道谁吃几碗干饭?难!

尤老二把灰哗叽袍脱了,出来向大家笑了笑。

"稽察长!"老刘的眼里有一万个"看不起尤老二","分派分派吧。"

尤老二点点头。他得给他们一手看。"等我开个单子。咱们的事儿得报告给李司令。昨儿个,前两天,不是我向诸位弟兄研究过?咱们是帮助李司令拿反动派。我不是说过:李司令把我叫了去,说,老二,我地面上生啊,老二你得来帮帮忙。我不好意思推辞,跟李司令也是多年的朋友。我这么一想,有办法。怎么说呢,我想起你们来。我在地面上熟哇,你们可知底呢。咱们一合作,还有什么不行的事!司令,我就说了,交给我了,司令既肯赏饭吃,尤老二还能给脸不兜着?弟兄们,有李司令就有尤老二，有尤老二就有你们。这我早已研究过了。我开个单子，谁管哪里，谁管哪里，核计好了，往上一报，然后再动手，这象官事，是不是？"尤老二笑着问大家。

老刘们都没言语。老褚挤了挤眼。可是谁也没感到僵得慌。尤老二不便再说什么，他得去开单子。拿笔刷刷的一写，他想，就得把老刘们唬背过气去。那年老褚绑王三公子的票，不是求尤老二写的通知书么？是的，他得刷刷地写一气。可是笔墨砚呢？这几个伙计简直没办法！"老赵，"尤老二想叫老赵买笔去。可是没说出来。为什么买东西单叫老赵呢？一来到钱上，叫谁去买东西都得有个分寸。这不是山上，可以马马虎虎。这是官事，谁该买东西去，谁该送信去，都应当分配好了。可是这就不容易，买东西有扣头，送信是白跑腿；谁活该白跑腿呢？"啊，没什么，老赵！"先等等买笔吧，想想再说。尤老二心里有点不自在。没想到作稽察长这么啰嗦。差事不算很甜；也说不上苦来。假若八十元办公费都归自己的话。可是不能都归自己，伙计们都住过山；手儿一紧，还真许尝个"黑枣"，是玩的吗？这玩艺儿不好办，作着官而带着土匪，算哪道官呢？不带土匪又真不行，专凭尤老二自己去拿反动分子？拿个屁！尤老二摸了摸腰里的家伙："哥儿们，硬的都带着哪？"

大家一齐点了点头。

"妈的怎么都哑巴了？"尤老二心里说。是什么意思呢？是不佩服咱尤老二呢，还是怕呢？点点头，不象自己朋友，不象；有话说呀。看老刘！一脸的官司。尤老二又笑了笑。有点不够官派，大概跟这群家伙还不能讲官派。骂他们一顿也许就骂欢喜了？不敢骂，他不是地道土匪。他知道他是脚踩两只船。他恨自己不是地道土匪，同时又觉得他到底高明，不高明能作官

515

么?点上根烟,想主意,得喂喂这群家伙。办公费可以不撒手;得花点饭钱。

"走哇,弟兄们,五福馆!"尤老二去穿灰哔叽夹袍。

老赵的倭瓜脸裂了纹,好似是熟透了。老刘五十多年制成的石头腮帮笑出两道缝。老王老褚也都复活了,仿佛是。大家的嗓子里全有了津液,找不着话说也舔舔嘴唇。

到了五福馆,大家确是自己朋友了,不客气:有的要水晶肘,有的要全家福,老刘甚至于想吃锅熸鸡,而且要双上。吃到半饱,大家觉得该研究了。老刘当然先发言,他的岁数顶大。石头腮帮上红起两块,他喝了口酒,夹了块肘子,吸了口烟。"稽察长!"他扫了大家一眼:"烟土,暗门子,咱们都能手到擒来。那反——反什么?可得小心!咱们是干什么的?伤了义气,可合不着。不是一共才这么一小堆洋钱吗?"

尤老二被酒劲催开了胆量:"不是这么说,刘大哥!李司令派咱们哥几个,就为拿反动派。反动派太多了,不赶紧下手,李司令就坐不稳;他吹了,还有咱们?"

"比如咱们下了手,"老赵的酒气随着烟喷出老远,"毙上几个,咱们有枪,难道人家就没有?还有一说呢,咱们能老吃这碗饭吗?这不是怕。"

"谁怕谁不是人养的!"老褚马上研究出来。

老赵接了过来:"不是怕,也不是不帮李司令的忙。义气,这是义气!好尤二哥的话,你虽然帮过我们,公面私面你也比我们见的广,可是你没上过山。"

"我不懂?"尤老二眼看空中,冷笑了声。

"谁说你不懂来着?"葫芦嘴的王小四冒出一句来。

"是这么着,哥儿们,"尤老二想烹他们一下:"捧我尤老二呢，交情；不捧呢，"又向空中一笑，"也没什么。"

"稽察长，"又是老刘，这小子的眼睛老瞪着："真干也行呀，可有一样，我们是伙计，你是头目；毒儿可全归到你身上去。自己朋友，歹话先说明白了。叫我们去掏人，那容易，没什么。"

尤老二胃中的海参全冰凉了。他就怕的是这个。伙计办下来的，他去报功；反动派要是请吃"黑枣"可也先请他！

但是他不能先害怕，事得走着瞧。吃"黑枣"不大舒服，可是报功得赏却有劲呢。尤老二混过这么些年了，哪宗事不是先下手的为强？要干就得玩真的！四十多了，不为自己，还不为儿子留下点什么？都象老刘们还行，顾脑袋不顾屁股，干一辈子黑活，连坟地都没有。尤老二是虚子，会研究，不能只听老刘的。他决定干。他得捧李司令。弄下几案来，说不定还会调到司令部去呢。出来也坐坐汽车什么的！尤老二不能老开着正步上任！

汤使人的胃与气一齐宽畅。三仙汤上来，大家缓和了许多。尤老二虽然还很坚决，可是话软和了些："伙计们，还得捧我尤老二呀，找没什么刺儿的弄吧——活该他倒霉，咱们多少露一手。你说，腰里带着硬的，净弄些个暗门子，算哪道呢？好啦！咱们就这么办，先找小的，不刺手的办，以后再说。办下来，咱们还是这儿，水晶肘还不坏，是不是？"

"秋天了，以后该吃红焖肘子了。"王小四不大说话，一说可就说到根上。

尤老二决定留王小四陪着他办公，其余的人全出去踩访。不必开单子了，等他们踩访回来再作报告。是的，他得去买笔墨砚和洗脸盆。他自己去买，省得有偏有向。应当来个文书，可是忘了和李司令说。暂时先自己写吧，等办下案来再要求添文书;不要太心急,尤老二有根。二爹的儿子,听说,会写字,提拔他一下吧。将来添文书必用二爹的儿子,好啦,头一天上任,总算不含糊。

只顾在路上和王小四瞎扯,笔墨砚到底还是没有买。办公室简直不象办公室。可是也好:刷刷地写一气,只是心里这么想;字这种玩艺刷刷的来的时候,说真的,并不多;要写哪个,哪个偏偏不在家。没笔墨砚也好。办什么呢,可是? 应当来份报纸,哪怕是看看广告的图呢。不能老和王小四瞎扯,虽然是老朋友,到底现在是官长与伙计,总得有个分寸。门口已经站过了,茶已喝足,月份牌已翻过了两遍。再没有事可干。盘算盘算家事,还有希望。薪水一百二,办公费八十——即使不能全数落下——每月一百五可靠。慢慢地得买所小房。妈的商二狗,跟张宗昌走了一趟,干落十万! 没那个事了,没了。反动派还不就是他们么? 哪能都象商二狗,资资本本地看着? 谁不是钱到手就迷了头? 就拿自己说吧,在税卡子上不是也弄了两三万吗? 都哪儿去了? 吃喝玩乐的惯了,再天天啃窝窝头? 受不了,谁也受不了! 是的,他们——凭良心说,连尤老二自己——都盼着张督办回来,当然的。妈的,丁三立一个人就存着两箱军用票呢! 张要是回来,打开箱子,老丁马上是财主! 拿反动派,说不下去,都是老朋友。可是月薪一百二,办公费八十,没法儿。得拿! 妈的脑袋掉了碗大的疤,谁能顾得了许多! 各自奔前程,谁叫张大帅一时回不来呢。拿,毙几个! 尤老二没上过山,多少跟他们不是一伙。

四点多了,老刘们都没回来。这三个家伙是真踩窝子去了,还是玩去了? 得定个办公时间,四点半都得回来报告。假如他们干脆不回来,象什么公事? 没他们是不行,有他们是个累赘,真他妈的。到五点可不能再等；八点上班，五点关门；伙计们可以随时出去，半夜里拿人是常有的事；长官可不能老伺候着。得告诉他们，不大好开口。有什么不好开口，尤老二你不是头目么？马上告诉王小四。王小四哼了一声。什么意思呢？

"五点了，"尤老二看了千佛山一眼，太阳光儿在山头上放着金丝，金光下的秋草还有点绿色。"老王你照应着，明儿八点见。"

王小四的葫芦嘴闭了个严。

第二天早晨，尤老二故意的晚去了半点钟，拿着点劲儿。万一他到了，而伙计们没来，岂不是又得为难？

伙计们却都到了，还是都低着头坐在板凳上吸烟呢。尤老二想揪过一个来揍一顿，一群死鬼！他进了门，他们照旧又都立起来，立起来的很慢，仿佛都害着脚气。尤老二反倒笑了；破口骂才合适，可是究竟不好意思。他得宽宏大量，谁叫轮到自己当头目人呢，他得拿出虚子劲儿，嘻嘻哈哈，满不在乎。

"嗨，老刘，有活儿吗？"多么自然，和气，够味儿；尤老二心中夸赞着自己的话。

"活儿有，"老刘瞪着眼，还是一脸的官司："没办。"

"怎么不办呢？"尤老二笑着。

"不用办，待会了他们自己来。"

"呕！"尤老二打算再笑，没笑出来。"你们呢？"他问老赵和老褚。

两人一齐摇了摇头。

"今天还出去吗？"老刘问。

"啊，等等，"尤老二进了里屋，"我想想看。"回头看了一眼，他们又都坐下了，眼看着烟头，一声不发，一群死鬼。

坐下，尤老二心里打开了鼓——他们自己来？不能细问老刘，硬输给他们，不能叫伙计小看了。什么意思呢，他们自己来？不能和老刘研究，等着就是了。还打发老刘们出去不呢？这得马上决定："嗨，老褚！你走你的，睁着点眼，听见没有？"他等着大家笑，大家一笑便是欣赏他的胆量与幽默；大家没笑。"老刘，你等等再走。他们不是找我来吗？咱俩得陪陪他们。都是老朋友。"他没往下分派，老王老赵还是不走好，人多好凑胆子。可是他们要出去呢，也不便拦阻；干这行儿还能不耍玄虚么？等他们问上来再讲。老王老赵都没出声，还算好。"他们来几个？"话到嘴边上又咽了回去。反正尤老二这儿有三个伙计呢，全有硬家伙。他们要是来一群呢，那只好闭眼，走到哪儿说哪儿！

还没报纸！哪象办公的样！况且长官得等着反动派，太难了。给司令部个电话，派一队来，来一个拿一个，全毙！不行，别太急了，看看再讲。九点半了，"嗨，老刘，什么时候来呀？"

"也快，稽察长！"老刘这小子有点故意的看哈哈笑。

"报！叫卖报的！"尤老二非看报不可了。

买了份大早报，尤老二找本地新闻，出着声儿念。非当当的念，念不上句来。他妈的女招待的姓别扭，不认识。别扭！当当，软一下，女招待的姓！

"稽察长！他们来了。"老刘特别地规矩。

尤老二不慌，放下姓别扭的女招待，轻轻的："进来！"摸了摸腰中的家伙。

进来了一串。为首的是大个儿杨；紧跟着花眉毛，也是傻大个儿；猴四被俩大个子夹在中间，特别显着小；马六，曹大嘴，白张飞，都跟进来。

"尤老二！"大家一齐叫了声。

尤老二得承认他认识这一群，站起来笑着。

大家都说话，话便挤到了一处。嚷嚷了半天，全忘记了自己说的是什么。

"杨大个儿，你一个人说；嗨，听大个儿说！"大家的意见渐归一致，彼此劝告："听大个儿的！"

杨大个儿——或是大个儿杨，全是一样的——拧了拧眉毛，弯下点腰，手按在桌上，嘴几乎顶住尤老二的鼻子："尤老二，我们给你来贺喜！"

"听着！"白张飞给猴四背上一拳。

"贺喜可是贺喜，你得请请我们。按说我们得请你，可是哥儿们这几天都短这个，"食指和拇指成了圈形。"所以呀，你得请我们。"

"好哥儿们的话啦，"尤老二接了过去。

"尤老二，"大个儿杨又接回去。"倒用不着你下帖，请吃馆子，用不着。我们要这个，"食指和拇指成了圈形。"你请我们坐车就结了。"

"请坐车？"尤老二问。

"请坐车！"大个儿有心事似的点点头。"你看，尤老二，你既然管了地面，我们弟兄还能作活儿吗？都是朋友。你来，我们滚。你来，我们渡；咱们不能抓破了脸。你作你的官，我们上我们的山。路费，你的事。好说好散，日后咱们还见面呢。"大个儿杨回头问大家："是这么说不是？"

"对，就是这几句；听尤老二的了！"猴四把话先抢到。

尤老二没想到过这个。事情容易，没想到能这么容易。可是，谁也没想到能这么难。现在这群是六个，都请坐车；再来六十

521

个,六百个呢,也都请坐车?再说,李司令是叫抓他们;若是都送车费,好话说着,一位一位地送走,算什么办法呢?钱从哪儿来呢?这大概不能向李司令要吧?就凭自己的一百二薪水,八十块办公费,送大家走?可是说回来,这群家伙确是讲面子,一声难听的没有:"你来,我们滚。"多么干脆,多么自己。事情又真容易,假如有人肯出钱的话。他笑着,让大家喝水,心中拿不定主意。他不敢得罪他们,他们会说好的,也有真厉害的。他们说滚,必定滚;可是,不给钱可滚不了。他的八十块办公费要连根烂。他还得装作愿意拿的样子,他们不吃硬的。

"得多少?朋友们!"他满不在乎似的问。

"一人十拉块钱吧。"大个儿杨代表大家回答。

"就是个车钱,到山上就好办了。"猴四补充上。

"今天后响就走,朋友,说到哪儿办到哪儿!"曹大嘴说。

尤老二不能脆快,一人十块就是六十呀!八十办公费,去了四分之三!

"尤老二,"白张飞有点不耐烦,"干脆拍出六十块来,咱们再见。有我们没你,有你没我们,这不痛快?你拿钱,我们滚。你不——不用说了,咱们心照。好汉不必费话,三言两语。尤二哥,咱老张手背向下,和你讨个车钱!"

"好了,我们哥儿们全手背朝下了,日后再补付,哥儿们不是一天半天的交情!"杨大个儿领头,大家随着;虽然词句不大一样,意思可是相同。

尤老二不能再说别的了,从"腰里硬"里掏出皮夹来,点了六张十块的:"哥儿们!"他没笑出来。

杨大个儿们一齐叫了声"哥儿们"。猴四把票子卷巴卷巴塞在腰里:"再见了,哥儿们!"大家走出来,和老刘们点了头:

"多喒山上见哪？"老刘们都笑了笑，送出门外。

尤老二心里难过得发空。早知道，调兵把六个家伙全扣住！可是，也许这么善办更好；日后还要见面呀。六十块可出去了呢；假如再来这么几档儿，连一百二的薪水赔上也不够！作哪道稽察长呢？稽察长叫反动派给炸了酱，哑巴吃黄连，有苦说不出！老刘是好意呢，还是玩坏？得问问他！不拿土匪，而把土匪叫来，什么官事呢？还不能跟老刘太紧了，他也会上山。不用他还不行呢；得罪了谁也不成，这年头。假若自己一上任就带几个生手，哼，还许登时就吃了"黑枣儿"；六十块钱买条命，前后一核算，也还值得。尤老二没办法，过去的不用再提，就怕明天又来一群要路费的！不能对老刘们说这个，自己得笑，得让他们看清楚：尤老二对朋友不含糊，六十就六十，一百就一百，不含糊；可是六十就六十，一百就一百，自己吃什么呢，稽察长喝西北风，那才有根！

尤老二又拿起报纸来，没劲！什么都没劲，六十块这么窝窝囊囊地出去，真没劲。看重了命，就得看不起自己；命好象不是自己的，得用钱买，他妈的！总得佩服猴四们，真敢来和稽察长要路费！就不怕登时被捉吗？竟自不怕，邪！丢人的是尤老二，不用说拿他们呀，连句硬张话都没敢说，好泄气！以后再说，再不能这么软！为当稽察长把自己弄软了，那才合不着。稽察长就得拿人，没第二句话！女招待的姓真别扭。老褚回来了。

老褚反正得进来报告，稽察长还能赶上去问么？老褚和老赵聊上天了；等着，看他进来不；土匪们，没有道理可讲。

老褚进来了："尤——稽察长！报告！城北窝着一群朋——啊，什么来着？动——动子！去看看？"

"在哪儿？"尤老二不能再怕；六十块已被敲出去，以后命就是命了，太爷哪儿也敢去。

"湖边上，"老褚知道地方。

"带家伙，老褚，走！"尤老二不含糊。堵窝儿掏！不用打算再叫稽察长出路费。

"就咱俩去？"老褚真会激人哪。

"告诉我地方，自己去也行，什么话呢！"尤老二拚了，大玩命，他们也不晓得稽察长多钱一斤。好吗，净开路费，一案办不下来，怎么对李司令呢？一百二的薪水！

老褚没言语，灌了碗茶，预备着走的样儿。尤老二带理不理地走出来，老褚后面跟着。尤老二觉得顺了点气，也硬起点胆子来。说真的，到底俩人比一个挡事的多，遇到事多少可以研究研究。

湖边上有个鼻子眼大小的胡同，里边会有个小店。尤老二的地面多熟，竟自会不知道这家小店。看着就象贼窝！忘了多带伙计！尤老二，他叫着自己，白闯练了这么多年，还是气浮哇！怎么不多带人呢？为什么和伙计们斗气呢？

可是，既来之则安之，走哇。也得给伙计们一手瞧瞧，咱尤老二没住过山哪，也不含糊！咱要是掏出那么一个半个的来，再说话可就灵验多了。看运气吧；也许是玩完，谁知道呢。"老褚，你堵门是我堵门？"

"这不是他们？"老褚往门里一指，"用不着堵，谁也不想跑。"

又是活局子！对，他们讲义气，他妈的。尤老二往门里打了一眼，几个家伙全在小过道里坐着呢。花蝴蝶，鼻子六儿，宋占魁，小得胜，还有俩不认识的；完了，又是熟人！

"进来，尤老二，我们连给你贺喜都不敢去，来吧，看看我们这群。过来见见，张狗子，徐元宝。尤老二。老朋友，自己弟兄。"大家东一句西一句，扯的非常亲热。

"坐下吧，尤老二，"小得胜——爸爸老得胜刚在河南正了法——特别的客气。

尤老二恨自己，怎么找不到话说呢？倒是老褚漂亮："弟兄们，稽察长亲自来了，有话就说吧。"

稽察长笑着点了点头。

"那么，咱们就说干脆的，"鼻子六儿扯了过来："宋大哥，带尤二哥看看吧！"

"尤二哥，这边！"宋占魁用大拇指往肩后一挑，进了间小屋。

尤老二跟过去，准没危险，他看出来。要玩命都玩不成；别扭不别扭？小屋里漆黑，地上潮得出味儿，靠墙有个小床，铺着点草。宋占魁把床拉出来，蹲在屋角，把湿渌渌的砖起了两三块，掏出几杆小家伙来，全扔在了床上。

"就是这一堆！"宋占魁笑了笑，在襟上擦擦手："风太紧，带着这个，我们连火车也上不去！弟兄们就算困在这儿了。老褚来，我们才知道你上去了。我们可就有了办法。这一堆交给你，你给点车钱，叫老褚送我们上火车。行也得行，不行也得行，弟兄们求到你这儿了！"

尤老二要吐！潮气直钻脑子。他捂上了鼻子。"交给我算怎么回事呢？"他退到屋门那溜儿。"我不能给你们看着家伙！"

"可我们带不了走呢，太紧！"宋占魁非常的恳切。

"我拿去也可以，可是得报官；拿不着人，报点家伙也是好的！也得给我想想啊，是不是？"尤老二自己听着自己的话都生气，太软了，尤老二！

"尤老二,你随便吧!"

尤老二本希望说僵了哇。

"随便吧,尤老二你知道,干我们这行的但分有法,能扔家伙不能?你怎办怎好。我们只求马上跑出去。没有你,我们走不了;叫老褚送我们上车。"

土匪对稽察长下了命令,自己弟兄!尤老二没的可说,没主意,没劲。主意有哇,用不上!身分是有哇,用不上!他显露了原形,直抓头皮。拿了家伙敢报官吗?况且,敢不拿着吗?嘿,送了车费,临完得给他们看家伙,哪道公事呢?尤老二只有一条路:不拿那些家伙,也不送车钱,随他们去。可是,敢吗?下手拿他们,更不用想。湖岸上随时可以扔下一个半个的死尸;尤老二不愿意来个水葬。

"尤老二,"宋大哥非常的诚恳:"狗养的不知道你为难;我们可也真没法。家伙你收着,给我们俩钱。后话不说,心照!"

"要多少?"尤老二笑得真伤心。

"六六三十六,多要一块是杂种!三十六块大洋!"

"家伙我可不管。"

"随便,反正我们带不了走。空身走,捉住不过是半年;带着硬的,不吃'黑枣'也差不多!实话!怕不怕,咱们自己哥儿们用不着吹腾;该小心也得小心。好了,二哥,三十六块,后会有期!"宋大哥伸了手。

三十六块过了手。稽察长没办法。"老褚,这些家伙怎办?""拿回去再说吧。"老褚很有根。

"老褚,"他们叫,"送我们上车!"

"尤二哥,"他们很客气,"谢谢啦!"

尤二哥只落了个"谢谢"。把家伙全拢起来,没法拿。只好和老褚分着插在腰间。多威武,一腰的家伙。想开枪都不行,人家完全信任尤二哥,就那么交出枪来,人家想不到尤二哥也许会翻脸不认人。尤老二连想拿他们也不想了,他们有根,得佩服他们!八十块办公费以外,又赔出十六块去!尤老二没办法。一百二的薪水也保不住,大概!

尤老二的午饭吃得不香,倒喝了两盅窝心酒。什么也不用说了,自己没本事!对不起李司令,尤老二不是不顾脸的人。看吧,再有这么一档子,只好辞职,他心里研究着。多么难堪,辞职!这年头哪里去找一百二的事?再找李司令,万难。拿不了匪,倒叫匪给拿了,多么大的笑话!人家上了山以后,管保还笑着俺尤老二。尤老二整个是个笑话!越想越懊心。

只好先办烟土吧。烟土算反动不算呢?算,也没劲哪!反正不能辞职,先办办烟土也好。尤老二决定了政策。不再提反动。过些日子再说。老刘们办烟土是有把握的。

一个星期里,办下几件烟土来。李司令可是嘱咐办反动派!他不能催伙计们,办公费而外已经贴出十六块了。

是个星期一吧,伙计们都出去踩烟土,(烟土!)进了个傻大黑粗的家伙,大摇大摆的。

"尤老二!"黑脸上笑着。

"谁?钱五!你好大胆子!"

"有尤二哥在这儿,我怕谁!"钱五坐下了;"给根烟吃吃。"

"干吗来了?"尤老二摸了摸腰里——又是路费!

"来?一来贺喜,二来道谢!他们全到了山上,很念你的好处!真的!"

"呕?他们并没笑话我!"尤老二心里说。

"二哥!"钱五掏出一卷票子来:"不说什么了,不能叫你赔钱。弟兄们全到了山上,永远念你的好处。"

"这——"尤老二必须客气一下。

"别说什么,二哥,收下吧!宋大哥的家伙呢?"

"我是管看家伙的?"尤老二没敢说出来。"老褚手里呢。"

"好啦,二哥,我和老褚去要。"

"你从山上来?"尤老二觉得该闲扯了。

"从山上来,来劝你别往下干了。"钱五很诚恳。

"叫我辞职?"

"就是!你算是我们的人也好,不算也好。论事说,有你没我们,有我们没你,论人说,你待弟兄们好,我们也待你好。你不用再干了。话说到这儿为止。我在山上有三百多人,可是我亲自来了,朋友吗!我叫你不干,你顶好就不干。明白人不用多费话,我走了,二哥。告诉老褚我在湖边小店里等他。"

"再告诉我一句,"尤老二立起来:"我不干了,朋友们怎想?"

"没人笑话你!怕笑,二哥?好了,再见!"

稽察长换了人,过了两三天吧。尤老二,胖胖的,常在街上蹓着,有时候也看千佛山一眼。

# 牺 牲

　　言语是奇怪的东西。拿差别说，几乎每一个人都有些特殊的词汇。只有某人才用某几个字，用法完全是他自己的；除非你明白这整个的人，你决不能了解这几个字。

　　我认识毛先生还是三年前的事。我们俩初次见面的光景，我还记得很清楚，因为我不懂他的话，所以十分注意地听他自己解释，因而附带地记住了当时的情形。我不懂他的话，可不是因为他不会说国语。他的国语就是经国语推行委员会考试也得公公道道的给八十分。我听得很清楚。但是不明白，假如他用他自己的话写一篇小说，极精美的印出来，我一定是不明白，除非每句都有他自己的注解。

　　那正是个晴美的秋天，树叶刚有些黄的；蝴蝶们还和不少的秋花游戏着。这是那种特别的天气：在屋里吧，作不下工去，外边好象有点什么向你招手；出来吧，也并没什么一定可作的事：使人觉得工作可惜，不工作也可惜。我就正这么进退两难，看看窗外的天光，我想飞到那蓝色的空中去；继而一想，飞到那里又干什么呢？立起来，又坐下，好多次了，正象外边的小蝴蝶那样飞起去又落下来。秋光把人与蝶都支使得不知怎样好了。

最后，我决定出去看个朋友，仿佛看朋友到底象回事，而可以原谅自己似的。来到街上，我还没有决定去哪个朋友。天气给了我个建议。这样晴爽的天，当然是到空旷地方去，我便想到光惠大学去找老梅，因为大学既在城外，又有很大的校园。

　　从楼下我就知道老梅是在屋里呢：他屋子的窗户都开着，窗台上还晒着两条雪白的手巾。我喊了他一声，他登时探出头来，头发在阳光下闪出个白圈儿似的。他招呼我上去，我便连蹦带跳地上了楼。不仅是他的屋子，楼上各处的门与窗都开着呢，一块块的阳光印在地板上，使人觉得非常的痛快。老梅在门口迎接我。他趿拉着鞋片，穿着短衣，看着很自在；我想他大概是没有功课。

　　"好天气？！"我们俩不约而同的问出来，同时也都带出赞美的意思。

　　屋里敢情还另有一位人呢，我不认识。

　　老梅的手在我与那位的中间一拉线，我们立刻郑重地带出笑容，而后彼此点头，牙都露出点来，预备问"贵姓"。可是老梅都替我们说了："——君；毛博士。"我们又彼此嗞了嗞牙。我坐在老梅的床上；毛博士背着窗，斜向屋门立着；老梅反倒坐在把椅子；不是他们俩很熟，就是老梅不大敬重这位博士，我想。

　　一边和老梅闲扯，我一边端详这位博士。这个人有点特别。他"全份武装"地穿着洋服，该怎样的就全怎样，例如手绢是在胸袋里掖着，领带上别着个针，表链在背心的下部横着，皮鞋尖擦得很亮等等。可是衣裳至少也象穿过三年的，鞋底厚得不很自然，显然是曾经换过掌儿。他不是"穿"洋服呢，倒好象是为谁许下了愿，发誓洋装三年似的；手绢必放在这儿，领带的针必别在那儿,都是一种责任,一种宗教上的条律。他不使人觉到穿西服的洋味儿,而令人联想到孝子扶杖披麻的那股勉强劲儿。

他的脸斜对着屋门,原来门旁的墙上有一面不小的镜子,他是照镜子玩呢。他的脸是两头翘,中间洼,象个元宝筐儿,鼻子好象是睡摇篮呢。眼睛因地势的关系——在元宝翅的溜坡上——也显着很深,象两个小圆槽,槽底上有点黑水;下巴往起翘着,因而下齿特别的向外,仿佛老和上齿顶得你出不来我进不去的。

他的身量不高,身上不算胖,也说不上瘦,恰好支得起那身责任洋服,可又不怎么带劲。脖子上安着那个元宝脑袋,脑袋上很负责地长着一大堆黑头发,过度负责地梳得光滑。

他照着镜子,照得有来有去的,似乎很能欣赏他自己的美好。可是我看他特别。他是背着阳光,所以脸的中部有点黑暗,因为那块十分的低洼。一看这点洼而暗的地方,我就赶紧向窗外看看,生怕是忽然阴了天。这位博士把那么晴好的天气都带累得使人怀疑它了。这个人别扭。

他似乎没心听我们俩说什么,同时他又舍不得走开;非常地无聊,因为无聊所以特别注意他自己。他让我想到:这个人的穿洋服与生活着都是一种责任。

我不记得我们是正说什么呢,他忽然转过脸来,低洼的眼睛闭上了一小会儿,仿佛向心里找点什么。及至眼又睁开,他的嘴刚要笑就又改变了计划,改为微声叹了口气,大概是表示他并没在心中找到什么。他的心里也许完全是空的。

"怎样,博士?"老梅的口气带出来他确是对博士有点不敬重。

博士似乎没感觉到这个。利用叹气的方便，他吹了一口："噗！"仿佛天气很热似的。"牺牲太大了！"他说，把身子放在把椅子上，脚伸出很远去。

"哈佛的博士，受这个洋罪，哎？"老梅一定是拿博士开心呢。

"真哪！"博士的语声差不多是颤着："真哪！一个人不该受这个罪！没有女朋友，没有电影看，"他停了会儿，好象再也想不起他还需要什么——使我当时很纳闷，于是总而言之来了一句："什么也没有！"幸而他的眼是那样洼，不然一定早已落下泪来；他千真万确地是很难过。

"要是在美国？"老梅又帮了一句腔。

"真哪！哪怕是在上海呢：电影是好的，女朋友是多的，"他又止住了。

除了女人和电影，大概他心里没什么了。我想。我试了他一句："毛博士，北方的大戏好啊，倒可以看看。"

他楞了半天才回答出来："听外国朋友说，中国戏野蛮！"

我们都没了话。我有点坐不住了。待了半天，我建议去洗澡；城里新开了一家澡堂，据说设备得很不错。我本是约老梅去，但不能不招呼毛博士一声，他既是在这儿，况且又那么寂寞。

博士摇了摇头："危险哪！"

我又胡涂了；一向在外边洗澡，还没淹死我一回呢。

"女人按摩！澡盆里多么脏！"他似乎很害怕。

明白了：他心中除了美国，只有上海。

"此地与上海不同，"我给他解释了这么些。

"可是中国还有哪里比上海更文明？"他这回居然笑了，笑得很不顺眼——嘴差点碰到脑门，鼻子完全陷进去。

"可是上海又比不了美国？"老梅是有点故意开玩笑。

"真哪！"博士又郑重起来："美国家家有澡盆，美国的旅馆间间房子有澡盆！要洗，哗———一放水：凉的热的，随意对；要换一盆，哗——把陈水放了，从新换一盆，哗——"他一气说完，每个"哗"字都带着些吐沫星，好象他的嘴就是美国的自来水龙头。最后他找补了一小句："中国人脏得很！"

老梅乘博士"哗哗"的工夫，已把袍子、鞋、穿好。

博士先走出去，说了一声，"再见哪"。说得非常地难听，好象心里满蓄着眼泪似的。他是舍不得我们，他真寂寞；可是他又不能上"中国"澡堂去，无论是多么干净！

等到我们下了楼，走到院中，我看见博士在一个楼窗里面望着我们呢。阳光斜射在他的头上，鼻子的影儿给脸上印了一小块黑；他的上身前后地微动，那个小黑块也忽长忽短地动。我们快走到校门了，我回了回头，他还在那儿立着；独自和阳光反抗呢，仿佛是。

在路上，和在澡堂里，老梅有几次要提说毛博士，我都没接碴儿。他对博士有点不敬，我不愿意被他的意见给我对那个人的印象染上什么颜色，虽然毛博士给我的印象并不甚好。我还不大明白他，我只觉得他象个半生不熟的什么东西——他既不是上海的小流氓，也不是在美国长大的：不完全象中国人，也不完全象外国人。他好象是没有根儿。我的观察不见得正确，可是不希望老梅来帮忙；我愿自己看清楚了他。在一方面，我觉得他别扭；在另一方面，我觉得他很有趣——不是值得交往，是"龙生九种，种种各别"的那种有趣。

不久，我就得到了个机会。老梅托我给代课。老梅是这么个人：谁也不知道他怎样布置的，每学期中他总得请上至少两三个礼拜的假。这一回是,据他说,因为他的大侄子被疯狗咬了,非回家几天不可。

老梅把钥匙交给了我,我虽不在他那儿睡,可是在那里休息和预备功课。

过了两天,我觉出来,我并不能在那儿休息和预备功课。只要我一到那儿,毛博士就象毛儿似的飞了来。这个人寂寞。有时候他的眼角还带着点泪,仿佛是正在屋里哭,听见我到了,赶紧跑过来,连泪也没顾得擦。因此,我老给他个笑脸,虽然他不叫我安安顿顿地休息会儿。

虽然是菊花时节了,可是北方的秋晴还不至于使健康的人长吁短叹地悲秋。毛博士可还是那么忧郁。我一看见他,就得望望天色。他仿佛会自己制造一种苦雨凄风的境界,能把屋里的阳光给赶了出去。

几天的工夫,我稍微明白些他的言语了。他有这个好处:他能满不理会别人怎么向他发楞。谁爱发楞谁发楞,他说他的。他不管言语本是要彼此传达心意的;跟他谈话,我得设想着:我是个留声机,他也是个留声机;说就是了,不用管谁明白谁不明白。怪不得老梅拿博士开玩笑呢,谁能和个留声机推心置腹的交朋友呢?

不管他怎样吧,我总想治治他的寂苦;年青青的不该这样。

我自然不敢再提洗澡与听戏。出去走走总该行了。

"怎能一个人走呢?真!"博士又叹了口气。

"一个人怎就不能走呢?"我问。

"你总得享受享受吧?"他反攻了。

"啊!"我敢起誓,我没这么胡涂过。

"一个人去走!"他的眼睛,虽然那么洼,冒出些火来。

"我陪着你,那么?"

"你又不是女人,"他叹了口长气。

我这才明白过来。

过了半天,他又找补了一句:"中国人太脏,街上也没法走。"

此路不通,我又转了弯。"找朋友吃小馆去,打网球去;或是独自看点小说,练练字……"我把销磨光阴的办法提出一大堆;有他那套责任洋服在面前,我不敢提那些更有意义的事儿。

他的回答倒还一致,一句话抄百宗:没有女人,什么也不能干。

"那么,找女人去好啦!"我看准阵式,总攻击了。"那不是什么难事。"

"可是牺牲又太大了!"他又放了胡涂炮。

"嗯?"也好,我倒有机会练习眨巴眼了;他算把我引入了迷魂阵。

"你得给她买东西吧?你得请她看电影,吃饭吧?"他好象是审我呢。

我心里说:"我管你呢!"

"当然得买,当然得请。这是美国规矩,必定要这样。可是中国人穷啊;我,哈佛的博士,才一个月拿二百块洋钱——我得要求加薪!——哪里省得出这一笔费用?"他显然是说开了头,我很注意地听。"要是花了这么一笔钱,就顺当地订婚、结婚,也倒好喽,虽然订婚要花许多钱,还能不买俩金戒指?金价这么贵!结婚要花许多钱,蜜月必须到别处玩去,美国的规矩。家中也得安置一下:钢丝床是必要的,洋澡盆是必要的,沙发是必要的,钢琴是必要的,地毯是必要的。哎,中国地毯还好,连美国人也喜爱它!这得用几多钱?这还是顺当的话,假如你花了许多钱买东西,请看电影,她不要你呢?钱不是空花了?美国常有这种事呀,可是美国人富哇。拿哈佛说,男女的交际,单讲吃冰激凌的钱,中国人也花不起!你看——"

我等了半天,他也没有往下说,大概是把话头忘了;也许是被"中国"气迷糊了。

我对这个人没办法。他只好苦闷他的吧。

在老梅回来以前,我天天听到些美国的规矩,与中国的野蛮。还就是上海好一些,不幸上海还有许多中国人,这就把上海的地位低降了一大些。对于上海,他有点害怕:野鸡、强盗、杀人放火的事,什么危险都有,都是因为有中国人——而不是因为有租界。他眼中的中国人,完全和美国电影中的一样。"你必须用美国的精神作事,必须用美国人的眼光看事呀!"他谈到高兴的时候——还算好,他能因为谈讲美国而偶尔地笑一笑——老这样嘱咐我。什么是美国精神呢?他不能简单地告诉我。他得慢慢地讲述事实,例如家中必须有澡盆,出门必坐汽车,到处有电影园,男人都有女朋友,冬天屋里的温度在七十以上,女人们好看,客厅必有地毯……我把这些事都串在一处,还是不大明白美国精神。

老梅回来了,我觉得有点失望:我很希望能一气明白了毛博士,可是老梅一回来,我不能天天见他了。这也不能怨老梅。本来吗,咬他的侄子的狗并不是疯的,他还能不回来吗?

把功课教到哪里交待明白了,我约老梅去吃饭。就手儿请上毛博士。我要看看到底他是不能享受"中国"式的交际呢,还是他舍不得钱。

他不去。可是善意地辞谢:"我们年青的人应当省点钱,何必出去吃饭呢,我们将来必须有个小家庭,象美国那样的。

钢丝床、澡盆、电炉，"说到这儿，他似乎看出一个理想的小乐园：一对儿现代的亚当夏娃在电灯下低语。"沙发，两人读着《结婚的爱》，那是真正的快乐，真哪！现在得省着点……"

我没等他说完，扯着他就走。对于不肯花钱，是他有他的计划与目的，假如他的话是可信的；好了，我看看他享受一顿可口的饭不享受。

到了饭馆，我才明白了，他真不能享受！他不点菜，他不懂中国菜。"美国也有很多中国饭铺，真哪。可是，中国菜到底是不卫生的。上海好，吃西餐是方便的。约上女朋友吃吃西餐，倒那个！"

我真有心告诉他，把他的姓改为"毛尔"或"毛利司"，岂不很那个？可是没好意思。我和老梅要了菜。

菜来了，毛博士吃得确不带劲。他的洼脸上好象要滴下水来，时时的向着桌上发楞。老梅又开玩笑了：

"要是有两三个女朋友，博士？"

博士忽然地醒过来："一男一女；人多了是不行的。真哪。在自己的小家庭里，两个人炖一只鸡吃吃，真惬意！"

"也永远不请客？"老梅是能板着脸装傻的。

"美国人不象中国人这样乱交朋友，中国人太好交朋友了，太不懂爱惜时间，不行的！"毛博士指着脸子教训老梅。

我和老梅都没挂气；这位博士确是真诚，他真不喜欢中国人的一切——除了地毯。他生在中国，最大的牺牲，可是没法儿改善。他只能厌恶中国人，而想用全力组织个美国式的小家庭，给生命与中国增点光。自然，我不能相信美国精神就象是他所形容的那样，但是他所看见的那些，他都虔诚地信奉，澡盆和沙发是他的神。我也想到，设若他在美国就象他在中国这样，大概他也是没看见什么。可是他的确看见了美国的电影园，的确看见了中国人不干净，那就没法办了。

因此，我更对他注意了。我决不会治好他的苦闷，也不想分这份神了。我要看清楚他到底是怎回事。

虽然不给老梅代课了，可还不断找他去，因此也常常看到毛博士。有时候老梅不在，我便到毛博士屋里坐坐。

博士的屋里没有多少东西。一张小床，旁边放着一大一小两个铁箱。一张小桌，铺着雪白的桌布，摆着点文具，都是美国货。两把椅子，一张为坐人，一张永远坐着架打字机。另有一张摇椅，放着个为卖给洋人的团龙绣枕。他没事儿便在这张椅上摇，大概是想把光阴摇得无可奈何了，也许能快一点使他达到那个目的。窗台上放着几本洋书。墙上有一面哈佛的班旗，几张在美国照的像片。屋里最带中国味的东西便是毛博士自己，虽然他也许不愿这么承认。

到他屋里去过不是一次了，始终没看见他摆过一盆鲜花，或是贴上一张风景画或照片。有时候他在校园里偷折一朵小花，那只为插在他的洋服上。这个人的理想完全是在创造一个人为的，美国式的，暖洁的小家庭。我可以想到，设若这个理想的小家庭有朝一日实现了，他必定放着窗帘，就是外面的天色变成紫的，或是太阳从西边出来，他也没那么大工夫去看一眼。大概除了他自己与他那点美国精神，宇宙一切并不存在。

在事实上也证明了这个。我们的谈话限于金钱、洋服、女人、结婚、美国电影。有时候我提到政治，社会的情形，文艺，和其他的我偶尔想起或哄动一时的事，他都不接碴儿。不过，设若这些事与美国有关系，他还肯敷衍几句，可是他另有个说法。比如谈到美国政治，他便告诉我一件事实：美国某议员结婚的时候，新夫妇怎样的坐着汽车到某礼拜堂，有多少巡警去维持秩序，因为教堂外观者如山如海！对别的事也是如此，他心目中的政治、美术、和无论什么，都是结婚与中产阶级文化的光华方面的附属物。至于中国，中国还有政治、艺术、社会问题等等？他最恨中国电影；中国电影不好，当然其他的一切也不好。对中国电影最不满意的地方便是男女不搂紧了热吻。

几年的哈佛生活，使他得到那点美国精神，这我明白。我不明白的是：难道他不是生在中国？他的家庭不是中国的？他没在中国——在上美国以前——至少活了二十来岁？为什么这样不明白不关心中国呢？

我试探多少次了，他的家中情形如何，求学与作事的经验……哼！他的嘴比石头子儿还结实！这就奇怪了，他永远赶着别人来闲扯，可是他又不肯说自己的事！

和他交往快一年了，我似乎看出点来：这位博士并不象我所想的那么简单。即使他是简单，他的简单必是另一种。他必是有一种什么宗教性的戒律，使他简单而又深密。

他既不放松了嘴，我只好从新估定他的外表了。每逢我问到他个人的事，我留神看他的脸。他不回答我的问题，可是他的脸并没完全闲着。他一定不是个坏人，他的脸出卖了他自己。他的深密没能完全胜过他的简单，可是他必须要深密。或者这就是毛博士之所以为毛博士了；要不然，还有什么活头呢。人必须有点什么抓得住自己的东西。有的人把这点东西永远放在嘴边上，有的人把它永远埋在心里头。办法不同，立意是一个样的。毛博士想把自己拴在自己的心上。他的美国精神与理想的小家庭是挂在嘴边上的，可是在这后面，必是在这"后面"才有真的他。

他的脸,在我试问他的时候,好象特别的洼了。从那最洼的地方发出一点黑晦,慢慢地布满了全脸,象片雾影。他的眼,本来就低深不易看到,此时便更往深处去了,仿佛要完全藏起去。他那些彼此永远挤着的牙轻轻咬那么几下,耳根有点动,似乎是把心中的事严严地关住,唯恐走了一点风。然后,他的眼忽然发出些光,脸上那层黑影渐渐地卷起,都卷入头发里去。"真哪!"他不定说什么呢,与我所问的没有万分之一的关系。他胜利了,过了半天还用眼角撩我几下。

只设想他一生下来便是美国博士,虽然是简截的办法,但是太不成话。问是问不出来,只好等着吧。反正他不能老在那张椅上摇着玩,而一点别的不干。

光阴会把人事筛出来。果然,我等到一件事。

快到暑假了,我找老梅去。见着老梅,我当然希望也见到那位苦闷的象征。可是博士并没露面。

我向外边一歪头"那位呢?"

"一个多星期没露面了,"老梅说。

"怎么了?"

"据别人说,他要辞职,我也知道的不多,"老梅笑了笑,"你晓得,他不和别人谈私事。"

"别人都怎说来?"我确是很热心的打听。

"他们说,他和学校订了三年的合同。"

"你是几年?"

"我们都没合同,学校只给我们一年的聘书。"

"怎么单单他有呢?"

"美国精神,不订合同他不干。"

整象毛博士!

老梅接着说："他们说，他的合同是中英文各一份，虽然学校是中国人办的。博士大概对中国文字不十分信任。他们说，合同订得是三年之内两方面谁也不能辞谁，不得要求加薪，也不准减薪。双方签字，美国精神。可是，干了一年——这不是快到暑假了吗——他要求加薪，不然，他暑假后就不来了。"

"呕，"我的脑子转了个圈。"合同呢？"

"立合同的时候是美国精神，不守合同的时候便是中国精神了。"老梅的嘴往往失于刻薄。

可是他这句话暗示出不少有意思的意思来。老梅也许是顺口地这么一说，可是正说到我的心坎上。"学校呢？"我问。

"据他们说，学校拒绝了他的请求；当然，有合同嘛。"

"他呢？"

"谁知道！他自己的事不对别人讲。就是跟学校有什么交涉，他也永远是写信，他有打字机。"

"学校不给他增薪，他能不干了吗？"

"没告诉你吗，没人知道！"老梅似乎有点看不起我。"他不干，是他自己失了信用；可是我准知道，学校也不会拿着合同跟他打官司，谁有工夫闹闲气。"

"你也不知道他要求增薪的理由？呕，我是胡涂虫！"我自动地撤销这一句，可是又从另一方面提出一句来："似乎应当有人去劝劝他！"

"你去吧；没我！"老梅又笑了。"请他吃饭，不吃；喝酒，不喝；问他什么，不说；他要说的，别人听着没味儿；这么个人，谁有法儿象个朋友似的去劝告呢？"

"你可也不能说，这位先生不是很有趣的？"

"那要凭怎么看了。病理学家看疯人都很有趣。"

老梅的语气不对,我听着。想了想,我问他:"老梅,博士得罪了你吧?我知道你一向对他不敬,可是——"

他笑了。"耳朵还不离,有你的!近来真有点讨厌他了。一天到晚,女人女人女人,谁那么爱听!"

"这还不是真正的原因,"我又给了他一句。我深知道老梅的为人:他不轻易佩服谁;可是谁要是真得罪了他,他也不轻易的对别人讲论。原先他对博士不敬,并无多少含意,所以倒肯随便的谈论;此刻,博士必是真得罪了他,他所以不愿说了。不过,经我这么一问,他也没了办法。

"告诉你吧,"他很勉强地一笑:"有一天,博士问我,梅先生,你也是教授?我就说了,学校这么请的我,我也没法。可是,他说,你并不是美国的博士?我说,我不是;美国博士值几个子儿一枚?我问他。他没说什么,可是脸完全绿了。这还不要紧,从那天起,他好象死记上了我。他甚至写信质问校长:梅先生没有博士学位,怎么和有博士学位的——而且是美国的——挣一样多的薪水呢?我不晓得他从哪里探问出我的薪金数目。"

"校长也不好,不应当让你看那封信。"

"校长才不那么胡涂;博士把那封信也给了我一封,没签名。他大概是不屑与我为伍。"老梅笑得更不自然了。青年都是自傲的。

"哼,这还许就是他要求加薪的理由呢!"我这么猜。

"不知道。咱们说点别的?"

辞别了老梅,我打算在暑假放学之前至少见博士一面,也许能够打听出点什么来。凑巧,我在街上遇见了他。他走得很急。眉毛拧着,脸洼得象个羹匙。不象是走道呢,他似乎是想把一肚子怨气赶出去。

"哪儿去,博士?"我叫住了他。

"上邮局去,"他说,掏出手绢——不是胸袋掖着的那块——擦了擦汗。

"快暑假了,到哪里去休息?"

"真哪!听说青岛很好玩,象外国。也许去玩玩。不过——"

我准知道他要说什么,所以没等"不过"的下回分解说出来,便又问:"暑假后还回来吗?"

"不一定。"或者因为我问得太急,所以他稍微说走了嘴:不一定自然含有不回来的意思。他马上觉到这个,改了口:"不一定到青岛去。"假装没听见我所问的。"一定到上海去的。痛快地看几次电影;在北方作事,牺牲太大了,没好电影看!上学校来玩啊,省得寂寞!"话还没说利落,他走开了,一迈步就露出要跑的趋势。

我不晓得他那个"省得寂寞"是指着谁说的。至于他的去留,只好等暑假后再看吧。

刚一考完,博士就走了,可是没把东西都带去。据老梅的猜测:博士必是到别处去谋事,成功呢便用中国精神硬不回来,不管合同上定的是几年。找不到事呢就回来,表现他的美国精神。事实似乎与这个猜测相合:博士支走了三个月的薪水。我们虽不愿往坏处揣度人,可是他的举动确是令人不能完全往好处想。薪水拿到手里究竟是牢靠些,他只信任他自己,因为他常使别人不信任他。

过了暑假,我又去给老梅代课。这回请假的原因,大概连老梅自己也不准知道,他并没告诉我嘛。好在他准有我这么个替工,有原因没有的也没多大关系了。

毛博士回来了。

谁都觉得这么回来是怪不得劲的,除了博士自己。他很高兴。设若他的苦闷使人不表同情,他的笑脸看起来也有点多余。他是打算用笑表示心中的快活,可是那张脸不给他作劲。他一张嘴便象要打哈欠,直到我看清他的眼中没有泪,才醒悟过来;他原来是笑呢。这样的笑,笑不笑没多大关系。他紧这么笑,闹得我有点发毛咕。

"上青岛去了吗?"我招呼他。他正在门口立着。

"没有。青岛没有生命,真哪!"他笑了。

"啊?"

"进来,给你件宝贝看!"

我,傻子似的,跟他进去。

屋里和从前一样,就是床上多了一个蚊帐。他一伸手从蚊帐里拿出个东西,遮在身后:"猜!"

我没这个兴趣。

"你说是南方女人,还是北方女人好?"他的手还在背后。

我永远不回答这样的问题。

他看我没意思回答,把手拿到前面来,递给我一张像片。而后肩并肩的挤着我,脸上的笑纹好象真要往我脸上走似的;没说什么;他的嘴也不知是怎么弄的,直唧唧的响。

女人的像片。拿像片断定人的美丑是最容易上当的,我不愿说这个女人长得怎么样。就它能给我看到的,不过是年纪不大,头发烫得很复杂而曲折,小脸,圆下颏,大眼睛。不难看,总而言之。

"定了婚,博士?"我笑着问。

博士笑得眉眼都没了准地方,可是没出声。

我又看了看像片，心中不由得怪难过的。自然，我不能代她断定什么；不过，我倘若是个女子……

"牺牲太大了！"博士好容易才说出话来："可是值得的，真哪！现在的女人多么精，才二十一岁，什么都懂，仿佛在美国留过学！头一次我们看完电影，她无论怎说也得回家，精呀！第二次看电影，还不许我拉她的手，多么精！电影票都是我打的！最后的一次看电影才准我吻了她一下，真哪！花多少钱也值得，没空花了；我临来，她送我到车站，给我买来的水果！花点钱，值得，她永远是我的；打野鸡不行呀，花多少钱也不行，而且有危险！从今天起，我要省钱了。"

我插进去一句："你一向花钱还算多吗？"

"哎哟！"元宝底上的眼睛居然努出来了。"怎么不费钱！一个人，吃饭，洗衣服。哪样不花钱！两个人也不过花这么多，饭自己作，衣服自己洗。夫妇必定要互助呀。"

"那么，何必格外省钱呢？"

"钢丝床要的吧？澡盆要的吧？沙发要的吧？钢琴要的吧？结婚要花钱的吧？蜜月要花钱的吧？家庭是家庭哟！"他想了想："结婚请牧师也得送钱的！"

"干吗请牧师？"

"郑重；美国的体面人都请牧师证婚，真哪！"他又想了想："路费！她是上海的；两个人从上海到这里坐二等车！中国是要不得的，三等车没法坐的！你算算一共要几多钱？你算算看！"他的嘴咕弄着，手指也轻轻地掐，显然是算这笔账呢。大概是一时算不清，他皱了皱眉。紧跟着又笑了："多少钱也得花的！假如你买个五千元的钻石，不是为戴上给人看么？一个南方美人，来到北方，我的，能不光荣些么？真哪，她是上

545

海最美的女子；这还不值得牺牲么？一个人总得牺牲的！"

我始终还是不明白什么是牺牲。

替老梅代了一个多月的课，我的耳朵里整天嗡嗡着上海、结婚、牺牲、光荣、钢丝床……有时候我编讲义都把这些编进去，而得从新改过；他已把我弄胡涂了。我真盼老梅早些回来，让我去清静两天吧。观察人性是有意思的事，不过人要象年糕那样粘，把我的心都粘住，我也有受不了的时候。

老梅还有五六天就回来了。正在这个时候，博士又出了新花样。他好象一篇富于技巧的文章，正在使人要生厌的时候，来几句漂亮的。

他的喜劲过去了。除了上课以外，他总在屋里拍拉拍拉的打字。拍拉过一阵，门开了，溜着墙根，象条小鱼似的，他下楼去送信。照直去，照直回来；在屋里咚咚地走。走着走着，叹一口气，声音很大，仿佛要把楼叹倒了，以便同归于尽似的。叹过气以后，他找我来了，脸上带着点顶惨淡的笑。"噗！"他一进门先吹口气，好象屋中尽是尘土。然后，"你们真美呀，没有伤心的事！"

他的话老有这么种别致的风格，使人没法答碴儿。好在他会自动的给解释："没法子活下去，真哪！哭也没用，光阴是不着急的！恨不能飞到上海去！"

"一天写几封信？"我问了句。

"一百封也是没用的！我已经告诉她，我要自杀了！这样不是生活，不是！"博士连连摇头。

"好在到年假才还不到三个月。"我安慰着他，"不是年假里结婚吗？"

他没有回答，在屋里走着。待了半天："就是明天结婚，今天也是难过的!"

我正在找些话说,他忽然象忘了些什么重要的事,一闪似的便跑出去。刚进到他的屋中,拍拉,拍拉,拍,打字机又响起来。

老梅回来了。我在年假前始终没找他去。在新年后,他给我转来一张喜帖。用英文印的。我很替毛博士高兴,目的达到了,以后总该在生命的别方面努力了。

年假后两三个星期了,我去找老梅。谈了几句便又谈到毛博士。

"博士怎样?"我问,"看见博士太太没有?"

"谁也没看见她;他是除了上课不出来,连开教务会议也不到。"

"咱俩看看去?"

老梅摇了头:"人家不见,同事中有碰过钉子的了。"

这个,引动了我的好奇心。没告诉老梅,我自己要去探险。

毛博士住着五间小平房,院墙是三面矮矮的密松。远远的,我看见院中立着个女的,细条身材,穿着件黑袍,脸朝着阳光。她一动也不动,手直垂着,连蓬松的头发好象都镶在晴冷的空中。我慢慢地走,她始终不动。院门是两株较高的松树,夹着一个绿短棚子。我走到这个小门前了,与她对了脸。她象吓了一跳,看了我一眼,急忙转身进去了。在这极短的时间内,我得了个极清楚的印象:她的脸色青白,两个大眼睛象迷失了的羊的那样悲郁,头发很多很黑,和下边的长黑袍联成一段哀怨。她走得极轻快,好象把一片阳光忽然全留在屋子外边。我没去叫门,慢慢地走回来了。我的心中冷了一下,然后觉得茫然地不自在。到如今我还记得这个黑衣女。

大概多数的男人对于女性是特别显着侠义的。我差不多成了她的义务侦探了。博士是否带她常出去玩玩，譬如看看电影？他的床是否钢丝的？澡盆？沙发？当他跟我闲扯这些的时候，我觉得他毫无男子气。可是由看见她以后，这些无聊的事都在我心中占了重要的地位；自然，这些东西的价值是由她得来的。我钻天觅缝地探听，甚至于贿赂毛家的仆人——他们用着一个女仆。我所探听到的是他们没出去过，没有钢丝床与沙发。他们吃过一回鸡，天天不到九点钟就睡觉……

我似乎明白些毛博士了。凡是他口中说的——除了他真需要个女人——全是他视为作不到的；所以作不到的原因是他爱钱。他梦想要作个美国人；及至来到钱上，他把中国固有的夫为妻纲又搬出来了。他是个自私自利而好摹仿的猴子。设若他没上过美国，他一定不会这样，他至少在人情上带出点中国气来。他上过美国，觉着他为中国当个国民是非常冤屈的事。他可以依着自己的方便，在所谓的美国精神装饰下，作出一切。结婚，大概只有早睡觉的意思。

我没敢和老梅提说这个，怕他耻笑我；说真的，我实在替那个黑衣女抱不平。可是，我不敢对他说；他的想象是往往不易往厚道里走的。

春假了，由老梅那里我听来许多人的消息：有的上山去玩，有的到别处去逛，我听不到博士夫妇的。学校里那么多人，好象没人注意他们俩——按一般的道理说，新夫妇是最使人注意的。

我决定去看看他们。

校园里的垂柳已经绿得很有个样儿了。丁香花可是才吐出颜色来。教员们，有的没去旅行，差不多都在院中种花呢。到了博士的房子左近，他正在院中站着。他还是全份武装地穿着

洋服,虽然是在假期里。阳光不易到的地方,还是他的脸的中部。隔着松墙我招呼了他一声:

"没到别处玩玩去,博士?"

"哪里也没有这里好,"他的眼撩了远处一下。"美国人不是讲究旅行么?"我一边说一边往门那里凑。

他没回答我。看着我,他直往后退,显出不欢迎我进去的神气。我老着脸,一劲地前进。他退到屋门,我也离那儿不远了。他笑得极不自然了,牙咬了两下,他说了话:

"她病了,改天再招待你呀。"

"好吧,"我也笑了笑。

"改天来——"他没说完下半截便进去了。

我出了门,校园中的春天似乎忽然逃走了。我非常不痛快。

又过了十几天,我给博士一个信儿,请他夫妇吃饭。我算计着他们大概可以来;他不交朋友,她总不会也愿永远囚在家中吧?

到了日期,博士一个人来了。他的眼边很红,象是刚揉了半天的。脸的中部特别显着洼,头上的筋都跳着。

"怎啦,博士?"我好在没请别人,正好和他谈谈。

"妇人,妇人都是坏的!都不懂事!都该杀的!"

"和太太吵了嘴?"我问。

"结婚是一种牺牲,真哪!你待她天好,她不懂,不懂!"博士的泪落下来了。

"到底怎回事?"

博士抽答了半天,才说出三个字来:"她跑了!"他把脑门放在手掌上,哭起来。

我没想安慰他。说我幸灾乐祸也可以,我确是很高兴,替她高兴。

待了半天,博士抬起头来,没顾得擦泪,看着我说:

"牺牲太大了!叫我,真!怎样再见人呢?!我是哈佛的博士,我是大学的教授!她一点不给我想想!妇人!"

"她为什么走了呢?"我假装皱上眉。

"不晓得。"博士净了下鼻子。"凡是我以为对的,该办的,我都办了。"

"比如说?"

"储金,保险,下课就来家陪她,早睡觉,多了,多了!是我见到的,我都办了;她不了解,她不欣赏!每逢上课去,我必吻一下,还要怎样呢?你说!"

我没的可说,他自己接了下去。他是真憋急了,在学校里他没一个朋友。"妇女是不明白男人的!定婚,结婚,已经花了多少钱,难道她不晓得?结婚必须男女两方面都要牺牲的。我已经牺牲了那么多,她牺牲了什么?到如今,跑了,跑了!"博士立起来,手插在裤袋里,眉毛拧着:"跑了!"

"怎办呢?"我随便问了句。

"没女人我是活不下去的!"他并没看我,眼看着他的领带。"活不了!"

"找她去?"

"当然!她是我的!跑到天边,没我,她是个'黑'人!她是我的,那个小家庭是我的,她必得老跟着我!"他又坐下了,又用手托住脑门。

"假如她和你离婚呢?"

"凭什么呢?难道她不知道我爱她吗?不知道那些钱都是为她花了吗?就没一点良心吗?离婚?我没有过错!"

"那是真的。"我自己知道这是什么意思。

他抬头看了我一眼,气好象消了些,舐了舐嘴唇,叹了口气:"真哪,我一见她脸上有些发白,第二天就多给她一个鸡子儿吃!我算尽到了心!"他又不言语了,呆呆的看着皮鞋尖。

"你知道她上哪儿了?"

博士摇了摇头。又坐了会儿,他要走。我留他吃饭,他又摇头:"我回去,也许她还回来。我要是她,我一定回来。她大概是要回来的。我回去看看。我永远爱她,不管她待我怎样。"他的泪又要落下来,勉强地笑了笑,抓起帽子就往外走。

这时候,我有点可怜他了。从一种意义上说,他的确是个牺牲者——可是不能怨她。

过了两天,我找他去,他没拒绝我进去。

屋里安设得很简单,除了他原有的那份家具,只添上了两把藤椅,一张长桌,桌上摆着他那几本洋书。这是书房兼客厅;西边有个小门,通到另一间去,挂着个洋花布单帘子。窗上都挡着绿布帘,光线不十分足。地板上铺着一领厚花席子。屋里的气味很象个欧化了的日本家庭,可是没有那些灵巧的小装饰。

我坐在藤椅上,他还坐那把摇椅,脸对着花布帘子。

我们俩当然没有别的可谈。他先说了话:

"我想她会回来,到如今竟自没消息,好狠心!"说着,他忽然一挺身,象是要立起来,可是极失望地又缩下身去。原来这个花布帘被一股风吹得微微一动。

这个人已经有点中了病!我心中很难过了。可是,我一想结婚刚三个多月,她就逃走,想必她是真受不住了;想必她也看出来,这个人是无希望改造的。三个月的监狱生活是满可以使人铤而走险的。况且,夫妇的生活,有时候能使人一天也受不住的——由这种生活而起的厌恶比毒药还厉害。我由博士的气色和早睡的习惯已猜到一点，现在我要由他口中证实了。我和他谈一些严肃的话之后便换换方向，谈些不便给多于两个人听的。他也很喜欢谈这个，虽然更使他伤心。

他把这种事叫"爱"。他很"爱"她。他还有个理论：

"因为我们用脑子，所以我们懂得怎样'爱'，下等人不懂！"

我心里说，"要不然她怎么会跑了呢！"

他告诉我许多这种经验，可是临完更使他悲伤——没有女人是活不下去的！我去了几次，慢慢地算是明白了他一点：对于女人，他只管"爱"，而结婚与家庭设备的花费是"爱"的代价。这个代价假如轻一点，"博士"会给增补上所欠的分量。"一个美国博士，你晓得，在女人心中是占分量的。"他说，附带着告诉我："你想要个美的，大学毕业的，年青的，品行端正的女人，先去得个博士，真哪！"

他的气色一天不如一天了。对那个花布帘，他越发注意了；说着说着话，他能忽然立起来，走过去，掀一掀它。而后回来，坐下，不言语好大半天。他的脸比绿窗绿得暗一些。

可是他始终没要找她去，虽然嘴里常这么说。我以为即使他怕花了钱而找不到她，也应当走一走，或至少是请几天假。为什么他不躲几天，而照常的上课，虽然是带着眼泪？后来我才明白：他要大家同情他，因为他的说法是这样："嫁给任何人，就属于任何人，况且嫁的是博士？从博士怀中逃走，不要脸，没有人味！"他不能亲自追她去。但是他需要她，他要"爱"。他希望她回来，因为他不能白花了那些钱。这个，尊严与"爱"，牺牲与耻辱，使他进退两难，啼笑皆非，一天不定掀多少次那个花布帘。他甚至于后悔没娶个美国女人了,中国女人是不懂事,不懂美国精神的!

木槿花一开,就快放暑假了。毛博士已经几天没有出屋子。据老梅说,博士前几天还上课,可是在课堂上只讲他自己的事,所以学校请他休息几天。

我又去看他,他还穿着洋服在椅子上摇呢,可是脸已不象样儿了,最洼的那一部分已经象陷进去的坑,眼睛不大爱动了,可是他还在那儿坐着。我劝他到医院去,他摇头:"她回来,我就好了;她不回来,我有什么法儿呢?"他很坚决,似乎他的命不是自己的。"再说,"他喘了半天气才说出来:"我已经天天喝牛肉汤;不是我要喝,是为等着她;牺牲,她跑了我还得为她牺牲!"

我实在找不到话说了。这个人几乎是可佩服的了。待了半天,他的眼忽然亮了,抓住椅子扶手,直起胸来,耳朵侧着,"听!她回来了!是她!"他要立起来,可是只弄得椅子前后的摇了几下,他起不来。

外边并没有人。他倒了下去,闭上了眼,还喘着说:"她——也——许——明天来。她是——我——的!"

暑假中,学校给他家里打了电报,来了人,把他接回去。以后,没有人得到过他的信。有的人说,到现在他还在疯人院里呢。

# 毛毛虫

我们这条街上都管他叫毛毛虫。他穿的也怪漂亮,洋服,大氅,皮鞋,啷哨儿的。是他不顺眼,圆葫芦头上一对大羊眼,老用白眼珠瞧人,仿佛是。尤其特别的是那两步走法儿:他不走,他曲里拐弯的用身子往前躬。遇到冷天,他缩着脖,手伸在大衣的袋里,顺着墙根躬开了,更象个毛毛虫。邻居们都不理他,因为他不理大家;惯了以后,大家反倒以为这是当然的——毛毛虫本是不大会说话儿的。我们不搭理他,可是我们差不多都知道他家里什么样儿,有几把椅子,痰盂摆在哪儿,和毛毛虫并不吃树叶儿,因为他家中也有个小厨房,而且有盘子碗什么的。我们差不多都到他家里去过。每月月底,我们的机会就来了。他在月底关薪水。他一关薪水,毛毛虫太太就死过去至少半点多钟儿。我们不理他,可是都过去救他的太太。毛毛虫太太好救:只要我们一到了,给她点糖水儿喝,她就能缓醒过来,而后当着大家哭一阵。他一声也不出,冲着墙角翻白眼玩。我们看她哭得有了劲儿,就一齐走出来,把其余的事儿交给毛毛虫自己办。

过两天儿，毛毛虫太太又打扮得花枝招展的出来卖呆儿①，或是夹着小红皮包上街去，我们知道毛毛虫自己已把事儿办好，大家心里就很平安，而稍微的嫌时间走得太慢些，老不马上又是月底。按说，我们不应当这样心狠，盼着她又死过去。可是这也有个理由：她被我们救活了之后，并不向我们道谢，遇上我们也不大爱搭理。她成天价不在家，据她的老妈子说，她是出去打牌；她的打牌的地方不在我们这条街上。因此，我们对她并没有多少好感。不过，我们不能见死不救。况且，每月月底老是她死过去，而毛毛虫只翻翻白眼，我们不由的就偏向着她点，虽然她不跟我们一块儿打牌。假若她肯跟我们打牌，或者每月就无须死那么一回了，我们相信是有法儿治服毛毛虫的。话可又说回来，我们可不只是恼她不跟我们打牌，她还有没出息的地方呢。她不管她的两个孩子。一男一女，挺好的两孩子。哼，捨哥儿似的②一天到晚跟着老妈子，头发披散得小鬼似的，脸永远没人洗，早晨醒了就到街门口外吃落花生。我们看不上这个，我们虽然也打牌，虽然也有时候为打牌而骂孩子一顿，可不能大清早起的就给孩子落花生吃。我们都知道怎样喂小孩代乳粉。我们相信我们这条街是非常文明的，假若没有毛毛虫这一家子，我们简直可以把街名改作"标准街"了。可是我们不能撵他搬家，我们既不是他的房东，不能狗拿耗子多管闲事。况且，他也是大学毕业，在衙门里作着事；她呢，也还打扮得挺象样，头发也烫得曲里拐弯的。这总比弄一家子"下三烂"来强，我们的街上不准有"下三烂"。这么着，他们就一直住了一年多。一来二去的我们可也就明白了点毛毛虫的历史。我们并不打听，

---
① 卖呆儿，在大门口闲站着看来往行人，也有意让别人看自己。
② 捨哥儿似的，没人搭理、照管。可怜的样子。

不过毛毛虫的老妈子给他往外抖啰,我们也不便堵上耳朵。我们一知道了他们的底细,大家的意见可就不象先前那么一致了。先前我们都对他俩带理不理的无所谓,他们不跟我们交往,拉倒,我们也犯不上往前巴结,别看他洋服唰哗儿的。她死过去呢。我们不能因为她不识好歹而不作善事,谁不知道我们这条街上给慈善会捐的小米最多呢。赶到大家一得到他俩的底细,可就有向着毛毛虫的,也有向着毛毛虫太太的了。因为意见不同,我们还吵过嘴。俗语说,有的向灯,有的向火,一点也不错。据我们所得的报告是这样:毛毛虫是大学毕业,可是家中有个倒倒脚①,梳高冠的老婆。所以他一心一意的得再娶一个。在这儿,我们的批语就分了岔儿。在大学毕过业的就说毛毛虫是可原谅的,而老一辈的就用鼻子哼。我们在打牌的时候简直不敢再提这回事,万一为这个打起来,才不上算。一来二去的,毛毛虫就娶上了这位新太太。听到这儿,我们多数人管他叫骗子手。可是还有下文呢,有条件:他每月除吃穿之外,还得供给新太太四十块零花。这给毛毛虫缓了口气,而毛毛虫太太的身分立刻大减了价。结婚以后——这个老妈子什么都知道——俩人倒还不错,他是心满意足,她有四十块钱花着,总算两便宜。可是不久,倒倒脚太太找上来了。不用说呀,大家闹了个天翻地覆。毛毛虫又承认了条件,每月给倒倒脚十五块零花,先给两个月的。拿着三十块钱,她回了乡下,临走的时候留下话:不定几时她就回来!毛毛虫也怪可怜的,我们刚要这样说,可是故事又转了个弯。他打算把倒倒脚的十五块由新太太的四十里扣下:他说他没能力供给她们俩五十五。挣不来可就别抱着

---

① 倒倒脚,形容缠小脚走路迈不开步,一走三扭。

俩媳妇呀,我们就替新太太说了。为这个,每月月底就闹一场,那时候她可还没发明出死半点钟的法儿来。那时候她也不常出去打牌。直赶到毛毛虫问她:"你有二十五还不够,非拿四十干什么呀?!"她才想出道儿来,打牌去。她说的也脆:"全数给我呢,没你的事;要不然呢,我输了归你还债!"毛毛虫没说什么,可是到月底还不按全数给。她也会,两三天两三天的不起床,非等拿到钱不起来。拿到了钱,她又打扮起来,花枝招展的出去,好象什么心事也没有似的。"你是买的,我是卖的,钱货两清。"她好象是说。又过了几个月,她要生小孩了。毛毛虫讨厌小孩,倒倒脚那儿已经有三个呢,也都是他的"吃累"。他没想到新太太也会生小孩。毛毛虫来了个满不理会。爱生就生吧,眼不见心不烦,他假装没看见她的肚子。他不是不大管这回事吗,倒倒脚太太也不怎么倒直在心。到快生小孩那两天,她倒倒着脚来了。她服侍着新太太。毛毛虫觉得是了味,新太太生孩子,旧太太来伺候,这倒不错。赶到孩子落了草儿,旧太太可拿出真的来了。她知道,此时下手才能打老实的。产后气郁,至少是半死,她的报仇的机会到了。她安安顿顿的坐在产妇面前,指着脸子骂,把新太太骂昏过去多少次,外带着连点糖水儿也不给她喝。骂到第三天,她倒倒着脚走了,把新太太交给了老天爷,爱活爱死随便,她不担气死新太太的名儿。新太太也不想活着,没让倒倒脚气死不是,她自己找死,没出满月她就胡吃海塞。这时候,毛毛虫觉得不大上算了,假如新太太死了,再娶一个又得多少钱,他给她请了大夫来。一来二去的,她好了。好了以后,她跟毛毛虫交涉,她不管这个孩子。

毛毛虫没说什么；于是俩人就谁也不管孩子。太太照常出去打牌，照常每月要四十块钱。毛毛虫要是不给呢，她有了新发明，会死半点钟。头生儿是这样，第二胎也是这样。就是这么一回事。我们听到了这儿，大家倒没了意见啦，因为怎么想怎么也不对了。说倒倒脚不对吧，不应下那个毒手，可是她自己守着活寡呢。说新太太不对吧，也不行，她有她的委屈。充其极也不过只能责备她不应当拿孩子杀气，可是再一想，她也有她的道理，凭什么毛毛虫一点子苦不受，而把苦楚都交给她呢？她既是买来的——每月四十块零花不过说着好听点罢了——为什么管照料孩子呢，毛毛虫既不给她添钱。说来说去，仿佛还是毛毛虫不对，可是细一给他想，他也是乐不抵苦哇。旧太太拿着他的钱恨他，新太太也拿着他的钱恨他，临完他还得拚着命挣钱。这么一想，我们大家都不敢再提这件事了，提起来心里就发乱。可是我们对那俩孩子改变了点态度，我们就看这俩小东西可怜——我们这条街上善心的人真是不少。近来每逢我们看见俩孩子在街上玩，就过去拍拍他们的脑瓜儿，有时候也给他们点吃食。对于那俩大人，我们有时候看见他们可怜，有时候可气。可是无论如何，我们在他俩身上找到一点以前所没看到的什么东西，一点象庄严的悲剧中所含着的味道。似乎他俩的事不完全在他们自己身上，而是一点什么时代的咒诅在他们身上应验了。所以近来每到月底，当她照例死半点钟的时候，去救护的人比以前更多了。谁知道他们将来怎样呢！

# 善 人

　　汪太太最不喜欢人叫她汪太太；她自称穆凤贞女士，也愿意别人这样叫她。她的丈夫很有钱，她老实不客气的花着；花完他的钱，而被人称穆女士，她就觉得自己是个独立的女子，并不专指着丈夫吃饭。

　　穆女士一天到晚不用提多么忙了，又搭着长的富泰，简直忙得喘不过气来。不用提别的，就光拿上下汽车说，穆女士——也就是穆女士！———天得上下多少次。哪个集会没有她，哪件公益事情没有她？换个人，那么两条胖腿就够累个半死的。穆女士不怕，她的生命是献给社会的；那两条腿再胖上一圈，也得设法带到汽车里去。她永远心疼着自己，可是更爱别人，她是为救世而来的。

　　穆女士还没起床，丫环自由就进来回话。她嘱咐过自由们不止一次了：她没起来，不准进来回话。丫环就是丫环，叫她"自由"也没用，天生来的不知好歹。她真想抄起床旁的小桌灯向自由扔了去，可是觉得自由还不如桌灯值钱，所以没扔。

　　"自由，我嘱咐你多少回了！"穆女士看了看钟，已经快九点了，她消了点气，不为别的，是喜欢自己能一气睡到九点，身体定然是不错；她得为社会而心疼自己，她需要长时间的睡眠。

"不是，太太，女士！"自由想解释一下。

"说，有什么事！别磨磨蹭蹭的！"

"方先生要见女士。"

"哪个方先生？方先生可多了，你还会说话呀！"

"老师方先生。"

"他又怎样了？"

"他说他的太太死了！"自由似乎很替方先生难过。

"不用说，又是要钱！"穆女士从枕头底下摸出小皮夹来："去，给他这二十，叫他快走；告诉明白，我在吃早饭以前不见人。"

自由拿着钱要走，又被主人叫住：

"叫博爱放好了洗澡水；回来你开这屋子的窗户。什么都得我现告诉，真劳人得慌！大少爷呢？"

"上学了，女士。"

"连个kiss都没给我，就走，好的，"穆女士连连的点头，腮上的胖肉直动。

"大少爷说了，下学吃午饭再给您一个kiss。"自由都懂得什么叫kiss，pie和bath。

"快去，别废话；这个劳人劲儿！"

自由轻快的走出去，穆女士想起来：方先生家里落了丧事，二少爷怎么办呢？无缘无故的死哪门子人，又叫少爷得荒废好几天的学！穆女士是极注意子女们的教育的。

博爱敲门，"水好了，女士。"

穆女士穿着睡衣到浴室去。雪白的澡盆，放了多半盆不冷不热的清水。凸花的玻璃，白磁砖的墙，圈着一些热气与香水味。一面大镜子，几块大白毛巾；胰子盒，浴盐瓶，都擦得放着光。

她觉得痛快了点。把白胖腿放在水里,她楞了一会儿;水给皮肤的那点刺激使她在舒适之中有点茫然。她想起点久已忘了的事。坐在盆中,她看着自己的白胖腿;腿在水中显着更胖,她心中也更渺茫。用一点水,她轻轻的洗脖子;洗了两把,又想起那久已忘了的事——自己的青春:二十年前,自己的身体是多么苗条,好看!她仿佛不认识了自己。想到丈夫,儿女,都显着不大清楚,他们似乎是些生人。她撩起许多水来,用力的洗,眼看着皮肤红起来。她痛快了些,不茫然了。她不只是太太,母亲;她是大家的母亲,一切女同胞的导师。她在外国读过书,知道世界大势,她的天职是在救世。

可是救世不容易!二年前,她想起来,她提倡沐浴,到处宣传:"没有澡盆,不算家庭!"有什么结果?人类的愚蠢,把舌头说掉了,他们也不了解!摸着她的胖腿,她想应当灰心,任凭世界变成个狗窝,没澡盆,没卫生!可是她灰心不得,要牺牲就得牺牲到底。她喊自由:

"窗户开五分钟就得!"

"已经都关好了,女士!"自由回答。

穆女士回到卧室。五分钟的工夫屋内已然完全换了新鲜空气。她每天早上得作深呼吸。院内的空气太凉,屋里开了五分钟的窗子就满够她呼吸用的了。先弯下腰,她得意她的手还够得着脚尖,腿虽然弯着许多,可是到底手尖是碰了脚尖。俯仰了三次,她然后直立着喂了她的肺五六次。她马上觉出全身的血换了颜色,鲜红,和朝阳一样的热、艳。

"自由,开饭!"

穆女士最恨一般人吃的太多,所以她的早饭很简单:一大盘火腿蛋两块黄油面包,草果果酱,一杯加乳咖啡。她曾提倡过俭食：不要吃五六个窝头，或四大碗黑面条，而多吃牛乳与黄油。没人响应；好事是得不到响应的。她只好自己实行这个主张，自己单雇了个会作西餐的厨子。

吃着火腿蛋，她想起方先生来。方先生教二少爷读书，一月拿二十块钱，不算少。她就怕寒苦的人有多挣钱的机会；钱在她手里是钱，到了穷人手里是祸。她不是不能多给方先生几块，而是不肯，一来为怕自己落个冤大头的名儿，二来怕给方先生惹祸。连这么着，刚教了几个月的书，还把太太死了呢。不过，方先生到底是可怜的。她得设法安慰方先生：

"自由，叫厨子把'我'的鸡蛋给方先生送十个去；嘱咐方先生不要煮老了，嫩着吃！"

穆女士咂摸着咖啡的回味，想象着方先生吃过嫩鸡蛋必能健康起来，足以抵抗得住丧妻的悲苦。继而一想呢，方先生既丧了妻，没人给他作饭吃，以后顶好是由她供给他两顿饭。她总是给别人想得这样周到；不由她，惯了。供给他两顿饭呢，可就得少给他几块钱。他少得几块钱，可是吃得舒服呢。方先生应当感谢她这份体谅与怜爱。她永远体谅人怜爱人，可是谁体谅她怜爱她呢？想到这儿，她觉得生命无非是个空虚的东西；她不能再和谁恋爱，不能再把青春唤回来；她只能去为别人服务，可是谁感激她，同情她呢？

她不敢再想这可怕的事，这足以使她发狂。她到书房去看这一天的工作；工作，只有工作使她充实，使她疲乏，使她睡得香甜，使她觉到快活与自己的价值。

她的秘书冯女士已经在书房里等了一点多钟了。冯女士才二十三岁，长得不算难看，一月挣十二块钱。穆女士给她的名义是秘书，按说有这么个名字，不给钱也满下得去。穆女士的交际是多么广,做她的秘书当然能有机会遇上个阔人;假如嫁个阔人,一辈子有吃有喝,岂不比现在挣五六十块钱强?穆女士为别人打算老是这么周到,而且眼光很远。

见了冯女士,穆女士叹了口气:"哎!今儿个有什么事?说吧!"她倒在个大椅子上。

冯女士把记事簿早已预备好了:"今儿个早上是,穆女士,盲哑学校展览会,十时二十分开会;十一点十分,妇女协会,您主席;十二点,张家婚礼;下午,"

"先等等,"穆女士又叹了口气,"张家的贺礼送过去没有?"

"已经送过去了,一对鲜花篮,二十八块钱,很体面。"

"啊,二十八块的礼物不太薄——"

"上次汪先生作寿,张家送的是一端寿幛,并不——"

"现在不同了,张先生的地位比原先高了;算了吧,以后再找补吧。下午一共有几件事?"

"五个会呢!"

"哼!甭告诉我,我记不住。等我由张家回来再说吧。"穆女士点了根烟吸着,还想着张家的贺礼似乎太薄了些。"冯女士,你记下来,下星期五或星期六请张家新夫妇吃饭,到星期三你再提醒我一声。"

冯女士很快的记下来。

"别忘了问我张家摆的什么酒席,别忘了。"

"是,穆女士。"

穆女士不想上盲哑学校去,可是又怕展览会照像,像片上没有自己,怪不合适。她决定晚去一会儿,顶好是正赶上照像才好。这么决定了,她很想和冯女士再说几句,倒不是因为冯女士有什么可爱的地方,而是她自己觉得空虚,愿意说点什么……解解闷儿。她想起方先生来:"冯,方先生的妻子过去了,我给他送了二十块钱去,和十个鸡子,怪可怜的方先生!"穆女士的眼圈真的有点发湿了。

冯女士早知道方先生是自己来见汪太太,她不见,而给了二十块钱,可是她晓得主人的脾气:"方先生真可怜!可也是遇见女士这样的人,赶着给他送了钱去!"

穆女士脸上有点笑意,"我永远这样待人;连这么着还讨不出好儿来,人世是无情的!"

"谁不知道女士的慈善与热心呢!"

"哎!也许!"穆女士脸上的笑意扩展得更宽心了些。

"二少爷的书又得荒废几天!"冯女士很关心似的。

"可不是,老不叫我心静一会儿!"

"要不我先好歹的教着他?我可是不很行呀!"

"你怎么不行!我还真忘了这个办法呢!你先教着他得了,我白不了你!"

"您别又给我报酬,反正就是几天的事,方先生事完了还叫方先生教。"

穆女士想了会儿,"冯,简直这么办好不好?你就教下去,我每月一共给你二十五块钱,岂不整重?"

"就是有点对不起方先生!"

"那没什么,反正他丧了妻,家中的嚼谷小了;遇机会我再给他弄个十头八块的事;那没什么!我可该走了,哎!一天一天的,真累死人!"

# 热包子

爱情自古时候就是好出轨的事。不过，古年间没有报纸和杂志，所以不象现在闹得这么血花。不用往很古远里说，就以我小时候说吧，人们闹恋爱便不轻易弄得满城风雨。我还记得老街坊小邱。那时候的"小"邱自然到现在已是"老"邱了。可是即使现在我再见着他，即使他已是白发老翁，我还得叫他"小"邱。他是不会老的。我们一想起花儿来，似乎便看见些红花绿叶，开得正盛；大概没有一人想花便想到落花如雨，色断香销的。小邱也是花儿似的，在人们脑中他永远是青春，虽然他长得离花还远得很呢。

小邱是从什么地方搬来的，和哪年搬来的，我似乎一点也不记得。我只记得他一搬来的时候就带着个年青的媳妇。他们住我们的外院一间北小屋。从这小夫妇搬来之后，似乎常常听人说：他们俩在夜半里常打架。小夫妇打架也是自古有之，不足为奇；我所希望的是小邱头上破一块，或是小邱嫂手上有些伤痕……我那时候比现在天真的多多了；很欢迎人们打架，并且多少要挂点伤。可是，小邱夫妇永远是——在白天——那么快活和气，身上确是没伤。我说身上，一点不假，连小邱嫂的光脊梁我都看见过。我那时候常这么想:大概他们打架是一人手里拿着一块棉花打的。

小邱嫂的小屋真好。永远那么干净永远那么暖和,永远有种味儿——特别的味儿,没法形容,可是显然的与众不同。小俩口味儿,对,到现在我才想到一个适当的形容字。怪不得那时候街坊们,特别是中年男子,愿意上小邱嫂那里去谈天呢,谈天的时候,他们小夫妇永远是欢天喜地的,老好象是大年初一迎接贺年的客人那么欣喜。可是,客人散了以后,据说,他们就必定打一回架。有人指天起誓说,曾听见他们打得咚咚的响。

小邱,在街坊们眼中,是个毛腾厮火①的小伙子。他走路好象永远脚不贴地,而且除了在家中,仿佛没人看见过他站住不动,哪怕是一会儿呢。就是他坐着的时候,他的手脚也没老实着的时候。他的手不是摸着衣缝,便是在凳子沿上打滑溜,要不然便在脸上搓。他的脚永远上下左右找事作,好象一边坐着说话,还一边在走路,想象的走着。街坊们并不因此而小看他,虽然这是他永远成不了"老邱"的主因。在另一方面,大家确是有点对他不敬,因为他的脖子老缩着。不知道怎么一来二去的"王八脖子"成了小邱的另一称呼。自从这个称呼成立以后,听说他们半夜里更打得欢了。可是,在白天他们比以前更显着欢喜和气。

小邱嫂的光脊梁不但是被我看见过,有些中年人也说看见过。古时候的妇女不许露着胸部,而她竟自被人参观了光脊梁,这连我——那时还是个小孩子——都觉着她太洒脱了。这又是我现在才想起的形容字——洒脱。她确是洒脱:自天子以至庶人好象没有和她说不来的。我知道门外卖香油的,卖菜的,永

---

① 毛腾厮火,形容毛手毛脚。

远给她比给旁人多些。她在我的孩子眼中是非常的美。她的牙顶美,到如今我还记得她的笑容,她一笑便会露出世界上最白的一点牙来。只是那么一点,可是这一点白色能在人的脑中延展开无穷的幻想,这些幻想是以她的笑为中心,以她的白牙为颜色。拿着落花生,或铁蚕豆,或大酸枣,在她的小屋里去吃,是我儿时生命里一个最美的事。剥了花生豆往小邱嫂嘴里送,那个报酬是永生的欣悦——能看看她的牙。把一口袋花生都送给她吃了也甘心,虽然在事实上没这么办过。

小邱嫂没生过小孩。有时候我听见她对小邱半笑半恼的说,凭你个软货也配有小孩?!小邱的脖子便缩得更厉害了,似乎十分伤心的样子;他能半天也不发一语,呆呆的用手擦脸,直等到她说:"买洋火!"他才又笑一笑,脚不擦地飞了出去。

记得是一年冬天,我刚下学,在胡同口上遇见小邱。他的气色非常的难看,我以为他是生了病。他的眼睛往远处看,可是手摸着我的绒帽的红绳结子,问:"你没看见邱嫂吗?"

"没有哇,"我说。

"你没有?"他问得极难听,就好象为儿子害病而占卦的妇人,又愿意听实话,又不愿意相信实话,要相信又愿反抗。

他只问了这么一句,就向街上跑了去。

那天晚上我又到邱嫂的小屋里去,门,锁着呢。我虽然已经到了上学的年纪,我不能不哭了。每天照例给邱嫂送去的落花生,那天晚上居然连一个也没剥开。

第二天早晨,一清早我便去看邱嫂,还是没有;小邱一个人在炕沿上坐着呢,手托着脑门。我叫了他两声,他没答理我。

差不多有半年的工夫,我上学总在街上寻望,希望能遇见邱嫂,可是一回也没遇见。

她的小屋，虽然小邱还是天天晚上回来，我不再去了。还是那么干净，还是那么暖和，只是邱嫂把那点特别的味儿带走了。我常在墙上，空中看见她的白牙，可是只有那么一点白牙，别的已不存在；那点牙也不会轻轻嚼我的花生米。

小邱更毛腾厮火了，可是不大爱说话。有时候他回来的很早，不作饭，只呆呆的楞着。每遇到这种情形，我们总把他让过来，和我们一同吃饭。他和我们吃饭的时候，还是有说有笑，手脚不识闲。可是他的眼时时往门外或窗外瞭那么一下。我们谁也不提邱嫂；有时候我忘了，说了句："邱嫂上哪儿了呢？"他便立刻搭讪着回到小屋里去，连灯也不点，在炕沿上坐着。有半年多，这么着。

忽然有一天晚上，不是五月节前，便是五月节后，我下学后同着学伴去玩，回来晚了。正走在胡同口，遇见了小邱。他手里拿着个碟子。

"干什么去？"我截住了他。

他似乎一时忘了怎样说话了，可是由他的眼神我看得出，他是很喜欢，喜欢得说不出话来。呆了半天，他似乎趴在我的耳边说的：

"邱嫂回来啦，我给她买几个热包子去！"他把个"热"字说得分外的真切。

我飞了家去。果然她回来了。还是那么好看，牙还是那么白，只是瘦了些。

我直到今日，还不知道她上哪儿去了那么半年。我和小邱，在那时候，一样的只盼望她回来，不问别的。到现在想起来，古时候的爱情出轨似乎也是神圣的，因为没有报纸和杂志们把邱嫂的像片登出来，也没使小邱的快乐得而复失。

# 大悲寺外

黄先生已死去二十多年了。这些年中,只要我在北平,我总忘不了去祭他的墓。自然我不能永远在北平;别处的秋风使我倍加悲苦:祭黄先生的时节是重阳的前后,他是那时候死的。去祭他是我自己加在身上的责任;他是我最钦佩敬爱的一位老师,虽然他待我未必与待别的同学有什么分别;他爱我们全体的学生。可是,我年年愿看看他的矮墓,在一株红叶的枫树下,离大悲寺不远。

已经三年没去了,生命不由自主的东奔西走,三年中的北平只在我的梦中!

去年,也不记得为了什么事,我跑回去一次,只住了三天。虽然才过了中秋,可是我不能不上西山去;谁知道什么时候才再有机会回去呢。自然上西山是专为看黄先生的墓。为这件事,旁的事都可以搁在一边;说真的,谁在北平三天能不想办一万样事呢。

这种祭墓是极简单的:只是我自己到了那里而已,没有纸钱,也没有香与酒。黄先生不是个迷信的人,我也没见他饮过酒。

从城里到山上的途中,黄先生的一切显现在我的心上。在我有口气的时候，他是永生的。真的；停在我心中，他是在死里活着。每逢遇上个穿灰布大衫，胖胖的人，我总要细细看一眼。是的，胖胖的而穿灰布大衫，因黄先生而成了对我个人的一种什么象征。甚至于有的时候与同学们聚餐，"黄先生呢？"常在我的舌尖上；我总以为他是还活着。还不是这么说，我应当说：我总以为他不会死，不应该死，即使我知道他确是死了。

他为什么作学监呢？胖胖的，老穿着灰布大衫！他作什么不比当学监强呢？可是，他竟自作了我们的学监；似乎是天命，不作学监他怎能在四十多岁便死了呢！

胖胖的，脑后折着三道肉印；我常想，理发师一定要费不少的事，才能把那三道弯上的短发推净。脸象个大肉葫芦，就是我这样敬爱他，也就没法否认他的脸不是招笑的。可是，那双眼！上眼皮受着"胖"的影响，松松的下垂，把原是一对大眼睛变成了俩螳螂卵包似的，留个极小的缝儿射出无限度的黑亮。好象这两道黑光，假如你单单的看着它们，把"胖"的一切注脚全勾销了。那是一个胖人射给一个活动，灵敏，快乐的世界的两道神光。他看着你的时候，这一点点黑珠就象是钉在你的心灵上，而后把你象条上了钩的小白鱼，钓起在他自己发射出的慈祥宽厚光朗的空气中。然后他笑了，极天真的一笑，你落在他的怀中，失去了你自己。那件松松裹着胖黄先生的灰布大衫，在这时节，变成了一件仙衣。在你没看见这双眼之前，假如你看他从远处来了，他不过是团蠕蠕而动的灰色什么东西。

无论是哪个同学想出去玩玩，而造个不十二分有伤于诚实的谎，去到黄先生那里请假，黄先生先那么一笑，不等你说完你的谎——好象唯恐你自己说漏了似的——便极用心的用苏字给填好"准假证"。但是，你必须去请假。私自离校是绝对不行的。凡关乎人情的，以人情的办法办；凡关乎校规的，校规是校规；这个胖胖的学监！

他没有什么学问，虽然他每晚必和学生们一同在自修室读书；他读的都是大本的书，他的笔记本也是庞大的，大概他的胖手指是不肯甘心伤损小巧精致的书页。他读起书来，无论冬夏，头上永远冒着热汗，他决不是聪明人。有时我偷眼看看他，他的眉，眼，嘴，好象都被书的神秘给迷住；看得出，他的牙是咬得很紧，因为他的腮上与太阳穴全微微的动弹，微微的，可是紧张。忽然，他那么天真的一笑，叹一口气，用块象小床单似的白手绢抹抹头上的汗。

先不用说别的，就是这人情的不苟且与傻用功已足使我敬爱他——多数的同学也因此爱他。稍有些心与脑的人，即使是个十五六岁的学生，象那时候的我与我的学友们，还能看不出：他的温和诚恳是出于天性的纯厚，而同时又能丝毫不苟的负责是足以表示他是温厚，不是懦弱？还觉不出他是"我们"中的一个，不是"先生"们中的一个；因为他那种努力读书，为读书而着急，而出汗，而叹气，还不是正和我们一样？

到了我们有了什么学生们的小困难——在我们看是大而不易解决的——黄先生是第一个来安慰我们，假如他不帮助我们；自然，他能帮忙的地方便在来安慰之前已经自动的作了。二十多年前的中学学监也不过是挣六十块钱，他每月是拿出三分之一来，预备着帮助同学，即使我们都没有经济上的困难，他这三分之一的薪水也不会剩下。假如我们生了病，黄先生不但是殷勤的看顾，而且必拿来些水果，点心，或是小说，几乎是偷偷的放在病学生的床上。

但是，这位困苦中的天使也是平安中的君王——他管束我们。宿舍不清洁,课后不去运动……都要挨他的雷,虽然他的雷是伴着以泪作的雨点。

世界上,不,就说一个学校吧,哪能都是明白人呢。我们的同学里很有些个厌恶黄先生的。这并不因为他的爱心不普遍,也不是被谁看出他是不真诚,而是伟大与藐小的相触,结果总是伟大的失败,好似不如此不足以成其伟大。这些同学们一样的受过他的好处,知道他的伟大,但是他们不能爱他。他们受了他十样的好处后而被他申斥了一阵,黄先生便变成顶可恶的。我一点也没有因此而轻视他们的意思,我不过是说世上确有许多这样的人。他们并不是不晓得好歹,而是他们的爱只限于爱自己;爱自己是溺爱,他们不肯受任何的责备。设若你救了他的命,而同时责劝了他几句,他从此便永远记着你的责备——为是恨你——而忘了救命的恩惠。黄先生的大错处是根本不应来作学监,不负责的学监是有的,可是黄先生与不负责永远不能联结在一处。不论他怎样真诚,怎样厚道,管束。

他初来到学校,差不多没有一个人不喜爱他,因为他与别位先生是那样的不同。别位先生们至多不过是比书本多着张嘴的,我们佩服他们和佩服书籍差不多。即使他们是活泼有趣的,在我们眼中也是另一种世界的活泼有趣,与我们并没有多么大的关系。黄先生是个"人",他与别位先生几乎完全不相同。他与我们在一处吃,一处睡,一处读书。

半年之后,已经有些同学对他不满意了,其中有的,受了他的规戒,有的是出于立异——人家说好,自己就偏说坏,表示自己有头脑,别人是顺竿儿爬的笨货。

经过一次小风潮,爱他的与厌恶他的已各一半了。风潮的起始,与他完全无关。学生要在上课的时间开会了,他才出来劝止，而落了个无理的干涉。他是个天真的人——自信心居然使他要求投票表决，是否该在上课时间开会！幸而投与他意见相同的票的多着三张！风潮虽然不久便平静无事了，可是他的威信已减了一半。

因此，要顶他的人看出时机已到：再有一次风潮，他管保得滚。谋着以教师兼学监的人至少有三位。其中最活动的是我们的手工教师，一个用嘴与舌活着的人，除了也是胖子，他和黄先生是人中的南北极。在教室上他曾说过，有人给他每月八百圆，就是提夜壶也是美差。有许多学生喜欢他，因为上他的课时就是睡觉也能得八十几分。他要是作学监，大家岂不是入了天国！每天晚上，自从那次小风潮后，他的屋中有小的会议。不久，在这小会议中种的子粒便开了花。校长处有人控告黄先生，黑板上常见"胖牛"，"老山药蛋"……

同时，有的学生也向黄先生报告这些消息。忽然黄先生请了一天的假。可是那天晚上自修的时候，校长来了，对大家训话，说黄先生向他辞职，但是没有准他。末后，校长说，"有不喜欢这位好学监的，请退学；大家都不喜欢他呢，我与他一同辞职。"大家谁也没说什么。可是校长前脚出去，后脚一群同学便到手工教员室中去开紧急会议。

第三天上黄先生又照常办事了，脸上可是好象瘦减了一圈。在下午课后他召集全体学生训话，到会的也就是半数。他好象是要说许多许多的话似的，及至到了台上，他第一个微笑就没笑出来，楞了半天，他极低细的说了一句："咱们彼此原谅吧！"没说第二句。

暑假后，废除月考的运动一天扩大一天。在重阳前，炸弹爆发了。英文教员要考，学生们不考；教员下了班，后面追随着极不好听的话。及至事情闹到校长那里去,问题便由罢考改为撤换英文教员,因为校长无论如何也要维持月考的制度。虽然有几位主张连校长一齐推倒的,可是多数人愿意先由撤换教员作起。既不向校长作战,自然罢考须暂放在一边。这个时节,已经有人警告了黄先生:"别往自己身上拢!"

可是谁叫黄先生是学监呢?他必得维持学校的秩序。

况且,有人设法使风潮往他身上转来呢。

校长不答应撤换教员。有人传出来,在职教员会议时,黄先生主张严办学生,黄先生劝告教员合作以便抵抗学生,黄学监……

风潮及转了方向,黄学监,已经不是英文教员,是炮火的目标。

黄先生还终日与学生们来往,劝告,解说,笑与泪交替的揭露着天真与诚意。有什么用呢?

学生中不反对月考的不敢发言。依违两可的是与其说和平的话不如说激烈的,以便得同学的欢心与赞扬。这样,就是敬爱黄先生的连暗中警告他也不敢了:风潮象个魔咒捆住了全校。

我在街上遇见了他。

"黄先生,请你小心点,"我说。

"当然的,"他那么一笑。

"你知道风潮已转了方向?"

他点了点头,又那么一笑,"我是学监!"

"今天晚上大概又开全体大会,先生最好不用去。"

"可是,我是学监!"

"他们也许动武呢!"

"打'我'?"他的颜色变了。

我看得出，他没想到学生要打他；他的自信力太大。可是同时他并不是不怕危险。他是个"人"，不是铁石作的英雄——因此我爱他。

"为什么呢？"他好似是诘问着他自己的良心呢。

"有人在后面指挥。"

"呕！"可是他并没有明白我的意思，据我看；他紧跟着问："假如我去劝告他们，也打我？"

我的泪几乎落下来。他问得那么天真，几乎是儿气的；始终以为善意待人是不会错的。他想不到世界上会有手工教员那样的人。

"顶好是不到会场去，无论怎样！"

"可是，我是学监！我去劝告他们就是了；劝告是惹不出事来的。谢谢你！"

我楞在那儿了。眼看着一个人因责任而牺牲，可是一点也没觉到他是去牺牲——一听见"打"字便变了颜色，而仍然不退缩！我看得出，此刻他决不想辞职了，因为他不能在学校正极紊乱时候抽身一走。"我是学监！"我至今忘不了这一句话，和那四个字的声调。

果然晚间开了大会。我与四五个最敬爱黄先生的同学，故意坐在离讲台最近的地方，我们计议好：真要是打起来，我们可以设法保护他。

开会五分钟后，黄先生推门进来了。屋中连个大气也听不见了。主席正在报告由手工教员传来的消息——就是宣布学监的罪案——学监进来了！我知道我的呼吸是停止了一会儿。

黄先生的眼好似被灯光照得一时不能睁开了，他低着头，象盲人似的轻轻关好了门。他的眼睛开了，用那对慈善与宽厚作成的黑眼珠看着大众。他的面色是,也许因为灯光太强,有些灰白。他向讲台那边挪了两步,一脚登着台沿,微笑了一下。

"诸位同学,我是以一个朋友,不是学监的地位,来和大家说几句话!"

"假冒为善!"

"汉奸!"

后边有人喊。

黄先生的头低下去,他万也想不到被人这样骂他。他决不是恨这样骂他的人,而是怀疑了自己,自己到底是不真诚,不然……

这一低头要了他的命。

他一进来的时候,大家居然能那样静寂,我心里说,到底大家还是敬畏他;他没危险了。这一低头,完了,大家以为他是被骂对了,羞愧了。

"打他!"这是一个与手工教员最亲近的学友喊的,我记得。跟着,"打!""打!"后面的全立起来。我们四五个人彼此按了按膝,"不要动"的暗号;我们一动,可就全乱了。我喊了一句。

"出去!"故意的喊得很难听,其实是个善意的暗示。

他要是出去——他离门只有两三步远——管保没有事了,因为我们四五个人至少可以把后面的人堵住一会儿。

可是黄先生没动!好象蓄足了力量,他猛然抬起头来。他的眼神极可怕了。可是不到半分钟,他又低下头去,似乎用极大的忏悔,矫正他的要发脾气。他是个"人",可是要拿人力把自己提到超人的地步。我明白他那心中的变动:冷不防的被人骂了,自己怀疑自己是否正道;他的心告诉他——无愧;在这个时节，后面喊"打！"：他怒了；不应发怒，他们是些青年的学生——又低下头去。

随着说第二次低头，"打！"成了一片暴雨。

假如他真怒起来，谁也不敢先下手；可是他又低下头去——就是这么着，也还只听见喊打，而并没有人向前。这倒不是大家不勇敢，实在是因为多数——大多数——人心中有一句："凭什么打这个老实人呢？"自然，主席的报告是足以使些人相信的，可是究竟大家不能忘了黄先生以前的一切；况且还有些人知道报告是由一派人造出来的。

我又喊了声，"出去！"我知道"滚"是更合适的，在这种场面上，但怎忍得出口呢！

黄先生还是没动。他的头又抬起来：脸上有点笑意，眼中微湿，就象个忠厚的小儿看着一个老虎，又爱又有点怕忧。

忽然由窗外飞进一块砖，带着碎玻璃碴儿，象颗横飞的彗星，打在他的太阳穴上。登时见了血。他一手扶住了讲桌。后面的人全往外跑。我们几个搀住了他。

"不要紧，不要紧，"他还勉强的笑着，血已几乎盖满他的脸。

找校长，不在；找校医，不在；找教务长，不在；我们决定送他到医院去。

"到我屋里去！"他的嘴已经似乎不得力了。

我们都是没经验的，听他说到屋中去，我们就搀扶着他走。到了屋中，他摆了两摆，似乎要到洗脸盆处去，可是一头倒在床上；血还一劲的流。

老校役张福进来看了一眼，跟我们说，"扶起先生来，我接校医去。"

校医来了，给他洗干净，绑好了布，叫他上医院。他喝了口白兰地，心中似乎有了点力量，闭着眼叹了口气。校医说，他如不上医院，便有极大的危险。他笑了。低声的说：

"死，死在这里；我是学监！我怎能走呢——校长们都没在这里！"

老张福自荐伴着"先生"过夜。我们虽然极愿守着他，可是我们知道门外有许多人用轻鄙的眼神看着我们；少年是最怕被人说"苟事"的——同情与见义勇为往往被人解释作"苟事"，或是"狗事"；有许多青年的血是能极热，同时又极冷的。我们只好离开他。连这样，当我们出来的时候还听见了："美呀！黄牛的干儿子！"

第二天早晨，老张福告诉我们，"先生"已经说胡话了。

校长来了，不管黄先生依不依，决定把他送到医院去。

可是这时候，他清醒过来。我们都在门外听着呢。那位手工教员也在那里，看着学监室的白牌子微笑，可是对我们皱着眉，好象他是最关心黄先生的苦痛的。我们听见了黄先生说：

"好吧，上医院；可是，容我见学生一面。"

"在哪儿？"校长问。

"礼堂；只说两句话。不然，我不走！"

钟响了。几乎全体学生都到了。

老张福与校长搀着黄先生。血已透过绷布，象一条毒花蛇在头上盘着。他的脸完全不象他的了。刚一进礼堂门，他便不走了，从绷布下设法睁开他的眼，好象是寻找自己的儿女，把我们全看到了。他低下头去，似乎已支持不住，就是那么低着头，他低声——可是很清楚的——说：

"无论是谁打我来着，我决不，决不计较！"

他出去了，学生没有一个动弹的。大概有两分钟吧。忽然大家全往外跑，追上他，看他上了车。

过了三天，他死在医院。

谁打死他的呢？

丁庚。

可是在那时节，谁也不知道丁庚扔砖头来着。在平日他是"小姐"，没人想到"小姐"敢飞砖头。

那时的丁庚，也不过是十七岁。老穿着小蓝布衫，脸上长着小红疙瘩，眼睛永远有点水锈，象敷着些眼药。老实，不好说话，有时候跟他好，有时候又跟你好，有时候自动的收拾宿室，有时候一天不洗脸。所以是小姐——有点忽东忽西的小性。

风潮过去了，手工教员兼任了学监。校长因为黄先生已死，也就没深究谁扔的那块砖。说真的，确是没人知道。

可是，不到半年的工夫，大家猜出谁了——丁庚变成另一个人，完全不是"小姐"了。他也爱说话了，而且永远是不好听的话。他永远与那些不用功的同学在一起了，吸上了香烟——自然也因为学监不干涉——每晚上必出去，有时候嘴里喷着酒味。他还作了学生会的主席。

由"那"一晚上，黄先生死去，丁庚变了样。没人能想到"小姐"会打人。可是现在他已不是"小姐"了，自然大家能想到他是会打人的。变动的快出乎意料之外，那么，什么事都是可能的了；所以是"他"！

过了半年，他自己承认了——多半是出于自夸，因为他已经变成个"刺儿头"。最怕这位"刺儿头"的是手工兼学监那位先生。学监既变成他的部下，他承认了什么也当然是没危险的。

自从黄先生离开了学监室,我们的学校已经不是学校。

为什么扔那块砖?据丁庚自己说,差不多有五六十个理由,他自己也不知道哪一个最好,自然也没人能断定哪个最可靠。

据我看,真正的原因是"小姐"忽然犯了"小姐性"。他最初是在大家开会的时候,连进去也不敢,而在外面看风势。忽然他的那个劲儿来了,也许是黄先生责备过他,也许是他看黄先生的胖脸好玩而试试打得破与否,也许……不论怎么着吧,一个十七岁的孩子,天性本来是变鬼变神的,加以脸上正发红泡儿的那股忽人忽兽的郁闷,他满可以作出些无意作而作了的事。从多方面看,他确是那样的人。在黄先生活着的时候,他便是千变万化的,有时候很喜欢人叫他"黛玉"。黄先生死后,他便不知道他是怎回事了。有时候,他听了几句好话,能老实一天,趴在桌上写小楷,写得非常秀润。第二天,一天不上课!

这种观察还不只限于学生时代,我与他毕业后恰巧在一块作了半年的事,拿这半年中的情形看,他确是我刚说过的那样的人。拿一件事说吧。我与他全作了小学教师,在一个学校里,我教初四。已教过两个月,他忽然想换班,唯一的原因是我比他少着三个学生。可是他和校长并没这样说——为少看三本卷子似乎不大好出口。他说,四年级级任比三年级的地位高,他不甘居人下。这虽然不很象一句话,可究竟是更精神一些的争执。他也告诉校长:他在读书时是作学生会主席的,主席当然是大众的领袖,所以他教书时也得教第一班。

校长与我谈论这件事,我是无可无不可,全凭校长调动。校长反倒以为已经教了快半个学期,不便于变动。这件事便这么过去了。到了快放年假的时候,校长有要事须请两个礼拜的假,他打算求我代理几天。丁庚又答应了。可是这次他直接的向我发作了,因为他亲自请求校长叫他代理是不好意思的。我不记得我的话了,可是大意是我应着去代他向校长说说:我根本不愿意代理。

及至我已经和校长说了,他又不愿意,而且忽然的辞职,连维持到年假都不干。校长还没走,他卷铺盖走了。谁劝也无用,非走不可。

从此我们俩没再会过面。

看见了黄先生的坟,也想起自己在过去二十年中的苦痛。坟头更矮了些,那么些土上还长着点野花,"美"使悲酸的味儿更强烈了些。太阳已斜挂在大悲寺的竹林上,我只想不起动身。深愿黄先生,胖胖的,穿着灰布大衫,来与我谈一谈。

远处来了个人。没戴着帽,头发很长,穿着青短衣,还看不出他的模样来,过路的,我想;也没大注意。可是他没顺着小路走去,而是捨了小道朝我来了。又一个上坟的?

他好象走到坟前才看见我,猛然的站住了。或者从远处是不容易看见我的,我是倚着那株枫树坐着呢。

"你,"他叫着我的名字。

我楞住了,想不起他是谁。

"不记得我了?丁——"

没等他说完我想起来了,丁庚。除了他还保存着点"小姐"气——说不清是在他身上哪处——他绝对不是二十年前的丁庚了。头发很长,而且很乱。脸上乌黑,眼睛上的水锈很厚,眼窝深陷进去,眼珠上许多血丝。牙已半黑,我不由的看了看他的手,左右手的食指与中指全黄了一半。他一边看着我,一边从袋里摸出一盒"大长城"来。

不知道为什么我觉得一阵悲惨。我与他是没有什么感情的，可是幼时的同学……我过去握住他的手；他的手颤得很厉害。我们彼此看了一眼，眼中全湿了；然后不约而同的看着那个矮矮的墓。

"你也来上坟？"这话已到我的唇边，被我压回去了。他点一枝烟，向蓝天吹了一口，看看我，看看坟，笑了。

"我也来看他，可笑，是不是？"他随说随坐在地上。

我不晓得说什么好，只好顺口搭音的笑了声，也坐下了。

他半天没言语，低着头吸他的烟，似乎是思想什么呢。烟已烧去半截，他抬起头来，极有姿式的弹着烟灰。先笑了笑，然后说：

"二十多年了！他还没饶了我呢！"

"谁？"

他用烟卷指了指坟头："他！"

"怎么？"我觉得不大得劲；深怕他是有点疯魔。

"你记得他最后的那句？决——不——计——较，是不是？"

我点点头。

"你也记得咱们在小学教书的时候，我忽然不干了？我找你去叫你不要代理校长？好，记得你说的是什么？"

"我不记得。"

"决不计较！你说的。那回我要和你换班次，你也是给了我这么一句。你或者出于无意，可是对于我，这句话是种报复，惩罚。它的颜色是红的一条布，象条毒蛇；它确是有颜色的。它使我把生命变成一阵颤抖；志愿，事业，全随颤抖化为——秋风中的落叶。象这颗枫树的叶子。你大概也知道，我那次要代理校长的原因？我已运动好久，叫他不能回任。可是你说了那么一句——"

"无心中说的，"我表示歉意。

"我知道。离开小学，我在河务局谋了个差事。很清闲，钱也不少。半年之后，出了个较好的缺。我和一个姓李的争这个地位。我运动，他也运动，力量差不多是相等，所以命令多日没能下来。在这个期间，我们俩有一次在局长家里遇上了，一块打了几圈牌。局长，在打牌的时候，露出点我们俩竞争很使他为难的口话。我没说什么，可是姓李的一边打出一个红中，一边说：'红的！我让了，决不计较！'红的！不计较！黄学监又立在我眼前，头上围着那条用血浸透的红布！我用尽力量打完了那圈牌，我的汗湿透了全身。我不能再见那个姓李的，他是黄学监第二，他用杀人不见血的咒诅在我魂灵上作祟：假如世上真有妖术邪法，这个便是其中的一种。我不干了。不干了！"他的头上出了汗。

"或者是你身体不大好，精神有点过敏。"我的话一半是为安慰他，一半是不信这种见神见鬼的故事。

"我起誓，我一点病没有。黄学监确是跟着我呢。他是假冒为善的人，所以他会说假冒为善的恶咒。还是用事实说明吧。我从河务局出来不久便成婚，"这一句还没说全，他的眼神变得象失了雏儿的恶鹰似的，瞪着地上一颗半黄的鸡爪草，半天，他好象神不附体了。我轻嗽了声，他一哆嗦，抹了抹头上的汗，说："很美，她很美。可是——不贞。在第一夜，洞房便变成地狱，可是没有血，你明白我的意思？没有血的洞房是地狱，自然这是老思想，可是我的婚事老式的，当然感情也是老式的。她都说了，只求我，央告我，叫我饶恕她。按说，美是可以博得一切赦免的。可是我那时铁了心；我下了不戴绿帽的决心。她越哭，我越狠，说真的，折磨她给我一些愉快。末后，她的泪已干，她的话已尽，她说出最后的一句：'请用我心中的血代替吧，'她打开了胸，'给这儿一刀吧；你有一切的理由，我死，决不计较你！'我完了，黄学监在洞房门口笑我呢。我连动一动也不能了。第二天，我离开了家，变成一个有家室的漂流者，家中放着一个没有血的女人，和一个带着血的鬼！但是我不能自杀，我跟他干到底，他劫去我一切的快乐，不能再叫他夺去这条命！"

"丁：我还以为你是不健康。你看，当年你打死他，实在不是有意的。况且黄先生的死也一半是因为耽误了，假如他登时上医院去，一定不会有性命的危险。"我这样劝解；我准知道，设若我说黄先生是好人，决不能死后作祟，丁庚一定更要发怒的。

"不错。我是出于无心，可是他是故意的对我发出假慈悲的原谅，而其实是种恶毒的诅咒。不然，一个人死在眼前，为什么还到礼堂上去说那个呢？好吧，我还是说事实吧。我既是个没家的人，自然可以随意的去玩了。我大概走了至少也有十二三省。最后，我在广东加入了革命军。打到南京，我已是团长。设若我继续工作，现在来至少也作了军长。可是，在清党的时节，我又不干了。是这么回事，一个好朋友姓王，他是左倾的。他比我职分高。设若我能推倒他，我登时便能取得他的地位。陷害他，是极容易的事，我有许多对他不利的证据，但是我不忍下手。我们俩出死入生的在一处已一年多，一同入医院就有两次。可是我又不能抛弃这个机会；志愿使英雄无论如何也得辣些。我不是个十足的英雄，所以我想个不太激进的办法来。我托了一个人向他去说，他的危险怎样的大，不如及早逃走,把一切事务交给我,我自会代他筹画将来的安全。他不听。我火了。不能不下毒手。我正在想主意,这个不知死的鬼找我来了,没带着一个人。有些人是这样:至死总假装宽厚大方,一点不为自己的命想一想,好象死是最便宜的事,可笑。这个人也是这样,还在和我嘻嘻哈哈。我不等想好主意了,反正他的命是在我手心里,我对他直接的说了——我的手摸着手枪。他,他听完了,向我笑了笑。'要是你愿杀我,'他说,还是笑着,'请,我决不计较。'这能是他说的吗?怎能那么巧呢?我知道,我早就知道了,凡是我要成功的时候,'他'老借着个笑脸来报仇,假冒为善的鬼会拿柔软的方法来毁人。我的手连抬也抬不起来了,不要说还要拿枪打人。姓王的笑着,笑着,走了。他走了,能有我的好处吗?他的地位比我高。拿证据去告发他恐怕已来不及了,他能不马上想对待我的法子吗?结果,我得跑!到现在,我手下的小卒都有作团长的了,我呢?我只是个有妻室而没家,不当和尚而住在庙里的——我也说不清我是什么!"

乘他喘气,我问了一句:"哪个庙事?"

"眼前的大悲寺!为是离着他近,"他指着坟头。

看我没往下问,他自动的说明:

"离他近,我好天天来诅咒他!"

不记得我又和他说了什么,还是什么也没说,无论怎样吧!我是踏着金黄的秋色下了山,斜阳在我的背后。我没敢回头,我怕那株枫树,叶子不是怎么红得似血!

# 微　神

　　清明已过了，大概是；海棠花不是都快开齐了吗？今年的节气自然是晚了一些，蝴蝶们还很弱；蜂儿可是一出世就那么挺拔，好象世界确是甜蜜可喜的。天上只有三四块不大也不笨重的白云，燕儿们给白云上钉小黑丁字玩呢。没有什么风，可是柳枝似乎故意地轻摆，象逗弄着四外的绿意。田中的清绿轻轻地上了小山，因为娇弱怕累得慌，似乎是，越高绿色越浅了些；山顶上还是些黄多于绿的纹缕呢。山腰中的树，就是不绿的也显出柔嫩来，山后的蓝天也是暖和的，不然，大雁们为何唱着向那边排着队去呢？石凹藏着些怪害羞的三月兰，叶儿还赶不上花朵大。

　　小山的香味只能闭着眼吸取，省得劳神去找香气的来源，你看，连去年的落叶都怪好闻的。那边有几只小白山羊，叫的声儿恰巧使欣喜不至过度，因为有些悲意。偶尔走过一只来，没长犄角就留下须的小动物，向一块大石发了会儿楞，又颠颠着俏式的小尾巴跑了。

　　我在山坡上晒太阳，一点思念也没有，可是自然而然地从心中滴下些诗的珠子，滴在胸中的绿海上，没有声响，只有些波纹走不到腮上便散了的微笑;可是始终也没成功一整句。一个诗的宇宙里,连我自己好似只是诗的什么地方的一个小符号。

越晒越轻松,我体会出蝶翅是怎样的欢欣。我搂着膝,和柳枝同一律动前后左右的微动,柳枝上每一黄绿的小叶都是听着春声的小耳勺儿。有时看看天空,啊,谢谢那块白云,它的边上还有个小燕呢,小得已经快和蓝天化在一处了,象万顷蓝光中的一粒黑痣,我的心灵象要往那儿飞似的。

远处山坡的小道,象地图上绿的省分里一条黄线。往下看,一大片麦田,地势越来越低,似乎是由山坡上往那边流动呢,直到一片暗绿的松树把它截住,很希望松林那边是个海湾。及至我立起来,往更高处走了几步,看看,不是;那边是些看不甚清的树,树中有些低矮的村舍;一阵小风吹来极细的一声鸡叫。

春晴的远处鸡声有些悲惨,使我不晓得眼前一切是真还是虚,它是梦与真实中间的一道用声音作的金线;我顿时似乎看见了个血红的鸡冠:在心中,村舍中,或是哪儿,有只——希望是雪白的——公鸡。

我又坐下了;不,随便的躺下了。眼留着个小缝收取天上的蓝光,越看越深,越高;同时也往下落着光暖的蓝点,落在我那离心不远的眼睛上。不大一会儿,我便闭上了眼,看着心内的晴空与笑意。

我没睡去,我知道已离梦境不远,但是还听得清清楚楚小鸟的相唤与轻歌。说也奇怪,每逢到似睡非睡的时候,我才看见那块地方——不晓得一定是哪里,可是在入梦以前它老是那个样儿浮在眼前。就管它叫作梦的前方吧。

这块地方并没有多大,没有山,没有海。象一个花园,可又没有清楚的界限。差不多是个不甚规则的三角,三个尖端浸在流动的黑暗里。一角上——我永远先看见它——是一片金黄与大红的花,密密层层!没有阳光,一片红黄的后面便全是黑暗,可是黑的背景使红黄更加深厚,就好象大黑瓶上画着红牡丹,深厚得至于使美中有一点点恐怖。黑暗的背景,我明白了,使红黄的一片抱住了自己的彩色,不向四外走射一点;况且没有阳光,彩色不飞入空中,而完全贴染在地上。我老先看见这块,一看见它,其余的便不看也会知道的,正好象一看见香山,准知道碧云寺在哪儿藏着呢。

其余的两角,左边是一个斜长的土坡,满盖着灰紫的野花,在不漂亮中有些深厚的力量,或者月光能使那灰的部分多一些银色,显出点诗的灵空;但是我不记得在哪儿有个小月亮。无论怎样,我也不厌恶它。不,我爱这个似乎被霜弄暗了的紫色,象年轻的母亲穿着暗紫长袍。右边的一角是最漂亮的,一处小草房,门前有一架细蔓的月季,满开着单纯的花,全是浅粉的。

设若我的眼由左向右转,灰紫、红黄、浅粉,象是由秋看到初春,时候倒流;生命不但不是由盛而衰,反倒是以玫瑰作香色双艳的结束。

三角的中间是一片绿草,深绿、软厚、微湿;每一短叶都向上挺着,似乎是听着远处的雨声。没有一点风,没有一个飞动的小虫;一个鬼艳的小世界,活着的只有颜色。

在真实的经验中,我没见过这么个境界。可是它永远存在,在我的梦前。英格兰的深绿,苏格兰的紫草小山,德国黑林的幽晦,或者是它的祖先们,但是谁准知道呢。从赤道附近的浓艳中减去阳光,也有点象它,但是它又没有虹样的蛇与五彩的禽,算了吧,反正我认识它。

我看见它多多少少次了。它和"山高月小,水落石出",

是我心中的一对画屏。可是我没到那个小房里去过。我不是被那些颜色吸引得不动一动,便是由它的草地上恍惚的走入另种色彩的梦境。它是我常遇到的朋友,彼此连姓名都晓得,只是没细细谈过心。我不晓得它的中心是什么颜色的,是含着一点什么神秘的音乐——真希望有点响动!

这次我决定了去探险。

一想就到了月季花下,或也许因为怕听我自己的足音?月季花对于我是有些端阳前后的暗示,我希望在哪儿贴着张深黄纸,印着个硃红的判官,在两束香艾的中间。没有。只在我心中听见了声"樱桃"的吆喝。这个地方是太静了。

小房子的门闭着,窗上门上都挡着牙白的帘儿,并没有花影,因为阳光不足。里边什么动静也没有,好象它是寂寞的发源地。轻轻地推开门,静寂与整洁双双地欢迎我进去,是欢迎我;室中的一切是"人"的,假如外面景物是"鬼"的——希望我没用上过于强烈的字。

一大间,用幔帐截成一大一小的两间。幔帐也是牙白的,上面绣着些小蝴蝶。外间只有一条长案,一个小椭圆桌儿,一把椅子,全是暗草色的,没有油饰过。椅上的小垫是浅绿的,桌上有几本书。案上有一盆小松,两方古铜镜,锈色比小松浅些。内间有一个小床,罩着一块快垂到地上的绿毯。床首悬着一个小篮,有些快干的茉莉花。地上铺着一块长方的蒲垫,垫的旁边放着一双绣白花的小绿拖鞋。

我的心跳起来了!我决不是入了复杂而光灿的诗境;平淡朴美是此处的音调,也不是幻景,因为我认识那只绣着白花的小绿拖鞋。

爱情的故事往往是平凡的,正如春雨秋霜那样平凡。可是平凡的人们偏爱在这些平凡的事中找些诗意；那么，想必是世界上多数的事物是更缺乏色彩的；可怜的人们！希望我的故事也有些应有的趣味吧。

没有象那一回那么美的了。我说"那一回"，因为在那一天那一会儿的一切都是美的。她家中的那株海棠花正开成一个大粉白的雪球；沿墙的细竹刚拔出新笋；天上一片娇晴；她的父母都没在家；大白猫在花下酣睡。听见我来了，她象燕儿似的从帘下飞出来；没顾得换鞋，脚下一双小绿拖鞋象两片嫩绿的叶儿。她喜欢得象清早的阳光，腮上的两片苹果比往常红着许多倍，似乎有两颗香红的心在脸上开了两个小井，溢着红润的胭脂泉。那时她还梳着长黑鬈。

她父母在家的时候，她只能隔着窗儿望我一望，或是设法在我走去的时节，和我笑一笑。这一次，她就象一个小猫遇上了个好玩的伴儿；我一向不晓得她"能"这样的活泼。在一同往屋中走的工夫，她的肩挨上了我的。我们都才十七岁。我们都没说什么，可是四只眼彼此告诉我们是欣喜到万分。我最爱看她家壁上那张工笔百鸟朝凤；这次，我的眼匀不出工夫来。我看着那双小绿拖鞋；她往后收了收脚，连耳根儿都有点红了；可是仍然笑着。我想问她的功课，没问；想问新生的小猫有全白的没有，没问；心中的问题多了，只是口被一种什么力量给封起来，我知道她也是如此，因为看见她的白润的脖儿直微微地动，似乎要将些不相干的言语咽下去，而真值得一说的又不好意思说。

她在临窗的一个小红木凳上坐着，海棠花影在她半个脸上微动。有时候她微向窗外看看，大概是怕有人进来。及至看清了没人，她脸上的花影都被欢悦给浸渍得红艳了。她的两手交换着轻轻地摸小凳的沿,显着不耐烦,可是欢喜的不耐烦。最后,她深深地看了我一眼,极不愿意而又不得不说地说,"走吧!"我自己已忘了自己,只看见,不是听见,两个什么字由她的口中出来?可是在心的深处猜对那两个字的意思,因为我也有点那样的关切。我的心不愿动,我的脑知道非走不可。我的眼盯住了她的。她要低头,还没低下去,便又勇敢地抬起来,故意地,不怕地,羞而不肯羞地,迎着我的眼。直到不约而同地垂下头去,又不约而同地抬起来,又那么看。心似乎已碰着心。

我走,极慢的,她送我到帘外,眼上蒙了一层露水。我走到二门,回了回头,她已赶到海棠花下。我象一个羽毛似的飘荡出去。

以后,再没有这种机会。

有一次,她家中落了,并不使人十分悲伤的丧事。在灯光下我和她说了两句话。她穿着一身孝衣。手放在胸前,摆弄着孝衣的扣带。站得离我很近,几乎能彼此听得见脸上热力的激射,象雨后的禾稼那样带着声儿生长。可是,只说了两句极没有意思的话——口与舌的一些动作:我们的心并没管它们。

我们都二十二岁了,可是五四运动还没降生呢。男女的交际还不是普通的事。我毕业后便作了小学的校长,平生最大的光荣,因为她给了我一封贺信。信笺的末尾——印着一枝梅花——她注了一行:不要回信。我也就没敢写回信。可是我好象心中燃着一束火把,无所不尽其极地整顿学校。我拿办好了学校作为给她的回信;她也在我的梦中给我鼓着得胜的掌——那一对连腕也是玉的手!

提婚是不能想的事。许多许多无意识而有力量的阻碍,象个专以力气自雄的恶虎,站在我们中间。

有一件足以自慰的，我那系在心上的耳朵始终没听到她的定婚消息。还有件比这更好的事，我兼任了一个平民学校的校长，她担任着一点功课。我只希望能时时见到她，不求别的。她呢，她知道怎么躲避我——已经是个二十多岁的大姑娘。她失去了十七八岁时的天真与活泼，可是增加了女子的尊严与神秘。

又过了二年，我上了南洋。到她家辞行的那天，她恰巧没在家。

在外国的几年中，我无从打听她的消息。直接通信是不可能的。间接探问，又不好意思。只好在梦里相会了。说也奇怪，我在梦中的女性永远是"她"。梦境的不同使我有时悲泣，有时狂喜；恋的幻境里也自有一种味道。她，在我的心中，还是十七岁时的样子：小圆脸，眉眼清秀中带着一点媚意。身量不高，处处都那么柔软，走路非常的轻巧。那一条长黑的发辫，造成最动心的一个背影。我也记得她梳起头来的样儿，但是我总梦见那带辫的背影。

回国后，自然先探听她的一切。一切消息都象谣言，她已作了暗娼！

就是这种刺心的消息，也没减少我的热情；不，我反倒更想见她，更想帮助她。我到她家去。已不在那里住，我只由墙外看见那株海棠树的一部分。房子早已卖掉了。

到底我找到她了。她已剪了发，向后梳拢着，在项部有个大绿梳子。穿着一件粉红长袍，袖子仅到肘部，那双臂，已不是那么活软的了。脸上的粉很厚，脑门和眼角都有些褶子。可是她还笑得很好看，虽然一点活泼的气象也没有了。设若把粉和油都去掉，她大概最好也只象个产后的病妇。她始终没正眼看我一次，虽然脸上并没有羞愧的样子，她也说也笑，只是心没在话与笑中，好象完全应酬我。我试着探问她些问题与经济状况，她不大愿意回答。她点着一支香烟，烟很灵通地从鼻孔出来，她把左膝放在右膝上，仰着头看烟的升降变化，极无聊而又显着刚强。我的眼湿了，她不会看不见我的泪，可是她没有任何表示。她不住地看自己的手指甲，又轻轻地向后按头发，似乎她只是为它们活着呢。提到家中的人，她什么也没告诉我。我只好走吧。临出来的时候，我把住址告诉给她——深愿她求我，或是命令我，作点事。她似乎根本没往心里听，一笑，眼看看别处，没有往外送我的意思。她以为我是出去了，其实我是立在门口没动，这么着，她一回头，我们对了眼光。只是那么一擦似的她转过头去。

初恋是青春的第一朵花，不能随便掷弃。我托人给她送了点钱去。留下了，并没有回话。

朋友们看出我的悲苦来，眉头是最会出卖人的。她们善意的给我介绍女友，惨笑地摇首是我的回答。我得等着她。初恋象幼年的宝贝永远是最甜蜜的，不管那个宝贝是一个小布人，还是几块小石子。慢慢的，我开始和几个最知己的朋友谈论她，他们看在我的面上没说她什么，可是假装闹着玩似的暗刺我，他们看我太愚，也就是说她不配一恋。他们越这样，我越顽固。是她打开了我的爱的园门，我得和她走到山穷水尽。怜比爱少着些味道，可是更多着些人情。不久，我托友人向她说明，我愿意娶她。我自己没胆量去。友人回来，带回来她的几声狂笑。她没说别的，只狂笑了一阵。她是笑谁？笑我的愚，很好，多情的人不是每每有些傻气吗？这足以使人得意。笑她自己，那只是因为不好意思哭，过度的悲郁使人狂笑。

愚痴给我些力量，我决定自己去见她。要说的话都详细的编制好，演习了许多次，我告诉自己——只许胜，不许败。她没在家。又去了两次，都没见着。第四次去，屋门里停着小小的一口薄棺材，装着她。她是因打胎而死。

一篮最鲜的玫瑰，瓣上带着我心上的泪，放在她的灵前，结束了我的初恋，开始终生的虚空。为什么她落到这般光景？我不愿再打听。反正她在我心中永远不死。

我正呆看着那小绿拖鞋，我觉得背后的幔帐动了一动。一回头，帐子上绣的小蝴蝶在她的头上飞动呢。她还是十七八岁时的模样，还是那么轻巧，象仙女飞降下来还没十分立稳那样立着。我往后退了一步，似乎是怕一往前凑就能把她吓跑。这一退的工夫，她变了，变成二十多岁的样子。她也往后退了，随退随着脸上加着皱纹。她狂笑起来。我坐在那个小床上。刚坐下，我又起来了，扑过她去，极快；她在这极短的时间内，又变回十七岁时的样子。在一秒钟里我看见她半生的变化，她象是不受时间的拘束。我坐在椅子上，她坐在我的怀中。我自己也恢复了十五六年前脸上的红色，我觉得出。我们就这样坐着，听着彼此心血的潮荡。不知有多么久。最后，我找到声音，唇贴着她的耳边，问：

"你独自住在这里？"

"我不住在这里；我住在这儿，"她指着我的心说。

"始终你没忘了我，那么？"我握紧了她的手。

"被别人吻的时候，我心中看着你！"

"可是你许别人吻你？"我并没有一点妒意。

"爱在心里，唇不会闲着；谁教你不来吻我呢？"

"我不是怕得罪你的父母吗？不是我上了南洋吗？"

她点了点头,"惧怕使你失去一切,隔离使爱的心慌了。"

她告诉了我,她死前的光景。在我出国的那一年,她的母亲死去。她比较得自由了一些。出墙的花枝自会招来蜂蝶,有人便追求她。她还想念着我,可是肉体往往比爱少些忍耐力,爱的花不都是梅花。她接受了一个青年的爱,因为他长得象我。他非常地爱她,可是她还忘不了我,肉体的获得不就是爱的满足,相似的容貌不能代替爱的真形。他疑心了,她承认了她的心是在南洋。他们俩断绝了关系。这时候,她父亲的财产全丢了。她非嫁人不可。她把自己卖给一个阔家公子,为是供给她的父亲。

"你不会去教学挣钱?"我问。

"我只能教小学,那点薪水还不够父亲买烟吃的!"

我们俩都楞起来。我是想:假使我那时候回来,以我的经济能力说,能供给得起她的父亲吗?我还不是大睁白眼地看着她卖身?

"我把爱藏在心中,"她说,"拿肉体挣来的茶饭营养着它。我深恐肉体死了,爱便不存在,其实我是错了;先不用说这个吧。他非常的妒忌,永远跟着我,无论我是干什么。上哪儿去,他老随着我。他找不出我的破绽来,可是觉得出我是不爱他。慢慢的,他由讨厌变为公开地辱骂我,甚至于打我,他逼得我没法不承认我的心是另有所寄。忍无可忍也就顾不及饭碗问题了。他把我赶出来,连一件长衫也没给我留。我呢,父亲照样和我要钱,我自己得吃得穿,而且我一向吃好的穿好的惯了。为满足肉体,还得利用肉体,身体是现成的本钱。凡给我钱的便买去我点筋肉的笑。我很会笑;我照着镜子练习那迷人的笑。环境的不同使人作退一步想,这样零卖,到是比终日叫那一个阔公子管着强一些。在街上,有多少人指着我的后影叹气,可是我到底是自由的，有时候我与些打扮得不漂亮的女子遇上，我也有些得意。我一共打过四次胎，但是创痛过去便又笑了。

"最初，我颇有一些名气，因为我既是作过富宅的玩物，又能识几个字，新派旧派的人都愿来照顾我。我没工夫去思想，甚至于不想积蓄一点钱，我完全为我的服装香粉活着。今天的漂亮是今天的生活，明天自有明天管照着自己，身体的疲倦，只管眼前的刺激，不顾将来。不久，这种生活也不能维持了。父亲的烟是无底的深坑。打胎需要化许多费用。以前不想剩钱；钱自然不会自己剩下。我连一点无聊的傲气也不敢存了。我得极下贱地去找钱了，有时是明抢。有人指着我的后影叹气，我也回头向他笑一笑。打一次胎增加两三岁。镜子是不欺人的，我已老丑了。疯狂足以补足衰老。我尽着肉体的所能伺候人们，不然，我没有生意。我敞着门睡着，我是大家的，不是我自己的。一天二十四小时，什么时间也可以买我的身体。我消失在欲海里。在清醒的世界中我并不存在。我的手指算计着钱数。我不思想，只是盘算——怎能多进五毛钱。我不哭，哭不好看。只为钱着急，不管我自己。"

她休息了一会儿，我的泪已滴湿她的衣襟。

"你回来了！"她继续着说："你也三十多了；我记得你是十七岁的小学生。你的眼已不是那年——多少年了？——看我那双绿拖鞋的眼。可是，你，多少还是你自己，我，早已死了。你可以继续作那初恋的梦，我已无梦可作。我始终一点也不怀疑，我知道你要是回来，必定要我。及至见着你，我自己已找不到我自己，拿什么给你呢？你没回来的时候，我永远不拒绝，不论是对谁说，我是爱你；你回来了，我只好狂笑。单等我落到这样，你才回来，这不是有意戏弄人？假如你永远不回来，我老有个南洋作我的梦景,你老有个我在你的心中,岂不很美?你偏偏回来了,而且回来这样迟——"

"可是来迟了并不就是来不及了,"我插了一句。

"晚了就是来不及了。我杀了自己。"

"什么?"

"我杀了我自己。我命定的只能住在你心中,生存在一首诗里,生死有什么区别?在打胎的时候我自己下了手。有你在我左右,我没法子再笑。不笑,我怎么挣钱?只有一条路,名字叫死。你回来迟了,我别再死迟了:我再晚死一会儿,我便连住在你心中的希望也没有了。我住在这里,这里便是你的心。这里没有阳光,没有声响,只有一些颜色。颜色是更持久的,颜色画成咱们的记忆。看那双小鞋,绿的,是点颜色,你我永远认识它们。"

"但是我也记得那双脚。许我看看吗?"

她笑了,摇摇头。

我很坚决,我握住她的脚,扯下她的袜,露出没有肉的一支白脚骨。

"去吧!"她推了我一把。"从此你我无缘再见了!我愿住在你的心中,现在不行了;我愿在你心中永远是青春。"

太阳已往西斜去;风大了些,也凉了些,东方有些黑云。春光在一个梦中惨淡了许多。我立起来,又看见那片暗绿的松树。立了不知有多久。远处来了些蠕动的小人,随着一些听不甚真的音乐。越来越近了,田中惊起许多白翅的鸟,哀鸣着向山这边飞。我看清了,一群人们匆匆地走,带起一些灰土。三五鼓手在前,几个白衣人在后,最后是一口棺材。春天也要埋人的。

撒起一把纸钱，蝴蝶似的落在麦田上。东方的黑云更厚了，柳条的绿色加深了许多，绿得有些凄惨。心中茫然，只想起那双小绿拖鞋，象两片树叶在永生的树上作着春梦。

# 开市大吉

我，老王，和老邱，凑了点钱，开了个小医院。老王的夫人作护士主任，她本是由看护而高升为医生太太的。老邱的岳父是庶务兼会计。我和老王是这么打算好，假如老丈人报花账或是携款潜逃的话，我们俩就揍老邱；合着老邱是老丈人的保证金。我和老王是一党，老邱是我们后约的，我们俩总得防备他一下。办什么事，不拘多少人，总得分个党派，留个心眼。不然，看着便不大象回事儿。加上王太太，我们是三个打一个，假如必须打老邱的话。老丈人自然是帮助老邱喽，可是他年岁大了，有王太太一个人就可把他的胡子扯净了。老邱的本事可真是不错，不说屈心的话。他是专门割痔疮，手术非常的漂亮，所以请他合作。不过他要是找揍的话，我们也不便太厚道了。

我治内科，老王花柳，老邱专门痔漏兼外科，王太太是看护士主任兼产科，合着我们一共有四科。我们内科，老老实实的讲，是地道二五八。一分钱一分货，我们的内科收费可少呢。要敲是敲花柳与痔疮，老王和老邱是我们的希望。我和王太太不过是配搭，她就根本不是大夫，对于生产的经验她有一些，因为她自己生过两个小孩。至于接生的手术，反正我有太太决不叫她接生。可是我们得设产科，产科是最有利的。只要顺顺当当的产下来，至少也得住十天半月的；稀粥烂饭的对付着，住一天拿一天的钱。要是不顺顺当当的生产呢，那看事作事，临时再想主意。活人还能叫尿憋死？

我们开了张。"大众医院"四个字在大小报纸已登了一个半月。名字起的好——办什么赚钱的事儿，在这个年月，就是别忘了"大众"。不赚大众的钱，赚谁的？这不是真情实理吗？自然在广告上我们没这么说，因为大众不爱听实话的；我们说的是："为大众而牺牲，为同胞谋幸福。一切科学化，一切平民化，沟通中西医术，打破阶级思想。"真花了不少广告费，本钱是得下一些的。把大众招来以后，再慢慢收拾他们。专就广告上看，谁也不知道我们的医院有多么大。院图是三层大楼，那是借用近邻转运公司的像片，我们一共只有六间平房。

我们开张了。门诊施诊一个星期，人来的不少，还真是"大众"，我挑着那稍象点样子的都给了点各色的苏打水，不管害的是什么病。这样，延迟过一星期好正式收费呀；那真正老号的大众就干脆连苏打水也不给，我告诉他们回家洗洗脸再来，一脸的滋泥，吃药也是白搭。

忙了一天，晚上我们开了紧急会议，专替大众不行啊，得设法找"二众"。我们都后悔了，不该叫"大众医院"。有大众而没贵族，由哪儿发财去？医院不是煤油公司啊，早知道还不如干脆叫"贵族医院"呢。老邱把刀子沾了多少回消毒水，一个割痔疮的也没来！长痔疮的阔老谁能上"大众医院"来割？

老王出了主意：明天包一辆能驶的汽车，我们轮流的跑几趟，把二姥姥接来也好，把三舅母装来也行。一到门口看护赶紧往里搀，接上这么三四十趟，四邻的人们当然得佩服我们。

我们都很佩服老王。

"再赁几辆不能驶的,"老王接着说。

"干吗?"我问。

"和汽车行商量借给咱们几辆正在修理的车,在医院门口放一天。一会儿叫咕嘟一阵。上咱们这儿看病的人老听外面咕嘟咕嘟的响,不知道咱们又来了多少坐汽车的。外面的人呢,老看着咱们的门口有一队汽车,还不唬住?"

我们照计而行,第二天把亲戚们接了来,给他们碗茶喝,又给送走。两个女看护是见一个搀一个,出来进去,一天没住脚。那几辆不能活动而能咕嘟的车由一天亮就运来了,五分钟一阵,轮流的咕嘟,刚一出太阳就围上一群小孩。我们给汽车队照了个像,托人给登晚报。老邱的丈人作了篇八股,形容汽车往来的盛况。当天晚上我们都没能吃饭,车咕嘟得太厉害了,大家都有点头晕。

不能不佩服老王,第三天刚一开门,汽车,进来位军官。老王急于出去迎接,忘了屋门是那么矮,头上碰了个大包。花柳;老王顾不得头上的包了,脸笑得一朵玫瑰似的,似乎再碰它七八个包也没大关系。三言五语,卖了一针六〇六。我们的两位女看护给军官解开制服,然后四只白手扶着他的胳臂,王太太过来先用小胖食指在针穴轻轻点了两下,然后老王才给用针。军官不知道东西南北了,看着看护一个劲儿说:"得劲!得劲!得劲!"我在旁边说了话,再给他一针。老邱也是福至心灵,早预备好了——香片茶加了点盐。老王叫看护扶着军官的胳臂,王太太又过来用小胖食指点了点,一针香片下去了。军官还说得劲,老王这回是自动的又给了他一针龙井。我们的医院里吃茶是讲究的,老是香片龙井两着沏。两针茶,一针六〇六,我们收了他二十五块钱。本来应当是十元一针,因为三针,减收五元。我们告诉他还得接着来,有十次管保除根。反正我们有的是茶,我心里说。

把钱交了,军官还舍不得走,老王和我开始跟他瞎扯,我就夸奖他的不瞒着病——有花柳,赶快治,到我们这里来治,准保没危险。花柳是伟人病,正大光明,有病就治,几针六〇六,完了,什么事也没有。就怕象铺子里的小伙计,或是中学的学生,得了药藏藏掩掩,偷偷的去找老虎大夫,或是袖口来袖口去买私药——广告专贴在公共厕所里,非糟不可。军官非常赞同我的话,告诉我他已上过二十多次医院。不过哪一回也没有这一回舒服。我没往下接碴儿。

老王接过去,花柳根本就不算病,自要勤扎点六〇六。军官非常赞同老王的话,并且有事实为证——他老是不等完全好了便又接着去逛;反正再扎几针就是了。老王非常赞同军官的话,并且愿拉个主顾,军官要是长期扎扎的话,他愿减收一半药费:五块钱一针。包月也行,一月一百块钱,不论扎多少针。军官非常赞同这个主意,可是每次得照着今天的样子办,我们都没言语,可是笑着点了点头。

军官汽车刚开走,迎头来了一辆,四个丫环搀下一位太太来。一下车,五张嘴一齐问:有特别房没有?我推开一个丫环,轻轻的托住太太的手腕,搀到小院中。我指着转运公司的楼房说,"那边的特别室都住满了。您还算得凑巧,这里——我指着我们的几间小房说——还有两间头等房,您暂时将就一下吧。其实这两间比楼上还舒服,省得楼上楼下的跑,是不是,老太太?"

老太太的第一句话就叫我心中开了一朵花,"唉,这还象个大夫——病人不为舒服,上医院来干吗?东生医院那群大夫,简直的不是人!"

"老太太,您上过东生医院?"我非常惊异的问。

"刚由那里来,那群王八羔子!"

乘着她骂东生医院——凭良心说,这是我们这里最大最好的医院——我把她搀到小屋里,我知道,我要是不引着她骂东生医院,她决不会住这间小屋,"您在那儿住了几天?"我问。

"两天;两天就差点要了我的命!"老太太坐在小床上。

我直用腿顶着床沿,我们的病床都好,就是上了点年纪,爱倒。"怎么上那儿去了呢?"我的嘴不敢闲着,不然,老太太一定会注意到我的腿的。

"别提了!一提就气我个倒仰——。你看,大夫,我害的是胃病,他们不给我东西吃!"老太太的泪直要落下来。

"不给您东西吃?"我的眼都瞪圆了。"有胃病不给东西吃?蒙古大夫!就凭您这个年纪?老太太您有八十了吧?"

老太太的泪立刻收回去许多,微微的笑着:"还小呢。刚五十八岁。"

"和我的母亲同岁,她也是有时候害胃口疼!"我抹了抹眼睛。"老太太,您就在这儿住吧,我准把那点病治好了。这个病全仗着好保养,想吃什么就吃;吃下去,心里一舒服,病就减去几分,是不是,老太太?"

老太太的泪又回来了,这回是因为感激我。"大夫,你看,我专爱吃点硬的,他们偏叫我喝粥,这不是故意气我吗?"

"您的牙口好,正应当吃口硬的呀!"我郑重的说。

"我是一会儿一饿,他们非到时候不准我吃!"

"糊涂东西们!"

"半夜里我刚睡好,他们把小玻璃棍放在我嘴里,试什么度。"

"不知好歹!"

"我要便盆,那些看护说,等一等,大夫就来,等大夫查过病去再说!"

"该死的玩艺儿!"

"我刚挣扎着坐起来,看护说,躺下。"

"讨厌的东西!"

我和老太太越说越投缘,就是我们的屋子再小一点,大概她也不走了。爽性我也不再用腿顶着床了,即使床倒了,她也能原谅。

"你们这里也有看护呀?"老太太问。

"有,可是没关系,"我笑着说。"您不是带来自个丫环吗?叫她们也都住院就结了。您自己的人当然伺候的周到;我干脆不叫看护们过来,好不好?"

"那敢情好啦,有地方呀?"老太太好象有点过意不去了。

"有地方,您干脆包了这个小院吧。四个丫环之外,不妨再叫个厨子来,您爱吃什么吃什么。我只算您一个人的钱,丫环厨子都白住,就算您五十块钱一天。"

老太太叹了口气:"钱多少的没有关系,就这么办吧。春香,你回家去把厨子叫来,告诉他就手儿带两只鸭子来。"

我后悔了:怎么才要五十块钱呢?真想抽自己一顿嘴巴!幸而我没说药费在内;好吧,在药费上找齐儿就是了;反正看这个来派,这位老太太至少有一个儿子当过师长。况且,她要是天天吃火烧夹烤鸭,大概不会三五天就出院,事情也得往长里看。

医院很有个样子了:四个丫环穿梭似的跑出跑入,厨师傅在院中墙根砌起一座炉灶,好象是要办喜事似的。我们也不客气,老太太的果子随便拿起就尝,全鸭子也吃它几块。始终就没人想起给她看病,因为注意力全用在看她买来什么好吃食。

老王和我总算开了张,老邱可有点挂不住了。他手里老拿着刀子。我都直躲他,恐怕他拿我试试手。老王直劝他不要着急,可是他太好胜,非也给医院弄个几十块不甘心。我佩服他这种精神。

吃过午饭,来了!割痔疮的!四十多岁,胖胖的,肚子很大。王太太以为他是来生小孩,后来看清他是男性,才把他让给老邱。老邱的眼睛都红了。三言五语,老邱的刀子便下去了。四十多岁的小胖子疼得直叫唤,央告老邱用点麻药。老邱可有了话:

"咱们没讲下用麻药哇!用也行,外加十块钱。用不用?快着!"

小胖子连头也没敢摇。老邱给他上了麻药。又是一刀,又停住了:"我说,你这可有管子,刚才咱们可没讲下割管子。还往下割不割?往下割的话,外加三十块钱。不的话,这就算完了。"

我在一旁,暗伸大指,真有老邱的!拿住了往下敲,是个办法!

四十多岁的小胖子没有驳回,我算计着他也不能驳回。老邱的手术漂亮,话也说得脆,一边割管子一边宣传:"我告诉你,这点事儿值得你二百块钱;不过,我们不敲人;治好了只求你给传传名。赶明天你有工夫的时候,不妨来看看。我这些家伙用四万五千倍的显微镜照,照不出半点微生物!"

胖子一声也没出,也许是气胡涂了。

老邱又弄了五十块。当天晚上我们打了点酒,托老太太的厨子给作了几样菜。菜的材料多一半是利用老太太的。一边吃一边讨论我们的事业，我们决定添设打胎和戒烟。老王主张暗中宣传检查身体，凡是要考学校或保寿险的,哪怕已经作下寿衣，预备下棺材，我们也把体格表填写得好好的；只要交五元的检查费就行。这一案也没费事就通过了。老邱的老丈人最后建议，我们匀出几块钱，自己挂块匾。老人出老办法。可是总算有心爱护我们的医院，我们也就没反对。老丈人已把匾文拟好——仁心仁术。陈腐一点，不过也还恰当。我们议决，第二天早晨由老丈人上早市去找块旧匾。王太太说，把匾油饰好，等门口有过娶妇的，借着人家的乐队吹打的时候，我们就挂匾。到底妇女的心细，老王特别显着骄傲。

# 柳家大院

这两天我们的大院里又透着热闹,出了人命。

事情可不能由这儿说起,得打头儿来。先交代我自己吧,我是个算命的先生。我也卖过酸枣、落花生什么的,那可是先前的事了。现在我在街上摆卦摊,好了呢,一天也抓弄个三毛五毛的。老伴儿早死了,儿子拉洋车。我们爷儿俩住着柳家大院的一间北房。

除了我这间北房,大院里还有二十多间房呢。一共住着多少家子?谁记得清!住两间房的就不多,又搭上今天搬来,明天又搬走,我没有那么好记性。大家见面招呼声"吃了吗",透着和气;不说呢,也没什么。大家一天到晚为嘴奔命,没有工夫扯闲话儿。爱说话的自然也有啊,可是也得先吃饱了。

还就是我们爷儿俩和王家可以算作老住户,都住了一年多了。早就想搬家,可是我这间屋子下雨还算不十分漏;这个世界哪去找不十分漏水的屋子?不漏的自然有哇,也得住得起呀!再说,一搬家又得花三份儿房钱,莫如忍着吧。晚报上常说什么"平等",铜子儿不平等,什么也不用说。这是实话。就拿媳妇们说吧,娘家要是不使彩礼,她们一定少挨点揍,是不是?

王家是住两间房。老王和我算是柳家大院里最"文明"的人了。"文明"是三孙子，话先说在头里。我是算命的先生，眼前的字儿颇念一气。天天我看俩大子的晚报。"文明"人，就凭看篇晚报，别装孙子啦！老王是给一家洋人当花匠，总算混着洋事。其实他会种花不会，他自己晓得；若是不会的话，大概他也不肯说。给洋人院里剪草皮的也许叫作花匠；无论怎说吧，老王有点好吹。有什么意思？剪草皮又怎么低下呢？老王想不开这一层。要不怎么我们这种穷人没起色呢，穷不是，还好吹两句！大院里这样的人多了，老跟"文明"人学；好象"文明"人的吹胡子瞪眼睛是应当应分。反正他挣钱不多，花匠也罢，草匠也罢。

老王的儿子是个石匠，脑袋还没石头顺溜呢，没见过这么死巴的人。他可是好石匠，不说屈心话。小王娶了媳妇，比他小着十岁，长得象搁陈了的窝窝头，一脑袋黄毛，永远不乐，一挨揍就哭，还是不短挨揍。老王还有个女儿，大概也有十四五岁了，又贼又坏。他们四口住两间房。

除了我们两家，就得算张二是老住户了；已经在这儿住了六个多月。虽然欠下俩月的房钱，可是还对付着没叫房东给撵出去。张二的媳妇嘴真甜甘，会说话；这或者就是还没叫撵出去的原因。自然她只是在要房租来的时候嘴甜甘；房东一转身，你听她那个骂。谁能不骂房东呢；就凭那么一间狗窝，一月也要一块半钱？！可是谁也没有她骂得那么到家，那么解气。连我这老头子都有点爱上她了，不是为别的，她真会骂。可是，任凭怎么骂，一间狗窝还是一块半钱。这么一想，我又不爱她了。没有真力量，骂骂算得了什么呢。

张二和我的儿子同行，拉车。他的嘴也不善，喝俩铜子的

"猫尿"能把全院的人说晕了;穷嚼!我就讨厌穷嚼,虽然张二不是坏心肠的人。张二有三个小孩,大的检煤核,二的滚车辙,三的满院爬。

提起孩子来了,简直的说不上来他们都叫什么。院子里的孩子足够一混成旅,怎能记得清楚呢?男女倒好分,反正能光眼子就光着。在院子里走道总得小心点;一慌,不定踩在谁的身上呢。踩了谁也得闹一场气。大人全别着一肚子委屈,可不就抓个碴儿吵一阵吧。越穷,孩子越多,难道穷人就不该养孩子?不过,穷人也真得想个办法。这群小光眼子将来都干什么去呢?又跟我的儿子一样,拉洋车?我倒不是说拉洋车就低贱,我是说人就不应当拉车;人嘛,当牛马?可是,好些个还活不到能拉车的年纪呢。今年春天闹瘟疹,死了一大批。最爱打孩子的爸爸也咧着大嘴哭,自己的孩子哪有不心疼的?可是哭完也就完了,小席头一卷,夹出城去;死了就死了,省吃是真的。腰里没钱心似铁,我常这么说。这不象一句话,总得想个办法!

除了我们三家子,人家还多着呢。可是我只提这三家子就够了。我不是说柳家大院出了人命吗?死的就是王家那个小媳妇。我说过她象窝窝头,这可不是拿死人打哈哈。我也不是说她"的确"象窝窝头。我是替她难受,替和她差不多的姑娘媳妇们难受。我就常思索,凭什么好好的一个姑娘,养成象窝窝头呢?从小儿不得吃,不得喝,还能油光水滑的吗?是,不错,可是凭什么呢?

少说闲话吧;是这么回事:老王第一个不是东西。我不是说他好吹吗?是,事事他老学那些"文明"人。娶了儿媳妇,喝,他不知道怎么好了。一天到晚对儿媳妇挑鼻子弄眼睛,派头大了。为三个钱的油,两个大的醋,他能闹得翻江倒海。我知道,

609

穷人肝气旺，爱吵架。老王可是有点存心找毛病；他闹气，不为别的，专为学学"文明"人的派头。他是公公；妈的，公公几个铜子儿一个！我真不明白，为什么穷小子单要充"文明"，这是哪一股儿毒气呢？早晨，他起得早，总得也把小媳妇叫起来，其实有什么事呢？他要立这个规矩，穷酸！她稍微晚起来一点，听吧，这一顿揍！

我知道，小媳妇的娘家使了一百块的彩礼。他们爷儿俩大概再有一年也还不清这笔亏空，所以老拿小媳妇出气。可是要专为这一百块钱闹气，也倒罢了，虽然小媳妇已经够冤枉的。他不是专为这点钱。他是学"文明"人呢，他要作足了当公公的气派。他的老伴不是死了吗，他想把婆婆给儿媳妇的折磨也由他承办。他变着方儿挑她的毛病。她呢，一个十七岁的孩子可懂得什么？跟她耍排场？我知道他那些排场是打哪儿学来的：在茶馆里听那些"文明"人说的。他就是这么个人——和"文明"人要是过两句话，替别人吹几句，脸上立刻能红堂堂的。在洋人家里剪草皮的时候，洋人要是跟他过一句半句的话，他能把尾巴摆动三天三夜。他确是有尾巴。可是他摆一辈子的尾巴了，还是他妈的住破大院啃窝窝头。我真不明白！

老王上工去的时候，把磨折儿媳妇的办法交给女儿替他办。那个贼丫头！我一点也没有看不起穷人家的姑娘的意思；她们给人家作丫环去呀，作二房去呀，是常有的事（不是应该的事），那能怨她们吗？不能！可是我讨厌王家这个二妞，她和她爸爸一样的讨人嫌，能钻天觅缝地给她嫂子小鞋穿，能大睁白眼地乱造谣言给嫂子使坏。我知道她为什么这么坏，她是由那个洋人供给着在一个学校念书，她一万多个看不上她的嫂子。她也穿一双整鞋，头发上也戴着一把梳子，瞧她那个美！我就这么琢磨这回事：世界上不应当有穷有富。可是穷人要是狗着有钱的，往高处爬，比什么也坏。老王和二妞就是好例子。她嫂子要是作一双青布新鞋，她变着方儿给踩上泥，然后叫他爸爸骂儿媳妇。我没工夫细说这些事儿，反正这个小媳妇没有一天得着好气；有的时候还吃不饱。

小王呢，石厂子在城外，不住在家里。十天半月地回来一趟，一定揍媳妇一顿。在我们的柳家大院，揍儿媳妇是家常便饭。谁叫老婆吃着男子汉呢，谁叫娘家使了彩礼呢，挨揍是该当的。可是小王本来可以不揍媳妇，因为他轻易不家来，还愿意回回闹气吗？哼，有老王和二妞在旁边挑拨啊。老王罚儿媳妇挨饿，跪着；到底不能亲自下手打，他是自居为"文明"人的，哪能落个公公打儿媳妇呢？所以挑唆儿子去打；他知道儿子是石匠，打一回胜似别人打五回的。儿子打完了媳妇，他对儿子和气极了。二妞呢，虽然常拧嫂子的胳臂，可也究竟是不过瘾，恨不能看着哥哥把嫂子当作石头，一下子捶碎才痛快。我告诉你，一个女人要是看不起另一个女人的，那就是活对头。二妞自居女学生；嫂子不过是花一百块钱买来的一个活窝窝头。

王家的小媳妇没有活路。心里越难受，对人也越不和气；全院里没有爱她的人。她连说话都忘了怎么说了。也有痛快的时候，见神见鬼地闹撞客。总是在小王揍完她走了以后，她又哭又说，一个人闹欢了。我的差事来了，老王和我借宪书，抽她的嘴巴。他怕鬼，叫我去抽。等我进了她的屋子，把她安慰得不哭了——我没抽过她，她要的是安慰，几句好话——他进来了，掐她的人中，用草纸熏；其实他知道她已缓醒过来，故意的惩治她。每逢到这个节骨眼，我和老王吵一架。平日他们吵闹我不管；管又有什么用呢？我要是管，一定是向着小媳妇；

611

这岂不更给她添毒？所以我不管。不过，每逢一闹撞客，我们俩非吵不可了，因为我是在那儿，眼看着，还能一语不发？奇怪的是这个，我们俩吵架，院里的人总说我不对；妇女们也这么说。他们以为她该挨揍。他们也说我多事。男的该打女的，公公该管教儿媳妇，小姑子该给嫂子气受，他们这群男女信这个！怎么会信这个呢？谁教给他们的呢？哪个王八蛋的"文明"可笑，又可哭！

前两天，石匠又回来了。老王不知怎么一时心顺，没叫儿子揍媳妇，小媳妇一见大家欢天喜地，当然是喜欢，脸上居然有点象要笑的意思。二妞看见了这个，仿佛是看见天上出了两个太阳。一定有事！她嫂子正在院子里作饭，她到嫂子屋里去搜开了。一定是石匠哥哥给嫂子买来了贴己的东西，要不然她不会脸上有笑意。翻了半天，什么也没翻出来。我说"半天"，意思是翻得很详细；小媳妇屋里的东西还多得了吗？我们的大院里一共也没有两张整桌子来，要不怎么不闹贼呢。我们要是有钱票，是放在袜筒儿里。

二妞的气大了。嫂子脸上敢有笑容？不管查得出私弊查不出，反正得惩治她！

小媳妇正端着锅饭澄米汤，二妞给了她一脚。她的一锅饭出了手。"米饭"！不是丈夫回来，谁敢出主意吃"饭"！她的命好象随着饭锅一同出去了。米汤还没澄干，稀粥似的白饭摊在地上。她拚命用手去捧，滚烫，顾不得手；她自己还不如那锅饭值钱呢。实在太热，她捧了几把，疼到了心上，米汁把手糊住。她不敢出声，咬上牙，扎着两只手，疼得直打转。

"爸！瞧她把饭全洒在地上啦！"二妞喊。

爷儿俩全出来了。老王一眼看见饭在地上冒热气，登时就疯了。他只看了小王那么一眼,已然是说明白了:"你是要媳妇,还是要爸爸?"

小王的脸当时就涨紫了,过去揪住小媳妇的头发,拉倒在地。小媳妇没出一声,就人事不知了。

"打!往死了打!打!"老王在一旁嚷,脚踢起许多土来。

二妞怕嫂子是装死,过去拧她的大腿。

院子里的人都出来看热闹,男人不过来劝解,女的自然不敢出声;男人就是喜欢看别人揍媳妇——给自己的那个老婆一个榜样。

我不能不出头了。老王很有揍我一顿的意思。可是我一出头,别的男人也蹭过来。好说歹说,算是劝开了。

第二天一清早,小王老王全去工作。二妞没上学,为是继续给嫂子气受。

张二嫂动了善心,过来看看小媳妇。因为张二嫂自信会说话,所以一安慰小媳妇,可就得罪了二妞。她们俩抬起来了。当然二妞不行,她还说得过张二嫂!"你这个丫头要不……,我不姓张!"一句话就把二妞骂闷过去了,"三秃子给你俩大子,你就叫他亲嘴;你当我没看见呢?有这么回事没有?有没有?"二嫂的嘴就堵着二妞的耳朵眼,二妞直往后退,还说不出话来。

这一场过去,二妞搭讪着上了街,不好意思再和嫂子闹了。

小媳妇一个人在屋里,工夫可就大啦。张二嫂又过来看一眼,小媳妇在炕上躺着呢,可是穿着出嫁时候的那件红袄。张二嫂问了她两句,她也没回答,只扭过脸去。张家的小二,正在这么工夫跟个孩子打起来,张二嫂忙着跑去解围,因为小二被敌人给按在底下了。

二妞直到快吃饭的时候才回来,一直奔了嫂子的屋子去,

613

看看她作好了饭没有。二妞向来不动手作饭,女学生嘛!一开屋门,她失了魂似的喊了一声,嫂子在房梁上吊着呢!一院子的人全吓惊了,没人想起把她摘下来,谁肯往人命事儿里搀合呢?

二妞捂着眼吓成孙子了。"还不找你爸爸去?!"不知道谁说了这么一句,她扭头就跑,仿佛鬼在后头追她呢。

老王回来也傻了。小媳妇是没有救儿了;这倒不算什么,脏了房,人家房东能饶得了他吗?再娶一个,只要有钱,可是上次的债还没归清呢!这些个事叫他越想越气,真想咬吊死鬼儿几块肉才解气!

娘家来了人,虽然大嚷大闹,老王并不怕。他早有了预备,早问明白了二妞,小媳妇是受张二嫂的挑唆才想上吊;王家没逼她死,王家没给她气受。你看,老王学"文明"人真学得到家,能瞪着眼扯谎。

张二嫂可抓了瞎,任凭怎么能说会道,也禁不住贼咬一口,入骨三分!人命,就是自己能分辩,丈夫回来也得闹一阵。打官司自然是不会打的,柳家大院的人还敢打官司?可是老王和二妞要是一口咬定,小媳妇的娘家要是跟她要人呢,这可不好办!柳家大院的人是有眼睛的,不过,人命关天,大家不见得敢帮助她吧?果然,张二一回来就听说了,自己的媳妇惹了祸。谁还管青红皂白,先揍完再说,反正打媳妇是理所当然的事。张二嫂挨了顿好的。

小媳妇的娘家不打官司;要钱;没钱再说厉害的。老王怕什么偏有什么;前者娶儿媳妇的钱还没还清,现在又来了一档子!可是,无论怎样,也得答应着拿钱,要不然屋里放着吊死鬼,才不象句话。

小王也回来了，十分象个石头人，可是我看得出，他的心里很难过，谁也没把死了的小媳妇放在心上，只有小王进到屋中，在尸首旁边坐了半天。要不是他的爸爸"文明"，我想他决不会常打她。可是，爸爸"文明"，儿子也自然是要孝顺了，打吧！一打，他可就忘了他的胳臂本是砸石头的。他一声没出，在屋里坐了好大半天，而且把一条新裤子——就是没补钉呀——给媳妇穿上。他的爸爸跟他说什么，他好象没听见。他一个劲儿地吸蝙蝠牌的烟，眼睛不错眼珠地看着点什么——别人都看不见的一点什么。

娘家要一百块钱——五十是发送小媳妇的，五十归娘家人用。小王还是一语不发。老王答应了拿钱。他第一个先找了张二去。"你的媳妇惹的祸，没什么说的，你拿五十，我拿五十；要不然我把吊死鬼搬到你屋里来。"老王说得温和，可又硬张。

张二刚喝了四个大子的猫尿，眼珠子红着。他也来得不善："好王大爷的话，五十？我拿！看见没有？屋里有什么你拿什么好了。要不然我把这两个大孩子卖给你，还不值五十块钱？小三的妈！把两个大的送到王大爷屋里去！会跑会吃，决不费事，你又没个孙子，正好嘛！"

老王碰了个软的。张二屋里的陈设大概一共值不了几个铜子儿！俩孩子叫张二留着吧。可是，不能这么轻轻地便宜了张二；拿不出五十呀，三十行不行？张二唱开了打牙牌，好象很高兴似的。"三十干吗？还是五十好了，先写在账上，多嚓我叫电车轧死，多嚓还你。"

老王想叫儿子揍张二一顿。可是张二也挺壮，不一定能揍得了他。张二嫂始终没敢说话，这时候看出一步棋来，乘机会自己找找脸:"姓王的,你等着好了,我要不上你屋里去上吊,我不算好老婆,你等着吧!"

老王是"文明"人,不能和张二嫂斗嘴皮子。而且他也看出来,这种野娘们什么也干得出来,真要再来个吊死鬼,可得更吃不了兜着走了。老王算是没敲上张二。

其实老王早有了"文明"主意,跟张二这一场不过是虚晃一刀。他上洋人家里去,洋大人没在家,他给洋太太跪下了,要一百块钱。洋太太给了他,可是其中的五十是要由老王的工钱扣的,不要利钱。

老王拿着回来了,鼻子朝着天。

开张殃榜就使了八块;阴阳生要不开这张玩艺,麻烦还小得了吗。这笔钱不能不花。

小媳妇总算死得"值"。一身新红洋缎的衣裤,新鞋新袜子,一头银白铜的首饰。十二块钱的棺材。还有五个和尚念了个光头三。娘家弄了四十多块去;老王无论如何不能照着五十的数给。

事情算是过去了,二妞可遭了报,不敢进屋子。无论干什么,她老看见嫂子在房梁上挂着呢。老王得搬家。可是,脏房谁来住呢?自己住着,房东也许马马虎虎不究真儿;搬家,不叫赔房才怪呢。可是二妞不敢进屋睡觉也是个事儿。况且儿媳妇已经死了,何必再住两间房?让出那一间去,谁肯住呢?这倒难办了。

老王又有了高招儿,儿媳妇一死,他更看不起女人了。四五十块花在死鬼身上,还叫她娘家拿走四十多,真堵得慌。因此,连二妞的身份也落下来了。干脆把她打发了,进点彩礼,然后赶紧再给儿子续上一房。二妞不敢进屋子呀,正好,去她的。

卖个三百二百的除给儿子续娶之外,自己也得留点棺材本儿。

他搭讪着跟我说这个事。我以为要把二妞给我的儿子呢;不是,他是托我给留点神,有对事的外乡人肯出三百二百的就行。我没说什么。

正在这个时候,有人来给小王提亲,十八岁的大姑娘,能洗能作,才要一百二十块钱的彩礼。老王更急了,好象立刻把二妞铲出去才痛快。

房东来了,因为上吊的事吹到他耳朵里。老王把他唬回去了:房脏了,我现在还住着呢!这个事怨不上来我呀,我一天到晚不在家;还能给儿媳妇气受?架不住有坏街坊,要不是张二的娘们,我的儿媳妇能想得起上吊?上吊也倒没什么,我呢,现在又给儿子张罗着,反正混着洋事,自己没钱呀,还能和洋人说句话,接济一步。就凭这回事说吧,洋人送了我一百块钱!

房东叫他给唬住了,跟旁人一打听,的的确确是由洋人那儿拿来的钱。房东没再对老王说什么,不便于得罪混洋事的。可是张二这个家伙不是好调货,欠下两个月的房租,还由着娘们拉舌头扯簸箕,撵他搬家!张二嫂无论怎么会说,也得补上俩月的房钱,赶快滚蛋!

张二搬走了,搬走的那天,他又喝得醉猫似的。张二嫂臭骂了房东一大阵。

等着看吧。看二妞能卖多少钱,看小王又娶个什么样的媳妇。什么事呢!"文明"是孙子,还是那句!

# 抱 孙

难怪王老太太盼孙子呀；不为抱孙子，娶儿媳妇干吗？也不能怪儿媳妇成天着急；本来吗，不是不努力生养呀，可是生下来不活，或是不活着生下来，有什么法儿呢！就拿头一胎说吧：自从一有孕，王老太太就禁止儿媳妇有任何操作，夜里睡觉都不许翻身。难道这还算不小心？哪里知道，到了五个多月，儿媳妇大概是因为多眨巴了两次眼睛，小产了！还是个男胎；活该就结了！再说第二胎吧，儿媳妇连眨巴眼都拿着尺寸；打哈欠的时候有两个丫环在左右扶着。果然小心谨慎没错处，生了个大白胖小子。可是没活了五天，小孩不知为了什么，竟自一声没出，神不知鬼不觉的与世长辞了。那是十一月天气，产房里大小放着四个火炉，窗户连个针尖大的窟窿也没有，不要说是风，就是风神，想进来是怪不容易的。况且小孩还盖着四床被，五条毛毯，按说够温暖的了吧？哼，他竟自死了。命该如此！

现在，王少奶奶又有了喜，肚子大得惊人，看着颇象轧马路的石碾。看着这个肚子，王老太太心里仿佛长出两只小手，成天抓弄得自己怪要发笑的。这么丰满体面的肚子，要不是双胎才怪呢！子孙娘娘有灵，赏给一对白胖小子吧！王老太太可不只是祷告烧香呀，儿媳妇要吃活人脑子，老太太也不驳回。半夜三更还给儿媳妇送肘子汤，鸡丝挂面……儿媳妇也真作脸，越躺着越饿，点心点心就能吃二斤翻毛月饼；吃得顺着枕头往下流油，被窝的深处能扫出一大碗什锦来。孕妇不多吃怎么生胖小子呢？婆婆儿媳对于此点完全同意。婆婆这样，娘家妈也不能落后啊。她是七趟八趟来"催生"，每次至少带来八个食盒。两亲家，按着哲学上说，永远应当是对仇人。娘家妈带来的东西越多，婆婆越觉得这是有意羞辱人；婆婆越加紧张罗吃食，娘家妈越觉得女儿的嘴亏。这样一竞争，少奶奶可得其所哉，连嘴犄角都吃烂了。收生婆已经守了七天七夜，压根儿生不下来。偏方儿，丸药，子孙娘娘的香灰，吃多了；全不灵验。到第八天头上，少奶奶连鸡汤都顾不得喝了，疼得满地打滚。王老太太急得给子孙娘娘跪了一股香，娘家妈把天仙庵的尼姑接来念催生咒；还是不中用。一直闹到半夜，小孩算是露出头发来。收生婆施展了绝技，除了把少奶奶的下部全抓破了别无成绩。小孩一定不肯出来。长似一年的一分钟，竟自过了五六十来分，还是只见头发不见孩子。有人说，少奶奶得上医院。上医院？王老太太不能这么办。好吗，上医院去开肠破肚不自自然然的产出来，硬由肚子里往外掏！洋鬼子，二毛子，能那么办；王家要"养"下来的孙子，不要"掏"出来的。娘家妈也发了言，养小孩还能快了吗？小鸡生个蛋也得到了时候呀！况且催生咒还没念完，忙什么？不敬尼姑就是看不起神仙！

又耗了一点钟，孩子依然很固执。少奶奶直翻白眼。王老太太眼中含着老泪，心中打定了主意：保小的不保大人。媳妇死了，再娶一个；孩子更要紧。她翻白眼呀，正好一狠心把孩子拉出来。找奶妈养着一样的好，假如媳妇死了的话。告诉了收生婆,拉!娘家妈可不干了呢,眼看着女儿翻了两点钟的白眼!孙子算老几,女儿是女儿。上医院吧,别等念完催生咒了;谁知道尼姑们念的是什么呢,假如不是催生咒,岂不坏了事?把尼姑打发了。婆婆还是不答应;"掏",行不开!婆婆不赞成,娘家妈还真没主意。嫁出的女儿泼出的水,活是王家的人,死是王家的鬼呀。两亲家彼此瞪着,恨不能咬下谁一块肉才解气。

又过了半点多钟,孩子依然不动声色,干脆就是不肯出来。收生婆见事不好,抓了一个空儿溜了。她一溜,王老太太有点拿不住劲儿了。娘家妈的话立刻增加了许多分量:"收生婆都跑了,不上医院还等什么呢?等小孩死在胎里哪!"

"死"和"小孩"并举,打动了王太太的心。可是"掏"到底是行不开的。

"上医院去生产的多了,不是个个都掏。"娘家妈力争,虽然不一定信自己的话。

王老太太当然不信这个;上医院没有不掏的。

幸而娘家爹也赶到了。娘家妈的声势立刻浩大起来。娘家爹也主张上医院。他既然也这样说,只好去吧。无论怎说,他到底是个男人。虽然生小孩是女人的事,可是在这生死关头,男人的主意多少有些力量。

两亲家,王少奶奶,和只露着头发的孙子,一同坐汽车上了医院。刚露了头发就坐汽车,真可怜的慌,两亲家不住的落泪。

一到医院,王老太太就炸了烟。怎么,还得挂号?什么叫挂号呀?生小孩子来了,又不是买官米打粥,按哪门子号头呀?王老太太气坏了,孙子可以不要了,不能挂这个号。可是继而一看,若是不挂号,人家大有不叫进去的意思。这口气难咽,可是还得咽;为孙子什么也得忍受。设若自己的老爷还活着,不立刻把医院拆个土平才怪；寡妇不行，有钱也得受人家的欺侮。没工夫细想心中的委屈，赶快把孙子请出来要紧。挂了号，人家要预收五十块钱。王老太太可抓住了："五十？五百也行，老太太有钱！干脆要钱就结了，挂哪门子浪号，你当我的孙子是封信呢！"

医生来了。一见面，王老太太就炸了烟，男大夫！男医生当收生婆？我的儿媳妇不能叫男子大汉给接生。这一阵还没炸完，又出来两个大汉，抬起儿媳妇就往床上放。老太太连耳朵都哆嗦开了！这是要造反呀，人家一个年青青的孕妇，怎么一群大汉来动手脚的？"放下，你们这儿有懂人事的没有？要是有的话，叫几个女的来！不然，我们走！"

恰巧遇上个顶和气的医生，他发了话："放下，叫她们走吧！"

王老太太咽了口凉气，咽下去砸得心中怪热的，要不是为孙子，至少得打大夫几个最响的嘴巴！现官不如现管，谁叫孙子故意闹脾气呢。抬吧，不用说废话。两个大汉刚把儿媳妇放在帆布床上，看！大夫用两只手在她肚子上这一阵按！王老太太闭上了眼，心中骂亲家母：你的女儿，叫男子这么按，你连一声也不发，德行！刚要骂出来，想起孙子；十来个月的没受过一点委屈，现在被大夫用手乱杵，嫩皮嫩骨的，受得住吗？她睁开了眼，想警告大夫。哪知道大夫反倒先问下来了："孕妇净吃什么来着？这么大的肚子！你们这些人没办法，什么也给孕妇吃，吃得小孩这么肥大。平日也不来检验，产不下来才找我们！"他没等王老太太回答，向两个大汉说："抬走！"

王老太太一辈子没受过这个。"老太太"到哪儿不是圣人，今天竟自听了一顿教训！这还不提，话总得说得近情近理呀；

621

孕妇不多吃点滋养品,怎能生小孩呢,小孩怎会生长呢?难道大夫在胎里的时候专喝西北风?西医全是二毛子!不便和二毛子辩驳;拿娘家妈杀气吧,瞪着她!娘家妈没有意思挨瞪,跟着女儿就往里走。王老太太一看,也忙赶上前去。那位和气生财的大夫转过身来:"这儿等着!"

两亲家的眼都红了。怎么着,不叫进去看看?我们知道你把儿媳妇抬到哪儿去啊?是杀了,还是剐了啊?大夫走了。王老太太把一肚子邪气全照顾了娘家妈:"你说不掏,看,连进去看看都不行!掏?还许大切八块呢!宰了你的女儿活该!万一要把我的孙子——我的老命不要了。跟你拚了吧!"

娘家妈心中打了鼓,真要把女儿切了,可怎办?大切八块不是没有的事呀,那回医学堂开会不是大玻璃箱里装着人腿人腔子吗?没办法!事已至此,跟女儿的婆婆干吧!"你倒怨我?是谁一天到晚填我的女儿来着?没听大夫说吗?老叫儿媳妇的嘴不闲着,吃出毛病来没有?我见人见多了,就没看见一个象你这样的婆婆!"

"我给她吃?她在你们家的时候吃过饱饭吗?"王太太反攻。

"在我们家里没吃过饱饭,所以每次看女儿去得带八个食盒!"

"可是呀,八个食盒,我填她,你没有?"

两亲家混战一番,全不示弱,骂得也很具风格。

大夫又回来了。果不出王老太太所料,得用手术。手术二字虽听着耳生,可是猜也猜着了,手要是竖起来,还不是开刀问斩?大夫说:用手术,大人小孩或者都能保全。不然,全有生命的危险。小孩已经误了三小时,而且决不能产下来,孩子太太。不过,要施手术,得有亲族的签字。

王老太太一个字没听见。掏是行不开的。

"怎样?快决定!"大夫十分的着急。

"掏是行不开的!"

"愿意签字不?快着!"大夫又紧了一板。

"我的孙子得养出来!"

娘家妈急了:"我签字行不行?"

王老太太对亲家母的话似乎特别的注意:"我的儿媳妇!你算哪道?"

大夫真急了,在王老太太的耳根子上扯开脖子喊:"这可是两条人命的关系!"

"掏是不行的!"

"那么你不要孙子了?"大夫想用孙子打动她。

果然有效,她半天没言语。她的眼前来了许多鬼影,全似乎是向她说:"我们要个接续香烟的,掏出来的也行!"

她投降了。祖宗当然是愿要孙子;掏吧!"可有一样,掏出来得是活的!"她既是听了祖宗的话,允许大夫给掏孙子,当然得说明了——要活的。掏出个死的来干吗用?只要掏出活孙子来,儿媳妇就是死了也没大关系。

娘家妈可是不放心女儿:"准能保大小都活着吗?"

"少说话!"王老太太教训亲家太太。

"我相信没危险,"大夫急得直流汗,"可是小孩已经耽误了半天,难保没个意外;要不然请你签字干吗?"

"不保准呀!乘早不用费这道手!"老太太对祖宗非常的负责任;好吗,掏了半天都再不会活着,对的起谁!

"好吧,"大夫都气晕了,"请把她拉回去吧!你可记住了,

623

两条人命!"

"两条三条吧,你又不保准,这不是瞎扯!"

大夫一声没出,抹头就走。

王老太太想起来了,试试也好。要不是大夫要走,她决想不起这一招儿来。"大夫,大夫!你回来呀,试试吧!"

大夫气得不知是哭好还是笑好。把单子念给她听,她画了个十字儿。

两亲家等了不晓得多么大的时候,眼看就天亮了,才掏了出来,好大的孙子,足分量十三磅!王老太太不晓得怎么笑好了,拉住亲家母的手一边笑一边刷刷的落泪。亲家母已不是仇人了,变成了老姐姐。大夫也不是二毛子了,是王家的恩人,马上赏给他一百块钱才合适。假如不是这一掏,叫这么胖的大孙子生生的憋死,怎对祖宗呀?恨不能跪下就磕一阵头,可惜医院里没供着子孙娘娘。

胖孙子已被洗好,放在小儿室内。两位老太太要进去看看。不只是看看,要用一夜没洗过的老手指去摸摸孙子的胖脸蛋。看护不准两亲家进去,只能隔着玻璃窗看着。眼看着自己的孙子在里面,自己的孙子,连摸摸都不准!娘家妈摸出个红封套来——本是预备赏给收生婆的——递给看护;给点运动费,还不准进去?事情都来得邪,看护居然不收。王老太太揉了揉眼,细端详了看护一番,心里说:"不象洋鬼子妞呀,怎么给赏钱都不接着呢?也许是面生,不好意思的?有了,先跟她闲扯几句,打开了生脸就好办了。"指着屋里的一排小篮说:"这些孩子都是掏出来的吧?"

"只是你们这个,其余的都是好好养下来的。"

"没那个事,"王老太太心里说,"上医院来的都得掏。"

"给孕妇大油大肉吃才掏呢，"看护有点爱说话。

"不吃，孩子怎能长这么大呢！"娘家妈已和王老太太立在同一战线上。

"掏出来的胖宝贝总比养下来的瘦猴儿强！"王老太太有点觉得不掏出来的孩子没有住医院的资格。"上医院来'养'，脱了裤子放屁，费什么两道手！"

无论怎说，两亲家干瞪眼进不去。

王老太太有了主意，"丫环，"她叫那个看护，"把孩子给我，我们家去。还得赶紧去预备洗三请客呢！"

"我既不是丫环，也不能把小孩给你，"看护也够和气的。

"我的孙子，你敢不给我吗？医院里能请客办事吗？"

"用手术取出来的，大人一时不能给小孩奶吃，我们得给他奶吃。"

"你会，我们不会？我这快六十的人了，生过儿养过女，不比你懂得多；你养过小孩吗？"老太太也说不清看护是姑娘，还是媳妇，谁知道这头戴小白盔的是什么呢。

"没大夫的话，反正小孩不能交给你！"

"去把大夫叫来好了，我跟他说；还不愿意跟你费话呢！"

"大夫还没完事呢，割开肚子还得缝上呢。"

看护说到这里，娘家妈想起来女儿。王老太太似乎还想不起儿媳妇是谁。孙子没生下来的时候，一想起孙子便也想到媳妇；孙子生下来了，似乎把媳妇忘了也没什么。娘家妈可是要看看女儿，谁知道女儿的肚子上开了多大一个洞呢？割病室不许闲人进去，没法，只好陪着王老太太瞭望着胖小子吧。

好容易看见大夫出来了。王老太太赶紧去交涉。

"用手术取小孩，顶好在院里住一个月，"大夫说。"那么三天满月怎么办呢？"王老太太问。

"是命要紧，还是办三天要紧呢？产妇的肚子没长上，怎能去应酬客人呢？"大夫反问。

王老太太确是以为办三天比人命要紧，可是不便于说出来，因为娘家妈在旁边听着呢。至于肚子没长好，怎能招待客人，那有办法："叫她躺着招待，不必起来就是了。"

大夫还是不答应。王老太太悟出一条理来："住院不是为要钱吗？好，我给你钱，叫我们娘们走吧，这还不行？"

"你自己看看去，她能走不能？"大夫说。

两亲家反都不敢去了。万一儿媳妇肚子上还有个盆大的洞，多么吓人？还是娘家妈爱女儿的心重，大着胆子想去看看。王老太太也不好意思不跟着。

到了病房，儿媳妇在床上放着的一张卧椅上躺着呢，脸就象一张白纸。娘家妈哭得放了声，不知道女儿是活还是死。王老太太到底心硬，只落了一半个泪，紧跟着炸了烟："怎么不叫她平平正正的躺下呢？这是受什么洋刑罚呢？"

"直着呀，肚子上缝的线就绷了，明白没有？"大夫说。

"那么不会用胶粘上点吗？"王老太太总觉得大夫没有什么高明主意。

娘家妈想和女儿说几句话，大夫也不允许。两亲家似乎看出来，大夫不定使了什么坏招儿，把产妇弄成这个样。无论怎说吧，大概一时是不能出院。好吧。先把孙子抱走，回家好办三天呀。

大夫也不答应，王老太太急了。"医院里洗三不洗？要是洗的话，我把亲友全请到这儿来；要是不洗的话，再叫我抱走；头大的孙子，洗三不请客办事，还有什么脸得活着？"

"谁给小孩奶吃呢？"大夫问。

"雇奶妈子！"王老太太完全胜利。

到底把孙子抱出来了。王老太太抱着孙子上了汽车，一上车就打嚏喷，一直打到家，每个嚏喷都是照准了孙子的脸射去的。到了家，赶紧派人去找奶妈子，孙子还在怀中抱着，以便接收嚏喷。不错，王老太太知道自己是着了凉；可是至死也不能放下孙子。到了晌午，孙子接了至少有二百多个嚏喷，身上慢慢的热起来。王老太太更不肯撒手了。到了下午三点来钟，孙子烧得象块火炭了。到了夜里，奶妈子已雇妥了两个，可是孙子死了，一口奶也没有吃。

王老太太只哭了一大阵；哭完了，她的老眼瞪圆了："掏出来的！掏出来的能活吗？跟医院打官司！那么沉重的孙子会只活了一天，哪有的事？全是医院的坏，二毛子们！"

王老太太约上亲家母，上医院去闹。娘家妈也想把女儿赶紧接出来，医院是靠不住的！

把儿媳妇接出来了；不接出来怎好打官司呢？接出来不久，儿媳妇的肚子裂了缝，贴上"产后回春膏"也没什么用，她也不言不语的死了。好吧，两案归一，王老太太把医院告了下来。老命不要了，不能不给孙子和媳妇报仇！

# 黑白李

爱情不是他们兄弟俩这档子事的中心,可是我得由这儿说起。

黑李是哥,白李是弟,哥哥比弟弟大着五岁。俩人都是我的同学,虽然白李一入中学,黑李和我就毕业了。黑李是我的好友;因为常到他家去,所以对白李的事儿我也略知一二。五年是个长距离,在这个时代。这哥儿俩的不同正如他们的外号——黑,白。黑李要是"古人",白李是现代的。他们俩并不因此打架吵嘴,可是对任何事的看法也不一致。黑李并不黑;只是在左眉上有个大黑痣。因此他是"黑李";弟弟没有那么个记号,所以是"白李";这在给他们送外号的中学生们看,是很逻辑的。其实他俩的脸都很白,而且长得极相似。

他俩都追她——恕不道出姓名了——她说不清到底该爱谁,又不肯说谁也不爱。于是大家替他们弟兄捏着把汗。明知他俩不肯吵架,可是爱情这玩艺是不讲交情的。

可是,黑李让了。

我还记得清清楚楚:正是个初夏的晚间,落着点小雨,我去找他闲谈,他独自在屋里坐着呢,面前摆着四个红鱼细磁茶碗。

我们俩是用不着客气的，我坐下吸烟，他摆弄那四个碗。转转这个，转转那个，把红鱼要一点不差的朝着他。摆好，身子往后仰一仰，象画家设完一层色那么退后看看。然后，又逐一的转开，把另一面的鱼们摆齐。又往后仰身端详了一番，回过头来向我笑了笑，笑得非常天真。

他爱弄这些小把戏。对什么也不精通，可是什么也爱动一动。他并不假充行家，只信这可以养性。不错，他确是个好脾性的人。有点小玩艺，比如黏补旧书等等，他就平安的销磨半日。

叫了我一声，他又笑了笑，"我把她让给老四了，"按着大排行，白李是四爷，他们的伯父屋中还有弟兄呢。"不能因为个女子失了兄弟们的和气。"

"所以你不是现代人，"我打着哈哈说。

"不是；老狗熊学不会新玩艺了。三角恋爱，不得劲儿。我和她说了，不管她是爱谁，我从此不再和她来往。觉得很痛快！"

"没看见过这么讲恋爱的。"

"你没看见过？我还不讲了呢。干她的去，反正别和老四闹翻了。将来咱俩要来这么一出的话，希望不是你收兵，就是我让了。"

"于是天下就太平了？"

我们笑开了。

过了有十天吧，黑李找我来了。我会看，每逢他的脑门发暗，必定是有心事。每逢有心事，我俩必喝上半斤莲花白。我赶紧把酒预备好，因为他的脑门不大亮嘛。

喝到第二盅上，他的手有点哆嗦。这个人的心里存不住事。遇上点事，他极想镇定，可是脸上还泄露出来。他太厚道。

"我刚从她那儿来，"他笑着，笑得无聊；可还是真的笑，因为要对个好友道出胸中的闷气。这个人若没有好朋友，是一天也活不了的。

我并不催促他；我俩说话用不着忙，感情都在话中间那些空子里流露出来呢。彼此对看着，一齐微笑，神气和默默中的领悟，都比言语更有分量。要不怎么白李一见我俩喝酒就叫我们"一对糟蛋"呢。

"老四跟我好闹了一场，"他说，我明白这个"好"字——第一他不愿说兄弟间吵了架，第二不愿只说弟弟不对，即使弟弟真是不对。这个字带出不愿说而又不能不说的曲折。"因为她。我不好，太不明白女子心理。那天不是告诉你，我让了吗？我是居心无愧，她可出了花样。她以为我是特意羞辱她。你说对了，我不是现代人，我把恋爱看成该怎样就怎样的事，敢情人家女子愿意'大家'在后面追随着。她恨上了我。这么报复一下——我放弃了她，她断绝了老四。老四当然跟我闹了。所以今天又找她去，请罪。她骂我一顿，出出气，或者还能和老四言归于好。我这么希望。哼，她没骂我。她还叫我和老四都作她的朋友。这个，我不能干，我并没这么明对她讲，我上这儿跟你说说。我不干，她自然也不再理老四。老四就得再跟我闹。"

"没办法！"我替他补上这一小句。过了一会儿，"我找老四一趟，解释一下？"

"也好。"他端着酒盅楞了会儿，"也许没用。反正我不再和她来往。老四再跟我闹呢，我不言语就是了。"

我们俩又谈了些别的，他说这几天正研究宗教。我知道他的读书全凭兴之所至，我决不会因为谈到宗教而想他有点厌世，或是精神上有什么大的变动。

哥哥走后，弟弟来了。白李不常上我这儿来，这大概是有事。他在大学还没毕业，可是看起来比黑李精明着许多。他这个人，叫你一看，你就觉得他应当到处作领袖。每一句话，他不是领导着你走上他所指出的路子，便是把你绑在断头台上。他没有客气话，和他哥哥正相反。

我对他也不便太客气了，省得他说我是糟蛋。

"老二当然来过了？"他问；黑李是大排行二。"也当然跟你谈到我们的事？"我自然不便急于回答，因为有两个"当然"在这里。果然，没等我回答，他说了下去："你知道，我是借题发挥？"

我不知道。

"你以为我真要那个女人吗？"他笑了，笑得和他哥哥一样，只是黑李的笑向来不带着这不屑于对我笑的劲儿。"我专为和老二捣乱，才和她来往；不然，谁有工夫招呼她？男与女的关系，从根儿上说，还不是……？为这个，我何必非她不行？老二以为这个关系应当叫作神圣的，所以他郑重地向她磕头，及至磕了一鼻子灰，又以为我也应当去磕，对不起，我没那个瘾！"他哈哈的笑起来。

我没笑，也不敢插嘴。我很留心听他的话，更注意看他的脸。脸上处处象他哥哥，可是那股神气又完全不象他的哥哥。这个，使我忽而觉得是和一个顶熟识的人说话，忽而又象和个生人对坐着。我有点不舒坦——看着个熟识的面貌，而找不到那点看惯了的神气。

"你看，我不磕头；得机会就吻她一下。她喜欢这个，至少比受几个头更过瘾。不过，这不是正笔。正文是这个，你想我应当老和二爷在一块儿吗？"

我当时回答不出。

他又笑了笑——大概心中是叫我糟蛋呢。"我有我的志愿，我的计划；他有他的。顶好是各走各的路，是不是？"

"是；你有什么计划？"我好容易想起这么一句；不然便太僵得慌了。

"计划，先不告诉你。得先分家，以后你就明白我的计划了。"

"因为要分居，所以和老二吵；借题发挥？"我觉得自己很聪明似的。

他笑着点了头；没说什么，好象准知道我还有一句呢。我确是有一句："为什么不明说，而要吵呢？"

"他能明白我吗？你能和他一答一和的说，我不行。我一说分家，他立刻就得落泪。然后，又是那一套——母亲去世的时候，说什么来着？不是说咱俩老得和美吗？他必定说这一套，好象活人得叫死人管着似的。还有一层，一听说分家，他管保不肯，而愿把家产都给了我，我不想占便宜，他老拿我当作'弟弟'，老拿自己的感情限定住别人的行动，老假装他明白我，其实他是个时代落伍者。这个时代是我的，用不着他来操心管我。"他的脸上忽然的很严肃了。

看着他的脸，我心中慢慢地起了变化——白李不仅是看不起"俩糟蛋"的狂傲少年了，他确是要树立住自己。我也明白过来，他要是和黑李慢慢地商量，必定要费许多动感情的话，要讲许多弟兄间的情义，即使他不讲，黑李总要讲的。与其这样，还不如吵，省得拖泥带水；他要一刀两断，各自奔前程。再说，慢慢地商议，老二决不肯干脆地答应。老四先吵嚷出来，老二若还不干，便是显着要霸占弟弟的财产了。猜到这里，我心中

忽然一亮:

"你是不是叫我对老二去说?"

"一点不错。省得再吵。"他又笑了。"不愿叫老二太难堪了,究竟是弟兄。"似乎他很不喜欢说这末后的两个字——弟兄。

我答应了给他办。

"把话说得越坚决越好。二十年内,我俩不能作弟兄。"他停了一会儿,嘴角上挤出点笑来。"也给老二想了,顶好赶快结婚,生个胖娃娃就容易把弟弟忘了。二十年后,我当然也落伍了,那时候,假如还活着的话,好回家作叔叔。不过,告诉他,讲恋爱的时候要多吻,少磕头,要死追,别死跪着。"他立起来,又想了想,"谢谢你呀。"他叫我明明的觉出来,这一句是特意为我说的,他并不负要说的责任。

为这件事,我天天找黑李去。天天他给我预备好莲花白。吃完喝完说完,无结果而散。至少有半个月的工夫是这样。我说的,他都明白,而且愿意老四去创练创练。可是临完的一句老是"舍不得老四呀!"

"老四的计划?计划?"他走过来,走过去,这么念道。眉上的黑痣夹陷在脑门的皱纹里,看着好似缩小了些。"什么计划呢?你问问他,问明白我就放心了。"

"他不说,"我已经这么回答过五十多次了。

"不说便是有危险性!我只有这么一个弟弟!叫他跟我吵吧,吵也是好的。从前他不这样,就是近来才和我吵。大概还是为那个女的!劝我结婚?没结婚就闹成这样,还结婚!什么计划呢?真!分家?他爱要什么拿什么好了。大概是我得罪了他,我虽不跟他吵,我知道我也有我的主张。什么计划呢?他要怎样就怎样好了,何必分家……"

这样来回磨，一磨就是一点多钟。他的小玩艺也一天比一天增多：占课，打卦、测字、研究宗教……什么也没能帮助他推测出老四的计划，只添了不少的小恐怖。这可并不是说，他显着怎样的慌张。不，他依旧是那么婆婆妈妈的。他的举止动作好象老追不上他的感情，无论心中怎样着急，他的动作是慢的，慢得仿佛是拿生命当作玩艺儿似的逗弄着。

我说老四的计划是指着将来的事业而言，不是现在有什么具体的办法。他摇头。

就这么耽延着，差不多又过了一个多月。

"你看，"我抓住了点理，"老四也不催我，显然他说的是长久之计，不是马上要干什么。"

他还是摇头。

时间越长，他的故事越多。有一个礼拜天的早晨，我看见他进了礼拜堂。也许是看朋友，我想。在外面等了他一会儿。他没出来。不便再等了，我一边走一边想：老李必是受了大的刺激——失恋，弟兄不和，或者还有别的。只就我知道的这两件事说，大概他已经支持不下去了。他的动作仿佛是拿生命当作小玩艺，那正是因他对任何小事都要慎重地考虑。茶碗上的花纹摆不齐都觉得不舒服。哪一件小事也得在他心中摆好，摆得使良心上舒服。上礼拜堂去祷告，为是坚定良心。良心是古圣先贤给他制备好了的，可是他又不愿将一切新事新精神一笔抹杀。结果，他"想"怎样，老不如"已是"怎样来得现成，他不知怎样才好。他大概是真爱她，可是为了弟弟，不能不放弃她，而且失恋是说不出口的。他常对我说，"咱们也坐一回飞机。"说完，他一笑，不是他笑呢，是"身体发肤，受之父母"笑呢。

过了晌午,我去找他。按说一见面就得谈老四,在过去的一个多月都是这样。这次他变了花样,眼睛很亮,脸上有点极静适的笑意,好象是又买着一册善本的旧书。

"看见你了,"我先发了言。

他点了点头,又笑了一下,"也很有意思!"

什么老事情被他头次遇上,他总是说这句。对他讲个闹鬼的笑话,也是"很有意思!"他不和人家辩论鬼的有无,他信那个故事,"说不定世上还有比这更奇怪的事"。据他看,什么事都是可能的。因此,他接受的容易,可就没有什么精到的见解。他不是不想多明白些,但是每每在该用脑筋的时候,他用了感情。

"道理都是一样的,"他说,"总是劝人为别人牺牲。"

"你不是已经牺牲了个爱人?"我愿多说些事实。

"那不算,那是消极的割舍,并非由自己身上拿出点什么来。这十来天,我已经读完'四福音书'。我也想好了,我应当分担老四的事,不应当只是不准他离开我。你想想吧,设若真是专为分家产,为什么不来跟我明说?"

"他怕你不干,"我回答。

"不是!这几天我用心想过了,他必是真有个计划,而且是有危险性的。所以他要一刀两断,以免连累了我。你以为他年青,一冲子性?他正是利用这个骗咱们;他实在是体谅我,不肯使我受屈。把我放在安全的地方,他好独作独当地去干。必定是这样!我不能撒手他,我得为他牺牲,母亲临去世的时候——"他没往下说,因为知道我已听熟了那一套。

我真没想到这一层。可是还不深信他的话;焉知他不是受了点宗教的刺激而要充分地发泄感情呢?

我决定去找白李，万一黑李猜得不错呢！是，我不深信他的话，可也不敢耍玄虚。

怎样找也找不到白李。学校、宿舍、图书馆、网球场、小饭铺，都看到了，没有他的影儿。和人们打听，都说好几天没见着他。这又是白李之所以为白李；黑李要是离家几天，连好朋友们他也要通知一声。白李就这么人不知鬼不觉地不见了。我急出一个主意来——上"她"那里打听打听。

她也认识我，因为我常和黑李在一块儿。她也好几天没见着白李。她似乎很不满意李家兄弟，特别是对黑李。我和她打听白李，她偏跟我谈论黑李。我看出来，她确是注意——假如不是爱——黑李。大概她是要圈住黑李，作个标本。有比他强的呢，就把他免了职；始终找不到比他高明的呢，最后也许就跟了他。这么一想，虽然只是一想，我就没乘这个机会给他和她再撮合一下；按理说应当这么办，可是我太爱老李，总觉得他值得娶个天上的仙女。

从她那里出来，我心中打开了鼓。白李上哪儿去了呢？不能告诉黑李！一叫他知道了，他能立刻登报找弟弟，而且要在半夜里起来占课测字。可是，不说吧，我心中又痒痒。干脆不找他去？也不行。

走到他的书房外边，听见他在里面哼唧呢。他非高兴的时候不哼唧着玩。可是他平日哼唧，不是诗便是那句代表一切歌曲的"深闺内，端的是玉无瑕"，这次的哼唧不是这些。我细听了听，他是练习圣诗呢。他没有音乐的耳朵，无论什么，到他耳中都是一个调儿。他唱出的时候，自然也还是一个调儿。无论怎样吧，反正我知道他现在是很高兴。为什么事高兴呢？

我进到屋中，他赶紧放下手中的圣诗集，非常的快活："来得正好，正想找你去呢！老四刚走。跟我要了一千块钱去。没提分家的事，没提！"

显然他是没问过弟弟，那笔钱是干什么用的。要不然他不能这么痛快。他必是只求弟弟和他同居，不再管弟弟的行动；好象即使弟弟有带危险性的计划，只要不分家，便也没什么可怕的了。我看明白了这点。

"祷告确是有效，"他郑重地说。"这几天我天天祷告，果然老四就不提那回事了。即使他把钱都扔了，反正我还落下个弟弟！"

我提议喝我们照例的一壶莲花白。他笑着摇摇头："你喝吧，我陪着吃菜，我戒了酒。"

我也就没喝，也没敢告诉他，我怎么各处去找老四。老四既然回来了，何必再说？可是我又提起"她"来。他连接碴儿也没接，只笑了笑。

对于老四和"她"，似乎全没有什么可说的了。他给我讲了些《圣经》上的故事。我一面听着，一面心中嘀咕——老李对弟弟与爱人所取的态度似乎有点不大对；可是我说不出所以然来。我心中不十分安定，一直到回在家中还是这样。

又过了四五天，这点事还在我心中悬着。有一天晚上，王五来了。他是在李家拉车，已经有四年了。

王五是个诚实可靠的人，三十多岁，头上有块疤——据说是小时候被驴给啃了一口。除了有时候爱喝口酒，他没有别的毛病。

他又喝多了点，头上的疤都有点发红。

"干吗来了，王五？"我和他的交情不错，每逢我由李家回来得晚些,他总张罗把我拉回来,我自然也老给他点"酒钱"。

"来看看你,"说着便坐下了。

我知道他是来告诉我点什么。"刚沏上的茶,来碗?"

"那敢情好;我自己倒;还真有点渴。"

我给了他支烟卷,给他提了个头儿:"有什么事吧?"

"哼,又喝了两壶,心里痒痒;本来是不应当说的事!"他用力吸了口烟。

"要是李家的事,你对我说了准保没错。"

"我也这么想,"他又停顿了会儿,可是被酒气催着,似乎不能不说:"我在李家四年零三十五天了!现在叫我很为难。二爷待我不错,四爷呢,简直是我的朋友。所以不好办。四爷的事,不准告诉二爷;二爷又是那么傻好的人。对二爷说吧,又对不起四爷——我的朋友。心里别提多么为难了!论理说呢,我应当向着四爷。二爷是个好人,不错;可究竟是个主人。多么好的主人也还是主人,不能肩膀齐为弟兄。他真待我不错,比如说吧,在这老热天,我拉二爷出去,他总设法在半道上耽搁会儿,什么买包洋火呀,什么看看书摊呀,为什么?为是叫我歇歇,喘喘气。要不,怎说他是好主人呢。他好,咱也得敬重他,这叫作以好换好。久在街上混,还能不懂这个?"

我又让了他碗茶,显出我不是不懂"外面"的人。他喝完,用烟卷指着胸口说:"这儿,咱这儿可是爱四爷。怎么呢?四爷年青,不拿我当个拉车的看。他们哥儿俩的劲儿——心里的劲儿——不一样。二爷吧,一看天气热就多叫我歇会儿,四爷就不管这一套,多么热的天也得拉着他飞跑。可是四爷和我聊起来的时候,他就说,凭什么人应当拉着人呢?他是为我们拉车的——天下的拉车的都算在一块儿——抱不平。二爷对'我'

不错,可想不到大家伙儿。所以你看,二爷来的小,四爷来的大。四爷不管我的腿,可是管我的心;二爷是家长里短,可怜我的腿,可不管这儿。"他又指了指心口。

我晓得他还有话呢,直怕他的酒气教酽茶给解去,所以又紧了他一板:"往下说呀,王五!都说了吧,反正我还能拉老婆舌头?"

他摸了摸头上的疤,低头想了会儿。然后把椅子往前拉了拉,声音放得很低:"你知道,电车道快修完了?电车一开,我们拉车的全玩完!这可不是为我自个儿发愁,是为大家伙儿。"他看了我一眼。

我点了点头。

"四爷明白这个;要不怎么我俩是朋友呢。四爷说:王五,想个办法呀!我说:四爷,我就有一个主意,揍!四爷说:王五,这就对了!揍!一来二去,我们可就商量好了。这我不能告诉你。我要说的是这个,"他把声音放得更低了,"我看见了,侦探跟上了四爷!未必是为这件事,可是叫侦探跟着总不妥当。这就来到难办的地方了:我要告诉二爷吧?对不起四爷;不告诉吧?又怕把二爷也饶在里面。简直的没法儿!"

把王五支走,我自己琢磨开了。

黑李猜的不错,白李确是有个带危险性的计划。计划大概不一定就是打电车,他必定还有厉害的呢。所以要分家,省得把哥哥拉扯在内。他当然是不怕牺牲,也不怕别人牺牲,可是还不肯一声不发的牺牲了哥哥——把黑李牺牲了并无济于事。现在,电车的事来到眼前,连哥哥也顾不得了。

我怎办呢?警告黑李是适足以激起他的爱弟弟的热情。劝白李,不但没用,而且把王五搁在里边。

事情越来越紧了，电车公司已宣布出开车的日子。我不能再耗着了，得告诉黑李去。

他没在家，可是王五没出去。

"二爷呢？"

"出去了。"

"没坐车？"

"好几天了，天天出去不坐车！"

由王五的神气，我猜着了："王五，你告诉了他？"

王五头上的疤都紫了："又多喝了两盅，不由的就说了。"

"他呢？"

"他直要落泪。"

"说什么来着？"

"问了我一句——老五，你怎样？我说，王五听四爷的。他说了声，好。别的没说，天天出去，也不坐车。"

我足足的等了三点钟，天已大黑，他才回来。

"怎样？"我用这两个字问到了一切。

他笑了笑，"不怎样。"

决没想到他这么回答我。我无须再问了，他已决定了办法。我觉得非喝点酒不可，但是独自喝有什么味呢。我只好走吧。临别的时候，我提了句："跟我出去玩几天，好不好？"

"过两天再说吧。"他没说别的。

感情到了最热的时候是会最冷的。想不到他会这样对待我。

电车开车的头天晚上，我又去看他。他没在家，直等到半夜，他还没回来。大概是故意地躲我。

王五回来了，向我笑了笑，"明天！"

"二爷呢？"

"不知道。那天你走后，他用了不知什么东西，把眉毛上的黑痦子烧去了，对着镜子直出神。"

完了，没了黑痣，便是没有了黑李，不必再等他了。

我已经走出大门，王五把我叫住："明天我要是——"他摸了摸头上的疤，"你可照应着点我的老娘！"

约摸五点多钟吧，王五跑进来，跑得连裤子都湿了。"全——揍了！"他再也说不出话来。直喘了不知有多少工夫，他才缓过气来，抄起茶壶对着嘴喝了一气。"啊！全揍了！马队冲下来，我们才散。小马六叫他们拿去了，看得真真的。我们吃亏没有家伙，专仗着砖头哪行！小马六要玩完。"

"四爷呢？"我问。

"没看见。"他咬着嘴唇想了想。"哼，事闹得不小！要是拿的话呀，准保是拿四爷，他是头目。可也别说，四爷并不傻，别看他年青。小马六要玩完，四爷也许不能。"

"也没看见二爷？"

"他昨天就没回家。"他又想了想，"我得在这儿藏两天。"

"那行。"

第二天早晨，报纸上登出——砸车暴徒首领李——当场被获，一同被获的还有一个学生，五个车夫。

王五看着纸上那些字，只认得一个"李"字，"四爷玩完了！四爷玩完了！"低着头假装抓那块疤，泪落在报上。

消息传遍了全城，枪毙李——和小马六，游街示众。

毒花花的太阳，把路上的石子晒得烫脚，街上可是还挤满了人。一辆敞车上坐着两个人，手在背后捆着。土黄制服的巡警，灰色制服的兵，前后押着，刀光在阳光下发着冷气。车越走越

641

近了,两个白招子随着车轻轻地颤动。前面坐着的那个,闭着眼,额上有点汗,嘴唇微动,象是祷告呢。车离我不远,他在我面前坐着摆动过去。我的泪迷住了我的心。等车过去半天,我才醒了过来,一直跟着车走到行刑场。他一路上连头也没抬一次。

他的眉皱着点,嘴微张着,胸上汪着血,好象死的时候正在祷告。我收了他的尸。

过了两个月,我在上海遇见了白李,要不是我招呼他,他一定就跑过去了。

"老四!"我喊了他一声。

"啊?"他似乎受了一惊。"呕,你?我当是老二复活了呢。"

大概我叫得很象黑李的声调,并非有意的,或者是在我心中活着的黑李替我叫了一声。

白李显着老了一些,更象他的哥哥了。我们俩并没说多少话,他好似不大愿意和我多谈。只记得他的这么两句:

"老二大概是进了天堂,他在那里顶合适了;我还在这儿砸地狱的门呢。"

# 眼　镜

宋修身虽然是学着科学，可是在日常生活上不管什么科学科举的那一套。他相信饭馆里苍蝇都是消过毒的，所以吃芝麻酱拌面的时候不劳手挥目送的瞎讲究。他有对儿近视眼，也有对儿近视镜。可是他除非读书的时候不戴上它们。据老说法：越戴镜子眼越坏。他信这个。得不戴就不戴，譬如走路逛街，或参观运动会的时候，他的镜子是在手里拿着。即使什么也看不见，而且脑袋常常的发晕，那也活该。

他正往学校里走。溜着墙根，省得碰着人；不过有时候踩着狗腿。这回，眼镜盒子是卷在两本厚科学杂志里。他准知道这个办法不保险，所以走几步，站住摸一摸。把镜子丢了，上堂听课才叫抓瞎。况且自己的财力又不充足，买对眼镜说不定就会破产。本打算把盒子放在袋里，可是身上各处的口袋都没有空地方：笔记本，手绢，铅笔，橡皮，两个小瓶，一块吃剩下的烧饼，都占住了地盘。还是这么拿着吧，小心一点好了；好在盒子即使掉在地上也会有响声的。

一拐弯，碰上了个同学。人家招呼他，他自然不好不答应。站住说了几句。来了辆汽车，他本能的往里手一躲，本来没有躲的必要，可是眼力不济，得特别的留神，于是把鼻子按在墙上。汽车和朋友都过去了，他紧赶了几步，怕是迟到。走到了校门，一摸，眼镜盒子没啦！登时头上见了汗。抹回头去找，哪里有个影儿。拐弯的地方，老放着几辆洋车。问拉车的，他们都没看见，好象他们也都是近视眼似的。又往回找到校门，只摸了两手的土。心里算是别扭透了！掏出那块干烧饼狠命的摔在校门上，假如口袋里没这些零碎？假如不是遇上那个臭同学？假如不躲那辆闯丧的汽车？巧！越巧心里越堵得慌！一定是被车夫拾了去，瞪着眼不给，什么世界！天天走熟了的路，掉了东西会连告诉一声都不告诉，而捡起放在自己的袋里？一对近视镜有什么用？

宋修身的鼻子按在墙上的时候，眼镜盒子落在墙根。车夫王四看见了。

王四本想告诉一声，可是一看是"他"，一年到头老溜墙根，没坐过一回车。话到了嘴边，又回去了。汽车刚拐过去，他顺手捡起盒子，放在腰中。

当着别的车夫，不便细看，可是心中不由得很痛快，坐在车上舒舒服服的微笑。

他看见宋修身回来了，满头是汗，怪可怜的。很想拿出来还给他。可是别人都说没看见，自己要是招认了，吃了又吐，怪不好意思的。况且给他也是白给，他还能给点报酬？白叫他拿去，而且还得叫朋友们奚落一场——喝，拾了东西连一声都不出，怕我们抢你的？喝，拾了又白给了人家，真大方？莫若也说没看见。拾了就是拾了，活该。学生反正比拉车的阔。

宋修身往回走，王四拉起车来，搭讪着说，"别这儿耗着啦，东边去搁会儿。"心里可是说，"今儿个咱算票不了啦，连盒子带镜子还不卖个块儿八七的？！"到了个僻静地方，放下车，把盒子掏出来。

好破的盒子，大概换洋火也就是换上一小包。盒子上面的布全磨没了，倒好，油汪汪的，上边还好象粘着点柿子汁儿。打开，眼镜框子还不坏，挺粗挺黑——王四就是不喜欢细铁丝似的那路镜框，看见戴稀软活软的镜框的人，他连"车"也不问一声。用手弹了弹耳插子，不象是铁的，可也不是木头的——许是玳瑁的！他心中一跳。

镜子真脏，往外凸着，上面净是一圈一圈的纹，腻着一圈圈的土，越到镜边上越厚。镜子底下还压着半根火柴。他把火柴划着，扔在地上。从车厢里拿出小破蓝布掸子来。给镜子哈了两口气，开始用掸子布擦。连哈了四次气，镜子才有个样儿；又沾了一回唾沫，才完全擦干净。自己戴了戴，不行，架子太小，戴不上；宋修身本是个小头小脸的人。"卖不出去，连自己戴着玩都不行！"王四未免有点失望。可是继而一想：拉车戴眼镜，不大象样儿；再说，怎能卖不出去呢？

拉着车，找着一个破货摊。"嗐，卖给你这个。"

"不要。"摆摊的人——一个红鼻子黄眼的家伙——连看也没看，虽然他的摊上有许多眼镜，而且有老式绣花的镜套子呢。

王四不想打架，连"妈的真和气！"都没说出声来。

又遇上个挑筐买卖破烂的，"嗐！卖给你这个，玳瑁框子！"

"没见过这样的玳瑁！"挑筐的看了一眼，"干脆要多少钱？"

"干脆你给多少？"王四把镜子递过去。

"二十子儿。"

"什么？"王四把镜子抢回来。

"给的不少。平光好卖,老花镜也好卖;这是近视镜。框子是化学的,说不定挑来挑去就弄碎了;白赔二十枚。"

王四的心凉了,可是还不肯卖;二十子?早知道还送给那个溜墙根的学生呢!

不卖了,他决定第二天把镜子送归原主;也许倒能得几毛钱的报酬。

第二天早晨,王四把车放在拐弯的地方。学校打了钟,溜墙根的近视眼还没来。一直等到十点多,还是没他的影儿。拉了趟买卖,约摸有十二点多了,又特意放回来。学生下了课,只是不见那个近视眼。

宋修身没来上课。

眼镜丢了以后,他来到教室里。虽然坐在前面,黑板上的字还是模糊不清。越看不清,越用力看;下了课,他的脑袋直抽着疼。他越发心里堵得慌。第二堂是算术习题。他把眼差不多贴在纸上,算了两三个题,他的心口直发痒,脑门非常的热。他好象把自己丢失了。平日最欢喜算术,现在他看着那些字码心里起急。心中熟记的那些公式,都加上了点新东西——眼镜,汽车,车夫。公式和懊恼搀杂在一块,把最喜爱的一门功课变成了最讨厌的一些气人的东西。他不能再安坐在课室里,他想跑到空旷的地方去嚷一顿才痛快。平日所不爱想的事,例如生命观等,这时候都在心中冒出来。一个破近视镜,拾去有什么用?可是竟自拾去!经济的压迫,白拾一根劈柴也是好的。不怨那个车夫。虽然想到这个,心中究竟是难过。今天的功课交不上。明天当然还是头疼。配镜子去,作不到。学期开始的时候,只由家中拿来七十几块钱,下俩月的饭费还没有着落。家中打的粮不少,可是卖不出去。想到了父亲,哥哥,一天到头受苦受累，粮可是卖不出去。平日他没工夫想这些问题，也不肯想这些问题；今天，算术的公式好象给它们匀出来点地方。他想不出一个办法，他头一次觉得生命没着落，好象一切稳定的东西都随着眼镜丢了，眼前事事模糊不清。他不想退学，也想不出继续求学的意义。

长极了的一点钟，好容易才过去。下课的钟声好象不和平日一样，好象有点特别的声调，是一种把大家都叫到野地去喊叫的口令。他出了教室，有一股怨气引着他走出校门；第三堂不上了，也没去请假。他就没想到还有什么第三堂，什么请假的规则。

溜着墙根，他什么也没想，又象想着点什么。到了拐弯的地方，他想起眼镜。几个车夫在那儿说话呢，他想再过去问问他们，可是低着头走了过去。

第二天，他没去上课。

王四没有等到那个近视眼。一天的工夫，心老在车箱里——那里有那个破眼镜盒子。不知道为什么老忘不了它。

将要收车的时候，小赵来了。小赵家里开着个小杂货铺，可是他不大管铺子里的事。他的父亲很希望他能管点事，可是叫他管事他就偷钱；儿子还不如伙计可靠呢。小赵的父亲每逢行个人情，或到庙里烧香，必定戴上平光的眼镜——八毛钱在小摊儿上买的。大铺户的掌柜和先生们都戴平光的眼镜，以便在戏馆中，庙会上，表示身分。所以小铺掌柜也不能落伍。小赵并不希望他父亲一病身亡，虽然死了也并没大关系。假如父亲马上死了，他想不出怎样表示出他变成了正式的掌柜，除非他也戴上平光的眼镜。八毛钱买的眼镜，价值不限于八毛。那是掌权立业，袋中老带着几块现洋的象征。

他常和王四们在一块儿。每逢由小铺摸出几毛来，他便和王四们押个宝，或者有时候也去逛个土窑子。车夫们都管他叫"小赵"，除非赌急红了脸才称呼他"少掌柜"，而在这种争斗的时节，他自己也开始觉到身分。平日，他没有什么脾气，对王四们都很"自己"。

"押押？我的庄？"小赵叫他们看了看手中的红而脏的毛票，然后掏出烟卷，吸着。

王四从耳朵上取下半截烟，就着小赵的火儿吸着。大家都蹲在车后面。

不大一会儿，王四那点铜子全另找到了主人。他脑袋上的筋全不服气的涨起来。想往回捞一捞——"嗐，红眼，借给我几个子儿！"

红眼把手中的铜子押上，押了五道；手中既空，自然不便再回答什么，挤着红眼专等看骰子。

王四想不出招儿来。赌气子立起来，向四外看了看，看有巡警往这里来没有。虽然自己是输了，可是巡警要抓的话，他也跑不了。

小赵赢了，问大家还接着干不。大家还愿意干，可是小赵得借给他们资本。小赵满手是土，把铜子和毛票一齐放在腰里："别套着烂，要干，拿钱。"

大家快要称呼他"少掌柜"了。卖烧白薯的李六过来了。"每人一块，赵掌柜的给钱！"小赵要宴请众朋友。"这还不离，小赵！"大家围上了白薯挑子。王四也弄了块，深呼吸的吃着。

吃完白薯，王四想起来了："小赵，给你这个。"从车箱里把眼镜找出来："别看盒子破，里面有好玩艺儿。"

小赵一见眼镜,"掌柜的"在心中放大起来;把没吃完的白薯扔在地上,请了野狗的客。果然是体面的镜子,比父亲的还好。戴上试试。不行,"这是近视镜,戴上发晕!"

"戴惯就好了,"王四笑着说。

"戴惯?为戴它,还得变成近视眼?"小赵觉得不上算,可是又真爱眼镜。试着走了几步。然后,摘下来,看看大家。大家都觉得戴上镜子确是体面。王四领着头说:

"真有个样儿!"

"就是发晕呢!"小赵还不肯撒手它。

"戴惯就好了!"王四觉得只有这一句还象话。

小赵又戴上镜子,看了看天。"不行,还是发晕!"

"你拿着吧,拿着吧。"王四透着很"自己"。"送给你的,我拿着没用。拿着吧,等过二年,你的眼神不这么足了,再戴也就合适了。"

"送给我的?"小赵钉了一句。"真的?操!换个盒子还得好几毛!"

"真送给你,我拿着没用;卖,也不过卖个块儿八七的!"王四更显着"自己"了。

"等我数数,"小赵把毛票都掏出来,给了李六白薯钱。"还有六毛,才他妈的赢了两毛!"

"你还有铜子呢!"有人提醒他一声。

"至多也就有一毛来钱的铜子,"小赵可是没往外掏它们,大家也不就深信他的话。小赵可是并不因为赢得少而不高兴;他的确很欢喜。往常,他每耍必输。输几毛原不算什么,不过被大家拿他当"大头",有些难堪。今天总算恢复了名誉,虽然连铜子算上才三毛来钱——也许是三毛多,铜子的分量怪沉

649

的吗。"王四,我也不白要你的。看见没?有六毛。你三毛,我三毛,象回事儿不象?"

王四没想到他能给三毛。他既然开通,不妨再挤一下:"把铜子再掏出点来,反正是赢去的。"

"吹!吉祥钱,腰里带着好。明儿个还得跟你们干呢!"小赵觉得明天再来,一定还要赢的。这两天运气必是不坏。

"好啦,三毛。三毛买那么好的镜子!"王四把票子接过来。放在贴肉的小兜里。

"你不是说送给我吗?这小子!"

"好啦,好啦,朋友们过得多,不在乎这个。"

小赵把眼镜放在盒子里,走开。"明儿再干!"走了几步,又把盒子打开。回头看了看,拉车的们并没把眼看着他。把镜子又戴上,眼前成了模糊的一片。可是不肯马上摘下来——戴惯就好了。他觉得王四的话有理。有眼镜不戴,心中难过。况且掌柜们都必须戴镜子的。眼镜,手表,再安上一个金门牙;南岗子的小凤要不跟我才怪呢!

刚一拐弯,猛的听见一声喇叭。他看不清,不知往哪面儿躲。他急于摘镜子……

学校附近,这些日子了,不见了溜墙根的近视学生,不见了小赵,不见了王四。"王四这些日子老在南城搁车,"李六告诉大家。

# 铁牛和病鸭

王明远的乳名叫"铁柱子"。在学校里他是"铁牛"。好象他总离不开铁。这个家伙也真是有点"铁"。大概他是不大爱吃石头罢了;真要吃上几块的话,那一定也会照常的消化。

他的浑身上下,看哪儿有哪儿,整象匹名马。他可比名马还泼辣一些,既不娇贵,又没脾气。一年到头,他老笑着。两排牙,齐整洁白,象个小孩儿的。可是由他说话的时候看,他的嘴动得那么有力量,你会承认这两排牙,看着那么白嫩好玩,实在能啃碎石头子儿。

认识他的人们都知道这么一句——老王也得咧嘴。这是形容一件最累人的事。王铁牛几乎不懂什么叫累得慌。他要是咧了嘴,别人就不用想干了。

铁牛不念《红楼梦》——"受不了那套妞儿气!"他永远不闹小脾气,真的。"看看这个,"他把袖子搂到肘部,敲着筋粗肉满的胳臂,"这么粗的小棒锤,还闹小性,羞不羞?"顺势砸自己的胸口两拳,咚咚的响。

他有个志愿,要和和平平的作点大事。他的意思大概是说,作点对别人有益的事,而且要自自然然作成,既不锣鼓喧天,也不杀人流血。

由他的谈吐举动上看，谁也看不出他曾留过洋，念过整本的洋书，他说话的时候永不夹杂着洋字。他看见洋餐就挠头，虽然请他吃，他也吃得不比别人少。不服洋服，不会跳舞，不因为街上脏而堵上鼻子，不必一定吃美国橘子。总而言之，他既不闹中国脾气，也不闹外国脾气。比如看电影，《火烧红莲寺》和《三剑客》，对他，并没有多少分别。除了"妞儿气"的片子，都"不坏"。

他是学农的。这与他那个"和和平平的作点大事"颇有关系。他的态度大致是这样：无论政治上怎样革命，人反正得吃饭。农业改良是件大事。他不对人们用农学上的专名词；他研究的是农业，所以心中想的是农民，他的感情把研究室的工作与农民的生活联成一气。他不自居为学者。遇上好转文的人，他有句善意的玩笑话："好不好由武松打虎说起？"《水浒传》是他的"文学"。

自从留学回来，他就在一个官办的农场作选种的研究与试验。这个农场的成立，本是由几个开明官儿偶然灵机一动，想要关心民瘼，所以经费永远没有一定的着落。场长呢，是照例每七八个月换一位，好象场长的来去与气候有关系似的。这些来来往往的场长们，人物不同，可是风格极相似，颇似秀才们作的八股儿。他们都是咧着嘴来，咧着嘴去，设若不是"场长"二字在履历上有点作用，他们似乎还应当痛哭一番。场长既是来熬资格，自然还有愿在他们手下熬更小一些资格的人。所以农场虽成立多年，农场试验可并没有作过。要是有的话，就是铁牛自己那点事儿。

为他，这个农场在用人上开了个官界所不许的例子——场长到任,照例不撤换铁牛。这已有五六年的样子了。

铁牛不大记得场长们的姓名,可是他知道怎样央告场长。在他心中,场长,不管姓甚名谁,是必须央告的。"我的试验需要长的时间。我爱我的工作。能不撤换我,是感激不尽的!请看看我的工作来,请来看看!"场长当然是不去看的;提到经费的困难;铁牛请场长放心,"减薪我也乐意干,我爱这个工作!"场长手下的人怎么安置呢?铁牛也有办法:"只要准我在这儿工作,名义倒不拘。"薪水真减了,他照常的工作,而且作得颇高兴。

可有一回,他几乎落了泪。场长无论如何非撤他不可。可是头天免了职,第二天他照常去作试验,并且拉着场长去看他的工作:"场长,这是我的命!再有些日子,我必能得到好成绩;这不是一天半天能作成的。请准我上这里作试验好了,什么我也不要。到别处去,我得从头另作,前功尽弃。况且我和这个地方有了感情,这里的一切是我的手,我的脚。我永不对它们发脾气,它们也老爱我。这些标本,这些仪器,都是我的好朋友!"他笑着,眼角里有个泪珠。耶稣收税吏作门徒必是真事,要不然场长怎会一心一软,又留下了铁牛呢?从此以后,他的地位稳固多了,虽然每次减薪,他还是跑不了。"你就是把钱都减了去,反正你减不去铁牛!"他对知己的朋友总这样说。

他虽不记得场长们的姓名,他们可是记住了他的。在他们天良偶尔发现的时候,他们便想起铁牛。因此,很有几位场长在高升了之后,偶尔凭良心作某件事,便不由的想"借重"铁牛一下,向他打个招呼。铁牛对这种"抬爱"老回答这么一句:"谢谢善意,可是我爱我的工作,这是我的命!"他不能离开那个农场,正象小孩离不开母亲。

为维持农场的存在，总得作点什么给人们瞧瞧，所以每年必开一次农品展览会。职员们在开会以前，对铁牛特别的和气。"王先生，多偏劳！开完会请你吃饭！"吃饭不吃饭，铁牛倒不在乎；这是和农民与社会接触的好机会。他忙开了：征集，编制，陈列，讲演，招待，全是他，累得"四脖子汗流"。有的职员在旁边看着，有点不大好意思。所以过来指摘出点毛病，以便表示他们虽没动手，可是眼睛没闲着。铁牛一边擦汗一边道歉："幸亏你告诉我！幸亏你告诉我！"对于来参观的农民，他只恨长着一张嘴，没法儿给人人辮开揉碎的讲。

有长官们坐在中间，好象兔儿爷摊子的开会纪念像片里，十回有九回没铁牛。他顾不得照像。这一点，有些职员实在是佩服了他。所以会开完了，总有几位过来招呼一声："你可真累了，这两天！"铁牛笑得象小姑娘穿新鞋似的："不累，一年才开一次会，还能说累？"

因此，好朋友有时候对他说，"你也太好脾性了，老王！"

他笑着，似乎是要害羞："左不是多卖点力气，好在身体棒。"他又搂起袖子来，展览他的胳臂。他决听不出朋友那句话是有不满而故意欺侮他的意思。他自己的话永远是从正面说，所以想不到别人会说偏锋话。有的时候招得朋友不能不给他解释一下，他这才听明白。可是"谁有工夫想那么些个弯子！我告诉你，我的头一放在枕头上，就睡得象个球；要是心中老绕弯儿，怎能睡得着？人就仗着身体棒；身体棒，睁开眼就唱。"他笑开了。

铁牛的同学李文也是个学农的。李文的腿很短，嘴很长，脸很瘦，心眼很多。被同学们封为"病鸭"。病鸭是牢骚的结晶，袋中老带着点"补丸"之类的小药，未曾吃饭先叹口气。他很热心的研究农学，而且深信改良农事是最要紧的。可是他始终没有成绩。他倒不愁得不到地位,而是事事人人总跟他闹别扭。就了一个事,至多半年就得散伙。即使事事人人都很顺心,他所坐的椅子,或头上戴的帽子,或作试验用的器具,总会跟他捣乱;于是他不能继续工作。世界上好象没有给他预备下一个可爱的东西,一个顺眼的地方,一个可以交往的人;他只看他自己好,而人人事事和样样东西都跟他过不去。不是他作不出成绩来,是到处受人们的排挤,没法子再作下去。比如他刚要动手作工,旁边有位先生说了句:"天很冷啊!"于是他的脑中转开了螺丝:什么意思呢,这句话?是不是说我刚才没有把门关严呢?他没法安心工作下去。受了欺侮是不能再作工的。早晚他要报复这个,可是马上就得想办法,他和这位说天气太冷的先生势不两立。

他有时候也能交下一两位朋友,可是交过了三个月,他开始怀疑,然后更进一步去试探,结果是看出许多破绽,连朋友那天穿了件蓝大衫都有作用。三几个月的交情于是吵散。一来二去,他不再想交友。他慢慢把人分成三等,一等是比他位分高的,一等是比他矮的,一等是和他一样儿高的。他也决定了,他可以成功,假如他能只交比他高的人,不理和他肩膀齐的,管辖着奴使着比他矮的。"人"既选定,对"事"便也有了办法。"拿过来"成了他的口号。非自己拿到一种或多种事业,终身便一无所成。拿过来自己办,才能不受别人的气。拿过来自己办,椅子要是成心捣乱,砸碎了兔崽子!非这样不可,他是热心于改良农事的;不能因受闲气而抛弃了一生的事业;打算不受闲气,自己得站在高处。

有志者事竟成,几年的工夫他成了个重要的人物,"拿过来"不少的事业。原先本是想拿过来便去由自己作,可是既拿过来一样，还觉得不稳固。还有斜眼看他的人呢！于是再去拿。越拿越多，越多越复杂，各处的椅子不同，一种椅子有一种气人的办法。他要统一椅子都得费许多时间。因此，每拿过来一个地方，他先把椅子都漆白了，为是省得有污点不易看见。椅子倒是都漆白了，别的呢？他不能太累了，虽然小药老在袋中，到底应当珍惜自己；世界上就是这样，除了你自己爱你自己，别人不会关心。

他和铁牛有好几年没见了。

正赶上开农业学会年会。堂中坐满了农业专家。台上正当中坐着病鸭，头发挺长，脸色灰绿，长嘴放在胸前，眼睛时开时闭，活象个半睡的鸭子。他自己当然不承认是个鸭子；时开时闭的眼，大有不屑于多看台下那群人的意思。他明知道他们的学问比他强，可是他坐在台上，他们坐在台下；无论怎说，他是个人物，学问不学问的，他们不过是些小兵小将。他是主席，到底他是主人。他不能不觉着得意，可是还要露出有涵养，所以眼睛不能老睁着，好象天下最不要紧的事就是作主席。可是，眼睛也不能老闭着，也得留神下边有斜眼看他的人没有。假如有的话，得设法收拾他。就是在这么一睁眼的工夫，他看见了铁牛。

铁牛仿佛不是来赴会，而是料理自家的丧事或喜事呢。出来进去，好似世上就忙了他一个人了。

有人在台上宣读论文。病鸭的眼闭死了，每隔一分多钟点一次头，他表示对论文的欣赏，其实他是琢磨铁牛呢。他不愿承认他和铁牛同过学，他在台上闭目养神，铁牛在台下当"碎催"，好象他们不能作过学友；现在距离这么远，原先也似乎相离不应当那么近。他又不能不承认铁牛确是他的同学，这使他很难堪：是可怜铁牛好呢，还是夸奖自己好呢？铁牛是不是看见了他而故意的躲着他？或者也许铁牛自惭形秽不敢上前？是不是他应当显着大度包容而先招呼铁牛？他不能决定，而越发觉得"同学"是件别扭事。

台下一阵掌声，主席睁开了眼。到了休息的时间。

病鸭走到会场的门口，迎面碰上了铁牛。病鸭刚看见他，便赶紧拿着尺寸一低头，理铁牛不理呢？得想一想。可是他还没想出主意，就觉出右手象掩在门缝里那么疼了一阵。一抽手的工夫，他听见了："老李！还是这么瘦？老李——"

病鸭把手藏在衣袋里，去暗中舒展舒展；翻眼看了铁牛一下，铁牛脸上的笑意象个开花弹似的，从脸上射到空中。病鸭一时找不到相当的话说。他觉得铁牛有点过于亲热。可又觉得他或者没有什么恶意——"还是这么瘦"打动了自怜的心，急于找话说，往往就说了不负责任的话。"老王，跟我吃饭去吧？"说完很后悔，只希望对方客气一下。可是铁牛点了头。病鸭脸上的绿色加深了些。"几年没有见了，咱们得谈一谈！"铁牛这个家伙是赏不得脸的。

两个老同学一块儿吃饭，在铁牛看，是最有意思的。病鸭可不这样看——两个人吵起来才没法下台呢！他并不希望吵，可是朋友到一块儿，有时候不由的不吵。脑子里一转弯，不能不吵；谁还能禁止得住脑子转弯？

铁牛是看见什么吃什么，病鸭要了不少的菜。病鸭自己可是不吃，他的筷子只偶尔的夹起一小块锅贴豆腐。"我只能吃点豆腐，"他说。他把"豆腐"两个字说得不象国音，也不象任何方音，听着怪象是外国字。他有好些字这么说出来。表示他是走南闯北，自己另制了一份儿"国语"。

"哎？"铁牛听不懂这两个字。继而一看他夹的是豆腐，才明白过来："咱可不行；豆腐要是加上点牛肉或者还沉重点儿。

我说，老李，你得注意身体呀。那么瘦还行？"

太过火了！提一回正足以打动自怜的情感。紧自说人家瘦，这是看不起人！病鸭的脑子里皱上了眉。不便往下接着说，换换题目吧：

"老王，这几年净在哪儿呢？"

"——农场，不坏的小地方。"

"场长是谁？"

幸而铁牛这回没忘了——"赵次江。"

病鸭微微点了点头，唯恐怕伤了气。"他呀？待你怎样？"

"无所谓，他干他的，我干我的；只希望他别撤换我。"铁牛为是显着和气。也动了一块豆腐。

"拿过来好了。"病鸭觉得说了这半天，只有这一句还痛快些。"老王，你干吧！"

"我当然是干哪，我就怕干不下去，前功尽弃。咱们这种工作要是没有长时间，是等于把钱打了水漂儿。"

"我是让你干场长。现成的事，为什么不拿过来？拿过来，你爱怎办怎办；赵次江是什么玩艺！"

"我当场长，"铁牛好象听见了一件奇事。"等过个半年来的，好被别人顶了？"

有点给脸不兜着！病鸭心里默演对话："你这小子还不晓得李老爷有多大势力？轻看我？你不放心哪，我给你一手儿看看。"他略微一笑，说出声来："你不干也好，反正咱们把它拿过来好了。咱们有的是人。你帮忙好了。你看看，我说不叫赵次江干，他就干不了！这话可不用对别人说。"

铁牛莫名其妙。

病鸭又补上一句："你想好了，愿意干呢，我还是把场长给你。"

"我只求能继续作我的试验;别的我不管。"铁牛想不出别的话。

"好吧,"病鸭又"那么"说了这两个字,好象德国人在梦里练习华语呢。

直到年会开完,他们俩没再坐在一块谈什么。从铁牛那面儿说,他觉得病鸭是拿着一点精神病作事呢。"身体弱,见了喜神也不乐。"编好了这么句唱儿,就把病鸭忘了。

铁牛回到农场不久,场长果然换了。新场长对他很客气,头一天到任便请他去谈话:

"王先生,李先生的老同示。请多帮忙,我们得合作。老实不客气的讲,兄弟对于农学是一窍不通。不过呢,和李先生的关系还那个。王先生帮忙就是了,合作,我们合作。"

铁牛想不出,他怎能和个不懂农学的人合作。"精神病!"他想到这么三个字,就顺口说出来。

新场长好象很明白这三个字的意思,脸沉下去:"兄弟老实不客气的讲,王先生,这路话以后请少说为是。这倒与我没关系,是为你好。你看,李先生打发我到这儿来的时候,跟我谈了几句那天你怎么与他一同吃饭,说了什么。李先生露出一点意思,好象是说你有不合作的表示。不过他决不因为这个便想——啊,同学的面子总得顾到。请原谅我这样太不客气!据我看呢,大家既是朋友,总得合作。我们对于李先生呢,也理当拥护。自然我们不拥护他,那也没什么。不过是我们——不是李先生——先吃亏罢了。"

铁牛莫名其妙。

新场长到任后第一件事是撤换人,第二件事是把椅子都漆白了。第一件与铁牛无关,因为他没被撤职。第二件可不这样,场长派他办理油饰椅子,因这是李先生视为最重要的事,所以选派铁牛,以表示合作的精神。

铁牛既没那个工夫,又看不出漆刷椅子的重要,所以不管。

新场长告诉了他:"我接收你的战书;不过,你既是李先生的同学,我还得留个面子,请李先生自己处置这回事。李先生要是——什么呢,那我可也就爱莫能助了!"

"老李——"铁牛刚一张嘴,被场长给截住:

"你说的是李先生?原谅我这样爽直,李先生大概不甚喜欢你这个'老李'。"

"好吧,李先生知道我的工作,他也是学农的。场长就是告诉他,我不管这回事,他自然会晓得我什么不管。假如他真不晓得,他那才真是精神病呢。"铁牛似乎说高了兴:"我一见他的面,就看出来,他的脸是绿的。他不是坏人,我知道他;同学好几年,还能不知道这个?假如他现在变了的话,那一定是因为身体不好。我看见不是一位了,因为身体弱常闹小性。我一见面就劝了他一顿,身体弱,脑子就爱转弯。看我,身体棒,睁开眼就唱。"他哈哈的笑起来。

场长一声没出。

过了一个星期,铁牛被撤了差。

他以为这一定不能是病鸭的主意,因此他并不着慌。他计划好:援据前例,第二天还照常来工作;场长真禁止他进去呢,再找老李——老李当然要维持老同学的。

可是,他临出来的时候,有人来告诉他:"场长交派下来,你要明天是——的话,可别说用巡警抓你。"

他要求见场长,不见。

他又回到试验室，呆呆的坐了半天，几年的心血……不能，不能是老李的主意，老李也是学农的，还能不明白我的工作的重要？他必定能原谅咱铁牛，即使真得罪了他。什么地方得罪了他呢？想不出来。除非他真是精神病。不能，他那天不是还请我吃饭来着？不论怎着吧，找老李去，他必定能原谅我。

铁牛越这样想越心宽，一见到病鸭，必能回职继续工作。他看着试验室内东西，心中想象着将来的成功——再有一二年，把试验的结果拿到农村去实地应用，该收一个粮的便收两个……和和平平的作了件大事！他到农场去绕了一圈，地里的每一棵谷每一个小木牌，都是他的儿女。回到屋内，给老李写了封顶知已的信，告诉他在某天去见他。把信发了，他觉得已经是一天云雾散。

按着信上规定的时间去见病鸭，病鸭没在家。可是铁牛不肯走，等一等好了。

等到第四个钟头上，来了个仆人："请不用等我们老爷了，刚才来了电话，中途上暴病，入了医院。"

铁牛顾不得去吃饭，一直跑到医院去。

病人不能接见客人。

"什么病呢？"铁牛和门上的人打听。

"没病，我们这儿的病人都没病。"门上的人倒还和气。

"没病干吗住院？"

"那咱们就不晓得了，也别说，他们也多少有点病。"

铁牛托那个人送进张名片。

待了一会，那个人把名片拿起来，上面有几个铅笔写的字："不用再来，咱们不合作。"

"和和平平的作件大事！"铁牛一边走一面低声的念道。

# 也是三角

从前线上溃退下来，马得胜和孙占元发了五百多块钱的财。两支快枪，几对镯子，几个表……都出了手，就发了那笔财。在城里关帝庙租了一间房，两人享受着手里老觉着痒痒的生活。一人作了一身洋缎的衣裤，一件天蓝的大夹袄，城里城外任意的逛着，脸都洗得发光，都留下平头。不到两个月的工夫，钱已出去快一半。回乡下是万不肯的；作买卖又没经验，而且资本也似乎太少。钱花光再去当兵好象是唯一的，而且并非完全不好的途径。两个人都看出这一步。可是，再一想，生活也许能换个样，假如别等钱都花完，而给自己一个大的变动。从前，身子是和军衣刺刀长在一块，没事的时候便在操场上摔脚，有了事便朝着枪弹走。性命似乎一向不由自己管着，老随着口令活动。什么是大变动？安稳的活几天，比夜间住关帝庙，白天逛大街，还得安稳些。得安份儿家！有了家，也许生活自自然然的就起了变化。因此而永不再当兵也未可知，虽然在行伍里不完全是件坏事。两人也都想到这一步，他们不能不想到这一步，为人要没成过家，总是一辈子的大缺点。成家的事儿还得赶快的办，因为钱的出手仿佛比军队出发还快。钱出手不能不快，弟兄们是热心肠的，见着朋友，遇上叫化子多央告几句，钱便不由的出了手。婚事要办得马上就办，别等到袋里只剩了铜子的时候。两个人也都想到这一步，可是没法儿彼此商议。论交情，二人是盟兄弟，一块儿上过阵，一块儿入过伤兵医院，一块儿吃过睡过抢过，现在一块儿住着关帝庙。衣裳袜子可以不分；只是这件事没法商议。衣裳吃喝越不分彼此，越显着义气。可是俩人不能娶一个老婆，无论怎说。钱，就是那一些；一人娶一房是办不到的。还不能口袋底朝上，把洋钱都办了喜事。刚入了洞房就白瞪眼，耍空拳头玩，不象句话。那么，只好一个娶妻，一个照旧打光棍。叫谁打光棍呢，可是？论岁数，都三十多了；谁也不是小孩子。论交情，过得着命；谁肯自己成了家，叫朋友楞着翻白眼？把钱平分了，各自为政；谁也不能这么说。十几年的朋友，一旦忽然散伙，连想也不能这么想。简直的没办法。越没办法越都常想到：三十多了；钱快完了；也该另换点事作了，当兵不是坏事，可是早晚准碰上一两个枪弹。逛窑子还不能哥儿俩挑一个"人儿"呢，何况是娶老婆？俩人都喝上四两白干，把什么知心话都说了，就是"这个"不能出口。

马得胜——新印的名片，字国藩，算命先生给起的——是哥，头象个木瓜，脸皮并不很粗，只是七棱八瓣的不整庄。孙占元是弟，肥头大耳朵的，是猪肉铺的标准美男子。马大哥要发善心的时候先把眉毛立起来，有时候想起死去的老母就一边落泪一边骂街。孙老弟永远很和气，穿着便衣问路的时节也给人行举手礼。为"那件事"，马大哥的眉毛已经立了三天，孙老弟越发的和气，谁也不肯先开口。

马得胜躺在床上，手托着自己那个木瓜，怎么也琢磨不透"国藩"到底是什么意思。其实心里本不想琢磨这个。孙占元就着煤油灯念《大八义》，遇上有女字旁的字，眼前就来了一顶红轿子，轿子过去了，他也忘了念到哪一行。赌气子不念了，把背后贴着金玉兰像片的小圆镜拿起来,细看自己的牙。牙很齐，很白，很没劲，翻过来看金玉兰，也没劲，胖娘们一个。不知怎么想起来："大哥，小洋凤的《玉堂春》妈的才没劲！"

"野娘们都妈的没劲！"大哥的眉毛立起来，表示同情于盟弟。

盟弟又翻过镜子看牙，这回是专看两个上门牙，大而白亮亮的不顺眼。

俩人全不再言语，全想着野娘们没劲，全想起和野娘们完全不同的一种女的——沏茶灌水的，洗衣裳作饭，老跟着自己，生儿养女，死了埋在一块。由这个又想到不好意思想的事，野娘们没劲，还是有个正经的老婆。马大哥的木瓜有点发痒，孙老弟有点要坐不住。更进一步的想到，哪怕是合伙娶一个呢。不行，不能这么想。可是全都这么想了，而且想到一些更不好意思想的光景。虽然不好意思，但也有趣。虽然有趣，究竟是不好意思。马大哥打了个很勉强的哈欠，孙老弟陪了一个更勉强的。关帝庙里住的卖猪头肉的回来了。孙占元出去买了个压筐的猪舌头。两个弟兄，一人点心了一半猪舌头，一饭碗开水，还是没劲。

他们二位是庙里的财主。这倒不是说庙里都是穷人。以猪头肉作坊的老板说，炕里头就埋着七八百油腻很厚的洋钱。可是老板的钱老在炕里埋着。以后殿的张先生说，人家曾作过县知事，手里有过十来万。可是知事全把钱抽了烟，姨太太也跟人跑了。谁也比不上这兄弟俩，有钱肯花，而且不抽大烟。猪头肉作坊卖得着他们的钱，而且永远不驳价儿，该多少给多少，并不因为同住在关老爷面前而想打点折扣。庙里的人没有不爱他们的。

最爱他们哥俩的是李永和先生。李先生大概自幼就长得象汉奸，要不怎么，谁一看见他就马上想起"汉奸"这两个字来呢。细高身量，尖脑袋，脖子象颗葱，老穿着通天扯地的瘦长大衫。脚上穿着缎子鞋，走道儿没一点响声。他老穿着长衣服，而且是瘦长。据说，他也有时候手里很紧，正象庙里的别人一样。可是不论怎么困难，他老穿着长衣服；没有法子的时候，他能把贴身的衣袄当了或是卖了，但是总保存着外边的那件。所以他的长衣服很瘦，大概是为穿空心大袄的时候，好不太显着里边空空如也，而且实际上也可以保存些暖气。这种办法与他的职业大有关系。他必须穿长袍和缎子鞋。说媒拉纤，介绍典房卖地倒铺底，他要不穿长袍便没法博得人家信仰。他的自己的信仰是成三破四的"佣钱"，长袍是他的招牌与水印。

自从二位财主一搬进庙来，李永和把他们看透了。他的眼看人看房看地看货全没多少分别，不管人的鼻子有无，他看你值多少钱，然后算计好"佣钱"的比例数。他与人们的交情止于佣钱到手那一天——他准知道人们不再用他。他不大答理庙里的住户们，因为他们差不多都曾用过他，而不敢再领教。就是张知事照顾他的次数多些，抽烟的人是楞吃亏也不愿起来的。可是近来连张知事都不大招呼他了，因为他太不客气。有一次他把张知事的紫羔皮袍拿出去，而只带回几粒戒烟丸来。"顶好是把烟断了，"他教训张知事，"省得叫我拿羊皮皮袄满街去丢人；现在没人穿羊皮，连狐腿都没人屑于穿！"张知事自然不会一赌气子上街去看看，于是躺在床上差点没瘾死过去。

李永和已经吃过二位弟兄好几顿饭。第一顿吃完，他已把二位的脉都诊过了。假装给他们设计想个生意,二位的钱数已在他的心中登记备了案。他继续着白吃他们,几盅酒的工夫把二位的心事全看得和写出来那么清楚。他知道他们是萤火虫的屁股,亮儿不大,再说当兵不比张知事,他们急了会开打。所以他并不勒紧了他们,好在先白吃几顿也不坏。等到他们找上门来的时候,再勒他们一下,虽然是一对萤火虫,到底亮儿是个亮儿;多吧少吧,哪怕只闹新缎子鞋穿呢,也不能得罪财神爷——他每到新年必上财神庙去借个头号的纸元宝。

二位弟兄不好意思彼此商议那件事,所以都偷偷的向李先生谈论过。李先生一张嘴就使他们觉到天下的事还有许多他们不晓得的呢。

"上阵打仗,立正预备放的事儿,你们弟兄是内行;行伍出身,那不是瞎说的!"李先生说,然后把声音放低了些:"至于娶妻成家的事儿,我姓李的说句大话,这里边的深沉你们大概还差点经验。"

这一来,马孙二位更觉非经验一下不可了。这必是件极有味道,极重要,极其"妈的"的事。必定和立正开步走完全不同。一个人要没尝这个味儿,就是打过一百回胜仗也是瞎掰!

得多少钱呢,那么?

谈到了这个,李先生自自然然的成了圣人。一句话就把他们问住了:"要什么样的人呢?"

他们无言答对,李先生才正好拿出心里那部"三国志"。原来女人也有三六九等,价钱自然不都一样。比如李先生给陈团长说的那位,专说放定时候用的喜果就是一千二百包,每包三毛五分大洋。三毛五;十包三块五;一百包三十五;一千包三百五;一共四百二十块大洋,专说喜果!此外,还有"小香水"、

"金刚钻"的金刚钻戒指,四个!此外……

二位兄弟心中几乎完全凉了。幸而李先生转了个大弯:咱们弟兄自然是图个会洗衣裳作饭的,不挑吃不挑喝的,不拉舌头扯簸箕的,不偷不摸的,不叫咱们戴绿帽子的,家贫志气高的大姑娘。

这样大姑娘得多少钱一个呢?

也得三四百,岳父还得是拉洋车的。

老丈人拉洋车或是赶驴倒没大要紧;"三四百"有点噎得慌。二弟兄全觉得噎得慌,也都勾起那个"合伙娶"。

李先生——穿着长袍缎子鞋——要是不笑话这个办法,也许这个办法根本就不错。李先生不但没摇头,而且拿出几个证据,这并不是他们的新发明。就是阔人们也有这么办的,不过手续上略有不同而已。比如丁督办的太太常上方将军家里去住着,虽然方将军府并不是她的娘家。

况且李先生还有更动人的道理:咱们弟兄不能不往远处想,可也不能太往远处想。该办的也就得办,谁知道今儿个脱了鞋,明天还穿不穿!生儿养女,谁不想生儿养女?可是那是后话,目下先乐下子是真的。

二位全想起枪弹满天飞的光景。先前没死,活该;以后谁敢保不死?死了不也是活该?合伙娶不也是活该?难处自然不少,比如生了儿子算谁的?可是也不能"太往远处想",李先生是圣人,配作个师部的参谋长!

有肯这么干的姑娘没有呢?

这比当窑姐强不强?李先生又问住了他们。就手儿二位不约而同的——他俩这种讨教本是单独的举动——把全权交给李先生。管他舅子的,先这么干了再说吧。他们无须当面商量,自有李先生给从中斡旋与传达意见。

事实越来越象真的了,二位弟兄没法再彼此用眼神交换意见;娶妻,即使是用有限公司的办法,多少得预备一下。二位费了不少的汗才打破这个羞脸,可是既经打破,原来并不过火的难堪,反倒觉得弟兄的交情更厚了——没想到的事!二位决定只花一百二十块的彩礼,多一个也不行。其次,庙里的房别辞退,再在外边租一间,以便轮流入洞房的时候,好让换下班来的有地方驻扎。至于谁先上前线,孙老弟无条件的让给马大哥。马大哥极力主张抓阄决定,孙老弟无论如何也不服从命令。

吉期是十月初二。弟兄们全作了件天蓝大棉袍,和青缎子马褂。

李先生除接了十元的酬金之外,从一百二十元的彩礼内又留下七十。

老林四不是卖女儿的人。可是两个儿子都不孝顺,一个住小店,一个不知下落,老头子还说得上来不自己去拉车?女儿也已经二十了。老林四并不是不想给她提人家,可是看要把女儿再撒了手,自己还混个什么劲?这不纯是自私,因为一个车夫的女儿还能嫁个阔人?跟着自己呢,好吧歹吧,究竟是跟着父亲;嫁个拉车的小伙子,还未必赶上在家里好呢。自然这个想法究竟不算顶高明,可是事儿不办,光阴便会走得很快,一晃儿姑娘已经二十了。

他最恨李先生,每逢他有点病不能去拉车,李先生必定来递嘻和①。他知道李先生的眼睛是看着姑娘。老林四的价值,在李先生眼中:就在乎他有个女儿。老林四有一回把李先生一

---

① 递嘻和,装和气,讨好于人。

个嘴巴打出门外。李先生也没着急,也没生气,反倒更和气了,而且似乎下了决心,林姑娘的婚事必须由他给办。

林老头子病了。李先生来看他好几趟。李先生自动的借给老林四钱,叫老林四给扔在当地。

病到七天头上,林姑娘已经两天没有吃什么。当没的当,卖没的卖,借没地方去借。老林四只求一死,可是知道即使死了也不会安心——扔下个已经两天没吃饭的女儿。不死,病好了也不能马上就拉车去,吃什么呢?

李先生又来了,五十块现洋放在老林四的头前:"你有了棺材本,姑娘有了吃饭的地方——明媒正娶。要你一句干脆话。行,钱是你的。"他把洋钱往前推一推。"不行,吹!"

老林四说不出话来,他看着女儿,嘴动了动——你为什么生在我家里呢?他似乎是说。

"死,爸爸,咱们死在一块儿!"她看着那些洋钱说,恨不能把那些银块子都看碎了,看到底谁——人还是钱——更有力量。

老林四闭上了眼。

李先生微笑着,一块一块的慢慢往起拿那些洋钱,微微的有点铮铮的响声。

他拿到十块钱上,老林四忽然睁开眼了,不知什么地方来的力量,"拿来!"他的两只手按在钱上。"拿来!"他要李先生手中的那十块。

老林四就那么趴着,好象死了过去。待了好久,他抬起点头来:"姑娘,你找活路吧,只当你没有过这个爸爸。"

"你卖了女儿?"她问。连半个眼泪也没有。

老林四没作声。

"好吧，我都听爸爸的。"

"我不是你爸爸。"老林四还按着那些钱。

李先生非常的痛快，颇想夸奖他们父女一顿，可是只说了一句："十月初二娶。"

林姑娘并不觉得有什么可羞的，早晚也得这个样，不要卖给人贩子就是好事。她看不出面前有什么光明，只觉得性命象更钉死了些；好歹，命是钉在了个不可知的地方。那里必是黑洞洞的，和家里一样，可是已经被那五十块白花花的洋钱给钉在那里，也就无法。那些洋钱是父亲的棺材与自己将来的黑洞。

马大哥在关帝庙附近的大杂院里租定了一间小北屋，门上贴了喜字。打发了一顶红轿把林姑娘运了来。

林姑娘没有可落泪的，也没有可兴奋的。她坐在炕上，看见个木瓜脑袋的人。她知道她变成木瓜太太，她的命钉在了木瓜上。她不喜欢这个木瓜，也说不上讨厌他来，她的命本来不是她自己的，她与父亲的棺材一共才值五十块钱。

木瓜的口里有很大的酒味。她忍受着；男人都喝酒，她知道。她记得父亲喝醉了曾打过妈妈。木瓜的眉毛立着，她不怕；木瓜并不十分厉害，她也不喜欢。她只知道这个天上掉下来的木瓜和她有些关系，也许是好，也许是歹。她承认了这点关系，不大愿想关系的好歹。她在固定的关系上觉得生命的渺茫。

马大哥可是觉得很有劲。扛了十几年的枪杆，现在才抓到一件比枪杆还活软可爱的东西。枪弹满天飞的光景，和这间小屋里的暖气，绝对的不同。木瓜旁边有个会呼吸的，会服从他的，活东西。他不再想和盟弟共享这个福气，这必须是个人的，不然便丢失了一切。他不能把生命刚放在肥美的土里，又拔出来；种豆子也不能这么办！

第二天早晨，他不想起来，不愿再见孙老弟。他盘算着以前不会想到的事。他要把终身的事画出一条线来，这条线是与她那一条并行的。因为并行，这两条线的前进有许多复杂的交叉与变化，好象打秋操时摆阵式那样。他是头道防线，她是第二道，将来会有第三道，营垒必定一天比一天稳固。不能再见盟弟。

　　但是他不能不上关帝庙去，虽然极难堪。由北小屋到庙里去，是由打秋操改成游戏，是由高唱军歌改成打哈哈凑趣，已经画好了的线，一到关帝庙便涂抹净尽。然而不能不去，朋友们的话不能说了不算。这样的话根本不应当说，后悔似乎是太晚了。或者还不太晚，假如盟弟能让步呢？

　　盟弟没有让步的表示！孙老弟的态度还是拿这事当个笑话看。既然是笑话似的约定好，怎能翻脸不承认呢？是谁更要紧呢，朋友还是那个娘们？不能决定。眼前什么也没有了。只剩下晚上得睡在关帝庙，叫盟弟去住那间小北屋。这不是换防，是退却，是把营地让给敌人！马大哥在庙里懊睡了一下半天。

　　晚上，孙占元朝着有喜字的小屋去了。

　　屋门快到了，他身上的轻松劲儿不知怎的自己销灭了。他站住了，觉得不舒服。这不同逛窑子一样。天下没有这样的事。他想起马大哥，马大哥昨天夜里成了亲。她应当是马大嫂。他不能进去！

　　他不能不进去，怎知道事情就必定难堪呢？他进去了。

　　林姑娘呢——或者马大嫂合适些——在炕沿上对着小煤油灯发楞呢。

　　他说什么呢？

　　他能强奸她吗？不能。这不是在前线上；现在他很清醒。

他木在那里。

把实话告诉她？他头上出了汗。

可是他始终想不起磨回头①就走，她到底"也"是他的，那一百二十块钱有他的一半。

他坐下了。

她以为他是木瓜的朋友，说了句："他还没回来呢。"

她一出声，他立刻觉出她应该是他的。她不甚好看，可是到底是个女的。他有点恨马大哥。象马大哥那样的朋友，军营里有的是；女的，妻，这是头一回。他不能退让。他知道他比马大哥长得漂亮，比马大哥会说话。成家立业应该是他的事，不是马大哥的。他有心问问她到底爱谁，不好意思出口，他就那么坐着，没话可说。

坐得工夫很大了，她起了疑。

他越看她，越舍不得走。甚至于有时候想过去硬搂她一下；打破了羞脸，大概就容易办了。可是他坐着没动。

不，不要她，她已经是破货。还是得走。不，不能走；不能把便宜全让给马得胜；马得胜已经占了不小的便宜！

她看他老坐着不动，而且一个劲儿的看着她，她不由的脸上红了。他确是比那个木瓜好看，体面，而且相当的规矩。同时，她也有点怕他，或者因为他好看。

她的脸红了。他凑过来。他不能再思想，不能再管束自己。他的眼中冒了火。她是女的，女的，女的，没工夫想别的了。他把事情全放在一边，只剩下男与女；男与女，不管什么夫与妻，不管什么朋友与朋友。没有将来，只有现在，现在他要施展出

---

① 磨回头，转过头来。

男子的威势。她的脸红得可爱!

她往炕里边退,脸白了。她对于木瓜,完全听其自然,因为婚事本是为解决自己的三顿饭与爸爸的一口棺材;木瓜也好,铁梨也好,她没有自由。可是她没预备下更进一步的随遇而安。这个男的确是比木瓜顺眼,但是她已经变成木瓜太太!

见她一躲,他痛快了。她设若坐着不动,他似乎没法儿进攻。她动了,他好象抓着了点儿什么,好象她有些该被人追击的错处。当军队乘胜追迫的时候,谁也不拿前面溃败着的兵当作人看,孙占元又尝着了这个滋味。她已不是任何人,也不和任何人有什么关系。她是使人心里痒痒的一个东西,追!他也张开了口,这是个习惯,跑步的时候得喊一二三——四,追敌人得不干不净的卷着。一进攻,嘴自自然然的张开了:"不用躲,我也是——"说到这儿,他忽然的站定了,好象得了什么暴病,眼看着棚。

他后悔了。为什么事前不计议一下呢!?比如说,事前计议好:马大哥缠她一天,到晚间九点来钟吹了灯,假装出去撒尿,乘机把我换进来,何必费这些事,为这些难呢?马大哥大概不会没想到这一层,哼,想到了可是不明告诉我,故意来叫我碰钉子。她既是成了马大嫂,难道还能承认她是马大嫂外兼孙大嫂?

她乘他这么发楞的当儿,又凑到炕沿,想抽冷子跑出去。可是她没法能脱身而不碰他一下。她既不敢碰他,又不敢老那么不动。她正想主意,他忽然又醒过来,好象是。

"不用怕,我走。"他笑了。"你是我们俩娶的,我上了当。我走。"

她万也没想到这个。他真走了。她怎么办呢?他不会就这么完了,木瓜也当然不肯撒手。假如他们俩全来了呢?去和父亲要主意，他病病歪歪的还能有主意？找李先生去，有什么凭据？她楞一会子，又在屋里转几个小圈。离开这间小屋，上哪里去？在这儿，他们俩要一同回来呢？转了几个圈，又在炕沿上楞着。

约摸着有十点多钟了，院中住的卖柿子的已经回来了。

她更怕起来，他们不来便罢，要是来必定是一对儿！

她想出来：他们谁也不能退让，谁也不能因此拼命。他们必会说好了。和和气气的，一齐来打破了羞脸，然后……

她想到这里，顾不得拿点什么，站起就往外走，找爸爸去。她刚推开门，门口立着一对，一个头象木瓜，一个肥头大耳朵的，都露着白牙向她笑，笑出很大的酒味。

## 大明湖之春

　　北方的春本来就不长,还往往被狂风给七手八脚的刮了走。济南的桃李丁香与海棠什么的,差不多年年被黄风吹得一干二净,地暗天昏,落花与黄沙卷在一处,再睁眼时,春已过去了!记得有一回,正是丁香乍开的时候,也就是下午两三点钟吧,屋中就非点灯不可了;风是一阵比一阵大,天色由灰而黄,而深黄,而黑黄,而漆黑,黑得可怕。第二天去看院中的两株紫丁香,花已象煮过一回,嫩叶几乎全破了!济南的秋冬,风倒很少,大概都留在春天刮呢。

　　有这样的风在这儿等着,济南简直可以说没有春天;那么,大明湖之春更无从说起。

　　济南的三大名胜,名字都起得好:千佛山,趵突泉,大明湖,都多么响亮好听!一听到"大明湖"这三个字,便联想到春光明媚和湖光山色等等,而心中浮现出一幅美景来。事实上,可是,它既不大,又不明,也不湖。

　　湖中现在已不是一片清水,而是用坝划开的多少块"地"。"地"外留着几条沟,游艇沿沟而行,即是逛湖。水田不需要多么深的水,所以水黑而不清;也不要急流,所以水定而无波。

东一块莲,西一块蒲,土坝挡住了水,蒲苇又遮住了莲,一望无景,只见高高低低的"庄稼"。艇行沟内,如穿高粱地然,热气腾腾,碰巧了还臭气烘烘。夏天总算还好,假若水不太臭,多少总能闻到一些荷香,而且必能看到些绿叶儿。春天,则下有黑汤,旁有破烂的土坝;风又那么野,绿柳新蒲东倒西歪,恰似挣命。所以,它即不大,又不明,也不湖。

话虽如此,这个湖到底得算个名胜。湖之不大与不明,都因为湖已不湖。假若能把"地"都收回,拆开土坝,挖深了湖身,它当然可以马上既大且明起来:湖面原本不小,而济南又有的是清凉的泉水呀。这个,也许一时作不到。不过,即使作不到这一步,就现状而言,它还应当算作名胜。北方的城市,要找有这么一片水的,真是好不容易了。千佛山满可以不算数儿,配作个名胜与否简直没多大关系。因为山在北方不是什么难找的东西呀。水,可太难找了。济南城内据说有七十二泉,城外有河,可是还非有个湖不可。泉,池,河,湖,四者俱备,这才显出济南的特色与可贵。它是北方唯一的"水城",这个湖是少不得的。设若我们游湖时,只见沟而不见湖,请到高处去看看吧,比如在千佛山上往北眺望,则见城北灰绿的一片——大明湖;城外,华鹊二山夹着弯弯的一道灰亮光儿——黄河。这才明白了济南的不凡,不但有水,而且是这样多呀。

况且,湖景若无可观,湖中的出产可是很名贵呀。懂得什么叫作美的人或者不如懂得什么好吃的人多吧,游过苏州的往往只记得此地的点心,逛过西湖的提起来便念叨那里的龙井茶,藕粉与莼菜什么的,吃到肚子里的也许比一过眼的美景更容易记住,那么大明湖的蒲菜,茭白,白花藕,还真许是它驰名天下的重要原因呢。不论怎么说吧,这些东西既都是水产,多少总带着些南国风味；在夏天，青菜挑子上带着一束束的大白莲花菁葵出卖，在北方大概只有济南能这么"阔气"。

我写过一本小说——《大明湖》——在一二八与商务印书馆一同被火烧掉了。记得我描写过一段大明湖的秋景，词句全想不起来了，只记得是什么什么秋。桑子中先生给我画过一张油画，也画的是大明湖之秋，现在还在我的屋中挂着。我写的，他画的，都是大明湖，而且都是大明湖之秋，这里大概有点意思。对了，只是在秋天，大明湖才有些美呀。济南的四季，唯有秋天最好，晴暖无风，处处明朗。这时候，请到城墙上走走，俯视秋湖，败柳残荷，水平如镜；唯其是秋色，所以连那些残破的土坝也似乎正与一切景物配合：土坝上偶尔有一两截断藕，或一些黄叶的野蔓，配着三五枝芦花，确是有些画意。"庄稼"已都收了，湖显着大了许多，大了当然也就显着明。不仅是湖宽水净，显着明美，抬头向南看，半黄的千佛山就在面前，开元寺那边的"橛子"——大概是个塔吧——静静的立在山头上。往北看，城外的河水很清，菜畦中还生着短短的绿叶。往南往北，往东往西，看吧，处处空阔明朗，有山有湖，有城有河，到这时候，我们真得到个"明"字了。桑先生那张画便是在北城墙上画的，湖边只有几株秋柳，湖中只有一只游艇，水作灰蓝色，柳叶儿半黄。湖外，他画上了千佛山；湖光山色，联成一幅秋图，明朗，素净，柳梢上似乎吹着点不大能觉出来的微风。

对不起，题目是大明湖之春，我却说了大明湖之秋，可谁教亢德先生出错了题呢！

## 五月的青岛

　　因为青岛的节气晚,所以樱花照例是在四月下旬才能盛开。樱花一开,青岛的风雾也挡不住草木的生长了。海棠,丁香,桃,梨,苹果,藤萝,杜鹃,都争着开放,墙角路边也都有了嫩绿的叶儿。五月的岛上,到处花香,一清早便听见卖花声。公园里自然无须说了,小蝴蝶花与桂竹香们都在绿草地上用它们的娇艳的颜色结成十字,或绣成几团;那短短的绿树篱上也开着一层白花,似绿枝上挂了一层春雪。就是路上两旁的人家也少不得有些花草:围墙既矮,藤萝往往顺着墙把花穗儿悬在院外,散出一街的香气;那双樱,丁香,都能在墙外看到,双樱的明艳与丁香的素丽,真是足以使人眼明神爽。

　　山上有了绿色,嫩绿,所以把松柏们比得发黑了一些。谷中不但填满了绿色,而且颇有些野花,有一种似紫荆而色儿略略发蓝的,折来很好插瓶。

　　青岛的人怎能忘下海呢。不过,说也奇怪,五月的海就仿佛特别的绿,特别的可爱,也许是因为人们心里痛快吧?看一眼路旁的绿叶,再看一眼海,真的,这才明白了什么叫作"春深似海"。绿,鲜绿,浅绿,深绿,黄绿,灰绿,各种的绿色,联接着，交错着，变化着，波动着，一直绿到天边，绿到山脚，绿到渔帆的外边去。风不凉，浪不高，船缓缓的走，燕低低的飞，街上的花香与海上的咸味混到一处，浪漾在空中，水在面前，而绿意无限，可不是，春深似海！欢喜，要狂歌，要跳入水中去，可是只能默默无言，心好象飞到天边上那将将能看到的小岛上去，一闭眼仿佛还看见一些桃花。人面桃花相映红，必定是在那小岛上。

这时候，遇上风与雾便还须穿上棉衣，可是有一天忽然响晴，夹衣就正合适。但无论怎说吧，人们反正都放了心——不会大冷了，不会。妇女们最先知道这个，早早的就穿出利落的新装，而且决定不再脱下去。海岸上，微风吹动少女们的发与衣，何必再去到电影园中找那有画意的景儿呢！这里是初春浅夏的合响，风里带着春寒，而花草山水又似初夏，意在春而景如夏，姑娘们总先走一步，迎上前去，跟花们竞争一下，女性的伟大几乎不是颓废诗人所能明白的。

人似乎随着花草都复活了，学生们特别的忙：换制服，开运动会，到崂山丹山旅行，服劳役。本地的学生忙，别处的学生也来参观，几个，几十，几百，打着旗子来了，又成着队走开，男的，女的，先生，学生，都累得满头是汗，而仍不住的向那大海丢眼。学生以外，该数小孩最快活，笨重的衣服脱去，可以到公园跑跑了；一冬天不见猴子了，现在又带着花生去喂猴子，看鹿。拾花瓣，在草地上打滚；妈妈说了，过几天还有大红樱桃吃呢！

马车都新油饰过，马虽依然清瘦，而车辆体面了许多，好作一夏天的买卖呀。新油过的马车穿过街心，那专作夏天的生意的咖啡馆，酒馆，旅社，饮冰室，也找来油漆匠，扫去灰尘，油饰一新。油漆匠在交手上忙，路旁也增多了由各处来的舞女。预备呀，忙碌呀，都红着眼等着那避暑的外国战舰与各处的阔人。多嗜浴场上有了人影与小艇，生意便比花草还茂盛呀。到那时候，青岛几乎不属于青岛的人了，谁的钱多谁更威风，汽车的眼是不会看山水的。

那么，且让我们自己尽量的欣赏五月的青岛吧！

# 宗月大师

在我小的时候,我因家贫而身体很弱。我九岁才入学。因家贫体弱,母亲有时候想教我去上学,又怕我受人家的欺侮,更因交不上学费,所以一直到九岁我还不识一个字。说不定,我会一辈子也得不到读书的机会。因为母亲虽然知道读书的重要,可是每月间三四吊钱的学费,实在让她为难。母亲是最喜脸面的人。她迟疑不决,光阴又不等待着任何人,荒来荒去,我也许就长到十多岁了。一个十多岁的贫而不识字的孩子,很自然的去作个小买卖——弄个小筐,卖些花生、煮豌豆,或樱桃什么的。要不然就是去学徒。母亲很爱我,但是假若我能去作学徒,或提篮沿街卖樱桃而每天赚几百钱,她或者就不会坚决的反对。穷困比爱心更有力量。

有一天刘大叔偶然的来了。我说"偶然的",因为他不常来看我们。他是个极富的人,尽管他心中并无贫富之别,可是他的财富使他终日不得闲,几乎没有工夫来看穷朋友。一进门,他看见了我。"孩子几岁了?上学没有?"他问我的母亲。他的声音是那么洪亮,(在酒后,他常以学喊俞振庭的《金钱豹》自傲)他的衣服是那么华丽,他的眼是那么亮,他的脸和手是那么白嫩肥胖，使我感到我大概是犯了什么罪。我们的小屋，破桌凳，土炕，几乎禁不住他的声音的震动。等我母亲回答完，刘大叔马上决定："明天早上我来，带他上学，学钱、书籍，大姐你都不必管！"我的心跳起多高，谁知道上学是怎么一回事呢！

第二天，我象一条不体面的小狗似的，随着这位阔人去入学。学校是一家改良私塾，在离我的家有半里多地的一座道士庙里。庙不甚大，而充满了各种气味：一进山门先有一股大烟味，紧跟着便是糖精味，（有一家熬制糖球糖块的作坊）再往里，是厕所味，与别的臭味。学校是在大殿里。大殿两旁的小屋住着道士，和道士的家眷。大殿里很黑、很冷。神像都用黄布挡着，供桌上摆着孔圣人的牌位。学生都面朝西坐着，一共有三十来人。西墙上有一块黑板——这是"改良"私塾。老师姓李，一位极死板而极有爱心的中年人。刘大叔和李老师"嚷"了一顿，而后教我拜圣人及老师。老师给了我一本《地球韵言》和一本《三字经》。我于是，就变成了学生。

自从作了学生以后，我时常的到刘大叔的家中去。他的宅子有两个大院子，院中几十间房屋都是出廊的。院后，还有一座相当大的花园。宅子的左右前后全是他的房屋，若是把那些房子齐齐的排起来，可以占半条大街。此外，他还有几处铺店。每逢我去，他必招呼我吃饭，或给我一些我没有看见过的点心。他绝不以我为一个苦孩子而冷淡我，他是阔大爷，但是他不以富傲人。

在我由私塾转入公立学校去的时候，刘大叔又来帮忙。这时候，他的财产已大半出了手。他是阔大爷，他只懂得花钱，而不知道计算。人们吃他，他甘心教他们吃；人们骗他，他付之一笑。他的财产有一部分是卖掉的,也有一部分是被人骗了去的。他不管;他的笑声照旧是洪亮的。

到我在中学毕业的时候,他已一贫如洗,什么财产也没有了,只剩了那个后花园。不过,在这个时候,假若他肯用心思,去调整他的产业,他还能有办法教自己丰衣足食,因为他的好多财产是被人家骗了去的。可是,他不肯去请律师。贫与富在他心中是完全一样的。假若在这时候,他要是不再随便花钱,他至少可以保住那座花园,和城外的地产。可是,他好善。尽管他自己的儿女受着饥寒,尽管他自己受尽折磨,他还是去办贫儿学校,粥厂,等等慈善事业。他忘了自己。就是在这个时候,我和他过往的最密。他办贫儿学校,我去作义务教师。他施舍粮米,我去帮忙调查及散放。在我的心里,我很明白:放粮放钱不过只是延长贫民的受苦难的日期,而不足以阻拦住死亡。但是,着刘大叔那么热心,那么真诚,我就顾不得和他辩论,而只好也出点力了。即使我和他辩论,我也不会得胜,人情是往往能战败理智的。

在我出国以前,刘大叔的儿子死了。而后,他的花园也出了手。他入庙为僧,夫人与小姐入庵为尼。由他的性格来说,他似乎势必走入避世学禅的一途。但是由他的生活习惯上来说,大家总以为他不过能念念经,布施布施僧道而已,而绝对不会受戒出家。他居然出了家。在以前,他吃的是山珍海味,穿的是绫罗绸缎。他也嫖也赌。现在,他每日一餐,入秋还穿着件夏布道袍。这样苦修,他的脸上还是红红的,笑声还是洪亮的。对佛学,他有多么深的认识,我不敢说。我却真知道他是个好和尚,他知道一点便去作一点,能作一点便作一点。他的学问也许不高,但是他所知道的都能见诸实行。

出家以后，他不久就作了一座大寺的方丈。可是没有好久就被驱除出来。他是要作真和尚，所以他不惜变卖庙产去救济苦人。庙里不要这种方丈。一般的说，方丈的责任是要扩充庙产，而不是救苦救难的。离开大寺，他到一座没有任何产业的庙里作方丈。他自己既没有钱，他还须天天为僧众们找到斋吃。同时，他还举办粥厂等等慈善事业。他穷，他忙，他每日只进一顿简单的素餐，可是他的笑声还是那么洪亮。他的庙里不应佛事，赶到有人来请，他便领着僧众给人家去啤真经，不要报酬。他整天不在庙里，但是他并没忘了修持；他持戒越来越严，对经义也深有所获。他白天在各处筹钱办事，晚间在小室里作工夫。谁见到这位破和尚也不曾想到他曾是个在金子里长起来的阔大爷。

去年，有一天他正给一位圆寂了的和尚念经，他忽然闭上了眼，就坐化了。火葬后，人们在他的身上发现许多舍利。

没有他，我也许一辈子也不会入学读书。没有他，我也许永远想不起帮助别人有什么乐趣与意义。他是不是真的成了佛？我不知道。但是，我的确相信他的居心与言行是与佛相近似的。我在精神上物质上都受过他的好处，现在我的确愿意他真的成了佛，并且盼望他以佛心引领我向善，正象在三十五年前，他拉着我去入私塾那样！

他是宗月大师。

# 猫

　　猫的性格实在有些古怪。说它老实吧,它的确有时候很乖。它会找个暖和地方,成天睡大觉,无忧无虑,什么事也不过问。可是,赶到它决定要出去玩玩,就会走出一天一夜,任凭谁怎么呼唤,它也不肯回来。说它贪玩吧,的确是呀,要不怎么会一天一夜不回家呢?可是,及至它听到点老鼠的响动啊,它又多么尽职,闭息凝视,一连就是几个钟头,非把老鼠等出来不拉倒!

　　它要是高兴,能比谁都温柔可亲:用身子蹭你的腿,把脖儿伸出来要求给抓痒,或是在你写稿子的时候,跳上桌来,在纸上踩印几朵小梅花。它还会丰富多腔地叫唤,长短不同,粗细各异,变化多端,力避单调。在不叫的时候,它还会咕噜咕噜地给自己解闷。这可都凭它的高兴。它若是不高兴啊,无论谁说多少好话,它一声也不出,连半个小梅花也不肯印在稿纸上!它倔强得很。

　　是,猫的确是倔强。看吧,大马戏团里什么狮子、老虎、大象、狗熊、甚至于笨驴,都能表演一些玩艺儿,可是谁见过耍猫呢?(昨天才听说:苏联的某马戏团里确有耍猫的,我当然还没亲眼见过。)

这种小动物确是古怪。不管你多么善待它，它也不肯跟着你上街去逛逛。它什么都怕，总想藏起来。可是它又那么勇猛，不要说见着小虫和老鼠，就是遇上蛇也敢斗一斗。它的嘴往往被蜂儿或蝎子螫的肿起来。

赶到猫儿们一讲起恋爱来，那就闹得一条街的人们都不能安睡。它们的叫声是那么尖锐刺耳，使人觉得世界上若是没有猫啊，一定会更平静一些。

可是，及至女猫生下两三个棉花团似的小猫啊，你又不恨它了。它是那么尽责地看护儿女，连上房兜兜风也不肯去了。

郎猫可不那么负责，它丝毫不关心儿女。它或睡大觉，或上屋去乱叫，有机会就和邻居们打一架，身上的毛儿滚成了毡，满脸横七竖八都是伤痕，看起来实在不大体面。好在它没有照镜子的习惯，依然昂首阔步，大喊大叫，它匆忙地吃两口东西，就又去挑战开打。有时候，它两天两夜不回家，可是当你以为它可能已经远走高飞了，它却瘸着腿大败而归，直入厨房要东西吃。

过了满月的小猫们真是可爱，腿脚还不甚稳，可是已经学会淘气。妈妈的尾巴，一根鸡毛，都是它们的好玩具，耍上没结没完。一玩起来，它们不知要摔多少跟头，但是跌倒即马上起来，再跑再跌。它们的头撞在门上，桌腿上，和彼此的头上。撞疼了也不哭。

它们的胆子越来越大，逐渐开辟新的游戏场所。它们到院子里来了。院中的花草可遭了殃。它们在花盆里摔跤，抱着花枝打秋千，所过之处，枝折花落。你不肯责打它们，它们是那么生气勃勃，天真可爱呀。可是，你也爱花。这个矛盾就不易处理。

现在，还有新的问题呢：老鼠已差不多都被消灭了，猫还有什么用处呢？而且，猫既吃不着老鼠，就会想办法去偷捉鸡雏或小鸭什么的开开斋。这难道不是问题么？

在我的朋友里颇有些位爱猫的。不知他们注意到这些问题没有？记得二十年前在重庆住着的时候，那里的猫很珍贵，须花钱去买。在当时，那里的老鼠是那么猖狂，小猫反倒须放在笼子里养着，以免被老鼠吃掉。据说，目前在重庆已很不容易见到老鼠。那么，那里的猫呢？是不是已经不放在笼子里，还是根本不养猫了呢？这须打听一下，以备参考。

也记得三十年前，在一艘法国轮船上，我吃过一次猫肉。事前，我并不知道那是什么肉，因为不识法文，看不懂菜单。猫肉并不难吃，虽不甚香美，可也没什么怪味道。是不是该把猫都送往法国轮船上去呢？我很难作出决定。

猫的地位的确降低了，而且发生了些小问题。可是，我并不为猫的命运多耽什么心思。想想看吧，要不是灭鼠运动得到了很大的成功，消除了巨害，猫的威风怎会减少了呢？两相比较，灭鼠比爱猫更重要的多，不是吗？我想，世界上总会有那么一天，一切都机械化了，不是连驴马也会有点问题吗？可是，谁能因耽忧驴马没有事作而放弃了机械化呢？

# 青岛与山大

北中国的景物是由大漠的风与黄河的水得到色彩与情调：荒、燥、寒、旷、灰黄，在这以尘沙为雾，以风暴为潮的北国里，青岛是颗绿珠，好似偶然的放在那黄色地图的边儿上。在这里，可以遇见真的雾，轻轻的在花林中流转，愁人的雾笛仿佛象一种特有的鹃声。在这里，北方的狂风还可以袭入，激起的却是浪花；南风一到，就要下些小雨了。在这里，春来的很迟，别处已是端阳，这里刚好成为锦绣的乐园，到处都是春花。这里的夏天根本用不着说，因为青岛与避暑永远是相联的。其实呢，秋天更好：有北方的晴爽，而不显着干燥，因为北方的天气在这里被海给软化了；同时，海上的湿气又被凉风吹散，结果是天与海一样的蓝，湿与燥都不走极端；虽然大雁还是按时候向南飞，可是此地到菊花时节依然是很暖和的。在海边的微风里，看高远深碧的天上飞着雁字，真能使人暂时忘了一切，即使欲有所思，大概也只有赞美青岛吧。冬天可实在不能令人满意，有相当的冷，也有不小的风。但是，这里的房屋不象北平的那样以纸糊窗，街道上也没有尘土，于是冷与风的厉害就减少了一些。再说呢，夏季的青岛是中外有钱有闲的人们的娱乐场所，因为他们与她们都是来享福取乐，所以不惜把壮丽的山海弄成烟酒香粉的世界。到了冬天，他们与她们都另寻出路，把山海自然之美交给我们久住青岛的人。雪天，我们可以到栈桥去望那美若白莲的远岛；风天，我们可以在夜里听着寒浪的击荡。就是不风不雪，街上的行人也不甚多，到处呈现着严肃的气象，我们也可以吐一口气，说：这是山海的真面目。

　　一个大学或者正象一个人，他的特色总多少与它所在的地方有些关系。山大虽然成立了不多年，但是它既在青岛，就不能不带些青岛味儿。这也就是常常引起人家误解的地方。一般的说，人们大概会这样想：山大立在青岛恐怕不大合适吧？舞场、咖啡馆、电影院、浴场……在花花世界里能安心读书吗？这种因爱护而担忧的猜想，正是我们所愿解答的。在前面，我们叙述了青岛的四时：青岛之有夏，正如青岛之有冬；可是一般人似乎只知其夏，不知其冬，猜测多半由此而来。说真的，出大所表现的精神是青岛的冬。是呀，青岛忙的时候也是山大忙的时候，学会咧，参观团咧，讲习会咧，有时候同时借用山大作会场或宿舍，热忙非常。但这总是在夏天，夏天我们也放假呀。当我们上课的期间，自秋至冬，自冬至初夏，青岛差不多老是静寂的。春山上的野花，秋海上的晴霞，是我们的，避暑的人们大概连想也没想到过。至于冬日寒风恶月里的寂苦，或者也只有我们的读书声与足球场上的欢笑可与相抗；稍微贪点热闹的人恐怕连一个星期也住不下去。我常说，能在青岛住过一冬的，就有修仙的资格。我们的学生在这里一住就是四冬啊！他们不会在毕业时候都成为神仙——大概也没人这样期望他们——可是他们的静肃态度已经养成了。一个没到过山大的人，也许容易想到，青岛既是富有洋味的地方，当然山大的学生也得洋服唧当的，象些华侨子弟似的。

根本没有这一回事。山大的校舍是昔年的德国兵营,虽然在改作学校之后,院中铺满短草,道旁也种上了玫瑰,可是它总脱不了营房的严肃气象。学校的后面左面都是小山,挺立着一些青松,我们每天早晨一抬头就看见山石与松林之美,但不是柔媚的那一种。学校里我们设若打扮得怪漂亮的,即使没人多看两眼,也觉得仿佛有些不得劲儿。整个的严肃空气不许我们漂亮,到学校外去,依然用不着修饰。六七月之间,此处固然是万紫千红,士女如云,好一片摩登景象了。可是过了暑期,海边上连个人影也没有;我们大概用不着花花绿绿的去请白鸥与远帆来看吧?因此,山大虽在青岛,而很少洋味儿,制服以外,蓝布大衫是第二制服。就是在六七月最热闹的时候,我们还是如此,因为朴素成了风气,蓝布大衫一穿大有"众人摩登我独古"的气概。

还有呢,不管青岛是怎样西洋化了的都市,它到底是在山东。"山东"二字满可以用作朴俭静肃的象征,所以山大——虽然学生不都是山东人——不但是个北方大学,而且是北方大学中最带"山东"精神的一个。我们常到崂山去玩,可是我们的眼却望着泰山,仿佛是。这个精神使我们朴素,使我们能吃苦,使我们静默。往好里说,我们是有一种强毅的精神;往坏里讲,我们有点乡下气。不过,即使我们真有乡下气,我们也会自傲的说,我们是在这儿矫正那钱有闲来此避暑的那种奢华与虚浮的摩登,因为我们是一群"山东儿"——虽然是在青岛,而所表现的是青岛之冬。

至于沿海上停着的各国军舰,我们看见的最多,此地的经济权在谁何之手,我们知道的最清楚;这些——还有许多别的呢——时时刻刻刺激着我们,警告着我们,我们的外表朴素,我们的生活单纯,我们却有颗红热的心。我们眼前的青山碧海时时对我们说:国破山河在!于此,青岛与山大就有了很大的意义。

# 我的理想家庭

一个二十多岁的小伙子，讲恋爱，讲革命，讲志愿，似乎天地之间，唯我独尊，简直想不到组织家庭——结婚既是爱的坟墓，家庭根本上是英雄好汉的累赘。及至过了三十，革命成功与否，事情好歹不论，反正领略够了人情世故，壮气就差点事儿了。虽然明知家庭之累，等于投胎为马为牛，可是人生总不过如此，多少也都得经验一番，既不坚持独身，结婚倒也还容易。于是发帖子请客，笑着开驶倒车，苦乐容或相抵，反正至少凑个热闹。到了四十，儿女已有二三，贫也好富也好，自己认头苦曳，对于年轻的朋友已经有好些个事儿说不到一处，而劝告他们老老实实的结婚，好早生儿养女，即是话不投缘的一例。到了这个年纪，设若还有理想，必是理想的家庭。倒退二十年，连这么一想也觉泄气。人生的矛盾可笑即在于此，年轻力壮，力求事事出轨，决不甘为火车：及至中年，心理的，生理的，种种理的什么什么，都使他不但非作火车不可，且作货车焉。把当初与现在一比较，判若两人，足够自己笑半天的！或有例外，实不多见。

明年我就四十了，已具说理想家庭的资格：大不必吹，盖亦自嘲。

我的理想家庭要有七间小平房：一间是客厅，古玩字画全非必要，只要几张很舒服宽松的椅子，一二小桌。一间书房，书籍不少，不管什么头版与古本，而都是我所爱读的。一张书桌，桌面是中国漆的，放上热茶杯不至烫成个圆白印儿。文具不讲究，可是都很好用。桌上老有一两枝鲜花，插在小瓶里。两间卧室，我独据一间，没有臭虫，而有一张极大极软的床。在这个床上，横睡直睡都可以，不论怎睡都一躺下就舒服合适，好象陷在棉花堆里，一点也不硬碰骨头。还有一间，是预备给客人住的。此外是一间厨房，一个厕所，没有下房，因为根本不预备用仆人。家中不要电话，不要播音机，不要留声机，不要麻将牌，不要风扇，不要保险柜。缺乏的东西本来很多，不过这几项是故意不要的，有人白送给我也不要。

院子必须很大。靠墙有几株小果木树。除了一块长方的土地，平坦无草，足够打开太极拳的，其他的地方就都种着花草——没有一种珍贵费事的，只求昌茂多花。屋中至少有一只花猫，院中至少也有一两盆金鱼；小树上悬着小笼，二三绿蝈蝈随意地鸣着。

这就该说到人了。屋子不多，又不要仆人，人口自然不能很多：一妻和一儿一女就正合适。先生管擦地板与玻璃，打扫院子，收拾花木，给鱼换水，给蝈蝈一两块绿黄瓜或几个毛豆；并管上街送信买书等事宜。太太管做饭，女儿任助手——顶好是十二三岁，不准小也不准大，老是十二三岁。儿子顶好是三岁，既会讲话，又胖胖的会淘气。母女于做饭之外，就做点针线，看小弟弟。大件衣服拿到外边去洗，小件的随时自己涮一涮。

既然有这么多工作，自然就没有多少工夫去听戏看电影。

不过在过生日的时候，全家就出去玩半天；接一位亲或友的老太太给看家。过生日什么的永远不请客受礼，亲友家送来的红白帖子，就一概扔在字纸篓里，除非那真需要帮助的，才送一些干礼去。到过节过年的时候，吃食从丰，而且可以买一通纸牌，大家打打"索儿胡"，赌铁蚕豆或花生米。

男的没有固定的职业；只是每天写点诗或小说，每千字卖上四五十元钱。女的也没事做，除了家务就读些书。儿女永不上学，由父母教给画图，唱歌，跳舞——乱蹦也算一种舞法——和文字，手工之类。等到他们长大，或者也会仗着绘画或写文章卖一点钱吃饭；不过这是后话，顶好暂且不提。

这一家子人，因为吃得简单干净，而一天到晚又不闲着，所以身体都很不坏。因为身体好，所以没有肝火，大家都不爱闹脾气。除了为小猫上房，金鱼甩子等事着急之外，谁也不急叱白脸的。

大家的相貌也都很体面，不令人望而生厌。衣服可并不讲究，都做得很结实朴素：永远不穿又臭又硬的皮鞋。男的很体面，可不露电影明星气；女的很健美，可不红唇卷毛的鼻子朝着天。孩子们都不卷着舌头说话，淘气而不讨厌。

这个家庭顶好是在北平，其次是成都或青岛，至坏也得在苏州。无论怎样吧，反正必须在中国，因为中国是顶文明顶平安的国家；理想的家庭必在理想的国内也。

693

# 养 花

我爱花,所以也爱养花。我可还没成为养花专家,因为没有工夫去作研究与试验。我只把养花当作生活中的一种乐趣,花开得大小好坏都不计较,只要开花,我就高兴。在我的小院中,到夏天,满是花草,小猫儿们只好上房去玩耍,地上没有它们的运动场。

花虽多,但无奇花异草。珍贵的花草不易养活,看着一棵好花生病欲死是件难过的事。我不愿时时落泪。北京的气候,对养花来说,不算很好。冬天冷,春天多风,夏天不是干旱就是大雨倾盆;秋天最好,可是忽然会闹霜冻。在这种气候里,想把南方的好花养活,我还没有那么大的本事。因此,我只养些好种易活、自己会奋斗的花草。

不过,尽管花草自己会奋斗,我若置之不理,任其自生自灭,它们多数还是会死了的。我得天天照管它们,象好朋友似的关切它们。一来二去,我摸着一些门道:有的喜阴,就别放在太阳地里,有的喜干,就别多浇水。这是个乐趣,摸住门道,花草养活了,而且三年五载老活着、开花,多么有意思呀!不是乱吹,这就是知识呀!多得些知识,一定不是坏事。

我不是有腿病吗，不但不利于行，也不利于久坐。我不知道花草们受我的照顾，感谢我不感谢；我可得感谢它们。在我工作的时候，我总是写了几十个字，就到院中去看看，浇浇这棵，搬搬那盆，然后回到屋中再写一点，然后再出去，如此循环，把脑力劳动与体力劳动结合到一起，有益身心，胜于吃药。要是赶上狂风暴雨或天气突变哪，就得全家动员，抢救花草，十分紧张。几百盆花，都要很快地抢到屋里去，使人腰酸腿疼，热汗直流。第二天，天气好转，又得把花儿都搬出去，就又一次腰酸腿疼，热汗直流。可是，这多么有意思呀！不劳动，连棵花儿也养不活，这难道不是真理么？

送牛奶的同志，进门就夸"好香"！这使我们全家都感到骄傲。赶到昙花开放的时候，约几位朋友来看看，更有秉烛夜游的神气——昙花总在夜里放蕊。花儿分根了，一棵分为数棵，就赠给朋友们一些；看着友人拿走自己的劳动果实，心里自然特别喜欢。

当然，也有伤心的时候，今年夏天就有这么一回。三百株菊秧还在地上（没到移入盆中的时候），下了暴雨。邻家的墙倒了下来，菊秧被砸死者约三十多种，一百多棵！全家都几天没有笑容！

有喜有忧，有笑有泪，有花有实，有香有色，既须劳动，又长见识，这就是养花的乐趣。